T0188332

Biblioteca

KEN FOLLETT

Un lugar llamado libertad

Traducción de
María Antonia Menini

DEBOLS!LLO

Papel certificado por el Forest Stewardship Council®

Título original: *A Place Called Freedom*

Primera edición con esta portada: mayo de 2016
Décima reimpresión: septiembre de 2020

© 1995, Ken Follett
© 1995, de la traducción castellana para España y América:
Penguin Random House Grupo Editorial, S. A. U.
Travessera de Gràcia, 47-49. 08021 Barcelona
© María Antonia Menini, por la traducción
Traducido de la edición de Crown Publishers, Inc., Nueva York, 1995

Printed in Spain – Impreso en España

ISBN: 978-84-9759-394-6
Depósito legal: B-7.267-2016

Impreso en Novoprint
Sant Andreu de la Barca (Barcelona)

P 8 9 3 9 4 B

Penguin
Random House
Grupo Editorial

Dedicado a la memoria de John Smith

Agradecimientos

Por la valiosa ayuda que me han prestado en este libro, doy las gracias a las siguientes personas:

Mis editoras Suzanne Baboneau y Ann Patty.

Los investigadores Nicholas Courtney y Daniel Starer.

Los historiadores Anne Goldgar y Thad Tate.

Ramsey Dow y John Brown-Wright de Longannet Colliery.

Lawrence Lambert del Museo de la Minería de Escocia.

Gordon y Dorothy Grant de Glen Lyon.

Los miembros escoceses del Parlamento Gordon Brown, Martin O'Neill y el difunto John Smith.

Ann Duncombe.

Colin Tett.

Barbara Follett, Emanuele Follett, Katya Follett y Kim Turner.

Y, como siempre, Al Zuckerman.

Estuve haciendo mucho de jardinero cuando me trasladé a vivir a High Glen House, y así fue como encontré el collar de hierro.

La casa se estaba desmoronando y en el jardín abundaban las malas hierbas. Una anciana medio loca había vivido veinte años allí y jamás le había dado una mano de pintura. Cuando muñó, le compré la casa a su hijo, el concesionario de la Toyota en Kirkburn, la ciudad más próxima, situada a ochenta kilómetros de distancia.

Puede que ustedes se pregunten qué razón pudo tener una persona para comprar una casa medio en ruinas a ochenta kilómetros de ningún lugar. Pero es que a mí me encanta este valle. Hay tímidos ciervos en los bosques y hasta un nido de águilas en la cumbre del cerro. En el jardín me solía pasar el rato apoyado en el azadón, contemplando las laderas verdeazuladas de las montañas.

Pero también cavaba un poco. Decidí plantar unos cuantos arbustos alrededor del cobertizo, porque el aspecto del edificio no es muy agradable —paredes de chilla sin ventanas— y yo quería disimularlo. Mientras cavaba la zanja, encontré una caja.

No era muy grande, aproximadamente del mismo tamaño de esas cajas que contienen doce botellas de buen vino. Tampoco era bonita: simple madera sin barnizar ensamblada con unos clavos oxidados. La rompí con la pala del azadón.

Dentro había dos cosas.

Una de ellas era un viejo y voluminoso libro. Me emocioné mucho al verlo. A lo mejor era una Biblia familiar con una intrigante historia escrita en la guarda...: los nacimientos, las bodas y las muertes de personas que habían vivido en mi casa cien años atrás. Pero sufrí una decepción. Cuando lo abrí, descubrí que las páginas se habían convertido en pasta. No se podía leer ni una sola palabra.

El otro objeto era una bolsa de hule. También estaba podrida y, cuando la toqué con mis guantes de jardinería, se desintegró. Dentro había un anillo de hierro de unos dieciocho centímetros de diámetro. Estaba deslucido, pero la bolsa de hule había impedido que se oxidara.

Su apariencia era muy tosca y probablemente lo habría hecho un herrero de pueblo. Al principio, pensé que era una pieza de un carro o un arado. Pero ¿por qué motivo alguien lo había envuelto en un hule para que se conservara? El anillo estaba roto y doblado. Pensé que a lo mejor era un collar de algún prisionero y que, al fugarse este, había sido cortado con alguna pesada herramienta de herrero y doblado para poder sacarlo.

Me lo llevé a la casa y empecé a limpiarlo. Como la tarea resultaba muy pesada, lo dejé una noche en remojo en un producto antioxidante y, al frotarlo a la mañana siguiente con un trapo, apareció una inscripción.

Estaba grabada con unas plumadas muy anticuadas y tardé un poco en descifrarla, pero decía lo siguiente:

Este hombre es propiedad de sir George Jamisson de Fife.
A. D. 1767

Lo tengo aquí, encima de mi escritorio, al lado del ordenador. Lo utilizo como pisapapeles. A menudo lo tomo, lo manoseo y vuelvo a leer la inscripción. Si el collar de hierro pudiera hablar, me pregunto, ¿qué historia contaría?

PRIMERA PARTE

Escocia

1

La nieve coronaba los cerros de High Glen y cubría las boscosas laderas con manchas nacaradas, como una joya sobre la pechera de un vestido de seda verde. Al fondo del valle, una rápida corriente bajaba entre heladas rocas. El fuerte viento que soplaba tierra adentro desde el Mar del Norte llevaba consigo tormentas de aguanieve y granizo.

Para acudir a la iglesia por la mañana los gemelos Malachi y Esther McAsh seguían un camino en zigzag que discurría por la pendiente oriental del valle. Malachi, llamado Mack, llevaba una capa a cuadros escoceses y unos pantalones de *tweed*, pero sus piernas estaban desnudas por debajo de la rodilla y los pies sin calcetines se le congelaban en el interior de los zuecos de madera. Sin embargo, era joven y de sangre ardiente, por lo que apenas notaba el frío.

Aquel no era el camino más corto para ir a la iglesia, pero High Glen lo entusiasmaba. Las altas laderas de los montes, los tranquilos y misteriosos bosques y las cantarinas aguas constituían un paisaje familiar para su alma. Ya había visto una pareja de águilas nidificar tres veces allí. Como las águilas, él también había robado el salmón de la finca en el fecundo río y, como los ciervos, se había ocultado entre los árboles, inmóvil y en silencio, cuando llegaban los guardabosques.

La propietaria de la finca era lady Hallim, viuda y con una hija. Las tierras del extremo más alejado de la montaña pertenecían a sir George Jamisson y constituían un mundo completamente distinto. Los ingenieros habían abierto unos grandes agujeros en las laderas de los montes y unas artificiales colinas de escorias desfiguraban el valle. Grandes carros llenos hasta el tope de carbón avanzaban por el fangoso camino y el río bajaba negro de polvo. Allí vivían los gemelos, en una aldea llamada Heugh, una larga hilera de bajas casitas de piedra que se encaramaba por la colina como una escalera.

Eran las versiones masculina y femenina de la misma imagen. Ambos tenían un cabello rubio ennegrecido por el polvo del carbón y unos impresionantes ojos verde claro. Ambos eran de baja estatura y anchas espaldas y ambos poseían unas piernas y unos brazos muy musculosos y eran muy testarudos y discutidores.

Las discusiones constituían una tradición familiar. Su padre había sido un inconformista visceral, siempre en desacuerdo con el Gobierno, la Iglesia o cualquier otra autoridad establecida. Su madre había trabajado para lady Hallim antes de casarse y, como muchos criados, se identificaba con la clase alta. Un amargo invierno en que la mina permaneció un mes cerrada a causa de una explosión, su padre murió a causa del llamado esputo negro, la tos que mataba a tantos mineros del carbón; su madre enfermó de neumonía y murió unas semanas después. Pero las discusiones seguían, generalmente los sábados por la noche, en el salón de la señora Wheighel, que era lo que más se parecía a una taberna en la aldea de Heugh.

Los trabajadores de la finca y los aparceros pensaban lo mismo que su madre. Decían que el rey había sido nombrado por Dios y que por eso la gente tenía que obedecerle. Los mineros del carbón habían oído otras ideas distintas. John Locke y otros filósofos decían que la autoridad de un gobierno solo puede emanar de la voluntad del pueblo. A Mack le gustaba esa teoría.

Pocos mineros sabían leer, pero la madre de Mack sí sabía y él había insistido mucho en que le enseñara. Y ella había enseñado a leer a sus dos hijos, sin prestar la menor atención a las burlas de su marido, el cual le decía que tenía unas ideas impropias de su condición social. En casa de la señora Wheighel, Mack solía leer en voz alta artículos del *Times* y del *Edinburgh Advertiser* y de periódicos políticos como el radical *North Briton*. Los periódicos eran de varias semanas e incluso de meses atrás, pero los hombres y las mujeres de la aldea escuchaban con avidez los largos discursos que se reproducían al pie de la letra, las diatribas satíricas y los reportajes sobre huelgas, protestas y disturbios.

Después de una discusión un sábado por la noche en casa de la señora Wheighel, Mack escribió la carta.

Ningún minero había escrito jamás una carta, por lo que hubo largas consultas a propósito de cada palabra. Estaba dirigida a Caspar Gordonson, un abogado de Londres que escribía artículos en los periódicos en los que se ridiculizaba al Gobierno. La carta se confió al buhonero tuerto Davey Patch para que la echara al correo y Mack se preguntó si alguna vez llegaría a su destino.

La respuesta había llegado la víspera y había sido la experiencia más emocionante que jamás le hubiera ocurrido en su vida. Pensó que cambiaría su existencia hasta dejarla irreconocible. Y que quizá le permitiría alcanzar la libertad.

Desde que él recordara, siempre había ansiado ser libre. De niño, envidiaba a Davey Patch, el cual recorría las aldeas vendiendo cuchillos, cuerdas y baladas. Lo más maravilloso de la vida de Davey era, para el pequeño Mack, el hecho de que pudiera levantarse al amanecer e irse a dormir cuando le apeteciera. Desde la edad de siete años, su madre lo despertaba unos minutos antes de las dos de la madrugada para que bajara a la mina donde se pasaba quince horas trabajando hasta las cinco de la tarde. Entonces regresaba a casa muerto de agotamiento y a menudo se quedaba dormido mientras se comía las gachas de la cena.

Ahora Mack ya no quería ser buhonero, pero seguía aspirando a una vida distinta. Soñaba con construirse una casa en un valle como High Glen sobre un terreno que fuera suyo;

con trabajar desde el amanecer hasta el ocaso y poder descansar durante todas las horas nocturnas e irse a pescar los días de sol en un lugar donde los salmones no pertenecieran al terrateniente sino a quienquiera que los atrapara. Y la carta que sostenía en la mano significaba que tal vez sus sueños se podrían convertir en realidad.

—No estoy muy segura de que sea muy adecuado leerla en voz alta en la iglesia —le dijo Esther mientras ambos caminaban por la helada ladera de la montaña.

—¿Por qué no? —replicó Mack, a pesar de que él tampoco lo estaba demasiado.

—Habrá problemas. Ratchett se pondrá furioso. —Harry Ratchett era el capataz, el hombre que dirigía la mina en representación del propietario—. A lo mejor se lo dice a sir George y entonces, ¿qué harán contigo?

Mack sabía que su hermana tenía razón y por eso estaba nervioso. Lo cual no le impedía discutir can ella.

—Si me guardo la carta para mí, de nada me servirá —dijo.

—Bueno, se la podrías enseñar a Ratchett en privado. A lo mejor, permite que te vayas discretamente sin que se arme un revuelo.

Mack miró por el rabillo del ojo a su hermana gemela y adivinó que su estado de ánimo no era muy dogmático en aquellos momentos. Parecía preocupada más que combativa. Se sintió invadido por una oleada de afecto hacia ella. Cualquier cosa que ocurriera, Esther siempre estaría a su lado.

Aun así, Mack sacudió tercamente la cabeza.

—Yo no soy el único a quien afecta esta carta. Hay por lo menos cinco chicos que querrían marcharse de aquí si pudieran. ¿Y qué me dices de las futuras generaciones?

Ella lo miró con perspicacia.

—Puede que tengas razón..., pero ese no es el verdadero motivo. Tú lo que quieres es levantarte en la iglesia y demostrar que el propietario de la mina está equivocado.

—¡No, no es cierto! —protestó Mack. Lo pensó un instante y esbozó una sonrisa—. Bueno, puede que haya algo de verdad en lo que dices. Hemos oído muchos sermones sobre el cumplimiento de las leyes y el respeto que debemos a los que están por encima de nosotros. Ahora resulta que nos han estado engañando desde el principio y precisamente sobre la ley que más nos afecta. Pues claro que quiero levantarme y proclamarlo a los cuatro vientos.

—No les des un motivo para castigarte —le dijo Esther, mirándole con semblante preocupado.

Mack trató de tranquilizarla.

—Procuraré ser lo más educado y humilde que pueda —dijo—. Casi no me vas a reconocer.

—¡Humilde! —dijo Esther con escepticismo—. Ya me gustaría verlo.

—Me limitaré a decir cuál es la ley... ¿qué puede haber de malo en ello?

—Es una imprudencia.

—Lo es, desde luego —admitió Mack—. Pero lo voy a hacer de todos modos.

Cruzaron un cerro y bajaron por el otro lado al valle de Coalpit. A medida que descendían, el aire se iba notando cada vez más templado. Poco después apareció ante su vista la iglesita de piedra junto al puente que cruzaba el sucio río.

Cerca del cementerio se arracimaban unas cuantas chozas de aparceros. Se trataba de unas construcciones redondas con una chimenea abierta en el centro del suelo de tierra y un agujero en la techumbre para que saliera el humo, con un solo cuarto que compartían las personas y el ganado durante todo el invierno. Las casas de los mineros, un poco más arriba, cerca de los pozos de la mina, eran un poco mejores. Aunque también tenían suelo de tierra y techumbre de turba, todas disponían de un hogar y una chimenea como era debido y de una ventanita con cristales al lado de la puerta. Y los mineros no estaban obligados a compartir el espacio con las vacas. A pesar de ello, los aparceros se consideraban libres e independientes y miraban por encima del hombro a los mineros.

Sin embargo, no fueron las cabañas de los campesinos las

que ahora habían llamado la atención de Mack y de Esther, induciéndolos a detenerse. Delante del pórtico de la iglesia había un carruaje cerrado con un tronco de dos caballos. Varias damas con miriñaque y estolas de pieles bajaban del vehículo con la ayuda del pastor, sosteniendo en sus manos unos elegantes sombreros con adornos de encaje.

Esther rozó el brazo de Mack y le señaló el puente. Montado en un soberbio caballo zaino de caza con la cabeza vuelta hacia el frío viento, estaba el dueño de la mina, el hacendado del valle, sir George Jamisson.

Hacía cinco años que Jamisson no aparecía por allí. Vivía en Londres, que estaba a una semana de viaje en barco y a dos en diligencia. La gente decía que había empezado vendiendo velas y ginebra en una tiendecita de una esquina de Edimburgo y que no era precisamente un dechado de honradez. Más tarde un pariente suyo había muerto joven y sin hijos y él había heredado el castillo y las minas. Sobre aquella base había creado un imperio empresarial que se extendía hasta lugares tan inimaginablemente lejanos como las Barbados y Virginia y se había convertido en una figura absolutamente respetable que ostentaba los títulos de baronet, magistrado y concejal de Wapping, responsable de la ley y el orden en la zona portuaria de Londres.

Ahora habría querido visitar su finca escocesa en compañía de algunos familiares y amigos.

—Bueno, pues, se acabó —dijo Esther, lanzando un suspiro.

—¿Qué quieres decir? —preguntó Mack, a pesar de que ya lo adivinaba.

—Ahora ya no podrás leer tu carta.

—¿Por qué no?

—¡Malachi McAsh, no seas tan idiota! —exclamó ella—. ¡No puedes leerla delante del terrateniente!

—Al contrario —dijo testarudamente Mack—. Eso será un acicate.

2

Lizzie Hallim no quería ir a la iglesia en carruaje. Le parecía una estupidez. El camino desde el castillo de Jamisson estaba lleno de baches y rodadas y los caballones de barro helados eran tan duros como una roca. El viaje sería tan tremendamente movido que el vehículo tendría que avanzar a paso de tortuga y los pasajeros llegarían muertos de frío, magullados y probablemente con retraso. Insistió, por tanto, en ir a caballo.

Aquel comportamiento tan impropio de una dama era la desesperación de su madre.

—¿Cómo vas a encontrar marido si siempre te comportas como un hombre? —le dijo lady Hallim.

—Encontraré un marido cuando me apetezca —contestó Lizzie. Era cierto: los hombres se enamoraban de ella constantemente—. El problema será encontrar a uno al que pueda aguantar durante más de media hora.

—El problema será encontrar a uno que no se asuste fácilmente —musitó su madre.

Lizzie se rio. Ambas tenían razón. Los hombres se enamoraban de ella nada más verla, pero se echaban rápidamente atrás en cuanto descubrían cómo era realmente. Sus comentarios llevaban años escandalizando a la buena sociedad de Edimburgo. En el baile de su presentación en sociedad, hablando con un trío de ancianas y acaudaladas viudas, había señalado que el gobernador tenía un trasero muy grande y, como consecuencia de ello, su reputación había sufrido un duro golpe. El año anterior su madre la había llevado a Londres en primavera para «presentarla» a la sociedad inglesa. La experiencia había sido un desastre. Lizzie había levantado la voz, se había reído en exceso y se había burlado sin el menor disimulo de los afectados modales y las ajustadas prendas de vestir de los jóvenes lechuguinos que habían intentado cortejarla.

—Eso es porque te has criado sin un hombre en casa —añadió su madre—. Y ahora te has vuelto demasiado independiente.

Lady Hallim subió al carruaje y Lizzie pasó por delante de la pétrea fachada del castillo de Jamisson para dirigirse a las cuadras del lado este. Su padre había muerto cuando ella contaba tres años y, por consiguiente, apenas lo recordaba. Cuando preguntaba de qué había muerto, su madre le contestaba vagamente: «Del hígado». Las había dejado sin un céntimo y su madre se había pasado muchos años hipotecando pedazos cada vez más grandes de la finca Hallim, en espera de que Lizzie creciera y se casara con un hombre rico que pudiera resolver todos sus problemas. Ahora Lizzie tenía veinte años y había llegado la hora de que cumpliera su destino.

Ese habría sido el motivo de que la familia Jamisson visitara su propiedad de Escocia después de tantos años y de que sus principales invitados fueran sus vecinas Lizzie y su madre, lady Hallim, las cuales vivían a solo quince kilómetros de distancia. El pretexto de la fiesta era el vigésimo primer cumpleaños del hijo menor, Jay, pero la verdadera razón era el deseo de que Lizzie se casara con Robert, el hijo mayor.

La madre se mostraba favorable al proyecto, pues Robert era el heredero de una gran fortuna. A sir George le interesaba mucho juntar la finca de las Hallim a las tierras de la familia Jamisson y Robert parecía de acuerdo a juzgar por la atención que había prestado a la joven desde su llegada, aunque siempre resultaba un poco difícil adivinar los verdaderos sentimientos de Robert.

La joven le vio de pie en el patio de las cuadras, esperando a que los mozos ensillaran los caballos. Se parecía al retrato de su madre que colgaba en la sala del castillo, una mujer muy seria y poco agraciada, de hermoso cabello, ojos claros y boca firme y decidida. Su aspecto no estaba nada mal: no era demasiado feo, no estaba ni gordo ni delgado, no olía mal, bebía con mesura y no vestía con amaneramiento. Era un buen partido, pensó Lizzie, y si se le declarara, probablemente lo aceptaría. No estaba enamorada, pero sabía cuál era su obligación.

Decidió bromear un poco con él.

—Es muy poco considerado de su parte vivir en Londres —le dijo.

—¿Poco considerado? —preguntó él, frunciendo el ceño—. ¿Por qué?

—Nos deja usted sin vecinos. —Él la miró, todavía perplejo. Por lo visto, no tenía demasiado sentido del humor. Se lo explicó—: No estando usted aquí, no hay ni un alma entre este lugar y Edimburgo.

Una voz a su espalda replicó:

—Aparte las cien familias de mineros del carbón y las distintas aldeas de aparceros.

—Usted ya sabe a qué me refiero —dijo Lizzie, volviéndose. El hombre que le había dirigido la palabra le era desconocido. Con su habitual desparpajo, le preguntó: —Y, por cierto, ¿quién es usted?

—Jay Jamisson —contestó el joven, inclinando la cabeza—. El hermano más listo de Robert. ¿Cómo ha podido usted olvidarlo?

—¡Ah!

Le habían dicho que había llegado la víspera a última hora, pero no lo había reconocido. Cinco años atrás, Jay tenía varios centímetros menos de estatura, la frente llena de granos y unos cuantos pelitos rubios en la barbilla. Ahora estaba mucho más guapo. Pero entonces no era demasiado listo y Lizzie dudaba mucho de que hubiera cambiado a este respecto.

—Le recuerdo —dijo—. Y le he reconocido por su orgullo.

—Ojalá la hubiera tenido a mi lado para poder imitar su ejemplo de humildad y modestia, señorita Hallim —dijo Jay con una sonrisa.

—Hola, Jay —lo interrumpió Robert—. Bienvenido al castillo de Jamisson.

Jay miró a su hermano con semblante súbitamente enfurruñado.

—No te des tantos aires de gran señor, Robert. Aunque seas el hijo mayor, todavía no has heredado la propiedad.

Lizzie intervino diciendo:

—Felicidades por su vigésimo primer cumpleaños.

—Gracias.

—Es hoy, ¿verdad?

—Sí.

—Bueno, ¿irás a caballo a la iglesia con nosotros? —le preguntó impacientemente Robert a su hermano.

Lizzie vio un destello de odio en los ojos de Jay, a pesar del sereno tono de su voz.

—Sí. Les he dicho que me ensillen una montura.

—Pues entonces será mejor que nos pongamos en marcha. —Robert se volvió hacia las cuadras y dijo, levantando la voz—: ¡Daos prisa!

—Todo listo, señor —contestó un mozo desde el interior.

Momentos después, los mozos salieron, conduciendo tres caballos: una robusta jaca negra, una yegua baya y un castrado gris.

—Supongo que estas bestias se las habréis alquilado a algún tratante de Edimburgo —dijo Jay en aparente tono de crítica.

Pero se acercó al castrado, le acarició el cuello y permitió que le hocicara su chaqueta azul de montar. Lizzie observó entonces que Jay se sentía a gusto con los caballos y les tenía cariño.

Montó a mujeriegas en la jaca negra y salió trotando del patio. Los hermanos la siguieron, Jay a lomos del castrado y Robert a los de la yegua. El viento empujaba el aguanieve contra los ojos de Lizzie y la capa de nieve del suelo hacía que el camino resultara muy peligroso, pues ocultaba unos baches de más de treinta centímetros de profundidad en los que los caballos tropezaban a cada paso.

—Vamos por el bosque —dijo Lizzie—. Es más abrigado y el suelo no es tan irregular.

Sin esperar a que los demás estuvieran de acuerdo, apartó su montura del camino y se adentró en el centenario bosque.

Bajo los altos pinos, el suelo del bosque estaba libre de

maleza. Los riachuelos y las zonas pantanosas se habían helado y la tierra aparecía cubierta por una especie de polvillo blanco. Lizzie lanzó la jaca a medio galope. A los pocos segundos, el castrado se le adelantó. Levantó la vista y vio una sonrisa de desafío en el rostro de Jay: la estaba retando a una carrera. Animó con la voz y espoleó a la jaca, la cual salió disparada.

Cabalgaron a través de los árboles, agachando la cabeza para no chocar con las ramas más bajas, saltando sobre los troncos caídos y chapoteando imprudentemente en los arroyuelos. El caballo de Jay era más grande y hubiera sido más rápido al galope, pero las patas más cortas de la jaca y su esqueleto más ligero estaban mejor adaptados al terreno y, poco a poco, Lizzie lo dejó rezagado. Cuando ya no pudo oír el caballo de Jay, aminoró el paso y detuvo a Jock al llegar a un claro.

Jay le dio rápidamente alcance, pero no se veía ni rastro de Robert. Lizzie pensó que era demasiado sensato para arriesgar el pellejo en una absurda carrera. Ella y Jay cabalgaron al paso el uno al lado del otro, tratando de recuperar el resuello. Las monturas les daban calor con su cuerpo.

—Me gustaría hacer una carrera con usted en línea recta —dijo Jay entre jadeos.

—Montando a horcajadas, yo le ganaría —contestó Lizzie.

El joven la miró levemente escandalizado. Todas las mujeres bien criadas montaban a mujeriegas. Montar a horcajadas era considerado vulgar en una mujer. A Lizzie le parecía una estupidez y, cuando estaba sola, montaba como un hombre.

Estudió a Jay por el rabillo del ojo. Su madre, Alicia, la segunda esposa de sir George, era una encantadora rubia y Jay había heredado sus ojos azules y su cautivadora sonrisa.

—¿Qué hace usted en Londres? —le preguntó Lizzie.

—Sirvo en el Tercer Regimiento de la Guardia de Infantería. —Su voz adquirió un tinte de orgullo cuando añadió—: Me acaban de ascender al grado de capitán.

—Muy bien, pues, capitán Jamisson, ¿qué es lo que hacen ustedes los valientes soldados? —dijo ella en tono burlón—. ¿Hay alguna guerra en Londres en estos momentos? ¿Hay enemigos a los que matar?

—Tenemos más que suficiente con mantener bajo control a la chusma.

Lizzie recordó de repente que Jay era en su infancia un niño muy malo y pendenciero y se preguntó si disfrutaría en su trabajo.

—¿Y cómo se la controla?

—Por ejemplo, escoltando a los criminales hasta la horca e impidiendo que sus compinches los rescaten antes de que el verdugo haya cumplido su misión.

—O sea que se pasa usted el rato matando ingleses, como un auténtico héroe escocés.

A Jay no parecía importarle que le tomaran el pelo.

—Algún día me gustaría abandonar mi puesto e irme al extranjero —dijo.

—No me diga... ¿y eso por qué?

—En este país nadie le hace el menor caso a un segundón —contestó—. Hasta los criados parece que se lo piensan un poco antes de obedecer cuando les das una orden.

—¿Y cree que en otro lugar será distinto?

—Todo es distinto en las colonias. He leído varios libros sobre esta cuestión. La gente no tiene tantos prejuicios. Le toman a uno por lo que es.

—¿Y qué haría usted?

—Mi familia tiene una plantación de azúcar en Barbados. Espero que mi padre me la regale en mi vigésimo primer cumpleaños, como parte de la herencia que me corresponde, por así decirlo.

Lizzie le miró con cierta envidia.

—Qué suerte —dijo—. Lo que más me gustaría sería irme a otro país. Sería emocionante.

—La vida allí es muy dura —comentó Jay—. Puede que echara de menos las comodidades de su casa..., las tiendas y la ópera, la moda francesa y todo lo demás.

—A mí todo eso no me interesa —dijo Lizzie en tono despectivo—. Odio esta ropa. —Llevaba una falda con miriñaque y un corpiño muy ajustado a la cintura—. Me gustaría vestir como un hombre, con calzones, camisa y botas de montar.

Jay se echó a reír.

—Eso sería llegar demasiado lejos, incluso en Barbados.

Lizzie pensó: «Si Robert me llevara a Barbados, me casaría con él en un santiamén».

—Y, además, tienes esclavos que te hacen todo el trabajo —añadió Jay.

Salieron del bosque a unos cuantos metros río arriba del puente. En la otra orilla los mineros estaban entrando en la iglesita.

Lizzie seguía pensando en Barbados.

—Debe de ser muy raro eso de tener esclavos y poderles hacer lo que se te antoje como si fueran unas bestias —dijo—. ¿No le hace sentirse extraño?

—En absoluto —contestó Jay, mirándola con una sonrisa.

3

La iglesita estaba llena a rebosar. La familia Jamisson y sus invitados la ocupaban casi por completo, las mujeres con sus miriñaques y los hombres con sus espadas y tricornios. Los mineros y aparceros que constituían la habitual concurrencia del domingo dejaron un espacio vacío alrededor de los recién llegados, como si temieran rozar las elegantes prendas y mancharlas con polvillo de carbón y excrementos de vaca.

Mack había discutido en tono desafiante con Esther, pero, en realidad, sentía una enorme inquietud. Los propietarios de las minas tenían derecho a azotar a los mineros y, por si fuera poco, sir George era magistrado, lo cual significaba que podía ordenar ahorcar a una persona sin que nadie lo impidiera. Era una imprudencia incurrir en la cólera de un hombre tan poderoso.

Pero lo que estaba bien, estaba bien. Mack y los demás mineros eran tratados de una forma injusta e ilegal y, cada vez que lo pensaba, el joven se ponía tan furioso que hubiera deseado proclamarlo desde los tejados. No podía difundir la noticia en secreto, como si fuera mentira. Tenía que ser valiente o echarse atrás.

Por un instante consideró aquella posibilidad. ¿Por qué armar alboroto? De pronto se inició el himno y los mineros empezaron a cantar, llenando la iglesia con la armonía de sus conmovedoras voces. A su espalda, Mack escuchó la hermosa voz de tenor de Jimmy Lee, el mejor cantor de la aldea. El canto le hizo pensar en High Glen y en su sueño de libertad y entonces templó los nervios y decidió seguir adelante con su plan.

El pastor, reverendo John York, era un hombre muy afable de unos cuarenta años y cabello ralo que habló casi con temor, impresionado por la importancia de los visitantes. Su sermón giró en torno al tema de la Verdad. ¿Cómo reaccionaría cuando Mack leyera la carta? Instintivamente se pondría del lado del propietario de la mina y seguro que comería en el castillo después de la función religiosa. Pero era un clérigo y tendría que hablar en favor de la justicia, independientemente de lo que dijera sir George, ¿verdad?

Los sencillos muros de piedra de la iglesia estaban desprovistos de adornos, no había ninguna chimenea encendida y el aliento de Mack se condensaba en la fría atmósfera del interior del templo. El joven estudió a la gente del castillo. Reconoció a casi todos los miembros de la familia Jamisson, pues, cuando él era pequeño, solían pasarse casi todo el año allí. El colorado rostro y la prominente barriga de sir George eran inconfundibles. A su lado se encontraba su esposa, ataviada con un vestido rosa lleno de volantitos que hubiera podido sentarle bien a una mujer más joven. Robert, el hijo mayor, tenía una mirada muy dura y una expresión muy seria. A sus veintiséis años, estaba empezando a adquirir las redondeces de su padre. A su lado se sentaba un apuesto muchacho rubio de aproximadamente la misma edad que Mack. Debía de ser Jay, el hijo menor. El verano en que tenía seis años, Mack había jugado a diario con Jay en los bosques que rodeaban el castillo y ambos niños pensaban que serían amigos toda la vida, pero aquel invierno Mack empezó a trabajar en la mina.

El joven reconoció a algunos de los invitados de los Jamisson. Lady Hallim y su hija, Lizzie, le eran conocidas. Lizzie Hallim era desde hacía mucho tiempo motivo de escándalo en el valle. La gente decía que andaba por los campos vestida con prendas masculinas y con una escopeta al hombro y que era capaz de regalarle sus botas a un niño descalzo, pero después le pegaba una bronca a la madre de la criatura por no haber fregado debidamente la entrada de su casa. Mack llevaba años sin verla. La finca de las Hallim disponía de iglesia propia y, por consiguiente, no acudían allí todos los domingos sino solo cuando los Jamisson estaban en el castillo. Mack recordaba la última vez que había visto a Lizzie, cuando ella tenía quince años e iba vestida como una remilgada señorita, pero arrojaba piedras contra las ardillas como un chico.

La madre de Mack había trabajado como criada en High Glen House, la casa de las Hallim y, después de casada, había vuelto por allí algún domingo por la tarde para ver a sus antiguos compañeros y mostrarles sus gemelos. Durante aquellas visitas, Mack y Esther habían jugado algunas veces con Lizzie..., probablemente a escondidas de lady Hallim. Lizzie era entonces muy descarada, mandona, egoísta y mimada. Mack la había besado una vez y ella le había tirado del cabello y lo había hecho llorar. Por su aspecto, no parecía que hubiera cambiado demasiado. Tenía un menudo y pícaro rostro, un rizado cabello castaño y unos ojos muy oscuros que miraban con expresión traviesa. Su rosada boca estaba muy bien perfilada. Mientras la miraba, Mack pensó: «Me gustaría besarla ahora». Justo en aquel momento, Lizzie le miró y Mack apartó los ojos turbado, como si temiera que ella adivinara sus pensamientos.

El sermón estaba tocando a su fin. Aparte de la habitual ceremonia presbiteriana, aquel día habría un bautizo: Jen, la prima de Mack, había dado a luz a su cuarto hijo. El mayor, Wullie, ya trabajaba en la mina. Mack había llegado a la conclusión de que el momento más apropiado para su anuncio sería el del bautizo. A medida que se acercaba el momento, se iba notando una sensación de creciente debilidad en el estómago. Pero pensó que era un estúpido. Él, que arriesgaba diariamente su vida en la mina, ¿no tendría el valor de desafiar a un obeso propietario?

Jen se situó delante de la pila bautismal con aire muy cansado. Tenía apenas treinta años, pero había dado a luz cuatro hijos, llevaba veintitrés años trabajando en la mina y estaba agotada. El señor York roció con agua la cabeza de la criatura. Después, Saul, el marido de Jen, repitió la frase que convertía en esclavos a todos los hijos de los mineros escoceses. «Prometo que este niño trabajará en las minas de sir George Jamisson tanto de chico como de mayor mientras esté en condiciones de hacerlo o hasta que muera.»

Era el momento que Mack había elegido.

El joven se levantó.

Normalmente, cuando llegaba aquel momento de la ceremonia, el capataz Harry Ratchett se acercaba a la pila bautismal y le entregaba al padre el llamado «arles», el tradicional pago de una bolsa de diez libras a cambio de la promesa del niño. Sin embargo, para asombro de Mack, fue sir George quien se levantó para cumplir personalmente aquel ritual.

Mientras se levantaba, los ojos del propietario de las minas se cruzaron con los de Mack.

Por un instante, ambos se miraron fijamente el uno al otro.

Después sir George se encaminó hacia la pila bautismal.

Mack salió al pasillo central de la iglesia y dijo en voz alta:

—El pago del «arles» no tiene el menor significado.

Sir George se quedó petrificado y todas las cabezas se volvieron hacia Mack. Hubo un instante de sobrecogido silencio, en cuyo transcurso Mack pudo oír los fuertes latidos de su corazón.

—Esta ceremonia no tiene validez —declaró Mack—. El niño no se puede prometer a la mina. Un niño no puede ser esclavizado.

—Siéntate, insensato, y calla la boca —le dijo sir George.

El paternalista tono de desprecio lo enfureció hasta tal punto que todas sus dudas se disiparon de golpe.

—Siéntese usted —replicó temerariamente. Su insolencia dejó boquiabiertos de asombro a todos los presentes mientras señalaba con el dedo al señor York—. Usted acaba de hablar de la verdad en su sermón, pastor... ¿estará dispuesto ahora a defender la verdad?

El clérigo le miró con semblante preocupado.

—¿De qué estás hablando, McAsh?

—¡De la esclavitud!

—Bueno, tú ya conoces la legislación de Escocia —replicó York en tono apaciguador—. Los mineros del carbón pertenecen al propietario de la mina. Cuando un hombre lleva un año y un día trabajando en la mina, pierde la libertad.

—Sí —dijo Mack—. Es tremendo, pero es la ley. Lo que yo digo es que la ley no esclaviza a los niños, y lo puedo demostrar.

—¡Nosotros necesitamos el dinero, Mack! —protestó Saul.

—Toma el dinero —dijo Mack—. Tu chico trabajará para sir George hasta que cumpla veintiún años y eso vale diez libras. Pero... —el joven levantó la voz— pero, cuando alcance la mayoría de edad, ¡será libre!

—Te aconsejo que te calles —dijo sir George en tono amenazador—. Estás diciendo cosas muy peligrosas.

—Pero son la verdad —replicó, obstinado, Mack.

Sir George se ruborizó intensamente. No estaba acostumbrado a que lo desafiaran con tanta porfía.

—Ya te arreglaré yo las cuentas cuando termine la ceremonia —dijo en tono enfurecido. Entregándole la bolsa a Saul, añadió—: Prosiga, señor York, por favor.

Mack se quedó momentáneamente desconcertado. No

era posible que siguieran adelante como si nada hubiera ocurrido.

—Vamos a entonar el himno final —dijo el pastor.

Sir George regresó a su asiento. Mack permaneció de pie sin poder creer que todo hubiera terminado.

—El segundo salmo —dijo el pastor—. «¿Por qué se amotinan las gentes y trazan los pueblos planes vanos?»

—No, no... todavía no —dijo una voz a la espalda de Mack.

Mack se volvió. Era Jimmy Lee, el joven minero de la prodigiosa voz de tenor. Ya había intentado escapar una vez y, como castigo, llevaba alrededor del cuello un collar de hierro con la siguiente inscripción: «Este hombre es propiedad de sir George Jamisson de Fife». Gracias a Dios que Jimmy le echaba una mano, pensó Mack.

—Ahora no puedes quedarte a medias —dijo Jimmy—. Cumplo veintiún años la semana que viene. Si voy a ser libre, quiero saberlo.

—Todos queremos saberlo —dijo Ma Lee, la madre de Jimmy, una anciana desdentada cuya opinión influía mucho en la aldea y a la cual todo el mundo respetaba. Varios hombres y mujeres le expresaron en voz alta su apoyo.

—Tú no vas a ser libre nunca —graznó sir George, volviéndose a levantar.

Esther tiró de la manga de su hermano.

—¡Enséñales la carta!

En medio de la emoción del momento, Mack lo había olvidado.

—La ley dice lo contrario, sir George —gritó, agitando la carta en su mano.

—¿Qué es este papel, McAsh? —preguntó York.

—La carta de un abogado de Londres a quien se lo he consultado.

Sir George estaba tan indignado que parecía a punto de estallar. Mack se alegró de que estuvieran separados por varias filas de bancos, pues, de lo contrario, el amo hubiera podido agarrarlo por el cuello.

—¿Que tú has consultado con un abogado? —farfulló, como si tal cosa constituyera la mayor ofensa que cupiera imaginar.

—¿Y qué dice la carta? —preguntó York.

—La voy a leer —contestó Mack—. «La ceremonia del "arles" no tiene ningún fundamento en la ley inglesa o la escocesa. —Se oyó un murmullo de sorprendidos comentarios entre los presentes. Aquello contradecía todo lo que les habían enseñado a creer—. Los padres no pueden vender lo que no les pertenece, a saber, la libertad de un hombre adulto. Pueden obligar a su hijo a trabajar en la mina hasta que cumpla la edad de veintiún años, pero... —Mack hizo una dramática pausa y después siguió leyendo muy despacio— ¡pero entonces será libre de marcharse!»

De repente, todo el mundo sintió la necesidad de decir algo. Cien personas intentaban hablar, gritar, hacer alguna pregunta o expresar su parecer. Probablemente la mitad de los hombres que se encontraban en la iglesia habían sido entregados a la mina por sus padres al nacer y, como consecuencia de ello, siempre se habían considerado esclavos. Ahora les decían que habían sido engañados y querían saber la verdad.

Mack levantó la mano para calmarlos y casi inmediatamente se callaron. Por un instante, el joven se asombró de su poder.

—Dejadme que os lea otra cosa —dijo—. «Tan pronto como un hombre alcanza la edad adulta, está sujeto a la ley como cualquier otra persona: cuando ha trabajado un año y un día como adulto, pierde la libertad.»

Se oyeron unos murmullos de cólera y decepción. Aquello no era una revolución, pues casi todos ellos seguían siendo tan esclavos como siempre. Sin embargo, tal vez sus hijos pudieran salvarse.

—Enséñame esta carta, McAsh —dijo el señor York.

Mack se acercó a él y se la entregó.

Sir George, con el rostro todavía congestionado por la furia, preguntó:

—¿Quién es este presunto abogado?

—Se llama Gaspar Gordonson.

—Ah, sí, ya he oído hablar de él —dijo York.

—Yo también —dijo despectivamente sir George—. ¡Un radical exaltado! Mantiene estrecha relación con John Wilkes.

Todo el mundo conocía el nombre de Wilkes: era el célebre dirigente liberal que vivía exiliado en París, pero constantemente amenazaba con regresar y derribar el Gobierno.

—Gordonson será ahorcado por eso, a poca influencia que yo tenga. Esta carta es una traición.

El pastor se asustó al oír hablar de la horca.

—Bueno, yo no creo que la traición tenga nada que...

—Usted será mejor que se limite al reino de los Cielos —le interrumpió bruscamente sir George—. Deje que los hombres de este mundo decidan lo que es traición y lo que no lo es —añadió, arrebatándole la carta de las manos.

Los presentes se escandalizaron al ver la brutal reprimenda de que acababa de ser objeto su pastor y esperaron en silencio su reacción. York miró a Jamisson a los ojos y entonces Mack tuvo la certeza de que el pastor desafiaría al hacendado, pero, en su lugar, York bajó la vista y Jamisson miró a su alrededor con expresión triunfante y volvió a sentarse como si todo hubiera terminado.

Mack se indignó ante la cobardía de York. La Iglesia era una autoridad moral. Un pastor que aceptaba las órdenes del terrateniente no servía absolutamente para nada. Mack le dirigió una mirada de claro desdén y le preguntó en tono burlón:

—¿Tenemos que respetar la ley o no?

Robert Jamisson se levantó con el rostro tan congestionado como el de su padre.

—Tú respetarás la ley y tu amo te dirá cuál es la ley —dijo.

—Eso equivale a no tener ninguna ley —replicó Mack.

—Por lo que a ti respecta, da igual —dijo Robert—. Eres un minero de carbón, ¿qué tienes tú que ver con la ley? En cuanto a eso de escribir a los abogados... —El joven tomó la carta de manos de su padre—. Eso es lo que yo pienso de tu abogado —añadió, rasgando el papel por la mitad.

Los mineros emitieron un sobrecogido jadeo. Su futuro estaba escrito en aquellas páginas y aquel hombre las había roto.

Robert siguió rompiendo la carta y, al final, arrojó los trocitos al aire y estos cayeron sobre Saul y Jen como confeti en una boda.

Mack experimentó un dolor tan profundo como si se hubiera muerto una persona muy querida. La carta era lo más importante que jamás le hubiera ocurrido en la vida. Quería mostrarla a todo el mundo en la aldea. Soñaba con llevarla a las minas de otras aldeas hasta que toda Escocia se enterara. Pero Robert la había destruido en un segundo.

La derrota se le debió de notar en la cara, pues Robert miró a su alrededor con expresión triunfal. Eso fue lo que más enfureció a Mack. A él no se le podía aplastar tan fácilmente. La cólera lo indujo a adoptar una actitud desafiante. «Aún no estoy acabado», pensó. La carta había desaparecido, pero la ley seguía existiendo.

—Veo que está usted lo bastante asustado como para haber destruido la carta —dijo, sorprendiéndose del profundo desprecio que denotaba su propia voz—. Pero no puede romper la ley del país. Eso está escrito sobre un papel que no se desgarra tan fácilmente.

Robert se sorprendió y dudó un poco, sin saber muy bien cómo responder a semejante elocuencia. Tras una breve pausa, dijo en tono enfurecido:

—Largo de aquí.

Mack miró al señor York y los Jamisson también lo miraron. Ningún seglar tenía derecho a ordenarle a un feligrés que abandonara una iglesia. ¿Doblaría el pastor la rodilla y permitiría que el hijo del terrateniente expulsara a una de las ovejas de su rebaño?

—¿Esta es la casa de Dios o la de sir George Jamisson? —preguntó Mack.

Fue un momento decisivo, pero York no supo estar a su altura.

Será mejor que te vayas, McAsh —dijo, mirándole con expresión avergonzada.

Mack no pudo resistir la tentación de responder, pese a constarle que era una temeridad.

—Gracias por su sermón sobre la verdad —dijo—. Jamás lo olvidaré.

Dio media vuelta y Esther se situó a su lado. Mientras ambos hermanos bajaban por el pasillo, Jimmy Lee se levantó y los siguió. Uno o dos más se levantaron, después lo hizo Ma Lee hasta que, de pronto, el éxodo se generalizó. Se oyó el rumor de las botas en el suelo y el susurro de los vestidos mientras los mineros abandonaban sus asientos, llevándose consigo a los miembros de sus familias. Al llegar a la puerta, Mack supo que todos los mineros le seguían y entonces experimentó una sensación de camaradería y victoria que le hizo asomar las lágrimas a los ojos.

Los mineros se congregaron a su alrededor en el cementerio. El viento había amainado, pero estaba nevando y unos grandes copos caían perezosamente sobre las lápidas.

—Eso de romper la carta ha estado muy mal —dijo Jimmy, mirando enfurecido a su alrededor.

Otros se mostraron de acuerdo.

—Volveremos a escribir —dijo uno.

—Puede que no sea tan fácil echarla al correo —dijo Mack.

En realidad, no estaba pensando en aquellos detalles. Respiraba afanosamente y se sentía agotado y alborozado, como si hubiera subido corriendo por la ladera de High Glen.

—¡Pero la ley es la ley! —señaló otro.

—Sí, pero el amo es el amo —terció otro minero.

Mientras se iba calmando poco a poco, Mack se preguntó qué había conseguido realmente. Los había sacudido a todos, por supuesto, pero eso no bastaba por sí solo para cambiar la situación. Los Jamisson se habían negado en redondo a reconocer la validez de la ley. Si echaban mano de sus escopetas, ¿qué podrían hacer los mineros? ¿De qué serviría luchar por la justicia? ¿No sería mejor hacerle la pelotilla al amo en la esperanza de suceder algún día a Harry Ratchett en el puesto de capataz?

Una diminuta figura envuelta en un abrigo de piel negra salió de la iglesia como un galgo desencadenado. Era Lizzie Hallim. Se acercó directamente a Mack y los mineros le abrieron inmediatamente un pasillo. Mack la miró fijamente. Estaba preciosa cuando la había visto al principio, pero ahora, con el rostro arrebolado por la indignación, su belleza era arrebatadora. Con los negros ojos encendidos de rabia, preguntó:

—¿Quién te has creído que eres?

—Soy Malachi McAsh...

—Sé cómo te llamas —dijo Lizzie—. ¿Cómo te atreves a hablarle al hijo del amo de esta manera?

—¿Y cómo se atreven ellos a esclavizarnos cuando la ley dice que no pueden hacerlo?

Se oyeron unos murmullos de aprobación entre los mineros.

Lizzie los miró. Los copos de nieve quedaban prendidos en la piel de su abrigo. Uno aterrizó sobre su nariz y ella lo apartó con un gesto de impaciencia.

—Tienes suerte de disfrutar de un trabajo remunerado —dijo—. Todos tendríais que estarle agradecidos a sir George por la explotación de las minas que os ofrece un medio de vida para mantener a vuestras familias.

—Si tanta suerte tenemos —dijo Mack—, ¿por qué necesitan leyes que nos prohíben abandonar la aldea y buscar trabajo en otro sitio?

—¡Porque sois tan tontos que ni siquiera os dais cuenta de lo bien que estáis!

Mack se percató de que estaba disfrutando no solo de la oportunidad que le deparaba de poder contemplar de cerca a una bella mujer de alto linaje, sino también de la discusión propiamente dicha, pues, como adversario, Lizzie era mucho más sutil que sir George o Robert.

—Señorita Hallim, ¿ha bajado usted alguna vez a una mina de carbón? —le preguntó Mack en voz baja.

Ma Lee se partió de risa de solo pensarlo.

—No seas ridículo —dijo Lizzie.

—Si lo hace algún día, le aseguro que jamás nos volverá a decir que tenemos suerte.

—Ya he escuchado suficientes insolencias —contestó Lizzie—. Te tendrían que dar una tanda de azotes.

—Seguramente me la darán —dijo Mack, aunque no lo creía. Él jamás había visto azotar a ningún minero, pero su padre sí lo había visto.

Lizzie respiraba afanosamente y él tuvo que hacer un esfuerzo para apartar los ojos de su busto.

—Tú tienes respuesta para todo, siempre la has tenido.

—Sí, pero usted nunca me ha hecho caso.

Mack sintió que un codo se hundía dolorosamente en su costado. Era Esther, diciéndole que tuviera cuidado y nunca olvidara que no convenía pasarse de listo con los ricos.

—Pensaremos en todo lo que usted nos ha dicho, señorita Hallim —dijo Esther—, y gracias por sus consejos.

Lizzie asintió magnánimamente con la cabeza.

—Tú eres Esther, ¿verdad?

—Sí, señorita.

Lizzie se volvió hacia Mack.

—Tendrías que hacerle caso a tu hermana. Tiene mucho más sentido común que tú.

—Es la primera verdad que hoy me han dicho.

—Cierra el pico, Mack —le dijo Esther en un susurro.

Lizzie sonrió y, de repente, toda su arrogancia se desvaneció. La sonrisa le iluminó el rostro y la convirtió en otra persona más alegre y cordial.

—Llevaba mucho tiempo sin oír esta frase —dijo, soltando una carcajada.

Mack no pudo evitar reírse con ella.

Lizzie dio media vuelta, riéndose por lo bajo.

Mack la vio regresar al pórtico de la iglesia y reunirse con los Jamisson, que justo en aquel momento estaban saliendo del templo.

—Madre mía —dijo, sacudiendo la cabeza—. Qué mujer.

4

Jay se había puesto furioso en la iglesia. Le atacaba los nervios que la gente quisiera elevarse por encima de su condición. Por voluntad divina y la ley del país, Malachi McAsh tenía que pasarse la vida extrayendo carbón bajo tierra y Jay Jamisson tenía que vivir una existencia más elevada. Quejarse del orden natural era una iniquidad. Y McAsh lo sacaba de quicio, pues hablaba como si se considerara igual a cualquier persona por muy encumbrada que fuera su posición.

En las colonias, un esclavo era un esclavo y no se tenía en cuenta para nada que hubiera trabajado un año y un día y tanto menos se le pagaba un salario. Así se tenían que hacer las cosas, a juicio de Jay. Nadie trabajaba si no le obligaban a hacerlo y mejor que ello se hiciera con la mayor dureza posible..., el resultado era mucho más satisfactorio.

Al salir de la iglesia, varios aparceros le felicitaron el cumpleaños, pero ningún minero se acercó a él. Todos estaban en el cementerio, discutiendo en voz baja. Jay estaba indignado porque le habían estropeado la celebración de su cumpleaños.

Corrió a través de la nieve hasta el lugar donde un mozo sujetaba los caballos. Robert ya estaba allí, pero no así Lizzie. Jay miró a su alrededor. Estaba deseando regresar a casa con ella.

—¿Dónde está la señorita Elizabeth? —le preguntó al mozo.

—Junto al pórtico, señorito Jay.

Jay la vio conversando animadamente con el pastor.

Robert golpeó agresivamente el pecho de su hermano con un dedo.

—Mira, Jay... hazme el favor de dejar en paz a Elizabeth Hallim, ¿me has entendido?

El rostro de Robert mostraba una expresión beligerante

y, cuando se ponía en aquel plan, era muy peligroso hacerle enfadar. Pero la rabia y la decepción infundieron valor a Jay.

—¿De qué demonios estás hablando? —replicó Jay en tono airado.

—El que se va a casar con ella soy yo y no tú.

—Yo no quiero casarme con ella.

—Pues entonces no le hagas la corte.

Jay sabía que Lizzie lo encontraba atractivo y le había encantado bromear con ella, pero no tenía la menor intención de cautivar su corazón. Cuando él tenía catorce años y ella trece, pensaba que era la chica más guapa del mundo y se le partió el corazón de pena al descubrir que ella no sentía el menor interés por él (ni por ningún otro chico, en realidad)..., pero de aquello ya había transcurrido mucho tiempo. El plan de su padre era que Robert se casara con Lizzie y ni él ni nadie de la familia se hubiera atrevido a oponerse a los deseos de sir George. Por consiguiente, a Jay le extrañaba que Robert se hubiera disgustado lo bastante como para quejarse. No debía de sentirse muy seguro de sí mismo... y Robert, al igual que su padre, siempre estaba seguro de sí mismo.

Jay pudo disfrutar del insólito placer de ver a su hermano preocupado.

—¿De qué tienes miedo? —le preguntó.

—Sabes muy bien de qué estoy hablando. Me has estado robando cosas desde que éramos pequeños... mis juguetes, mi ropa, todo lo que has podido.

Un antiguo resentimiento familiar indujo a Jay a decir:

—Porque tú siempre conseguías lo que querías y a mí no me daban nada.

—No digas diparates.

—Sea como fuere, la señorita Hallim es huésped de nuestra casa —dijo Jay, adoptando un tono de voz más razonable—. No querrás que no le preste atención, ¿verdad?

Robert frunció los labios.

—¿Quieres que hable con nuestro padre?

Esas eran las palabras mágicas que siempre acababan con

sus disputas infantiles. Ambos hermanos sabían que su padre siempre dictaba sentencias favorables a Robert.

Jay sintió un amargo nudo en la garganta.

—De acuerdo, Robert —dijo al final—. Intentaré no entrometerme en tus galanteos.

Montó en su caballo y se alejó al trote, dejando que Robert escoltara a Lizzie hasta el castillo.

El castillo de Jamisson era una fortaleza de piedra gris con torretas y almenas cuyo imponente aspecto era el propio de la mayoría de las casas de campo escocesas. Su construcción se remontaba a setenta años atrás, cuando la primera mina del valle empezó a reportarle cuantiosos beneficios a su propietario.

Sir George había heredado la finca a través de un primo de su primera esposa y, a lo largo de toda la infancia de Jay, su padre había estado obsesionado con el carbón. Se había gastado un montón de dinero y de tiempo abriendo nuevos pozos, y no había efectuado ningún tipo de reforma en el castillo.

A pesar de que era el hogar de su infancia, Jay no se sentía a gusto en el castillo. Las espaciosas estancias de la planta baja con sus desagradables corrientes de aire —la sala, el comedor, el salón, la cocina y los cuartos de los criados— estaban dispuestas alrededor de un gran patio central cuya fuente se helaba desde octubre hasta mayo. Era imposible calentar el edificio. En todos los dormitorios había grandes chimeneas en las que ardía el carbón de las minas Jamisson, pero la atmósfera de las habitaciones de baldosas de piedra no se calentaba ni a la de tres y los pasillos estaban tan fríos que se tenía uno que poner una capa para ir de una habitación a otra.

Diez años atrás la familia se había trasladado a Londres, dejando a unos pocos servidores al cuidado de la mansión y a unos guardabosques para que vigilaran la caza. Al principio, regresaban una vez al año, llevando consigo invitados y servidumbre, alquilando carruajes y caballos en Edimburgo y contratando a las esposas de los aparceros para que fregaran los suelos de piedra, mantuvieran las chimeneas encendidas y vaciaran los orinales. Pero sir George cada vez se mostraba más reacio a abandonar sus negocios y las visitas se fueron espaciando progresivamente. La recuperación de la antigua costumbre no había sido muy del agrado de Jay. Sin embargo, la contemplación de una Lizzie Hallim adulta había sido una grata sorpresa para él y le había ofrecido la oportunidad de atormentar a su privilegiado hermano mayor.

Rodeó las cuadras y desmontó. Después le dio al castrado unas cariñosas palmadas en el cuello.

—No es un gran corredor, pero es una montura muy bien educada —le dijo al mozo, entregándole las riendas—. Me gustaría tenerlo en mi regimiento.

—Gracias, señor —le dijo el mozo, complacido.

Jay entró en el gran vestíbulo de la casa. Era una estancia sombría en cuyos oscuros rincones apenas llegaba la luz de las velas. Un enfurruñado galgo permanecía echado sobre una vieja alfombra de pelo delante de la chimenea de carbón. Jay le dio un empujón con la puntera de la bota para que le dejara un poco de sitio y le permitiera calentarse las manos. Sobre la chimenea colgaba el retrato de Olive, la primera esposa de su padre y madre de Robert. Allí estaba ella, mirando solemnemente por encima de su larga nariz a todos los que la habían sucedido. Había muerto súbitamente de unas fiebres a la edad de veintinueve años y su esposo se había vuelto a casar, pero jamás había olvidado a su primer amor. Sir George trataba a Alicia, la madre de Jay, como una amante o un juguete sin importancia y sin ningún derecho, lo cual hacía que el joven casi se sintiera un hijo ilegítimo. Robert era el primogénito y heredero y el preferido de su padre. A veces, Jay sentía la tentación de preguntar si lo suyo había sido una inmaculada concepción y un parto virginal.

Se volvió de espaldas al cuadro. Un criado le sirvió una copa de vino calentado con especias y él tomó un sorbo de la exquisita bebida, confiando en que le aliviara la tensión del estómago. Aquel día su padre anunciaría qué parte de la herencia le correspondería.

Sabía que no iba a recibir la mitad y ni siquiera una décima parte de la fortuna de sir George. Robert heredaría la finca con sus prósperas minas y la flota de barcos que ya dirigía. Su madre le había aconsejado a Jay que no discutiera, sabiendo lo duro e inflexible que era sir George.

Robert no era solo el hijo preferido sino también el vivo retrato de su padre. Jay era distinto y por eso su padre lo despreciaba. Como sir George, Robert era inteligente, despiadado y mezquino con el dinero. En cambio, Jay era descuidado y derrochador. Su padre no soportaba a la gente que malgastaba el dinero, sobre todo cuando el dinero era suyo. Más de una vez le había gritado:

—¡Yo sudo sangre para ganar el dinero que tú malgastas!

Jay había agravado la situación meses atrás, contrayendo una elevada deuda de juego por valor de novecientas libras. Consiguió que su madre intercediera ante sir George para que la pagara. Era una pequeña fortuna, suficiente para comprar el castillo de Jamisson, pero sir George se podía permitir fácilmente aquel dispendio. Pese a lo cual, se comportó como si le hubieran cortado una pierna. Después, Jay había perdido más dinero, pero su padre no lo sabía.

Su madre le había aconsejado que, en lugar de discutir con su padre, le pidiera algo más modesto. Los segundones solían ser enviados a las colonias. Cabía la posibilidad de que su padre le cediera la plantación de azúcar de Barbados, con la casa de la finca y los esclavos. Tanto él como su madre se lo habían insinuado a sir George, el cual no había dicho ni que sí ni que no, por cuyo motivo Jay tenía muchas esperanzas.

Su padre entró en la estancia unos minutos después, sacudiéndose la nieve de las botas. Un criado le ayudó a quitarse la capa.

—Envíale recado a Ratchett —le dijo sir George al criado—. Quiero que dos hombres monten guardia en el puente las veinticuatro horas del día. Si McAsh intentara abandonar el valle, quiero que se lo impidan.

Solo había un puente para cruzar el río, pero se podía abandonar el valle por otro camino.

—¿Y si McAsh se va por la montaña? —preguntó Jay.

—¿Con el tiempo que hace? Lo puede intentar. En cuanto averigüemos que se ha ido, mandaremos que un grupo de hombres rodee la montaña y pediremos al gobernador que una partida de guardias lo espere al otro lado cuando llegue allí. Pero dudo que lo consiga.

Jay no estaba tan seguro..., los mineros eran tan resistentes como los venados y McAsh era muy testarudo, pero él prefirió no discutir con su padre.

Después entró lady Hallim, de tez morena y cabello oscuro como su hija, pero sin su gracia y donaire. Estaba un poco gruesa y su mofletudo rostro aparecía marcado por unas severas arrugas.

—Permítame —le dijo Jay, ayudándola a quitarse el pesado abrigo de pieles—. Acérquese al fuego, tiene las manos muy frías. ¿Le apetece un poco de vino caliente con especias?

—Es usted un joven muy amable, Jay —dijo lady Hallim—. Se lo agradeceré mucho.

Los demás asistentes a la ceremonia religiosa entraron, frotándose las manos para entrar en calor mientras la nieve que les cubría la ropa se derretía en el suelo. Robert conversaba con Lizzie, pasando de un tema intrascendente a otro como si hubiera elaborado previamente una lista. Sir George empezó a hablar de negocios con Henry Drome, un mercader de Glasgow emparentado con su primera esposa, Olive, y la madre de Jay se sentó con lady Hallim. El pastor y su esposa no habían acudido al castillo, tal vez porque la pelea en la iglesia los había disgustado. Los demás eran casi todos parientes: la hermana de sir George y su marido, el hermano menor de Alicia con su esposa y uno o dos vecinos. Casi todas las conversaciones giraban en tomo a Malachi McAsh y su estúpida carta.

Al cabo de un rato, Lizzie levantó la voz sobre el murmullo de las conversaciones y, uno a uno, los presentes en la estancia se volvieron para escucharla.

—Pero ¿por qué no? —estaba diciendo—. Quiero verla por mí misma.

Robert le contestó muy serio:

—Una mina de carbón no es un lugar apropiado para una dama, puede creerme.

—¿Qué es eso? —preguntó sir George—. ¿Acaso la señorita Hallim quiere bajar a la mina?

—Me parece que me gustaría ver cómo es —le explicó Lizzie.

—Aparte de cualquier otra consideración —dijo Robert—, las ropas femeninas harían que la visita resultara prácticamente imposible.

—Me disfrazaría de hombre —replicó ella.

Sir George se rio por lo bajo.

—Algunas chicas que yo me sé lo podrían hacer —dijo—. Pero usted, querida, es demasiado agraciada para eso.

Debió de pensar que sus palabras habían sido un cumplido muy ingenioso, pues miró a su alrededor en busca de aprobación. Los demás le rieron respetuosamente la gracia.

La madre de Jay le dio a sir George un ligero codazo y le dijo algo en voz baja.

—Ah, sí —dijo sir George—. ¿Tienen todos la copa llena? —Sin aguardar la respuesta, añadió—: Vamos a brindar por mi hijo James Jamisson, a quien todos llamamos Jay, en su vigésimo primer cumpleaños. ¡Por Jay!

Todos brindaron e inmediatamente las mujeres se retiraron para prepararse con vistas al almuerzo. La conversación de los hombres se centró en el tema de los negocios.

—No me gustan las noticias de América —dijo Henry Drome—. Nos podrían costar un montón de dinero.

Jay sabía a qué se refería. El Gobierno inglés había impuesto tributos a varios artículos que se exportaban a las colonias americanas —té, papel, cristal, plomo y colores para pintar— y los habitantes de las colonias estaban furiosos.

—¡Quieren que el ejército los proteja de los franchutes y los pieles rojas, pero se niegan a pagar nada a cambio! —contestó sir George, indignado.

—Y harán todo lo posible por no pagar —dijo Drome—. El cabildo de la ciudad de Boston ha anunciado un boicot a todas las importaciones británicas. ¡Van a prescindir del té e incluso han acordado ahorrar en tejidos de color negro, escatimando en las prendas de luto!

—Si las demás colonias siguen el ejemplo de Massachusetts —terció Robert—, la mitad de los barcos de nuestra flota se quedará sin carga.

—Los habitantes de las colonias son una banda de forajidos —dijo sir George—, eso es lo que son... y los fabricantes de ron de Boston son los peores.

Jay se sorprendió de la furia de su padre y dedujo que aquel problema le debía de estar costando mucho dinero.

—La ley los obliga a comprar la melaza a las plantaciones británicas, pero ellos introducen melaza francesa de contrabando y bajan los precios.

—Los virginianos no les van a la zaga —dijo Drome—. Los plantadores de tabaco jamás pagan sus deudas.

—Si lo sabré yo —dijo sir George—. Un plantador no ha pagado lo que debía... y me ha dejado en las manos una plantación en bancarrota. Un lugar llamado Mockjack Hall.

—Menos mal que no se pagan aranceles por los presidiarios.

Se oyó un general murmullo de aprobación. El apartado más rentable del negocio naviero de Jamisson era el del transporte de delincuentes convictos a las colonias de América. Cada año, los tribunales sentenciaban a varios centenares de personas a la deportación como alternativa a la horca en ciertos delitos como, por ejemplo, el robo, y el Gobierno pagaba cinco libras por cabeza al armador. Nueve de cada diez deportados cruzaban el Atlántico en un buque de Jamisson. Pero el pago del Gobierno no era la única forma de ganar dinero. Por su parte, los presidiarios estaban obligados a trabajar siete años sin cobrar, lo cual significaba que se podían vender como esclavos para siete años. Por los hombres se cobraba entre diez y quince libras; por las mujeres, unas ocho o nueve, y por los niños, menos. Con ciento treinta o ciento cuarenta presidiarios apretujados como sardinas en la bodega, Robert podía obtener unos beneficios de dos mil libras —el precio de compra del barco— en un solo viaje, lo cual significaba que el negocio era extremadamente lucrativo.

—Sí —dijo sir George, apurando su copa—. Pero hasta eso se terminaría si los habitantes de las colonias pudieran salirse con la suya.

Los habitantes de las colonias se quejaban constantemente. Compraban a los presidiarios debido a la carestía de mano de obra barata, pero estaban molestos con la Madre Patria porque les enviaba sus desechos y culpaban a los deportados del aumento de la delincuencia.

—Por lo menos los mineros del carbón son más de fiar —dijo sir George—. Son lo único con que podemos contar actualmente. Por eso McAsh tiene que ser aplastado sin piedad.

Todos querían expresar su opinión sobre McAsh y varios hombres empezaron a hablar a la vez. Pero sir George ya estaba harto del tema. Se volvió hacia Robert y le preguntó en tono burlón:

—¿Qué me dices de la chica Hallim? Si quieres que te diga la verdad, a mí me parece una pequeña joya.

—Elizabeth es una persona muy exaltada —contestó Robert con cierto recelo.

—De eso no cabe la menor duda —dijo su padre, soltando una carcajada—. Recuerdo cuando abatimos a la última loba en estos parajes de Escocia hace unos ocho o diez años y ella insistió en criar a los cachorros y andaba por ahí con dos lobitos sujetos de una correa. ¡En mi vida había visto nada igual! Los guardabosques estaban furiosos y decían que los cachorros se escaparían y se convertirían en un peligro... menos mal que se murieron.

—Podría ser una esposa un poco difícil —dijo Robert.

—No hay nada mejor que una yegua fogosa —dijo sir George—. Además, un marido siempre tiene la última palabra, ocurra lo que ocurra. Cosas peores podrías encontrar. —Bajando la voz, añadió—: Lady Hallim tiene la finca en usufructo hasta que se case Elizabeth. Puesto que las propiedades de una mujer pertenecen al marido, todo pasará a manos de su esposo el día de la boda.

—Lo sé —dijo Robert.

Jay no lo sabía, pero no se extrañó: a casi nadie le gustaba legar una finca de considerable tamaño a una mujer.

—Tiene que haber un millón de toneladas de carbón en las entrañas de High Glen..., todas las vetas discurren en aquella dirección. El trasero de la chica se sienta sobre una fortuna, y perdona la vulgaridad de la expresión —añadió sir George, riéndose.

Pero Robert seguía mostrándose tan desconfiado como de costumbre.

—No sé si le gusto o no.

—¿Y por qué no le vas a gustar? Eres joven, vas a ser muy rico y, cuando yo muera, serás baronet..., ¿qué más podría desear una chica?

—Algo de romanticismo tal vez —contestó Robert, pronunciando la palabra casi con repugnancia, como si fuera una moneda desconocida que le acabara de ofrecer un mercader extranjero.

—La señorita Hallim no puede permitirse el lujo de ser romántica.

—No sé —dijo Robert—. Lady Hallim siempre ha tenido deudas, que yo recuerde. ¿Por qué no va a seguir así para siempre?

—¿Quieres que te cuente un secreto? —dijo sir George, volviendo la cabeza hacia atrás para asegurarse de que nadie pudiera oírle—. ¿Sabes que tiene hipotecada toda la finca?

—Lo sabe todo el mundo.

—He averiguado casualmente que su acreedor no está dispuesto a renovársela.

—Pero lady Hallim puede pedirle dinero a otro prestamista y pagársela —replicó Robert.

—Probablemente —dijo sir George—, pero ella no lo sabe. Y su asesor financiero no se lo dirá..., ya me he encargado yo de eso.

Jay se preguntó qué tipo de soborno o amenaza habría utilizado su padre para convencer al asesor de lady Hallim.

Sir George soltó una risita.

—Como ves, Robert, la joven Elizabeth no puede permitirse el lujo de rechazarte.

En aquel momento, Henry Drome se apartó de la conversación que estaba manteniendo con otro invitado y se acercó a los tres Jamisson.

—Antes del almuerzo, George, tengo que preguntarle una cosa. Sé que puedo hablar con toda franqueza delante de sus hijos.

—Por supuesto.

—Las dificultades con las colonias americanas me han golpeado muy fuerte, plantadores que no pagan sus deudas y cosas por el estilo, y me temo que este semestre no podré hacer frente a mis obligaciones con usted.

Estaba claro que sir George le habría prestado dinero. Por regla general, el hacendado solía ser muy duro con sus deudores: o pagaban o iban a la cárcel. Ahora, sin embargo, contestó:

—Lo comprendo, Henry. Los tiempos son muy difíciles. Págueme cuando pueda.

Jay se quedó boquiabierto de asombro, pero enseguida comprendió por qué motivo su padre se mostraba tan benévolo. Drome era pariente de Olive, la madre de Robert, y su padre era magnánimo con Henry por ella. Jay se sintió tan asqueado que se apartó de ellos.

Las damas regresaron al salón. La madre de Jay reprimió una sonrisa como si guardara un secreto muy divertido. Antes de que el joven pudiera preguntarle qué era, entró otro invitado, un desconocido vestido con un traje gris de clérigo. Alicia le dirigió unas palabras y después se acercó con él a sir George.

—Te presento al señor Cheshire —le dijo—. Ha venido en sustitución del pastor.

El recién llegado, un joven con gafas y una anticuada peluca rizada, tenía la cara picada de viruelas. Aunque sir George y los hombres de cierta edad seguían llevando peluca, los más jóvenes raras veces lo hacían y Jay jamás la llevaba.

—El reverendo York le envía sus excusas —dijo el señor Cheshire.

—Faltaría más —contestó sir George, alejándose sin miramientos. Los jóvenes clérigos desconocidos le importaban un bledo.

Todos pasaron al comedor. Los aromas de la comida se mezclaban con el olor a moho y humedad de los viejos y pesados cortinajes. En la alargada mesa se había dispuesto un exquisito surtido de viandas: carne de venado, buey y jamón; un salmón entero asado y varios tipos de empanadas. Sin embargo, Jay apenas pudo comer. ¿Le cedería su padre la propiedad de Barbados? En caso contrario, ¿qué le daría? Le resultaba muy difícil estar allí comiendo carne de venado como si tal cosa cuando todo su futuro estaba a punto de decidirse.

En cierto modo, Jay apenas conocía a su padre. A pesar de que vivían juntos en la casa familiar de Grosvenor Square, sir George estaba siempre en el almacén del centro de la ciudad con Robert. Por su parte, él se pasaba todo el día con su regimiento. A veces, coincidían brevemente a la hora del desayuno o a la hora de cenar..., aunque muchas veces sir George cenaba en su estudio mientras echaba un vistazo a los periódicos. Jay no podía adivinar lo que haría su padre. Jugueteó con la comida y esperó.

El señor Cheshire resultó ser un hombre ligeramente conflictivo. Eructó ruidosamente dos o tres veces, derramó su copa de clarete y Jay le sorprendió mirando sin disimulo el escote de la dama que tenía a su lado.

Se habían sentado a la mesa a las tres de la tarde y, cuando las damas se retiraron, el día invernal ya estaba declinando hacia la oscuridad del crepúsculo. Tan pronto como los hombres se quedaron solos, sir George se removió en su asiento y soltó una volcánica ventosidad.

—Así está mejor —dijo.

Un criado entró con una botella de oporto, una caja de tabaco y un estuche de pipas de arcilla. El joven clérigo llenó una pipa y dijo:

—Lady Jamisson es una dama espléndida, sir George, con su permiso. Francamente espléndida.

Parecía un poco bebido, pero, aun así, semejante comentario no se podía pasar por alto. Jay salió en defensa de su madre.

—Le agradeceré que no hable más de lady Jamisson —le dijo fríamente.

El clérigo acercó una cerilla a su pipa, inhaló y empezó a toser. Estaba claro que jamás en su vida había fumado. Las lágrimas asomaron a sus ojos, jadeó, balbució y volvió a toser. La tos lo sacudió con tal fuerza que la peluca y las gafas se le cayeron... y entonces Jay vio inmediatamente que no era un clérigo y soltó una sonora carcajada. Los demás le miraron con curiosidad. Aún no habían visto nada.

—¡Miren! —dijo Jay—. Pero ¿es que no ven quién es?

Robert fue el primero en darse cuenta.

—¡Dios bendito, es la señorita Hallim disfrazada!

Se produjo una pausa de sobrecogido silencio. Después, sir George se empezó a reír y los otros, comprendiendo que se lo estaba tomando a broma, también se rieron.

Lizzie tomó un sorbo de agua y tosió un poco más. Mientras la joven se recuperaba, Jay admiró su disfraz. Las gafas ocultaban sus brillantes ojos oscuros y los rizos laterales de la peluca oscurecían en parte su bello perfil. Un blanco calcetín de hilo le ensanchaba el cuello y cubría la delicada piel femenina de su garganta. Había utilizado carbón o algo por el estilo para conferir a sus mejillas un aspecto cacarañado y se había pintado unos pelillos en la barbilla como si fueran la barba de un jovenzuelo que no se afeitara todos los días. En las sombrías estancias del castillo en una nublada tarde de invierno en Escocia, nadie había conseguido ver el disfraz.

—Bueno, ha demostrado usted que se puede hacer pasar por un hombre —dijo sir George cuando la joven dejó de toser—. Pero todavía no puede bajar a la mina. Vaya en busca de las otras damas y le haremos a Jay su regalo de cumpleaños.

Por un instante, Jay había olvidado su zozobra, pero ahora le dio un vuelco el corazón al pensar en ella.

Se reunieron con las damas en el vestíbulo. La madre de

Jay y Lizzie se estaban partiendo de risa. Por lo visto, Alicia conocía el secreto y esta había sido la causa de su enigmática sonrisa antes del almuerzo. En cambio, la madre de Lizzie no sabía nada y estaba muy seria. Sir George se adelantó hacia la entrada principal de la casa. Ya estaba casi oscuro y había dejado de nevar.

—Aquí tienes —dijo sir George—. Este es tu regalo de cumpleaños.

Delante de la casa un mozo sujetaba el caballo más hermoso que Jay hubiera visto en su vida. Era un soberbio semental blanco de unos dos años de edad, con los esbeltos perfiles de un pura sangre árabe. La presencia de la gente lo ponía nervioso, por cuyo motivo empezó a brincar hacia un lado, obligando al mozo a sujetarlo por la brida para calmarlo. Tenía una mirada salvaje y Jay comprendió inmediatamente que correría como el viento.

Estaba absorto en la contemplación del animal, cuando de repente la voz de su madre le cortó los pensamientos como un cuchillo.

—¿Eso es todo? —preguntó Alicia.

—Vamos, Alicia —dijo sir George—, espero que no empieces a amargarnos la fiesta...

—¿Eso es todo? —repitió ella con el rostro torcido en una mueca de cólera.

—Sí —reconoció sir George.

A Jay no se le había ocurrido pensar que su padre le había hecho aquel regalo en sustitución de la finca de Barbados. Miró fijamente a sus padres y, al comprenderlo, se sintió tan dolido que no pudo decir nada.

Pero su madre habló por él. Jay jamás la había visto tan furiosa.

—¡Este es tu hijo! —dijo Alicia sin poder dominar la estridencia de su voz—. Acaba de cumplir veintiún años..., tiene derecho a una parte de la herencia en vida... ¿Y tú le das un caballo?

Los invitados contemplaban la escena con horrorizada fascinación.

Sir George enrojeció de cólera.

—¡A mí nadie me dio nada cuando cumplí los veintiún años! —replicó, enfurecido—. No heredé tan siquiera un par de zapatos...

—Vamos, por el amor de Dios —dijo despectivamente Alicia—. Todos sabemos que cuando tu padre murió tú tenías catorce años y tuviste que ponerte a trabajar en un taller para mantener a tus hermanas..., pero eso no es motivo para que le hagas pasar miseria a tu propio hijo, ¿no crees?

—¿Miseria? —replicó sir George, extendiendo las manos como si quisiera abarcar el castillo, la hacienda y el tren de vida que llevaban—. ¿Qué miseria?

—Tiene que independizarse... dale la finca de Barbados, por Dios.

—¡Esa es mía! —protestó Robert.

A Jay se le destrabó finalmente la lengua.

—La plantación nunca se ha administrado como es debido —dijo—. Yo la dirigiría más bien como un regimiento, conseguiría que los negros trabajaran más y que resultara más rentable.

—¿Crees de veras que lo podrías hacer? —le preguntó su padre.

A Jay le dio un vuelco el corazón: a lo mejor su padre cambiaría de idea.

—¡Por supuesto que sí! —contestó con ansia.

—Bueno, pues, yo no —dijo secamente su padre.

Jay sintió algo así como un puñetazo en el estómago.

—No creo que tengas la menor idea acerca de cómo se administra una plantación o cualquier otro negocio —graznó sir George—. Creo que estás mejor en el ejército, donde te limitas a hacer lo que te mandan.

Jay se quedó anonadado al oír las palabras de su padre.

—Nunca montaré este caballo —dijo, contemplando el precioso semental blanco—. Te lo puedes guardar.

—Robert heredará el castillo, las minas de carbón, los barcos y todo lo demás..., ¿le vas a dar también la plantación? —dijo Alicia.

—Es el hijo mayor.

—Jay es más joven, pero es también hijo tuyo. ¿Por qué tiene Robert que quedarse con todo?

—Por su madre —contestó sir George.

Alicia miró fijamente a sir George y justo en aquel momento Jay se dio cuenta de que su madre odiaba a su padre. «Y yo también —pensó—. Odio a mi padre.»

—Pues entonces, maldito seas —dijo Alicia entre los escandalizados murmullos de los invitados—. Maldito seas por siempre.

Dicho lo cual, dio media vuelta y volvió a entrar en la casa.

5

Los gemelos McAsh vivían en una casa de una sola habitación y cuatro metros cuadrados y medio de superficie. A un lado había una chimenea y, al otro, dos alcobas con cortinas para las camas. La puerta de entrada daba a un sendero lleno de barro que bajaba por la ladera desde el pozo de la mina hasta el valle, donde se juntaba con el camino que conducía a la iglesia, al castillo y al mundo exterior. El agua la sacaban de un manantial de montaña que había detrás de la hilera de casas.

Durante todo el camino de regreso a casa Mack había estado preocupado por la escena de la iglesia, pero no había dicho nada y Esther había tenido la delicadeza de no hacerle preguntas. Aquella mañana, antes de salir hacia la iglesia, habían puesto a hervir un trozo de tocino y, al entrar en la casa, aspiraron el agradable olor que llenaba toda la atmósfera, y a Mack se le hizo la boca agua. Esther arrojó un repollo troceado en la olla mientras Mack se acercaba a casa de la señora Wheighel, al otro lado de la calle, por una jarra de cerveza. Ambos comieron con el pantagruélico apetito propio de los trabajadores manuales. En cuanto hubieron dado buena cuenta de la comida y la cerveza, Esther soltó un regüeldo diciendo:

—Bueno, pues, ¿qué vas a hacer ahora?

Mack lanzó un suspiro. Su hermana le había hecho una pregunta directa y sabía que solo podía dar una respuesta:

—Tengo que irme. No me puedo quedar aquí después de lo que ha pasado. Mi orgullo no me lo permitiría. Sería para todos los chicos del valle un recordatorio constante de que a sir George no se le puede desafiar. Tengo que marcharme —añadió, procurando conservar la calma a pesar de que la voz le temblaba de emoción.

—Ya suponía que ibas a decir eso. —Las lágrimas asomaron a los ojos de Esther—. Te enfrentas a la gente más poderosa del país.

—Pero tengo razón.

—Sí, pero la razón y la equivocación no cuentan demasiado en este mundo..., solo en el otro.

—Si no lo hago ahora, jamás lo haré... y me pasaré el resto de mi vida arrepintiéndome.

Esther asintió tristemente con la cabeza.

—Eso seguro. Pero ¿y si intentan impedírtelo?

—¿Cómo?

—Podrían poner vigilancia en el puente.

La única otra manera de salir del valle era cruzando las montañas, pero sería demasiado lento y, cuando él llegara al otro lado, puede que los Jamisson ya lo estuvieran esperando.

—Si bloquean el puente, cruzaré el río a nado —dijo Mack.

—La frialdad del agua te podría matar en esta época del año.

—El río tiene menos de treinta metros de anchura. Calculo que lo podría cruzar en cosa de un minuto.

—Si te atrapan, te devolverán aquí con un collar de hierro alrededor del cuello como el de Jimmy Lee.

Mack hizo una mueca. El hecho de llevar un collar como un perro era una humillación que todos los mineros temían.

—Yo soy más listo que Jimmy —dijo—. A él se le acabó el dinero y entonces intentó entrar a trabajar en un pozo de Clackmannan y el propietario de la mina lo denunció.

—Ahí está lo malo. Tienes que comer, ¿cómo te ganarás el pan? Tú solo conoces el carbón.

Mack tenía un poco de dinero ahorrado, pero no le duraría mucho. Sin embargo, ya sabía lo que iba a hacer.

—Iré a Edimburgo —dijo. Puede que lo llevara alguno de los grandes carros tirados por caballos que transportaban el carbón desde la boca de la mina... aunque iría más seguro a pie—. Después subiré a un barco..., tengo entendido que buscan siempre chicos fuertes para trabajar en los cargueros. En tres días estaré lejos de Escocia. Y no te pueden devolver al país una vez fuera..., las leyes no son válidas en otro sitio.

—Un barco —dijo Esther en tono dubitativo. Ninguno de los dos había visto jamás un barco, aunque habían contemplado dibujos en los libros—. ¿Adónde irás?

—Supongo que a Londres. —Casi todos los cargueros que transportaban carbón desde Edimburgo iban a Londres. Aunque a Mack le habían dicho que algunos iban a Ámsterdam—. O a Holanda. O incluso a Massachusetts.

—Eso no son más que nombres —dijo Esther—. Nunca hemos conocido a nadie que haya estado en Massachusetts.

—Me imagino que allí la gente come pan y vive en casas y duerme de noche como en cualquier otro sitio.

—Supongo que sí —dijo Esther, no demasiado convencida.

—De todos modos, me da igual —dijo Mack—. Iré a cualquier sitio que no sea Escocia..., a cualquier sitio donde un hombre pueda ser libre. Imagínate: poder vivir donde tú quieras, no donde otros te manden. Elegir tu trabajo y poder dejarlo y buscarte otro que esté mejor pagado o sea más seguro o más limpio. Ser libre y no esclavo..., ¿no te parecería estupendo?

Unas cálidas lágrimas rodaron por las mejillas de Esther.

—¿Cuándo te irás?

—Me quedaré uno o dos días más y para entonces espero que los Jamisson hayan suavizado un poco las medidas de vigilancia. El martes cumplo veintidós años. Si bajo a la mina el miércoles, habré trabajado un año y un día y volveré a ser esclavo.

—En realidad, eres un esclavo de todos modos, por mucho que diga la carta.

—Pero me gusta pensar que tengo la ley de mi parte. No sé qué importancia tiene eso, pero la tiene. La ley dice que los Jamisson son unos delincuentes, tanto si ellos lo reconocen como si no. Por consiguiente, me iré el martes por la noche.

—¿Y qué será de mí? —preguntó Esther con un hilillo de voz.

—Tú será mejor que trabajes para Jimmy Lee. Es un buen picador y está buscando desesperadamente otro cargador. Y Annie...

Esther lo interrumpió.

—Quiero ir contigo.

Mack la miró sorprendido.

—¡Nunca lo habías dicho!

Esther levantó un poco más la voz.

—¿Por qué crees que no me he casado? Porque si me caso y tengo hijos, jamás podré salir de aquí.

Esther era efectivamente la soltera de más edad de Heugh, pero Mack siempre había pensado que no había nadie que le gustara. En todos aquellos años jamás se le había ocurrido pensar que su hermana deseaba en su fuero interno escapar de allí.

—¡Nunca lo supe!

—Tenía miedo y lo sigo teniendo, pero, si tú te vas, yo iré contigo.

Mack vio la desesperación de sus ojos y lamentó con toda su alma decirle que no, pero tuvo que hacerlo.

—Las mujeres no pueden ser marineros. No tenemos dinero para pagar el pasaje y a ti no te permitirían trabajar. Te tendría que dejar en Edimburgo.

—¡No pienso quedarme aquí si tú te vas!

Mack quería mucho a su hermana. Siempre se habían apoyado el uno al otro en todos los conflictos, desde las peleas infantiles hasta las discusiones con sus padres y las disputas con la dirección de la mina. Aunque ella no estuviera enteramente de acuerdo con la actuación de su hermano, siempre lo defendía como una leona. Mack hubiera deseado poder llevarla consigo, pero la fuga de dos habría planteado más dificultades que la de uno solo.

—Quédate aquí un poco más, Esther —le dijo—. Cuando llegue a donde voy, te escribiré. En cuanto consiga trabajo, ahorraré dinero y mandaré por ti.

—¿De veras?

—¡Sí, tenlo por seguro!

—Júralo con un escupitajo.

—¿Que lo jure con un escupitajo?

Lo solían hacer de niños para sellar un pacto.

—¡Quiero que lo hagas!

Mack comprendió que hablaba en serio. Escupió en la palma de su mano, alargó el brazo sobre la mesa y estrechó fuertemente la mano de Esther.

—Juro que mandaré por ti.

—Gracias —dijo Esther.

6

Habían organizado una montería para la mañana siguiente y Jay decidió participar. Estaba deseando matar algo.

No desayunó, pero se llenó los bolsillos de bolitas de gachas de avena empapadas en whisky y salió para echar un vistazo al tiempo. El día ya empezaba a clarear y, aunque el cielo estaba encapotado, el nivel de las nubes era muy alto y no llovía: podrían ver hacia dónde disparaban.

Se sentó en los peldaños de la entrada principal del castillo y colocó un nuevo pedernal en el mecanismo de disparo de su arma, ajustándolo con un suave trozo de cuero. Tal vez, si matara unos cuantos ciervos conseguiría desahogar la rabia que sentía, pero la verdad era que hubiera preferido matar a su hermano, Robert.

Se sentía orgulloso de su arma, un pedreñal de avancarga con un cañón español con incrustaciones de plata, fabricado por Griffin de Bond Street. Era muy superior al tosco Brown

Bess que utilizaban sus hombres. Amartilló el arma y apuntó contra un árbol del otro lado del prado. Ajustando la mira por encima del cañón, se imaginó a un enorme ciervo con las gigantescas astas extendidas. Le hundió una bala en el pecho justo detrás del hombro donde latía el gran corazón. Después cambió la imagen y vio a su hermano en la mira: el obstinado Robert, codicioso e incansable, con su negro cabello y su lozano rostro de hombre bien alimentado. Apretó el gatillo. El pedernal golpeó el acero y se produjo una satisfactoria lluvia de chispas, pero no había pólvora en la cazoleta ni bala en el cañón.

Cargó el arma con manos firmes. Utilizando el dispositivo de medición de la boquilla de su recipiente de pólvora, echó exactamente setecientos cincuenta centigramos de pólvora negra en el cañón, se sacó la bala del bolsillo, la envolvió en un trozo de lienzo de lino y la introdujo en el cañón. Después soltó la baqueta de debajo del cañón y la utilizó para empujar la bala hasta el fondo. La bala medía media pulgada de diámetro y podía matar a un venado adulto desde una distancia de cien metros: machacaría las costillas de Robert, le traspasaría el pulmón y le desgarraría el músculo del corazón, matándolo en cuestión de segundos.

Oyó la voz de su madre.

—Hola, Jay.

Se levantó y le dio un beso de buenos días. No la había vuelto a ver desde la víspera en que había lanzado una maldición contra su padre y se había retirado hecha una furia. Ahora se la veía triste y cansada.

—No has dormido muy bien, ¿verdad? —le preguntó en tono comprensivo.

—He tenido noches mejores —contestó Alicia.

—Pobre madre.

—No hubiera tenido que maldecir a tu padre.

—Le debiste de querer... —dijo Jay en tono vacilante— en otros tiempos.

Su madre lanzó un suspiro.

—No lo sé. Era guapo y rico, tenía el título de baronet y yo quería ser su esposa.

—Pero ahora lo odias.

—Sí, desde que empezó a favorecer a tu hermano, anteponiéndole a ti.

Jay estaba profundamente dolido.

—¡Robert tendría que comprender lo injusto que es todo esto!

—Estoy segura de que en lo más hondo de su corazón lo comprende. Pero me temo que Robert es un joven muy codicioso y lo quiere todo para él.

—Siempre ha sido igual. —Jay recordó que, de niño, Robert solo era feliz cuando podía apoderarse de sus soldaditos de juguete o de su trozo de pastel de ciruelas—. ¿Recuerdas a Rob Roy, la jaca que tenía Robert?

—Sí, ¿por qué?

—Él tenía trece años y yo ocho cuando se la regalaron. Yo deseaba tener una... porque ya entonces montaba mejor que él. Sin embargo, jamás me la dejó montar. Cuando no le apetecía montarla, en lugar de cedérmela a mí, mandaba que un mozo le hiciera hacer ejercicio mientras yo miraba.

—Pero tú montabas los demás caballos.

—A los diez años, ya había montado todo lo que había en las cuadras, incluyendo los caballos de caza de nuestro padre. Pero no a Rob Roy.

—Vamos a dar un paseo por la calzada.

Alicia lucía un abrigo forrado de piel con capucha y Jay llevaba una capa a cuadros escoceses. Cruzaron el prado, pisando la hierba cubierta de escarcha.

—¿Por qué es así mi padre? —preguntó Jay—. ¿Por qué me odia?

Su madre le acarició la mejilla.

—No te odia —le dijo—, aunque se te puede perdonar que lo pienses.

—Pues entonces, ¿por qué me trata tan mal?

—Tu padre era muy pobre cuando se casó con Olive Drome. Tenía una tiendecita en un barrio bajo de Edimburgo. Este lugar que ahora se llama castillo de Jamisson pertenecía a un primo lejano de Olive, un tal William Drome. William era soltero y vivía solo. Cuando se puso enfermo, Olive vino aquí para cuidarle y él se lo agradeció tanto que cambió el testamento, dejándoselo todo a ella, pero, a pesar de los cuidados, el primo murió.

Jay asintió con la cabeza.

—He oído contar la historia más de una vez.

—El caso es que tu padre piensa que esta propiedad pertenece realmente a Olive y, de hecho, es el fundamento sobre el cual se ha construido todo su imperio empresarial. Y, lo que es más, la minería sigue siendo la más rentable de sus empresas.

—Según él, es lo más seguro —dijo Jay, recordando la conversación de la víspera—. El negocio de los barcos es más variable y arriesgado; en cambio, el carbón no se acaba jamás.

—Sea como fuere, tu padre cree que se lo debe todo a Olive y piensa que el hecho de darte algo a ti sería una ofensa a su memoria.

Jay movió la cabeza.

—Tiene que haber algo más que eso. Me da la impresión de que no sabemos toda la historia.

—Puede que tengas razón. Yo te he dicho todo lo que sé.

Llegaron al final de la calzada y dieron la vuelta en silencio. Jay se preguntó si sus padres pasaban alguna noche juntos. Él creía que sí. Su padre debía de pensar que, tanto si le amaba como si no, Alicia era su mujer y, por consiguiente, tenía derecho a utilizarla para desahogarse. La idea le pareció desagradable.

Al llegar a la entrada del castillo su madre le dijo:

—Me he pasado toda la noche tratando de encontrar algún medio de favorecerte y, hasta ahora, no lo he encontrado. Pero no pierdas la esperanza. Algo se me ocurrirá.

Jay siempre había confiado en la fuerza de su madre, la cual era capaz de plantarle cara a su padre y conseguir de él cualquier cosa que quisiera. Lo había convencido incluso de que le pagara sus deudas de juego, pero esta vez Jay temía que fracasara.

—Mi padre ya ha decidido no darme nada. Sabía lo que

yo sentiría y, sin embargo, tomó la decisión. De nada servirán las súplicas.

—No pensaba suplicarle —replicó secamente su madre.

—Pues entonces, ¿qué?

—No lo sé, pero no me doy por vencida. Buenos días, señorita Hallim.

Lizzie estaba bajando los peldaños de la entrada principal del castillo vestida con atuendo de caza. Parecía un pequeño duende con su capa negra de piel y sus botitas de cuero.

—¡Buenos días! —contestó, mirando con una sonrisa a Jay como si se alegrara mucho de verle.

Su sola presencia bastó para animar a Jay.

—¿Va usted a venir con nosotros? —le preguntó el joven.

—¡No me lo perdería por nada del mundo!

Era insólito, pero perfectamente aceptable, que las mujeres participaran en las cacerías y Jay, conociendo a Lizzie tal como la conocía, no se sorprendió de que quisiera ir con los hombres.

—¡Estupendo! —le dijo—. Añadirá usted un curioso toque de refinamiento y estilo a una expedición que, de otro modo, podría ser excesivamente dura y masculina.

—No esté demasiado seguro —le dijo ella.

—Yo me voy —dijo la madre de Jay—. Que tengan ustedes una buena cacería.

—Siento mucho que se estropeara la fiesta de su cumpleaños —dijo Lizzie en cuanto Alicia se hubo retirado, estrechando comprensivamente el brazo de Jay—. Puede que esta mañana consiga olvidar sus preocupaciones durante una hora.

—Lo procuraré —contestó Jay, sonriendo.

Lizzie olfateó el aire como si fuera una raposa.

—Un fuerte viento del sudoeste —dijo—. Justo lo que necesitamos.

Hacía cinco años que Jay no participaba en una cacería del venado rojo, pero recordaba muy bien todos los requisitos. A los cazadores no les gustaba un día sin viento en que una repentina brisa caprichosa podía empujar el rastro de los hombres hacia la ladera del monte y provocar la huida de los venados.

Un guardabosques dobló la esquina del castillo con dos perros sujetos con correas y Lizzie se acercó para acariciarlos. Jay la siguió alegremente. Al volver la cabeza, vio a su madre a la entrada del castillo, mirando a Lizzie con una extraña y dura expresión inquisitiva.

Los perros pertenecían a una raza de patas largas y pelaje gris que a veces se llamaba galgo escocés Highland y, a veces, galgo irlandés Wolfhound. Lizzie se agachó y les habló, primero al uno y después al otro.

—¿Este es Bran? —le preguntó al guardabosques.

—El hijo de Bran, señorita Elizabeth —contestó el hombre—. Bran murió hace un año. Este es Busker.

Los perros se mantendrían bien apartados de la cacería y solo se soltarían cuando se hubieran efectuado los disparos. Su misión era perseguir y acorralar a cualquier venado herido, pero no abatido por los disparos del cazador.

Los restantes componentes del grupo salieron del castillo: Robert, sir George y Henry. Jay miró a su hermano, pero Robert apartó los ojos. Su padre lo saludó con una breve inclinación de la cabeza, casi como si hubiera olvidado los acontecimientos de la víspera.

En el lado este del castillo los guardabosques habían colocado un blanco, un tosco venado hecho de lona y madera. Cada uno de los cazadores efectuaría unos cuantos disparos contra él para ensayar la puntería. Jay se preguntó si Lizzie sabría disparar. Muchos hombres decían que las mujeres no podían disparar porque sus brazos eran demasiado débiles para sostener las pesadas armas o porque carecían de instinto asesino o por cualquier otra razón. Sería interesante ver si era verdad.

Primero dispararon todos desde cincuenta metros de distancia. Lizzie lo hizo en primer lugar y dio perfectamente en el blanco, en el punto preciso, justo detrás del hombro del animal. Jay y sir George también lo hicieron. Los disparos de Robert y Henry dieron mucho más atrás y hubieran dejado herido al animal, permitiendo que este se escapara y sufriera una lenta y dolorosa agonía.

Volvieron a disparar desde setenta y cinco metros. Para asombro de todos, Lizzie dio nuevamente en el blanco. Y lo mismo hizo Jay. Sir George alcanzó al animal en la cabeza, y Henry, en los cuartos traseros. Robert falló por completo y su bala fue a dar en el muro de piedra del huerto de la cocina.

Al final, probaron desde cien metros, el alcance máximo de sus armas. Lizzie volvió a dar en el blanco y Robert, sir George y Henry fallaron por completo. Jay, que iba a disparar en último lugar, estaba firmemente decidido a no dejarse derrotar por la chica. Se lo tomó con calma, respiró hondo, apuntó con cuidado, contuvo la respiración y apretó suavemente el gatillo..., rompiendo la pata posterior del blanco.

Y eso que las mujeres no sabían disparar. Lizzie los había vencido a todos. Jay estaba admirado.

—Supongo que no querrá usted incorporarse a mi regimiento, ¿verdad? —le dijo Jay en tono de chanza—. Pocos hombres son capaces de disparar así.

Los mozos sacaron a las jacas de las cuadras. Las jacas Highland tenían las patas más firmes que los caballos en terreno accidentado. Los jinetes montaron y abandonaron el patio.

Mientras bajaban al valle, Henry Drome trabó conversación con Lizzie. Sin nada con qué distraerse, Jay volvió al tema del rechazo de su padre, el cual le ardía en el estómago como una úlcera. Pensó que no hubiera tenido que esperar otra cosa, pues su padre siempre había favorecido a Robert, pero el hecho de no ser un bastardo sino el hijo de lady Jamisson había dado alas a su insensato optimismo, induciéndole a creer que esta vez su padre sería justo con él. Sin embargo, su padre jamás había sido justo.

Pensó que ojalá fuera hijo único y deseó la muerte de Robert. Si aquel día su hermano sufriera un accidente y muriera, se acabarían todas sus preocupaciones.

Pensó que ojalá tuviera el valor de matarle. Acarició el cañón del arma que llevaba colgada del hombro. Podría conseguir que pareciera un accidente. Entre tantos disparos simultáneos, sería muy difícil saber quién había disparado la bala fatídica. Y, aunque adivinaran la verdad, la familia lo disimularía: a nadie le interesaba un escándalo.

Experimentó un estremecimiento de horror ante la idea de que pudiera soñar con matar a Robert. Sin embargo, jamás se le hubiera ocurrido semejante barbaridad si su padre lo hubiera tratado con justicia, pensó.

La finca de los Jamisson era como casi todas las fincas escocesas. Al fondo del valle había unas tierras de labor que los aparceros cultivaban en común, utilizando el sistema medieval de franjas y pagándole al amo en especie. Casi todas las tierras eran boscosas y solo servían para la caza y la pesca. Algunos terratenientes habían talado sus bosques y estaban intentando dedicarse a la cría de ovejas, pero era difícil hacerse rico en una finca escocesa... a no ser que se encontrara carbón, naturalmente.

Cuando ya llevaban recorridos unos cinco kilómetros, los guardabosques vieron una manada de unas veinte o treinta hembras un kilómetro más allá, en una ladera que miraba al sur cerca del lindero del bosque. El grupo se detuvo y Jay sacó los anteojos. Las hembras se encontraban de espaldas al viento y, puesto que siempre pastaban en la dirección del viento, Jay vio sus blancos cuartos traseros a través de los anteojos.

Las hembras tenían una carne muy sabrosa, pero era más normal disparar contra los grandes machos con sus impresionantes astas. Jay echó un vistazo a la ladera por encima de las hembras, vio lo que esperaba y lo señaló con el dedo.

—Miren allí... dos machos... no, tres... algo más arriba que las hembras.

—Ya los veo, en la primera loma —dijo Lizzie—. Y hay un cuarto, solo se le pueden ver las astas.

Estaba preciosa con el rostro arrebolado por la emoción. Aquello era lo que realmente le gustaba: permanecer al aire libre con los perros, los caballos y las armas de fuego y practicar ejercicios violentos y ligeramente arriesgados. Jay esbozó una sonrisa y se removió nerviosamente en su silla. La contemplación de la joven era suficiente para calentarle a un hombre la sangre en las venas.

Miró a su hermano. Robert parecía incómodo, montado en su jaca con aquel tiempo tan frío y desapacible. Seguramente hubiera preferido estar en una contaduría, calculando el interés trimestral de ochenta y nueve guineas al tres y medio por ciento anual. Lástima que una mujer como Lizzie tuviera que casarse con Robert.

Apartó la mirada y procuró concentrarse en los venados. Estudió la ladera de la montaña con el catalejo, tratando de buscar el mejor camino para acercarse a ellos. Los cazadores tenían que avanzar con el viento de espaldas para que las bestias no pudieran olfatear la presencia de seres humanos. Hubiera preferido acercarse a ellos desde más arriba de la ladera. Tal como les habían confirmado sus ejercicios de tiro, era prácticamente imposible dar en el blanco desde más de cien metros y la distancia ideal eran cincuenta metros; por consiguiente, toda la habilidad consistía en ir subiendo poco a poco hasta encontrarse lo bastante cerca para poder efectuar un buen disparo.

Lizzie ya había encontrado el mejor camino.

—Hay una hondonada en la ladera, a cosa de unos cuatrocientos metros del valle —dijo con entusiasmo. La hondonada creada por una corriente que bajaba por la ladera ocultaría a los cazadores durante el ascenso—. Podemos seguirla hasta el cerro de arriba y avanzar desde allí.

Sir George se mostró de acuerdo. Por regla general, no permitía que nadie le dijera lo que tenía que hacer, pero las pocas veces que lo permitía, se trataba casi siempre de una chica bonita.

Se dirigieron a la hondonada, dejaron las jacas y subieron a pie por la ladera de la montaña. En la escarpada y pedregosa ladera sus pies se hundían en el barro o tropezaban con las piedras. Henry y Robert no tardaron en echar los bofes. En cambio, los guardabosques y Lizzie, acostumbrados al terreno, no mostraban la menor señal de cansancio. Sir George jadeaba y tenía el rostro intensamente colorado, pero, gracias a su extraordinaria resistencia, no tuvo que aminorar el paso. Jay estaba en plena forma por la vida que llevaba en el regimiento pero, aun así, respiraba afanosamente.

Cruzaron la loma. Protegidos por ella y sin que los venados pudieran olfatear su presencia, siguieron avanzando por la ladera. Soplaba un viento muy frío, había algunos bancos de niebla y, a ratos, caían gotas de aguanieve. Sin el calor de un caballo bajo su cuerpo, Jay empezó a sentir frío. Sus excelentes guantes de cabritilla estaban completamente empapados y la humedad penetraba en sus botas de montar y a través de sus caros calcetines de lana escocesa.

Los guardabosques encabezaban la marcha porque eran los que mejor conocían el terreno. Cuando creyeron estar cerca de los venados, empezaron a bajar. De pronto, se agacharon hasta el suelo y los demás siguieron su ejemplo. Jay se olvidó del frío y de la humedad y experimentó un extraño alborozo. Era la emoción de la caza y la perspectiva de cobrar una pieza.

Decidió correr el riesgo de mirar. Avanzando a gatas, subió por la pendiente y miró a hurtadillas por encima de una formación rocosa. Sus ojos se acomodaron a la distancia y vio a los venados, cuatro manchas marrones en la verde ladera, formando una línea quebrada. No era muy frecuente ver cuatro juntos: debían de haber encontrado una hierba muy apetitosa. Miró a través del catalejo. El más distante era el que poseía la mejor cabeza. No podía verle con claridad las astas, pero era lo bastante grande para tener doce ramificaciones. Oyó el graznido de un cuervo y, levantando la vista, vio a un par de ellos sobrevolando en círculo a los cazadores. Parecían haber adivinado que muy pronto les dejarían despojos con que alimentarse.

Más arriba alguien lanzó un grito y una maldición. Robert había resbalado en un charco.

—Maldito imbécil—dijo Jay por lo bajo.

Uno de los perros soltó un aullido. Un guardabosques levantó la mano en gesto de advertencia y todos se quedaron paralizados, prestando atención por si se oyera el rumor de las pezuñas de los animales, huyendo a toda velocidad. Pero los venados se quedaron en su sitio y, poco después, los cazadores reanudaron la marcha.

Muy pronto tuvieron que tirarse al suelo y avanzar a rastras. Uno de los guardabosques obligó a los perros a tenderse y les cubrió los ojos con pañuelos para que se estuvieran quietos. Sir George y el jefe de los guardabosques se deslizaron por la pendiente hasta un cerro, levantaron cautelosamente la cabeza y miraron. Cuando se reunieron de nuevo con los demás, sir George empezó a dar órdenes.

—Hay cuatro venados y cinco armas —dijo en voz baja—. Por consiguiente, esta vez yo no dispararé a menos que uno de ustedes falle. —Sabía interpretar el papel del perfecto anfitrión cuando le convenía—. Usted, Henry, apunte al animal de la derecha. Tú, Robert, apunta al siguiente... es el más próximo y el más fácil. Jay, tú al siguiente. Y el suyo, señorita Hallim, es el más distante, pero también el que tiene la mejor cabeza... y usted es una tiradora excelente. ¿Todos preparados? Pues entonces vamos a ocupar las posiciones. Dejaremos que la señorita Hallim dispare primero, ¿de acuerdo?

Los cazadores se desplegaron por la cuesta, buscando cada uno de ellos un puesto desde el que apuntar. Jay siguió a Lizzie. Esta llevaba una chaquetilla corta de montar y una holgada falda sin miriñaque. El joven sonrió al observar el movimiento de su trasero mientras la joven se arrastraba delante de él. Pocas chicas se hubieran atrevido a serpear por el suelo de aquella manera en presencia de un hombre... pero Lizzie no se parecía a las demás chicas.

Se arrastró pendiente arriba hasta un punto en que un achaparrado arbusto se recortaba contra el cielo, ofreciendo protección. Levantó la cabeza y miró hacia abajo. Vio a su venado, un ejemplar joven con una cornamenta no demasiado grande, a unos setenta metros de distancia; los otros tres estaban distribuidos por la ladera. Vio también a los otros cazadores: Lizzie a su izquierda, todavía serpeando; Henry a la derecha; sir George y los guardabosques con los perros... y

Robert, más abajo y a su izquierda, a unos veinticinco metros de distancia, un blanco muy fácil.

El corazón le dio un vuelco en el pecho cuando se le volvió a ocurrir la idea de matar a su hermano. Le vino a la mente la historia de Caín y Abel. Caín había dicho: «Mi castigo es superior a mis fuerzas». «Pero yo ya lo siento ahora —pensó Jay—, no puedo soportar ser un segundón inútil, siempre olvidado, vagando por la vida sin su parte de la herencia, el pobre hijo de un hombre rico, un desgraciado..., no lo puedo soportar.»

Trató de apartar de su mente aquel mal pensamiento. Cebó su arma, echando un poco de pólvora en la cazoleta al lado del fogón, y volvió a tapar la cazoleta. Finalmente, amartilló el mecanismo de disparo. Cuando apretara el gatillo, la tapa de la cazoleta se levantaría automáticamente justo en el momento en que el pedernal soltara las chispas. La pólvora de la cazoleta se encendería y la llama pasaría por el fogón y prendería en la pólvora que se encontraba detrás de la bala.

Rodó un poco por la pendiente y miró hacia abajo. Los venados estaban pastando tranquilamente, ajenos a todo peligro. Todos los cazadores se encontraban en sus puestos a excepción de Lizzie, la cual aún se estaba moviendo. Jay apuntó a su venado. Después desplazó lentamente el cañón hasta apuntar a la espalda de Robert.

Podría decir que, en el momento decisivo, el codo le había resbalado sobre un fragmento de hielo con tan mala fortuna que el disparo había alcanzado a su hermano. Su padre quizá sospecharía la verdad, pero jamás podría estar seguro y, habiéndose quedado solo con un hijo, ¿no enterraría sus sospechas y le daría a él todo lo que anteriormente había reservado para Robert?

El disparo de Lizzie sería la señal para que todos empezaran a disparar. Jay sabía que los venados tenían una reacción sorprendentemente lenta. Tras sonar el primer disparo, todos levantarían la cabeza y se quedarían paralizados, quizá durante nada menos que cuatro o cinco pulsaciones del corazón; entonces uno de ellos se movería y, momentos después, todos se volverían a una como una bandada de pájaros o un banco de peces y echarían a correr, golpeando con sus delicadas pezuñas la dura tierra mientras el muerto se quedaba en el suelo y los heridos trataban de seguirlos, renqueando. Poco a poco Jay volvió a desplazar el arma y apuntó de nuevo a su ciervo. Por supuesto que no iba a matar a su hermano. Hubiera sido algo muy perverso. Se pasaría toda la vida acosado por el remordimiento.

Pero, en caso de que no lo hiciera, ¿no se pasaría quizá toda la vida lamentando no haberlo hecho? La próxima vez que su padre lo humillara mostrando su preferencia por Robert, ¿no rechinaría los dientes y se arrepentiría con toda su alma de no haber resuelto el problema y haber borrado para siempre de la faz de la tierra a su odioso hermano? Volvió a apuntar a Robert.

Sir George admiraba la fuerza, la determinación y la crueldad. Aunque adivinara que el disparo mortal había sido deliberado, se vería obligado a comprender que Jay era un hombre al que no se podía menospreciar ni pasar por alto impunemente.

Aquel pensamiento fortaleció su decisión. «En lo más hondo de su ser, mi padre lo aprobará», pensó. Sir George jamás permitía que se burlaran de él. Su respuesta a las malas acciones era violenta y brutal. En su calidad de magistrado de Londres, había enviado a docenas de hombres, mujeres y niños al tribunal de Old Bailey. Si un niño podía ser ahorcado por robar un poco de pan, ¿qué tenía de malo matar a Robert por robarle a Jay su patrimonio?

Lizzie se lo estaba tomando con calma. Jay trató de respirar despacio, pero el corazón le latía violentamente en el pecho y no tenía más remedio que hacerlo entre jadeos. Estuvo tentado de mirar a Lizzie para ver qué demonios le impedía disparar, pero temía que eligiera precisamente aquel instante para hacerlo y que entonces él perdiera la oportunidad; por consiguiente, mantuvo los ojos y el cañón fijos en la espalda de Robert. Todo su cuerpo estaba tan tenso como la cuerda de un arpa e incluso le dolían los músculos, pero no se atrevía a moverse.

«No —pensó—, eso no puede ocurrir, no voy a matar a mi hermano. Pero por Dios que lo haré. Lo juro.

»Date prisa, Lizzie, por favor.»

Por el rabillo del ojo vio un leve movimiento. Antes de que pudiera levantar la vista, oyó el disparo de Lizzie. Los ciervos se quedaron paralizados. Apuntando a la columna vertebral de Robert, justo entre las paletillas, Jay apretó suavemente el gatillo en el preciso instante en que una imponente forma se elevaba a su lado y se oía el grito de su padre. Sonaron otros dos disparos, efectuados por Robert y Henry. En el momento en que se disparaba su arma, una bota propinó un puntapié al cañón, obligándolo a apuntar hacia arriba mientras la bala se perdía inofensivamente en el aire. El temor y el remordimiento se apoderaron de su corazón cuando levantó los ojos y contempló el enfurecido rostro de sir George.

—Pequeño bastardo asesino —le dijo su padre.

7

El día al aire libre le había provocado sueño, por lo que, poco después de cenar, Lizzie anunció que se iba a la cama. Robert había salido un momento y Jay se levantó galantemente para acompañarla al piso de arriba con una vela en la mano. Mientras subían por la escalera de piedra, el joven le dijo en voz baja:

—La acompañaré a la mina, si quiere.

La somnolencia de Lizzie se desvaneció de golpe.

—¿Habla en serio?

—Por supuesto que sí. Yo no digo nada si no hablo en serio. —Jay la miró sonriendo—. ¿Se atreverá a bajar?

—¡Sí! —contestó Lizzie con entusiasmo. Aquel hombre le gustaba—. ¿Cuándo podremos ir? —preguntó.

—Esta noche. Los picadores empiezan a trabajar a medianoche y los cargadores aproximadamente una hora más tarde.

—¿De veras? —Lizzie parecía perpleja—. ¿Por qué trabajan de noche?

—Trabajan también durante todo el día. Los cargadores terminan al atardecer.

—¡Pero eso significa que apenas tienen tiempo para dormir!

—De esta manera, no se meten en jaleos.

Lizzie se sintió una estúpida.

—Me he pasado casi toda la vida en el valle de al lado y no tenía ni idea de que trabajaran tantas horas.

Se preguntó si sería cierto lo que había dicho McAsh y si su visita a la mina la haría cambiar totalmente de parecer con respecto a los mineros del carbón.

—Procure estar lista a medianoche —le dijo Jay—. Tendrá que volver a vestirse de hombre... ¿conserva todavía aquellas prendas?

—Sí.

—Salga por la puerta de la cocina, yo me encargaré de que esté abierta, y reúnase conmigo en el patio de las cuadras. Ensillaré un par de caballos.

—¡Qué emocionante! —exclamó Lizzie.

Jay le entregó la vela.

—Hasta la medianoche —le dijo en un susurro.

Lizzie se dirigió a su dormitorio. Había observado que Jay volvía a estar contento. Aquel día había mantenido otra discusión con su padre en la montaña. Nadie había visto exactamente qué había ocurrido, pues todos estaban concentrados en los ciervos, pero Jay falló el tiro y sir George palideció de rabia. La pelea, cualquiera que hubiera sido la causa, había terminado sin mayores consecuencias en medio de la emoción del momento. Lizzie había matado limpiamente su pieza. Robert y Henry habían malherido las suyas. La de Robert había recorrido unos cuantos metros, se había desplomado y Robert la había rematado de un disparo, pero la de Henry había escapado y los perros la habían perseguido y abatido tras haberla acorralado. Sin embargo, todos sabían que había ocurrido algo y Jay se había pasado el resto del día muy apagado..., hasta aquel momento en que había vuelto a animarse como por arte de ensalmo.

Lizzie se quitó el vestido, las enaguas y los zapatos, se envolvió en una manta y se sentó delante de la chimenea encendida. Jay era muy divertido, pensó. Parecía tan aficionado a la aventura como ella y, además, era muy guapo: alto, bien vestido y atlético, con una preciosa mata de ondulado cabello rubio. Estaba deseando que llegara la medianoche.

Llamaron a la puerta y entró su madre. Lizzie experimentó una punzada de remordimiento. «Espero que no pretenda mantener una larga conversación conmigo», pensó con inquietud. Pero no eran todavía las once y tenía tiempo de sobras.

Su madre llevaba una capa, tal como hacían todos para ir de una habitación a otra a través de los fríos corredores del castillo de Jamisson. Se la quitó. Debajo llevaba una manteleta sobre el camisón. Le soltó el cabello y empezó a cepillárselo.

Lizzie cerró los ojos y se tranquilizó. Aquel gesto siempre la devolvía a su infancia.

—Tienes que prometerme que no volverás a vestirte de hombre —le dijo su madre. Lizzie se sobresaltó. Cualquiera hubiera dicho que lady Hallim la había oído hablar con Jay. Tendría que andarse con cuidado. Su madre tenía la rara habilidad de adivinar cuándo estaba tramando algo—. Ahora ya eres demasiado mayor para estos juegos —añadió lady Hallim.

—¡A sir George le hizo mucha gracia! —replicó Lizzie.

—Es posible, pero esa no es manera de encontrar marido.

—Creo que Robert me quiere.

—Sí... ¡pero tienes que darle la oportunidad de que te corteje! Ayer al ir a la iglesia te fuiste con Jay y dejaste rezagado a Robert. Y esta noche te has retirado en el momento en que él no se encontraba en el salón y, de este modo, no le has dado la ocasión de acompañarte arriba.

Lizzie estudió a su madre a través del espejo. Los conocidos rasgos de su rostro denotaban un carácter decidido. Lizzie quería mucho a su madre y hubiera deseado complacerla, pero no podía ser la hija que a ella le gustaba. Eso iba en contra de su naturaleza.

—Perdóname, madre —le dijo—, pero es que yo no pienso en estas cosas.

—¿Te gusta... Robert?

—Lo aceptaría si estuviera desesperada.

Lady Hallim dejó el cepillo y se sentó frente a ella.

—Estamos desesperadas, querida.

—Pero siempre hemos andado escasas de dinero, desde que yo recuerdo.

—Muy cierto, y yo me las he arreglado pidiendo préstamos, hipotecando nuestras tierras y viviendo casi siempre aquí arriba, donde podemos comer la carne de nuestros propios venados y llevar la ropa agujereada.

Lizzie experimentó una nueva punzada de remordimiento. Cuando su madre gastaba dinero, casi siempre lo hacía por ella, no para sí misma.

—Podemos seguir viviendo de la misma manera. A mí me da igual que sea la cocinera la que sirva la mesa y no me importa compartir una doncella contigo. Me gusta vivir aquí... prefiero pasarme la vida paseando por High Glen que yendo de compras por Bond Street.

—Pero los préstamos tienen un límite, ¿sabes? Ya no nos los quieren conceder.

—Pues entonces viviremos de las rentas de los aparceros. Dejaremos de viajar a Londres y no asistiremos a los bailes de Edimburgo. Y solo invitaremos a comer a casa al pastor. Viviremos como monjas y no veremos a nadie desde un fin de año al siguiente.

—Me temo que ni eso tan siquiera podremos hacer. Amenazan con quitarnos Hallim House y la finca.

Lizzie miró a su madre, escandalizada.

—¡No pueden!

—Pues claro que pueden..., en eso precisamente consiste una hipoteca.

—¿Quiénes son?

Lady Hallim estaba un poco confusa.

—Bueno, el abogado de tu padre es el que me consiguió los préstamos, pero no sé exactamente de dónde salía el dinero, aunque eso no importa. Lo importante es que el prestador quiere recuperar el dinero... en caso contrario, ejecutará la hipoteca.

—Madre... ¿estás diciendo en serio que vamos a perder nuestra casa?

—No, querida..., eso no ocurrirá si te casas con Robert.

—Comprendo —dijo solemnemente Lizzie.

El reloj del patio de las cuadras dio las once. Su madre se levantó y la besó.

—Buenas noches, querida. Que descanses.

—Buenas noches, madre.

Lizzie contempló el fuego de la chimenea con expresión pensativa. Sabía desde hacía años que su destino era el de salvar la fortuna de la familia, casándose con un hombre rico y Robert le parecía tan bueno como cualquier otro. No lo había pensado en serio hasta entonces, pues, por regla general, no solía pensar en las cosas por adelantado..., prefería dejarlo todo para el último momento, una costumbre que sacaba a su madre de quicio. De repente, la perspectiva de casarse la aterrorizó y le hizo experimentar una especie de repugnancia física, como si acabara de tragarse una cosa podrida.

Pero ¿qué podía hacer? ¡No podía permitir que los acreedores de su madre las echaran de casa! ¿Qué hubieran hecho? ¿Adónde hubieran ido? ¿Cómo se hubieran podido ganar la vida? Sintió un estremecimiento de temor mientras se imaginaba a sí misma y a su madre en una fría habitación alquilada de una mísera casa de vecindad de Edimburgo, escribiendo cartas de súplica a sus parientes lejanos y ganándose unos cuantos peniques con labores de costura. Mejor casarse con el aburrido Robert. Siempre que se proponía hacer algo desagradable pero necesario como, por ejemplo, pegarle un tiro a un viejo perro enfermo o ir a comprar tela para unas enaguas, cambiaba de idea y se escabullía de la obligación.

Se recogió el cabello y se puso el disfraz de la víspera: pantalones, botas de montar, una camisa de hilo, un gabán y un tricornio que se ajustó a la cabeza con un alfiler de sombrero. Se oscureció las mejillas con un poco de hollín de la chimenea, pero decidió prescindir de la ensortijada peluca. Se puso unos guantes de piel para abrigarse las manos, pero también para ocultar la delicadeza de su piel y se envolvió en una manta a cuadros escoceses para que sus hombros parecieran más anchos.

Cuando oyó dar las doce, tomó la vela y bajó.

Se preguntó con inquietud si Jay cumpliría su palabra. Podía haber ocurrido algún contratiempo o él podía haberse quedado dormido durante la espera. ¡Qué decepción sufriría! Encontró la puerta de la cocina abierta, tal como él le había prometido y, al salir al patio de las cuadras, lo vio con dos jacas a las que estaba hablando en murmullos para que se estuvieran quietas. Lizzie experimentó una oleada de placer cuando él la miró sonriendo bajo la luz de la luna. Sin decir nada, Jay le entregó las riendas de la jaca más pequeña, encabezó la marcha y salió por el sendero de atrás en lugar de hacerlo por la calzada anterior a la que daban las ventanas de los dormitorios principales del castillo.

Cuando llegaron al camino, Jay retiró el lienzo que cubría la linterna. Montaron en las jacas y se alejaron al trote.

—Temía que no viniera —dijo Jay.

—Pues yo temía que usted se quedara dormido esperando —contestó ella.

Ambos se echaron a reír.

Subieron por la ladera del valle hacia los pozos de la mina.

—¿Ha tenido otra pelea con su padre esta tarde? —preguntó Lizzie sin andarse por las ramas.

—Sí —contestó Jay sin entrar en detalles.

Pero la curiosidad de Lizzie no necesitaba que la espolearan.

—¿Sobre qué?

Aunque no podía verle el rostro, la joven comprendió que a Jay no le gustaban sus preguntas. Aun así, le contestó.

—Por lo mismo de siempre, por desgracia... mi hermano Robert.

—Creo que le tratan a usted muy mal, si le sirve de consuelo que se lo diga.

—Me sirve... y se lo agradezco —dijo Jay, un poco más tranquilo.

La emoción y la curiosidad de Lizzie iban en aumento a medida que se acercaban al pozo. Empezó a preguntarse cómo sería la mina y por qué razón McAsh había dado a entender que era una especie de agujero infernal. ¿Haría un calor horrible o un frío espantoso? ¿Se gritarían los hombres los unos a los otros y se pelearían como gatos monteses enjaulados? ¿El pozo sería un lugar maloliente e infestado de ratones o más bien silencioso y espectral? Empezó a preocuparse. «Pero cualquier cosa que ocurra —pensó—, sabré cómo es... y McAsh ya no podrá seguir burlándose de mi ignorancia.»

Al cabo de una media hora, pasaron por delante de una pequeña montaña de carbón destinado a la venta.

—¿Quién anda ahí? —ladró una voz.

Un guardabosques con un galgo sujeto por una correa entró en el círculo de luz de la linterna de Jay. Tradicionalmente, los guardabosques vigilaban a los venados y trataban de atrapar a los cazadores furtivos, pero ahora muchos de ellos se utilizaban para imponer disciplina en los pozos y evitar los robos de carbón.

Jay levantó la linterna para mostrarle su rostro.

—Perdóneme, señor Jamisson —dijo el guardabosques.

Siguieron adelante. El pozo propiamente dicho estaba indicado tan solo por un caballo que trotaba en círculo, haciendo girar un tambor. Al acercarse un poco más, Lizzie vio que alrededor del tambor se enrollaba una cuerda con la que se sacaban cubos de agua del pozo.

—Siempre hay agua en una mina —explicó Jay—. Rezuma de la tierra.

Los viejos cubos de madera tenían filtraciones y convertían el terreno que rodeaba la boca de la mina en una traidora mezcla de barro y hielo.

Ataron los caballos y se acercaron a la boca de la mina. Era una abertura de unos dos metros cuadrados en la cual una empinada escalera de madera descendía en zigzag. Lizzie no podía ver el fondo.

No había barandilla.

Lizzie experimentó un momento de pánico.

—¿Es muy hondo? —preguntó con trémula voz.

—Si no recuerdo mal, el pozo tiene sesenta metros de profundidad —contestó Jay.

Lizzie tragó saliva. Si se negara a bajar, puede que sir George y Robert se enteraran y le dijeran: «Ya le advertimos de que no era un lugar apropiado para una dama».

Y ella no podría soportarlo... prefería bajar por una escalera de sesenta metros sin barandilla.

—¿A qué esperamos? —dijo, rechinando los dientes.

Si Jay intuyó su temor, no hizo ningún comentario. Empezó a bajar iluminando los peldaños y ella le siguió, muerta de miedo. Sin embargo, cuando ya habían bajado unos cuantos peldaños, el joven le dijo:

—¿Por qué no apoya las manos en mis hombros para ir más segura?

Lizzie así lo hizo, dándole silenciosamente las gracias.

Mientras bajaban, los cubos llenos que subían por el centro del pozo chocaban con los vacíos que bajaban y salpicaban a menudo a Lizzie con el agua helada. La joven se imaginó resbalando por los peldaños, cayendo al pozo y haciendo volcar docenas de cubos antes de llegar al fondo y morir en el acto.

Al poco rato, Jay se detuvo para que descansara un momento. Lizzie se consideraba una persona activa y en plena forma, pero las piernas le dolían y respiraba afanosamente. Para que Jay no se diera cuenta de que estaba cansada, inició una conversación.

—Veo que usted sabe mucho sobre las minas...: de dónde sale el agua, la profundidad de los pozos y todas esas cosas.

—El carbón es un tema constante de conversación en mi familia..., de ahí sale casi todo nuestro dinero. Pero es que, además, hace unos seis años me pasé un verano con el capataz Harry Ratchett. Mi madre quiso que lo aprendiera todo sobre este negocio, en la esperanza de que algún día mi padre me encomendara su dirección. Una esperanza vana.

Lizzie se compadeció de él.

Reanudaron el descenso. Al cabo de unos minutos, la escalera terminó en una plataforma que daba acceso a dos galerías. Por debajo del nivel de las galerías, el pozo estaba lleno de agua que se achicaba por medio de los cubos, pero los desagües de las galerías lo volvían a llenar constantemente. Lizzie contempló la oscuridad de las galerías con una mezcla de curiosidad y temor.

Desde la plataforma, Jay se adentró en una galería, se volvió, le dio la mano a Lizzie y le apretó la suya con firmeza. En el momento en que ella entraba en la galería, se acercó su mano a los labios y se la besó. Lizzie le agradeció aquella pequeña muestra de galantería.

Jay siguió avanzando sin soltarle la mano. Lizzie no supo cómo interpretarlo, pero no tenía tiempo para detenerse a pensar. Necesitaba concentrarse en sus pies, los cuales se hundían en una gruesa capa de polvo de carbón que también se aspiraba en el aire. El techo era tan bajo en determinados lugares que se veía obligada a caminar con la cabeza agachada casi todo el rato. Comprendió que tenía una noche muy desagradable por delante.

Trató de no pensar en las molestias. A ambos lados, unas velas parpadeaban en los huecos abiertos entre unas anchas columnas que le hicieron recordar una ceremonia nocturna en una gran catedral.

—Cada minero trabaja una sección de tres metros y medio de pared de carbón llamada «cuarto». Entre un cuarto y otro, dejan una columna de carbón de unos cuatro metros cuadrados para sostener el techo.

Lizzie se percató de repente de que, por encima de su cabeza, había más de sesenta metros de tierra y roca que podían caer sobre ella en caso de que los mineros no hubieran hecho bien su trabajo. Tuvo que hacer un esfuerzo para reprimir el miedo. Apretó involuntariamente la mano de Jay y este le devolvió el apretón. A partir de aquel momento, fue plenamente consciente de que ambos iban tomados de la mano y descubrió que la sensación le gustaba.

Los primeros cuartos por los que pasaron estaban vacíos, pero, al cabo de un rato, Jay se detuvo en un cuarto donde un hombre estaba picando. Para asombro de Lizzie, el minero no se encontraba de pie sino tendido de lado, golpeando la pared de carbón a ras del suelo. Una vela en un soporte de madera cerca de su cabeza arrojaba una inconstante luz sobre su trabajo. A pesar de la incómoda posición en que se encontraba, el hombre golpeaba poderosamente la pared con el pico. A cada golpe que daba, la punta se clavaba en la pared de carbón y arrancaba trozos, abriendo un hueco de entre sesenta y noventa centímetros de profundidad a todo lo ancho del cuarto. Lizzie se horrorizó al ver que el hombre estaba tendido sobre el agua que rezumaba de la pared de carbón hacia el suelo del cuarto e iba a parar a la zanja que discurría por la galería. Introdujo los dedos en la zanja. El agua estaba helada y le provocó un estremecimiento de frío. Sin embargo, el minero se había quitado la chaqueta y la camisa, llevaba solo los pantalones y estaba trabajando descalzo. Lizzie vio el brillo del sudor en sus ennegrecidos hombros.

La galería no era horizontal sino que subía y bajaba... siguiendo seguramente las vetas de carbón, pensó Lizzie. Ahora estaba empezando a subir. Jay se detuvo y le señaló con el dedo un lugar situado un poco más adelante en el que un minero estaba haciendo algo con una vela.

—Está comprobando la presencia de grisú —le explicó.

Lizzie le soltó la mano y se sentó en una roca para aliviar un poco la espalda, dolorida de tanto caminar encorvada.

—¿Está usted bien? —le preguntó Jay.

—Perfectamente. ¿Qué es el grisú?

—Un gas inflamable.

—¿Inflamable?

—Sí... es el que produce la mayoría de las explosiones en las minas de carbón.

A Lizzie le parecía una locura.

—Si es explosivo, ¿por qué utiliza una vela?

—Es el único medio de detectar el gas...

El minero estaba levantando lentamente la vela hacia el techo con los ojos clavados en la llama.

—El gas es más ligero que el aire y, por consiguiente, se concentra en el techo —añadió Jay—. Una pequeña cantidad tiñe de azul la llama de la vela.

—¿Y qué ocurre si la cantidad es grande?

—La explosión nos mata a todos sin remedio.

Era la gota que colmaba el vaso. Lizzie se sentía sucia y cansada, tenía la boca llena de polvo de carbón y ahora corría peligro de morir en una explosión. Trató de conservar la calma. Ya sabía antes de bajar que las minas de carbón eran peligrosas y ahora tenía que hacer acopio de valor. Los mineros bajaban a la mina todas las noches, ¿cómo era posible que ella no tuviera el valor de bajar una sola vez?

Pero sería la última, de eso no le cabía la menor duda.

Contemplaron al hombre un momento. El minero avanzaba unos pasos por el túnel, se detenía y repetía la prueba. Lizzie estaba firmemente decidida a disimular su temor. Procurando hablar con naturalidad, preguntó:

—Y si encuentra grisú... ¿qué ocurre? ¿Cómo se elimina?

—Prendiéndole fuego.

Lizzie tragó saliva. La cosa se estaba poniendo cada vez más fea.

—Uno de los mineros es nombrado bombero —explicó Jay—. Creo que en este pozo es McAsh, el joven alborotador. El puesto se transmite generalmente de padre a hijo. El bombero es el experto en gas del pozo. Él sabe lo que hay que hacer.

Lizzie hubiera deseado echar a correr por la galería hasta llegar al pozo y subir la escalera para regresar cuanto antes al mundo exterior. Lo habría hecho de no haber sido por la humillación de que Jay descubriera su temor. Para alejarse de aquella prueba tan insensatamente peligrosa, Lizzie señaló hacia una galería lateral y preguntó:

—¿Qué hay ahí dentro?

—Vamos a verlo —contestó Jay, tomándola nuevamente de la mano.

Mientras avanzaban, a Lizzie le pareció que la mina estaba extrañamente silenciosa. Casi nadie hablaba. Algunos hombres contaban con la ayuda de unos chicos, pero casi todos trabajaban solos y los cargadores aún no habían llegado. El sonido de los picos que golpeaban la cara de la galería y el sordo rumor de los trozos de carbón desprendidos quedaban amortiguados por las paredes y por la gruesa capa de polvo que cubría el suelo. De vez en cuando, cruzaban una puerta y un niño la cerraba a su espalda. Las puertas controlaban la circulación del aire en las galerías, le explicó Jay.

Al llegar a una sección vacía, Jay se detuvo.

—Esta parte parece que ya está... agotada —dijo, moviendo la linterna en un arco.

La luz se reflejó en los ojillos de las ratas situadas más allá del límite del círculo iluminado. Se debían de alimentar sin duda con las sobras de la comida de los mineros.

Lizzie observó que el rostro de Jay estaba tan tiznado de negro como el de los mineros. El polvo de carbón llegaba a todas partes. Estaba muy gracioso, pensó, mirándole con una sonrisa.

—¿Qué pasa?

—¡Tiene la cara tiznada de negro!

Jay le devolvió la sonrisa y le rozó la mejilla con la yema de un dedo.

—¿Y cómo cree que está la suya?

Lizzie comprendió que su aspecto debía de ser exactamente igual.

—¡Oh, no! —exclamó, echándose a reír.

—Pero sigue estando muy guapa de todos modos —dijo Jay, besándola.

Lizzie se sorprendió, pero no se echó hacia atrás. Le había gustado. Los labios de Jay eran firmes y secos y ella percibía la ligera aspereza de la zona rasurada por encima de su labio superior. Cuando Jay se apartó, le dijo lo primero que se le ocurrió:

—¿Para eso me ha traído usted aquí abajo?

—¿La he ofendido?

El hecho de que un joven caballero besara a una dama que no fuera su novia era contrario a las reglas de la buena educación. Lizzie sabía que hubiera tenido que mostrarse ofendida, pero no podía negar que le había encantado. De pronto, empezó a sentirse cohibida.

—Quizá deberíamos regresar.

—¿Me permite que la siga tomando de la mano?

—Sí.

Jav pareció conformarse y, dando media vuelta, empezó a desandar el camino. Al cabo de un rato, Lizzie vio la roca en la que antes se había sentado. Se detuvieron para contemplar el trabajo de un minero y, pensando en el beso, Lizzie experimentó un leve estremecimiento de emoción en la ingle.

El minero había picado el carbón de una franja del cuarto y estaba clavando cuñas en la franja superior. Como casi todos sus compañeros, iba desnudo de cintura para arriba y los poderosos músculos de su espalda se contraían y tensaban a cada golpe que daba con el martillo. El carbón, sin nada que lo sostuviera debajo, se desprendía finalmente por su propio peso y caía al suelo a trozos. El minero se apartó rápidamente mientras la pared de carbón se agrietaba y se movía, escupiendo pequeños fragmentos para adaptarse a las alteraciones de la tensión.

Justo en aquel momento empezaron a llegar los cargadores con sus velas y sus palas de madera y fue entonces cuando Lizzie experimentó su mayor sobresalto.

Casi todos eran mujeres y niñas.

Nunca se le había ocurrido preguntar en qué empleaban su tiempo las esposas y las hijas de los mineros. Nunca hubiera podido imaginar que pasaban sus días y la mitad de sus noches trabajando bajo tierra.

Las galerías se llenaron de sus voces y el aire se calentó rápidamente, obligando a Lizzie a desabrocharse el abrigo. A causa de la oscuridad, casi ninguna de ellas se había percatado de la presencia de los visitantes, por cuyo motivo conversaban entre sí con toda naturalidad. Justo delante de ellos un hombre chocó con una mujer aparentemente embarazada.

—Quítate del maldito camino, Sal —le dijo con aspereza.

—Quítate tú del maldito camino, picha ciega —replicó ella.

—La picha no está ciega, ¡tiene un ojo! —dijo otra mujer entre un coro de risotadas femeninas.

Lizzie se quedó de una pieza. En su mundo, las mujeres nunca decían «maldito» y, en cuanto a la palabra «picha», solo podía intuir su significado. Le extrañaba también que las mujeres estuvieran de humor para reírse, tras haberse levantado a las dos de la madrugada para pasarse quince horas trabajando bajo tierra.

Experimentaba una sensación muy extraña. Allí todo era físico y sensorial: la oscuridad, la mano de Jay que apretaba la suya, los mineros semidesnudos que picaban carbón, el beso de Jay y los vulgares comentarios de las mujeres... todo aquello la desconcertaba, pero, al mismo tiempo, la estimulaba. El pulso le latía más rápido, su piel estaba arrebolada y el corazón le galopaba en el pecho.

Las conversaciones cesaron poco a poco cuando las cargadoras se pusieron a trabajar, recogiendo paletadas de carbón y echándolas en unas grandes canastas.

—¿Por qué hacen eso las mujeres? —preguntó Lizzie con incredulidad.

—A un minero se le paga según el peso del carbón que entrega en la boca de la mina —contestó él—. Si tiene que pagar a un cargador, es dinero que pierde la familia. Mientras que, si el trabajo lo hacen las mujeres y los hijos, todo queda en casa.

Las grandes canastas se llenaban rápidamente. Lizzie observó cómo dos mujeres levantaban una de ellas y la colocaban sobre la espalda doblada de una tercera, la cual soltó un gruñido al recibir el peso. La canasta se aseguró con una correa alrededor de la frente de la mujer y esta empezó a bajar lentamente por la galería con el espinazo doblado. Lizzie se preguntó cómo podría subir los sesenta metros de escalera cargada con aquel peso.

—¿La canasta pesa tanto como parece? —preguntó.

Uno de los mineros la oyó.

—Las llamamos capazos —le dijo—. Caben sesenta kilos de carbón. ¿Quiere el joven señor probar lo que pesan?

Jay se apresuró a contestar antes de que Lizzie pudiera hacerlo.

—Por supuesto que no —dijo en tono protector.

El hombre insistió.

—A lo mejor medio capazo como el que lleva esta chiquita.

Una niña de unos diez u once años envuelta en un vestido de lana sin forma se estaba acercando a ellos con un pañuelo en la cabeza. Iba descalza y llevaba encima de la espalda medio capazo de carbón.

Lizzie vio que Jay abría la boca para decir que no, pero esta vez ella se le adelantó.

—Sí —dijo—. Déjeme probar lo que pesa.

El minero mandó detenerse a la niña y una de las mujeres le quitó el capazo de la espalda.

Respirando afanosamente, la niña no dijo nada, pero pareció alegrarse de poder descansar un poco.

—Doble la espalda, señorito —dijo el minero.

Lizzie obedeció y la mujer le colocó el capazo en la espalda.

Aunque estaba preparada, el peso era muy superior a lo que ella había imaginado y no lo pudo soportar tan siquiera un segundo. Se le doblaron las piernas y se desplomó al suelo. El minero, que por lo visto ya lo esperaba, la sujetó mientras la mujer le quitaba el capazo de la espalda. Todos sabían lo que iba a ocurrir, pensó Lizzie, cayendo en brazos del minero.

Las mujeres se partieron de risa ante la apurada situación del que ellos creían un joven caballero. Mientras Lizzie caía hacia delante, el minero la sostuvo sin ninguna dificultad con su fuerte antebrazo. Una callosa mano tan dura como el casco de un caballo le comprimió el pecho a través de la camisa de lino. El minero soltó un gruñido de asombro. La mano siguió apretando como si quisiera asegurarse, pero sus pechos eran grandes —vergonzosamente grandes, pensaba ella a menudo— y la mano se apartó inmediatamente. El minero la enderezó y la sostuvo por los hombros mientras unos ojos asombrados contemplaban su rostro ennegrecido por el carbón.

—¡Señorita Hallim! —exclamó el minero en un susurro.

Lizzie se percató entonces de que el minero era Malachi McAsh.

Se miraron el uno al otro durante un mágico instante mientras las risas de las mujeres resonaban en sus oídos. Aquella repentina intimidad había sido para Lizzie profundamente emocionante después de todo lo que había ocurrido anteriormente. La joven intuyó que el minero también estaba emocionado. Por un instante se sintió más cerca de él que de Jay, a pesar de que este la había besado y tomado de la mano. Otra voz de mujer se abrió paso a través del ruido, diciendo:

—Mack... ¡fíjate en esto!

Una mujer de tiznado rostro estaba sosteniendo una vela en alto. McAsh la miró, miró de nuevo a Lizzie y después, como si lamentara tener que dejar algo sin terminar, la soltó y se acercó a la otra mujer.

Tras echar un vistazo a la llama de la vela, dijo:

—Tienes razón, Esther. —Se volvió y se dirigió a los demás, sin prestar atención ni a Lizzie ni a Jay—: Hay un poco de grisú. —Lizzie hubiera deseado echar a correr, pero McAsh parecía tranquilo—. No es suficiente para hacer sonar la alarma, por lo menos, de momento. Haremos comprobaciones en distintos lugares, a ver hasta dónde se extiende.

Lizzie le miró, pensando que su presencia de ánimo era increíble. ¿Qué clase de personas eran aquellos mineros? A pesar de la brutal dureza de sus vidas, su valor era inagotable. Comparada con todo aquello, su vida le parecía mimada e inútil.

Jay la tomó del brazo.

—Creo que ya hemos visto suficiente, ¿no le parece? —murmuró.

Lizzie no se lo discutió. Su curiosidad ya había quedado satisfecha hacía rato. Le dolía la espalda de tanto caminar agachada. Estaba cansada, sucia y asustada y quería subir a la superficie y sentir de nuevo el viento en su rostro.

Corrieron por la galería en dirección al pozo. En la mina reinaba una gran actividad y había cargadores delante y detrás de ellos. Las mujeres se levantaban las faldas por encima de la rodilla para tener más libertad de movimientos, sostenían las velas entre los dientes y caminaban muy despacio a causa de los enormes pesos que llevaban. Lizzie vio a un hombre orinando en la zanja de desagüe delante de las mujeres y las niñas. ¿Es que no puede encontrar un rincón más discreto para hacerlo?, se preguntó, pero enseguida se dio cuenta de que allí abajo no había ningún rincón discreto.

Llegaron al pozo y empezaron a subir los peldaños. Las cargadoras subían a gatas como los niños pequeños porque les resultaba más cómodo. Subían a buen ritmo y ya no hablaban ni bromeaban. Solo jadeaban y gemían bajo el tremendo peso. Al cabo de un rato, Lizzie tuvo que detenerse para descansar. Las cargadoras no se detenían jamás y ella se sintió humillada y avergonzada, contemplando a las niñas que la habían adelantado, llorando de dolor y agotamiento. De vez en cuando, alguna niña se rezagaba o se detenía un momento y entonces su madre la espoleaba con una palabrota o una fuerte bofetada. Lizzie hubiera querido consolarlas. Todas las emociones de aquella noche se habían juntado y convertido en un único sentimiento de cólera.

—Juro —dijo solemnemente— que jamás permitiré la explotación de minas de carbón en mis tierras mientras yo viva.

Antes de que Jay pudiera contestar, se oyó sonar una campana.

—La alarma —dijo Jay—. Deben de haber encontrado más grisú.

Lizzie se levantó gimiendo. Las pantorrillas le dolían tanto como si alguien les hubiera clavado cuchillos. Nunca más, pensó.

—Yo la llevo —dijo Jay, echándosela sobre los hombros y reanudando la subida sin más comentarios.

8

El grisú se extendió con aterradora velocidad.

Al principio, el tono azulado solo se veía cuando acercaban la vela al techo, pero, a los pocos minutos, se observó a unos treinta centímetros por debajo del techo y Mack tuvo que interrumpir la prueba, temiendo prenderle fuego antes de que se evacuara el pozo.

Respiraba entre breves jadeos entrecortados por el miedo. Procuró calmarse y pensar con tranquilidad.

Por regla general, el gas se filtraba poco a poco, pero aquello era distinto. Algo extraño tenía que haber ocurrido. Probablemente, el grisú se había acumulado en una zona ya agotada y sellada y una pared se había agrietado, dando lugar a la rápida filtración del temido gas en las galerías ocupadas.

Donde todos los hombres, mujeres y niños llevaban una vela encendida.

Unas leves trazas ardían sin el menor peligro; una cantidad moderada se encendía, quemando a cualquiera que estuviera cerca; y una gran cantidad estallaba, matando a todo el mundo y destruyendo las galerías.

Mack respiró hondo. Lo más urgente era conseguir que todos abandonaran el pozo a la mayor velocidad posible. Hizo sonar la campanilla mientras contaba hasta doce. Cuando se detuvo, los mineros y las cargadoras ya estaban corriendo por la galería hacia el pozo y las madres instaban a sus hijos a darse prisa.

Mientras todos los demás corrían hacia el pozo, sus dos cargadoras se quedaron... su herman, Esther, tranquila y eficiente, y su prima Annie, fuerte y rápida, pero, al mismo tiempo, torpe e impulsiva. Utilizando sus palas, ambas jóvenes empezaron a cavar en el suelo de la galería una zanja de poca profundidad de una anchura y una longitud aproximadas a las del cuerpo de Mack. Entre tanto, Mack tomó un fardo de hule que colgaba del techo de su cuarto y corrió hacia la entrada de la galería.

A la muerte de sus padres, había habido ciertos comentarios y críticas entre los hombres a propósito de la edad de Mack, al que muchos consideraban demasiado joven para ocupar el puesto de su padre como bombero. Aparte la responsabilidad que dicho puesto llevaba aparejada, el bombero era considerado el jefe de la comunidad y, de hecho, el propio Mack había compartido aquellas dudas, pero a nadie le interesaba aquel trabajo tan mal pagado y peligroso. En cuanto sus compañeros comprobaron que resolvía con acierto los primeros problemas, cesaron las críticas. Ahora estaba orgulloso de que otros hombres de mayor edad que la suya confiaran en él, pero su orgullo también le exigía aparentar serenidad y confianza, incluso cuando el miedo se apoderaba de él.

Llegó a la boca de la galería cuando los más rezagados ya se estaban acercando a los peldaños. Ahora tenía que eliminar el gas. Y solo podía hacerlo quemándolo. Tenía que prenderle fuego.

Mala suerte que aquello hubiera ocurrido precisamente aquel día en que celebraba su cumpleaños y tenía previsto marcharse. Ahora se arrepentía de sus recelos y de no haber dejado el valle el domingo por la noche. Pensó que el hecho de esperar un par de días induciría a los Jamisson a creer que se iba a quedar allí y les infundiría una falsa sensación de seguridad. Lamentaba que tuviera que pasar sus últimas horas como minero de carbón, arriesgando su vida para salvar aquel pozo que estaba a punto de abandonar para siempre.

Si no se quemara el grisú, el pozo se cerraría. Y el cierre de un pozo en un pueblo minero era como una cosecha perdida en un pueblo agrícola: la gente se moriría de hambre. Mack jamás podría olvidar la última vez que se había cerrado el pozo cuatro inviernos atrás. Durante las dolorosas semanas siguientes, los más jóvenes y los más viejos de la aldea se murieron..., entre ellos, sus propios padres. Al día siguiente de la muerte de su madre, Mack había excavado la madriguera de unos conejos aletargados y les había roto el cuello cuando estaban todavía medio dormidos; su carne los había salvado tanto a él como a Esther.

Llegó a la plataforma y rompió la envoltura impermeable de su fardo. Dentro había una antorcha hecha con palos secos y trapos, un ovillo de cuerda y una versión más grande del candelero hemisférico que utilizaban los mineros, fijada a una base plana de madera para que no pudiera caerse. Mack introdujo la antorcha en el candelero, ató la cuerda a la base y encendió la antorcha con la vela. Allí ardería sin peligro, pues el grisú más ligero que el aire no se podía acumular en el fondo del pozo. Su siguiente tarea sería introducir la antorcha encendida en la galería.

Tardó un momento en bajar al charco de desagüe del fondo del pozo para empaparse la ropa y el cabello de agua helada y protegerse un poco más contra las quemaduras. Después echó a correr por la galería desenrollando el ovillo de cuerda, examinando al mismo tiempo el suelo y retirando las piedras de gran tamaño y otros objetos que pudieran impedir el avance de la antorcha encendida a través de la galería.

Cuando llegó al lugar donde se encontraban Esther y Annie, vio a la luz de la única vela que había en el suelo que todo estaba a punto. La zanja estaba cavada, Esther había introducido una manta en la zanja de drenaje y ahora envolvió rápidamente con ella a Mack. Temblando, este se tendió en la zanja sin soltar el extremo de la cuerda. Annie se arrodilló a su lado y, para su sorpresa, le dio un beso en plena boca. Después cubrió la zanja con una pesada tabla y lo dejó encerrado.

Se oyó un chapaleo mientras ambas jóvenes echaban más agua sobre la tabla para protegerlo mejor de las llamas que estaban a punto de producirse. A continuación, una de ellas golpeó la tabla tres veces para indicarle que ya se iban.

Mack contó hasta cien para darles tiempo a salir de la galería.

Acto seguido, con el corazón rebosante de angustia, empezó a tirar de la cuerda para acercar la antorcha encendida al lugar donde él se encontraba, en una galería medio llena de gas explosivo.

Jay transportó sobre sus hombros a Lizzie hasta lo alto de la escalera y la depositó sobre el frío barro de la boca del pozo.

—¿Cómo se encuentra? —le preguntó.

—Me alegro mucho de estar de nuevo arriba —contestó Lizzie, mirándole con gratitud—. No sabe cuánto le agradezco que me haya llevado sobre sus hombros. Debe de estar agotado.

—Pesa usted mucho menos que aquel capazo de carbón —le dijo Jay sonriendo.

Hablaba como si Lizzie pesara menos que una pluma, pero caminaba un poco inseguro cuando se alejaron del pozo. Sin embargo, no se había detenido ni un solo momento durante la subida.

Faltaban todavía varias horas para el amanecer y había empezado a nevar, no unos suaves copos sino unos gélidos balines que golpeaban los párpados de Lizzie. Cuando los últimos mineros y las últimas cargadoras salieron del pozo, Lizzie vio a la joven cuyo hijito había sido bautizado el domingo... Jen se llamaba. A pesar de que su hijo tenía apenas una semana de vida, la pobrecilla llevaba sobre sus espaldas un capazo lleno de carbón. Hubiera tenido que tomarse un descanso después del parto. Vació el capazo en el montón y después le entregó al tarjador una tarja de madera. Lizzie supuso que las tarjas se utilizaban para calcular los salarios al final de la semana. Jen debía de necesitar el dinero y no habría podido tomarse tiempo libre.

Lizzie no le quitaba los ojos de encima porque la veía tremendamente angustiada. Sosteniendo la vela en alto, la joven empezó a moverse entre el grupo de setenta u ochenta mineros, buscando a través de los copos de nieve mientras gritaba:

—¡Wullie! ¡Wullie! —Al parecer, estaba buscando a un niño. Localizó a su marido e intercambió rápidamente unas palabras con él—. ¡No! —gritó de repente, corriendo a la boca del pozo y empezando a bajar los peldaños.

El marido se acercó al borde del pozo, regresó y miró a su alrededor, visiblemente afligido y desconcertado. Lizzie le preguntó:

—¿Qué ocurre?

—No podemos encontrar a nuestro chiquillo y ella cree que todavía está abajo.

—¡Oh, no! —exclamó Lizzie, asomándose.

Vio al fondo del pozo una especie de antorcha encendida. Mientras miraba, la antorcha se movió y desapareció en el interior de la galería.

Mack había utilizado aquel procedimiento en tres ocasiones, pero esta vez la situación era mucho más peligrosa. Las otras veces la concentración de grisú era mucho menor, una lenta filtración y no una repentina acumulación. Su padre había resuelto felizmente muchas fugas de gas, por supuesto, y, cuando los sábados por la noche se lavaba delante de la chimenea, él le había visto el cuerpo cubierto de antiguas cicatrices de quemaduras.

Mack se estremeció en el interior de la manta empapada de agua helada. Mientras tiraba de la cuerda atada a la antorcha encendida, trató de calmar sus temores, pensando en Annie. Habían crecido juntos y siempre se habían querido. Annie tenía un alma salvaje y un cuerpo musculoso. Jamás le había besado en público, aunque lo había hecho muy a menudo en privado. Se habían explorado mutuamente los cuerpos y habían aprendido lo que era el placer. Habían probado toda clase de cosas, evitando tan solo lo que Annie llamaba «hacer niños». Aunque poco les había faltado...

Fue inútil: estaba muerto de miedo. Trató de pensar serenamente en la forma en que el gas se movía y acumulaba. Su zanja se encontraba en un punto bajo de la galería, lo cual significaba que allí la concentración tenía que ser menor, pero no existía ningún medio seguro de calcularlo hasta que se encendía. El dolor le daba miedo y sabía que las quemaduras eran un tormento. En realidad, no temía la muerte y tampoco pensaba demasiado en la religión, aunque suponía que Dios tenía que ser misericordioso. Sin embargo, no le apetecía morir en aquel momento. No había hecho nada, ni visto nada, ni estado en ningún sitio. Se había pasado toda la vida siendo un esclavo. «Si sobrevivo a esta noche —se juró a sí mismo—, hoy mismo abandonaré el valle. Le daré un beso a Annie, me despediré de Esther, desafiaré a los Jamisson y me alejaré de aquí con la ayuda de Dios.»

La cantidad de cuerda que le quedaba en las manos le dijo que la antorcha se encontraba a medio camino. El grisú se podía encender en cualquier momento. No obstante, cabía la posibilidad de que la antorcha no le prendiera fuego. A veces, le había dicho su padre, el gas se desvanecía sin que nadie supiera por qué.

Notó una ligera resistencia en la cuerda y comprendió que la antorcha estaba rozando la curva de la galería. Si mirara, la podría ver. El gas se tiene que encender de un momento a otro, pensó.

De pronto, oyó una voz.

Se llevó un susto tan grande que, al principio, le pareció que estaba viviendo una experiencia sobrenatural, un encuentro con un fantasma o un demonio.

Después se dio cuenta de que no era ni lo uno ni lo otro: estaba oyendo la voz de un niño atemorizado que lloraba y preguntaba:

—¿Dónde estáis todos?

Se le paró el corazón en el pecho.

Comprendió inmediatamente lo que había ocurrido. Cuando de pequeño trabajaba en la mina solía quedarse dormido en algún momento de su jornada laboral de quince horas. A aquel niño le había ocurrido lo mismo. Estaba durmiendo cuando había sonado la alarma. Después se había despertado, había encontrado la galería desierta y se había asustado.

Tardó solo una décima de segundo en comprender lo que tenía que hacer.

Apartó la tabla a un lado y salió de la zanja. Bajo la antorcha, vio salir al niño de una galería lateral, frotándose los ojos y llorando. Era Wullie, el hijo de su prima Jen.

—¡Tío Mack! —exclamó el niño, rebosante de alegría.

Mack corrió hacia él, quitándose la manta mojada que lo envolvía. No había espacio para dos en la zanja. Tendrían que intentar alcanzar el pozo antes de que el gas estallara. Mack envolvió al niño en la manta, diciéndole:

—¡Hay grisú, Wullie, tenemos que salir enseguida!

Lo levantó del suelo, se lo colocó bajo el brazo y echó a correr.

Mientras se acercaba a la antorcha, deseó con toda su alma que esta no prendiera en el gas y gritó:

—¡Todavía no! ¡Todavía no!

Pasó por su lado corriendo.

El niño pesaba muy poco, pero era difícil correr agachado sobre un suelo que en algunos puntos estaba lleno de barro, en otros tenía una gruesa capa de polvo de carbón, era irregular en todas partes y presentaba formaciones rocosas que podían provocar una caída.

Al doblar la curva de la galería, la luz de la antorcha desapareció. Mack corrió en medio de la oscuridad y, a los pocos segundos, se golpeó la cabeza contra la pared y soltó a Wullie. Maldijo por lo bajo y volvió a levantarse.

El niño se puso a llorar. Mack consiguió localizarlo por la voz y lo volvió a recoger. A partir de aquel momento, se vio obligado a avanzar más despacio, tanteando la pared de la galería con la mano. Al final, vio una llama a la entrada de la galería y oyó la voz de Jen:

—¡Wullie! ¡Wullie!

—¡Lo tengo yo, Jen! —gritó Mack, pegando una carrerilla—. ¡Vuelve a subir!

Ella no le hizo caso y entró en la galería.

Mack se encontraba a escasos metros del final de la galería y de la salvación.

—¡Vuelve atrás! —le gritó, pero Jen siguió avanzando.

Chocó con su cuerpo y la levantó con el brazo libre.

Entonces estalló el gas.

Durante una décima de segundo, se oyó un estridente silbido, tras el cual se produjo una violenta y ensordecedora explosión que sacudió toda la tierra. Una fuerza semejante a la de un gigantesco puño golpeó la espalda de Mack y lo levantó del suelo, obligándolo a soltar primero a Wullie y después a Jen. Voló por el aire, sintió una oleada de intenso calor y pensó que iba a morir. Después cayó de cabeza en el agua helada y comprendió que la fuerza de la explosión lo había arrojado al charco de drenaje que había al fondo del pozo.

Y estaba vivo.

Emergió a la superficie y se frotó los ojos.

La plataforma y la escalera de madera estaban ardiendo en algunos puntos y las llamas iluminaban espectralmente la escena a intervalos. Mack localizó a Jen, chapoteando. La agarró y la sacó del agua medio asfixiada.

—¿Dónde está Wullie? —gritó Jen casi sin aliento.

Tal vez había recibido un golpe y estaba inconsciente, pensó Mack. Se desplazó de un extremo a otro del pequeño charco, golpeándose contra la cadena del cubo que había dejado de funcionar. Al final, encontró un objeto flotante que resultó ser Wullie. Empujó al niño hacia la plataforma al lado de su madre y después subió él.

Wullie se incorporó y empezó a escupir agua.

—Gracias a Dios —dijo Jen entre sollozos—. Está vivo.

Mack miró hacia el interior de la galería. Unos vestigios de gas ardían esporádicamente como malos espíritus.

—Vamos a subir —dijo—. Podría haber una segunda explosión.

Levantó a Jen y a Wullie y los empujó hacia la escalera. Jen se echó a Wullie al hombro. Su peso no era nada para una mujer capaz de acarrear un capazo lleno de carbón por aquella escalera veinte veces a lo largo de un turno de quince horas.

Mack vaciló, contemplando las pequeñas hogueras que ardían al pie de la escalera. Si se quemara toda la escalera, puede que el pozo tuviera que permanecer cerrado varias semanas hasta que la volvieran a construir. Tardó unos segundos en arrojar agua del charco sobre las llamas para apagarlas. Después siguió a Jen.

Cuando llegó arriba, estaba agotado, magullado y aturdido. Sus compañeros lo rodearon inmediatamente para estrecharle la mano, darle palmadas en la espalda y felicitarlo. El grupo abrió un camino para Jay Jamisson y su acompañante, en quien Mack había reconocido a Lizzie Hallim vestida de hombre.

—Muy bien hecho, McAsh —dijo Jay—. Mi familia te agradece tu valentía.

«Cerdo asqueroso», pensó Mack.

—¿De verdad no hay ninguna otra manera de eliminar el grisú? —preguntó Lizzie.

—No —contestó Jay.

—Por supuesto que sí —dijo Mack con la voz entrecortada por el cansancio.

—Ah, ¿sí? —dijo Lizzie—. ¿Cuál?

Mack respiró hondo.

—Construyendo pozos de ventilación para evitar que el gas se acumule. —Volvió a respirar hondo—. A los Jamisson se les ha dicho y repetido hasta la saciedad.

Hubo un murmullo de aprobación entre los mineros.

—Pues entonces, ¿por qué no lo hacen? —preguntó Lizzie, volviéndose hacia Jay.

—Usted no entiende de negocios... y es natural —contestó Jay—. Ningún empresario gasta dinero en un procedimiento caro cuando con otro más barato puede conseguir los mismos resultados. La competencia podría ofrecer precios más bajos. Es una cuestión de política económica.

—Llámelo usted como quiera —dijo Mack—. La gente corriente lo llama cochina codicia.

—¡Sí! ¡Tiene razón! —gritaron un par de mineros.

—Vamos, McAsh —le dijo Jay en tono de reproche—, no vayas a estropearlo todo otra vez, elevándote por encima de tu condición. Te vas a meter en un lío muy gordo.

—Yo no estoy metido en ningún lío —replicó Mack—. Hoy cumplo veintidós años. —No quería decirlo, pero ya se había lanzado—. Aún no he trabajado aquí el año y un día que marca la ley... y no lo pienso trabajar. —La multitud enmudeció de golpe y Mack experimentó una estimulante sensación de libertad—. Me voy, señor Jamisson —añadió—. Dejo la mina. Quede usted con Dios.

Dio media vuelta y se alejó en medio de un silencio absoluto.

9

Cuando Jay y Lizzie regresaron al castillo, unos ocho o diez criados ya se habían levantado y andaban de un lado para otro, encendiendo chimeneas y fregando suelos a la luz de las velas. Lizzie, tiznada de carbón y de polvo y casi muerta de cansancio, le dio las gracias a Jay en un susurro y subió al piso de arriba con paso vacilante. Jay ordenó que le subieran una bañera y agua caliente a su habitación y se bañó, rascándose el polvo de carbón de la piel con un trozo de piedra pómez.

En el transcurso de las últimas cuarenta y ocho horas, se habían producido varios acontecimientos de importancia trascendental en su vida: su padre le había cedido un patrimonio ridículo, su madre había lanzado una maldición contra su padre y él había intentado asesinar a su hermano... pero ninguna de aquellas cosas ocupaba su mente. Pensó en Lizzie mientras permanecía en remojo en la bañera. Su travieso rostro surgía ante él en medio de los vapores del baño, sonriendo con picardía, mirándolo con expresión burlona, tentándolo y desafiándolo. Recordó la sensación de tenerla en sus brazos cuando la había llevado sobre sus hombros mientras subía por la escalera del pozo de la mina, percibiendo la suavidad y ligereza de su cuerpo comprimido contra el suyo. Se preguntó si ella estaría pensando en él. Seguramente también habría pedido que le subieran agua caliente: no hubiera podido irse a la cama con la suciedad que llevaba encima. Se la imaginó desnuda delante de la chimenea de su habitación, enjabonándose el cuerpo. Pensó que ojalá pudiera estar con ella, tomar la esponja y quitarle delicadamente el polvo de carbón de los montículos de sus pechos. El pensamiento lo excitó mientras salía de la bañera y se secaba el cuerpo con una áspera toalla.

No tenía sueño. Necesitaba hablar con alguien acerca de su aventura de aquella noche, pero seguramente Lizzie se pasaría muchas horas durmiendo. Pensó en su madre. A veces lo empujaba a hacer cosas contrarias a su voluntad, pero siempre se ponía de su parte.

Se afeitó, se puso ropa limpia y se dirigió a la habitación de su madre. Tal como él esperaba, la encontró levantada, tomando una taza de chocolate junto a la mesita de su tocador mientras la doncella la peinaba. Su madre le miró sonriendo. Él la besó y se acomodó en una silla. Estaba muy guapa incluso a primera hora de la mañana, pero su alma era más dura que el acero.

Alicia mandó retirarse a la doncella.

—¿Cómo te has levantado tan pronto? —le preguntó a Jay.

—No he dormido. Bajé a la mina.

—¿Con Lizzie Hallim?

Qué lista era, pensó Jay, rebosante de afecto hacia ella. Siempre adivinaba sus propósitos, pero a él no le importaba, pues jamás lo condenaba.

—¿Cómo lo has adivinado?

—No ha sido muy difícil. Ella estaba deseando ir y no es una chica capaz de arredrarse ante una negativa.

—Hemos elegido un mal día para bajar. Ha habido una explosión.

—Dios mío, ¿y estáis todos bien?

—Sí...

—Mandaré llamar al doctor Stevenson de todos modos...

—¡Deja ya de preocuparte, madre! Yo estaba fuera de la mina cuando se produjo la explosión. Y Lizzie también. Simplemente me noto un poco de debilidad en las rodillas por haberla subido a cuestas por la escalera.

Su madre se tranquilizó.

—¿Y qué le ha parecido todo aquello a Lizzie?

—Ha jurado que jamás permitirá que se exploten las minas de la finca Hallim.

Alicia se echó a reír.

—Y tu padre, que aspira a incorporar aquellos yacimientos a los suyos. En fin, estoy deseando presenciar la batalla. Cuando Robert sea su marido, tendrá derecho a oponerse a sus deseos... en teoría. Pero ya veremos. ¿Cómo crees tú que marcha el galanteo?

—Los galanteos no son el punto fuerte de Robert que digamos —contestó Jay en tono despectivo.

—Pero sí el tuyo, ¿verdad? —preguntó Alicia con indulgencia.

—Él hace lo que puede —contestó Jay, encogiéndose de hombros.

—Puede que, al final, Lizzie no se case con él.

—Creo que tendrá que hacerlo —dijo Jay.

—¿Acaso sabes algo que yo no sé? —dijo su madre con cierto recelo.

—Lady Hallim tiene dificultades para renovar las hipotecas... mi padre se ha encargado de que las tenga.

—¿De veras? Hay que reconocer que es muy listo.

Jay lanzó un suspiro.

—Lizzie es una chica maravillosa. Con Robert se echará a perder.

Alicia apoyó una mano sobre su rodilla.

—Jay, hijo mío, todavía no es la esposa de Robert.

—Supongo que podría casarse con otro.

—Podría casarse contigo.

—Pero ¿qué dices, madre?

A pesar de que había besado a Lizzie, Jay no había llegado al extremo de pensar en el matrimonio.

—Estás enamorado de ella, lo sé.

—¿Enamorado? ¿Tú crees que es eso?

—Por supuesto que sí... se te iluminan los ojos cuando pronuncias su nombre y, cuando entra en una habitación, solo tienes ojos para ella.

Alicia acababa de describir con toda exactitud los sentimientos de Jay, el cual jamás le ocultaba ningún secreto.

—Pero ¿casarme con ella?

—Si estás enamorado, ¡declárale tu amor! Serías el amo de High Glen.

—Eso para Robert sería peor que un puñetazo en un ojo —dijo Jay sonriendo. El solo hecho de pensar en la posibilidad de casarse con Lizzie le aceleró los latidos del corazón, pero no podía olvidar las cuestiones prácticas—. No tengo ni un céntimo.

—No lo tienes ahora. Pero tú sabrías administrar la finca mucho mejor que lady Hallim... ella no entiende de negocios. La finca es enorme... High Glen debe de medir más de quince kilómetros de longitud y, además, lady Hallim también es propietaria de Craigie y de Crook Glen. Tú talarías bosques para crear pastizales, venderías más carne de venado, construirías un molino de agua... Podrías obtener unos elevados ingresos, aunque no explotaras las minas de carbón.

—¿Y las hipotecas?

—Tú eres un prestatario mucho más seductor que ella... eres joven y fuerte y perteneces a una familia muy acaudalada. Te sería muy fácil renovar los préstamos. Y después, con el tiempo...

—¿Qué?

—Bueno, Lizzie es una chica muy impulsiva. Hoy dice que nunca permitirá que se exploten las minas de la finca Hallim. Mañana, vete tú a saber, podría decir que los ciervos tienen sentimientos y prohibir la caza. Y una semana después se podría haber olvidado de ambas prohibiciones. Si pudieras explotar aquellas minas, conseguirías pagar todas tus deudas.

Jay hizo una mueca.

—No me atrae la perspectiva de ir en contra de los deseos de Lizzie en algo de este tipo.

En lo más hondo de su ser, él deseaba convertirse en un plantador de azúcar de Barbados, no en un propietario de minas escocés. Pero también quería a Lizzie.

Con desconcertante rapidez, su madre cambió de tema.

—¿Qué ocurrió ayer durante la cacería?

Pillado por sorpresa, Jay no pudo inventarse una mentira

para salir del paso. Se ruborizó, tartamudeó y finalmente contestó:

—Tuve otra discusión con mi padre.

—Eso ya lo sé —dijo Alicia—. Lo comprendí por las caras que poníais a la vuelta. Pero no fue una simple discusión. Hiciste algo que lo dejó trastornado. ¿Qué fue?

Jay nunca había sido capaz de engañar a su madre.

—Intenté disparar contra Robert —confesó con semblante abatido.

—Oh, Jay, eso es tremendo.

El joven inclinó la cabeza. Era peor que haber fallado. Si hubiera matado a su hermano, el remordimiento habría sido horrible, pero habría experimentado por lo menos una salvaje sensación de triunfo. En cambio ahora, solo le quedaba el remordimiento.

Alicia se levantó y estrechó su cabeza contra su pecho.

—Mi pobre niño —le dijo—. No era necesario que lo hicieras. Ya encontraremos otro medio, no te preocupes. Bueno, bueno —añadió, acariciándole el cabello mientras se balanceaba hacia delante y hacia atrás como si lo acunara.

—¿Cómo pudiste hacer una cosa semejante? —preguntó lady Hallim en tono quejumbroso mientras le frotaba la espalda a su hija.

—Quería verlo con mis propios ojos —contestó Lizzie—. ¡No frotes tan fuerte!

—Tengo que frotar fuerte, de lo contrario, el polvo de carbón no hay quien lo quite.

—Mack McAsh me atacó los nervios al decirme que no sabía de qué estaba hablando —explicó Lizzie.

—¿Y qué es lo que tienes tú que saber? —replicó su madre—. ¡Dime qué es lo que tiene que saber una señorita acerca de las minas de carbón!

—Me fastidia que la gente me diga que las mujeres no entienden nada de política, agricultura, minería o comercio..., no soporto todas esas idioteces.

—Espero que a Robert no le moleste que seas tan masculina —dijo lady Hallim en tono preocupado.

—Me tendrá que aceptar tal como soy o dejarlo correr.

Lady Hallim lanzó un suspiro de exasperación.

—Eso no puede ser, querida. Tienes que animarle un poco. Una chica no tiene que dar la impresión de que se muere de ganas, pero es que tú exageras por el otro extremo. Prométeme que hoy serás amable con Robert.

—Madre, ¿qué piensas de Jay?

Lady Hallim la miró sonriendo.

—Es un joven encantador, no cabe duda... —dijo, deteniéndose de repente para mirar fijamente a Lizzie—. ¿Por qué me lo preguntas?

—Me ha besado en la mina.

—¡No! —gritó lady Hallim, levantándose y arrojando la piedra pómez al otro lado de la estancia—. ¡No, Elizabeth, eso no te lo consiento! —Lizzie se quedó perpleja ante la repentina furia de su madre—. ¡No me he pasado veinte años viviendo en la penuria para que, cuando tú crezcas, vayas y te cases con un apuesto pobretón!

—No es un pobretón...

—Sí, lo es, ya viste la horrible escena con su padre... su patrimonio es un simple caballo... ¡Lizzie, tú no puedes hacer eso!

Lady Hallim estaba fuera de sí y Lizzie no podía comprenderlo.

—Cálmate, madre, te lo suplico —dijo la joven, levantándose para salir de la bañera—. ¿Me pasas la toalla, por favor?

Para su asombro, lady Hallim se cubrió el rostro con las manos y rompió a llorar. Lizzie la rodeó con sus brazos, diciendo:

—Madre querida, ¿qué te sucede?

—Cúbrete, niña perversa —contestó su madre entre sollozos.

Lizzie se envolvió el cuerpo mojado con una manta.

—Siéntate, madre —dijo, acompañando a lady Hallim a un sillón.

Al cabo de un rato, lady Hallim le dijo, torciendo la boca en una mueca de amargura:

—Tu padre era exactamente igual que Jay. Alto, apuesto, encantador y muy aficionado a besar a las mujeres en los rincones oscuros... y débil, muy débil. Me dejé llevar por mis instintos y me casé con él en contra de toda sensatez, pese a saber muy bien que era un tarambana. En cuestión de tres años dilapidó mi fortuna y un año después sufrió una caída de caballo estando bebido, se rompió su preciosa cabeza y murió.

—Vamos, mamá —dijo Lizzie, extrañada ante el odio que reflejaba la voz de su madre.

Por regla general, lady Hallim le hablaba de su padre en tono neutral. Siempre le había dicho que no había tenido suerte en los negocios, que había muerto en un accidente y que los abogados no habían sabido administrar debidamente los bienes. Por su parte, ella apenas recordaba a su padre pues tenía tres años cuando él murió.

—Y encima me despreciaba por no haberle dado un hijo varón —añadió lady Hallim—. Un hijo que hubiera sido como él, infiel e irresponsable y aficionado a romperles el corazón a las chicas. Por eso lo evité.

Lizzie la miró con renovado asombro. ¿Entonces era cierto que las mujeres podían evitar el embarazo? ¿Lo habría hecho su madre en contra de los deseos de su esposo?

Lady Hallim tomó su mano.

—Prométeme que no te casarás con él, Lizzie. ¡Prométemelo!

Lizzie retiró la mano. Se sentía infiel, pero tenía que decir la verdad.

—No puedo —dijo—. Le amo.

En cuanto Jay abandonó la habitación de su madre, su remordimiento y su vergüenza parecieron disiparse y, de repente, le entró apetito. Bajó al comedor, donde su padre y Robert estaban conversando con Harry Ratchett mientras saboreaban unas gruesas lonchas de jamón a la parrilla con manzanas asadas y azúcar. En su calidad de capataz de la mina, Ratchett había acudido al castillo para informar a sir George de la explosión de grisú. Su padre miró severamente a Jay.

—Tengo entendido que anoche bajaste el pozo de Heugh.

A Jay se le empezó a pasar el apetito.

—Sí —dijo, llenándose un vaso de cerveza de una jarra—. Hubo una explosión.

—Ya sé lo de la explosión —dijo su padre—. Pero ¿quién te acompañaba?

Jay tomó un sorbo de cerveza.

—Lizzie Hallim —confesó.

Robert enrojeció de rabia.

—Maldito seas —dijo—. Sabes muy bien que padre no quería que ella bajara a la mina.

Jay no pudo resistir la tentación de replicar en tono desafiante.

—Muy bien, padre, ¿cómo me vas a castigar? ¿Dejándome sin un céntimo? Eso ya lo has hecho.

Su padre agitó un dedo con gesto amenazador.

—Te lo advierto, no te burles de mis órdenes.

—Te tendrías que preocupar más bien por McAsh que por mí —dijo Jay, tratando de desviar la cólera de sir George hacia otro objeto—. Le dijo a todo el mundo que hoy mismo se piensa ir.

—Maldito mocoso desobediente —dijo Robert sin aclarar si se refería a McAsh o a Jay.

Harry Ratchett carraspeó.

—Deje que se vaya, sir George —dijo—. McAsh es un buen trabajador, pero causa demasiados problemas y es mejor que se largue con viento fresco.

—No puedo —replicó sir George—. McAsh ha adoptado una postura contraria a mi persona. Si se sale con la suya, cualquier joven minero pensará que él también puede irse.

—No es solo por nosotros —terció Robert—. Este tal abogado Gordonson podría escribir a todas las minas de Escocia. Si los jóvenes mineros tienen derecho a marcharse al cumplir los veintiún años, toda la industria podría venirse abajo.

—Exactamente —convino sir George—. Y entonces, ¿de dónde sacaría el carbón la nación británica? Os aseguro una cosa, si alguna vez tengo delante de mí a este Caspar Gordonson acusado de traición, lo mandaré ahorcar antes de que alguien pueda pronunciar la palabra «inconstitucional». De eso no os quepa la menor duda.

—De hecho, nuestro deber para con la patria es pararle los pies a McAsh —dijo Robert.

Se habían olvidado de la barrabasada de Jay para alivio de este. Para mantener la conversación centrada en McAsh, el joven preguntó:

—Pero ¿qué se puede hacer?

—Lo podría enviar a la cárcel —contestó sir George.

—No —dijo Robert—. Cuando saliera, seguiría afirmando que es un hombre libre.

Se produjo una pausa de pensativo silencio.

—Se le podría azotar —sugirió Robert.

—Esa podría ser la respuesta —dijo sir George—. Tengo derecho a azotarlos según la ley.

Ratchett se estaba poniendo nervioso.

—Hace muchos años que ningún propietario de minas ejercita ese derecho, sir George. ¿Quién manejaría el látigo?

—Bueno, pues —dijo Robert, impacientándose—, ¿qué hacemos con los alborotadores?

—Obligarlos a hacer la rueda —contestó sir George con una sonrisa.

10

A Mack le hubiera gustado ponerse enseguida en camino hacia Edimburgo, pero sabía que habría sido una insensatez. A pesar de que no había trabajado un turno completo, se sentía agotado y la explosión lo había dejado ligeramente aturdido. Necesitaba un poco de tiempo para pensar en la posible reacción de los Jamisson y en lo que él podía hacer para burlarlos.

Regresó a casa, se quitó la ropa mojada, encendió la chimenea y se fue a la cama. La inmersión en el charco de desagüe lo había ensuciado más de lo que ya estaba, pues el agua estaba llena de carbonilla y polvo de carbón, pero las mantas de su cama estaban tan negras que un poco más no se notaría. Como casi todos los hombres, Mack se bañaba una vez a la semana el sábado por la noche.

Los demás mineros habían vuelto al trabajo después de la explosión. Esther se había quedado en el pozo con Annie para recoger el carbón que Mack había picado y subirlo arriba. No quería que se desperdiciara el duro esfuerzo de su hermano.

Antes de quedarse dormido, Mack se había preguntado por qué razón los hombres se cansaban antes que las mujeres. Los picadores, que siempre eran hombres, trabajaban diez horas, desde la medianoche hasta las diez de la mañana; los cargadores, mujeres en su inmensa mayoría, trabajaban desde las dos de la madrugada hasta las cinco de la tarde, es decir, quince horas seguidas. El trabajo de las mujeres era mucho más duro, pues tenían que subir repetidamente por la escalera con los enormes capazos de carbón sobre sus encorvadas espaldas y, sin embargo, seguían en la brecha hasta mucho después de que los hombres hubieran regresado a casa y caído rendidos en sus camas. Algunas mujeres trabajaban a veces de picadoras, pero no era frecuente, pues no manejaban con la suficiente fuerza el pico y el martillo y tardaban demasiado en arrancar el carbón de la cara de la galería.

Los hombres siempre echaban una siesta al regresar a casa y se levantaban al cabo de aproximadamente una hora. Entonces casi todos ellos preparaban el almuerzo para sus mujeres e hijos. Algunos se pasaban toda la tarde bebiendo en casa de la señora Wheighel, pero sus mujeres llevaban una vida mucho peor, pues era muy duro para una mujer regresar a casa después de haber trabajado quince horas en la mina y no encontrar la chimenea encendida ni la comida preparada y tener que aguantar a un marido borracho. La vida era muy dura para los mineros, pero lo era mucho más para sus mujeres.

Cuando se despertó, Mack comprendió que aquel día iba

a ser muy importante, pero no consiguió recordar por qué motivo. Después lo recordó: era el día en que abandonaría el valle.

No conseguiría llegar muy lejos con su pinta de minero fugado, por consiguiente, lo primero que tenía que hacer era asearse. Avivó el fuego de la chimenea e hizo varios viajes al riachuelo con un balde. Calentó el agua en la chimenea e introdujo en la casa la bañera que tenía colgada en la puerta de atrás. El cuartito se llenó de vapor. Llenó la bañera de agua, tomó una pastilla de jabón y un áspero cepillo y se frotó enérgicamente.

Se estaba empezando a sentir a gusto. Era la última vez que se lavaba para quitarse el polvo de carbón que le cubría la piel. Jamás volvería a bajar a la mina. La esclavitud había quedado a su espalda. Tenía por delante Edimburgo, Londres y el mundo entero. Conocería a personas que jamás habrían oído hablar del pozo de la mina de Heugh. Su destino era una hoja de papel en blanco, en la cual él podría escribir lo que quisiera. Mientras se bañaba, entró Annie.

La joven se detuvo un instante en la puerta con expresión turbada e insegura. Mack la miró sonriendo, le dio el cepillo y le dijo:

—¿Te importa frotarme la espalda?

Annie se acercó y tomó el cepillo, pero le siguió mirando con la misma expresión de tristeza que al entrar.

—Vamos —le dijo Mack.

Annie empezó a frotarle la espalda.

—Dicen que los mineros no se tendrían que frotar la espalda —dijo—. Por lo visto, los debilita.

—Yo ya no soy un minero.

Annie se detuvo.

—No te vayas, Mack —le suplicó—. No me dejes aquí.

Mack se lo temía. Aquel beso en los labios había sido una advertencia. Se sentía culpable. Apreciaba a su prima y lo había pasado muy bien jugando y bromeando con ella el verano anterior en los páramos durante las calurosas tardes de los domingos, pero no quería compartir toda la vida con ella y tanto menos quedarse en Heugh. ¿Cómo podía explicárselo sin causarle dolor? Vio unas lágrimas en sus ojos y comprendió su ardiente deseo de que él se quedara a su lado. Pero estaba firmemente decidido a marcharse, lo deseaba más que cualquier otra cosa que jamás hubiera deseado en su vida.

—Tengo que irme —le dijo—. Te echaré de menos, Annie, pero tengo que irme.

—Te crees mejor que todos nosotros, ¿verdad? —replicó ella con rencor—. Tu madre siempre se creyó más de lo que era y tú eres igual. Yo soy muy poco para ti, ¿verdad? ¡Quieres irte a Londres para casarte con una señorita fina, supongo!

Era verdad. Su madre siempre se había creído superior a los demás, pero él no se quería ir a Londres para casarse con una señorita fina. ¿Se creía mejor que los demás? ¿Se consideraba superior a Annie? Había una punta de verdad en lo que ella le había dicho y se sentía un poco turbado.

—Todos nosotros tenemos derecho a no ser esclavos —dijo.

Annie se arrodilló junto a la bañera y apoyó la mano sobre su rodilla por encima de la superficie del agua.

—¿No me quieres, Mack?

Para su vergüenza, Mack empezó a emocionarse. Hubiera deseado abrazarla y consolarla, pero hizo un esfuerzo y reprimió su impulso.

—Te aprecio mucho, Annie, pero nunca te he dicho «te quiero» y tú tampoco me lo has dicho a mí.

Annie introdujo la mano bajo el agua entre sus piernas. Sonrió al percibir su erección.

—¿Dónde está Esther? —preguntó Mack.

—Jugando con el niño de Jen. Tardará un rato en volver.

Mack adivinó que Annie se lo habría pedido. De lo contrario, Esther se hubiera apresurado a regresar a casa para discutir los planes con él.

—Quédate aquí y casémonos —añadió Annie, acariciándole. La sensación era deliciosa. Él le había enseñado a hacerlo el verano anterior y después le había pedido que le enseñara cómo se satisfacía a sí misma. Mientras lo recordaba, empezó a excitarse—. Podríamos hacer constantemente cualquier cosa que quisiéramos —dijo.

—Si me caso, me tendré que quedar aquí toda la vida —replicó Mack, comprendiendo que su resistencia era cada vez más débil.

Annie se levantó y se quitó el vestido. No llevaba nada debajo. La ropa interior se reservaba para los domingos. Su cuerpo era esbelto y musculoso, con unos pequeños pechos aplanados y una masa de negro vello en la ingle. Su piel estaba enteramente tiznada de polvo de carbón como la de Mack. Para asombro de su primo, la joven se metió en la bañera con él y se agachó con las piernas separadas.

—Ahora te toca a ti lavarme —le dijo, entregándole el jabón.

Mack la enjabonó muy despacio, hizo espuma y apoyó las manos sobre sus pechos. Tenía unos pequeños pezones muy duros. Annie emitió un gemido gutural y, asiéndolo por las muñecas, le empujó las manos hacia su liso y duro vientre y su ingle. Los enjabonados dedos se deslizaron entre sus muslos y percibieron los ásperos rizos del espeso vello del pubis y la suave carne que había debajo.

—Dime que te vas a quedar —le suplicó—. Vamos a hacerlo. Quiero sentirte dentro de mí.

Mack comprendió que, si lo hacía, su destino estaría ya sellado. La escena tenía un toque un tanto irreal.

—No —dijo en un susurro.

Ella se le acercó, atrajo su cabeza contra su pecho y se agachó hasta rozar con los labios de su vulva la hinchada punta de su miembro por encima de la superficie del agua.

—Dime que sí —le suplicó.

Mack soltó un leve gruñido y se dejó arrastrar.

—Sí —contestó—. Por favor. Date prisa.

Se oyó un repentino estruendo y la puerta se abrió de golpe.

Annie lanzó un grito.

Cuatro hombres habían irrumpido en el pequeño cuarto: Robert Jamisson, Harry Ratchett y dos de los guardabosques de los Jamisson. Robert llevaba una espada y un par de pistolas y uno de los guardabosques iba armado con un mosquete.

Annie se apartó de Mack y salió de la bañera. Aturdido y asustado, Mack se levantó temblando.

El guardabosques del mosquete miró a Annie.

—Qué primitos tan cariñosos —dijo esbozando una socarrona sonrisa.

Mack le conocía, se llamaba McAlistair. El otro era un corpulento sujeto llamado Tanner.

Robert soltó una áspera risotada.

—¿De verdad es... su prima? Supongo que el incesto debe de ser algo muy normal entre los mineros.

El temor y la perplejidad de Mack fueron sustituidos por un sentimiento de rabia ante aquella invasión de su hogar. El joven reprimió su cólera y trató de conservar la calma. Corría un grave peligro y cabía la posibilidad de que Annie sufriera también las consecuencias. Tenía que dominarse y no dejarse arrastrar por la indignación. Miró a Robert.

—Soy un hombre libre y no he quebrantado ninguna ley —dijo—. ¿Qué están haciendo ustedes en mi casa?

McAlistair no apartaba los ojos del húmedo y vaporoso cuerpo de Annie.

—Qué espectáculo tan bonito —dijo con voz pastosa.

Mack se volvió hacia él y le dijo en voz baja:

—Como la toques, te arranco la cabeza del cuello con mis propias manos.

McAlistair clavó los ojos en los hombros de Mack y comprendió que hubiera podido cumplir su amenaza. Palideció y retrocedió a pesar de ir armado.

Sin embargo, Tanner era más fuerte y temerario. Alargó la mano y agarró el mojado pecho de Annie.

Mack actuó sin pensar. Salió de la bañera y asió a Tanner por la muñeca. Antes de que los demás pudieran intervenir, colocó la mano de Tanner sobre el fuego.

Este gritó y se agitó, pero no pudo soltarse de la presa de Mack.

—¡Suéltame! —chilló—. ¡Por favor, por favor!

Sosteniendo su mano sobre el carbón encendido, Mack gritó:

—¡Corre, Annie!

Annie tomó su vestido y salió por la puerta de atrás.

La culata de un mosquete se estrelló sobre la cabeza de Mack.

El golpe le hizo perder los estribos. Soltó a Tanner y, agarrando a McAlistair por la chaqueta, le pegó un puñetazo y le rompió la nariz. La sangre empezó a manar y McAlistair soltó un rugido de dolor. Mack se volvió y le pegó un puntapié a Harry Ratchett con un pie desnudo más duro que una piedra. Ratchett se dobló gimiendo de dolor.

Todas las peleas en las que Mack había participado habían tenido lugar en la mina y, por consiguiente, el joven estaba acostumbrado a moverse en un espacio muy limitado; sin embargo, cuatro contrincantes eran demasiados. McAlistair volvió a golpearle con la culata del mosquete y, por un instante, lo dejó medio aturdido. Después, Ratchett lo agarró por detrás, inmovilizándole los brazos. Antes de que Mack pudiera soltarse, Robert Jamisson le acercó la punta de la espada a la garganta.

Después, Robert ordenó:

—Atadlo.

Lo arrojaron sobre el lomo de un caballo, cubrieron su desnudez con una manta, lo llevaron al castillo de Jamisson y lo encerraron atado de pies y manos en la despensa. Allí permaneció tendido en el gélido suelo, temblando de frío entre unos ensangrentados despojos de venados, vacas y cerdos. Trató de moverse para calentarse, pero sus manos y pies atados no podían producir demasiado calor. Al final, consiguió sentarse con la espalda apoyada en el peludo pellejo de un venado muerto. Se pasó un rato canturreando para animarse un poco... primero las baladas que solían berrear en casa de la señora Wheighel los sábados por la noche, después unos cuantos himnos y, finalmente, algunos viejos cantos de los rebeldes jacobitas, pero, cuando se le acabaron las canciones, se sintió peor que antes.

Le dolía la cabeza a causa de los golpes de mosquete, pero lo que más le dolía era la facilidad con la cual los Jasmisson lo habían atrapado. Qué necio había sido al retrasar su partida. Les había dado tiempo para emprender una acción. Mientras ellos planeaban su caída, él estaba acariciando los pechos de su prima.

El hecho de hacer conjeturas acerca de lo que le tenían reservado no contribuyó precisamente a animarle. En caso de que no se muriera de frío encerrado en aquella despensa, lo más seguro era que lo enviaran a Edimburgo y lo llevaran a juicio por haber atacado a los guardabosques. Y, como en casi todos los delitos, la condena era la horca. La luz que se filtraba a través de las rendijas de los bordes de la puerta se fue apagando a medida que caía la noche. Se abrió la puerta en el momento en que el reloj del patio de las cuadras daba las once. Esta vez eran seis y él no opuso resistencia.

David Taggart, el herrero que hacía las herramientas de los mineros, le ajustó alrededor del cuello un collar como el de Jimmy Lee. Era la máxima humillación: una señal que proclamaba a los cuatro vientos que él era propiedad de otro hombre. Era menos que un hombre, un ser infrahumano, una cabeza de ganado.

Le soltaron las ataduras y le arrojaron unas prendas de vestir: unos pantalones, una raída camisa de franela y un chaleco roto. Se las puso inmediatamente, pero no consiguió entrar en calor. Los guardabosques lo volvieron a maniatar y lo colocaron sobre una jaca.

Después se dirigieron con él al pozo.

Faltaban solo unos minutos para que empezara el turno del miércoles a las doce de la noche. Un mozo estaba enganchando otro caballo para que impulsara la cadena del cubo. Mack comprendió que lo iban a obligar a hacer la rueda.

Gimió sin poderlo evitar. Era una tortura humillante. Hubiera dado cualquier cosa a cambio de un cuenco de gachas de avena calientes y unos minutos de descanso delante de una chimenea encendida. En su lugar, lo condenarían a pasar la noche a la intemperie. Hubiera deseado caer de rodillas y suplicar piedad, pero la idea de lo mucho que se alegrarían los Jamisson cuando se enteraran fortaleció su orgullo.

—¡No tenéis ningún derecho a hacer eso! —gritó—. ¡Ningún derecho!

Los guardabosques se burlaron de él.

Lo colocaron en el fangoso surco circular alrededor del cual los caballos de la boca de la mina trotaban día y noche. Echó los hombros hacia atrás y levantó la cabeza, reprimiendo el impulso de romper a llorar. Después, lo ataron a los arneses de cara al caballo para que no pudiera apartarse de su camino. A continuación, el mozo fustigó al caballo para que este se lanzara al trote. Mack empezó a correr de espaldas.

Tropezó casi inmediatamente mientras el caballo se acercaba. El mozo volvió a estimular al animal con la fusta y Mack se levantó justo a tiempo. Enseguida le cogió el ritmo. Se confió demasiado y resbaló sobre el helado barro. Esta vez el caballo se le echó encima. Mack rodó hacia un lado para apartarse de los cascos del animal, pero fue arrastrado por este durante uno o dos segundos, perdió el control, y cayó bajo los cascos. El caballo le pisó el estómago, le dio una coz en el muslo y se detuvo.

Lo obligaron a levantarse y volvieron a fustigar al caballo. El golpe en el estómago lo había dejado sin sentido y se notaba la pierna izquierda muy débil, pero se vio obligado a correr de espaldas renqueando.

Rechinó los dientes y trató de seguir un ritmo. Había visto a otros sufrir el mismo castigo... Jimmy Lee, por ejemplo. Todos habían sobrevivido a la experiencia, aunque les habían quedado las huellas: Jimmy Lee tenía una cicatriz sobre el ojo izquierdo causada por la coz del caballo. El resentimiento que ardía en el corazón de Jimmy estaba alimentado por el recuerdo de aquella humillación. Él también sobreviviría. Con la mente atontada por el dolor, el frío y la derrota, solo se concentraba en la necesidad de permanecer de pie y evitar los mortíferos cascos del animal.

A medida que pasaba el tiempo, Mack se dio cuenta de que su compenetración con el caballo era cada vez mayor.

Los dos llevaban unos arneses y se veían obligados a correr en círculo. Cuando el mozo hacía restallar el látigo, Mack corría un poco más y, cuando Mack tropezaba, el caballo parecía aminorar un momento la velocidad para darle tiempo a recuperarse.

Oyó a los picadores que se estaban acercando para iniciar su turno a medianoche. Subían por la cuesta hablando, gritando, gastando bromas y contando chistes como de costumbre; los hombres enmudecieron de golpe al acercarse a la boca de la mina y ver a Mack. Los guardabosques levantaban los mosquetes con gesto amenazador siempre que los mineros hacían ademán de detenerse. Mack oyó los indignados comentarios de Jimmy Lee y vio por el rabillo del ojo que tres o cuatro compañeros lo rodeaban, lo agarraban por los brazos y lo empujaban hacia el pozo para evitar problemas.

Poco a poco, Mack perdió la noción del tiempo. Los cargadores, mujeres y niños, subieron charlando por la cuesta y se callaron tal como anteriormente habían hecho los hombres al pasar junto a Mack. Oyó gritar a Annie:

—¡Oh, Dios mío, están obligando a Mack a hacer la rueda! —Los hombres de Jamisson la apartaron, pero ella le gritó—: Esther te está buscando... voy a llamarla.

Esther se presentó al poco rato y, antes de que los guardabosques pudieran impedirlo, detuvo el caballo y acercó a los labios de Mack una jarra de leche caliente con miel. Le supo como el elixir de la vida y se la bebió con tal rapidez que casi se atragantó. Consiguió bebérsela toda antes de que los guardabosques apartaran a Esther.

La noche pasó tan despacio como un año. Los guardabosques dejaron los mosquetes en el suelo y se sentaron alrededor de la hoguera del pozo. El trabajo en la mina seguía como siempre. Los cargadores subían desde el pozo, vaciaban los capazos y volvían a bajar en un incesante carrusel. Cuando el mozo cambió el caballo, Mack pudo descansar unos minutos, pero el nuevo trotaba más rápido.

En determinado momento, Mack se dio cuenta de que ya

era de día. Debían de faltar una o dos horas para que los picadores terminaran su turno, pero una hora se hacía muy larga.

Una jaca estaba subiendo por la cuesta. Por el rabillo del ojo Mack vio que el jinete desmontaba y se lo quedaba mirando. Desviando brevemente la vista en aquella dirección, reconoció a Lizzie Hallim con el mismo abrigo de piel negra que llevaba en la iglesia. ¿Habría subido para burlarse de él?, se preguntó. Se sentía humillado y hubiera deseado que se fuera. Sin embargo, cuando volvió a mirar su pícaro rostro, no vio en él el menor asomo de burla. Vio más bien compasión, rabia y algo más que no supo interpretar. Subió otro caballo por la cuesta. Robert desmontó y se dirigió a Lizzie en voz baja. La joven le contestó con toda claridad:

—¡Eso es una salvajada!

En medio de su aflicción, Mack se sintió profundamente agradecido y su indignación lo consoló. Era un alivio saber que entre la aristocracia había alguien que consideraba que los seres humanos no debían ser tratados de aquella manera.

Robert le contestó enfurecido, pero Mack no pudo oír sus palabras. Mientras ambos discutían, los hombres empezaron a salir del pozo. Sin embargo, no regresaron a sus casas sino que permanecieron de pie observando a Mack y al caballo sin decir nada. Las mujeres también empezaron a congregarse en el mismo lugar: vaciaron los capazos, pero no volvieron a bajar sino que se incorporaron a la silenciosa multitud.

Robert ordenó al mozo que parara el caballo. Al final, Mack dejó de correr. Hubiera querido permanecer orgullosamente de pie, pero las piernas no lo sostuvieron y cayó de rodillas. El mozo hizo ademán de acercarse a él para desatarlo, pero Robert se lo impidió con un gesto de la mano.

—Bueno, McAsh —dijo Robert, levantando la voz para que todo el mundo le oyera—, ayer dijiste que te faltaba un día para ser esclavo. Ahora ya has trabajado ese día de más. Ahora eres propiedad de mi padre incluso según tus insensatas normas.

Se volvió para dirigirse a los reunidos.

Pero, antes de que pudiera volver a abrir la boca, Jimmy Lee empezó a cantar.

Las notas del conocido himno resonaron por el valle en la pura voz de tenor del minero:

Mirad al varón sufrido
que vencido por la pena
sube el pedregoso camino
llevando la cruz a cuestas.

—¡Cállate! —le gritó Robert, enrojeciendo de rabia.

Jimmy no le hizo caso e inició la segunda estrofa. Los otros se unieron a su voz, algunos tarareando y cien voces cantando.

Ahora llora de dolor
y sufre gran humillación
pero mañana al albor
tendrá su resurrección.

Robert dio media vuelta, impotente. Pisó el barro a grandes zancadas en dirección a su montura, dejando allí a la pequeña y desafiante figura de Lizzie. Montó en su caballo y bajó por la pendiente de la colina con expresión enfurecida mientras las voces de los mineros estremecían el aire de la montaña como los truenos de una tormenta:

Desechad el desconsuelo
contemplando la victoria
pues en la ciudad del cielo
¡libre será nuestra gloria!

11

Jay se despertó, sabiendo que se iba a declarar a Lizzie.

Su madre le había insinuado aquella posibilidad justo la víspera, pero la idea había echado rápidamente raíces. Le parecía algo natural e incluso inevitable.

Pero no sabía si ella lo iba a aceptar.

Sabía que le gustaba..., gustaba a casi todas las chicas, pero Lizzie necesitaba dinero y él no tenía ni un céntimo. Su madre le había dicho que aquel problema tenía solución, pero a lo mejor Lizzie preferiría la certeza de las perspectivas de Robert. El solo hecho de pensar que pudiera casarse con Robert le resultaba intolerable.

Para su decepción, descubrió que Lizzie había salido temprano. Estaba nervioso, demasiado para permanecer en casa, aguardando su regreso. Se dirigió a las cuadras y contempló el semental blanco que su padre le había regalado para su cumpleaños. El caballo se llamaba Blizzard. Había jurado no montarlo jamás, pero no pudo resistir la tentación. Subió con Blizzard hasta High Glen y lo hizo galopar por la orilla de la corriente. Se alegró de haber quebrantado su juramento. Era como si galopara a lomos de un águila, llevado por el viento a través del aire. Blizzard daba lo mejor de sí mismo al galope. Cuando iba al paso o trotaba, se le notaba inseguro, nervioso y asustadizo. Sin embargo, no le costaba el menor esfuerzo perdonar a un caballo que no sabía trotar, pero corría como una bala.

Mientras regresaba a casa, pensó en Lizzie. Ya de niña llamaba la atención por su belleza, su encanto y su rebeldía. Ahora se había convertido en un personaje singular. Disparaba mejor que nadie, le había derrotado en una carrera a caballo, no había temido bajar a la mina y se había disfrazado de hombre y engañado a todo el mundo durante una cena... Jay jamás había conocido a una mujer como ella.

Su trato era un poco difícil, por supuesto: testaruda, obstinada y egoísta y mucho más dispuesta que la mayoría de las mujeres a contradecir a los hombres. Pero todo el mundo se lo toleraba porque era una criatura deliciosa que sonreía y fruncía el ceño con una gracia singular, aunque te llevara la contraria en todo.

Llegó al patio de las cuadras al mismo tiempo que su hermano. Robert estaba de mal humor. Cuando se enfadaba, se le congestionaba la cara y se parecía más que nunca a su padre.

—¿Qué demonios te pasa? —le preguntó Jay.

Robert se limitó a arrojarle las riendas a un mozo y se fue hecho una furia sin decir nada.

Mientras Jay estabulaba a Blizzard, llegó Lizzie. Parecía también disgustada, pero, con las mejillas arreboladas y los ojos brillantes de rabia, estaba más guapa que nunca. Jay la miró, subyugado. «Quiero a esta chica —pensó—, la quiero para mí.» Estaba a punto de declarársele allí mismo, pero, antes de que pudiera hablar, ella desmontó diciendo:

—Sé que a las personas que no se comportan como es debido se las tiene que castigar, pero no creo en la tortura, ¿y usted?

Jay no veía nada de malo en torturar a los delincuentes, pero no pensaba decírselo, estando ella tan enojada.

—Por supuesto que no —contestó—. ¿Viene usted de la mina?

—Ha sido horrible. Le he dicho a Robert que soltara a aquel hombre, pero no ha querido.

O sea que había discutido con Robert. Jay disimuló su alegría.

—¿Nunca había visto a un hombre dando vueltas alrededor del pozo? Pues no es tan raro.

—No, nunca lo había visto. No sé cómo es posible que me haya pasado tanto tiempo sin saber nada acerca de la vida de los mineros. La gente me debía de proteger de la triste realidad porque era una chica.

—Me ha parecido que Robert estaba muy enfadado por algo —la espoleó Jay.

—Los mineros se han puesto a cantar un himno y no han querido callarse cuando él se lo ha ordenado.

Jay se alegró. Por lo visto, Lizzie había visto la peor faceta de Robert. «Mis posibilidades de éxito van mejorando a cada minuto que pasa», pensó, exultante de júbilo.

Un mozo se hizo cargo del caballo de Lizzie y ambos cruzaron el patio en dirección al castillo. Robert estaba hablando con sir George en el vestíbulo.

—Ha sido un desafío intolerable —decía Robert—. Cualquier cosa que ocurra, tenemos que evitar por todos los medios que McAsh se salga con la suya.

Lizzie emitió un jadeo de irritación y Jay vio la posibilidad de apuntarse un tanto delante de ella.

—Creo que deberíamos considerar muy en serio la posibilidad de permitir la partida de McAsh —le dijo a su padre.

—No seas ridículo —le dijo Robert.

Jay recordó los comentarios de Harry Ratchett.

—Ese hombre es un alborotador..., mejor que nos libremos de él.

—Nos ha desafiado abiertamente —replicó Robert en tono de protesta—. No podemos tolerar que se salga con la suya.

—¡No se ha salido con la suya! —terció Lizzie—. ¡Ha sufrido el más bárbaro de los castigos!

—No es bárbaro, Elizabeth —le dijo sir George—..., debe usted comprender que ellos no sufren como nosotros. —Antes de que ella pudiera contestar, el hacendado se dirigió a su hijo Robert—: Pero es cierto que no se ha salido con la suya. Ahora los mineros saben que no pueden marcharse al cumplir los veintiún años: hemos demostrado nuestra fuerza. Quizá deberíamos permitir que se fuera discretamente.

Robert no parecía muy convencido.

—Jimmy Lee es un alborotador, pero lo obligamos a quedarse.

—Es un caso distinto —dijo su padre—. Lee es todo corazón y no tiene cerebro..., jamás será un cabecilla, no tenemos nada que temer de él. En cambio, McAsh tiene otra madera.

—No le tengo miedo a McAsh.

—Podría ser peligroso —dijo sir George—. Sabe leer y escribir. Es bombero y eso significa que los demás se fían de él. Y, a juzgar por la escena que me acabas de describir, ya está casi a punto de convertirse en un héroe. Si le obligamos a quedarse, se pasará toda su cochina vida dándonos quebraderos de cabeza.

Robert asintió a regañadientes con la cabeza.

—Sigo pensando que la cosa no tiene muy buen cariz.

—Pues procura mejorarla —dijo sir George—. Deja la vigilancia en el puente. McAsh se irá probablemente cruzando la montaña y nosotros no lo perseguiremos. No me importa que los demás piensen que se ha escapado... siempre y cuando sepan que no tenía ningún derecho a hacerlo.

—De acuerdo —dijo Robert.

Lizzie le dirigió una mirada de triunfo a Jay. A la espalda de Robert, articuló en silencio las palabras *¡Bien hecho!*

—Tengo que lavarme las manos antes de comer —dijo Robert, retirándose, todavía enfurruñado.

Sir George se fue a su estudio.

—¡Lo ha conseguido! —exclamó Lizzie, arrojándole los brazos al cuello a Jay—. ¡Ha logrado que lo dejen en libertad! —añadió, dándole un sonoro beso en la mejilla.

Jay se sorprendió de su atrevido comportamiento, pero enseguida se recuperó. Le rodeó el talle con sus brazos y la estrechó. Después inclinó la cabeza y ambos se volvieron a besar, pero esta vez fue un beso distinto, lento, sensual y exploratorio. Jay cerró los ojos para concentrarse mejor en las sensaciones. Olvidó que estaban en la estancia más pública del castillo de su padre, por la que pasaban constantemente los miembros de la familia y los invitados, los vecinos y los criados. Por suerte, no entró nadie y el beso no sufrió la menor interrupción. Cuando ambos se apartaron casi sin aliento, todavía estaban solos.

Presa de una profunda emoción, Jay se dio cuenta de que aquel era el mejor momento para pedirle a Lizzie que se casara con él.

—Lizzie...

No sabía cómo abordar la cuestión.

—¿Sí?

—Lo que quiero decirle... ahora no se puede usted casar con Robert.

—Puedo hacer lo que me dé la gana —le contestó ella inmediatamente.

Estaba claro que no era la mejor táctica para abordar a Lizzie. Jamás se le podía decir lo que no tenía que hacer.

—No quería...

—A lo mejor, Robert besa todavía mejor que usted —dijo Lizzie, sonriendo con picardía.

Jay se rio.

La joven se apoyó contra su pecho.

—Por supuesto que ahora no puedo casarme con él.

—Porque...

Lizzie le miró a los ojos.

—Pues porque voy a casarme con usted... ¿no es cierto?

—¡Ah... claro! —contestó Jay sin poder dar crédito a lo que acababa de oír.

—¿No era eso lo que usted estaba a punto de pedirme?

—En realidad... sí.

—Pues ya está. Ahora me puede volver a besar.

Todavía un poco aturdido, Jay inclinó la cabeza hacia ella. En cuanto sus labios se rozaron, Lizzie abrió la boca y la dulce punta de su lengua lo asombró y deleitó, abriéndose paso con increíble suavidad. Jay se preguntó a cuántos chicos habría besado, pero no era el momento más adecuado para plantearle la cuestión. Reaccionó de la misma manera y, de repente, notó su erección y temió que ella se diera cuenta. Lizzie se apoyó contra él, se quedó paralizada un momento como si no supiera qué hacer y lo sorprendió una vez más, pegándose a su cuerpo como si ansiara sentirle. Jay había conocido en las tabernas y cafés de Londres a mujeres descaradas que besaban a un hombre y se restregaban contra él como si tal cosa; pero Lizzie parecía que lo hiciera por primera vez.

Jay no oyó abrirse la puerta. De repente, Robert le gritó al oído:

—¿Qué demonios es esto?

Los enamorados se separaron.

—Cálmate, Robert —dijo Jay.

—Maldita sea tu estampa. ¿Qué estás haciendo? —gritó Robert, a punto de perder los estribos.

—Tranquilo, hermano —contestó Jay—. Verás, es que acabamos de comprometernos en matrimonio.

—¡Eres un cerdo! —rugió Robert, soltándole un puñetazo.

El impacto hubiera sido muy fuerte, pero Jay consiguió esquivarlo. Robert volvió a la carga con renovada furia. Jay no se había peleado con su hermano desde que eran pequeños, pero recordaba que Robert era muy fuerte, aunque un poco lento. Tras esquivar toda una serie de golpes, se abalanzó contra su hermano y empezó a forcejear con él. Para su asombro, Lizzie saltó sobre la espalda de Robert y empezó a propinarle puñetazos en la cabeza diciendo:

—¡Déjele! ¡Déjele en paz!

El espectáculo le hizo tanta gracia que no pudo proseguir la pelea y soltó a Robert. Este le descargó un puñetazo que le dio directamente en el ojo y lo hizo tambalearse hacia atrás y caer al suelo. Con el ojo sano, Jay vio a Robert, tratando de quitarse a Lizzie de encima. A pesar del dolor, volvió a estallar en una carcajada.

La madre de Lizzie entró en la estancia, seguida de sir George y de Alicia. Una vez recuperada de la momentánea sorpresa, lady Hallim le dijo a su hija:

—¡Elizabeth Hallim, apártate de este hombre ahora mismo!

Jay se levantó y Lizzie saltó al suelo. Los tres progenitores estaban demasiado perplejos para poder hablar.

Cubriéndose con una mano el ojo herido, Jay se inclinó ante la madre de Lizzie.

—Lady Hallim, tengo el honor de pedirle la mano de su hija.

—Eres un necio, no tendrás nada con qué vivir —le dijo sir George unos minutos más tarde.

Las familias se habían separado para discutir en privado la sorprendente noticia. Sir George, Jay y Alicia se encontraban en el estudio. Robert se había retirado hecho una furia.

Jay se mordió los labios para no replicar con insolencia. Recordando lo que le había dicho su madre, contestó:

—Estoy seguro de que sabré administrar High Glen mucho mejor que lady Hallim. La extensión es de unas quinientas hectáreas o más... creo que puede producir unos ingresos suficientes para que podamos vivir de ellos.

—Eres un estúpido. High Glen no será para ti..., la finca está hipotecada.

Jay, humillado por las despectivas palabras de su padre, se ruborizó intensamente.

—Jay podría renovar las hipotecas —dijo Alicia.

Sir George la miró, sorprendido.

—¿Eso significa que estás del lado del chico?

—No le has querido dar nada. Quieres que luche en la vida tal como hiciste tú. Bueno, pues ya está luchando y lo primero que ha conseguido es a Lizzie Hallim. No podrás quejarte.

—¿La ha conseguido él... o tú has tenido alguna parte en ello? —preguntó astutamente sir George.

—No fui yo quien la acompañó a la mina —contestó Alicia.

—Ni quien la besó en el vestíbulo —dijo sir George en tono resignado—. En fin. Los dos han cumplido los veintiún años y, si quieren ser unos insensatos, no creo que nosotros podamos impedirlo. —Una expresión taimada se dibujó en su rostro—. De todos modos, el carbón de High Glen irá a parar a nuestra familia.

—No, no creo —dijo Alicia.

Jay y sir George la miraron fijamente.

—¿Qué demonios quieres decir? —preguntó sir George.

—Tú no vas a abrir pozos en las tierras de Jay... ¿por qué ibas a hacerlo?

—No seas tonta, Alicia... hay una fortuna en carbón en las entrañas de High Glen. Sería un pecado no explotarlo.

—Jay podría conceder la explotación a otros inversores. Hay varias compañías interesadas en abrir nuevos pozos... te lo he oído decir muchas veces.

—¡Tú no harás negocio con mis rivales! —gritó sir George.

Jay admiró la valentía de su madre. Sin embargo, Alicia parecía haber olvidado los recelos de Lizzie a propósito de las explotaciones mineras.

—Pero, madre —le dijo—, recuerda que Lizzie...

Su madre le dirigió una mirada de advertencia y lo interrumpió, diciéndole a sir George:

—A lo mejor Jay prefiere hacer negocio con tus rivales. Después de la ofensa que le hiciste el día de su cumpleaños, ¿qué es lo que te debe?

—¡Soy su padre, maldita sea!

—Pues entonces, empieza a comportarte como tal. Felicítale por el compromiso. Recibe a su prometida como a una hija. Y organiza una boda por todo lo alto.

Sir George la miró fijamente.

—¿Es eso lo que quieres?

—Aún hay más.

—Me lo suponía. ¿Qué es?

—El regalo de boda.

—¿Qué pretendes, Alicia?

—Barbados.

Jay estuvo casi a punto de levantarse de un salto del sillón. No lo esperaba. ¡Qué astuta era su madre!

—¡Eso está excluido! —tronó sir George.

—Piénsalo —dijo Alicia, levantándose como si el asunto no le importara demasiado—. El azúcar es un problema, tú siempre lo has dicho. Los beneficios son altos, pero siempre hay dificultades: no llueve, los esclavos se ponen enfermos y mueren, los franceses venden más barato, los barcos naufragan. En cambio, el carbón es más fácil. Lo arrancas de la tierra y lo vendes. Tal como tú me dijiste una vez, es como encontrar un tesoro en el patio de atrás.

Jay estaba emocionado. Quizá acabaría consiguiendo lo que quería. Pero ¿qué ocurriría con Lizzie?

—La plantación de Barbados se la he prometido a Robert.

—No cumplas la promesa —dijo Alicia—. Bien sabe Dios la de veces que no has cumplido las que le habías hecho a Jay.

—La plantación de azúcar de Barbados pertenece al patrimonio de Robert.

Alicia se encaminó hacia la puerta y Jay la siguió.

—Ya hemos hablado de eso muchas veces, George —dijo—. Pero ahora la situación es distinta. Si quieres el carbón de Jay, le tendrás que dar algo a cambio. Y, si no se lo das, te vas a quedar sin él. La elección es muy sencilla y tienes mucho tiempo para pensarlo —añadió, abandonando la estancia sin más.

Jay salió con ella y, una vez fuera, le dijo en voz baja:

—¡Has estado maravillosa! Pero Lizzie no quiere que se exploten las minas de carbón en High Glen.

—Lo sé, lo sé —dijo Alicia con impaciencia—. Eso es lo que dice ahora. Puede que cambie de idea.

—¿Y si no cambia? —preguntó Jay con semblante preocupado.

—Cada cosa a su tiempo —le contestó su madre.

12

Lizzie bajó la escalinata con una holgada capa de pieles que le rodeaba dos veces el cuerpo y le llegaba hasta los pies. Necesitaba salir a tomar el aire.

En la casa se respiraban demasiadas tensiones: Robert y Jay se odiaban a muerte. Su madre estaba enfadada con ella, sir George estaba furioso con Jay y entre sir George y Alicia reinaba una manifiesta hostilidad. La cena había sido muy violenta para todos.

Mientras cruzaba el vestíbulo, Robert surgió de las sombras. Lizzie se detuvo en seco.

—Perra —le dijo él.

Era un grave insulto para una dama, pero Lizzie no se ofendía fácilmente por una simple palabra y, en cualquier caso, él tenía motivos para estar enojado.

—Ahora tiene usted que ser como un hermano para mí —le contestó en tono conciliador.

Robert le asió el brazo y se lo comprimió con fuerza.

—¿Cómo es posible que prefiera a este pequeño hipócrita malnacido?

—Me he enamorado de él —contestó la joven—. Haga el favor de soltarme el brazo.

Robert apretó con más fuerza y la miró con rabia.

—Le voy a decir una cosa. Aunque yo no pueda tenerla a usted, High Glen será para mí.

—No —dijo Lizzie—. Cuando yo me case, High Glen será propiedad de mi marido.

—Eso ya lo veremos.

Robert le estaba haciendo daño.

—Suélteme el brazo si no quiere que grite —dijo Lizzie en tono amenazador.

Robert se lo soltó.

—Se arrepentirá toda la vida —dijo, retirándose.

Lizzie salió y se arrebujó en sus pieles. Las nubes se habían disipado en parte y la luna brillaba en el cielo. Se veía lo suficiente para poder bajar por la calzada y el prado hacia la orilla del río.

No le remordía la conciencia por el hecho de haber abandonado a Robert. Él no la amaba. Si la hubiera amado, habría estado triste, y no lo estaba. En lugar de lamentar su pérdida, estaba furioso porque su hermano lo había derrotado.

A pesar de todo, su encuentro con Robert la había trastornado. Era tan cruel y despiadado como su padre. Estaba absolutamente segura de que no podría arrebatarle High Glen, pero ¿de qué otra manera podría perjudicarla?

Procuró apartarlo de sus pensamientos. Había conseguido lo que quería: Jay en lugar de Robert. Ahora estaba deseando iniciar los preparativos de la boda y arreglar la casa, vivir con él, dormir en la misma cama y despertarse cada mañana, teniendo su cabeza al lado de la suya sobre la almohada.

Experimentaba una mezcla de emoción y de miedo. Conocía a Jay de toda la vida, pero, desde que eran mayores, solo había pasado unos cuantos días con él. Era como un salto en el vacío. Aunque, bien mirado, el matrimonio siempre era un salto en el vacío: no se conocía realmente a una persona hasta que no se convivía con ella.

Su madre estaba muy disgustada. Había soñado con que ella se casara con un hombre rico para acabar de este modo con los años de penurias. Pero no había tenido más remedio que aceptar su repentina decisión.

La joven no estaba preocupada por el dinero. Lo más probable era que sir George le diera algo a Jay, pero, si no se lo daba, ambos podrían vivir en High Glen House. Algunos hacendados escoceses estaban talando sus bosques y arrendando las tierras a los criadores de ovejas. Puede que, al principio, ellos también lo hicieran para incrementar un poco sus ingresos.

Sabía que, cualquier cosa que ocurriera, la experiencia sería divertida. Lo que más le gustaba de Jay era su espíritu aventurero. Estaba dispuesto a galopar con ella por el bosque, mostrarle la mina de carbón e irse a vivir a las colonias.

Se preguntó si semejante proyecto se podría convertir alguna vez en realidad. Jay aún no había perdido la esperanza de conseguir la finca de Barbados. La idea de irse al extranjero la atraía casi tanto como la perspectiva de casarse. Decían que allí la vida era muy cómoda y que no existían las rígidas normas de etiqueta que tanto la molestaban en la sociedad británica. Se imaginaba sin enaguas ni miriñaques, con el cabello corto y montando todo el día a caballo con un mosquete al hombro.

¿Tendría Jay algún defecto? Su madre decía que era presumido y ególatra, pero ella jamás había conocido a un hombre que no lo fuera. Al principio, le había parecido un poco débil por no haberse enfrentado con su padre y su hermano, pero ahora pensaba que se había equivocado, pues, pidiéndola en matrimonio, Jay los había desafiado a los dos.

Llegó a la orilla del río. No era un riachuelo de montaña de esos que bajan como una cinta hacia el fondo de un valle, sino un profundo torrente de treinta metros de anchura, sobre cuyas rápidas y turbulentas aguas la luna brillaba con retazos de plata, creando un efecto de un mosaico machacado.

El aire era tan frío que casi le dolían los pulmones al respirar, pero las pieles la mantenían abrigada. Se apoyó en el grueso tronco de un viejo pino y contempló las agitadas aguas de la corriente. Levantó la vista y le pareció distinguir un movimiento en la otra orilla.

No exactamente delante de ella sino un poco más arriba.

Al principio, pensó que debía de ser un ciervo, pues los venados solían moverse de noche. No parecía un hombre porque la cabeza era demasiado grande. Después vio que era un hombre con un fardo en la cabeza y lo comprendió todo. Se oyó el crujido del hielo cuando el hombre se acercó a la orilla y penetró en el agua.

En el fardo debía de llevar la ropa. Pero ¿quién podría arrojarse al agua a aquella hora de la noche y en pleno invierno? Pensó que era McAsh, tratando de burlar la vigilancia del puente. Se estremeció en el interior de su capa de pieles al pensar en lo fría que debía de estar el agua. No concebía que un hombre pudiera nadar y sobrevivir a semejante temperatura.

Sabía que hubiera tenido que alejarse de allí. El hecho de quedarse y contemplar a un hombre desnudo nadando en el río solo podría acarrearle quebraderos de cabeza. Pese a ello, no pudo resistir la curiosidad y permaneció inmóvil, observando el movimiento regular de la cabeza en mitad del torrente. La fuerte corriente lo obligaba a nadar en diagonal, pero el ritmo no se interrumpió en ningún momento. El hombre parecía muy fuerte y alcanzaría la orilla unos veinte o treinta metros más allá del lugar donde ella se encontraba.

Sin embargo, cuando ya estaba a la mitad de la travesía, tuvo mala suerte. Lizzie vio una oscura forma acercándose a él sobre la superficie del agua y vio que era un árbol caído. Él no se dio cuenta hasta que lo tuvo encima. Una gruesa rama le golpeó la cabeza y sus brazos se enredaron en el follaje. Lizzie reprimió un jadeo al ver que se hundía. Contempló las ramas, buscando al hombre. Aún no sabía si era McAsh. El árbol se acercó un poco a la orilla, pero el hombre no volvió a salir.

—Por favor, no te ahogues —dijo Lizzie en un susurro.

El tronco pasó por delante de ella, pero no se veía ni rastro del hombre. Lizzie pensó en la posibilidad de ir corriendo a pedir ayuda, pero se encontraba a más de cuatrocientos metros del castillo y, para cuando hubiera regresado, él ya habría estado muy lejos, vivo o muerto corriente abajo. Pero quizá debería intentarlo de todos modos, pensó. Mientras se debatía en la angustia de la indecisión, el hombre emergió de nuevo a la superficie, a cosa de un metro del árbol.

Milagrosamente, el fardo estaba todavía atado a su cabeza. Sin embargo, ya no podía nadar con la misma fuerza que antes. Ahora chapoteaba, jadeaba y tosía. Lizzie bajó hasta la orilla. El agua helada penetró a través de sus escarpines de seda y le empapó los pies.

—¡Por aquí! —le gritó—. ¡Yo tiraré hacia fuera!

El hombre no la debió de oír, pues siguió chapoteando en el agua como si, tras haber estado a punto de ahogarse, no pensara en otra cosa más que en respirar. Después pareció que se calmaba un poco y miró a su alrededor como si tratara de orientarse. Lizzie lo volvió a llamar.

—¡Por aquí! ¡Deje que le ayude!

El hombre tosió y jadeó antes de que su cabeza se hundiera de nuevo bajo el agua. Volvió a salir casi enseguida y entonces empezó a chapotear y a dar torpes brazadas hacia el lugar donde ella se encontraba.

Con el corazón latiendo violentamente en su pecho, Lizzie se arrodilló sobre el frío barro sin preocuparse por su vestido de seda y sus pieles. Cuando él ya estuvo más cerca, alargó el brazo. Las manos del hombre se agitaban en el aire. Lizzie agarró una de sus muñecas y tiró con fuerza, asiéndole el brazo con ambas manos. El hombre alcanzó la orilla y se quedó inmóvil, medio dentro y medio fuera del agua. Lizzie lo agarró por las axilas hundiendo sus escarpines en el barro y volvió a tirar con todas sus fuerzas. El hombre empujó con las manos y los pies y, al final, consiguió salir del agua.

Lizzie le contempló, desnudo, mojado y medio muerto en la orilla como un monstruo marino atrapado por un pescador gigantesco. Tal como ya había adivinado, el hombre a quien acababa de salvar la vida era Malachi McAsh.

Meneó la cabeza, mirándole con curiosidad. ¿Qué clase de hombre era aquel? En los dos últimos días había sufrido los efectos de una explosión de gas y había sido sometido a una tortura espantosa y, sin embargo, había tenido la fuerza y el valor de arrojarse a un río helado para poder escapar. Jamás se rendía.

Mack permaneció tendido boca arriba, respirando afanosamente en medio de unos fuertes temblores. El collar de hierro había desaparecido. Lizzie se preguntó cómo se lo habría quitado. Su piel mojada brillaba con reflejos de plata bajo la luz de la luna. Era la primera vez que Lizzie contemplaba a un hombre desnudo y, a pesar de la preocupación que sentía por su vida, no pudo por menos que sentirse fascinada por su miembro, una especie de tubo arrugado medio escondido en una masa de ensortijado vello oscuro en la bragadura de sus musculosos muslos.

Si permaneciera tendido allí mucho rato, puede que se muriera de frío. Lizzie se arrodilló a su lado y le desató el mojado fardo que llevaba en la cabeza. Después apoyó la mano en su hombro y lo notó tan frío como una tumba.

—¡Levántate! —le dijo en tono apremiante. Él no se movió. Lo sacudió y percibió sus poderosos músculos bajo la piel—. ¡Levántate si no quieres morirte de frío. —Lo agarró con ambas manos, pero, sin su colaboración, no podía moverlo. Era tan duro y pesado como una roca—. Mack, por favor, no te mueras —le gritó con la voz quebrada por un sollozo.

Al final, Mack se movió. Poco a poco se puso a gatas, se incorporó y tomó su mano. Con su ayuda, logró levantarse.

—Gracias a Dios —musitó Lizzie.

El joven se apoyó pesadamente en ella y a punto estuvo de hacerle perder el equilibrio.

Tenía que calentarle. Abrió su capa y lo estrechó con fuerza, sintiendo en su pecho la terrible frialdad de su cuerpo a través de la seda de su vestido. Mack se abrazó a ella y su ancho y musculoso cuerpo absorbió el calor del suyo. Era la segunda vez que se abrazaban y Lizzie volvió a experimentar una profunda sensación de intimidad, casi como si ambos fueran amantes.

Mack no podía entrar en calor estando mojado. Lizzie tenía que secarlo de la manera que fuera. Necesitaba un trapo, cualquier cosa que pudiera utilizar como toalla. Llevaba varias enaguas de lino. Podía quitarse una.

—¿Puedes sostenerte en pie? —le preguntó.

Mack asintió con la cabeza entre accesos de tos. Lizzie lo soltó y se levantó la falda. Mientras se quitaba una enagua, sintió que él la miraba a pesar del lastimoso estado en que se encontraba. Enseguida empezó a frotarlo con la enagua y le secó la cara y el cabello. Después le secó la espalda y las compactas nalgas, se arrodilló para secarle las piernas, se levantó, le dio la vuelta para secarle el pecho y se sorprendió al ver que el pene se proyectaba hacia fuera.

Hubiera tenido que sentir repugnancia y horror, pero no fue así. Se sintió más bien fascinada e intrigada y se enorgulleció estúpidamente de haber podido provocar semejante efecto en un hombre. Experimentaba también otra cosa: una especie de profundo dolor que la indujo a tragar saliva para aliviar la sequedad de la boca. No era la agradable sensación que le había producido el beso de Jay. No tenía nada que ver con las caricias y los juegos. Temía que McAsh la arrojara al suelo, le desagarrara la ropa y la violara, pero lo más aterrador de todo era que, en lo más hondo de su ser, deseaba que lo hiciera.

Sin embargo, sus temores resultaron infundados.

—Perdone —murmuró Mack.

Se volvió de espaldas, se inclinó hacia el fardo y sacó unos empapados pantalones de *tweed*. Los escurrió lo mejor que pudo y se los puso. Los latidos del corazón de Lizzie volvieron a normalizarse.

Mientras Mack escurría una camisa, Lizzie comprendió que, si se ponía ropa mojada, probablemente se moriría de una pulmonía al rayar el alba. Pero no podía quedarse desnudo.

—Voy a buscar un poco de ropa al castillo —le dijo.

—No —dijo Mack—. Le preguntarán para qué la quiere.

—Puedo entrar y salir a mi antojo... y tengo las prendas de hombre que usé para bajar a la mina.

Mack meneó la cabeza.

—No puedo entretenerme. En cuanto empiece a caminar, entraré en calor —dijo, escurriendo una manta a cuadros escoceses.

Lizzie se quitó impulsivamente la capa de piel. Era muy holgada y lo abrigaría bien. Valía mucho dinero y puede que jamás volviera a tener otra igual, pero salvaría la vida de un hombre. No sabía cómo iba a explicarle a su madre su desaparición, pero ya se inventaría algo.

—Pues entonces ponte esto y guarda la manta hasta que se seque.

Sin esperar a que él contestara, le colocó la capa sobre los hombros. Mack vaciló un instante, pero después se arrebujó en la prenda. Era lo bastante ancha para taparlo por completo.

Lizzie tomó el fardo y sacó las botas de Mack. Él le entregó la manta y ella la guardó en el fardo. Mientras lo hacía, sus manos rozaron el collar de hierro. Lo sacó para examinarlo. Estaba roto y doblado.

—¿Cómo lo has conseguido? —le preguntó.

—Lo rompí en la fragua de la boca de la mina y utilicé las herramientas de Taggart.

No podía haberlo hecho solo, pensó Lizzie. Lo habría ayudado su hermana.

—¿Por qué te lo llevas?

Mack dejó de temblar y en sus ojos se encendió un destello de furia.

—Para no olvidarlo —contestó con amargura—. Nunca jamás.

Lizzie lo volvió a dejar en el fardo y sus dedos rozaron un voluminoso libro hacia el fondo de la bolsa.

—¿Qué es? —preguntó.

—*Robinson Crusoe*.

—¡Mi libro preferido!

Mack tomó el fardo. Ya estaba preparado para emprender la marcha.

Lizzie recordó que Jay había convencido a sir George de que dejara escapar a McAsh.

—Los guardabosques no te perseguirán —le dijo.

Él la miró con dureza. Sus ojos reflejaban esperanza y escepticismo.

—¿Cómo lo sabe?

—Sir George llegó a la conclusión de que eras un alborotador y de que sería mejor que te fueras. Ha dejado la vigilancia en el puente porque no quiere que los mineros sepan que te deja escapar, pero confía en que te largues y no tratará de obligarte a volver.

Una expresión de alivio se dibujó en el fatigado rostro de Mack.

—O sea, que no tenía que preocuparme por la policía. Gracias a Dios.

Lizzie temblaba sin la capa, pero sentía un agradable calor por dentro.

—Camina deprisa y no te detengas para descansar —dijo—. Si te paras antes del amanecer, morirás.

Se preguntó adónde iría y qué iba a hacer.

Mack asintió con la cabeza y le tendió la mano. Ella se la estrechó, pero, para su asombro, Mack acercó su mano a sus pálidos labios y se la besó. Después se alejó en silencio.

—Buena suerte —le dijo ella en voz baja.

Las botas de Mack rompían el hielo de los charcos del camino mientras bajaba por el valle a la luz de la luna, pero su cuerpo se calentó enseguida gracias a la capa de piel de Lizzie Hallim. Aparte sus pisadas, solo se oía el rumor del agua del río que discurría paralelo al camino. Su espíritu estaba entonando la canción de la libertad.

Cuanto más se alejaba del castillo, más curioso e incluso divertido se le antojaba su encuentro con la señorita Hallim. Allí estaba ella, con su vestido bordado, sus escarpines de seda y un peinado que dos doncellas habrían tardado media hora en realizar y, de pronto, aparece él nadando en el río tal como su madre lo trajo al mundo. ¡Menudo susto se habría llevado!

El domingo anterior en la iglesia se había comportado como una típica aristócrata escocesa, necia, presumida y arrogante, pero después había tenido el valor de aceptar su desafío y bajar a la mina. Y aquella noche le había salvado dos veces la vida, primero sacándolo del agua y después entregándole su capa. Era una mujer extraordinaria. Lo había estrechado contra su cuerpo para infundirle calor y después se había arrodillado y lo había secado con su enagua. ¿Qué otra dama de Escocia hubiera sido capaz de hacer algo semejante por un minero? Recordó el momento en que ella había caído en sus brazos en la mina y él había sentido el peso y la suavidad de su pecho en su mano. Lamentaba no poder volver a verla nunca más. Esperaba que ella también encontrara el medio de escapar de aquel lugar tan mezquino. Su espíritu aventurero necesitaba horizontes más vastos.

Un grupo de ciervas que pastaban al borde del camino al amparo de la oscuridad se dispersó como una manada de fantasmas al verlo acercarse. Después, Mack se quedó solo. Estaba muy cansado. «Hacer la rueda» lo había dejado más agotado de lo que él suponía. Al parecer, el cuerpo humano tardaba un par de días en recuperarse del esfuerzo. La travesía del río no hubiera tenido que plantearle demasiadas dificultades, pero el encuentro con el árbol flotante lo había dejado exhausto. Todavía le dolía la cabeza a causa del golpe de la rama.

Por suerte, aquella noche no tendría que andar demasiado. Llegaría solo hasta Craigie, una aldea minera situada unos diez kilómetros más abajo. Allí se refugiaría en casa de su tío Eb, el hermano de su madre, y descansaría hasta el día siguiente. Dormiría tranquilo, sabiendo que los Jamisson no pensaban perseguirle.

Por la mañana, se llenaría la tripa con gachas de avena y jamón y emprendería camino hacia Edimburgo. Una vez allí, se iría en el primer barco que lo contratara, cualquiera que fuera su destino..., cualquier lugar desde Newcastle hasta Pekín le serviría para sus propósitos.

Esbozó una sonrisa al pensar en su valor. Jamás había viajado más allá del mercado de Coats, a unos treinta kilómetros de distancia, y ni siquiera conocía Edimburgo, pero estaba dispuesto a trasladarse a exóticos destinos, como si ya supiera cómo eran aquellos lugares.

Mientras avanzaba por el camino lleno de barro, empezó a ponerse sentimental. Estaba abandonando el único hogar que jamás había conocido, el lugar donde había nacido y donde habían muerto sus padres. Allí dejaba a Esther, su hermana y aliada, aunque confiaba en poder rescatarla de Heugh cuanto antes. Dejaba también a Annie, la prima que le había enseñado a besar y a jugar con su cuerpo como si fuera un instrumento musical.

Pero él siempre había sabido que llegaría aquel momento. Siempre había soñado con escapar. Envidiaba al buhonero Davey Patch y ansiaba disfrutar de una libertad como la suya.

Ahora ya la tenía. Se llenó de júbilo al pensar en lo que había hecho. Se había fugado.

No sabía qué le tenía reservado el mañana. Puede que sufriera pobreza, dolor y peligros. Pero ya no tendría que pasar otro día en la mina, otro día de esclavitud. Ya no sería un objeto de sir George Jamisson. Al día siguiente sería libre.

Llegó a un recodo del camino y miró hacia atrás. Aún se distinguía el castillo de Jamisson y la silueta de sus almenas iluminadas por la luz de la luna. «Jamás lo volveré a contemplar», pensó. Se alegró tanto que empezó a brincar y a dar vueltas mientras silbaba una alegre melodía.

Después se detuvo, se rio suavemente para sus adentros y reanudó la marcha.

SEGUNDA PARTE

Londres

13

Shylock vestía unos holgados calzones y una larga capa negra y se tocaba con un tricornio rojo. El actor era feísimo, con una narizota enorme, una papada tremenda y una boca de finos labios, torcida en una mueca permanente. Salió al escenario caminando deliberadamente despacio cual si fuera la viva imagen del mal. Soltando un voluptuoso gruñido, dijo:

—Tres mil ducados.

Un estremecimiento se propagó entre el público de la sala.

Mack contemplaba el espectáculo fascinado. Hasta en el foso donde él estaba con Dermot Riley, la gente guardaba silencio. Shylock pronunciaba todas las palabras con una voz muy ronca, a medio camino entre un gruñido y un ladrido. Sus ardientes ojos miraban de soslayo bajo unas pobladas cejas.

—Tres mil ducados por tres meses y Antonio fiador...

Dermot le susurró al oído:

—Ese es Charles Macklin..., un irlandés. Mató a un hombre y lo juzgaron por asesinato, pero alegó que el otro lo había provocado y fue absuelto.

Mack apenas le prestó atención. Sabía que existían los teatros y las piezas teatrales, pero nunca había imaginado que pudiera ser algo como lo que sus ojos estaban viendo en aquellos momentos: el calor, el humo de las lámparas, los soberbios trajes de época, los rostros pintados y, por encima de todo, la emoción..., la rabia, el amor apasionado, la envidia y el odio tan vivamente representados que el corazón le latía en el pecho con la misma emoción que hubiera sentido si todo aquello estuviera ocurriendo de verdad.

Cuando Shylock descubrió que su hija se había fugado, salió al escenario sin sombrero y agitó los puños de rabia y dolor como si estuviera sufriendo las penas del infierno mientras gritaba: «¡Lo sabías!». Y cuando dijo: «¡Puesto que soy un perro, guárdate de mis colmillos!», y se adelantó como si quisiera abalanzarse sobre las candilejas, todo el público se echó hacia atrás, sobresaltado.

—¿Así son los judíos? —preguntó Mack a Dermot al salir del teatro.

Jamás había conocido a ninguno que él supiera, pero casi todos los personajes de la Biblia eran judíos y no se les representaba de aquella manera.

—Yo he conocido a judíos, pero ninguno como Shylock, gracias a Dios —contestó Dermot—. Aunque es cierto que todo el mundo odia a los usureros. Son muy útiles cuando uno necesita un préstamo, pero, a la hora de pagar, surgen todos los males.

En Londres no había muchos judíos, pero abundaban los extranjeros. Había marineros asiáticos de piel oscura llamados «láscaros»; hugonotes de Francia; miles de africanos de piel negra y cabello rizado e incontables irlandeses como Dermot. Para Mack, todo aquello formaba parte de la emoción que le producía la ciudad. En Escocia todo el mundo era igual.

Le encantaba Londres. Se emocionaba cada mañana al despertar cuando recordaba dónde estaba. La ciudad estaba llena de espectáculos y sorpresas, gentes extrañas y nuevas experiencias. Le gustaba el delicioso aroma que se escapaba de los numerosos cafés que jalonaban las calles, aunque no podía permitirse el lujo de saborearlo. Contemplaba boquiabierto de asombro los preciosos colores de las prendas que lucían los hombres y las mujeres...: amarillo brillante, morado, verde esmeralda, escarlata, azul cielo. Oía el rumor de los aterrorizados rebaños de ganado que recorrían las calles de la ciudad en dirección a los mataderos y esquivaba los enjambres de niños semidesnudos que pedían limosna y robaban todo lo que podían. Veía a prostitutas y obispos, asistía a las peleas de toros y a las subastas, comía plátanos, saboreaba el jengibre y bebía vino tinto. Estaba emocionado, pero, por encima de todo, disfrutaba de la libertad de ir a donde quería y hacer lo que le venía en gana.

Cierto que tenía que ganarse la vida y no era nada fácil. Londres estaba lleno de famélicas familias procedentes del campo donde llevaban dos años de malas cosechas. También había millares de tejedores de seda que se habían quedado sin trabajo en las fábricas del norte, según le había explicado Dermot. Para cada trabajo, había cinco aspirantes desesperados. Los menos afortunados tenían que pedir limosna, robar, prostituirse o morirse de hambre.

El propio Dermot era tejedor. Vivía con su mujer y sus cinco hijos en dos habitaciones en Spitalfields. Para poder sobrevivir habían tenido que subarrendar el cuarto donde trabajaba Dermot y allí dormía Mack en el suelo, al lado del enorme y silencioso telar que era como un símbolo de la azarosa vida en la ciudad.

Mack y Dermot buscaban trabajo juntos. A veces los contrataban como camareros en algún café, pero solo duraban allí uno o dos días. Mack era demasiado torpe y corpulento para llevar las bandejas de acá para allá y escanciar las bebidas en las copas y Dermot, que era muy orgulloso y susceptible, siempre acababa insultando a algún cliente. Un día Mack fue aceptado como criado en una gran mansión de Clarkenwell, pero se fue a la mañana siguiente, pues la víspera el señor y la señora de la casa le habían pedido que se acostara con ellos. Aquel día ambos habían sido contratados como mozos y se habían pasado el día acarreando enormes canastas de pescado en el mercado portuario de Billingsgate. Al terminar su jornada, Mack no quería gastarse el dinero en una entrada para el teatro, pero Dermot le aseguró que no se arrepentiría, y tuvo razón: hubiera merecido la pena pagar el doble para ver semejante maravilla. Sin embargo, Mack estaba preocupado porque no sabía cuánto tiempo tardaría en ahorrar el dinero suficiente para mandar llamar a Esther.

Al salir del teatro, mientras se dirigían a pie hacia al este en dirección a Spitalfields, pasaron por el Covent Garden, donde varias prostitutas los llamaron desde los portales. Mack llevaba en Londres casi un mes y ya estaba acostumbrado a que le ofrecieran sexo en todas las esquinas. Había mujeres de todas clases, jóvenes y viejas, feas y guapas, algunas de ellas vestidas como elegantes damas y otras cubiertas de harapos. Ninguna de ellas lo atraía, pero muchas noches recordaba con nostalgia a su ardiente prima Annie.

En el Strand estaba The Bear, una taberna de paredes encaladas con un salón para tomar café y varios bares alrededor de un patio central. El calor del teatro les había dado sed y entraron a tomar un trago. Dentro la atmósfera estaba llena de humo. Pidieron unas jarras de cerveza.

—Vamos a echar un vistazo a la parte de atrás.

The Bear era un local de diversión. Mack lo había visitado en otras ocasiones y sabía que el hostigamiento de osos mediante perros, las peleas de perros, los combates de gladiadoras y toda suerte de entretenimientos tenían lugar en el patio de atrás del establecimiento. Cuando no había ninguna diversión organizada, el tabernero arrojaba un gato al estanque de los gansos y azuzaba cuatro perros contra él en medio de las estruendosas carcajadas de los bebedores.

Aquella noche se había levantado un ring de combate iluminado por varias lámparas de aceite. Un enano vestido con un traje de seda y calzado con zapatos de hebilla estaba arengando a una muchedumbre de bebedores.

—¡Una libra para el que derribe al Machacador de Bermondsey! Vamos, muchachos, ¿hay algún valiente entre vosotros? —preguntó, dando tres volteretas.

—Yo creo que tú lo podrías derribar —le dijo Dermot a Mack.

El Machacador de Bermondsey era un tipo lleno de cicatrices que solo llevaba unos calzones y unas pesadas botas. Iba completamente rapado y tanto en su rostro como en su cabeza se observaban las huellas de muchas peleas. Era alto y muy fornido, pero parecía torpe y un poco lento.

—Supongo que sí —dijo Mack.

Dermot se animó. Agarró al enano por el brazo y le dijo:

—Oye, pequeñajo, aquí tienes un cliente.

—¡Un contrincante! —rugió el enano entre los gritos y las palmas de los espectadores.

Una libra era mucho dinero, el salario de una semana para muchas personas. Mack cedió a la tentación.

—De acuerdo —dijo.

Los espectadores lanzaron vítores de entusiasmo.

—Ten cuidado con los pies —le advirtió Dermot—. Lleva acero en las punteras de las botas.

Mack asintió con la cabeza y se quitó la chaqueta.

—Prepárate porque se te echará encima en cuando subas al ring —añadió Dermot—. Recuerda que no hay señal para empezar.

Era un truco muy habitual en las peleas entre los mineros. La manera más rápida de ganar consistía en empezar antes de que el otro estuviera preparado. Un hombre decía: «Vamos a pelear en la galería donde hay más sitio», y golpeaba a su contrincante en cuanto este saltaba por encima de la zanja de desagüe.

El ring era un tosco círculo de cuerda que llegaba más o menos a la cintura, sostenido por unas viejas estacas de madera clavadas en el barro. Mack se acercó, recordando la advertencia de Dermot. En cuanto levantó el pie para pasar por encima de la cuerda, el Machacador de Bermondsey se abalanzó sobre él.

Mack estaba preparado y se echó hacia atrás, por lo que el impresionante puño del Machacador apenas le rozó la frente. El público lanzó un jadeo.

Mack actuó sin pensar, como si fuera una máquina. Saltó rápidamente al interior del ring y le propinó al Machacador un puntapié en la espinilla que lo hizo tambalearse hacia atrás. Los espectadores empezaron a vitorearle mientras Dermot le gritaba:

—¡Mátalo, Mack!

Antes de que el hombre pudiera recuperar el equilibrio, Mack le golpeó rápidamente ambos lados de la cabeza y le soltó un gancho en la barbilla en el que estaba concentrada toda su fuerza. El Machacador dobló levemente las piernas, puso los ojos en blanco, retrocedió uno o dos pasos, se tambaleó y cayó boca arriba cuan largo era.

La multitud rugió de entusiasmo. El combate había terminado.

Mack contempló al hombre tendido en el suelo y vio un despojo destrozado e inservible. Hubiera preferido no haber ganado. Se volvió de espaldas, presa de un profundo abatimiento.

Dermot le retorció el brazo al enano para inmovilizarlo.

—El pequeñajo se quería escapar —explicó—. Quería escamotearte el premio. Paga, Piernas Largas. Una libra.

Con la mano libre, el enano se sacó un soberano del bolsillo interior de la camisa y se lo entregó a Mack, mirándole con mal disimulada rabia.

Mack la tomó, sintiéndose casi un ladrón.

Dermot soltó al enano.

Un hombre de rudas facciones y elegante atuendo se acercó a Mack.

—Muy bien hecho —le dijo—. ¿Has luchado muchas veces?

—De vez en cuando en la mina.

—Ya me parecía a mí que eras minero. Mira, el sábado voy a organizar un combate de boxeo en el Pelican de Shadwell. Si quieres aprovechar la ocasión de ganarte veinte libras en pocos minutos, te enfrentaré con Rees Preece, la Montaña Galesa.

—¡Veinte libras! —exclamó Dermot.

—No lo tumbarás con tanta facilidad como a este zoquete, pero tendrás una oportunidad.

Mack contempló el destrozado cuerpo del Machacador tendido en el suelo y contestó:

—No.

—¿Por qué no, hombre? —le dijo Dermot.

El promotor se encogió de hombros.

—Si no te hace falta el dinero...

Mack pensó en su hermana gemela, Esther, que se pasaba quince horas diarias subiendo la escalera de la mina de Heugh con capazos de carbón a la espalda y esperaba con ansia la carta que la libraría para siempre de aquella esclavitud. Con veinte libras podría pagarle el viaje a Londres... y él podría tener aquel dinero en la mano el mismo sábado por la noche.

—Lo he pensado mejor —rectificó.

—Así me gusta —dijo Dermot, dándole una cariñosa palmada en la espalda.

14

Lizzie Hallim y su madre cruzaron la ciudad de Londres en dirección norte en un coche de alquiler. Lizzie se sentía muy feliz y estaba enormemente emocionada: iban a reunirse con Jay para examinar una casa.

—No cabe duda de que sir George ha cambiado de actitud —dijo lady Hallim—. Nos ha llevado a Londres, está organizando una fastuosa boda y ahora se ha ofrecido incluso a pagamos el alquiler de una casa en Londres.

—Creo que lady Jamisson lo ha convencido —dijo Lizzie—, pero solo en los pequeños detalles. Sigue sin querer cederle a Jay la plantación de Barbados.

—Alicia es una mujer muy inteligente —dijo lady Hallim en tono pensativo—. Aun así, me sorprende que haya logrado convencer a su marido después de la terrible pelea que tuvieron el día del cumpleaños de Jay.

—A lo mejor sir George es de esos que olvidan las discusiones fácilmente.

—Antes no era así... a menos que le conviniera hacerlo. Me pregunto por qué lo hace. No será que quiere algo de ti, ¿verdad?

Lizzie soltó una carcajada.

—¿Qué podría darle yo? Tal vez, solo quiere que haga feliz a su hijo.

—Por eso no tiene que preocuparse. Ya hemos llegado.

El coche se detuvo en Rugby Street, una sobria y elegante hilera de casas de Holborn..., menos cara y no tan lujosa como Mayfair o Westminster.

Lizzie bajó del coche y contempló la fachada de la casa del número 12. Le gustó inmediatamente. Era un edificio de planta baja, tres pisos y sótano, con unas amplias y bonitas ventanas. Dos de ellas estaban rotas y en la puerta principal pintada de negro figuraba el número «45» toscamente garabateado. Lizzie estaba a punto de hacer un comentario cuando se acercó otro coche y de él bajó Jay.

Vestía un traje azul con botones de oro, llevaba el rubio cabello recogido con un lazo azul y estaba para comérselo. Saludó a Lizzie con un apresurado beso porque estaban en la calle, pero ella se lo agradeció y pensó que más tarde habría otros más apasionados. Jay ayudó a su madre a bajar del vehículo y llamó a la puerta de la casa.

—El propietario es un importador de brandy que se ha ido a pasar un año a Francia —explicó mientras esperaban.

Abrió la puerta un anciano criado.

—¿Quién ha roto las ventanas? —le preguntó inmediatamente Jay.

—Han sido los sombrereros —contestó el hombre mientras entraban.

Lizzie había leído en los periódicos que los que hacían sombreros estaban en huelga..., al igual que los sastres y los afiladores.

—No sé qué pretenden conseguir esos insensatos, rompiendo las ventanas de la gente respetable —dijo Jay.

—¿Por qué están en huelga?

—Quieren mejores salarios, señorita —contestó el criado— ¿Y quién se lo puede reprochar si la barra de pan de cuatro peniques ha subido a ocho peniques y cuarto? ¿Cómo puede un hombre mantener a su familia?

—No van a conseguir nada pintando el número cuarenta y cinco en todas las puertas de Londres —dijo Jay en tono malhumorado—. Enséñenos la casa, buen hombre.

Lizzie se preguntó qué significaría el número 45, pero le interesaba mucho más ver la casa. Recorrió las estancias muy emocionada, descorriendo cortinas y abriendo ventanas. Los muebles eran nuevos y muy caros y el claro y espacioso salón tenía tres grandes ventanales en cada extremo. En la casa se aspiraba el característico olor a moho propio de los lugares cerrados, pero bastaría con una buena limpieza, una mano de pintura y una renovación de la ropa blanca para que resultara una vivienda extremadamente alegre y acogedora.

Lizzie y Jay se adelantaron a sus madres y al criado y subieron solos a la buhardilla. Allí entraron en uno de los cuartitos reservados a la servidumbre y Lizzie rodeó a Jay con sus brazos y lo besó con ansia. Solo podrían disponer de un minuto como máximo. Lizzie tomó las manos de su prometido y las colocó sobre su pecho. Él la empezó a acariciar suavemente.

—Aprieta más fuerte —le susurró ella mientras le besaba. Quería seguir sintiendo la presión de sus manos cuando se separaran. Se le endurecieron los pezones y los dedos de Jay los localizaron a través de la tela de su vestido.

—Pellízcalos —le dijo Lizzie.

Jay así lo hizo. La mezcla de dolor y placer la obligó a emitir un jadeo. Oyeron unas pisadas en el rellano y se apartaron, respirando afanosamente.

Lizzie se volvió y se asomó a una ventanita de gablete para recuperar el resuello. En la parte de atrás de la casa había un alargado jardín. El criado les estaba mostrando a las madres todos los cuartitos de la servidumbre.

—¿Qué significa el número cuarenta y cinco? —preguntó Lizzie.

—Tiene que ver con ese traidor de John Wilkes —contestó Jay—. Publicaba un periódico que se llamaba el *North Briton* y el Gobierno lo acusó de difamación porque en el número cuarenta y cinco prácticamente tachaba de embustero al rey. Se fue a París, pero ahora ha vuelto para armar alboroto entre la pobre gente ignorante.

—¿Es cierto que no les alcanza el dinero para comprar pan?

—Hay carestía de trigo en toda Europa y es inevitable que suba el precio del pan. Y el desempleo se debe al boicot decretado por los americanos contra los productos británicos.

—No creo que eso les sirva de mucho consuelo a los sombrereros y a los sastres —dijo Lizzie, volviéndose de espaldas a Jay.

Este la miró frunciendo el ceño. No le gustaba que su futura esposa simpatizara con los descontentos.

—Creo que no te das cuenta de lo peligroso que resulta hablar tanto de la libertad.

—Creo que no.

—Por ejemplo, los destiladores de ron de Boston exigen la libertad de comprar la melaza donde ellos quieran. Pero la ley dice que se la tienen que comprar a las plantaciones británicas como la nuestra. Si les das libertad, se la comprarán más barata a los franceses... y, en tal caso, nosotros no podríamos permitimos el lujo de tener una casa como esta.

—Comprendo.

«No me parece justo», pensó, pero decidió no decir nada.

—Toda la morralla exigiría libertad, desde los mineros del carbón de Escocia hasta los negros de Barbados. Sin embargo, Dios ha otorgado a las personas como yo autoridad sobre el pueblo bajo.

Así era, en efecto.

—Pero ¿te has preguntado alguna vez por qué? —dijo Lizzie.

—¿Qué quieres decir?

—Me refiero a la razón por la cual Dios te ha otorgado autoridad sobre los mineros del carbón y los negros.

Jay meneó la cabeza irritado y Lizzie se dio cuenta de que había vuelto a rebasar el límite.

—Creo que las mujeres no pueden entender estas cosas —dijo Jay.

—Me encanta la casa, Jay —dijo Lizzie, tomándole del brazo en un intento de ablandarle. Aún tenía los pezones doloridos a causa del pellizco que él le había dado—. Estoy deseando instalarme aquí contigo para poder dormir juntos todas las noches —añadió en un susurro.

—Yo también —dijo Jay.

Lady Hallim y lady Jamisson entraron en el cuarto. Los ojos de la madre de Lizzie se deslizaron hacia su pecho y la joven comprendió que se le debían de notar los pezones en erección a través del vestido. Lady Hallim debió de adivinar lo que había ocurrido, pues la miró frunciendo el ceño, pero a ella le dio igual. Pronto se casaría con Jay.

—Bueno, Lizzie, ¿te gusta la casa? —le preguntó Alicia.

—¡Me encanta!

—Pues la tendrás.

Lizzie esbozó una radiante sonrisa de satisfacción y Jay le comprimió el brazo.

—Sir George es muy amable —dijo lady Hallim—, no sé cómo agradecérselo.

—Agradézcaselo a mi madre —dijo Jay—. Es ella la que lo ha obligado a comportarse como Dios manda.

Alicia miró a su hijo con expresión de reproche, pero Lizzie comprendió que, en realidad, no le importaba. Estaba claro que ella y Jay se querían mucho. Lizzie experimentó una punzada de celos, pero enseguida pensó que era una tonta, pues era lógico que todo el mundo le tuviera cariño a Jay.

Los cuatro abandonaron la estancia. El criado estaba fuera esperando.

—Mañana iré a ver al abogado del propietario y redactaremos el contrato de alquiler.

—Muy bien, señor.

Mientras bajaban por la escalera, Lizzie le dijo repentinamente a Jay:

—¡Quiero enseñarte una cosa!

Había recogido una octavilla en la calle y la había guardado para él. Se la sacó del bolsillo y se la entregó para que la leyera. Decía lo siguiente:

En la taberna Pelican,
cerca de Shad-well.
Tomen nota los caballeros y los jugadores.
Jornada General Deportiva.
Un toro enfurecido con bengalas por todo el cuerpo
será hostigado por perros.
Habrá una pelea entre dos gallos de Westminster y dos de East
    Cheap por cinco libras.
Un combate general con garrotes entre siete mujeres
y
¡un combate a puñetazos por Veinte libras!:
Rees Preece la Montaña Galesa
contra
Mack McAsh el Carbonero Asesino
el próximo sábado
a las tres en punto.

—¿Tú qué crees? —preguntó Lizzie con impaciencia—. Tiene que ser Malachi McAsh de Heugh, ¿no te parece?

—O sea que eso es lo que ha sido de él —dijo Jay—. Se ha convertido en púgil. Mejor le hubiera ido quedándose a trabajar en la mina de mi padre.

—Yo nunca he visto un combate de boxeo —dijo Lizzie en tono anhelante.

Jay soltó una carcajada.

—¡Me lo imagino! No es un lugar muy apropiado para una dama.

—Tampoco lo es una mina de carbón y tú me acompañaste.

—Muy cierto, y por poco te mueres en una explosión.

—Yo pensaba que aprovecharías la ocasión de acompañarme en otra aventura.

Su madre la oyó y preguntó:

—¿Qué es eso? ¿Qué aventura?

—Quiero que Jay me acompañe a un combate de boxeo —contestó Lizzie.

—No seas ridícula —dijo lady Hallim.

Lizzie sufrió una decepción. La audacia de Jay había desaparecido momentáneamente, pero ella no quería darse por vencida. En caso de que él no la llevara, iría por su cuenta.

Lizzie se puso la peluca y el sombrero y se miró al espejo. Vio a un joven. El secreto estaba en las tiznaduras de hollín de chimenea que le oscurecían las mejillas, la garganta, la barbilla y el labio superior como si fuera un hombre que no se hubiera afeitado.

El cuerpo fue más fácil. Un grueso chaleco le aplastaba el busto, la chaqueta ocultaba las redondeces de las nalgas y unas botas disimulaban las pantorrillas. El sombrero y la peluca masculina completaban la imagen.

Abrió la puerta del dormitorio. Ella y su madre ocupaban una casita en los terrenos de la mansión de sir George en Grosvenor Square. Su madre estaba haciendo la siesta de la tarde. La joven prestó atención por si hubiera algún criado de sir George en la casa, pero no oyó nada. Bajó sigilosamente por la escalera, abrió la puerta y salió al sendero de la parte de atrás.

Era un frío y soleado día de finales de invierno. Al llegar a la calle, recordó que tenía que caminar como un hombre, dando grandes zancadas, balanceando los brazos y adoptando un aire fanfarrón como si la acera fuera suya y ella estuviera dispuesta a liarse a puñetazos con el primero que se le pusiera por delante.

No podía ir a pie todo el rato de aquella manera, pues Shadwell se encontraba en la otra punta de la ciudad, en el East End de Londres. Hizo señas a una silla de manos, levantando el brazo con gesto autoritario en lugar de agitar tímidamente la mano como una mujer. Cuando los hombres se detuvieron y posaron el vehículo en el suelo, ella carraspeó, soltó un escupitajo en la acera y dijo con un profundo graznido:

—Llevadme a la taberna Pelican y daos prisa.

La llevaron a un sector del este de Londres en el que ella jamás había estado, cruzando un barrio de sencillas casitas, húmedas callejuelas, arenales llenos de barro, embarcaderos peligrosamente inestables, destartaladas viviendas fluviales, serrerías protegidas por altas vallas y viejos almacenes con puertas cerradas con cadenas. La dejaron delante de una taberna de la orilla del río en cuyo rótulo aparecía dibujado un tosco pelícano. En el bullicioso patio se mezclaban los trabajadores con botas y pañuelos alrededor del cuello con los caballeros vestidos con chalecos, las mujeres de la clase baja envueltas en manteletas y calzadas con zuecos y algunas mujeres con la cara pintarrajeada y grandes escotes que debían de ser prostitutas. No había mujeres «de calidad», tal como las llamaba su madre.

Lizzie pagó la entrada y se abrió paso entre las risotadas de la ruidosa multitud. Se olía fuertemente a sudor y a personas que no se lavaban y ella se sentía dominada por una perversa emoción. Las gladiadoras estaban en pleno combate. Varias de ellas ya se habían retirado de la refriega: una permanecía sentada en un banco sosteniéndose la cabeza, otra trataba de restañar la sangre de una herida de la pierna y una tercera yacía inconsciente en el suelo a pesar de los esfuerzos de sus amigas por reanimarla. Las cuatro restantes se encontraban junto a las cuerdas, atacándose mutuamente con unas toscas porras de madera labrada de algo menos de un metro de longitud. Todas iban desnudas de cintura para arriba, descalzas y con unas faldas hechas jirones. Sus rostros y cuerpos estaban magullados y llenos de cicatrices. Una muchedumbre de unos cien espectadores animaba a sus favoritas y varios hombres se cruzaban apuestas sobre el resultado. Las mujeres blandían las porras y se golpeaban unas a otras con todas sus fuerzas. Cada vez que un golpe alcanzaba su objetivo, los hombres lanzaban rugidos de aprobación. Lizzie contemplaba el espectáculo con una mezcla de horror y fascinación. Otra de las mujeres recibió un golpe en la cabeza y se desplomó al suelo. La contemplación de la mujer semidesnuda tendida casi sin sentido sobre el barro del suelo le provocó un mareo que la obligó a apartar el rostro.

Entró en la taberna, golpeó el mostrador con el puño y le dijo al camarero:

—Una jarra de cerveza negra, amigo.

Era maravilloso poder dirigirse al mundo con aquella arrogancia. Si hubiera hecho lo mismo vestida de mujer, cualquier hombre con quien ella hubiera hablado se habría considerado con derecho a reprochárselo, incluso los taberneros y los mozos que portaban las sillas de mano. En cambio, unos pantalones eran una autorización para mandar.

El local olía a ceniza de tabaco y cerveza derramada. Sentada en un rincón, Lizzie tomó un sorbo de cerveza y se preguntó por qué razón había acudido a aquel lugar tan lleno de violencia y crueldad. Estaba jugando un juego muy peligroso. ¿Qué hubiera hecho aquella gentuza tan brutal de haber sabido que era una dama de la aristocracia vestida de hombre?

Estaba allí en parte por pura curiosidad. Siempre la habían atraído los frutos prohibidos, ya en su infancia. La frase «Ese no es un lugar apropiado para una dama» era para ella algo así como un trapo rojo para un toro. No podía resistir la tentación de abrir cualquier puerta que dijera «Prohibido el paso». Su curiosidad era tan apremiante como su sexualidad y el hecho de reprimirla le resultaba tan difícil como abstenerse de besar a Jay.

Sin embargo, el motivo principal era McAsh. Siempre había sido un chico interesante y ya de niño era distinto: rebelde, desobediente y siempre dispuesto a poner en duda lo que le decían. Una vez alcanzada la edad adulta, estaba cumpliendo su promesa. Había desafiado a los Jamisson, había huido de Escocia —cosa que muy pocos mineros conseguían hacer— y había llegado nada menos que hasta Londres. Y ahora se había convertido en boxeador. ¿Qué iba a hacer después?

Sir George había dado muestras de inteligencia permitiendo que se marchara, pensó Lizzie. Dios había previsto que algunos hombres fueran los amos de otros, pero McAsh jamás lo aceptaría y allí en el pueblo se hubiera pasado muchos años armando alboroto. McAsh poseía un magnetismo especial que inducía a la gente a seguirle adondequiera que fuera, tal vez por el orgulloso porte de su cuerpo, su confiada manera de ladear la cabeza o la intensa mirada de sus sorprendentes ojos verdes. Ella misma había sentido aquel poder y se había dejado arrastrar por él.

Una de las mujeres de rostro pintarrajeado se sentó a su lado y le dirigió una mirada insinuante. A pesar de las capas de carmín y afeites, se la veía muy vieja y cansada. Qué halagador sería para su disfraz, pensó, que una prostituta le hiciera una proposición. Pero la mujer no se dejaba engañar fácilmente.

—Sé lo que eres —le dijo.

Lizzie se dio cuenta de que las mujeres tenían mejor vista que los hombres.

—No se lo digas a nadie —le rogó.

—Puedes hacer de hombre conmigo a cambio de un penique —dijo la mujer.

Lizzie no comprendió qué quería decir.

—Lo he hecho muchas veces con chicas como tú —añadió la mujer—. Chicas ricas que quieren hacer el papel de hombre. En casa tengo una vela muy gorda que encaja de maravilla, tú ya me entiendes, ¿verdad?

Lizzie lo adivinó.

—No, gracias —le dijo con una sonrisa—. No he venido aquí para eso. —Buscó en su bolsillo y sacó una moneda—. Pero aquí tienes un chelín para que me guardes el secreto.

—Dios bendiga a vuestra señoría —dijo la prostituta, alejándose.

Se enteraba una de muchas cosas yendo disfrazada, pensó Lizzie. Nunca hubiera imaginado que una prostituta tuviera en su casa una vela especial para las mujeres que deseaban hacer el papel de hombre. Era una de las muchas cosas que una dama jamás hubiera descubierto a no ser que huyera de la sociedad respetable y se fuera a explorar el mundo que había más allá de las cortinas de sus ventanas.

Se oyeron unos gritos procedentes del patio y Lizzie adivinó que el combate a garrotazos ya tenía una vencedora..., probablemente la última mujer que había quedado en pie. Salió sosteniendo la cerveza en la mano como un hombre, el otro brazo al costado y el pulgar de la mano doblado sobre el borde de la jarra.

Las gladiadoras se retiraron tambaleándose o llevadas en brazos, pues el principal acontecimiento estaba a punto de empezar. Lizzie vio a McAsh enseguida. No cabía duda de que era él. Desde el lugar donde se encontraba, podía ver sus impresionantes ojos verdes. Ya no estaba cubierto por el negro polvo del carbón y su cabello era muy rubio. Se encontraba de pie junto al ring, conversando con otro hombre. Miró varias veces hacia ella, pero no pudo atravesar su disfraz. Su rostro reflejaba una sombría determinación.

Su contrincante Rees Preece se tenía bien merecido el apodo de «la Montaña Galesa». Era el hombre más gigantesco que Lizzie hubiera visto en su vida, le llevaba por lo menos treinta centímetros a Mack, era corpulento y rubicundo y tenía una nariz torcida que probablemente le habían roto más de una vez. Miraba con cara de pocos amigos y Lizzie se asombró de que alguien pudiera tener el valor o la audacia de enfrentarse voluntariamente con tan temible animal. Tuvo miedo por McAsh. Comprendió con un estremecimiento de angustia que lo podían mutilar e incluso matar. No quería verlo. Sintió la tentación de marcharse, pero no lo hizo.

Cuando el combate ya estaba a punto de empezar, el amigo de Mack se enzarzó en una acalorada discusión con los acompañantes de Preece. Se oyeron unas voces y Lizzie dedujo que la causa eran las botas de Preece. El representante de Mack insistía, hablando con un marcado acento irlandés, en que los contrincantes pelearan descalzos. Los espectadores empezaron a batir lentamente palmas para expresar su impaciencia. Lizzie confiaba en que se suspendiera el combate, pero sufrió una decepción. Después de muchos tiras y aflojas, Preece accedió a quitarse las botas.

El combate se inició de repente. Lizzie no vio ninguna señal. Ambos hombres se trabaron como gatos, propinándose puntapiés y puñetazos en medio de unos movimientos tan rápidos y frenéticos que apenas se podía ver quién estaba haciendo qué. La muchedumbre rugió y Lizzie se dio cuenta de que ella también estaba gritando. Enseguida se cubrió la boca con la mano.

La furia inicial duró solo unos segundos, pues era demasiado intensa para poder prolongarse. Los hombres se separaron y empezaron a moverse en círculo el uno alrededor del otro, levantando un puño a la altura del rostro mientras con el otro brazo se protegían el cuerpo. Mack tenía el labio hinchado y a Preece le sangraba la nariz. Lizzie se mordió nerviosamente un dedo.

Preece se abalanzó de nuevo sobre Mack, pero esta vez Mack retrocedió, lo esquivó, se le puso repentinamente delante y le golpeó con fuerza la parte lateral de la cabeza. Lizzie hizo una mueca al oír el sordo rumor del golpe, semejante al de una almádena contra una roca. Los espectadores lanzaron estruendosos vítores. Preece se quedó un poco perplejo, como si la fuerza de Mack lo hubiera pillado por sorpresa. Lizzie se empezó a animar. A lo mejor Mack conseguiría finalmente derrotar al gigante.

Mack retrocedió danzando para situarse fuera del alcance de los puños de su oponente. Preece se sacudió como un perro, agachó la cabeza y cargó, golpeando con furia. Mack se inclinó, esquivó los golpes y propinó puntapiés a las piernas de Preece con un duro pie descalzo, pero Preece consiguió acorralarlo y colocarle varios golpes muy fuertes. Mack volvió a propinarle un golpe en la parte lateral de la cabeza y, una vez más, Preece se detuvo en seco.

La danza se repitió y Lizzie oyó gritar al irlandés:

—¡Vamos, Mack, acaba con él, no le des tiempo a que se recupere!

Había observado que, cada vez que conseguía conectar un buen golpe, Mack se retiraba y le concedía tiempo al otro para que se recuperara. En cambio, Preece iba conectando un golpe tras otro hasta que Mack conseguía quitárselo de encima.

Al cabo de diez horribles minutos, alguien tocó una campana y los púgiles se tomaron un descanso. Lizzie lanzó un suspiro de alivio tan profundo como si fuera ella la que estuviera en el ring. A los púgiles les ofrecieron cerveza mientras permanecían sentados en unos toscos taburetes en extremos opuestos del ring. Uno de los representantes tomó aguja e hilo normales y empezó a coser un desgarro de la oreja derecha de Preece. Lizzie apartó la mirada.

Trató de olvidar el daño que estaba sufriendo el espléndido cuerpo de Mack y de pensar que el combate era una simple contienda. Mack era más ágil y tenía una pegada más fuerte, pero no poseía el salvaje instinto asesino que induce a un hombre a desear destruir a otro. Para eso hubiera tenido que enfadarse.

Cuando se reanudó el combate. Ambos se movieron más despacio, pero siguieron la misma pauta: Preece perseguía al danzarín Mack, lo acorralaba y le colocaba dos o tres poderosos golpes hasta que Mack le soltaba un tremendo derechazo.

Preece ya tenía un ojo cerrado y cojeaba a causa de los repetidos puntapiés de Mack, pero este sangraba por la boca y a través de un corte en la ceja. El combate perdió velocidad, pero adquirió más brutalidad. Sin fuerza para esquivar a su contrincante, ambos hombres recibían los golpes con muda resignación. ¿Cuánto rato podrían permanecer allí de pie, machacándose el uno al otro? Lizzie se preguntó por qué razón se preocupaba tanto por el cuerpo de McAsh y trató de convencerse de que hubiera sentido lo mismo por cualquier otro hombre.

Hubo otro descanso. El irlandés se arrodilló al lado del taburete de Mack y le habló en tono apremiante, subrayando sus palabras por medio de enérgicos gestos con los puños. Lizzie adivinó que le estaba instando a acabar con su contrincante. Hasta ella pudo comprender que, en un duro combate de fuerza y resistencia, Preece se alzaría con el triunfo por el simple hecho de ser más corpulento y más duro en el castigo. ¿Acaso Mack no lo comprendía?

Volvió a reanudarse el combate. Mientras los contrincantes se machacaban mutuamente, Lizzie recordó a Malachi McAsh a la edad de seis años, jugando en el prado de High

Glen House. Una vez se había peleado con él, lo había agarrado por el cabello y lo había hecho llorar. El recuerdo hizo asomar las lágrimas a sus ojos. Qué pena que aquel chiquillo hubiera terminado de aquella manera.

En el ring los golpes se sucedían sin interrupción. Mack golpeó a Preece por tres veces consecutivas y después le propinó un puntapié en el muslo que lo hizo tambalearse. Lizzie se llenó de esperanza, confiando en que Preece se desplomara al suelo y terminara el combate. Mack retrocedió, esperando la caída de su adversario. Los consejos de su representante y los gritos de la multitud sedienta de sangre le instaban a que acabara con Preece, pero él no les prestaba la menor atención.

Para consternación de Lizzie, Preece volvió a recuperarse con más rapidez de la prevista y le soltó a Mack un fuerte golpe en la boca del estómago. Mack se dobló involuntariamente hacia delante y lanzó un jadeo... y Preece se abalanzó sobre él con toda la fuerza de sus anchas espaldas. Las cabezas de los contendientes chocaron con un crujido estremecedor. Todos los espectadores contuvieron la respiración.

Mack se tambaleó y cayó. Mientras Preece le propinaba un puntapié en la parte lateral de la cabeza, las piernas se le doblaron y se desplomó al suelo. Preece le dio otro puntapié en la cabeza cuando ya estaba tendido boca abajo en el suelo. Mack no se movió. Lizzie gritó sin poderlo remediar:

—¡Déjalo en paz!

Preece siguió propinando puntapiés a su contrincante hasta que los dos representantes saltaron al ring y lo apartaron.

Preece miraba aturdido a su alrededor como si no lograra comprender por qué razón las personas que pedían sangre y lo habían instado a seguir peleando ahora querían que se detuviera; después recuperó el sentido y levantó las manos en gesto de victoria, poniendo la cara de felicidad propia de un perro que ha complacido los deseos de su amo.

Lizzie temió que Mack hubiera muerto. Se abrió paso entre la gente y subió al ring. El representante de Mack estaba arrodillado junto al cuerpo tendido. Lizzie se inclinó hacia él con el corazón en un puño. Tenía los ojos cerrados, pero respiraba.

—Gracias a Dios que está vivo —dijo.

El irlandés la miró brevemente sin decir nada. Lizzie rezó en silencio para que Mack no hubiera sufrido daños permanentes. En la última media hora había recibido más golpes en la cabeza que la mayoría de la gente en toda una vida. Temía que, cuando recuperara el conocimiento, se hubiera convertido en un idiota babeante.

Mack abrió los ojos.

—¿Cómo se encuentra? —le preguntó Lizzie en tono apremiante.

Mack volvió a cerrar los ojos sin contestar.

El irlandés la miró y le preguntó:

—¿Quién es usted, una soprano masculina?

Lizzie se dio cuenta de que había olvidado imitar la voz de un hombre.

—Una amiga —contestó—. Vamos a llevarlo dentro... no conviene que se quede tendido aquí sobre el barro.

—Muy bien —dijo el hombre tras dudar un instante.

Asió a Mack por las axilas y dos espectadores le agarraron las piernas y lo levantaron.

Lizzie encabezó la marcha hacia el interior de la taberna. Con la voz masculina más arrogante que pudo conseguir, gritó:

—¡Tabernero... enséñame tu mejor habitación y date prisa!

Una mujer salió de detrás del mostrador.

—¿Y quién la pagará? —preguntó en tono receloso.

Lizzie le entregó un soberano.

—Por aquí —dijo la mujer, acompañándolos a un dormitorio del piso de arriba que daba al patio.

La habitación estaba muy limpia y la cama con dosel estaba cubierta con una sencilla manta. Los hombres depositaron a Mack sobre la cama.

—Enciende la chimenea y tráenos un poco de brandy francés —le dijo Lizzie a la mujer—. ¿Conoces a algún médico del barrio que pueda curar las heridas de este hombre?

—Mandaré avisar al doctor Samuels.

Lizzie se sentó en el borde de la cama. El rostro de Mack estaba hinchado y ensangrentado. Lizzie le desabrochó la camisa y vio que tenía el pecho cubierto de magulladuras y erosiones.

Los hombres que habían ayudado a trasladar a Mak se retiraron.

—Me llamo Dermot Riley y Mack se hospeda en mi casa —dijo el irlandés.

—Yo me llamo Elizabeth Hallim —contestó Lizzie— y conozco a Mack desde que éramos pequeños.

No quiso explicar por qué razón se había disfrazado de hombre. Que Riley pensara lo que quisiera.

—No creo que esté malherido —dijo Riley.

—Le tendríamos que lavar las heridas. Pida un cuenco de agua caliente si no le importa.

—De acuerdo.

El hombre la dejó sola con Mack.

Lizzie contempló la inmóvil figura de Mack. Apenas respiraba. Con gesto vacilante, apoyó la mano sobre su pecho. La piel estaba caliente y los músculos que había debajo se notaban duros. Apretó y percibió los fuertes y regulares latidos de su corazón.

Le gustaba tocarlo. Se acercó la otra mano al pecho y comparó la suavidad de sus senos con la dureza de los músculos de Mack. Rozó una pequeña y suave tetilla de Mack y se acarició uno de sus pezones en erección.

Mack abrió los ojos.

Lizzie apartó la mano con gesto culpable. «Pero ¿qué demonios estoy haciendo?», pensó.

Él la miró desconcertado.

—¿Dónde estoy? ¿Quién es usted?

—Has participado en un combate de boxeo —contestó Lizzie—. Y has perdido.

Mack la miró unos segundos y, al final, esbozó una sonrisa.

—Lizzie Hallim, otra vez disfrazada de hombre —dijo, hablando en tono normal.

—¡Gracias a Dios que estás bien!

Él la miró con cierta extrañeza.

—Es usted muy amable... al preocuparse por mí.

Lizzie se turbó.

—No sé por qué lo hago —dijo con la voz ligeramente quebrada por la emoción—. Tú eres un minero que no sabe estar en el sitio que le corresponde. —Después, para su horror, las lágrimas empezaron a rodar por sus mejillas—. Es muy duro ver cómo machacan a un amigo —añadió sin poder controlar el temblor de su voz.

Mack la vio llorar.

—Lizzie Hallim —le dijo, mirándola con asombro—, no sé si alguna vez lograré comprenderla.

15

El brandy alivió aquella noche el dolor de las heridas de Mack, pero, a la mañana siguiente, el joven se despertó con todo el cuerpo dolorido, desde los pies destrozados por los fuertes puntapiés de Rees Preece hasta la cabeza, donde las sienes le pulsaban con inusitada violencia. El rostro que vio en el trozo de espejo que utilizaba para afeitarse estaba lleno de cortes y magulladuras y el dolor le impedía tocárselo y tanto menos afeitarse.

Aun así, se sentía rebosante de entusiasmo. Lizzie Hallim siempre conseguía animarle. Su audacia superaba todos los obstáculos. ¿Qué iba a hacer a continuación? Cuando la había visto sentada en el borde de la cama, a duras penas había podido resistir el impulso de estrecharla en sus brazos. Al final, había conseguido vencer la tentación, pensando que semejante comportamiento hubiera marcado el final de aquella curiosa amistad. Una cosa era que ella quebrantara las normas, pues era una dama. Lizzie podía jugar con un cachorrillo si quería, pero, si este la mordiera, lo sacaría sin contemplaciones al patio.

Al decirle ella que se iba a casar con Jay Jamisson, Mack

se había mordido la lengua para no decirle que era una estúpida. No era asunto suyo y no quería ofenderla.

Bridget, la mujer de Dermot, le preparó un desayuno de gachas saladas y Mack se lo comió en compañía de los niños. Bridget tenía unos treinta años y debía de haber sido muy guapa, pero ahora estaba muy desmejorada. Cuando terminó de comer, Mack salió con Dermot a buscar trabajo.

—A ver si traéis un poco de dinero a casa —les gritó Bridget mientras salían.

No estuvieron de suerte aquel día. Recorrieron todos los mercados de comestibles de Londres, ofreciéndose como mozos para acarrear cestas de pescado, toneles de vino y sanguinolentos pedazos de carne destinados al consumo de la hambrienta ciudad de Londres, pero los aspirantes eran muchos y no había trabajo para todos. Al mediodía se dieron finalmente por vencidos y se dirigieron al West End para probar en los cafés. Al atardecer estaban tan fatigados como si se hubieran pasado todo el día trabajando, pero no habían conseguido ganar ni un céntimo.

Al entrar en el Strand, una pequeña figura salió precipitadamente de una callejuela con la rapidez de un conejo y chocó contra Dermot. Era una escuálida, asustada y andrajosa chiquilla de unos trece años. Dermot emitió un ruido semejante al de una vejiga pinchada. La niña lanzó un grito, se tambaleó y recuperó el equilibrio.

La seguía un musculoso joven, vestido con unas elegantes, pero arrugadas prendas. Estaba a punto de agarrarla cuando la niña rebotó tras haber chocado con Dermot, se agachó, lo esquivó y escapó corriendo. Después tropezó, cayó y el joven se le echó encima.

La niña gritó aterrorizada. Loco de rabia, el joven agarró su frágil cuerpo, empezó a propinarle puñetazos en la cabeza, la derribó de nuevo al suelo y la emprendió a puntapiés con ella, golpeándole el escuálido tronco con las lujosas botas.

Mack ya estaba acostumbrado a la violencia de las calles de Londres. Los hombres, las mujeres y los niños se peleaban constantemente y se daban puñetazos y bofetadas a cada dos por tres, probablemente por efecto de la ginebra barata que se vendía en las tiendecitas de las esquinas. Sin embargo, jamás había visto a un hombre golpear de una forma tan despiadada a una chiquilla desvalida. Temió que fuera a matarla. Aún le dolía el cuerpo tras su encuentro con la Montaña Galesa y por nada del mundo hubiera querido enzarzarse en otra pelea, pero no pudo quedarse cruzado de brazos sin hacer nada. Cuando el hombre estaba a punto de propinarle a la niña otro puntapié, Mack lo agarró sin miramientos y lo hizo girar sobre sí mismo.

El hombre, que le llevaba a Mack varios centímetros de estatura, se volvió y, apoyando la mano en el centro de su pecho, lo empujó fuertemente hacia atrás. Mack se tambaleó mientras el hombre se inclinaba de nuevo hacia la niña, la cual estaba intentando levantarse. Un fuerte bofetón la hizo casi volar por los aires.

Mack perdió los estribos. Agarró al hombre por el cuello de la camisa y los fondillos de los pantalones y lo levantó del suelo. El hombre soltó un rugido de rabia y sorpresa y se estremeció violentamente mientras Mack lo levantaba en alto por encima de su cabeza.

Dermot contempló admirado la soltura con la cual Mack había levantado al joven del suelo.

—Eres un chico muy fuerte, Mack, te lo aseguro —le dijo.

—Quítame las cochinas manos de encima —gritó el hombre.

Mack lo depositó de nuevo en el suelo y lo agarró por una muñeca.

—Y usted deje en paz a la niña.

Dermot ayudó a la chiquilla a levantarse y la sujetó con una suavidad no exenta de firmeza.

—¡Es una maldita ladrona! —replicó el desconocido en tono desafiante.

De pronto, observó el devastado rostro de Mack y decidió no pelearse con él.

—¿Eso es todo? —preguntó Mack—. A juzgar por los

puntapiés que usted le estaba dando, cualquiera hubiera dicho que había matado al rey.

—¿Y a ti qué te importa lo que haya hecho? —dijo el hombre ya un poco más tranquilo.

Mack lo soltó.

—Cualquier cosa que haya hecho, creo que ya la ha castigado usted bastante.

—Se ve que acabas de desembarcar —dijo el hombre, mirándolo de arriba abajo—. Eres un chico muy fuerte, pero, aun así, no durarás demasiado en Londres si te fías de la gente como ella —añadió, alejándose.

—Gracias, escocés..., me has salvado la vida —le dijo la niña.

La gente adivinaba su procedencia escocesa por su acento. Mack no se había dado cuenta de que hablaba con acento hasta que llegó a Londres. En Heugh todo el mundo hablaba igual: hasta los Jamisson utilizaban una versión un poco más refinada del dialecto. Pero allí en Londres era algo así como una insignia.

Mack miró a la niña. Llevaba el oscuro cabello muy corto y en su rostro ya se empezaban a hinchar las magulladuras de los golpes. Su cuerpo era de niña, pero sus ojos poseían la madurez propia de los mayores. Le estudió con recelo, preguntándose sin duda qué querría de ella.

—¿Cómo estás? —le preguntó Mack.

—Me duele —contestó la niña, tocándose el costado—. Me hubiera gustado que mataras a ese maldito asqueroso.

—¿Qué le has hecho?

—He intentado robarle mientras follaba con Cora, pero se ha dado cuenta.

Mack asintió con la cabeza. Había oído decir que, a veces, las prostitutas tenían cómplices que robaban a sus clientes.

—¿Te apetece beber algo?

—Le besaría el culo al Papa a cambio de un buen trago de ginebra.

Mack jamás había oído a nadie hablar de aquella manera y tanto menos a una niña. No sabía si escandalizarse o echarse a reír.

Al otro lado de la calle estaba The Bear, la taberna donde él había derribado al Machacador de Bermondsey y le había ganado la libra al enano. Cruzó la calle y entró. Compró tres jarras de cerveza y los tres se detuvieron en una esquina para bebérselas.

Peg apuró casi todo el contenido de la suya en pocos tragos.

—Eres un buen hombre, escocés.

—Me llamo Mack —le dijo él—. Y este es Dermot.

—Yo soy Peggy, pero me llaman Peg la Rápida.

—Por la rapidez con que bebes, supongo.

La niña sonrió.

—En esta ciudad, si no bebes rápido, alguien te roba la bebida. ¿De dónde eres?

—De un pueblo llamado Heugh, a unos ochenta kilómetros de Edimburgo.

—¿Y dónde está Edimburgo?

—En Escocia.

—¿Y eso queda muy lejos?

—Tardé una semana en barco, bordeando la costa. —La semana se le había hecho muy larga, pues el mar lo ponía nervioso. Tras haberse pasado quince años trabajando en la mina, la inmensidad del océano lo aturdía. Sin embargo, se había visto obligado a subir a los mástiles para amarrar cabos en toda clase de condiciones meteorológicas. Jamás sería marinero—. Creo que la diligencia tarda trece días.

—¿Y por qué te fuiste?

—Para ser libre. Me escapé. En Escocia, los mineros del carbón son esclavos.

—¿Quieres decir como los negros de Jamaica?

—Me parece que sabes más de Jamaica que de Escocia.

—¿Y eso qué tiene de malo? —replicó la niña, molesta por la crítica implícita.

—Nada. Simplemente que Escocia está más cerca.

—Ya lo sé.

Mack comprendió que mentía. Se compadeció de ella porque era solo una chiquilla a pesar de sus bravatas.

—¿Estás bien, Peggy? —preguntó una voz femenina casi sin resuello.

Mack levantó la vista y vio a una joven vestida de color anaranjado.

—Hola, Cora —contestó Peg—. Me ha rescatado un apuesto príncipe. Te presento al escocés McKnock.

Cora miró con una sonrisa a Mack, diciendo:

—Gracias por ayudar a Peg. Confío en que esas magulladuras no se las hayan hecho por defenderla.

Mack movió la cabeza.

—Eso me lo hizo otro animal.

—Dejen que los invite a un trago de ginebra.

Mack estaba a punto de rechazar la invitación, pues hubiera preferido una cerveza, pero Dermot se le adelantó:

—Es usted muy amable, gracias.

Mack la miró mientras se dirigía a la taberna. Debía de tener unos veinte años y tenía un rostro angelical y una preciosa mata pelirroja. Lamentó que una chica tan joven y agraciada tuviera que dedicarse a la prostitución.

—O sea que esa estaba follando con el tipo que te persiguió, ¿verdad? —le preguntó a la niña.

—Bueno, no suele llegar hasta el fondo con un hombre —contestó Peg en tono de experta—. Por regla general, los deja en una callejuela con la picha levantada y los pantalones bajados.

—Mientras tú te escapas con la bolsa —dijo Dermot.

—¿Yo? Qué va, hombre. Yo soy una dama de compañía de la reina Carlota.

Cora se sentó al lado de Mack. Llevaba un fuerte perfume con esencias de sándalo y canela.

—¿Y qué hace usted en Londres, escocés?

Mack la miró. Era muy atractiva.

—Buscar trabajo.

—¿Y ha encontrado algo?

—Poca cosa.

La joven movió la cabeza.

—Ha sido un invierno muy jodido, frío como una tumba

y con el precio del pan por las nubes. Hay demasiados hombres como usted por ahí.

—Por eso mi padre se convirtió en ladrón hace dos años, pero lo malo es que no se le daba muy bien —dijo la niña.

Mack apartó a regañadientes la mirada de Cora y miró a Peg.

—¿Qué le pasó?

—Danzó con el collar del alguacil.

—¿Cómo?

Dermot se lo explicó.

—Quiere decir que lo ahorcaron.

—Oh, cuánto lo siento —dijo Mack.

—No lo sientas por mí, escocés. Me pone enferma.

Peg era un auténtico caso perdido.

—Bueno, bueno, no lo siento —dijo Mack en tono apaciguador.

—Si quiere trabajar —dijo Cora—, conozco a uno que está buscando descargadores de carbón en el muelle. Es un trabajo tan duro que solo los jóvenes lo pueden hacer y prefieren que sean forasteros porque no se quejan tanto.

—Soy capaz de hacer cualquier cosa —dijo Mack, pensando en Esther.

—Las cuadrillas de descargadores de carbón las organizan los taberneros de Wapping. Yo conozco a uno, Sidney Lennox del Sun.

—¿Es buena persona?

Cora y Peg se echaron a reír al unísono.

—Es un miserable cerdo borracho y maloliente que miente y engaña a todo el mundo, pero todos son iguales, ¿qué se le va a hacer?

—¿Querrá usted acompañarnos al Sun?

—Allá ustedes —dijo Cora.

Una sofocante bruma de sudor y polvo de carbón llenaba la opresiva bodega del barco de madera. Mack se encontraba encima de una montaña de carbón, recogiendo a buen ritmo grandes paletadas. El trabajo era tremendamente duro, le dolían los brazos y estaba empapado en sudor, pero se sentía a gusto. Era joven y fuerte, ganaba dinero y no era esclavo de nadie.

Pertenecía a una cuadrilla de dieciséis descargadores de carbón que gruñían, soltaban maldiciones y contaban chistes mientras trabajaban. Casi todos sus compañeros eran musculosos campesinos irlandeses, pues la tarea resultaba demasiado dura para los escuchimizados hombres de la ciudad. Dermot, a sus treinta años, era el mayor del grupo.

Por lo visto, estaba condenado a no librarse del carbón. Pero el mundo daba muchas vueltas. Mientras trabajaba, Mack se preguntaba adónde iría a parar todo aquel carbón y pensaba en todos los salones de Londres que calentaría y en los miles de cocinas, hornos de tahonas y fábricas de cerveza que alimentaría. El voraz apetito de carbón de la ciudad era insaciable.

Era un sábado por la tarde y la cuadrilla ya casi había terminado de descargar todo el carbón del *Black Swan* de Newcastle. Mack disfrutaba calculando cuánto le pagarían aquella noche. Era el segundo barco que descargaban aquella semana y la cuadrilla cobraba dieciséis peniques, es decir, un penique por barba por cada veinte sacos. Un hombre fuerte con una pala grande podía descargar una cantidad equivalente al contenido de un saco en un par de minutos. Calculaba que cada hombre había ganado seis libras brutas.

No obstante, había algunas deducciones. Sidney Lennox, el intermediario o «contratante», enviaba a bordo grandes cantidades de ginebra y cerveza para los hombres. Los descargadores tenían que beber mucho para reponer el líquido que perdían sudando, pero Lennox les daba más de lo necesario y los hombres se lo bebían todo, por lo que era lógico que hubiera algún accidente antes de que finalizara la jomada. Y la bebida se tenía que pagar. Por consiguiente, Mack no sabía muy bien lo que le iban a dar cuando aquella noche hiciera cola en la taberna para cobrar el salario. Sin embargo, aunque la mitad del dinero se fuera en deducciones, un cálculo sin duda exagerado, el resto doblaba lo que ganaba un minero en una semana laboral de seis días.

A aquel paso, podría enviar por Esther en muy pocas semanas.

Le había escrito una carta a su hermana nada más instalarse en casa de Dermot y ella se había apresurado a contestarle. Su fuga había sido la comidilla del valle, le decía. Algunos de los jóvenes picadores estaban tratando de enviar un documento de protesta al Parlamento inglés contra la esclavitud en las minas. Y Annie se había casado con Jimmy Lee. Mack experimentó una punzada de nostalgia al pensar en Annie. Jamás volvería a retozar en el brezal con ella. Pero Jimmy Lee era un buen chico. Tal vez el documento de protesta sería el principio del cambio. A lo mejor, los hijos de Annie y Jimmy Lee serían libres. Introdujeron los últimos restos de carbón en los sacos y estos se cargaron en una barcaza que los trasladaría a la orilla, desde donde los llevarían a un cercano almacén. Mack enderezó la dolorida espalda y se echó la pala al hombro. Arriba en la cubierta el aire frío le azotó el cuerpo. Se puso la camisa y la capa de piel que Lizzie Hallim le había dado. Los descargadores de carbón se trasladaron a la orilla en la barcaza que transportaba los últimos sacos y se dirigieron a pie al Sun para cobrar la paga.

El Sun era una taberna frecuentada por marinos y estibadores. El suelo era de tierra, los bancos y las mesas estaban rotos y una chimenea cuyo humo se esparcía por el local daba un poco de calor. El tabernero, Sidney Lennox, era un jugador y siempre había alguna partida en marcha: cartas, dados o algún complicado juego con un tablero y unas fichas. Lo único bueno que tenía el lugar era Black Mary, la cocinera africana que preparaba unos picantes y sabrosos guisos a base de mariscos y carne de segunda que a los clientes les sabían a gloria.

Mack y Dermot fueron los primeros en llegar. Encontraron a Peg sentada en el bar con las piernas cruzadas, fumando tabaco de Virginia en una pipa de arcilla. La niña vivía en el Sun y dormía en el suelo, en un rincón de la taberna. Lennox era no solo contratante sino también receptor de objetos robados, por lo que Peg le vendía todo lo que birlaba. Al ver a Mack, soltó un escupitajo al fuego y le dijo alegremente:

—Hola, escocés..., ¿has rescatado a alguna otra doncella en apuros?

—Hoy no —le contestó él, mirándola con una sonrisa.

Black Mary asomó su sonriente rostro por la puerta de la cocina.

—¿Sopa de rabo de buey, chicos?

Hablaba con acento de los Países Bajos y algunos decían que era una antigua esclava de un capitán de barco holandés.

—Solo un par de calderas para mí, por favor —le contestó Mack.

—Tenemos hambre, ¿eh? —dijo ella sonriendo—. ¿Habéis trabajado mucho?

—Solo un poco de ejercicio para que nos entrara el apetito —contestó Dermot.

Mack no tenía dinero para pagarse la cena, pero Lennox concedía crédito a todos los descargadores de carbón y después se lo descontaba de la paga. A partir de aquella noche, pensó Mack, lo pagaría todo en efectivo. No quería contraer deudas.

Se sentó al lado de Peg y le preguntó en tono de chanza:

—¿Qué tal va el negocio?

La niña se tomó la pregunta en serio:

—Esta tarde Cora y yo nos hemos tropezado con un tipo muy rico y ahora tenemos la noche libre.

A Mack le hacía gracia tener amistad con una ladrona. Sabía cuál era la causa que impulsaba a la chica a robar: no tenía ninguna otra alternativa si no quería morirse de hambre. Sin embargo, algo en su interior, tal vez un residuo de las actitudes de su madre, lo inducía a no aprobar su conducta.

Peg era una niña escuálida, menuda y tremendamente frágil, con unos preciosos ojos azules y el temperamento propio de una delincuente empedernida, tal como efectivamente la consideraba la gente. Mack sospechaba, sin embargo, que su dura apariencia no era más que una coraza protectora, tras la cual se ocultaba probablemente una desvalida chiquilla asustada sin nadie en el mundo que cuidara de ella.

Black Mary le sirvió una sopa con unas cuantas ostras flotando, una rebanada de pan y una jarra de cerveza negra. Mack se abalanzó sobre la comida como un lobo hambriento.

Los otros descargadores ya estaban entrando en la taberna. A Lennox no se le veía por ninguna parte, lo cual era muy extraño, pues normalmente siempre se encontraba en el local, jugando a las cartas o a los dados con sus clientes. Mack estaba deseando que apareciera, pues quería saber cuánto dinero había ganado aquella semana. Llegó a la conclusión de que Lennox les estaba haciendo esperar para que se gastaran más dinero en la taberna.

Cora se presentó al cabo de aproximadamente una hora. Estaba tan guapa como de costumbre, con un vestido de color mostaza ribeteado de negro. Todos los hombres la saludaron con entusiasmo, pero, para asombro de Mack, la muchacha decidió sentarse a su lado.

—Me han dicho que has tenido una tarde muy fructífera —le dijo Mack.

—Un dinero muy fácil de ganar —contestó ella—. El vejestorio hubiera tenido que ser un poco más juicioso.

—Dime cómo lo haces para que yo no sea víctima de alguien como tú.

Ella le miró con expresión coqueta.

—Tú nunca les tendrás que pagar nada a las mujeres, Mack. Eso te lo digo yo.

—Pero dímelo de todos modos... siento curiosidad.

—Lo más fácil es elegir a un ricachón con unas copas de más, tratar de encandilarle, llevarle a un callejón oscuro y escapar con el dinero.

—¿Y es eso lo que has hecho hoy?

—No, lo de hoy ha sido mucho mejor. Encontramos una casa vacía y sobornamos al criado que la cuidaba. Yo hice el papel de una dama aburrida... y Peg el de mi sirvienta. Lo llevamos a la casa, simulando que yo vivía allí. Me quité la ropa, conseguí que se metiera en la cama y entonces entró Peg muy alterada, diciendo que mi marido había regresado inesperadamente.

Peg se partió de risa.

—Hubieras tenido que ver la cara del pobre viejo. ¡Estaba tan muerto de miedo que se escondió en un armario!

—Nos fuimos con su billetero, su reloj y toda su ropa.

—¡Probablemente aún está en el armario! —dijo Peg.

Ambas se desternillaron de risa.

Las mujeres de los descargadores entraron en la taberna, muchas de ellas con sus hijos en brazos o agarrados de sus faldas. Algunas eran muy guapas, pero otras parecían muy cansadas y desnutridas, esposas apaleadas de maridos violentos. Mack pensó que todas estaban allí para recibir por lo menos una parte de la paga antes de que sus maridos se gastaran el dinero en la bebida y el juego o de que las prostitutas se lo robaran. Bridget Riley entró con sus cinco hijos y se sentó con Dermot y Mack.

Al final, Lennox apareció a medianoche.

Llevaba un saco de cuero lleno de monedas y un par de pistolas para protegerse de los ladrones, según él. En cuanto lo vieron entrar, los descargadores de carbón, la mayoría de los cuales ya estaban bebidos a aquella hora, lo acogieron con vítores y aclamaciones como si fuera un héroe conquistador. Mack experimentó un momentáneo sentimiento de desprecio hacia sus compañeros: ¿por qué mostraban gratitud por algo que era simplemente lo que les correspondía? Lennox era un tipo ceñudo y musculoso de unos treinta años. Calzaba botas altas, vestía un chaleco de franela sin camisa y se encontraba en muy buena forma porque estaba acostumbrado a acarrear barriles de cerveza y aguardiente. Mantenía la boca siempre torcida en una mueca de crueldad y emanaba de él un olor muy característico, semejante al de la fruta podrida. Mack observó que Peg se estremecía involuntariamente de miedo al paso del tabernero.

Lennox empujó una mesa a un rincón y colocó encima de ella el saco y las pistolas. Los hombres y las mujeres se congregaron a su alrededor entre codazos y empujones, como si temieran que se fugara con el dinero antes de que les tocara el turno. Mack se quedó detrás. Le parecía una indignidad ir corriendo a buscar la paga que se había ganado.

Oyó la áspera voz de Lennox, elevándose por encima del griterío de los presentes.

—Cada hombre ha ganado esta semana una libra y once peniques sin descontar las cuentas de la taberna.

Mack no estuvo muy seguro de haber oído bien. Habían descargado dos barcos, algo así como unos treinta mil sacos de carbón, lo cual equivalía a unos ingresos brutos de seis libras por barba. ¿Cómo era posible que la cantidad hubiera quedado reducida a algo más de una libra por barba?

Se oyó un murmullo de decepción entre los hombres, pero ninguno de ellos puso en duda la cifra. Mientras Lennox empezaba a contar las pagas individuales, Mack le dijo:

—Un momento. ¿Cómo lo has calculado?

Lennox levantó los ojos y le miró con cara de pocos amigos.

—Habéis descargado veintinueve mil sacos de carbón, lo cual equivale a seis libras y seis peniques brutos. Si se deducen quince chelines diarios por bebidas...

—¿Cómo? —lo interrumpió Mack—. ¿Quince chelines diarios?

¡Eran tres cuartas partes de sus ingresos!

—Eso es un auténtico robo —musitó Dermot Riley.

Algunos hombres y mujeres le hicieron eco con sus murmullos.

—Cobro una comisión de dieciséis peniques por hombre y barco —añadió Lennox—. Otros dieciséis peniques son la propina del capitán, seis peniques diarios por el alquiler de la pala...

—¿Alquiler de la pala? —estalló Mack.

—Tú eres nuevo aquí y no conoces las reglas, McAsh —le dijo Lennox con voz chirriante—. ¿Por qué no callas la maldita boca y me dejas seguir? De lo contrario, aquí no va a cobrar nadie.

Mack estaba indignado, pero el sentido común lo indujo a pensar que Lennox no se había inventado el sistema aquella noche: debía de ser algo previamente acordado y aceptado por los hombres. Peg le tiró de la manga y le dijo en voz baja:

—No armes jaleo, escocés..., Lennox te lo hará pagar muy caro.

Mack se encogió de hombros y se calló. Sin embargo, su protesta había surtido efecto en sus compañeros. Dermot Riley intervino diciendo:

—Yo no me he bebido quince chelines de alcohol diarios.

—Por supuesto que no —añadió su mujer.

—Ni yo tampoco —dijo otro—. ¿Quién podría beberse esa cantidad? ¡Un hombre explotaría si se bebiera toda esa cerveza!

—Eso es lo que yo os he enviado a bordo —replicó Lennox en tono enojado—, ¿creéis que puedo llevar la cuenta de lo que bebe al día cada hombre?

—¡Si no la llevas, eres el único tabernero de Londres que no lo hace! —dijo Mack entre las carcajadas de sus compañeros.

El tono de burla de Mack y las risotadas de sus compañeros provocaron la ira de Lennox.

—Las reglas establecen que hay que pagar dieciséis chelines por la bebida, tanto si uno se la bebe como si no —dijo el tabernero, mirando enfurecido a los hombres.

Mack se acercó a la mesa.

—Pues mira, yo tengo otro sistema —dijo—. No pago el alcohol que no he bebido ni he pedido. Es posible que tú no hayas llevado la cuenta, pero yo sí y puedo decirte exactamente lo que te debo.

—Yo también —dijo otro hombre. Era Charlie Smith, un negro nacido en Inglaterra que hablaba con un marcado acento de Newcastle—. He bebido ochenta y tres jarras de la cerveza que tú vendes aquí a cuatro peniques. O sea veintisiete chelines con ocho peniques para toda la semana, no quince chelines diarios.

—Tú tienes suerte de que te paguen, negro de mierda —replicó Lennox—, tendrías que estar trabajando como un esclavo.

Charlie le miró con expresión sombría.

—Soy inglés y cristiano y mucho mejor que tú porque soy honrado —dijo, procurando dominar su furia.

—Yo también puedo decirte exactamente lo que he bebido —dijo Dermot Riley.

Lennox se estaba empezando a enfadar en serio.

—Si no os andáis con cuidado, nadie va a cobrar nada —les advirtió a los hombres.

Mack pensó entonces que sería mejor que se calmaran los ánimos. Trató de inventarse algo, pero, al ver a Bridget Riley y a sus cinco hijos hambrientos, no pudo contener su indignación y le dijo a Lennox:

—No abandonarás esta mesa hasta que nos hayas pagado lo que nos debes.

Lennox desvió la vista hacia las pistolas.

Con un rápido movimiento, Mack arrojó las pistolas al suelo.

—Tampoco podrás escapar disparándome un tiro, maldito ladrón —le gritó.

Lennox parecía un mastín acorralado. Mack temió haber ido demasiado lejos. Quizá hubiera sido mejor abandonar la taberna para salvar la cara, pero ahora ya era demasiado tarde. Lennox tenía que rectificar. Había hecho beber más de la cuenta a los descargadores y ahora estos lo matarían a no ser que les pagara.

Se reclinó en su asiento, entornó los ojos y le dirigió a Mack una mirada asesina diciendo:

—Esto me lo vas a pagar, McAsh, te lo juro por Dios.

Mack le contestó en tono pausado:

—Vamos, Lennox, los hombres solo te piden que les pagues lo que les debes.

Lennox no se ablandó, pero cedió y empezó a contar a regañadientes el dinero. Primero pagó a Charlie Smith, después a Dermot Riley y a continuación a Mack, dando por buenas las cantidades de bebidas alcohólicas que estos afirmaban haber consumido.

Mack se apartó de la mesa, rebosante de alegría. Tenía en la mano tres libras con nueve chelines: si guardara la mitad para Esther, aún le sobraría una buena cantidad.

Otros descargadores calcularon lo que habían bebido y

Lennox no lo discutió, excepto en el caso de Sam Potter, un corpulento muchacho de Cork, el cual afirmó haber bebido tan solo treinta jarras entre las risas generales de sus compañeros. Al final, se conformó con que le asignaran el triple.

Un sentimiento de júbilo se extendió entre los hombres y sus mujeres mientras se guardaban las ganancias. Varios de ellos se acercaron a Mack para darle unas palmadas en la espalda y Bridget Riley incluso le dio un beso. Mack sabía que había hecho algo extraordinario, pero mucho se temía que el espectáculo aún no hubiera terminado. Lennox había cedido con demasiada facilidad.

Mientras el último hombre cobraba su paga, Mack recogió del suelo las pistolas de Lennox, vació la pólvora para que no se pudieran disparar y las volvió a depositar sobre la mesa.

Lennox tomó las pistolas descargadas y la bolsa casi vacía del dinero y se levantó. Se hizo un profundo silencio en el local mientras Lennox se dirigía a la puerta que daba acceso a sus habitaciones privadas. Todos observaron sus movimientos con atención, como si temieran que pudiera encontrar algún medio de quitarles el dinero. Al llegar a la puerta, Lennox se volvió.

—Ya os podéis ir todos a casa —dijo, mirándolos con un destello de perversidad en los ojos—. Y no volváis el lunes. No habrá trabajo para vosotros. Estáis despedidos.

Mack se pasó casi toda la noche despierto, presa de una gran inquietud. Algunos descargadores decían que el lunes Lennox ya habría olvidado el incidente, pero Mack lo dudaba. Lennox no era el tipo de hombre acostumbrado a la derrota. No tendría ninguna dificultad en encontrar a otros dieciséis jóvenes para su cuadrilla.

La culpa era toda suya, pensó Mack. Los descargadores de carbón eran como los bueyes: fuertes, estúpidos y fáciles de conducir. Jamás se habrían rebelado contra Lennox si él no los hubiera empujado. Ahora Mack se sentía obligado a enderezar la situación.

El domingo por la mañana se levantó temprano y se dirigió a la otra habitación. Dermot y su mujer dormían sobre un colchón y los cinco niños dormían todos juntos en el otro extremo de la estancia. Mack sacudió a Dermot.

—Tenemos que encontrar trabajo para la cuadrilla antes del lunes —le dijo.

Dermot se levantó y Bridget murmuró desde la cama:

—Vestios de una forma respetable si queréis causar buena impresión a un intermediario.

Dermot se puso un viejo chaleco de color rojo y le prestó a Mack la camisa de seda azul con corbatín que se había comprado para el día de su boda. Por el camino recogieron a Charlie Smith, el cual llevaba cinco años trabajando como descargador y conocía a todo el mundo. Se puso su mejor chaqueta azul y se dirigieron los tres juntos a Wapping.

Las sucias calles del barrio portuario estaban casi desiertas y las campanas de los cientos de iglesias de Londres convocaban a los fieles a la oración, pero casi todos los marineros, estibadores y obreros de los almacenes querían disfrutar de su día de descanso y solían quedarse en casa. Las pardas aguas del Támesis acariciaban perezosamente los desiertos embarcaderos y las ratas campaban a sus anchas por la orilla.

Todos los intermediarios de la descarga de carbón eran taberneros. Los tres hombres entraron en primer lugar en la Frying Pan, situada a escasos metros del Sun. Encontraron al tabernero, hirviendo jamón en el patio. Mack aspiró el delicioso aroma y se le hizo la boca agua.

—Hola, Harry —saludó alegremente Charlie.

El tabernero los miró con expresión avinagrada.

—¿Qué es lo que queréis, chicos, si no es cerveza?

—Trabajo —le contestaron—. ¿Tienes que descargar algún barco mañana?

—Sí y una cuadrilla para hacerlo, pero gracias de todos modos.

Los tres amigos se retiraron.

—¿Qué le pasaba? —les preguntó Dermot a sus compañeros—. Nos ha mirado como si fuéramos leprosos.

—Anoche debió de beber demasiada ginebra —dijo Charlie.

Mack temió que fuera algo mucho más grave, pero prefirió no decir nada de momento.

—Vamos al Kings Head —dijo.

Varios descargadores de carbón que estaban bebiendo cerveza en el local saludaron a Charlie.

—¿Estáis ocupados, chicos? —les preguntó Charlie—. Buscamos un barco.

El tabernero le oyó.

—¿Vosotros trabajabais para Sidney Lennox, el del Sun?

—Sí, pero la semana que viene no nos necesita —contestó rápidamente Charlie.

—Ni yo tampoco —dijo el tabernero.

Al salir, Charlie dijo:

—Vamos a probar con Buck Delaney del Swan. Suele tener dos o tres cuadrillas a la vez.

El Swan era una taberna muy bulliciosa que contaba con cuadras para caballos, un café, un almacén de carbón y varias barras. Encontraron al propietario irlandés en su habitación privada, que daba al patio. Delaney había sido descargador de carbón en su juventud, pero ahora se ponía peluca y un corbatín de encaje para tomar su desayuno a base de café y carne fría de buey.

—Permitidme que os dé un consejo, muchachos —les dijo—. Todos los contratantes de Londres saben lo que ocurrió anoche en el Sun. Ninguno de ellos os dará trabajo. Sidney Lennox ya se ha encargado de que así sea.

Mack se desesperó. Temía que ocurriera algo por el estilo.

—Yo que vosotros —añadió Delaney— tomaría un barco y me alejaría uno o dos años de la ciudad. Cuando regreséis, el incidente ya se habrá olvidado.

—¿Eso quiere decir que los descargadores de carbón tendrán que ser eternamente estafados por vosotros los contratantes? —replicó Dermot, enfurecido.

Si Delaney se ofendió, lo disimuló muy bien.

—Mira a tu alrededor, muchacho —le dijo amablemente, abarcando con un vago gesto de la mano el servicio de plata, la estancia alfombrada y el próspero negocio que era el origen de todo aquel lujo—. Todo esto no lo he conseguido siendo honrado con la gente.

—¿Y qué impide que nosotros nos pongamos directamente en contacto con los capitanes y nos ofrezcamos a descargar los barcos? —preguntó Mack.

—Todo —contestó Delaney—. De vez en cuando aparece algún descargador de carbón como tú, McAsh, alguien con más arrestos que los demás que pretende formar su propia cuadrilla, prescindir del contratante y encargarse de los gastos de bebida y todo lo demás. Pero hay demasiada gente que gana demasiado dinero con la actual situación. —El tabernero meneó la cabeza—. No eres el primero que protesta contra la injusticia del sistema, McAsh, y tampoco serás el último.

Mack se irritó ante el cinismo de Delaney, pero comprendió que el hombre decía la verdad. No se le ocurría nada más que decir. Sintiéndose derrotado, se encaminó hacia la puerta, seguido de Charlie y de Dermot.

—Acepta mi consejo, McAsh —añadió Delaney—. Haz lo que yo. Búscate una pequeña taberna y dedícate a venderles bebidas a los descargadores de carbón. No intentes ayudarlos y empieza a ayudarte a ti mismo. Lo harías muy bien, te lo aseguro. Tienes lo que hay que tener.

—¿Que haga lo que tú? —replicó Mack—. Tú te has hecho rico estafando a tus semejantes. Ni a cambio de un reino quisiera ser así.

Antes de salir, tuvo la satisfacción de ver que el rostro de Delaney se congestionaba de rabia.

Sin embargo, su alegría solo duró el tiempo que tardó en cerrar la puerta. Había ganado la discusión, pero había perdido todo lo demás. Ojalá se hubiera tragado el orgullo y aceptado el sistema de los contratantes. Por lo menos, habría tenido un trabajo al día siguiente. Ahora no tenía nada... y había dejado a quince hombres con sus familias en la misma situación desesperada en la que él se encontraba. La perspectiva de mandar llamar a Esther a Londres estaba más lejos que nunca. Todo lo había hecho mal. Había sido un maldito insensato.

Los tres hombres se sentaron junto a una de las barras y pidieron pan y cerveza para desayunar. Había sido muy arrogante, pensó Mack, despreciando a sus compañeros por el hecho de aceptar sumisamente el destino que les había caído en suerte. Los había llamado mentalmente bueyes, pero, en realidad, el buey era él.

Recordó a Caspar Gordonson, el abogado radical que le había revelado cuáles eran sus derechos legales. Si pudiera hablar con Gordonson, pensó, le diría para qué servían los derechos legales.

Por lo visto, la ley solo era útil para los que tenían el poder de hacerla cumplir... pero quizá él podría hacer otra cosa mejor. Tal vez, Gordonson accedería a convertirse en el defensor de los descargadores de carbón. Era abogado y constantemente escribía acerca de la libertad de los ingleses. Puede que él les echara una mano.

Merecía la pena intentarlo.

La carta fatídica que Mack había recibido de Gaspar Gordonson procedía de una dirección de Fleet Street. El Fleet era una corriente de agua sucia que vertía su caudal en el Támesis al pie de la colina en cuya cima se levantaba la catedral de San Pablo. Gordonson vivía en una casa de ladrillo de planta y dos pisos, justo al lado de una espaciosa taberna.

—Debe de ser soltero —dijo Dermot.

—¿Cómo lo sabes? —le preguntó Charlie Smith.

—Ventanas sucias, umbral lleno de polvo..., en esta casa no hay ninguna señora.

Abrió la puerta un criado que no se sorprendió lo más mínimo cuando pidieron ver al señor Gordonson. En el momento en que ellos entraban, salieron dos caballeros muy bien vestidos que estaban manteniendo una acalorada discusión acerca de William Pitt, vizconde de Weymouth, canciller del Reino y secretario de Estado. Sin interrumpir su conversación, uno de ellos saludó con un movimiento de la cabeza a Mack, el cual le miró con asombro, pues los caballeros solían ignorar a la gente de la clase baja.

Mack pensaba que la casa de un abogado tenía que ser un

lugar lleno de polvorientos documentos y secretos murmullos, en la cual el único ruido que se escuchaba era el pausado rumor de las plumas, rascando el papel. Sin embargo, la casa de Gordonson parecía más bien una imprenta. En el vestíbulo se amontonaban los folletos y los periódicos atados con cuerdas mientras en el aire se aspiraba el olor del papel y la tinta y se oía un ruido de maquinaria procedente del sótano, donde funcionaba una prensa.

El criado entró en una estancia adyacente al vestíbulo. Mack se preguntó si no estaría perdiendo el tiempo. Seguramente las personas que escribían sesudos artículos en los periódicos no se ensuciaban las manos mezclándose con los trabajadores. Quizá el interés de Gordonson por la libertad era de carácter puramente teórico. Pero él tenía que intentarlo todo. Había conducido a sus compañeros de la cuadrilla de descargadores por el camino de la rebelión y ahora todos se habían quedado sin trabajo; tenía que hacer algo.

Se oyó una sonora y estridente voz desde el interior de la estancia.

—¿McAsh? ¡Jamás he oído hablar de él! ¿Quién es? ¿No lo sabes? ¡Pues pregúntaselo! Bueno, no importa...

Poco después un hombre calvo y sin peluca apareció en la puerta y miró a los tres descargadores de carbón a través de unas gafas.

—Creo que no conozco a ninguno de ustedes —dijo—. ¿Qué desean de mí?

Fue una presentación más bien descorazonadora.

—Hace poco me dio usted un mal consejo, pero, a pesar de ello, vuelvo para que me dé otro.

Se produjo una pausa en cuyo transcurso Mack creyó haber ofendido a Gordonson, pero este no tardó en soltar una jovial carcajada.

—¿Quién es usted, si puede saberse?

—Malachi McAsh, llamado Mack. Trabajaba como minero de carbón en Heugh, cerca de Edimburgo, hasta que usted me escribió y me dijo que era un hombre libre.

El semblante de Gordonson se iluminó al recordarlo.

—¡Tú eres el minero amante de la libertad! Chócala, hombre.

Mack le presentó a Dermot y a Charlie.

—Pasad. ¿Os apetece un vaso de vino?

Le siguieron al interior de una desordenada estancia amueblada con una mesa de escribir y estanterías con libros en las paredes. En el suelo se amontonaban toda clase de publicaciones y la mesa aparecía enteramente cubierta de galeradas. Un viejo y obeso perro dormía sobre una raída alfombra delante de la chimenea. Se aspiraba un denso aroma que quizá emanaba de la vieja alfombra, del perro o de ambas cosas a la vez. Mack apartó un libro de derecho que había sobre una silla y se sentó.

—Prefiero no tomar vino, gracias —contestó.

Quería estar en pleno uso de todas sus facultades.

—¿Una taza de café, quizá? El vino da sueño, pero el café despierta. —Sin esperar una respuesta, Gordonson le dijo al criado—: Café para todos. —Volviéndose a mirar a Mack, añadió—: Bueno, McAsh, ¿por qué fue malo mi consejo?

Mack le contó la historia de su fuga de Heugh. Dermot y Charlie le escucharon con atención, pues él jamás les había contado nada. Gordonson encendió la pipa y exhaló unas nubes de humo, meneando de vez en cuando la cabeza con expresión asqueada. Llegó el café cuando Mack ya estaba a punto de terminar su relato.

—Conozco a los Jamisson desde hace tiempo..., son codiciosos, despiadados y brutales—. ¿Qué hiciste al llegar a Londres?

—Encontré trabajo como descargador de carbón —contestó Mack, explicándole lo que había ocurrido en el Sun.

—Las pagas que ofrecen los taberneros a los descargadores de carbón son un escándalo que viene de muy antiguo.

Mack asintió con la cabeza.

—Me han dicho que no soy el primero en protestar.

—En efecto. En realidad, el Parlamento aprobó hace diez años una ley que prohíbe esta práctica.

Mack le miró, asombrado.

—Pues entonces, ¿cómo es posible que lo sigan haciendo como si tal cosa?

—La ley jamás se ha hecho cumplir.

—¿Por qué no?

—El Gobierno teme que se produzcan dificultades en el suministro de carbón. Londres vive gracias al carbón..., aquí no se hace nada sin él..., no se cocería el pan, no se elaboraría cerveza, no se soplaría el vidrio, no se fundiría el hierro, no se herrarían los caballos, no se fabricarían clavos...

—Comprendo —dijo Mack, interrumpiéndole con impaciencia—. No tendría que sorprenderme que la ley no haga nada por la gente como nosotros.

—Bueno, en eso te equivocas —dijo Gordonson con cierta pedantería—. La ley no toma decisiones. Carece de voluntad. Es como un arma o una herramienta: trabaja por los que la toman en sus manos y la utilizan.

—Los ricos.

—Generalmente sí —reconoció Gordonson—. Pero podría trabajar para vosotros.

—¿Cómo? —preguntó ansiosamente Mack.

—Imagínate que tú te inventaras un sistema alternativo de cuadrillas para la descarga de los barcos de carbón.

Era lo que Mack esperaba.

—No sería difícil —dijo—. Los hombres podrían elegir a uno de ellos para que fuera el contratante e hiciera los tratos con los capitanes. El dinero se repartiría en cuanto se cobrara.

—Supongo que los descargadores de carbón preferirían trabajar con el nuevo sistema y poder gastarse la paga a su antojo —añadió el abogado.

—Sí —dijo Mack, disimulando su emoción—. Y pagar tan solo la cerveza que consumieran, tal como hace todo el mundo.

Pero ¿accedería Gordonson a ponerse del lado de los descargadores de carbón? En caso afirmativo, todo cambiaría.

—Ya se ha intentado otras veces y no ha dado resultado —dijo Charlie Smith en tono abatido.

Mack recordó que Charlie llevaba muchos años trabajando como descargador de carbón.

—¿Y por qué no da resultado? —le preguntó.

—Porque los contratantes sobornan a los capitanes de los barcos para que no utilicen los servicios de las nuevas cuadrillas. Y entonces se producen problemas y riñas entre las cuadrillas y las sanciones por las riñas siempre se imponen a las nuevas cuadrillas porque los magistrados son también contratantes o amigos de contratantes... y, al final, los descargadores de carbón vuelven al antiguo sistema.

—Qué necios —dijo Mack.

Charlie se ofendió.

—Claro, porque, si fueran listos, supongo que no serían descargadores de carbón.

Mack comprendió que había sido un poco arrogante, pero no podía evitar indignarse ante el hecho de que los hombres fueran sus propios enemigos.

—Solo necesitan un poco de determinación y solidaridad —dijo.

—Hay algo más —terció Gordonson—. Es una cuestión política. Recuerdo la última disputa de los descargadores de carbón. Fueron derrotados porque no tenían a nadie que los defendiera. Los contratantes estaban contra ellos y nadie estaba a favor suyo.

—¿Y por qué sería distinto esta vez? —preguntó Mack.

—Por John Wilkes.

Wilkes era el defensor de la libertad, pero ahora se encontraba en el exilio.

—No puede hacer mucho por nosotros desde París.

—No está en París. Ha vuelto.

Era una sorpresa.

—¿Y qué va a hacer?

—Presentarse candidato al Parlamento.

Mack no acertaba a comprender de qué forma ello podría influir en los círculos políticos de Londres.

—No veo muy claro de qué nos iba a servir eso a nosotros.

—Wilkes se pondrá del lado de los descargadores de carbón y el Gobierno se pondrá del lado de los contratantes. Ese debate en el que los trabajadores tendrían la ley de su parte le sería muy beneficioso a Wilkes.

—¿Y cómo sabe usted lo que hará Wilkes?

Gordonson esbozó una sonrisa.

—Soy su representante electoral.

Gordonson era más poderoso de lo que Mack suponía. Estaban de suerte.

Charlie Smith, todavía escéptico, dijo:

—O sea que usted quiere utilizar a los descargadores de carbón para sus fines políticos.

—Exacto —dijo Gordonson, posando la pipa—. Pero ¿por qué creéis que presto mi apoyo a Wilkes? Os lo voy a explicar. Hoy habéis venido a mí para quejaros de una injusticia. Es algo que ocurre muy a menudo. Hombres y mujeres corrientes son cruelmente explotados en beneficio de algún desalmado codicioso como George Jamisson o Sidney Lennox. Y eso es malo para el comercio porque las malas empresas perjudican a las buenas. Y, aunque fuera bueno para el comercio, sería una iniquidad. Amo a mi país y aborrezco a los malvados capaces de destruir a su pueblo y destrozar su prosperidad. Por eso me paso la vida luchando por la justicia.

—Gordonson sonrió y se volvió a colocar la pipa entre los labios—. Confío en que no os parezca una presunción.

—De ninguna manera —dijo Mack—. Me alegro de que esté de nuestra parte.

16

El día de la boda de Jay Jamisson amaneció húmedo y frío. Desde su dormitorio en Grosvenor Square el joven podía ver Hyde Park, donde estaba acampado su regimiento. Una bruma muy baja cubría el suelo y, envueltas por ella, las tiendas de los soldados parecían velas de barco en medio de un grisáceo mar embravecido. Aquí y allá humeaban algunas hogueras que contribuían a oscurecer la atmósfera. Los hombres debían de sentirse muy desgraciados, aunque, en realidad, los soldados nunca estaban contentos.

Se apartó de la ventana. Su padrino de boda, Chip Marlborough, le ayudó a ponerse la chaqueta. Jay se lo agradeció con un gruñido. Chip también era capitán del Tercer Regimiento de la Guardia Real. Su padre era lord Arebuiy, el cual mantenía relaciones de negocios con sir George. Jay se sentía muy halagado por el hecho de que semejante aristócrata hubiera accedido a ser su padrino de boda.

—¿Has visto los caballos? —le preguntó Jay con inquietud.

—Pues claro —contestó Chip.

Aunque el suyo era un regimiento de infantería, los oficiales siempre iban montados y Jay tenía la misión de supervisar a los hombres que cuidaban de los caballos. Se entendía muy bien con los animales y los comprendía de manera instintiva. Le habían concedido dos días de permiso para la boda, pero estaba preocupado, temiendo que los caballos no estuvieran debidamente atendidos.

El permiso era muy corto porque el regimiento se encontraba en servicio activo. No estaban en guerra: la última guerra en la que había participado el ejército británico había sido la de los Siete Años contra los franceses de América, la cual había terminado cuando Jay y Chip iban todavía a la escuela. Pero los habitantes de Londres estaban tan alterados e intranquilos que las tropas se mantenían en estado de alerta para poder sofocar cualquier disturbio. Cada día algún grupo de trabajadores iniciaba una huelga, organizaba una marcha al Parlamento o recorría las calles, rompiendo los cristales de las ventanas a pedradas. Precisamente aquella semana los tejedores de seda, indignados por las reducciones de sus salarios, habían destruido tres de los cuatro telares de Spitalfields.

—Espero que el regimiento no tenga que entrar en acción en mi ausencia —dijo Jay—. Lamentaría mucho no poder participar.

—¡Deja ya de preocuparte! —le dijo Chip, escanciando

brandy de una jarra en dos copas, pues era un gran aficionado a dicha bebida—. ¡Por el amor! —brindó.

—¡Por el amor! —repitió Jay.

En realidad, sabía muy poco acerca del amor, pensó. Había perdido la virginidad cinco años atrás con Arabella, una de las criadas de su padre. Creyó en aquel momento que él había seducido a la chica, pero ahora, mirando hacia atrás, comprendía que había sido justo al revés. Tras haber compartido tres veces su lecho, la criada le dijo que estaba embarazada. Entonces él le pagó treinta libras que le facilitó un prestamista para que desapareciera. Ahora sospechaba que la chica no estaba embarazada y que lo había estafado.

Desde entonces había cortejado a docenas de muchachas, había besado a muchas y se había acostado con unas cuantas. No le resultaba difícil encandilar a las mujeres: le bastaba con simular interés por todo lo que decían, aunque su apostura y sus buenos modales también influían lo suyo. Se las metía en el bolsillo sin demasiado esfuerzo, pero ahora, por primera vez, él había sido objeto del mismo trato. En presencia de Lizzie, siempre se le cortaba la respiración y le parecía que ella era la única persona presente en la estancia, tal como les ocurría a las chicas cuando él las quería seducir. ¿Sería eso el amor? No tenía más remedio que serlo.

Su padre había aceptado aquella boda por la oportunidad que le ofrecería de conseguir el carbón de Lizzie. Por eso había permitido que Lizzie y su madre se instalaran en su casa de invitados y por eso pagaría el alquiler de la casa de Rugby Street donde vivirían Jay y Lizzie después de la boda. Los jóvenes no le habían hecho ninguna solemne promesa a sir George, pero tampoco le habían dicho que Lizzie estaba totalmente en contra de explotar las minas de High Glen. Jay esperaba que todo acabara resolviéndose satisfactoriamente.

Se abrió la puerta y entró un criado:

—¿Desea usted recibir al señor Lennox, señorito?

Jay le miró con semblante irritado. Le debía dinero a Sidney Lennox por deudas de juego. De buena gana lo hubiera despedido con viento fresco —al fin y al cabo no era más que un tabernero—, pero temía que en tal caso Lennox se pusiera pesado.

—Será mejor que lo hagas pasar —le dijo al criado—. Perdona —añadió, dirigiéndose a Chip.

—Conozco a Lennox —dijo Chip—. Yo también he perdido dinero con él.

Entró Lennox y Jay aspiró inmediatamente el característico olor agridulce que emanaba de él, un olor como de algo fermentado.

—¿Qué tal estás, maldito bribón? —le dijo Chip al tabernero a modo de saludo.

Lennox le miró fríamente.

—Observo que no me llama usted maldito bribón cuando gana.

Jay le miró con inquietud. Lennox lucía un traje de color amarillo con calcetines de seda y zapatos con hebilla, pero parecía un chacal vestido de hombre. Las costosas prendas que vestía no podían disimular su expresión amenazadora. Pese a lo cual, Jay no conseguía romper los lazos que lo unían a él. Era una amistad muy útil, pues Lennox siempre sabía dónde había una pelea de gallos, un combate de gladiadoras o una carrera de caballos y, cuando no había nada, montaba rápidamente una timba.

Además, siempre se mostraba dispuesto a conceder crédito a los jóvenes oficiales que se quedaban sin dinero pero querían seguir jugando. Ahí estaba lo malo. Jay le debía ciento cincuenta libras y le daría una cierta vergüenza que Lennox se empeñara en cobrar la deuda en aquel momento.

—Ya sabes que hoy es el día de mi boda, Lennox —le dijo.

—Sí, ya lo sé —dijo el tabernero—. He venido para brindar por su salud.

—Pues claro, faltaría más. Chip..., un trago para nuestro amigo.

Chip le escanció tres generosas medidas de brandy.

—Por usted y su novia —brindó Lennox.

—Gracias —dijo Jay.

Los tres hombres bebieron.

—Mañana —dijo Lennox, dirigiéndose a Chip— habrá una gran partida de faraón en el café Lord Archer's, capitán Marlborough.

—Me parece muy bien —dijo Chip.

—Espero verle allí. Usted estará sin duda muy ocupado, capitán Jamisson.

—Por supuesto que sí —contestó Jay.

«De todos modos, no podría permitirme el lujo de ir», pensó.

Lennox posó la copa.

—Les deseo un buen día y espero que la niebla se levante —dijo, abandonando la estancia.

Jay disimuló su alivio. No se había hablado para nada del dinero. Lennox sabía que el padre de Jay había pagado la última deuda y confiaba quizá en que sir George volviera a hacerlo. Jay se preguntó por qué razón le habría visitado Lennox. No creía que lo hubiera hecho simplemente para tomarse un trago de brandy. Tenía la desagradable sensación de que el tabernero había querido decirle algo. Se respiraba en el aire una tácita amenaza. Pero ¿qué daño le podía causar un tabernero al hijo de un acaudalado empresario?

Jay oyó desde la calle el rumor de los carruajes que se estaban acercando a la casa y se quitó a Lennox de la cabeza.

—Ya podemos bajar —le dijo a su amigo.

El salón era inmenso y había sido amueblado con piezas muy caras fabricadas por Thomas Chippendale. Entre los agradables efluvios de la cera de lustrar, el padre, la madre y el hermano de Jay ya estaban allí, vestidos para ir a la iglesia. Alicia le dio un beso a su hijo. Sir George y Robert lo saludaron con cierta turbación. Nunca habían sido una familia demasiado afectuosa y la pelea del día de su cumpleaños aún perduraba en su memoria.

Un criado estaba sirviendo el café. Jay y Chip tomaron sus tazas. Antes de que bebieran el primer sorbo, se abrió la puerta y Lizzie entró como un huracán.

—¿Cómo te atreves? —gritó—. ¿Cómo te atreves?

Jay sintió que el corazón le daba un vuelco en el pecho.

¿Qué pasaba ahora? Lizzie tenía el rostro arrebolado a causa de la indignación, respiraba afanosamente y le brillaban los ojos de furia. Estaba preciosa con su sencillo vestido de novia blanco con sombrero del mismo color.

—¿Qué es lo que he hecho? —preguntó Jay en tono quejumbroso.

—¡La boda se anuló! —dijo Lizzie.

—¡No! —gritó Jay.

No era posible que alguien le hubiera arrebatado a Lizzie en el último momento. La idea le resultaba insoportable.

Lady Hallim entró en la estancia con expresión trastornada.

—Lizzie, por favor, no hagas disparates —le dijo.

La madre de Jay asumió el mando de la situación.

—Lizzie, querida, ¿qué es lo que ocurre? Dinos, por favor, por qué estás tan alterada.

—¡Por esto! —contestó Lizzie, mostrando los papeles que sostenía en la mano.

—Es una carta de mi administrador —dijo lady Hallim, retorciéndose nerviosamente las manos.

—Dice que los agrimensores de los Jamisson —explicó Lizzie— han hecho perforaciones en la finca Hallim.

—¿Perforaciones? —preguntó Jay, desconcertado.

Miró a Robert y vio en su rostro una expresión huidiza.

—Están buscando carbón, naturalmente —dijo Lizzie con impaciencia.

—¡Oh, no! —protestó Jay.

Comprendía lo que había ocurrido. Su padre estaba tan ansioso de apoderarse del carbón de Lizzie que ni siquiera había esperado a que se celebrara la boda.

Sin embargo, la avidez de su padre le podía hacer perder a la novia. Aquella posibilidad lo puso tan furioso que lo indujo a insultar a sir George.

—¡Eres un insensato! —le dijo temerariamente—. ¡Mira lo que has hecho!

Era impensable que un hijo le hablara en semejante tono a su progenitor y, además, sir George no estaba acostumbrado a que nadie se rebelara contra sus designios. Se le congestionó la cara y los ojos parecieron escapársele de las órbitas.

—¡Pues que se anule la maldita boda! —rugió—. Me importa un bledo.

Alicia intervino.

—Cálmate, Jay, y tú también, Lizzie —dijo. Incluía también a sir George, pero evitó diplomáticamente mencionarle—. Aquí tiene que haber un error. Está claro que los agrimensores de sir George no interpretaron bien sus órdenes. Lady Hallim, se lo ruego, acompañe a Lizzie a la casa de invitados y déjenos resolver este malentendido. Estoy segura de que no tendremos que recurrir a la drástica medida de anular la boda.

Chip carraspeó. Jay se había olvidado de su presencia.

—Si me disculpan... —dijo, encaminándose hacia la puerta.

—No salgas de la casa —le suplicó Jay—. Espérame arriba.

—De acuerdo —dijo Chip, a pesar de que hubiera preferido estar en cualquier otro sitio.

Alicia empujó amablemente a Lizzie y a lady Hallim hacia la puerta detrás de Chip.

—Por favor, déjenme unos minutos, saldré enseguida y todo se arreglará.

Lizzie se retiró con expresión más de duda que de enojo. Jay confió en que comprendiera que él no sabía nada acerca de las perforaciones. Su madre cerró la puerta y se volvió hacia ellos. Jay rezó, pidiendo que hiciera algo para salvar la boda. ¿Acaso tenía algún plan? Su madre era muy inteligente y, en aquellos momentos, era su única esperanza.

En lugar de hacerle reproches a sir George, Alicia le dijo:

—Si no hay boda, tú te quedarás sin el carbón.

—¡High Glen está en bancarrota! —replicó sir George.

—Pero lady Hallim podría renovar las hipotecas con otro prestamista.

—Ella no lo sabe.

—Pero alguien se lo dirá.

Alicia hizo una pausa para que la velada amenaza surtiera el efecto deseado. Jay temía que su padre estallara. Pero su madre sabía calibrar mejor las consecuencias de sus acciones.

Al final, preguntó en tono resignado:

—¿Qué es lo que quieres, Alicia?

Jay lanzó un gran suspiro de alivio. A lo mejor la boda se podría salvar.

—En primer lugar —contestó Alicia—, Jay tiene que hablar con Lizzie y convencerla de que él no sabía nada acerca de las perforaciones.

—¡Es verdad! —dijo Jay.

—¡Tú calla y escucha! —le gritó brutalmente su padre.

—Si lo consigue —añadió Alicia—, la boda se podrá celebrar según lo previsto.

—Y después, ¿qué?

—Ten paciencia. Con el tiempo, Jay y yo conseguiremos convencer a Lizzie. Ahora ella está en contra de las explotaciones mineras, pero cambiará de opinión o, por lo menos, no será tan intransigente... sobre todo, cuando tenga un hogar y un hijo y empiece a comprender la importancia del dinero.

Sir George meneó la cabeza.

—No es suficiente, Alicia... no puedo esperar.

—¿Por qué no?

Sir George hizo una pausa y miró a Robert, el cual se encogió de hombros.

—Será mejor que lo sepas —dijo sir George—. Tengo cuantiosas deudas. Sabes que siempre hemos llevado el negocio con préstamos..., casi todos de lord Arebury. Hasta ahora, habíamos obtenido beneficios tanto para nosotros como para él. Pero el comercio con América ha bajado mucho desde que empezaron los problemas en las colonias. Y es casi imposible que te paguen lo poco que les vendemos. Nuestro mayor deudor se ha arruinado y me ha dejado con una plantación de tabaco en Virginia que no puedo vender.

Jay se quedó de una pieza. Jamás se le hubiera ocurrido pensar que los negocios de la familia pasaban por un mal momento y que la riqueza que él siempre había conocido tal vez no durara eternamente. Comprendió de pronto por qué razón su padre se había enojado tanto por sus deudas de juego.

Sir George añadió:

—El carbón nos ha permitido seguir tirando, pero no basta. Lord Arebury quiere recuperar su dinero. Y, por consiguiente, yo necesito la finca Hallim. De lo contrario, podría perder todos mis negocios.

Se produjo una pausa, pues Jay y su madre estaban demasiado sorprendidos para poder hablar.

—En tal caso, no hay más que una solución —dijo finalmente Alicia—. Se tendrán que explotar las minas de High Glen sin que Lizzie se entere.

Jay frunció el ceño con inquietud. La proposición lo preocupaba, pero decidió no decir nada de momento.

—¿Y eso cómo se podría hacer? —preguntó sir George.

—Envíala con Jay a otro país.

Jay miró a su madre, asombrado. ¡Qué idea tan inteligente!

—Pero lady Hallim se enterará —dijo—. Y se lo dirá a Lizzie.

—No, no lo hará —contestó Alicia, negando con la cabeza—. Hará lo que sea con tal de que esta boda se celebre. Guardará silencio si nosotros se lo pedimos.

—Pero ¿adónde podríamos ir? —preguntó Jay—. ¿A qué país?

—A Barbados —contestó su madre.

—¡No! —gritó Robert—. Jay no puede quedarse con la plantación de azúcar.

—Creo que tu padre se la cederá si de ello depende la supervivencia de todos los negocios de la familia —dijo tranquilamente Alicia.

Robert la miró con expresión de triunfo.

—Mi padre no podría hacerlo, aunque quisiera. La plantación ya es mía.

Alicia miró inquisitivamente a sir George.

—¿Es eso cierto? ¿Se la has cedido a él?

—Sí —asintió sir George.

—¿Cuándo?

—Hace tres años.

Otra sorpresa. Jay no tenía ni idea. Estaba profundamente dolido.

—Por eso no me la quisiste regalar por mi cumpleaños —dijo tristemente—. Ya se la habías dado a Robert.

—Pero, Robert, yo creo que tú estarás dispuesto a devolverla para salvar todas las empresas de la familia, ¿no es cierto? —dijo Alicia.

—¡No! —contestó enérgicamente Robert—. Y eso es solo el principio... ¡empezaríais robando una plantación y, al final, os quedaríais con todo! ¡Sé desde hace mucho tiempo que me quieres arrebatar los negocios para dárselos a este pequeño bastardo!

—Yo solo quiero una parte justa para Jay —contestó Alicia.

—Robert —dijo sir George—, si no lo haces, podríamos ir a la bancarrota.

—Yo, no —replicó Robert—. A mí todavía me quedaría la plantación.

—Pero podrías tener mucho más —dijo sir George.

—De acuerdo, lo haré —dijo taimadamente Robert—, pero... con una condición: el resto de los negocios me lo cedes a mí, todo lo que tienes. Y tú te retiras.

—¡No! —gritó sir George—. No pienso retirarme... ¡ni siquiera he cumplido los sesenta!

Padre e hijo se miraron con rabia. Jay sabía que ambos se parecían muchísimo y comprendió que ninguno de los dos daría su brazo a torcer.

La situación estaba estancada. Aquellos hombres tan tercos e inflexibles serían capaces de estropearlo todo: la boda, los negocios y el futuro de la familia.

Pero Alicia aún no se había dado por vencida.

—¿Cuál es esa propiedad de Virginia, George?

—Mockjack Hall..., una plantación de tabaco de unas quinientas hectáreas y cincuenta esclavos..., ¿qué estás pensando?

—Se la podrías ceder a Jay.

Jay sintió que el corazón le daba un vuelco en el pecho. ¡Virginia! Sería el nuevo comienzo con el que tanto había soñado, lejos de su padre y su hermano, con una plantación que él podría dirigir y cultivar por su cuenta. Estaba seguro de que a Lizzie le encantaría.

—No podría darle dinero —dijo—. Tendría que pedir prestado lo que le hiciera falta para mantener en marcha la plantación.

—Eso no me preocupa —se apresuró a decir Jay.

—Pero habría que pagarle a lady Hallim los intereses de las hipotecas... de lo contrario, podría perder Glen High —terció Alicia.

—Lo haré con los ingresos derivados del carbón —dijo sir George, pensando inmediatamente en los detalles—. Tendrán que irse enseguida a Virginia, dentro de unas semanas.

—No puede ser —protestó Alicia—. Tienen que prepararlo todo. Dales tres meses por lo menos.

—Necesito el carbón mucho antes —dijo sir George, moviendo la cabeza.

—Muy bien. De esta manera, Lizzie no regresará a Escocia..., estará demasiado ocupada preparándose para su nueva vida.

Jay no podía soportar la idea de engañar a Lizzie. Él sería quien sufriera las consecuencias de su enojo cuando averiguara la verdad.

—¿Y si alguien le escribe una carta? —dijo.

Alicia le miró con aire pensativo.

—Tenemos que saber qué criado de High Glen lo podría hacer..., eso podrías averiguarlo tú, Jay.

—¿Y cómo lo podremos impedir?

—Enviaremos a alguien allá arriba para que despida a los más sospechosos.

—Podría dar resultado —dijo sir George—. De acuerdo..., lo haremos.

Alicia se volvió hacia Jay con una sonrisa exultante en los labios. Al final, había conseguido asegurarle un patrimonio. Lo rodeó con sus brazos y le dio un beso.

—Que Dios te bendiga, querido hijo. Ahora sal y dile a Lizzie que tú y tu familia lamentamos muchísimo el error y que tu padre te ha cedido Mockjack Hall como regalo de boda.

Jay la abrazó a su vez y le dijo en voz baja:

—Lo has hecho muy bien, madre..., gracias.

Después abandonó el salón. Mientras cruzaba el jardín, se sintió invadido por una mezcla de júbilo e inquietud. Había conseguido lo que siempre había soñado, pero hubiera deseado poder hacerlo sin engañar a su novia... sin embargo, no había tenido más remedio que hacerlo. Si se hubiera negado, habría perdido la propiedad y probablemente la habría perdido también a ella.

Entró en la pequeña casa de invitados colindante con las caballerizas. Lady Hallim y su hija estaban sentadas delante de la chimenea del sencillo salón. Se veía bien a las claras que habían llorado.

Jay experimentó un súbito y peligroso impulso de decirle a Lizzie la verdad. Si le hubiera revelado el engaño que proyectaban sus padres y le hubiera pedido que se casara con él y aceptara vivir en la pobreza, puede que ella le hubiera dicho que sí.

Pero el riesgo le impidió hacerlo. Y no hubiera podido cumplir su sueño de irse a otro país. A veces, pensó, la mentira era más piadosa que la verdad.

Pero ¿le creería ella?

Se arrodilló delante de Lizzie. Su vestido de novia olía a lavanda.

—Mi padre lamenta mucho lo ocurrido —le dijo—. Yo ignoraba que hubiera mandado llevar a cabo las perforaciones... él creyó que nos gustaría saber que había carbón en tus tierras. No sabía que tú eras tan acérrimamente contraria a las explotaciones mineras.

—¿Por qué no se lo dijiste? —preguntó Lizzie en tono receloso.

Jay extendió las manos en gesto de impotencia.

—Él no me lo preguntó. —Lizzie le miró con incredulidad, pero él se guardaba otro as en la manga—. Y hay otra cosa. El regalo de boda.

—¿Qué es?

—Mockjack Hall... una plantación de tabaco en Virginia. Podremos irnos enseguida.

Lizzie le miró, sorprendida.

—Es lo que siempre hemos querido, ¿verdad? —dijo—. Empezar de nuevo en otro país... ¡una aventura! —Poco a poco, su rostro se iluminó con una sonrisa—. ¿De veras? ¿En Virginia? ¿No me engañas?

Jay casi no podía creerlo.

—¿Entonces aceptas? —le preguntó con inquietud.

Lizzie sonrió y asintió con la cabeza, mirándole con lágrimas en los ojos sin apenas poder hablar a causa de la emoción.

Jay comprendió que había ganado. Tenía todo lo que quería. Era algo así como haber ganado una mano en las cartas. Había llegado la hora de embolsarse las ganancias.

Se levantó, le dio la mano para ayudarla a levantarse y le ofreció su brazo.

—Ven conmigo entonces —le dijo—. Vamos a casamos.

17

Al llegar el mediodía de la tercera jornada, ya habían descargado todo el carbón de la bodega del *Durham Primrose*.

Mack miró a su alrededor sin apenas poder creer lo que había ocurrido. Lo habían hecho todo ellos solos sin necesidad de un contratante. Estaban esperando en la orilla y habían elegido un barco que había llegado a media mañana, cuando todas las demás cuadrillas ya llevaban un buen rato trabajando. Mientras sus compañeros aguardaban en la orilla, Mack y Charlie se habían acercado al buque en una embarcación de remos y habían ofrecido sus servicios al capitán, poniendo inmediatamente manos a la obra.

El capitán sabía que, para utilizar los servicios de una de

las cuadrillas habituales, hubiera tenido que esperar hasta el día siguiente y decidió contratarlos porque el tiempo era oro para los capitanes de barco.

Los hombres trabajaron con más ánimos, sabiendo que cobrarían la paga íntegra. Se pasaron todo el día bebiendo cerveza, por supuesto, pero pagaron jarra a jarra y solo tomaron lo que necesitaban. Descargaron el barco en cuarenta y ocho horas.

Mack se echó la pala al hombro y subió a cubierta. Hacía frío y había mucha niebla, pero la atmósfera en la bodega era asfixiante. Cuando cargaron el último saco de carbón en la barca, los descargadores lanzaron gritos de júbilo.

Mack habló con el contramaestre. La barca llevaba quinientos sacos y ellos habían llevado la cuenta de los viajes que había efectuado. Ahora contaron los sacos que quedaban para el último viaje y calcularon el total. Después bajaron al camarote del capitán.

Mack confiaba en que no hubiera ningún contratiempo de última hora. Habían hecho el trabajo y se lo tenían que pagar.

El capitán era un sujeto delgado y narigudo de mediana edad, del cual se escapaban unos fuertes efluvios de ron.

—¿Listos? —preguntó—. Sois más rápidos que las cuadrillas habituales. ¿Cuál es el total?

—Seiscientas veintenas menos noventa y tres —contestó el contramaestre mientras Mack asentía con la cabeza.

Contaban en veintenas porque a cada hombre se le pagaba un penique por cada veinte sacos.

El capitán los hizo pasar y se sentó con un ábaco.

—Seiscientas veintenas menos noventa y tres por seis peniques la veintena...

La suma era complicada, pero Mack estaba acostumbrado a que le pagaran según el peso del carbón que sacaba y sabía calcular mentalmente cuando su salario dependía de ello.

El capitán llevaba una llave colgada del cinto. La utilizó para abrir un arca de un rincón. Mack le vio sacar una caja, colocarla sobre la mesa y abrirla.

—Si consideramos como media veintena los siete sacos que faltan, os debo exactamente treinta y nueve libras con catorce peniques —dijo, contando el dinero.

El capitán colocó el dinero en una bolsa de lino con cambio suficiente para que se pudiera repartir con exactitud entre los hombres. Mack experimentó una inmensa sensación de triunfo mientras sostenía el dinero en sus manos. Cada hombre había ganado casi dos libras y diez chelines..., más dinero en dos días del que ganaban en dos semanas con Lennox. Pero lo más importante era el hecho de haber demostrado que podían defender sus derechos y conseguir ser tratados con justicia.

Mack se sentó en la cubierta para pagar a los hombres.

Amos Tipe, el primero de la fila, le dijo:

—Gracias, Mack, Dios te bendiga, muchacho.

—No me des las gracias, te lo has ganado —le contestó Mack.

A pesar de su protesta, el segundo hombre le dio las gracias de la misma manera, como si fuera un príncipe que dispensara favores a sus súbditos.

—No es solo por el dinero —dijo Mack mientras Slash Harley, el tercer hombre, se adelantaba—. Es porque hemos recuperado la dignidad.

—Te puedes guardar la dignidad donde te quepa, Mack —dijo Slash—. A mí dame simplemente el dinero.

Los demás se echaron a reír.

Mack se enfadó un poco con ellos mientras contaba las monedas. ¿Cómo era posible que no comprendieran que aquello era algo más que el salario de aquel día? Si eran tan estúpidos que no comprendían cuáles eran sus intereses, se merecían ser explotados por los contratistas.

Sin embargo, nada hubiera podido empañar su victoria. Mientras los llevaban a la orilla en barcas de remo, los hombres se pusieron a cantar una canción muy obscena llamada «El alcalde de Bayswater». Mack se unió a sus voces cantando a pleno pulmón.

Más tarde, él y Dermot regresaron a pie a Spitalfields. La

bruma matinal se estaba disipando. Mack tenía una canción en los labios y caminaba como si tuviera alas en los pies. Al entrar en su habitación, le esperaba una sorpresa muy agradable. Sentada en un taburete de tres patas, oliendo a madera de sándalo y balanceando una torneada pierna, estaba Cora, la pelirroja amiga de Peg, con una chaqueta de color castaño y un vistoso sombrero.

Había tomado la capa de Mack que normalmente cubría el colchón de paja donde dormía y estaba acariciando la piel.

—¿De dónde la has sacado? —le preguntó.

—Fue el regalo de una amable señora —contestó Mack, mirándola con una sonrisa—. ¿Y tú qué estás haciendo aquí?

—He venido a verte —contestó Cora—. Si te lavas la cara, podrás salir a dar un paseo conmigo... bueno, siempre y cuando no tengas que ir a tomar el té con alguna amable señora. —Al ver la dubitativa expresión de su rostro, la joven añadió—: No pongas esa cara. Seguramente piensas que soy una puta, pero eso no es cierto, solo lo soy en momentos de necesidad.

Mack tomó su pastilla de jabón y bajó al depósito de agua del patio. Cora le siguió y le vio desnudarse de cintura para arriba y lavarse el polvo de carbón de la piel y el cabello. Mack le pidió prestada una camisa limpia a Dermot, se puso la chaqueta y el sombrero y tomó a Cora del brazo.

Se dirigieron hacia la zona oeste, atravesando el centro de la ciudad. Mack había descubierto que la gente de Londres paseaba por las calles por puro placer tal como ellos paseaban por las colinas de Escocia. Le gustaba llevar a Cora del brazo y le gustaba que de vez en cuando lo rozara con sus contoneantes caderas. Por el precioso color de su tez y su cabello y por las llamativas prendas que lucía, la joven llamaba mucho la atención y los hombres miraban a Mack con mal disimulada envidia.

Entraron en una taberna y pidieron ostras, pan y una cerveza negra muy fuerte llamada *porter*. Cora comió con buen apetito, se tragó las ostras enteras y las regó con grandes tragos de cerveza negra.

Cuando volvieron a salir, el tiempo había cambiado. Hacía frío, pero, como lucía un poco el sol, decidieron dirigirse dando un paseo al elegante barrio residencial llamado Mayfair.

En sus veintidós años de vida, Mack solo había visto dos residencias palaciegas, el castillo de Jamisson y High Glen House. En aquel barrio había por lo menos dos mansiones en cada calle y otras cincuenta casas ligeramente menos lujosas. La riqueza de Londres no cesaba de asombrarlo.

Delante de una de las mansiones más lujosas se estaban acercando unos carruajes de los que descendían los invitados a una fiesta. En la acera, a ambos lados de la entrada, se había congregado un pequeño grupo de viandantes y criados de las casas vecinas y, en las ventanas y las puertas de los edificios de los alrededores, había personas mirando. A pesar de que era solo media tarde, todas las luces de la casa estaban encendidas y la entrada estaba adornada con flores.

—Tiene que ser una boda —dijo Cora.

Mientras se detenían, se acercó otro carruaje y de él descendió un conocido personaje. Mack experimentó un sobresalto al reconocer a Jay Jamisson. Jay dio la mano a su novia para ayudarla a bajar y la gente aplaudió y empezó a lanzar vítores.

—Es muy guapa —dijo Cora.

Lizzie sonrió y miró a su alrededor, agradeciendo los aplausos. Sus ojos se encontraron con los de Mack y, por un instante, se quedó paralizada. Mack le dirigió una sonrisa y la saludó con la mano, pero ella apartó la mirada y entró rápidamente en la casa.

Todo había ocurrido en una décima de segundo, pero a la perspicaz Cora no le pasó inadvertido.

—¿La conoces?

—Es la que me regaló la capa de piel —contestó Mack.

—Espero que su marido no se entere de que les hace regalos a los descargadores de carbón.

—Es una pena que se case con Jay Jamisson...: un chico guapo, pero sin carácter.

—Supongo que debes de pensar que le iría mejor casándose contigo —dijo Cora en tono sarcástico.

—Ella también lo piensa —contestó Mack, hablando completamente en serio—. ¿Te apetece ir al teatro?

Aquella noche, Lizzie y Jay, vestidos con sus camisas de dormir, se sentaron en el lecho de la cámara nupcial, rodeados de sonrientes familiares y amigos, todos ellos más o menos borrachos. Los de más edad se habían retirado hacía un buen rato, pero la tradición exigía que los invitados a la boda se quedaran allí para atormentar a los novios que debían de estar deseando consumar el matrimonio.

El día había pasado en un abrir y cerrar de ojos. Lizzie apenas había tenido tiempo de pensar en la traición de Jay, las excusas que este le había dado, el perdón que ella le había otorgado y su futuro en Virginia. Tampoco había tenido tiempo de preguntarse si su decisión había sido acertada.

Chip Marlborough entró sosteniendo en su mano una copa de leche con vino, yema de huevo, azúcar y canela. Llevaba una de las ligas de Lizzie prendida en el sombrero.

—¡Un brindis! —dijo, llenando las copas de los presentes.

—¡Un brindis final! —puntualizó Jay entre las risas y las bromas de los presentes.

Lizzie tomó un sorbo. Se sentía profundamente agotada. Había sido un día muy largo, desde la terrible discusión de la mañana hasta el satisfactorio y sorprendente desenlace, pasando por la ceremonia en la iglesia, el banquete de boda, la música, el baile y ahora aquel cómico ritual final.

Katie Jamisson, una pariente de los Jamisson, se sentó en la cama sosteniendo en la mano uno de los calcetines blancos de seda de Jay y lo lanzó hacia atrás por encima de su cabeza. Si diera a Jay, se casaría muy pronto según la tradición. El calcetín hubiera ido a parar a otro sitio, pero Jay lo cazó al vuelo, se lo colocó sobre la cabeza como si hubiera aterrizado allí y todo el mundo batió palmas.

Un hombre muy bebido llamado Peter McKay se sentó a su lado en la cama.

—Virginia —dijo—. Hamish Drome se fue a Virginia cuando la madre de Robert le quitó la herencia que le correspondía, ¿sabes?

Jay oyó el comentario.

—¿Que se la quitó? —dijo.

—Olive falsificó el testamento, naturalmente —contestó McKay—. Pero Hamish jamás lo pudo demostrar y no tuvo más remedio que aceptarlo. Se fue a Virginia y nunca más se supo de él.

—¡Vaya, hombre! Ahora me entero de que la bondadosa Olive era... ¡una falsificadora! —exclamó Jay, soltando una carcajada.

—¡Ssss! —dijo McKay—. ¡Como nos oiga sir George, nos mata!

Lizzie estaba intrigada, pero ya se estaba empezando a cansar de los parientes de Jay.

—¡A ver si sacas de aquí a toda esta gente! —le dijo a su flamante esposo en voz baja.

Se habían cumplido todas las tradiciones menos una.

—Bueno, pues —dijo Jay—. Si no os vais voluntariamente...

Apartó las sábanas de su lado de la cama y se puso de pie. Después se levantó la camisa y enseñó las rodillas. Todas las chicas empezaron a lanzar gritos de terror, fingiendo escandalizarse como castas doncellas ante la contemplación de un hombre en camisa de dormir. Inmediatamente salieron corriendo de la estancia, perseguidas por los hombres.

Jay cerró la puerta con llave. Después acercó una cómoda a la puerta para asegurarse de que no los volvieran a interrumpir.

De repente, Lizzie se notó la boca seca. Era el momento con el que había estado soñando desde el día en que Jay la había besado en el vestíbulo del castillo de Jamisson y le había pedido que se casara con él. A partir de entonces, sus abrazos, robados en los pocos momentos en que ambos podían estar juntos, habían sido cada vez más apasionados. Desde los besos con la boca abierta, habían pasado a otras caricias más íntimas. Habían hecho todo lo que hubieran podido hacer dos personas en una habitación con la puerta abierta, sabiendo que una de sus madres o las dos podían entrar inesperadamente. Ahora, finalmente, habían podido cerrar la puerta con llave.

Jay empezó a apagar las velas de la habitación. Cuando llegó a la última, Lizzie le dijo:

—Deja una encendida.

—¿Por qué? —le preguntó él, sorprendido.

—Quiero verte. —Al observar que él la miraba extrañado, añadió—: ¿Te parece bien?

—Sí, por supuesto —contestó Jay, metiéndose de nuevo en la cama.

Mientras empezaba a besarla y acariciarla, Lizzie pensó que ojalá ambos pudieran estar desnudos, pero prefirió no decir nada. Esta vez, le dejaría hacer las cosas a su manera.

Experimentó una profunda emoción y sintió un estremecimiento mientras las manos de Jay le recorrían todo el cuerpo. Inmediatamente él le separó las piernas y se colocó encima suyo. Ella levantó el rostro para que la besara mientras la penetraba, pero Jay estaba tan concentrado que no se dio cuenta. De repente, Lizzie sintió un agudo dolor y estuvo a punto de gritar, pero todo pasó enseguida.

Jay se movía en su interior y ella seguía sus movimientos. No sabía muy bien si era lo que tenía que hacer, pero le resultaba agradable. Estaba empezando a pasarlo bien, cuando Jay se detuvo, empezó a jadear, volvió a empujar y se derrumbó sobre su cuerpo, respirando afanosamente.

—¿Te ocurre algo? —le preguntó ella, frunciendo el ceño.

—No —contestó Jay en un susurro.

¿Eso es todo?, pensó Lizzie, pero no dijo nada.

Jay se apartó y la miró a los ojos:

—¿Te ha gustado? —le preguntó.

—Ha sido un poco rápido —contestó Lizzie—. ¿Lo podremos repetir mañana por la mañana?

Vestida únicamente con su camisola, Cora se tendió sobre la capa de piel y atrajo a Mack hacia sí. Cuando él le introdujo la lengua en la boca, percibió el sabor de la ginebra. Mack le levantó la camisola. El vello rubio rojizo no ocultaba los pliegues del sexo. La acarició tal como solía hacer con Annie hasta que ella le preguntó entre jadeos:

—¿Quién te enseñó a hacerlo, mi virginal muchacho?

Mack se bajó los pantalones y Cora alargó la mano hacia su bolso y sacó una cajita. Dentro había un tubo hecho de algo que parecía pergamino, con una cinta rosa en su extremo abierto.

—¿Qué es eso? —preguntó Mack.

—Se llama condón —contestó la joven.

—¿Y para qué demonios sirve?

Por toda respuesta, ella se lo colocó en el miembro en erección y ató fuertemente la cinta.

—Bueno, ya sé que mi polla no es muy bonita —dijo Mack con aire pensativo—, pero nunca pensé que una chica quisiera taparla.

Cora soltó una carcajada.

—Eso no es un adorno, palurdo. ¡Es para que no me dejes embarazada!

Mack se situó encima suyo y la penetró. Entonces Cora dejó de reírse. Desde los catorce años Mack se había preguntado cómo sería, pero seguía pensando que aún no lo sabía, pues no acertaba a comprenderlo. Se detuvo y contempló el angelical rostro de Cora.

—No pares —le dijo ella.

—Cuando terminemos, ¿todavía seré virgen? —preguntó Mack.

—Si lo eres, yo seré monja —contestó la chica—. Y ahora deja de hablar porque te vas a quedar sin respiración.

Y se quedó.

18

Jay y Lizzie se instalaron en la casa de Rugby Street al día siguiente de la boda. Allí cenaron solos por primera vez con la única presencia de los criados. Y por primera vez subieron al piso de arriba tomados de la mano, se desnudaron juntos y se acostaron en su cama. Y, a la mañana siguiente, se despertaron juntos por primera vez en su propia casa.

Estaban desnudos. La víspera Lizzie había convencido a Jay de que se quitara la camisa de dormir. Ahora se comprimió contra él, le acarició el cuerpo y se colocó encima suyo.

Al ver su cara de asombro, le preguntó:

—¿Te importa?

Jay no contestó, pero empezó a moverse en su interior.

Cuando todo terminó, Lizzie le preguntó:

—Te escandalizo un poco, ¿verdad?

—Más bien sí —contestó Jay, tras una pausa.

—¿Por qué?

—No es... normal que la mujer se coloque encima.

—Yo no tengo ni idea de lo que la gente considera normal... nunca me he acostado con otro hombre.

—¡Eso espero!

—Pero ¿cómo sabes tú lo que es normal?

—Dejémoslo.

Probablemente, habría seducido a unas cuantas costureras y dependientas que se debieron de sentir intimidadas por él y le habrían permitido tomar la iniciativa, pensó Lizzie. Ella no tenía experiencia, pero sabía lo que quería y estaba firmemente dispuesta a conseguirlo. No pensaba cambiar de comportamiento, pues lo pasaba muy bien siendo tal como era. Y, por más que ella lo escandalizara, Jay también se divertía. Lizzie lo adivinaba por sus enérgicos movimientos y por la expresión de complacencia de su rostro.

Se levantó y se acercó desnuda a la ventana. El tiempo era frío, pero soleado. Las campanas de las iglesias tocaban en sordina porque era un día de ahorcamientos: aquella mañana serían ejecutados uno o más delincuentes. La mitad de la población laboral de la ciudad se tomaría el día libre con carácter oficioso y muchos trabajadores se desplazarían a Tyburn, la encrucijada de la esquina noroccidental de Londres donde se levantaba el patíbulo, para contemplar el espectáculo. Era una de las típicas ocasiones en que podían estallar disturbios, por cuyo motivo el regimiento de Jay permanecería todo el día en estado de alerta. Sin embargo, a Jay aún le quedaba un día de permiso.

Lizzie se volvió a mirarle, diciendo:

—Llévame a las ejecuciones.

Jay la miró con expresión de reproche.

—Me pides una cosa horrible.

—No me digas que no es un lugar apropiado para una dama.

—No me atrevería —dijo Jay, mirándola con una sonrisa.

—Sé que tanto los ricos como los pobres van a verlas.

—Pero ¿por qué quieres ir?

Buena pregunta. Experimentaba unos sentimientos contradictorios. El hecho de convertir la muerte en una diversión era vergonzoso y Lizzie sabía que más tarde se arrepentiría. Pero su curiosidad era más fuerte.

—Quiero saber cómo es —contestó—. ¿Cómo se comportan los condenados? ¿Lloran, rezan o tiemblan de miedo? ¿Y los espectadores? ¿Qué se siente cuando se contempla el final de una vida humana?

Siempre había sido igual. La primera vez que había visto abatir un venado a los nueve o diez años, había contemplado extasiada cómo el guardabosques lo destripaba y le sacaba las entrañas. Los múltiples estómagos la habían fascinado y había insistido en tocar la carne para ver cómo era. La notó cálida y viscosa. Era una hembra y estaba preñada de dos o tres meses. El guardabosques le había mostrado el pequeño feto en el transparente útero y todo le pareció tan interesante que no sintió la menor repugnancia.

Comprendía muy bien por qué la gente acudía en tropel a presenciar el espectáculo. Y también comprendía por qué motivo a otras personas les repugnaba la idea de presenciarlo. Pero ella formaba parte del grupo de los curiosos.

—Quizá podríamos alquilar una habitación con vistas al patíbulo —dijo Jay—, es lo que suele hacer mucha gente.

Pero Lizzie pensaba que en tal caso la experiencia no sería tan directa.

—¡Oh, no... yo quiero estar entre la muchedumbre! —dijo.

—Las mujeres de nuestra clase social no lo hacen.

—Pues entonces me disfrazaré de hombre.

Él la miró con expresión dubitativa.

—¡No pongas esa cara, Jay! No pusiste el menor reparo a que yo bajara contigo a la mina vestida de hombre.

—Tratándose de una mujer casada, es distinto.

—Como me digas que todas las aventuras se tienen que terminar por el simple hecho de que estemos casados, huiré por mar.

—No digas disparates.

Lizzie le miró sonriendo y saltó a la cama.

—No seas un viejo cascarrabias —dijo, brincando arriba y abajo—. Vamos a ver las ejecuciones.

—Muy bien —dijo Jay sin poder reprimir una sonrisa.

—¡Bravo!

Lizzie llevó a cabo rápidamente sus obligaciones cotidianas. Le dijo a la cocinera lo que tendría que comprar para la cena; eligió qué habitaciones deberían limpiar las criadas; le comunicó al mozo que aquel día no saldría a montar; aceptó una invitación para ir a cenar con Jay el miércoles en casa del capitán Marlborough y su mujer; aplazó una cita con una sombrerera y recibió doce baúles con refuerzos de latón para el viaje a Virginia.

Después se puso el disfraz.

La calle conocida con el nombre de Tyburn Street u Oxford Street estaba abarrotada de gente. El patíbulo se levantaba al final de la calle, en la parte exterior de Hyde Park. Las casas con vistas a la horca estaban llenas de acaudalados espectadores que habían alquilado las habitaciones por un día. La gente se apretujaba junto al muro de piedra del parque y los vendedores ambulantes se movían entre la gente, vendiendo salchichas calientes, botellines de ginebra y copias impresas de los discursos pronunciados por los condenados poco antes de morir. Mack tomó a Cora de la mano y se abrió paso entre la gente. A él no le interesaba lo más mínimo ver cómo mataban a la gente, pero ella había insistido en ir. Él solo deseaba pasar todo su tiempo libre con Cora. Le encantaba tomarla de la mano, besar sus labios siempre que le apetecía y acariciarle el cuerpo en los momentos más impensados. O simplemente mirarla. Le gustaba su actitud despreocupada, su descarada manera de hablar y la pícara expresión de sus ojos. Por eso la había acompañado a presenciar las ejecuciones.

Una de las amigas de Cora iba a ser ahorcada. Se llamaba Dolly Macaroni y era la propietaria de un burdel, pero había sido condenada por falsificación.

—¿Y qué es lo que falsificó? —preguntó Mack mientras se iban acercando poco a poco a la horca.

—Una letra de cambio. Cambió la cantidad de once libras a ochenta.

—¿Y de dónde sacó la letra de cambio por valor de once libras?

—De lord Massey. Dice que él le debía más.

—La hubieran tenido que deportar, no ahorcar.

—A los falsificadores los ahorcan casi siempre.

Se encontraban a unos veinte metros de distancia del patíbulo y ya no podían acercarse más. El patíbulo era una tosca estructura de madera formada simplemente por tres palos, uno de ellos transversal. De este colgaban cinco cuerdas con unos lazos corredizos en los extremos, listos para recibir a los condenados. Un capellán permanecía de pie a escasa distancia en compañía de un grupo de hombres que debían de ser funcionarios judiciales. Unos soldados armados con mosquetes mantenían al público a raya.

Poco a poco Mack oyó un rugido procedente del fondo de Tyburn Street.

—¿Qué es eso? —le preguntó a Cora.

—Ya vienen.

Encabezaba la marcha una patrulla montada de la policía, a cuyo frente iba un personaje que debía de ser el alguacil municipal. Después venía la carreta, un carro de cuatro ruedas tirado por dos caballos. Le seguían unos guardias a pie, armados con porras. Cerraba la marcha una compañía de lanceros con sus afiladas armas rígidamente enhiestas.

En el carro, sentadas sobre una especie de ataúdes, con las manos y los brazos atados con cuerdas, había cinco personas: tres hombres, un muchacho de unos quince años y una mujer.

—Esa es Dolly —dijo Cora, rompiendo a llorar.

Mack contempló con horrorizada fascinación a los cinco que iban a morir. Uno de los hombres estaba embriagado. Los otros miraban a su alrededor con expresión desafiante. Dolly rezaba en voz alta y el chico lloraba.

La carreta se acercó al patíbulo. El borracho saludó con la mano a unos amigos de siniestro aspecto que se encontraban en primera fila y estaban haciendo comentarios procaces:

—¡Qué bueno eres!

—¡Pruébate el collar a ver qué tal te sienta!

—¡Qué amable ha sido el alguacil al invitarte!

—¡Espero que ya hayas aprendido a bailar!

Dolly pedía perdón a Dios en voz alta, y el niño decía llorando:

—¡Sálvame, mamá, por favor, sálvame!

Un grupo de personas situadas en primera fila saludó a los dos hombres que estaban serenos.

Al cabo de un rato, Mack las identificó como irlandesas por su marcado acento. Uno de los condenados gritó:

—¡No dejéis que se me lleven los médicos, chicos!

Sus amigos asintieron ruidosamente.

—¿De qué están hablando? —le preguntó Mack a Cora.

—Debe de ser un asesino. Los cuerpos de los asesinos pertenecen a la Compañía de Cirujanos. Los cortan para ver lo que hay dentro.

Mack se estremeció al oírla.

El verdugo subió a la carreta. Uno a uno fue colocando los lazos corredizos alrededor de los cuellos y los ajustó. Ninguno de los condenados forcejeó, protestó o trató de escapar. Hubiera sido inútil, pues estaban rodeados de guardias, pero Mack pensó que él lo habría intentado de todos modos.

El sacerdote, un hombre calvo enfundado en unas vestiduras llenas de lamparones, subió a la carreta y habló con cada uno de los condenados por separado: solo unos momentos con el borracho, cuatro o cinco minutos con los otros dos hombres, y más tiempo con Dolly y el chico.

Mack había oído decir que algunas veces las ejecuciones fallaban y confió en que esa vez ocurriera lo mismo. Le parecía horrible pensar que aquellos cinco seres humanos tuvieran que morir en cuestión de unos momentos.

El cura terminó su trabajo. El verdugo vendó los ojos de las cinco personas con unos trapos y bajó, dejándolas en la carreta. El borracho no pudo conservar el equilibrio, tropezó y cayó, dando lugar a que el lazo corredizo lo empezara a estrangular. Dolly seguía rezando en voz alta.

El verdugo azotó a los caballos.

—¡No! —gritó Lizzie sin poderse contener.

La carreta experimentó una sacudida y se puso en marcha. El verdugo volvió a azotar a los caballos y estos iniciaron un trote. La carreta se alejó de debajo de los pies de los condenados y, uno a uno, estos se quedaron colgando del extremo de sus respectivas cuerdas: primero el borracho, ya medio muerto; después los dos irlandeses; a continuación, el niño que lloraba; y, finalmente, la mujer cuya oración quedó interrumpida a media frase.

Lizzie contempló los cinco cuerpos que colgaban de las cuerdas y se sintió rebosante de odio hacia sí misma y hacia la gente que la rodeaba.

Todos no estaban muertos. Por suerte, al niño se le había quebrado el cuello inmediatamente, lo mismo que a los dos irlandeses, pero el borracho todavía se movía y la mujer, a quien le había resbalado la venda de los ojos, mantenía los aterrorizados ojos enormemente abiertos mientras se iba asfixiando poco a poco.

Lizzie hundió el rostro en el hombro de Jay.

Hubiera querido irse, pero hizo un esfuerzo y se quedó. Se había empeñado en verlo y ahora tenía que aguantar hasta el final.

Volvió a abrir los ojos.

El borracho había expirado, pero la mujer estaba sufriendo una prolongada agonía. Los ruidosos espectadores habían enmudecido de horror, sobrecogidos por el espectáculo que se estaba desarrollando ante sus ojos.

Transcurrieron varios minutos.

Al final, los ojos de la mujer se cerraron.

El alguacil se adelantó para cortar las cuerdas y fue entonces cuando se iniciaron los disturbios.

El grupo de los irlandeses avanzó hacia el patíbulo, tratando de superar la barrera de los guardias. Estos los empujaron hacia atrás y los lanceros les echaron una mano, atacando a los irlandeses. La sangre empezó a correr.

—Temía que ocurriera algo así —dijo Jay—. Quieren arrebatar los cuerpos de sus amigos de las manos de los cirujanos. Salgamos de aquí cuanto antes.

Otras personas a su alrededor debían de estar pensando lo mismo que ellos, mientras que las de atrás intentaban acercarse para ver qué ocurría. Mientras unos empujaban hacia delante y otros lo hacían hacia atrás, empezaron a volar los puñetazos. Jay trató de abrirse camino, seguido de Lizzie. Tenían delante una oleada ininterrumpida de personas que empujaban en dirección contraria en medio de un griterío ensordecedor. No tuvieron más remedio que retroceder hacia el patíbulo, en el cual se apretujaban los irlandeses que estaban repeliendo a los guardias y esquivando las lanzas mientras otros trataban de llevarse los cuerpos de sus amigos.

Sin motivo aparente, los apretujones que rodeaban a Lizzie y a Jay cesaron de golpe. Lizzie se volvió y vio una brecha entre dos gigantones de temible aspecto.

—¡Jay, ven! —gritó, adelantándose mientras volvía la cabeza para asegurarse de que él la seguía. Después la brecha se cerró. Jay intentó abrirse paso, pero uno de los gigantones levantó una mano con gesto amenazador. Jay hizo una mueca y retrocedió, momentáneamente atemorizado. Su vacilación tuvo fatales consecuencias, pues se vio inmediatamente separado de Lizzie, la cual vio su rubio cabello por encima de la muchedumbre y trató de retroceder, pero le fue imposible porque una muralla humana se lo impidió.

—¡Jay! —gritó—. ¡Jay!

Él le contestó también a gritos, pero la multitud los separó. Él fue empujado hacia Tyburn Street mientras Lizzie era empujada hacia el parque, justo en dirección contraria. En un momento, ambos se perdieron de vista.

Lizzie estaba sola. Rechino los dientes y se volvió de espaldas al patíbulo. Tenía delante un sólido bloque de gente. Trató de abrirse paso entre un hombrecillo de baja estatura y una matrona de exuberante busto.

—Quíteme las manos de encima, muchacho —le dijo la mujer.

Lizzie siguió empujando y, al final, consiguió su propósito. Repitió el procedimiento. Le pisó los dedos de los pies a un hombre de expresión avinagrada y este le dio un codazo en las costillas. Lanzó un jadeo de dolor, pero siguió empujando.

De pronto, vio el rostro de Mack McAsh. Él también se estaba abriendo paso entre la gente.

—¡Mack! —le llamó, desesperada. Se encontraba en compañía de la pelirroja que estaba a su lado en Grosvenor Square—. ¡Por aquí! —le gritó—. ¡Ayúdame!

Mack la vio y la reconoció. Un hombre le golpeó un ojo a Lizzie con el codo y, por unos momentos, esta apenas pudo ver nada. Cuando recuperó la vista, Mack y la mujer ya habían desaparecido.

Presa de un creciente desánimo, Lizzie siguió empujando. Centímetro a centímetro se estaba alejando del tumulto que reinaba alrededor de la horca. A cada paso que daba, le resultaba más fácil moverse. Cinco minutos después, ya no le fue necesario empujar, sino que pudo caminar tranquilamente a través de pasillos de varios centímetros de anchura. Al final, se encontró delante de la fachada de una casa. Siguió avanzando pegada al muro, llegó a la esquina del edificio y se adentró en una callejuela de aproximadamente un metro de anchura. Allí se apoyó contra el muro de la casa y trató de recuperar el resuello. La callejuela estaba muy sucia y olía a basura. Le dolían las costillas a causa del codazo que había recibido. Se tocó cuidadosamente la cara y notó que se le estaba hinchando la zona que le rodeaba el ojo.

Confiaba en que a Jay no le hubiera ocurrido nada. Volvió la cabeza para buscarle y experimentó un sobresalto al ver que dos hombres la estaban mirando.

Uno de ellos era de mediana edad, tenía una prominente panza e iba sin afeitar. El otro era un joven de unos dieciocho años. Algo en sus miradas le infundió temor, pero, antes de que pudiera moverse, los hombres la empezaron a golpear. La agarraron por los brazos y la arrojaron al suelo. Le quitaron el sombrero y la peluca masculina que llevaba, le arrebataron los zapatos con hebilla de plata y le registraron los bolsillos con sorprendente rapidez, quitándole la bolsa del dinero, el reloj de bolsillo y el pañuelo.

Mientras introducía el botín en un saco, el mayor la miró un instante diciendo:

—La chaqueta es de buena calidad... y es prácticamente nueva.

Ambos volvieron a inclinarse sobre ella y empezaron a quitarle la chaqueta y el chaleco a juego. Trató de resistirse, pero solo consiguió que se le rompiera la camisa. Los hombres guardaron las prendas en el interior del saco. De pronto, Lizzie se dio cuenta de que tenía los pechos al aire. Inmediatamente trató de cubrirse con los jirones de la ropa, pero llegó demasiado tarde.

—¡Oye, que es una chica! —exclamó el más joven.

Lizzie se levantó rápidamente, pero el muchacho la agarró y la inmovilizó.

El gordo la miró.

—Y muy guapa, por cierto —dijo, humedeciéndose los labios con la lengua—. Me la voy a tirar —añadió en tono decidido.

Presa del terror, Lizzie forcejeó violentamente, pero no pudo zafarse de la presa del joven.

Este volvió la cabeza hacia la multitud que abarrotaba la calle en la que desembocaba la callejuela.

—¿Aquí?

—No mira nadie, tonto —dijo el tipo, acariciándose la entrepierna—. Bájale los pantalones a ver qué pinta tiene.

El muchacho la arrojó al suelo, se sentó encima de ella y empezó a quitarle los pantalones mientras el otro miraba. Aterrorizada, Lizzie se puso a gritar a pleno pulmón, pero había demasiado ruido en la calle y dudaba de que alguien la oyera.

De repente, apareció Mack McAsh.

Vio su rostro y un puño levantado que se estrelló contra el costado de la cabeza del gordo. El ladrón se tambaleó hacia un lado. Mack volvió a golpearle y el hombre puso los ojos en blanco. Un tercer puñetazo lo derribó al suelo, dejándolo sin sentido.

El chico se apartó de Lizzie y trató de huir, pero ella lo agarró por el tobillo y lo hizo tropezar. Mack lo levantó, lo empujó contra el muro de la casa y le colocó un fuerte gancho en la barbilla que lo dejó inconsciente sobre el cuerpo de su compañero de fechorías.

Lizzie se levantó.

—¡Gracias a Dios que estabas aquí! —dijo, lanzando un suspiro de alivio mientras unas lágrimas asomaban a sus ojos—. Me has salvado —añadió, rodeándolo con sus brazos—. ¡Gracias!

Él la estrechó con fuerza.

—Usted me salvó una vez... cuando me sacó del río.

Lizzie se aferró a él, tratando de controlar su temblor.

Sintió sus manos en la nuca, acariciándole el cabello. Vestida con unos pantalones y una camisa de hombre sin enaguas de por medio, percibió todo su cuerpo apretado contra el suyo. La sensación era completamente distinta de la que experimentaba con su marido. Jay era alto y flexible, mientras que Mack era bajo, duro y macizo.

Mack movió la cabeza y la miró con sus hipnóticos ojos verdes. Los demás detalles de su rostro estaban borrosos.

—Usted me salvó a mí y yo la he salvado a usted —dijo con una burlona sonrisa en los labios—. Soy su ángel de la guarda y usted el mío.

Poco a poco, Lizzie empezó a tranquilizarse. Recordó que la camisa se había roto y sus pechos estaban al aire.

—Si fuera un ángel, no estaría en tus brazos —dijo, tratando de apartarse.

Mack la miró a los ojos un instante, volvió a sonreír, asintiendo con la cabeza como si estuviera de acuerdo, y desvió la mirada.

Después se inclinó y tomó el saco que el ladrón sostenía en su inerte mano. Sacó el chaleco de Lizzie y ella se lo puso a toda prisa para cubrir su desnudez. En cuanto se sintió a salvo, empezó a preocuparse por Jay.

—Tengo que buscar a mi marido —dijo mientras Mack la ayudaba a ponerse la chaqueta—. ¿Me querrás ayudar?

—Pues claro.

Mack le entregó la peluca y el sombrero, la bolsa, el reloj de bolsillo y el pañuelo.

—¿Y tu amiga la pelirroja? —le preguntó Lizzie.

—Se llama Cora. Me he encargado de dejarla en lugar seguro antes de acudir en su auxilio.

—Ah, ¿sí? —dijo Lizzie, sintiéndose ilógicamente irritada—. ¿Acaso sois amantes? —preguntó bruscamente.

—Sí —contestó Mack, sonriendo—. Desde anteayer.

—El día de mi boda.

—Me lo estoy pasando muy bien. ¿Y usted?

Lizzie estuvo a punto de replicar con una grosería, pero logró dominarse. Después se echó involuntariamente a reír.

—Gracias por salvarme —dijo, inclinándose hacia delante para besarle fugazmente en los labios.

—Lo volvería a hacer a cambio de un beso como este.

Lizzie le miró sonriendo y dio media vuelta.

Jay se encontraba de pie, observándola en silencio.

Se sintió tremendamente culpable. ¿La habría visto besar a McAsh? Adivinó que sí por la siniestra expresión de su rostro.

—¡Oh, Jay! —exclamó—. ¡Gracias a Dios que estás bien!

—¿Qué es lo que ha pasado aquí?

—Esos dos hombres me han robado.

—Ya sabía yo que no hubiéramos tenido que venir.

Jay la tomó del brazo y la sacó de la callejuela.

—McAsh los ha derribado al suelo y me ha salvado.

—Ese no es motivo suficiente para besarle —replicó Jay.

19

El regimiento de Jay estaba de guardia en el Palace Yard el día del juicio de Wilkes.

El héroe liberal había sido condenado por difamación varios años atrás y había huido a París. A su regreso a principios de aquel año, había sido acusado de estar fuera de la ley. Sin embargo, mientras se desarrollaban los procedimientos judiciales contra él, había sido elegido diputado por Middlesex, aunque todavía no había ocupado su escaño en el Parlamento y el Gobierno esperaba poder impedir que lo hiciera con un veredicto de culpabilidad de los tribunales.

Jay sujetó las riendas de su caballo y contempló con cierta inquietud a los varios centenares de partidarios de Wilkes que se habían congregado delante de Westminster Hall, donde se estaba celebrando el juicio. Muchos de ellos llevaban prendida en el sombrero la escarapela azul que los identificaba como seguidores de Wilkes. Los «tories» como el padre de Jay deseaban hacer callar a Wilkes, pero todos temían la reacción de sus seguidores.

En caso de que estallaran disturbios, el regimiento de Jay sería el encargado de restablecer el orden. Un pequeño destacamento..., demasiado pequeño en opinión de Jay, solo cuarenta hombres y unos cuantos oficiales bajo el mando del coronel Cranbrough, el comandante de Jay, formaba una fina línea blanquirroja que se interponía entre el edificio de los tribunales y la muchedumbre.

Cranbrough recibía órdenes de los magistrados de Westminster, representados por sir John Fielding. Fielding era ciego, pero tal circunstancia no parecía impedirle el desempeño de sus funciones. Se trataba de un célebre juez reformista, demasiado blando a juicio de Jay. Afirmaba, por ejemplo, que el delito tenía su origen en la pobreza, lo cual era algo así como decir que el adulterio tenía su origen en el matrimonio.

Los jóvenes oficiales estaban deseando entrar en acción y Jay también lo deseaba, pero tenía un poco de miedo. Jamás había hecho uso de la espada o de su arma de fuego en un combate real.

La jornada se estaba haciendo muy larga y los capitanes interrumpían por turnos la patrulla para irse a beber un vaso de vino. Hacia el atardecer, mientras le estaba dando una manzana a su caballo, Jay fue abordado por Sidney Lennox.

El corazón le dio un vuelco en el pecho. Lennox quería cobrar su dinero. Seguramente había acudido a Grosvenor Square para reclamar el pago de la deuda, pero había aplazado la petición por ser el día de su boda.

Jay no le podía pagar, pero temía que Lennox fuera a ver a su padre.

—¿Qué estás haciendo aquí, Lennox? —le preguntó con fingida bravuconería—. No sabía que fueras partidario de Wilkes.

—Por mí, John Wilkes se puede ir al infierno —contestó Lennox—. He venido por las ciento cincuenta libras que perdió usted en el juego del faraón en Lord Archer's.

Jay palideció al oír mencionar la cantidad. Su padre le pasaba treinta libras mensuales, pero nunca era suficiente y no sabía cuándo podría tener en sus manos ciento cincuenta libras. La sola idea de que su padre pudiera enterarse de que había vuelto a perder dinero en el juego le hizo sentir una súbita debilidad en las piernas. Haría cualquier cosa con tal de evitarlo.

—Te voy a tener que pedir que esperes un poco más —dijo, tratando de adoptar un aire de arrogante indiferencia.

Lennox no le contestó directamente.

—Creo que usted conoce a un hombre llamado Mack McAsh.

—Por desgracia, sí.

—Ha organizado su propia cuadrilla de descargadores de carbón, con la ayuda de Caspar Gordonson. Ambos nos están causando un montón de problemas.

—No me extraña. Era un auténtico incordio en la mina de carbón de mi padre.

—Pero el problema no es solo McAsh. Sus dos compinches Dermot Riley y Charlie Smith tienen también sus propias cuadrillas y habrá otras a finales de esta semana.

—Eso os va a costar una fortuna a vosotros los contratantes.

—Arruinará nuestro negocio a menos que les paremos los pies.

—Aun así, yo no tengo nada que ver con eso.

—Pero nos podría ayudar.

—Lo dudo.

Jay no quería verse mezclado en los asuntos de Lennox.

—Para mí eso tiene un valor monetario.

—¿De cuánto? —preguntó cautelosamente Jay.

—Ciento cincuenta libras.

Jay sintió que el corazón le daba un vuelco en el pecho. La perspectiva de liquidar su deuda era una suerte inesperada. Pero Lennox no estaría dispuesto a renunciar a tanto. Seguramente exigiría un favor muy importante a cambio.

—¿Qué tendría que hacer? —preguntó cautelosamente.

—Quiero que los armadores se nieguen a contratar a las cuadrillas de McAsh. Ahora bien, algunos de los propietarios de las minas son también contratantes y, por consiguiente, colaborarán. Pero la mayoría son independientes. El propietario más importante de Londres es su padre de usted. Si él encabeza el movimiento, los demás lo seguirán.

—Pero ¿por qué razón iba a hacerlo? A él le traen sin cuidado los contratantes y los descargadores de carbón.

—Es concejal de Wapping y los contratantes representan muchos votos. Tiene que defender nuestros intereses. Además, los descargadores de carbón son muy alborotadores y conviene mantenerlos controlados.

Jay frunció el ceño. La tarea iba a ser muy difícil. Él no ejercía la menor influencia en su padre. A sir George no se le podía convencer de que hiciera algo así por las buenas, pero él tendría que intentarlo.

Un rugido de la multitud indicó que Wilkes estaba saliendo del edificio. Jay montó apresuradamente en su caballo.

—Veré lo que puedo hacer —le dijo a Lennox, alejándose al trote. Se cruzó con Marlborough y le preguntó—: ¿Qué es lo que ocurre?

—Le han denegado la fianza a Wilkes y lo llevan a la prisión de los Tribunales Reales.

El coronel estaba reuniendo a sus tropas.

—Corra la voz... nadie deberá abrir fuego a no ser que lo ordene sir John. Dígaselo a sus hombres.

Jay reprimió una indignada protesta. ¿Cómo podrían los soldados controlar a la multitud con las manos atadas?, se preguntó mientras comunicaba la orden.

Un carruaje salió, cruzando la entrada. La muchedumbre emitió un rugido capaz de helarle la sangre en las venas al más valiente. Jay sintió una punzada de temor mientras los soldados abrían paso al vehículo, golpeando a la muchedumbre con sus mosquetes. Los seguidores de Wilkes corrieron al puente de Westminster y Jay comprendió que el coche tendría que cruzar el río para pasar a Surrey y dirigirse a la prisión. Espoleó su caballo en dirección al puente, pero el coronel Cranbrough le hizo señas de que se detuviera.

—No cruce el puente —le dijo—. Hemos recibido instrucciones de mantener el orden aquí, a la entrada de los tribunales.

Jay refrenó su montura.

Surrey era un distrito aparte y los magistrados de Surrey no habían pedido ayuda al ejército. Era ridículo, pensó Jay, contemplando cómo el vehículo cruzaba el Támesis. Antes de que llegara a la orilla de Surrey, la muchedumbre lo obligó a detenerse y desenganchó los caballos.

Sir John Fielding seguía el vehículo en compañía de dos ayudantes que lo guiaban y le decían lo que estaba ocurriendo. Jay observó que doce hombres muy forzudos se situaban entre las guarniciones y empezaban a tirar del coche. Consiguieron que este diera la vuelta y lo dirigieron de nuevo hacia Westminster mientras la multitud lanzaba vítores de aprobación.

El corazón de Jay latía violentamente. ¿Qué ocurriría cuando la chusma llegara al Palace Yard? El coronel Cranbrough levantó una mano en gesto de advertencia para indicar que no deberían intervenir.

Jay le preguntó a Chip:

—¿Crees que deberíamos apartar el coche de la multitud?

—Los magistrados no quieren que haya derramamientos de sangre —contestó Chip.

Uno de los acompañantes de sir John se abrió paso entre la muchedumbre e intercambió unas palabras con Cranbrough. Una vez cruzado el puente, el coche se dirigió hacia el este. Cranbrough les gritó a sus hombres:

—Sigan a distancia... ¡no emprendan ninguna acción!

El destacamento se situó detrás de la multitud. Jay rechinó los dientes de rabia. Aquello era una humillación. Unos cuantos disparos de mosquete hubieran dispersado a la muchedumbre en cuestión de segundos. Wilkes lo hubiera explotado políticamente, pero ¿qué importaba?

El carruaje enfiló el Strand para dirigirse al centro de la ciudad. La muchedumbre cantaba, bailaba y gritaba «Wilkes y libertad» y «Número cuarenta y cinco». No se detuvieron hasta que llegaron a Spitalfields. Allí el coche se detuvo delante de la iglesia. Wilkes bajó y entró en la taberna Three Tuns, seguido por sir John Fielding.

Algunos de los seguidores quisieron entrar detrás de ellos, pero no todos lo consiguieron. Por consiguiente, se quedaron un rato en la calle hasta que Wilkes se asomó desde una ventana del piso de arriba y tomó la palabra entre los enfervorizados aplausos de la multitud. Jay estaba demasiado lejos y no pudo oír lo que decía, pero captó el sentido general: Wilkes estaba haciendo un llamamiento al orden.

Durante su discurso, el ayudante de Fielding salió de la taberna y volvió a intercambiar unas palabras con el coronel Cranbrough, el cual comunicó en voz baja la noticia a sus capitanes. Había conseguido más de lo que esperaba: Wilkes saldría por una puerta de atrás y aquella misma noche se entregaría en la prisión del Tribunal Real.

Wilkes terminó su discurso, saludó con la mano, inclinó la cabeza y desapareció. Al comprender que ya no volvería a salir, la gente se empezó a cansar y se fue retirando poco a poco. Sir John salió de la taberna y estrechó la mano a Cranbrough.

—Espléndido trabajo, mi coronel, quiero expresar mi gratitud a sus hombres. Se ha evitado el derramamiento de sangre y se ha cumplido la ley.

Estaba tratando de salvar la cara, pensó Jay, pero, en realidad, la multitud se había burlado de la ley.

Mientras la guardia regresaba a Hyde Park, Jay se sintió invadido por una profunda tristeza. Se había preparado para pasarse todo el día luchando y no podía soportar la decepción, pero el Gobierno no podía seguir apaciguando eternamente al populacho. Más tarde o más temprano, tendría que apretarle las tuercas. Y entonces habría acción.

Una vez hubo despedido a sus hombres y comprobado que los caballos estuvieran debidamente atendidos, Jay recordó la propuesta de Lennox. No sabía cómo exponerle a su padre el plan del tabernero, pero sería mucho más fácil que pedirle ciento cincuenta libras para pagar otra deuda de juego. Antes de regresar a casa, decidió pasar por Grosvenor Square.

Era tarde. La familia ya había cenado, le dijo el sirviente, y sir George se encontraba en un pequeño estudio de la parte de atrás de la casa. Jay permaneció indeciso un instante en el frío vestíbulo de suelo de mármol. Aborrecía tener que pedirle algo a su padre. Sir George o bien se burlaría de él por pedirle algo equivocado, o bien lo reprendería por exigirle más de lo debido. Pero tenía que hacerlo. Llamó con los nudillos a la puerta y entró.

Sir George estaba tomando una copa de vino mientras examinaba entre bostezos una lista del precio de las melazas. Jay se sentó diciendo:

—A Wilkes le han denegado la libertad bajo fianza.

—Eso me han dicho.

A lo mejor, pensó Jay, a su padre le gustaría saber de qué forma su regimiento había mantenido el orden.

—La chusma empujó el coche hacia Spitalfields y nosotros lo seguimos, pero él ha prometido entregarse esta noche.

—Me parece muy bien. ¿Qué te trae por aquí a esta hora tan tardía?

Jay comprendió que a su padre no le interesaban sus actividades de la jornada y decidió cambiar de tema.

—¿Sabías que Malachi McAsh ha aparecido aquí en Londres?

Sir George meneó la cabeza.

—No creo que eso tenga la menor importancia —dijo con indiferencia.

—Está armando alboroto entre los descargadores de carbón.

—Cuesta poco hacerlo..., son una gente muy pendenciera.

—Me han pedido que hable contigo en nombre de los contratantes.

Sir George enarcó las cejas.

—¿Y por qué tú? —preguntó, dando a entender con su tono de voz que nadie en su sano juicio hubiera utilizado los servicios de Jay como embajador.

Jay se encogió de hombros.

—Quizá porque conozco a uno de ellos y me ha pedido que hable contigo.

—Los taberneros constituyen un grupo de votantes muy poderoso —dijo sir George con aire pensativo—. ¿Qué desean?

—McAsh y sus amigos han organizado una cuadrilla independiente que no trabaja a través de los contratantes. Estos han pedido a los propietarios de los barcos que les sean leales y rechacen a las nuevas cuadrillas y creen que, si tú das ejemplo, los demás te seguirán.

—No sé si conviene que yo intervenga en el conflicto. No es nuestra batalla.

Jay sufrió una decepción. Creía haber planteado bien la cuestión. Simuló indiferencia.

—A mí no me va ni me viene, pero me extraña... porque tú siempre dices que hay que tratar con mano dura a los trabajadores rebeldes que pretenden elevarse por encima de su condición.

Justo en aquel momento se oyeron unos fuertes golpes contra la puerta principal de la casa. Sir George frunció el ceño y Jay salió al vestíbulo para ver qué ocurría. Un criado pasó presuroso por su lado y abrió la puerta. Un corpulento trabajador calzado con zuecos y tocado con una grasienta gorra adornada con una escarapela azul le ordenó al sirviente:

—Enciende la luz. ¡Ilumina la casa en honor de Wilkes!

Sir George salió del estudio y se situó al lado de su hijo.

—Mira lo que hacen.... obligan a la gente a poner velas en todas las ventanas en apoyo de Wilkes —dijo Jay.

—¿Qué hay en la puerta? —preguntó sir George.

Padre e hijo se adelantaron. Alguien había pintado con tiza el número 45 en la puerta. En la plaza, un reducido número de personas estaba yendo de puerta en puerta.

Sir George se dirigió al hombre de la puerta.

—¿Sabes lo que has hecho? —le dijo—. Este número es una clave. Significa «El rey es un embustero». Tu amado Wilkes ha ido a la cárcel por eso y tú también podrías acabar allí.

—¿Quieren encender velas en apoyo de Wilkes? —replicó el hombre, haciendo caso omiso de las palabras de sir George.

Sir George enrojeció de rabia. Se ponía hecho una furia cuando alguien de la clase baja no le trataba con el debido respeto.

—¡Vete al infierno! —le dijo, dándole con la puerta en las narices.

Después regresó a su estudio y Jay le siguió. Mientras se sentaban, oyeron ruido de rotura de cristales. Volvieron a levantarse y corrieron al comedor situado en la parte anterior de la casa. Un cristal de una de las dos ventanas estaba roto y en el reluciente entarimado del suelo había una piedra.

—¡Este cristal es de la Best Crown! —dijo sir George, irritado—. ¡Cuesta seis chelines el metro cuadrado!

Mientras contemplaban el estropicio, otra piedra rompió un cristal de la otra ventana.

Sir George salió al vestíbulo y le dijo al sirviente:

—Diles a todos que se vayan a la parte de atrás de la casa para que nadie sufra daños.

El atemorizado criado le preguntó:

—¿No sería mejor poner velas encendidas en todas las ventanas tal como ellos piden, señor?

—Calla la maldita boca y haz lo que te mando —contestó airado sir George.

Hubo una tercera rotura de cristales en el piso de arriba y Jay oyó gritar a su madre. Subió corriendo al piso de arriba y la vio saliendo del salón.

—¿Estás bien, mamá?

Alicia estaba muy pálida, pero parecía tranquila.

—Sí, pero ¿qué es lo que ocurre?

Sir George subió por la escalera y dijo con mal disimulada rabia:

—Nada de lo que tengas que asustarte, unos malditos seguidores de Wilkes. Vamos a retirarnos a la parte de atrás hasta que se vayan.

Corrieron a un pequeño salón de la parte posterior de la casa mientras los de la calle seguían arrojando piedras contra las ventanas. Jay observó que su padre estaba profundamente enojado. El hecho de que lo obligaran a retirarse no tenía más remedio que provocar su furia. Puede que fuera el mejor momento para volver a exponerle la petición de Lennox. Arrojando por la borda cualquier precaución, Jay le dijo:

—Mira, padre, tendremos que ser más duros con todos estos alborotadores.

—¿De qué demonios estás hablando?

—Estaba pensando en McAsh y en los descargadores de carbón. Si les permitimos que desafíen una vez a la autoridad, lo volverán a hacer. —Su madre le miró con curiosidad, pues aquella no era su habitual manera de hablar. Jay siguió insistiendo—: Es mejor cortar estas cosas al principio y enseñarles el lugar donde tienen que estar.

Sir George estaba a punto de darle otra respuesta malhumorada, pero dudó un instante, lo pensó mejor y, mirándole enfurecido, le dijo:

—Tienes muchísima razón. Mañana mismo lo haremos.

20

Mientras bajaba hundiendo los pies en el barro de la angosta High Street de Wapping, Mack creyó adivinar los sentimientos de un rey. Desde todas las puertas de las tabernas, las ventanas, los patios y los tejados, los hombres lo saludaban con la mano, le llamaban a gritos por su nombre y se lo indicaban con el dedo a sus amigos. Todo el mundo quería estrechar su mano, pero el aprecio de los hombres no era nada comparado con el de sus esposas. Los maridos no solo llevaban a casa tres y hasta cuatro veces más dinero que antes sino que, además, acababan la jornada mucho más serenos. Las mujeres lo abrazaban por la calle, le besaban las manos y llamaban a sus vecinas, diciendo:

—¡Es Mack McAsh, el que ha desafiado a los contratantes, venid a verlo!

Llegó a la orilla del ancho río y contempló las oscuras aguas. Era la pleamar y había varios barcos nuevos anclados. Buscó un barquero para que lo llevara. Los contratantes tradicionales solían esperar en sus tabernas la llegada de los capitanes que pedían cuadrillas para descargar sus barcos. En cambio, Mack y sus cuadrillas iban a ver a los capitanes, ahorrándoles tiempo y garantizándoles el servicio.

Se acercó al *Prince of Denmark* y subió a bordo. La tripulación había desembarcado y solo quedaba un anciano marinero fumando en pipa en la cubierta. El hombre le indicó a Mack el camarote del capitán. El capitán estaba sentado junto a una mesa, escribiendo laboriosamente en el cuaderno de bitácora del barco con una pluma de ave.

—Buenos días, capitán —le dijo Mack, esbozando una amistosa sonrisa—. Soy Mack McAsh.

—¿Qué hay? —replicó ásperamente el capitán sin invitarle a sentarse.

Mack no se ofendió por su grosería, pues los capitanes de barco no solían ser demasiado corteses.

—¿Quiere que mañana descarguemos el carbón de su barco con rapidez y eficacia? —le preguntó cordialmente.

—No.

Mak se sorprendió. ¿Alguien se les habría adelantado?

—Pues entonces, ¿quién lo va a hacer?

—Eso no es asunto tuyo.

—Vaya si lo es, pero, si no me lo quiere decir, no importa... alguien me lo dirá.

—Me parece muy bien, buenos días.

Mack frunció el ceño. No quería irse sin averiguar qué había ocurrido.

—¿Qué demonios le pasa, capitán? ¿Le he ofendido en algo?

—No tengo nada más que decirte, chico, y hazme el favor de marcharte.

Mack sospechaba algo, pero como no sabía qué decir, se marchó. Los capitanes de barco eran unos tipos malhumorados... quizá porque se pasaban mucho tiempo separados de sus mujeres. Contempló el río. Otro barco, el *Whitehaven Jack,* estaba anclado al lado del *Prince.* La tripulación aún estaba recogiendo las velas y enrollando los cabos en la cubierta. Mack decidió probar suerte y le dijo al barquero que lo llevara hasta allí. Encontró al capitán en el castillo de popa en compañía de un joven caballero con espada y peluca. Los saludó con serena cortesía, pues había descubierto que esa era la mejor manera de ganarse la confianza de la gente.

—Capitán, señor, tengan ustedes muy buenos días.

El capitán era más amable que el anterior.

—Buenos días. Te presento al señor Tallow, el hijo del propietario. ¿Qué deseas?

—¿Quiere que mañana le descargue el barco una cuadrilla muy rápida que nunca bebe más de la cuenta?

—Sí —contestó el capitán.

—No —dijo Tallow.

El capitán se extrañó y miró con semblante inquisitivo a Tallow.

—Tú eres McAsh, ¿verdad? —preguntó dirigiéndose a Mack.

—Sí, creo que los armadores están empezando a considerarme una garantía de trabajo bien hecho...

—No te queremos —dijo Tallow.

Aquella segunda negativa enfureció sobremanera a Mack.

—¿Por qué no? —preguntó en tono desafiante.

—Venimos trabajando desde hace años con Harry Nipper del Frying Pan y nunca hemos tenido ningún tipo de problema.

—Bueno, yo no diría tanto —terció el capitán.

Tallow le miró con rabia.

—No me parece justo que los hombres se vean obligados a beberse el salario —dijo Mack.

—No pienso discutir con gentuza como tú —replicó Tallow, ofendido—. Aquí no hay trabajo para ti, conque ya te estás largando.

Mack insistió.

—Pero ¿por qué quieren que les descargue el barco en tres días una pandilla de borrachos pendencieros, pudiendo hacerlo más rápido con mis hombres?

El capitán, que no se sentía en modo alguno intimidado por la presencia del hijo del propietario, añadió:

—Sí, yo también quiero saberlo.

—No tolero que nadie se atreva a discutir mis decisiones —dijo Tallow. Quería reafirmar su autoridad, pero era demasiado joven para eso.

Una sospecha cruzó por la mente de Mack.

—¿Acaso le ha dicho alguien que no contratara a mi cuadrilla?

La expresión del rostro de Tallow le hizo comprender que había dado en el blanco.

—Verás cómo nadie en el río contratará a tu cuadrilla ni la de Riley o la de Charlie Smith —dijo Tallow en tono malhumorado—. Se ha corrido la voz de que eres un alborotador.

Mack comprendió que la situación era grave. Un frío estremecimiento le sacudió el corazón. Sabía que Lennox y los demás contratantes emprenderían alguna acción contra él más tarde o más temprano, pero no había imaginado que pudieran contar con el apoyo de los armadores.

Le parecía un poco desconcertante. El antiguo sistema no era especialmente beneficioso para los armadores, pero estos llevaban muchos años colaborando con los contratantes y puede que la pura rutina los indujera a ponerse del lado de las personas a las que ya conocían, tanto si ello era justo como si no.

De nada hubiera servido manifestar enojo.

—Lamento que haya tomado esta decisión —dijo serenamente—. Es mala para los hombres y para los propietarios. Espero que la reconsidere y le deseo muy buenos días.

Tallow no contestó y Mack regresó a la orilla en una barca de remos. Sosteniéndose la cabeza con las manos, contempló las sucias y pardas aguas del Támesis.

¿Cómo era posible que hubiera pretendido derrotar a un grupo de hombres tan poderosos y despiadados como los contratantes? Estaban muy bien relacionados y contaban con muchos apoyos. Y él, en cambio, ¿quién era? Mack McAsh de Heugh.

Hubiera tenido que preverlo.

Saltó a la orilla y se dirigió al St Luke's Coffee House, que se había convertido en algo así como su cuartel general oficioso. Había por lo menos cinco cuadrillas que trabajaban con el nuevo sistema. El sábado por la noche, cuando las cuadrillas del antiguo sistema recibieran las diezmadas pagas de manos de los voraces taberneros, casi todos ellos se pasarían al nuevo sistema. Pero el boicot de los armadores daría al traste con todas sus esperanzas.

El local estaba justo al lado de la iglesia de San Lucas y en él se servía no solo café sino también cerveza, aguardiente e incluso comidas, pero todo el mundo se sentaba para comer y beber, a diferencia de lo que ocurría en las tabernas donde casi todos los parroquianos permanecían de pie.

Vio a Cora comiendo pan con mantequilla. A pesar de que ya era la media tarde, aquel era su desayuno, pues a menudo se pasaba buena parte de la noche levantada. Mack pidió un plato de gigote de cordero y una jarra de cerveza, y se sentó a su mesa.

—¿Qué te pasa? —le preguntó Cora inmediatamente.

Mack se lo dijo y mientras contempló su inocente rostro. Ya estaba preparada para empezar a trabajar, llevaba el mismo vestido de color anaranjado que el día en que él la había conocido y se había perfumado con la misma esencia. Parecía un cuadro de la Virgen María, pero olía como el harén de un sultán. No era de extrañar que los ricachones borrachos estuvieran dispuestos a acompañarla a las callejuelas oscuras, pensó Mack.

Se había pasado tres de los últimos seis días con ella. Cora le quería comprar un abrigo nuevo y él quería, a su vez, que ella abandonara la vida que llevaba. Era la primera amante de verdad que jamás hubiera tenido.

Mientras terminaba de contarle lo ocurrido entraron Dermot y Charlie. En lo más hondo de su ser, había abrigado la débil esperanza de que ellos hubieran tenido mejor suerte que él, pero la expresión de sus semblantes le dijo que no. El negro rostro de Charlie era la viva imagen del desaliento.

—Los propietarios han conspirado contra nosotros —dijo Dermot con su marcado acento irlandés—. Ni un solo capitán del río nos ha querido dar trabajo.

—Maldita sea su estampa —dijo Mack.

El boicot estaba dando resultado y él se encontraba en dificultades.

Experimentó un momento de justa indignación. Él solo quería trabajar duro y ganar el dinero suficiente para comprar la libertad de su hermana, pero constantemente se lo impedían unas personas que tenían dinero a espuertas.

—Estamos perdidos, Mack —dijo Dermot.

La escasa disposición a luchar que ponían de manifiesto sus compañeros enfurecía a Mack mucho más que el boicot propiamente dicho.

—¿Perdidos? —replicó, despectivamente, Mack—. ¿Tú eres un hombre o no?

—Pero ¿qué podemos hacer? —dijo Dermot—. Si los armadores no contratan a nuestras cuadrillas, los hombres volverán al viejo sistema. De algo tienen que vivir.

—Podríamos organizar una huelga —dijo impulsivamente Mack.

Los otros dos le miraron en silencio.

—¿Una huelga? —preguntó Cora.

Mack había dicho lo primero que se le había ocurrido, pero ahora, cuanto más lo pensaba, tanto mejor le parecía.

—Todos los descargadores de carbón quieren pasarse a nuestro sistema —dijo—. Podríamos convencerlos de que dejaran de trabajar para los contratantes. Entonces los armadores no tendrían más remedio que contratar a las nuevas cuadrillas.

—¿Y si se negaran a contratarnos a pesar de todo? —dijo Dermot en tono escéptico.

Mack no soportaba que fuera tan pesimista. ¿Por qué tenían los hombres que esperar siempre lo peor?

—Si lo hicieran, no podrían descargar el carbón.

—¿De qué vivirán los hombres?

—Pueden permitirse el lujo de tomarse unos cuantos días libres. Es algo que nos ocurre a cada dos por tres... Cuando no hay ningún barco en el puerto, no trabajamos.

—Es verdad. Pero no podemos resistir eternamente.

Mack estaba tan furioso que sentía deseos de ponerse a gritar.

—Los armadores tampoco... ¡Londres necesita carbón!

Dermot seguía sin estar demasiado convencido.

—Pero ¿qué otra cosa podríais hacer, Dermot? —le dijo Cora.

Dermot frunció el ceño, lo pensó un momento y después se le iluminó el semblante.

—No quiero volver a las antiguas condiciones. Lo voy a probar, qué demonios.

—¡Así me gusta! —dijo Mack, lanzando un suspiro de alivio.

—Yo hice huelga una vez —dijo Charlie en tono sombrío—. Las que más sufren son las mujeres.

—¿Cuándo hiciste huelga? —le preguntó Mack, pues se trataba de algo que solo había leído en los periódicos y no tenía ninguna experiencia directa.

—Hace tres años, en Tyneside. Era minero de carbón.

—No sabía que hubieras sido minero. —Ni él ni nadie de Heugh hubiera podido imaginar que los mineros pudieran ir a la huelga—. ¿Y cómo terminó?

—Los propietarios de las minas tuvieron que ceder —reconoció Charlie.

—¿Lo veis? —dijo Mack en tono triunfal.

—Pero aquí no os enfrentáis con terratenientes del norte —dijo Cora con inquietud—. Aquí se trata de los taberneros de Londres, la escoria de la tierra. Son capaces de enviar a alguien para que te corte la garganta mientras duermes.

Mack la miró a los ojos y se dio cuenta de que temía sinceramente que pudiera ocurrirle algo.

—Tomaré precauciones —dijo.

Cora le miró con escepticismo, pero no dijo nada.

—Lo más difícil será convencer a los hombres —dijo Dermot.

—Muy cierto —dijo Mack en tono decidido—. Es absurdo que nosotros cuatro estemos aquí discutiendo como si tuviéramos poder para tomar una decisión. Convocaremos una reunión. ¿Qué hora es?

Todos miraron hacia la calle. Estaba oscureciendo.

—Deben de ser las seis —dijo Cora.

—Las cuadrillas que hoy han trabajado —añadió Mack— terminarán en cuanto se haga de noche. Vosotros dos id por todas las tabernas de la High Street y corred la voz —les dijo a sus compañeros.

Ambos asintieron con la cabeza.

—No podemos reunirnos aquí... el local es demasiado pequeño —dijo Charlie—. Hay unas cincuenta cuadrillas en total.

—El Jolly Sailor tiene un patio muy grande —dijo Dermot—. Y el dueño no es contratante.

—Muy bien —dijo Mack, asintiendo con la cabeza—. Decidles que acudan allí una hora después del anochecer.

—Todos no irán —dijo Charlie.

—Pero la mayoría sí.

—Reuniremos a todos los que podamos —dijo Dermot.

Él y Charlie abandonaron el café.

Mack miró a Cora.

—¿Te vas a tomar la noche libre? —le preguntó en tono esperanzado.

Cora movió la cabeza.

—Estoy esperando a mi cómplice.

Mack lamentaba que Peggy fuera una ladrona y que Cora la incitara a serlo.

—Ojalá pudiéramos encontrar algún medio de que esta niña se ganara la vida sin tener que robar —dijo.

—¿Por qué?

La pregunta lo había desconcertado.

—Pues porque es evidente que...

—¿Qué es evidente?

—Que mejor sería que fuera honrada.

—¿Y por qué sería mejor?

Mack captó el tono enojado de las preguntas de Cora, pero ya no podía echarse atrás.

—Lo que hace es muy peligroso. Podría acabar en la horca de Tybum.

—¿Estaría mejor fregando el suelo de la cocina de alguna casa rica, apaleada por el cocinero y violada por el amo?

—No creo que a todas las fregonas las violen...

—A las que son guapas sí. ¿Y cómo me ganaría yo la vida sin ella?

—Tú podrías hacer muchas cosas, eres inteligente y bonita...

—Yo no quiero hacer cualquier cosa, Mack. Quiero hacer esto.

—¿Por qué?

—Porque me gusta. Me gusta vestirme bien, beber ginebra y coquetear. Robo a los imbéciles que tienen más dinero del que se merecen. Es fácil y divertido y gano diez veces más que si trabajara de costurera o tuviera una tiendecita o sirviera a las mesas en un café.

Mack la miró, escandalizado. Pensaba que le diría que robaba porque no tenía más remedio que hacerlo. La idea de que le gustara la vida que llevaba había modificado el concepto que tenía de ella.

—Realmente no te conozco —le dijo.

—Tú eres un chico muy listo, Mack, pero no sabes nada de la vida.

En aquel momento, apareció Peg. Estaba tan pálida, cansada y ojerosa como siempre.

—¿Ya has desayunado? —le preguntó Mack.

—No —contestó la niña—. Me encantaría un vaso de ginebra.

Mack llamó por señas al camarero.

—Un cuenco de gachas de avena y crema de leche, por favor.

Peg hizo una mueca, pero, cuando le sirvieron la comida, se la zampó en un santiamén.

Mientras la niña comía, entró Gaspar Gordonson. Mack se alegró de verle. Tenía intención de acudir a la casa de Fleet Street y discutir con él el boicot de los armadores y la idea de la huelga. Ahora repasó rápidamente los acontecimientos de la jornada mientras el desaliñado abogado tomaba una copa de brandy.

Mack empezó a hablar y Gordonson le escuchó con semblante cada vez más preocupado. Cuando terminó, el abogado le dijo con su estridente tono de voz habitual:

—Debes comprender que nuestros gobernantes están asustados. Y no me refiero tan solo a la Corte y el Gobierno sino a la clase alta en general: los duques y condes, los concejales, los jueces, los comerciantes y los terratenientes. La palabra libertad los pone nerviosos y los disturbios que hubieron por la comida el año pasado y el anterior les demostraron lo que puede hacer el pueblo cuando se enfada.

—¡Estupendo! —dijo Mack—. Pues entonces nos tienen que dar lo que queremos.

—No necesariamente. Temen que, si lo hacen, les pidáis más. Lo que de verdad quieren es una excusa para echar los soldados a la calle y disparar contra la gente.

Mack se dio cuenta de que, detrás del frío análisis de Gordonson, había un temor auténtico.

—¿Y necesitan una excusa?

—Pues claro. Todo se debe a John Wilkes. Es una espina clavada en su carne. Acusa al Gobierno de despotismo. En cuanto utilicen el ejército contra los ciudadanos, la gente sencilla dirá: «¿Lo veis?, Wilkes tenía razón. Este Gobierno es una tiranía. Y todos los tenderos, plateros y panaderos tienen muchos votos».

—Pues entonces, ¿qué clase de excusa necesita el Gobierno?

—Quieren que tú asustes a la gente sencilla con la violencia y los disturbios. Que la gente busque por encima de todo la paz y deje de pensar en la libertad de expresión. Entonces, cuando intervenga el ejército, la gente lanzará un suspiro colectivo de alivio en lugar de un rugido de indignación.

Mack escuchaba hablar al abogado con una mezcla de emoción e inquietud. Nunca había pensado en la política en aquellos términos. Había discutido las elevadas teorías de los libros y había sido una víctima impotente de unas leyes injustas, pero aquello era algo intermedio entre ambas cosas. Era la zona en la que las fuerzas contendientes luchaban y fluctuaban y las tácticas podían alterar el resultado. Aquello era la realidad..., una realidad muy peligrosa, por cierto.

Gordonson había perdido parte de su encanto y, en aquellos momentos, era simplemente un hombre preocupado.

—Yo te he metido en todo eso, Mack, y, si te matan, me sentiría culpable.

Sus temores estaban empezando a hacer mella en Mack. Cuatro meses atrás, no era más que un minero de carbón, pensó; ahora, en cambio, soy un enemigo del Gobierno, alguien a quien quieren eliminar. ¿Y quién me manda a mí meterme en estos líos? Pero se sentía obligado. De la misma manera que Gordonson se sentía responsable de lo que pudiera ocurrirle, él se sentía responsable del destino de los descargadores de carbón. No podía huir y esconderse. Sería una vergonzosa cobardía. Había metido a los hombres en un lío y ahora los tenía que sacar de él.

—¿Qué cree usted que podríamos hacer? —le preguntó a Gordonson.

—Si los hombres acceden a ir a la huelga, tu misión será mantenerlos bajo control. Tendrás que impedir que incendien los barcos y que asesinen a los que no quieran participar y sometan a asedio las tabernas de los contratantes. Esos hombres no son precisamente unos curitas..., son jóvenes y fuertes y están furiosos. Como estallen disturbios, serían capaces de incendiar Londres.

—Creo que lo podré hacer —dijo Mack—. Me harán caso. Creo que me respetan.

—Te adoran —dijo Gordonson—. Y eso te coloca en una situación de mayor peligro. Eres un cabecilla y el Gobierno podría romper la huelga, ahorcándote. En cuanto los hombres digan que sí, correrás un grave peligro.

Mack estaba empezando a pensar que ojalá no se le hubiera ocurrido pronunciar la palabra «huelga».

—¿Qué tengo que hacer? —preguntó.

—Deja tu actual alojamiento y vete a otro sitio. Mantén en secreto tu domicilio y procura que solo lo conozcan algunas personas de confianza.

—Ven a vivir conmigo —dijo Cora.

—Eso no sería nada difícil —dijo Mack sonriendo.

—No te dejes ver por las calles durante el día —añadió Gordonson—. Asiste a las reuniones y vete enseguida. Conviértete en un fantasma.

A Mack le parecía un poco ridículo, pero el miedo lo indujo a aceptarlo.

—De acuerdo.

Cora se levantó para marcharse. Para asombro de Mack, Peg le rodeó la cintura con sus brazos y lo abrazó.

—Ten cuidado, escocés —le dijo—. Sobre todo, que no te peguen un cuchillazo.

Mack se extrañó y emocionó al ver lo mucho que se preocupaban por él. Tres meses atrás no conocía a Peg ni a Cora ni a Gordonson.

Cora le dio un beso en los labios y se alejó, contoneando provocativamente las caderas en compañía de Peg.

Momentos después, Mack y Gordonson se fueron al Jolly Sailor. Ya había anochecido, pero la High Street de Wapping estaba muy concurrida y las luces de las velas brillaban en las puertas de las tabernas, las ventanas de las casas y las linternas que algunos llevaban en sus manos. La marea había bajado y se aspiraba un intenso olor a podrido procedente de la playa.

Mack se sorprendió al ver que el patio de la taberna estaba lleno de hombres. En Londres había unos ochocientos descargadores de carbón y por lo menos la mitad de ellos se encontraba allí. Alguien había improvisado a toda prisa una tosca plataforma y colocado a su alrededor cuatro antorchas encendidas. Mack se abrió paso entre la gente. Todos le reconocieron y le dirigieron la palabra o le dieron palmadas en la espalda. La noticia de su llegada se había difundido rápidamente y los hombres estaban empezando a vitorearle. Cuando llegó a la plataforma, los gritos se habían convertido en rugidos. Subió a la plataforma y los contempló. Cientos de rostros tiznados de carbón le estaban mirando. Reprimió unas lágrimas de gratitud por la confianza que habían depositado en él. Gritaban tanto que no le dejaban hablar. Levantó las manos para pedir silencio, pero no le hicieron caso. Algunos pronunciaban a gritos su nombre, otros gritaban: «¡Wilkes y libertad!» y otros lemas. Poco a poco, un canto se impuso a los demás hasta que todos se pusieron a gritar lo mismo:

—¡Huelga! ¡Huelga! ¡Huelga!

«¿Qué es lo que he hecho?», pensó Mack, mirándolos con inquietud.

21

Jay Jamisson recibió una nota de su padre a la hora del desayuno. Era muy breve, como todas las suyas.

> *Grosvenor Square*
> *8 de la mañana*
>
> Reúnete en mi despacho al mediodía.
>
> G. J.

Su primer pensamiento culpable fue el de que sir George había averiguado el trato que él había cerrado con Lennox.

Todo había salido a pedir de boca. Los armadores habían boicoteado las nuevas cuadrillas de descargadores de carbón tal como quería Lennox y este le había devuelto los pagarés. Pero ahora los descargadores de carbón se habían declarado en huelga y Londres llevaba una semana sin recibir carbón. ¿Acaso su padre había descubierto que todo aquello no hubiera ocurrido de no haber sido por sus deudas de juego? Aquella posibilidad le parecía espantosa.

Se dirigió como de costumbre a su campamento de Hyde Park, le pidió permiso al coronel Cranbrough para ausentarse al mediodía y se pasó toda la mañana preocupado. Su mal humor desmoralizó a los hombres y puso nerviosos a los caballos.

Las campanas de la iglesia estaban dando las doce cuando Jay entró en el almacén Jamisson del puerto. En el aire se aspiraban toda suerte de deliciosos aromas...: café y canela, ron y oporto, pimienta y naranjas. A Jay siempre le hacían recordar su infancia, cuando los barriles y las cajas de té le parecían mucho más grandes. Ahora sentía lo mismo que las veces en que había cometido alguna travesura y estaba a punto de recibir una reprimenda. Cruzó la planta baja, correspondió a los deferentes saludos de los empleados y subió por la escalera de madera que conducía al despacho. Atravesó un despacho ocupado por unos oficinistas y entró en el despacho de su padre, una estancia llena de mapas, facturas y cuadros de barcos.

—Buenos días, padre —dijo—. ¿Dónde está Robert?

Su hermano siempre estaba con su padre.

—Ha tenido que ir a Rochester, pero eso te concierne a ti más que a él. Sir Sidney Armstrong quiere verme.

Armstrong era el brazo derecho del secretario de Estado, vizconde de Weymouth. La inquietud de Jay fue en aumento. ¿Se habría metido en un lío con el Gobierno, aparte los problemas que tenía con su padre?

—¿Qué es lo que quiere Armstrong?

—Quiere que la huelga del carbón termine cuanto antes y sabe que nosotros la hemos provocado.

Por lo visto, aquello no tenía nada que ver con las deudas de juego, pensó Jay sin tenerlas todas consigo,

—Está al llegar —dijo sir George.

—¿Y por qué viene?

Por regla general, un personaje tan importante solía convocar a la gente en su despacho de Whitehall.

—Es un asunto delicado, supongo.

Antes de que pudiera hacer más preguntas, se abrió la puerta y entró Armstrong. Jay y sir George se levantaron. Armstrong era un hombre de mediana edad ceremoniosamente vestido. Llevaba peluca y espada y miraba a todo el mundo con una cierta arrogancia como para dar a entender que no tenía por costumbre descender al lodazal de los tratos comerciales. Sir George no le tenía simpatía... Jay lo adivinó por la expresión del rostro de su padre en el momento de estrechar la mano de Armstrong e invitarle a sentarse.

Armstrong declinó una copa de vino.

—Esta huelga tiene que terminar —dijo—. Los descargadores de carbón han paralizado la mitad de la industria de Londres.

—Tratamos de conseguir que los marineros descargaran los barcos. Y la cosa funcionó durante uno o dos días.

—¿Qué falló?

—Los convencieron o los intimidaron o ambas cosas a la vez y ahora ellos también se han declarado en huelga.

—Al igual que los barqueros —dijo Armstrong, irritado—. Pero, antes de que empezara la disputa del carbón, ya teníamos problemas con los sastres, los tejedores de seda, los sombrereros, los aserradores... eso no puede seguir así.

—Pero ¿por qué ha venido usted a verme a mí, sir Sidney?

—Porque tengo entendido que usted tuvo una influencia decisiva en el comienzo del boicot de los armadores que provocó a los descargadores de carbón.

—Es cierto.

—¿Puedo preguntarle por qué?

Sir George miró a Jay, el cual tragó saliva antes de explicar:

—Los contratantes que organizan las cuadrillas de los descargadores de carbón se pusieron en contacto conmigo. Mi padre y yo no queríamos que se alterara el orden establecido del puerto.

—Claro, lo comprendo —dijo Armstrong mientras Jay pensaba: «A ver si vas al grano de una vez»—. ¿Sabe usted quiénes son los cabecillas?

—Por supuesto que sí —contestó Jay—. El más importante es un hombre llamado Malachi McAsh. Casualmente, trabajaba como picador de carbón en las minas de mi padre.

—Me gustaría que McAsh fuera detenido y acusado de un delito grave de alteración del orden, pero tendría que ser una acusación verosímil. No quisiera que hubiera falsas acusaciones o testigos sobornados. Tendrían que ser unos disturbios auténticos, inequívocamente provocados por los trabajadores en huelga, con utilización de armas de fuego contra los oficiales de la Corona y numerosos muertos y heridos.

Jay le miró perplejo. ¿Les estaba Armstrong insinuando que organizaran ellos los disturbios?

Su padre no dio la menor muestra de perplejidad.

—Puede usted hablar con toda claridad, sir Sidney —dijo sir George. Miró a Jay y le preguntó—: ¿Sabes dónde se puede encontrar a McAsh?

—No —contestó Jay. Al ver la mirada de desprecio de su padre, se apresuró a añadir—: Pero estoy seguro de que lo podré averiguar.

Al rayar el alba, Mack despertó a Cora e hizo el amor con ella. La joven se había acostado a altas horas de la madrugada oliendo a humo de tabaco y él le había dado un beso y se había vuelto a quedar dormido. Ahora Mack estaba completamente despierto y ella estaba medio adormilada. Su cuerpo estaba tibio y relajado, su piel era suave como la seda y su pelirrojo cabello estaba graciosamente alborotado. Le rodeó con sus brazos, gimió suavemente y, al final, emitió un grito de placer. Después se durmió.

Mack la contempló un buen rato. Su delicado rostro era perfecto, sonrosado y de rasgos regulares. Pero él estaba cada vez más preocupado por la vida que llevaba. El hecho de que utilizara a una niña como cómplice le parecía una barbaridad. Cuando le hacía algún comentario al respecto, ella se enojaba y le decía que él también era culpable, pues vivía de balde en su casa y comía los alimentos que ella compraba con sus mal adquiridas ganancias.

Lanzó un suspiro y se levantó.

La vivienda de Cora se encontraba en el piso de arriba de un destartalado edificio de un almacén de carbón. El propietario del almacén había vivido allí en otros tiempos, pero, al mejorar su situación económica, se había mudado a otro sitio. Ahora utilizaba la planta baja como despacho y le había alquilado el piso de arriba a Cora.

La vivienda tenía dos habitaciones, con una cama de matrimonio en una de ellas y una mesa y unas sillas en la otra. El dormitorio estaba lleno de ropa, pues Cora se gastaba todo lo que ganaba en vestidos. Tanto Esther como Annie solo tenían dos vestidos, uno para el trabajo y otro para los domingos. En cambio, Cora tenía ocho o diez, todos de colores muy llamativos: amarillo, rojo, verde y marrón. Tenía zapatos a juego con cada uno de ellos y tantas medias y pañuelos como una refinada dama.

Se lavó la cara, se vistió rápidamente y se fue. A los cinco minutos, ya estaba en casa de Dermot. La familia estaba desayunando gachas. Mack miró con una sonrisa a los niños. Cada vez que utilizaba el «condón» de Cora, se preguntaba si algún día llegaría a tener hijos. A veces pensaba que le hubiera gustado tener un hijo con Cora. Después recordaba la vida que esta llevaba y cambiaba de idea.

Mack declinó un cuenco de gachas, pues sabía que lo necesitaban para ellos. Como él, Dermot vivía también de una mujer: su esposa fregaba platos en la cocina de una taberna todas las noches mientras él se quedaba en casa al cuidado de los niños.

—Mack, tienes una carta —le dijo Dermot, entregándole una nota sellada.

Mack reconoció la letra. Era casi idéntica a la suya. La enviaba Esther. Sintió una punzada de remordimiento. Hubiera tenido que estar ahorrando dinero para ella y, sin embargo, se encontraba en huelga y no tenía ni un céntimo.

—¿Hoy dónde nos vamos a reunir? —preguntó Dermot.

Cada día, Mack se reunía con todos sus lugartenientes en un sitio distinto.

—En la barra de la parte de atrás de la taberna Queen's Head —contestó Mack.

—Correré la voz.

Dermot se puso el sombrero y salió.

Mack abrió la carta y empezó a leer.

Había muchas noticias. Annie estaba embarazada y, en caso de que fuera niño, lo pensaban bautizar con el nombre de Mack. Por una extraña razón, Mack sintió que las lágrimas asomaban a sus ojos. Los Jamisson estaban perforando un nuevo pozo en High Glen, en la finca Hallim: habían excavado muy rápido y Esther empezaría a trabajar allí como cargadora en cuestión de unos días. La noticia lo sorprendió, pues le había oído decir a Lizzie que jamás permitiría que se explotaran los yacimientos de carbón de High Glen. La mujer del reverendo York había enfermado de unas fiebres y había muerto. Mack no se sorprendió demasiado, pues siempre había sido una mujer enfermiza. Por su parte, Esther seguía empeñada en abandonar Heugh en cuanto Mack consiguiera reunir el dinero necesario.

Mack dobló la carta y se la guardó en el bolsillo. No podía permitir que nada socavara su determinación. Ganaría la huelga y entonces podría ahorrar.

Se despidió con un beso de los hijos de Dermot y se dirigió a la Queen's Head.

Los hombres ya estaban llegando y él fue directamente al grano.

El Tuerto Wilson, un descargador de carbón que había recibido el encargo de comprobar cuántos barcos nuevos habían anclado en el río, informó de que aquella mañana habían llegado dos.

—Los dos de Sunderland —dijo—. He hablado con un marinero que ha bajado a tierra por pan.

Mack se volvió hacia Charlie Smith.

—Sube a bordo de los barcos y habla con los capitanes, Charlie. Explícales por qué estamos en huelga y pídeles que tengan paciencia. Diles que esperamos que los armadores no tarden en darse por vencidos y permitan a las nuevas cuadrillas descargar los barcos.

—¿Y por qué envías a un negro? A lo mejor le prestarían más atención a un inglés.

—Yo soy inglés —replicó Charlie, indignado.

—Casi todos los capitanes proceden de la zona minera del nordeste y Charlie habla con su acento. Lo ha hecho otras veces y ha demostrado ser un buen embajador.

—No te ofendas, Charlie —dijo el Tuerto Wilson.

Charlie se encogió de hombros y se fue a cumplir la misión que le habían encomendado. Una mujer entró corriendo, le dio un empujón al pasar y se acercó a la mesa de Mack casi sin resuello y con el rostro arrebolado por el esfuerzo. Mack reconoció a Sairey, la mujer de un pendenciero descargador de carbón llamado Buster McBride.

—Mack, han pillado a un marinero que trasladaba un saco de carbón a la orilla y tengo miedo de que Buster lo mate.

—¿Dónde están?

—Lo han encerrado en un retrete del Swan, pero Buster está bebiendo más de la cuenta y quiere colgarlo boca abajo de la torre del reloj y otros lo están aguijoneando para que lo haga.

Era algo que ocurría constantemente. Los descargadores de carbón actuaban siempre al borde de la violencia, pero, hasta aquel momento, Mack había conseguido refrenarlos.

—Acércate allí y calma a los chicos —le dijo a un forzudo y amable muchacho llamado Cerdito Pollard—. Solo nos faltaría un asesinato.

—Voy enseguida —dijo Cerdito.

Caspar Gordonson se presentó con la camisa manchada de yema de huevo y una nota en la mano.

—Unas barcazas están transportando carbón a Londres por el río Lea. Seguramente llegarán esta tarde a la esclusa de Enfield.

—Enfield —dijo Mack—. ¿Queda muy lejos?

—A unos dieciocho kilómetros —contestó Gordonson—. Podríamos estar allí al mediodía, aunque fuéramos a pie.

—Muy bien. Tenemos que controlar la esclusa e impedir el paso de las barcazas. Quisiera ir yo mismo. Me llevaré a doce hombres de confianza.

—Sam Barrows el Gordo, el propietario del Green Man, está intentando reunir una cuadrilla para descargar el *Spirit of Jarrow* —dijo otro minero.

—Pues tendrá suerte si lo consigue —comentó Mack—. Nadie le tiene simpatía al Gordo: jamás en su vida ha pagado un salario justo. De todos modos, será mejor que vigilemos su taberna por si acaso. Wili Trimble, acércate por allí y echa un vistazo. Hazme saber si hay algún peligro de que Sam consiga reunir dieciséis hombres.

—Se ha escondido —dijo Sidney Lennox—. Ha dejado el lugar donde vivía y nadie sabe adónde ha ido.

Jay se desanimó. Le había dicho a su padre, en presencia de sir Philip Armstrong, que conseguiría localizar a McAsh. Ojalá no hubiera dicho nada. Si no cumpliera su promesa, no podría soportar el desprecio de sir George.

Contaba con Lennox para descubrir el paradero de McAsh.

—Pero, si está escondido, ¿cómo dirige la huelga? —preguntó.

—Aparece cada mañana en un café distinto. Sus seguidores averiguan no sé cómo adónde tienen que ir. Da órdenes y desaparece hasta el día siguiente.

—Alguien tiene que saber dónde duerme —dijo Jay en tono quejumbroso—. Si logramos localizarlo, romperemos la huelga.

Lennox asintió con la cabeza. Él más que nadie deseaba ver derrotados a los descargadores de carbón.

—Caspar Gordonson tiene que saberlo.

Jay movió la cabeza.

—Ese no nos sirve a nosotros. ¿Tiene McAsh alguna mujer?

—Sí... Cora. Pero es muy dura de pelar. No dirá nada.

—Tiene que haber alguien más.

—Hay una chiquita —dijo Lennox en tono pensativo.

—¿Una chiquita?

—Peg la Rápida. Anda por ahí robando a los clientes de Cora. No sé si ella...

A medianoche, el café Lord Archer's estaba lleno de oficiales, caballeros y prostitutas. Se aspiraba en el aire el olor del humo de tabaco y de vino derramado. Un violinista tocaba en un rincón, pero apenas se le oía en medio del estruendo de cientos de conversaciones a voz en grito.

Varios hombres jugaban a las cartas, pero Jay no participaba en las partidas. Bebía para simular que estaba borracho y, aunque al principio, se había derramado casi todo el brandy por la pechera del chaleco, a medida que avanzaba la velada, había ido bebiendo cada vez más y ahora no tenía que hacer ningún esfuerzo para tambalearse. Chip Marlborough se había pasado el rato bebiendo desde el comienzo de la velada, pero nunca se emborrachaba.

Jay estaba demasiado preocupado como para poder disfrutar. Su padre no aceptaría ninguna excusa. Tenía que encontrar la dirección de McAsh. Había acariciado la idea de inventársela y decir después que McAsh se había vuelto a mudar a otro sitio, pero temió que su padre intuyera la mentira.

Por eso estaba bebiendo en el Archer's en la esperanza de ver a Cora. A lo largo de la noche varias chicas se le habían acercado, pero ninguna de ellas encajaba con la descripción de Cora: rostro agraciado, cabellera pelirroja, diecinueve o veinte años. Él y Chip se pasaban un rato bromeando con las chicas hasta que estas se daban cuenta de que no iban en serio y se iban en busca de otro cliente. Sidney Lennox vigilaba la escena desde el otro extremo del local, fumando en pipa y jugando una partida de faraón con apuestas muy bajas.

Jay estaba empezando a pensar que aquella noche no iban a tener suerte. Había cientos de chicas como Cora en el Covent Garden. Tal vez tendría que repetir su actuación al día siguiente e incluso al otro para poder tropezarse con ella. Y encima tenía una esposa en casa que no comprendía por qué razón se pasaba la noche en un lugar al que las damas respetables no podían ir.

Mientras soñaba con acostarse en una tibia cama con Lizzie, entró Cora.

No tenía la menor duda de que era ella. Era la chica más

guapa del local y tenía una mata de cabello del mismo color que las llamas de la chimenea. Lucía un vestido de seda roja muy escotado, calzaba unos zapatos rojos con lacitos y miraba a su alrededor con expresión profesional.

Jay miró a Lennox y le vio asentir lentamente con la cabeza un par de veces.

«Gracias a Dios», pensó.

Apartó la mirada y esbozó una sonrisa cuando sus ojos se cruzaron con los de Cora.

Vio en su expresión un atisbo de reconocimiento, como si ella supiera quién era. Después, Cora le devolvió la sonrisa y se acercó a él.

Jay estaba nervioso, pero procuró tranquilizarse, pensando que le bastaría con mostrarse encantador con ella. Había seducido a muchas mujeres. Besó su mano. La chica llevaba un embriagador perfume con esencias de sándalo.

—Pensé que ya conocía a todas las mujeres bonitas de Londres, pero estaba equivocado —le dijo galantemente—. Soy el capitán Jonathan y este es el capitán Chip.

Decidió no utilizar su verdadero nombre por si Mack se lo hubiera mencionado. En caso de que supiera quién era, la chica sospecharía.

—Me llamo Cora —dijo ella, echándoles una ojeada—. Qué pareja de hombres tan apuestos. No sabría decir cuál me gusta más.

—Mi familia es más noble que la de Jay —dijo Chip.

—Pero la mía es más rica —replicó Jay.

El comentario suscitó las risas de ambos.

—Si es tan rico, invíteme a un brandy —dijo Cora.

Jay llamó por señas al camarero y le cedió a Cora su asiento.

La joven se acomodó en el banco, apretujada entre él y Chip. Jay aspiró los efluvios de ginebra de su aliento, contempló sus hombros y la curva de sus pechos y no pudo evitar compararla con su mujer. Lizzie era pequeña, pero voluptuosa, de anchas caderas y busto exuberante. Cora era más alta y esbelta y sus pechos le recordaban dos manzanas colocadas en un cuenco la una al lado de la otra.

—¿Le conozco? —preguntó la joven, mirándole inquisitivamente.

Jay experimentó una punzada de inquietud. No creía haberla visto en ninguna parte.

—No creo —contestó.

Como ella lo reconociera, el juego habría terminado.

—Su cara me es conocida. Sé que no he hablado jamás con usted, pero le he visto en alguna parte.

—Pues ahora es el momento de que nos conozcamos —dijo Jay, esbozando una angustiada sonrisa.

Extendió el brazo sobre el respaldo del banco y empezó a acariciarle la nuca. Cora cerró los ojos como si le gustara y Jay se tranquilizó.

La joven resultaba tan convincente que él casi olvidó que estaba actuando. Cora le apoyó una mano en el muslo, cerca de la entrepierna. Jay lamentó no poder entregarse al placer y pensó que ojalá no hubiera bebido tanto, pues tenía que estar muy despierto.

El camarero le sirvió el brandy a Cora y ella lo apuró de un trago.

—Vamos, chico —le dijo a Jay—. Es mejor que salgamos a tomar un poco el aire antes de que te estallen los pantalones.

Jay se dio cuenta de que su erección resultaba muy visible y se ruborizó de vergüenza.

Cora se levantó y se encaminó hacia la puerta, seguida de Jay.

Una vez en la calle, la chica le rodeó la cintura con su brazo y bajó con él por los soportales de la acera de la plaza porticada del Covent Garden. Jay le rodeó los hombros con su brazo, deslizó la mano hacia su escote y jugueteó con un pezón. Ella soltó una risita y dobló la esquina de una callejuela.

Allí se abrazaron y besaron y Jay le comprimió los pechos, olvidándose por completo de Lennox y de la conspiración: Cora era dulce y cálida y él la deseaba con toda su alma. Las manos de Cora le recorrieron el cuerpo, le desabrocharon el chaleco, le acariciaron el pecho y se deslizaron hacia el interior de sus pantalones. Jay introdujo la lengua en su boca y trató al mismo tiempo de levantarle la falda. Sintió el aire frío en su vientre.

Oyó a su espalda un grito infantil. Cora se sobresaltó y apartó a Jay. Volvió la cabeza e hizo ademán de echar a correr, pero Chip Marlborough apareció como por arte de ensalmo y la sujetó antes de que pudiera dar tan siquiera el primer paso.

Jay se volvió y vio a Lennox, tratando de sujetar a una chiquilla que lloraba y forcejeaba con él. En medio de los forcejeos, la niña dejó caer al suelo varios objetos. Jay identificó su billetero, su reloj de bolsillo, su pañuelo de seda y su sello de plata. La niña se había dedicado a vaciarle los bolsillos mientras él besaba a Cora. A pesar de que lo esperaba, se había identificado tanto con su papel que ni siquiera se había dado cuenta. La niña dejó de forcejear y Lennox dijo:

—Os vamos a llevar a las dos en presencia de un magistrado. El hurto se castiga con la horca.

Jay miró a su alrededor, medio esperando que los amigos de Cora acudieran en su ayuda, pero nadie había visto la refriega de la callejuela.

Chip contempló la entrepierna de Jay diciendo:

—Puede usted guardarse el arma, capitán Jamisson... la batalla ha terminado.

Casi todos los hombres ricos y poderosos eran magistrados y sir George Jamisson no constituía ninguna excepción. Aunque jamás había actuado en una sala de justicia, estaba autorizado a juzgar los casos en su domicilio, podía ordenar que los delincuentes fueran azotados, marcados a fuego o encarcelados e incluso podía entregar a los culpables de delitos graves al Old Bailey para que fueran juzgados allí.

No se había acostado porque esperaba a Jay, pero, aun así, estaba molesto por el hecho de haber tenido que permanecer en vela hasta tan tarde.

—Os esperaba sobre las diez —rezongó cuando todos entraron en el salón de la casa de Grosvenor Square.

Cora, maniatada y llevada a rastras por Chip Marlborough, dijo:

—¡O sea que ya nos esperaba! Todo estaba preparado... son ustedes unos malditos cerdos.

—Calla la boca si no quieres que te mande azotar en la plaza antes de que empecemos —dijo sir George.

Cora le debió de creer capaz de cumplir su amenaza, pues ya no dijo nada más.

Sir George tomó un papel y mojó la pluma en un tintero.

—El señor Jay Jamisson es el denunciante. Afirma que le fue vaciado el bolsillo por parte de...

—La llaman Peg la Rápida, señor —dijo Lennox.

—Eso no lo puedo escribir —dijo sir George en tono malhumorado—. ¿Cuál es tu verdadero nombre, niña?

—Peggy Knapp, señor.

—¿Y el de la mujer?

—Cora Higgins —contestó Cora.

—Hurto cometido por Peggy Knapp con la complicidad de Cora Higgins. El delito ha sido presenciado por...

—Sidney Lennox, señor, propietario de la taberna Sun de Wapping.

—¿Y el capitán Marlborough?

Chip levantó las manos en gesto defensivo.

—Preferiría no verme envuelto en eso si las pruebas del señor Lennox fueran suficiente.

—Lo serán sin duda, capitán —dijo sir George. Siempre se mostraba muy cortés con Chip porque le debía dinero a su padre—. Ha sido usted muy amable al haber colaborado en la captura de estas ladronas. ¿Tienen algo que alegar las acusadas?

—Yo no soy su cómplice... en mi vida la había visto —dijo Cora.

Peg emitió un jadeo y miró incrédula a Cora mientras esta añadía:

—Salí a pasear con un apuesto caballero, eso es todo. No me di cuenta de que le estaba vaciando los bolsillos.

—Las dos son muy conocidas y todo el mundo sabe que trabajan en colaboración, sir George —dijo Lennox—, las he visto juntas muchas veces.

—Ya he oído suficiente —dijo sir George—. Las dos serán conducidas a la prisión de Newgarte bajo la acusación de robo.

Peg se echó a llorar y Cora palideció de temor.

—¿Por qué me han hecho ustedes esta jugada? —preguntó la joven, señalando con un dedo acusador a Jay—. Usted me estaba esperando en el Archer's. —Señaló a Lennox—. Y tú nos seguiste. Y usted, sir George Jamisson, nos estaba esperando levantado a una hora en que hubiera tenido que estar en la cama. ¿A qué viene todo esto? ¿Qué les hemos hecho a ustedes Peg y yo?

Sir George no le contestó.

—Capitán Marlborough, hágame el favor de acompañar fuera a la mujer y custodiarla un momento. —Todos esperaron mientras Chip se retiraba con Cora y cerraba la puerta a su espalda. Después sir George se dirigió a Peg—. Vamos a ver, niña, ¿cuál es el castigo por robo..., lo sabes?

Peg le miró pálida y temblorosa.

—El collar del alguacil —contestó en un susurro.

—Si te refieres a la horca, estás en lo cierto. Pero ¿sabes tú que a algunas personas no se las ahorca sino que se las envía a América?

La niña asintió en silencio.

—Algunas personas tienen amigos influyentes que interceden por ellas y le piden al juez que tenga compasión. ¿Tienes tú algún amigo influyente?

Peg negó con la cabeza.

—Bueno, pues, yo seré tu amigo influyente e intercederé por ti.

Peggy levantó el rostro y le miró con un brillo de esperanza en los ojos.

—Pero tendrás que hacer algo a cambio.

—¿Qué?

—Te salvaré de la horca si nos dices dónde vive Mack McAsh.

El silencio se prolongó un buen rato.

—En la buhardilla del almacén de carbón de la High Street de Wapping —dijo Peg, rompiendo en sollozos.

22

A Mack le extrañó no ver a Cora a su lado al despertar.

La joven jamás había permanecido fuera hasta el amanecer. Solo llevaba dos semanas viviendo con ella y no conocía todas sus costumbres, pero, aun así, estaba preocupado.

Se levantó e hizo lo mismo que en días anteriores. Se pasó la mañana en el café St Luke's, enviando recados y recibiendo informes. Preguntó a todos si habían visto o sabían algo de Cora, pero nadie sabía nada. Envió a alguien al Sun para hablar con Peg la Rápida, pero la niña también había permanecido ausente toda la noche y nadie la había visto.

Por la tarde, se dirigió a pie al Covent Garden y recorrió las tabernas y los cafés, preguntando a las prostitutas y los camareros. Varias personas habían visto a Cora la víspera. Un camarero del Lord Archer's la había visto salir con un acaudalado joven que llevaba unas copas de más. A partir de aquel momento, su rastro se perdía.

Fue a casa de Dermot en Spitalfields, confiando en que su amigo supiera algo. Dermot les estaba dando a sus hijos la cena a base de caldo de huesos. Se había pasado todo el día preguntando por Cora, pero no había conseguido averiguar su paradero.

Mack regresó a casa cuando ya había anochecido, confiando en que, al llegar a la buhardilla del almacén de carbón, Cora le estuviera esperando, tendida en la cama en ropa interior. Pero la casa estaba fría, oscura y vacía.

Encendió una vela y se sentó con expresión pensativa. Fuera, las tabernas de la High Street de Wapping ya se estaban empezando a animar. A pesar de que los descargadores de carbón se encontraban en huelga, aún les quedaba un poco de dinero para cerveza. Mack hubiera deseado poder unirse a ellos, pero, por motivos de seguridad, no acudía a las tabernas de noche.

Se comió un poco de pan con queso y empezó a leer un

libro que Gordonson le había prestado. Era una novela titulada *Tristram Shandy*, pero no podía concentrarse. Más tarde, cuando ya estaba empezando a preguntarse si Cora habría muerto, oyó un tumulto en la calle.

Se oían gritos de hombres, rumor de gente que corría y un estruendo como de caballos y carros. Temiendo que los descargadores de carbón hubieran armado algún alboroto, Mack se acercó a la ventana.

El cielo estaba despejado y brillaba una media luna que iluminaba perfectamente toda la calle. Unos diez o doce carros tirados por caballos estaban bajando por la desigual calzada de tierra en dirección al almacén de carbón. Los seguían varios hombres que proferían gritos, a los cuales se estaban uniendo los que salían de las tabernas.

Al parecer, habían estallado unos disturbios.

Mack soltó una maldición. Era lo que menos les convenía.

Se apartó de la ventana y bajó corriendo a la calle. Si pudiera hablar con los hombres y convencerlos de que no descargaran el carbón, quizá podría evitar los actos de violencia.

Cuando llegó a la calle, el primer carro ya estaba entrando en el patio del almacén. Mientras se acercaba a ellos, los hombres saltaron de los carros y, sin previa advertencia, empezaron a arrojar trozos de carbón contra la muchedumbre. Algunos descargadores fueron alcanzados; otros recogieron los trozos de carbón y los lanzaron a su vez contra los carreteros. Mack oyó gritar a una mujer y vio que alguien empujaba a unos niños hacia el interior de una casa.

—¡Basta! —gritó, interponiéndose entre los descargadores de carbón y los carros con las manos en alto—. ¡Ya basta!

Los hombres lo reconocieron y, por un instante, cesó el tumulto. Mack se alegró de ver el rostro de Charlie Smith entre la gente.

—Procura mantener el orden aquí, Charlie —le dijo—. Yo hablaré con esos.

—Calmaos —dijo Charlie—. Dejad que lo arregle Mack.

Mack se volvió de espaldas a los descargadores. A ambos lados de la estrecha callejuela, la gente había salido a las puertas de sus casas para ver lo que estaba ocurriendo, lista para volver a encerrarse a la menor señal de peligro. Había por lo menos cinco hombres en cada carro de carbón. En medio de un silencio espectral, Mack se acercó al primer carro.

—¿Quién manda aquí? —preguntó.

Una figura se adelantó bajo la luz de la luna.

—Yo.

Mack reconoció a Sidney Lennox,

Experimentó un sobresalto y se desconcertó. ¿Qué estaba pasando? ¿Qué razón tenía Lennox para descargar el carbón en el patio? Tuvo una fría premonición de desastre. Vio al propietario del almacén, Jack Cooper, llamado el Negro Jack porque siempre iba cubierto de carbonilla como un minero.

—Jack, cierra las puertas del almacén, por el amor de Dios —le suplicó—. Aquí habrá alguna muerte si dejas que estos entren.

—Tengo que ganarme la vida —contestó Cooper con expresión enfurruñada.

—Te la ganarás en cuanto termine la huelga. No querrás que haya derramamientos de sangre en la High Street de Wapping, ¿verdad?

—Ya he puesto la mano sobre el arado y no quiero mirar hacia atrás.

Mack le miró con dureza.

—¿Y quién te ha mandado hacerlo, Jack? ¿Hay alguien más metido en esto?

—Hago lo que me da la gana... nadie me dice lo que tengo que hacer.

Mack empezó a comprender lo que estaba ocurriendo y se puso furioso. Miró a Lennox.

—Tú le has pagado. ¿Por qué?

Los interrumpió el fuerte sonido de una campanilla. Mack se volvió y vio a tres hombres en una ventana del piso de arriba de la taberna Frying Pan. Uno estaba haciendo sonar la campanilla y otro sostenía una linterna en la mano. El tercer hombre, situado en el centro, llevaba peluca y espada, signos que lo identificaban como un personaje importante.

Cuando la campanilla dejó de sonar, el hombre del centro se anunció.

—Soy Roland McPherson, juez de paz de Wapping, y declaro en estos momentos que se han producido unos disturbios.

A continuación, procedió a leer el artículo más importante de la Ley de Sedición.

En cuanto se constataba la existencia de unos disturbios, todo el mundo se tenía que dispersar antes de una hora. Los actos de desobediencia se podían castigar con la pena de muerte.

El magistrado se había presentado allí con una rapidez extraordinaria, pensó Mack. Era evidente que ya sabía lo que iba a suceder y estaba aguardando en la taberna el momento oportuno para intervenir. Todo había sido cuidadosamente planeado.

Pero ¿con qué propósito? Dedujo que habrían querido provocar unos disturbios para desacreditar a los descargadores de carbón y tener un pretexto para ahorcar a los cabecillas. Y eso era él.

Su primera reacción fue la de adoptar una actitud agresiva. Hubiera querido gritar: «¡Si quieren disturbios, por Dios que los tendrán y jamás en su vida los podrán olvidar..., incendiaremos Londres antes de terminar!». Y hubiera querido estrangular a Lennox, pero procuró conservar la calma y pensar con claridad. ¿Cómo podría frustrar los planes de Lennox?

Su única esperanza era darse por vencido y permitir la descarga del carbón. Se volvió hacia los enfurecidos descargadores que se habían congregado alrededor de las puertas abiertas del almacén de carbón y les dijo:

—Escuchadme. Esto es un complot para provocar unos disturbios. Si ahora nos vamos todos tranquilamente a casa, venceremos a nuestros enemigos. Si nos quedamos y oponemos resistencia, estaremos perdidos.

Se oyeron unos murmullos de protesta.

«Dios mío —pensó Mack—, pero qué estúpidos son estos hombres.»

—¿Es que no lo comprendéis? —añadió—. Quieren una excusa para ahorcar a unos cuantos. ¿Por qué darles lo que quieren? ¡Esta noche nos vamos a casa y mañana proseguiremos nuestra lucha!

—Tiene razón —dijo Charlie—. Fijaos quién está aquí... Sidney Lennox. Este no se propone nada bueno, de eso podéis estar seguros.

Al ver que algunos de los descargadores asentían con la cabeza, Mack pensó que podría convencerlos. De pronto, Lennox gritó:

—¡Cogedlo!

Varios hombres rodearon simultáneamente a Mack. Este se volvió para echar a correr, pero uno de ellos lo agarró y lo arrojó al barro. Mientras trataba de levantarse, oyó el rugido de los descargadores y comprendió que estaba a punto de ocurrir lo que tanto temía: una batalla campal.

Le propinaron golpes y puntapiés, pero apenas se dio cuenta. Después, los hombres que lo estaban atacando fueron apartados por los descargadores y él consiguió levantarse.

Miró a su alrededor y vio que Lennox había desaparecido. Las cuadrillas rivales ocupaban toda la calle y se veían combates cuerpo a cuerpo en todas partes. Los caballos se encabritaron y empezaron a soltar nerviosos relinchos. El instinto lo impulsaba a participar en la refriega y repartir golpes, pero logró contenerse. ¿Cuál era la manera más rápida de acabar con aquella situación? Trató de pensar. Los descargadores de carbón no se retirarían. Era algo contrario a su naturaleza. Lo mejor sería convencerlos de que adoptaran una postura defensiva en la esperanza de que se calmaran los ánimos.

Agarró a Charlie del brazo.

—Intentaremos entrar en el almacén y cerrarles las puertas —le dijo—. ¡Díselo a los hombres!

Charlie corrió de un lado para otro, gritando a pleno pulmón para que todos le oyeran.

—¡Adentro y cerrad las puertas! ¡No los dejéis entrar!

De pronto, para su horror, Mack oyó claramente el disparo de un mosquete.

—¿Qué es lo que pasa aquí? —preguntó, pero nadie le escuchó.

¿Desde cuándo llevaban armas de fuego los descargadores de carbón? ¿Quiénes eran aquellas gentes?

Vio un trabuco apuntando contra él. Antes de que pudiera moverse, Charlie se apoderó del arma, apuntó contra el hombre que la empuñaba y le disparó a quemarropa. El hombre cayó muerto.

Mack soltó una maldición. Charlie podía ser ahorcado por lo que acababa de hacer.

Alguien se acercó corriendo. Mack se desvió hacia un lado y descargó un puñetazo contra una barbilla. El hombre se desplomó al suelo.

Mack retrocedió y trató de pensar. Todo estaba teniendo lugar delante de su ventana. Lo habrían preparado de antemano. Habían descubierto su dirección. ¿Quién le había traicionado?

Los primeros disparos fueron seguidos por una andanada de pólvora que se mezcló con el polvo de carbón que llenaba el aire. Mack protestó a gritos al ver que varios descargadores caían muertos o heridos. Las esposas y las viudas le echarían la culpa a él y tendrían razón, pues había puesto en marcha un proceso que se le había escapado de las manos.

Casi todos los mineros entraron en el patio, tratando de repeler a los conductores de los carros. Los muros los protegían de los intermitentes disparos de los mosquetes.

Los combates cuerpo a cuerpo eran más violentos a la entrada del patio. Mack se dio cuenta de que, si pudiera cerrar las altas puertas de madera, conseguiría acabar con la batalla. Trató de abrirse paso en medio de la confusión, se situó detrás de una de las puertas de madera y empezó a empujarla. Algunos descargadores lo vieron y se unieron a sus esfuerzos. La gran puerta empujó a varios hombres y Mack pensó que conseguirían cerrarla, pero, de repente, un carro la bloqueó.

—¡Apartad el carro, apartad el carro! —gritó casi sin resuello.

Un rayo de esperanza se encendió en su pecho al ver que su plan estaba empezando a surtir efecto. La puerta a medio cerrar formaba una barrera parcial entre los dos bandos enfrentados. Además, el primer ardor de la batalla ya se había apagado y el ímpetu de los hombres había disminuido tras las primeras lesiones y magulladuras y la contemplación de los compañeros muertos o heridos. El instinto de conservación se estaba imponiendo y todos estaban buscando algún medio de retirarse con dignidad.

Mack confió en que pronto cesaran las peleas. Si se pudieran detener los enfrentamientos antes de que alguien llamara a las tropas, todo lo ocurrido se podría considerar una escaramuza sin importancia y la huelga se podría seguir considerando una protesta en buena parte pacífica.

Una docena de descargadores empezaron a sacar el carro del patio mientras otros empujaban la puerta. Alguien cortó los tirantes de los caballos y los atemorizados animales se pusieron a correr, a cocear y relinchar.

—¡Seguid empujando, no os detengáis! —gritó Mack mientras les caía encima una lluvia de grandes trozos de carbón.

El carro fue sacado finalmente del patio y la puerta cerró la brecha con exasperante lentitud.

Después, Mack oyó un rumor que destruyó de golpe todas sus esperanzas: el desfile de unos pies.

Los guardias estaban avanzando por la High Street de Wapping con sus uniformes blanquirrojos brillando a la luz de la luna. Jay marchaba al frente de la columna, sujetando las riendas de su montura a paso rápido.

Su semblante estaba aparentemente sereno, pero el corazón le latía violentamente en el pecho. Oía el fragor de la batalla que había desencadenado Lennox: hombres que gritaban, caballos que relinchaban, mosquetes que disparaban. Jay jamás había utilizado la espada o las armas de fuego en una situación como aquella. Quería creer que la chusma de los descargadores se aterrorizaría ante la presencia de sus disciplinadas y adiestradas tropas, pero, por mucho que intentara tranquilizarse, no las tenía todas consigo.

El coronel Cranbrough le había encomendado aquella misión y lo había enviado sin ningún oficial superior. En una situación normal, Cranbrough se hubiera puesto personalmente al mando del destacamento, pero él sabía que el caso tenía unas connotaciones políticas, de las cuales el coronel quería mantenerse al margen. Al principio, se había alegrado, pero ahora pensaba que ojalá tuviera a su lado a un experto superior que pudiera ayudarle.

El plan de Lennox le había parecido teóricamente infalible, pero ahora que se acercaba a la batalla, le veía toda clase de fallos. ¿Y si McAsh estuviera en otro sitio? ¿Y si huyera antes de que él pudiera detenerle?

Cuanto más se acercaban al almacén de carbón, tanto más lento le parecía el avance de las tropas hasta que, al final, se dio cuenta de que estas se estaban moviendo centímetro a centímetro. Al ver a los soldados, muchos alborotadores huyeron y otros trataron de esconderse, pero un considerable número de ellos empezó a arrojar una lluvia de trozos de carbón sobre Jay y sus hombres. Estos se estaban acercando impávidos a la puerta del almacén y, según lo previsto, ya habían empezado a ocupar sus posiciones.

Solo habría una andanada. Se encontraban tan cerca del enemigo que no tendrían tiempo de volver a cargar sus armas.

Jay levantó su espada. Los descargadores estaban atrapados en el patio. Habían intentado cerrar la puerta, pero ahora habían desistido de su esfuerzo y las puertas se habían abierto de par en par. Algunos se encaramaron a los muros mientras otros trataban patéticamente de esconderse entre los montones de carbón o detrás de las ruedas de un carro. Sería como disparar contra las gallinas de un corral.

De repente, la poderosa figura de McAsh apareció en lo alto del muro con el rostro iluminado por la luz de la luna.

—¡Deténganse! —gritó—. ¡No disparen!

«Vete al infierno», pensó Jay.

Bajó la espada y gritó:

—¡Fuego!

Los mosquetes retumbaron como truenos. Un velo de humo ocultó por un instante a los soldados. Cayeron diez o doce descargadores, algunos entre gritos de dolor y otros mortalmente silenciosos. McAsh bajó del muro y se arrodilló junto al inmóvil y ensangrentado cuerpo de un negro. Levantó los ojos y, al ver a Jay, le miró con tal furia que a este se le heló la sangre en las venas.

—¡Al ataque! —gritó Jay.

La agresiva reacción de los descargadores lo pilló por sorpresa. Pensaba que intentarían huir, pero, en su lugar, vio que esquivaban las espadas y los mosquetes y luchaban cuerpo a cuerpo con palos y trozos de carbón, utilizando los puños y los pies. Se desanimó al ver caer varios uniformes.

Miró a su alrededor, buscando a McAsh, pero no le vio.

Soltó una maldición por lo bajo. El objetivo de aquella operación era detener a McAsh. Lo había pedido sir Philip y él había prometido cumplirlo. Confiaba en que no se hubiera escapado.

De repente, McAsh se le plantó delante.

Lejos de huir, se enfrentaba con él.

Agarró la brida de su montura y, cuando él levantó la espada, McAsh la esquivó, inclinándose hacia la izquierda. Jay trató torpemente de alcanzarlo, pero falló. McAsh pegó un brinco, lo asió por la manga y tiró de ella. Jay trató de librarse de su presa, pero McAsh no le soltó. Sin poderlo evitar, Jay empezó a resbalar peligrosamente de la silla. McAsh tiró con fuerza y lo derribó del caballo.

Jay temió súbitamente por su vida. Consiguió caer de pie, pero McAsh le rodeó inmediatamente la garganta con las manos. Desenvainó la espada, pero, antes de que pudiera atacar, McAsh agachó la cabeza y le golpeó brutalmente el rostro con ella. Jay quedó momentáneamente ciego y sintió que la cálida sangre le resbalaba por el rostro. Blandió la espada, tropezó con algo y creyó haber herido a McAsh, pero este no aflojó la presa. Jay recuperó la visión, miró a McAsh a los ojos y vio en ellos una furia tan terrible que, de haber podido hablar, le hubiera suplicado clemencia.

Uno de sus hombres vio su apurada situación y descargó sobre McAsh la culata de su mosquete. El golpe alcanzó a McAsh en una oreja. Por un instante, este aflojó la presa, pero inmediatamente volvió a apretar con renovada fuerza. El soldado descargó otra vez la culata de su arma. McAsh trató de esquivar el golpe, pero no fue suficientemente rápido y la pesada culata de madera del mosquete se estrelló contra su cabeza con un crujido claramente audible sobre el trasfondo del fragor de la batalla. Por una décima de segundo, la fuerza de la presa de McAsh se intensificó y Jay se quedó sin respiración como un hombre que estuviera a punto de ahogarse; después, McAsh puso los ojos en blanco y sus manos resbalaron de la garganta de Jay mientras se desplomaba al suelo, inconsciente.

Jay respiró afanosamente, apoyado en su espada. Poco a poco, su terror se desvaneció. Le dolía tremendamente el rostro. Debía de tener la nariz rota. Sin embargo, al contemplar al hombre tendido en el suelo a sus pies, solo sintió satisfacción.

23

Lizzie no durmió aquella noche.

Jay le había dicho que podría haber dificultades y permaneció despierta, esperándole en el dormitorio con una novela abierta sobre las rodillas, aunque no pudo leer. Jay regresó a altas horas de la madrugada, cubierto de polvo y sangre y con la nariz vendada. Se alegró tanto de verle vivo que lo estrechó fuertemente en sus brazos, manchándose el blanco camisón de seda.

Después despertó a los criados y les ordenó que subieran agua caliente. Jay le fue contando poco a poco la historia de los disturbios mientras ella le ayudaba a quitarse el sucio uniforme, le lavaba el magullado cuerpo y lo ayudaba a ponerse una camisa de noche limpia.

Más tarde, cuando ambos ya estaban acostados el uno al lado del otro en la enorme cama de cuatro pilares, Lizzie preguntó en tono vacilante:

—¿Crees que ahorcarán a McAsh?

—Eso espero —contestó Jay, acariciándose cuidadosamente el vendaje—. Contamos con testigos que declararán que él incitó a la muchedumbre a desmandarse y atacó personalmente a los oficiales. Dado el incierto clima que estamos viviendo, no creo que haya ningún juez capaz de dictar una sentencia leve. Si tuviera amigos influyentes que intercedieran por él, la cosa sería distinta.

Lizzie frunció el ceño.

—Nunca pensé que fuera un hombre especialmente violento. Rebelde, desobediente, insolente y arrogante..., pero no salvaje.

Jay la miró con expresión relamida.

—Puede que tengas razón, pero las cosas se han hecho de tal manera que él no ha tenido otra opción.

—¿Qué quieres decir?

—Sir Sidney Armstrong visitó en secreto el almacén para hablar conmigo y con mi padre. Nos dijo que deseaba detener a McAsh por incitación a disturbios y prácticamente nos pidió que lo provocáramos. Por consiguiente, Lennox y yo hemos organizado unos disturbios.

Lizzie le miró escandalizada. Le dolía pensar que Mack había sido deliberadamente provocado.

—¿Y está contento sir Sidney de lo que habéis hecho?

—Por supuesto que sí. Y el coronel Cranbrough está muy satisfecho de la forma en que yo he sofocado los disturbios. Ahora puedo dejar mi puesto en el ejército con una impecable hoja de servicios.

Después ambos hicieron el amor, pero Lizzie estaba tan angustiada por lo ocurrido que no pudo disfrutar de la experiencia. Jay se dio cuenta de que su comportamiento no era el mismo de siempre, pues, por regla general, Lizzie solía retozar y brincar en la cama, colocarse encima suyo, cambiar de posición, besarle, hablar y reírse sin cesar. Cuando todo terminó, le dijo:

—Has estado muy apagada.

Lizzie trató de inventarse una excusa.

—Temía hacerte daño.

Jay aceptó la explicación y, a los pocos minutos, se quedó dormido. Lizzie permaneció despierta. Era la segunda vez que se escandalizaba por la actitud de su marido ante la justicia... y en ambas ocasiones había intervenido Lennox. Jay no era esencialmente malvado, de eso estaba segura, pero otros podían arrastrarlo a la maldad, sobre todo hombres sin escrúpulos como Lennox. Se alegraba de que solo faltara un mes para su partida de Inglaterra. En cuanto zarparan, jamás volverían a ver a Lennox.

Pero no podía dormir. Experimentaba una fría y pesada sensación en la boca del estómago. McAsh sería ahorcado. La mañana en que había ido a Tybum Cross disfrazada de hombre, el espectáculo del ahorcamiento de unos perfectos desconocidos le había provocado una profunda repulsión. La idea de que pudiera ocurrirle lo mismo a su amigo de la infancia le resultaba insoportable.

Mack no era asunto de su incumbencia, pensó. Se había escapado, había quebrantado la ley, se había declarado en huelga y había tomado parte en unos disturbios. Había hecho todo lo que había podido para meterse en líos y ahora ella no estaba obligada a rescatarle. Su deber era estar al lado del hombre con quien se había casado.

Era verdad, pensó, pero no consiguió conciliar el sueño.

En cuanto la luz del amanecer empezó a filtrarse por los bordes de las cortinas, se levantó de la cama y se puso a hacer el equipaje con vistas a la travesía. Cuando aparecieron los criados, les ordenó que guardaran en los baúles impermeables los regalos de boda: mantelerías, cuberterías, vajillas y cristalerías, baterías y cuchillos de cocina.

Jay se despertó dolorido y malhumorado. Se tomó un trago de brandy por todo desayuno y se fue a su regimiento. Al poco rato, lady Hallim, que todavía ocupaba el ala de invitados de la mansión de los Jamisson, visitó a su hija y la acompañó al dormitorio donde ambas empezaron a doblar medias, enaguas y pañuelos.

—¿En qué barco viajaréis? —preguntó lady Hallim.

—En el *Rosebud*. Es uno de los barcos de Jamisson.

—Y cuando lleguéis a Virginia... ¿cómo os trasladaréis a la plantación?

—Los barcos que cruzan el océano pueden navegar por el río Rapahannock hasta Fredericksburg, y desde allí hasta Mockjack Hall solo hay unos quince kilómetros. —Lizzie comprendió que su madre estaba preocupada por la duración de la travesía—. No te preocupes, madre, ahora ya no hay piratas.

—Tienes que llevar agua potable y guardar el tonel en el camarote... no se te ocurra compartirla con la tripulación. Te prepararé un cofre de medicinas por si os pusierais enfermos.

—Gracias, madre.

Debido a la falta de espacio, la comida pasada y el agua contaminada, Lizzie corría más peligro de morir a causa de alguna enfermedad que del ataque de unos piratas.

—¿Cuánto tardaréis?

—Unas seis o siete semanas.

Lizzie sabía que esa era la duración mínima. Si el barco se desviaba de su rumbo a causa del viento, la travesía podía prolongarse hasta tres meses. En tal caso, la probabilidad de enfermar era mucho mayor. No obstante, ella y Jay eran jóvenes y fuertes y estaban sanos. ¡Sobrevivirían y sería una aventura extraordinaria!

Estaba deseando ver América. Era un continente desconocido y todo sería distinto: los pájaros, los árboles, la comida, el aire, la gente. Se llenaba de emoción cada vez que lo pensaba.

Llevaba cuatro meses viviendo en Londres y cada día le gustaba menos. La buena sociedad le producía un aburrimiento mortal. Ella y Jay cenaban a menudo con otros oficiales y sus esposas, pero los oficiales hablaban de partidas de cartas y de generales incompetentes y las esposas solo sabían hablar de sombreros y criadas. Lizzie era incapaz de mantener una charla superficial y, cuando decía lo que pensaba, escandalizaba a quienes la escuchaban.

Una o dos veces por semana, ella y Jay cenaban en Grosvenor Square. Allí por lo menos la conversación giraba en torno a cosas más sólidas: los negocios, la política, la oleada de huelgas y los disturbios que habían sacudido Londres aquella primavera. Sin embargo, la visión que tenían los Jamisson de los acontecimientos era completamente sesgada. Sir George despotricaba contra los trabajadores, Robert vaticinaba un desastre y Jay se mostraba partidario de la intervención del ejército. Nadie, ni siquiera Alicia, tenía la imaginación suficiente para ver las cosas desde el otro lado. Lizzie no creía que los trabajadores tuvieran derecho a declararse en huelga, por supuesto, pero consideraba que actuaban movidos por razones que para ellos eran muy importantes. Sin embargo, semejante posibilidad jamás se admitía alrededor de la lustrosa mesa del comedor de Grosvenor Square.

—Supongo que te alegrarás de regresar a Hallim House —le dijo Lizzie a su madre.

Lady Hallim asintió con la cabeza.

—Los Jamisson son muy amables, pero yo echo de menos mi humilde casa.

Lizzie estaba guardando sus libros preferidos en un baúl —*Robinson Crusoe*, *Tom Jones*, *Roderick Random*, todos historias de aventuras— cuando un criado llamó a la puerta y anunció que Caspar Gordonson esperaba abajo.

Lizzie le hizo repetir el nombre, pues no podía creer que Gordonson hubiera tenido el atrevimiento de visitar a un miembro de la familia Jamisson. Sabía que habría tenido que negarse a recibirlo, tratándose del hombre que había alentado y respaldado la huelga que tantos daños estaba produciendo en los negocios de su suegro, pero, como siempre, se dejó arrastrar por la curiosidad y le dijo al criado que lo hiciera pasar al salón.

Sin embargo, no tenía la menor intención de recibirle con amabilidad.

—Nos ha causado usted muchos trastornos —le dijo nada más entrar en la estancia.

Para su asombro, Gordonson no era el agresivo matón sabelotodo que ella imaginaba, sino un hombre corto de vista que hablaba con voz chillona y tenía el descuidado aspecto y los modales propios de un distraído maestro de escuela.

—No era esa mi intención, se lo aseguro —dijo Gordonson—. Mejor dicho... sí lo era, claro... pero no contra usted personalmente.

—¿Por qué ha venido usted aquí? Si mi marido estuviera en casa, lo echaría con cajas destempladas.

—Mack McAsh ha sido acusado de promover disturbios según la Ley de Sedición y ha sido enviado a la prisión de Newgate. Será juzgado en el Old Bailey dentro de tres semanas. El delito se castiga con la pena de la horca.

Las palabras cayeron sobre Lizzie como un mazazo, pero esta consiguió disimular sus sentimientos.

—Lo sé —dijo fríamente—. Es una lástima... un chico tan fuerte y con toda la vida por delante.

—Debería usted sentirse culpable.

—¡Es usted un insolente! —replicó Lizzie—. ¿Quién animó a McAsh a pensar que era un hombre libre? ¿Quién le dijo que tenía unos derechos? ¡Usted! ¡Usted es quien debería sentirse culpable!

—Y así me siento —dijo Gordonson en un susurro.

Lizzie le miró sorprendida, pues esperaba una airada negativa. La humildad de aquel hombre la serenó. Trató de reprimir las lágrimas que habían asomado a sus ojos.

—Hubiera tenido que quedarse en Escocia.

—Pero usted sabe que, al final, muchos condenados a muerte se salvan de la horca.

—Sí. —Quedaba todavía una pequeña esperanza. Lizzie se animó—. ¿Cree usted que Mack conseguirá un indulto real?

—Eso depende de la persona que esté dispuesta a interceder por él. En nuestro ordenamiento legal, los amigos influyentes lo son todo. Yo pediré el indulto, pero mis palabras no le van a servir de mucho. Casi todos los jueces me odian. Sin embargo, si usted intercediera por él...

—¡No puedo! —protestó Lizzie—. Mi marido es el que acusa a McAsh. Sería una imperdonable deslealtad por mi parte.

—Le podría usted salvar la vida.

—¡Pero Jay haría el ridículo!

—A lo mejor se mostraría comprensivo...

—¡No! Sé muy bien que no. Ningún marido podría comprenderlo.

—Piénselo...

—¡No! Pero haré otra cosa. Voy a... —No se le ocurría nada—. Le escribiré una carta al señor York, el pastor de la iglesia de Heugh. Le pediré que venga a Londres e interceda por la vida de Mack en el juicio.

—¿Un clérigo rural de Escocia? —dijo Gordonson—. No creo que tenga demasiada influencia. La única manera de estar seguros, es que lo haga usted.

—Eso está totalmente descartado.

—No voy a discutir con usted... solo conseguiría reafirmarla en su determinación —dijo Gordonson con astucia—. Puede usted cambiar de opinión en cualquier momento —añadió, encaminándose hacia la puerta—. Preséntese en el Old Bailey dentro de tres semanas, contando a partir de mañana. Recuerde que de ello puede depender su vida.

En cuanto Gordonson se hubo retirado, Lizzie rompió a llorar con desconsuelo.

Mack se encontraba en una de las salas comunes de la prisión de Newgate. No recordaba todos los detalles de la víspera. Recordaba vagamente que lo habían atado y echado sobre la grupa de un caballo y que lo habían conducido de aquella manera por las calles de la ciudad. Había visto un alto edificio con barrotes en las ventanas, un patio adoquinado, una escalera y una puerta tachonada. Después lo llevaron dentro. Todo estaba muy oscuro y apenas pudo ver nada. Golpeado y muerto de cansancio, se había quedado dormido.

Al despertar, se encontró en una estancia de un tamaño aproximado al de la vivienda de Cora. Hacía mucho frío, pues las ventanas carecían de cristales y la chimenea estaba apagada. La atmósfera olía muy mal a causa del hacinamiento de por lo menos treinta personas: hombres, mujeres y niños, más un perro y un cerdo. Todos dormían en el suelo y compartían un orinal de gran tamaño.

Las entradas y salidas eran constantes. Algunas mujeres se fueron a primera hora de la mañana y Mack averiguó que no eran prisioneras sino esposas de prisioneros que sobornaban a los carceleros y pasaban la noche allí. Los carceleros entraron con comida, cerveza, ginebra y periódicos para los que podían pagar los exorbitantes precios que cobraban. Muchos iban a ver a sus amigos de otras salas. Un prisionero fue visitado por un clérigo y otro, por un barbero. Al parecer, todo estaba permitido, pero todo se tenía que pagar.

La gente se burlaba de su situación y comentaba sus delitos entre risas. Aquella atmósfera de alegría no era del agrado de Mack. Acababa de despertarse cuando alguien le ofreció un trago de ginebra y otro prisionero le ofreció una pipa como si aquello fuera un festejo.

Le dolía todo el cuerpo, pero lo peor era la cabeza. En la parte de atrás tenía un chichón con una costra de sangre reseca. Se sentía irremediablemente abatido. Había fallado en todo. Había huido de Heugh para ser libre y, sin embargo, estaba en la cárcel. Había luchado por los derechos de los descargadores de carbón y solo había conseguido que mataran a unos cuantos. Había perdido a Cora. Lo juzgarían por traición, provocación de disturbios o asesinato. Y probablemente moriría en la horca. Muchos de los que lo rodeaban tenían tantos motivos como él para estar preocupados, pero quizá eran demasiado estúpidos para prever el destino que los esperaba.

Ahora la pobre Esther jamás conseguiría abandonar la aldea. Pensó que ojalá la hubiera llevado consigo. Se hubiera podido disfrazar de hombre, tal como había hecho Lizzie Hallim. Y habría podido hacer los trabajos propios de un marinero mejor que él, pues su cuerpo era mucho más ágil. E incluso puede que su innato sentido común le hubiera ayudado a no meterse en líos.

Confiaba en que la criatura que Annie llevaba en su vientre fuera un varón. Así, por lo menos, seguiría existiendo un Mack. A lo mejor Mack Lee tendría una existencia más feliz y más larga que la de Mack McAsh.

Estaba muy triste cuando un carcelero abrió la puerta y entró Cora.

Tenía el rostro lleno de tiznaduras y su vestido rojo estaba hecho jirones, pero, aun así, su belleza era tan arrebatadora que todo el mundo se volvió a mirarla.

Mack se levantó de un salto y la estrechó en sus brazos entre los vítores de los demás prisioneros.

—¿Qué te ha pasado? —le preguntó.

—Me han detenido por ladrona..., ha sido por ti —contestó ella.

—¿Qué quieres decir?

—Todo fue una trampa. Parecía un ricachón borracho como tantos otros, pero, en realidad, era Jay Jamisson. Nos pillaron y nos llevaron a la presencia de su padre. Es un delito castigado con la horca. Pero a Peg la indultaron... a cambio de que les dijera dónde vivías.

Mack se enfureció momentáneamente con Peg por haberle traicionado, pero después pensó que no era más que una chiquilla y que no se le podía echar la culpa de nada.

—O sea que fue así como lo averiguaron.

—¿Y a ti qué te ha ocurrido?

Mack le contó la historia de los disturbios.

Cuando terminó, Cora le dijo:

—Dios mío, Mack, eres el hombre más desgraciado que jamás me he echado a la cara.

Era cierto, pensó él. Todas las personas con quienes trataba acababan metidas en problemas.

—Charlie Smith ha muerto —dijo Mack.

—Tienes que hablar con Peg —dijo Cora—. Está convencida de que la odias.

—Me odio a mí mismo por haberla arrastrado a esta situación.

Cora se encogió de hombros.

—Tú no le dijiste que fuera una ladrona. Vamos.

Aporreó la puerta y el carcelero la abrió. Le entregó una moneda, señaló con el pulgar a Mack y le dijo:

—Va conmigo.

El carcelero asintió con la cabeza y los dejó salir.

Cora acompañó a Mack por un largo pasillo hasta llegar a una puerta que daba acceso a una sala muy parecida a la que ellos acababan de dejar. Peg estaba sentada en un rincón. Al ver a Mack, la niña se levantó.

—Perdóname —le dijo con expresión atemorizada—. Me obligaron a hacerlo. Perdóname.

—Tú no tuviste la culpa —dijo Mack.

—Te he decepcionado —dijo Peg con lágrimas en los ojos.

—No seas tonta.

Mack la estrechó en sus brazos y ella rompió a llorar mientras su diminuto cuerpo se estremecía de angustia.

Caspar Gordonson llegó con un banquete: una gran sopera con sopa de pescado, un trozo de carne de buey asada, varias jarras de cerveza y unas natillas. Después le pagó al carcelero para que les permitiera usar una sala privada con sillas y una mesa. Mack, Cora y Peg fueron sacados de sus salas y todos se sentaron a comer.

A pesar de que estaba en ayunas, Mack apenas tenía apetito. Quería conocer inmediatamente la opinión de Gordonson acerca de sus posibilidades en el juicio, pero reprimió su impaciencia y bebió un poco de cerveza.

Cuando terminaron de comer, el criado de Gordonson quitó la mesa y les entregó tabaco y unas pipas. Gordonson tomó una pipa y lo mismo hizo Peg, la cual ya había adquirido aquel vicio propio de los adultos.

Gordonson se refirió en primer lugar a los casos de Peg y Cora.

—Ya he hablado con el abogado de la familia Jamisson

sobre la acusación de hurto —dijo—. Sir George cumplirá la promesa que le hizo a Peg de pedir clemencia por ella.

—Me extraña —dijo Mack—. Los Jamisson no tienen por costumbre cumplir su palabra.

—Bueno, lo hacen porque les conviene —explicó Gordonson—. Mira, sería muy embarazoso para ellos que Jay tuviera que declarar ante un juez que eligió a Cora y se fue con ella, pensando que era una prostituta. Prefieren decir que ella le conoció en la calle y trabó conversación con él mientras Peg le vaciaba el bolsillo.

—Y nosotras tenemos que aceptar este cuento de hadas para proteger la reputación de Jay —dijo Peg en tono despectivo.

—Si quieres que sir George interceda por ti, sí.

—No hay más remedio —dijo Cora—. Y lo haremos así.

—Muy bien. —Gordonson se volvió hacia Mack—. Ojalá tu caso fuera tan fácil.

—¡Pero yo no provoqué los disturbios! —protestó Mack.

—No te retiraste cuando te leyeron la Ley de Sedición.

—Por el amor de Dios... intenté conseguir que todos se retiraran, pero los rufianes de Lennox nos atacaron.

—Vayamos por partes.

Mack respiró hondo y reprimió su exasperación.

—De acuerdo.

—El fiscal dirá simplemente que te leyeron la Ley de Sedición y que tú no te fuiste y, por consiguiente, eres culpable y tienes que morir en la horca.

—¡Sí, pero todo el mundo sabe que hay algo más!

—Ahí está, en eso se tiene que basar tu defensa. Tú tienes que decir que el fiscal solo ha contado la mitad de la historia. ¿Puedes aportar testigos que declaren que pediste a todo el mundo que se dispersara?

—Estoy seguro de que sí. Dermot Riley podrá conseguir que muchos descargadores de carbón declaren a mi favor. ¡Pero habría que preguntarles a los Jamisson por qué razón aquella gente pretendía descargar el carbón precisamente en aquel almacén y a aquella hora de la noche!

—Bueno...

Mack descargó un impaciente puñetazo sobre la mesa.

—Los disturbios se habían organizado de antemano, eso es lo que tenemos que decir.

—Sería muy difícil de demostrar.

Mack se enfureció al observar la negativa actitud de Gordonson.

—Los disturbios se debieron a una conspiración... usted no puede prescindir de estos datos. Si los hechos no se exponen en el juicio, ¿dónde se van a exponer?

—¿Asistirá usted al juicio, señor Gordonson? —preguntó Peg.

—Sí... pero es posible que el juez no me permita hablar.

—Pero ¿por qué no, maldita sea? —preguntó Mack, indignado.

—Teóricamente, si eres inocente, no necesitas ayuda legal para demostrarlo. Pero, a veces, los jueces hacen una excepción.

—Espero que nos toque un juez amable —dijo Mack con inquietud.

—El juez tiene que ayudar al acusado. Su deber es encargarse de que los alegatos de la defensa estén claros para el jurado. Pero no confíes demasiado en que eso ocurra. Confía más bien en la simple verdad. Es lo único que te puede salvar del verdugo.

24

El día del juicio los prisioneros fueron despertados a las cinco de la mañana.

Dermot Riley llegó a los pocos minutos con un traje para Mack. Era el mismo que él había utilizado el día de su boda y Mack se emocionó. Su amigo le había llevado también una navaja y una pastilla de jabón. Media hora después, Mack ofrecía un aspecto totalmente respetable y ya estaba preparado para presentarse ante el juez.

Lo ataron junto con Cora, Peg y otros quince o veinte prisioneros y los sacaron a la Newgate Street, desde donde bajaron por una travesía llamada Old Bailey y subieron por una callejuela para dirigirse al Palacio de Justicia.

Allí Caspar Gordonson se reunió con él y le explicó quién era quién. El patio del edificio ya estaba lleno de gente: fiscales, testigos, miembros de los jurados, abogados, parientes y amigos, mirones y un considerable número de putas y ladrones en busca de alguna ocasión de hacer negocio. Los prisioneros fueron conducidos a través del patio hasta una puerta que daba acceso a la Sala de Fianzas, la cual ya estaba casi llena de acusados procedentes de otras prisiones: la de Fleet Street y las de Bridewell y Ludgate. Desde allí, Mack podía ver el imponente edificio del Palacio de Justicia. Unos peldaños de piedra conducían a la planta baja, abierta en uno de sus lados, a excepción de una columnata. Dentro estaba el banco de los jueces sobre una tarima. Al otro lado estaban los espacios destinados a los jurados y las galerías reservadas a los funcionarios de justicia y los espectadores privilegiados.

A Mack le recordaba una pieza de teatro... en la que él era el malo de la obra.

Contempló con sombría fascinación el comienzo de la larga jornada de juicios. El primer caso fue el de una mujer acusada de robar en una tienda quince metros de un burdo tejido de lino y lana. El propietario era el fiscal, el cual valoraba el tejido en quince chelines. El testigo, un empleado, juró que la mujer se había llevado el rollo de tela y se había dirigido a la puerta y, al ver que la estaban mirando, había soltado el rollo y había escapado corriendo. La mujer, por su parte, decía que se había limitado a examinar el tejido y que en ningún momento había tenido la menor intención de robarlo.

Los miembros del jurado se reunieron para deliberar. Procedían de la clase social conocida con el nombre de «mediana» y eran pequeños comerciantes, prósperos artesanos y propietarios de tiendas. Aborrecían el desorden y el robo, pero desconfiaban del Gobierno y defendían celosamente la libertad... por lo menos la suya.

Declararon culpable a la mujer, pero fijaron el precio del tejido en cuatro chelines, un precio muy inferior al real. Gordonson le explicó a Mack que la mujer hubiera podido ser ahorcada por robar en una tienda productos valorados en más de cinco chelines. La decisión pretendía evitar que el juez condenara a muerte a la mujer.

Sin embargo, el veredicto no se dictó inmediatamente: todos serían leídos al término de la jornada.

El juicio había durado menos de un cuarto de hora. Los siguientes casos fueron juzgados con la misma rapidez y unos pocos duraron más de media hora. Cora y Peg fueron juzgadas juntas a media tarde. Mack sabía que la marcha del juicio había sido previamente acordada, pero aun así cruzó los dedos, confiando en que todo saliera según lo previsto.

Jay Jamisson declaró que Cora había trabado conversación con él en la calle mientras Peg le vaciaba los bolsillos. Llamó como testigo a Sidney Lennox, el cual había presenciado lo que estaba ocurriendo y lo había avisado. Ni Cora ni Peg negaron aquella versión de los hechos. Su recompensa fue la aparición de sir George, quien declaró que ambas habían colaborado en la detención de otro delincuente y solicitó al juez que las condenara a ser deportadas en lugar de ahorcadas.

El juez asintió comprensivamente, pero la sentencia no se dictaría hasta el final de la jornada.

Minutos después se inició el juicio de Mack.

Lizzie no podía quitarse de la cabeza el juicio.

Comió a las tres de la tarde. Sabiendo que Jay se pasaría todo el día en los juzgados, su madre acudió a la casa para almorzar con ella y hacerle compañía.

—Has engordado, querida —le dijo lady Hallim—. ¿Acaso comes más de la cuenta?

—Al contrario —contestó Lizzie—. A veces, la comida me marea. Supongo que debe de ser la emoción de ir a Virginia. Y ahora solo nos faltaba ese horrible juicio.

—Eso no es asunto tuyo —se apresuró a decir lady Hallim—. Cada año se ahorca a docenas de personas por delitos mucho más leves. No pueden suspender la ejecución por el simple hecho de que tú le conozcas desde la infancia.

—¿Y cómo sabes tú que cometió un delito?

—Si no lo cometió, se demostrará su inocencia. Estoy segura de que lo están tratando como a cualquier persona que haya sido lo bastante insensata para participar en unos disturbios.

—Pero él no participó —protestó Lizzie—. Jay y sir George provocaron deliberadamente los disturbios para poder detener a Mack y acabar de este modo con la huelga de los descargadores de carbón..., me lo dijo Jay.

—Estoy segura de que tuvieron sus buenas razones.

—¿Tú no crees, madre, que eso está mal? —preguntó Lizzie con lágrimas en los ojos.

—Eso no es asunto mío ni tuyo, Lizzie —contestó lady Hallim con firmeza.

Para disimular su aflicción, Lizzie se tomó una cucharada de postre —puré de manzanas con azúcar—, pero se mareó y tuvo que posar la cuchara.

—Caspar Gordonson me dijo que yo podría salvar a Mack si hablara en favor suyo durante el juicio.

—¡Dios nos libre! —exclamó su madre, escandalizada—. Eso sería ir en contra de tu marido en un juicio público... ¡ni se te ocurra!

—¡Pero se trata de la vida de un hombre! Piensa en su pobre hermana... en lo mucho que sufrirá cuando se entere de que lo han ahorcado.

—Son mineros, querida, no son como nosotros. Su vida vale muy poco, no sufren como nosotros. Su hermana se emborrachará con ginebra y volverá a bajar al pozo.

—Tú no crees eso que dices, madre, lo sé muy bien.

—Puede que exagere un poco, pero estoy segura de que de nada sirve preocuparse por esas cosas.

—No puedo evitarlo. Es un joven valiente que solo quería ser libre y no puedo soportar la idea de que cuelgue de una soga.

—Podrías rezar por él.

—Ya lo hago —dijo Lizzie—. Ya lo hago.

El fiscal era un abogado llamado Augustus Pym.

—Trabaja mucho por cuenta del Gobierno —le explicó Gordonson a Mack en voz baja—. Seguramente le pagan para este caso.

O sea que el Gobierno lo quería ahorcar, pensó Mack, sumiéndose en un profundo desánimo.

Gordonson se acercó al estrado y se dirigió al juez.

—Milord, puesto que la acusación correrá a cargo de un abogado profesional, ¿me permitirá usted hablar en defensa de McAsh?

—De ninguna manera —contestó el juez—. Si McAsh no puede convencer al jurado sin ayuda exterior, mal veo el asunto.

Mack se notó la garganta seca y sintió que el corazón le daba un vuelco en el pecho. Tendría que luchar por su vida él solo. Pues muy bien, lucharía con todas sus fuerzas.

—El día en cuestión, unos carros de carbón se estaban dirigiendo al almacén del señor John Cooper, llamado el Negro Jack, en la High Street de Wapping —dijo el abogado.

—No era de día sino de noche —dijo Jay, interrumpiéndole.

—No haga comentarios estúpidos —le advirtió el juez.

—No es ninguna estupidez —replicó Mack—. ¿Cuándo se ha visto que se descargue el carbón a las once de la noche?

—Cállese. Prosiga, señor Pym.

—Los hombres de los carros fueron atacados por un grupo de descargadores de carbón en huelga y se dio aviso a los magistrados de Wapping.

—¿Quién los avisó? —preguntó el juez.

—El propietario de la taberna Frying Pan, el señor Harold Nipper.

—Un contratante —dijo Mack.

—Y un respetable comerciante, según tengo entendido —puntualizó el juez.

—El juez de paz señor Roland MacPherson —añadió Pym— se presentó en el lugar de los hechos y constató la existencia de unos disturbios. Entonces, los descargadores de carbón se negaron a dispersarse.

—¡Fuimos atacados! —dijo Mack.

No le hicieron caso.

—El señor MacPherson mandó llamar a las tropas, tal como era su obligación y su derecho. Un destacamento del Tercer Regimiento de la Guardia Real se presentó al mando del capitán Jamisson. El prisionero figuraba entre los detenidos y el primer testigo de la Corona es John Cooper.

El Negro Jack declaró que bajó por el río hasta Rochester para comprar una partida de carbón que se había descargado en aquel lugar y que la transportó a Londres en unos carros.

—¿A quién pertenecía el barco? —preguntó Mack.

—No lo sé... yo hablé con el capitán.

—¿De dónde procedía el barco?

—De Edimburgo.

—¿Su propietario podría ser quizá sir George Jamisson?

—No lo sé.

—¿Quién te dijo que a lo mejor podrías comprar carbón en Rochester?

—Sidney Lennox.

—Un amigo de los Jamisson.

—De eso yo no sé nada.

El segundo testigo de Pym fue Roland MacPherson, el cual juró que había leído la Ley de Sedición a las once y cuarto de la noche y que la multitud se negó a dispersarse.

—Llegó usted al lugar de los hechos muy rápidamente —dijo Mack.

—Sí.

—¿Quién le avisó?

—Harold Nipper.

—El propietario de la taberna Frying Pan.

—Sí.

—¿Tuvo que ir muy lejos?

—No sé a qué se refiere.

—¿Dónde estaba usted cuando él le avisó?

—En la sala interior de su taberna.

—¡Muy cerquita! ¿Estaba todo previsto?

—Sabía que se iba a descargar una partida de carbón y temí que hubiera algún alboroto.

—¿Quién le advirtió?

—Sidney Lennox.

—¡Vaya, hombre! —dijo uno de los miembros del jurado.

Mack le miró. Era un joven de aire escéptico y Mack lo catalogó como un aliado en potencia.

Finalmente, Pym llamó a declarar a Jay Jamisson. Jay habló con gran desparpajo mientras el juez le escuchaba con expresión ligeramente hastiada, como si ambos fueran unos amigos que estuvieran comentando una cuestión sin importancia. «No sea usted tan indiferente —hubiera querido gritarle Mack al juez—, ¡está en juego mi vida!»

Jay explicó que estaba al mando de un destacamento de guardias en la Torre de Londres.

El miembro escéptico del jurado lo interrumpió.

—¿Qué hacía usted allí?

Jay le miró como si la pregunta lo hubiera pillado por sorpresa y no contestó.

—Responda a la pregunta —dijo el miembro del jurado.

Jay miró al juez, el cual no parecía estar muy conforme con la actitud del miembro del jurado.

—Tiene usted que responder a las preguntas del jurado, capitán —dijo el juez con visible desgana.

—Nos encontrábamos en estado de alerta —contestó Jay.

—¿Por qué? —preguntó el miembro del jurado.

—Por si nuestra presencia fuera necesaria para mantener el orden en la zona oriental de la ciudad.

—¿Es ese su cuartel habitual? —preguntó el miembro del jurado.

—No.

—¿Pues cuál es?

—Hyde Park en estos momentos.

—En la otra punta de Londres.

—Sí.

—¿Cuántas noches han efectuado ustedes este viaje especial a la Torre?

—Solo una.

—¿Y por qué motivo estaba usted allí aquella noche en particular?

—Supongo que mis superiores temían el estallido de disturbios.

—Les debió de avisar Sidney Lennox —dijo el miembro del jurado entre las risas de los presentes.

Pym prosiguió el interrogatorio y Jay explicó que, cuando él y sus hombres llegaron al almacén de carbón, ya se había producido un brote de violencia, lo cual era cierto. Describió, sin faltar a la verdad, de qué manera Mack lo había atacado y de qué forma este había sido derribado al suelo por un soldado.

—¿Qué piensa usted de los descargadores de carbón que provocan disturbios? —le preguntó Mack.

—Quebrantan la ley y deberían ser castigados.

—¿Cree usted que la mayoría de la gente estaría de acuerdo con su afirmación?

—Sí.

—¿Cree usted que los disturbios provocan la irritación de la gente contra los descargadores de carbón?

—No me cabe la menor duda de que sí.

—¿Cree que los disturbios tendrán que inducir a las autoridades a emprender drásticas acciones para acabar con la huelga?

—Así lo espero.

Al lado de Mack, Caspar Gordonson dijo en voz baja:

—Brillante argumento, ha caído de cabeza en tu trampa.

—Y, cuando termine la huelga, los cargueros de la familia Jamisson se podrán descargar y ustedes podrán volver a vender su carbón.

Jay se dio cuenta de adónde lo estaban llevando, pero ya era demasiado tarde.

—Sí.

—El final de la huelga vale mucho dinero para ustedes.

—Sí.

—Por consiguiente, los disturbios provocados por los descargadores les servirán para ganar dinero.

—Podrían evitar que mi familia siguiera perdiendo dinero.

—¿Es por eso por lo que usted colaboró con Sidney Lennox en la provocación de los disturbios? —preguntó Mack, volviéndose.

—¡Yo no hice tal cosa! —protestó Jay, pero Mack le estaba dando la espalda.

—Tendrías que ser abogado, Mack —dijo Gordonson—. ¿Dónde aprendiste a argumentar de esta manera?

—En el salón de la señora Wheighel —contestó Mack.

Gordonson estaba absolutamente perplejo.

Pym ya no tenía más testigos. El miembro escéptico del jurado preguntó:

—¿No vamos a oír a ese tal Lennox?

—La Corona ya no tiene más testigos —repitió Pym.

—Pues yo creo que tendríamos que oírle. Da la impresión de que es el que está detrás de todo esto.

—Los miembros del jurado no pueden llamar a declarar a ningún testigo —dijo el juez.

Mack llamó a su primer testigo, un descargador irlandés llamado Michael el Rojo por el color de su cabello. El Rojo refirió que Mack ya estaba casi a punto de convencer a los descargadores de que se fueran a casa en el momento en que los atacaron.

Cuando terminó, el juez le preguntó:

—¿En qué trabaja usted, joven?

—Soy descargador de carbón, señor —contestó el Rojo.

—El jurado lo tendrá en cuenta al decidir si creerle o no —dijo el juez.

Mack se desanimó. El juez estaba haciendo todo lo posible por predisponer en su contra al jurado. Llamó a su siguiente testigo, pero era otro descargador de carbón y corrió la misma suerte que con el primero. El tercero también era un descargador. Los había elegido porque habían participado directamente en los acontecimientos y habían presenciado exactamente los hechos.

Sus testigos habían sido machacados.

Ahora solo podía contar con su propia personalidad y elocuencia.

—La descarga del carbón es un trabajo muy duro, tremendamente duro —empezó diciendo—. Solo hombres jóvenes y fuertes lo pueden hacer. Pero está muy bien pagado... en mi primera semana, yo gané seis libras. Las gané, pero no las cobré: una considerable parte de ellas me la robó un contratante.

El juez lo interrumpió.

—Eso no tiene nada que ver con el caso —dijo—. Aquí estamos juzgando unos disturbios.

—Yo no provoqué ningún disturbio —dijo Mack. Respiró hondo, procuró ordenar sus pensamientos y siguió adelante—. Simplemente me negué a que los contratantes me robaran mis salarios. Ese es mi delito. Los contratantes se hacen ricos robando a los descargadores de carbón. Pero, cuando los descargadores de carbón decidieron ser sus propios empresarios, ¿qué ocurrió? Pues que los armadores los boicotearon. ¿Y quiénes son los armadores, señores? La familia Jamisson que tan estrecha relación guarda con este juicio que aquí se está celebrando.

El juez le preguntó en tono irritado:

—¿Puede usted demostrar que no provocó los disturbios?

El miembro escéptico del jurado lo interrumpió.

—Aquí lo importante es que las peleas se produjeron por instigación de terceros.

Mack no se desconcertó ante las interrupciones y siguió adelante con lo que quería decir.

—Señores del jurado, háganse ustedes algunas preguntas. —Apartó los ojos del jurado y miró directamente a Jay—. ¿Quién ordenó que los carros de carbón bajaran por la High Street de Wapping a una hora en que las tabernas están llenas de descargadores de carbón? ¿Quién los envió precisamente al almacén de carbón donde yo vivo? ¿Quién pagó a los hombres que escoltaban los carros? —El juez trató de interrumpirle, pero Mack levantó la voz y siguió adelante—. ¿Quién les facilitó mosquetes y municiones? ¿Quién se encargó de que las tropas se encontraran en estado de alerta muy cerca de allí? ¿Quién organizó todos los disturbios? Usted conoce la respuesta, ¿verdad?

Sostuvo un buen rato la mirada de Jay y después apartó los ojos.

Estaba temblando. Había hecho todo lo posible y ahora su vida estaba en manos de otras personas.

Gordonson se levantó.

—Estábamos esperando a un testigo que tenía que declarar en favor de la honorabilidad de McAsh, el reverendo York, pastor de la iglesia de la aldea donde nació —dijo—, pero todavía no ha llegado.

Mack no estaba muy decepcionado por la ausencia de York, pues no esperaba que su declaración tuviera demasiada influencia. Gordonson tampoco esperaba gran cosa de ella.

—Si llega —dijo el juez—, podrá hablar antes de que se dicte sentencia. —Al ver que Gordonson enarcaba una ceja, añadió—: Siempre y cuando el jurado emita un veredicto de inocencia, en cuyo caso huelga decir que cualquier otra declaración sería innecesaria. Caballeros, les ruego que consideren su veredicto.

Mack estudió temerosamente a los miembros del jurado mientras estos deliberaban. Para su consternación, le pareció que no le miraban con demasiada simpatía. Quizá se había mostrado excesivamente agresivo.

—¿Qué le parece? —le preguntó a Gordonson.

El abogado meneó la cabeza.

—Tendrán dificultades para creer que la familia Jamisson urdió una miserable conspiración con Sidney Lennox. Quizá hubiera sido mejor presentar a los descargadores de carbón como unos hombres bienintencionados, pero mal aconsejados.

—He dicho la verdad. No he podido evitarlo.

—Si no fueras lo que eres, quizá no te encontrarías en este apurado trance —dijo Gordonson, esbozando una triste sonrisa.

Los miembros del jurado estaban deliberando.

—¿Qué demonios estarán diciendo? —dijo Mack—. Si pudiera oírlos...

Vio que el escéptico estaba exponiendo enérgicamente un punto de vista al tiempo que agitaba un dedo. ¿Los demás le escuchaban con atención o bien se estaban aliando contra él?

—Puedes estar contento —dijo Gordonson—. Cuanto más hablen, tanto mejor para ti.

—¿Por qué?

—Si discuten, significa que tienen dudas; y, si tienen dudas, significa que no te pueden declarar culpable.

Mack los miró con inquietud. El escéptico se encogió de hombros y apartó el rostro. Mack temió que hubiera salido derrotado en la discusión. El presidente le dijo algo y el joven asintió con la cabeza.

El presidente se acercó al estrado.

—¿Han emitido ustedes un veredicto? —le preguntó el juez.

—Sí.

Mack contuvo la respiración.

—¿Quiere usted anunciar el veredicto?

—Declaramos al prisionero culpable del delito de que se le acusa.

—Los sentimientos que te inspira este minero son muy extraños, querida —dijo lady Hallim—. Un marido podría poner reparos.

—Vamos, madre, no seas ridícula.

Llamaron a la puerta del comedor y entró un criado.

—El reverendo York, señora —anunció.

—¡Qué agradable sorpresa! —exclamó lady Hallim, la cual apreciaba sinceramente al pastor. En voz baja, añadió—: ¿Te dije que su mujer había muerto, dejándole con tres hijos, Lizzie?

—Pero ¿qué está haciendo aquí? —preguntó Lizzie, angustiada—. Tendría que estar en el Old Bailey. Hazle pasar enseguida.

El pastor entró con un aspecto un tanto desaliñado, como si se hubiera vestido a toda prisa. Antes de que Lizzie pudiera preguntarle por qué no estaba en el juicio, dijo algo que le hizo olvidar momentáneamente a Mack.

—Lady Hallim, señora Jamisson, he llegado a Londres hace unas horas y he venido a verlas cuanto antes para presentarles mis condolencias. Qué terrible...

—No... —dijo la madre de Lizzie, apretando los labios.

—... terrible golpe para ustedes.

Mirando perpleja a su madre, Lizzie preguntó:

—¿De qué está usted hablando, señor York?

—Del desastre del pozo, por supuesto.

—Yo no sé nada de eso... aunque me parece que mi madre...

—Dios mío, siento muchísimo haberla trastornado. Se desplomó un techo en su pozo y veinte personas han resultado muertas.

Lizzie emitió un entrecortado jadeo.

—Qué desgracia tan terrible —dijo, imaginándose veinte nuevos sepulcros en el pequeño cementerio junto al puente. El dolor sería espantoso. Todo el mundo lloraría a alguien. Pero otra cosa la preocupaba—. ¿A qué se refiere al decir «su pozo»?

—A High Glen.

Lizzie se quedó petrificada. «En High Glen no hay ningún pozo.»

—Solo en el nuevo, claro..., en el que se empezó a construir cuando usted se casó con el señor Jamisson.

Lizzie le miró con furia mal contenida y clavó los ojos en su madre.

—Tú lo sabías, ¿verdad?

Lady Hallim tuvo la delicadeza de avergonzarse.

—Querida, era lo único que se podía hacer. Por eso sir George os cedió la propiedad de Virginia...

—¡Me has traicionado! —gritó Lizzie—. Todos me habéis engañado. Incluso mi marido. ¿Cómo habéis podido hacer esto? ¿Cómo me habéis podido mentir?

Lady Hallim se echó a llorar.

—Pensamos que tú nunca te enterarías porque te ibas a América...

Las lágrimas de su madre no sirvieron para suavizar la indignación de Lizzie.

—¿Pensabais que nunca me enteraría? ¡No puedo creerlo!

—No cometas ninguna locura, te lo suplico.

Un terrible pensamiento cruzó por la mente de Lizzie.

—La hermana gemela de Mack... —dijo, mirando al pastor.

—Lamento decirle que Esther McAsh figura entre los muertos —contestó el señor York.

—Oh, no.

Mack y Esther eran los primeros gemelos que ella había visto y siempre habían despertado en ella una enorme fascinación. De niños eran tan parecidos que no se les podía distinguir a menos que uno los conociera muy bien. Más adelante, Esther adquirió el aspecto de un Mack al femenino, con los mismos ojos verdes que su hermano y la recia musculatura de un minero. Lizzie los recordó unos meses atrás el uno al lado del otro delante de la iglesia. Esther le había dicho a Mack que cerrara el pico y aquella expresión había provocado sus risas. Ahora Esther había muerto y Mack estaba a punto de ser condenado a muerte...

Recordando a Mack, exclamó:

—¡Hoy es el día del juicio!

—Oh, Dios mío, no sabía que fuera tan pronto —dijo York—. ¿Llego demasiado tarde?

—Tal vez no, si va usted allí ahora mismo.

—Lo haré. ¿Queda muy lejos?

—Quince minutos a pie y cinco minutos en silla de manos. Voy con usted.

—No, por lo que más quieras —dijo lady Hallim.

—No intentes impedírmelo, madre —replicó Lizzie con

dureza—. Yo misma voy a interceder por la vida de Mack. Hemos matado a la hermana... tal vez podamos salvar al hermano.

—Te acompaño —dijo lady Hallim.

El Palacio de Justicia estaba lleno a rebosar de gente. Lizzie se sentía confusa y perdida y ni su madre ni el pastor York podían ayudarla. Se abrió paso entre la muchedumbre, buscando a Gordonson o a Mack. Llegó a un murete que cercaba un patio interior y vio finalmente a Mack y a Caspar Gordonson a través de los barrotes de la barandilla. Llamó a Gordonson y este se acercó a ella y cruzó una puerta.

Simultáneamente llegaron sir George y Jay.

—¿Qué estás haciendo aquí, Lizzie? —le preguntó Jay en tono de reproche.

Ella no le hizo caso y se dirigió a Gordonson:

—Le presento al reverendo York, de nuestra aldea de Escocia. Ha venido para interceder por la vida de Mack.

Sir George agitó un dedo en dirección al clérigo.

—Si usted tiene una pizca de sentido común, dará media vuelta y regresará inmediatamente a Escocia.

—Yo también voy a interceder por su vida —dijo Lizzie.

—Le doy las gracias —dijo Gordonson, emocionado—. Es lo mejor que puede hacer por él.

—He intentado impedírselo, sir George —dijo lady Hallim.

Jay enrojeció de rabia y asió a Lizzie por el brazo, apretando con fuerza.

—¿Cómo te atreves a humillarme de esta manera? —le escupió—. ¡Te prohíbo terminantemente que hables!

—¿Está usted intimidando a la testigo? —preguntó Gordonson.

Jay se acobardó y la soltó. Un abogado con un fajo de papeles se abrió paso a través del pequeño grupo.

—¿Es necesario que discutamos aquí, delante de todo el mundo? —dijo Jay.

—Sí —contestó Gordonson—. En este momento no podemos abandonar la sala.

Sir George le preguntó a su nuera:

—¿Qué te propones con todo esto, muchacha?

El arrogante tono de su voz enfureció más si cabe a Lizzie.

—Usted sabe muy bien lo que me propongo, maldita sea —contestó. Los hombres se sorprendieron al oírla soltar una maldición y dos o tres personas se volvieron a mirarla. Ella no les prestó la menor atención—. Ustedes organizaron los disturbios para atrapar a McAsh. Y yo no permaneceré cruzada de brazos, permitiendo que lo ahorquen.

Sir George enrojeció de cólera.

—Recuerda que eres mi nuera y...

—Cállese, George —dijo Lizzie, interrumpiéndole—. No me dejaré avasallar.

Jay decidió intervenir.

—No puedes ponerte en contra de tu propio marido —dijo—. ¡Es una deslealtad!

—¿Una deslealtad? —repitió Lizzie en tono despectivo—. ¿Quién demonios eres tú para hablar de lealtad? Me juraste que no explotarías el carbón de mis tierras... y es eso justamente lo que has hecho. ¡Me traicionaste el día de nuestra boda!

Todos se quedaron sin habla. Por un instante, Lizzie oyó la declaración de un testigo desde el otro lado de la pared.

—Entonces te has enterado del accidente —dijo Jay.

Lizzie respiró hondo.

—Más vale que le diga ahora mismo que pienso vivir separada de Jay a partir de este día. Estaremos casados solo de nombre. Yo regresaré a mi casa de Escocia y ningún miembro de la familia Jamisson será recibido allí. En cuanto a mi intención de interceder en favor de McAsh, no pienso ayudarlos a que ahorquen a mi amigo y ustedes dos, los dos, he dicho bien, pueden irse al infierno.

Sir George se había quedado tan estupefacto que no dijo nada. Llevaba muchos años sin tolerar que nadie le hablara en semejante tono. Se puso colorado como una remolacha y los ojos parecieron querer saltársele de las órbitas mientras balbucía unas palabras inconexas.

—¿Puedo hacerle una sugerencia? —preguntó Caspar Gordonson, dirigiéndose a Jay.

Jay le miró con hostilidad, pero contestó:

—Diga, diga.

—Podrían ustedes convencer a la señora Jamisson de que no declarara... con una condición.

—¿Cuál?

—La de que usted mismo intercediera por la vida de Mack, Jay.

—Me niego rotundamente a hacerlo —dijo Jay.

—La eficacia sería la misma —añadió Gordonson— y salvaría a la familia de la vergüenza de una esposa que declara contra su marido ante un tribunal. Y usted ofrecería una imagen de hombre magnánimo —añadió astutamente el abogado—. Podría decir que Mack trabajó como minero en los pozos Jamisson y que por esta razón la familia desea mostrarse clemente.

En el corazón de Lizzie se encendió un rayo de esperanza. Una súplica de clemencia por parte del oficial que había sofocado los disturbios sería mucho más eficaz que la suya.

Vio la duda reflejada en el rostro de Jay mientras este sopesaba las consecuencias. Después le oyó decir en tono malhumorado:

—Supongo que no me queda más remedio que aceptarlo.

Antes de que Lizzie tuviera tiempo de alegrarse, intervino sir George.

—Hay una condición en la cual yo sé que Jay insistirá.

Lizzie tuvo el mal presentimiento de que ya sabía lo que iba a decir su suegro.

Sir George la miró.

—Debes olvidar todas esas tonterías de las vidas separadas. Tú eres la verdadera esposa de Jay en todos los sentidos.

—¡No! —gritó Lizzie—. Él me ha traicionado... ¿cómo puedo confiar en él? Me niego.

—Pues entonces Jay no intercederá en favor de McAsh —dijo sir George.

—Debo decirle, Lizzie, que la intercesión de su esposo será mucho más eficaz que la suya porque él es el fiscal —dijo Gordonson.

Lizzie no sabía qué hacer. No era justo... la estaban obligando a elegir entre la vida de Mack y la suya propia. ¿Cómo podía tomar una decisión? Se sentía atraída en ambas direcciones y le dolía.

Todos la estaban mirando: Jay, sir George, Gordonson, su madre y York. Sabía que hubiera tenido que ceder, pero algo en su interior no se lo permitía.

—No —dijo en tono desafiante—. No cambiaré mi propia vida por la de Mack.

—Piénselo bien —le dijo Gordonson.

—Tienes que hacerlo —dijo su madre.

Lizzie la miró. Era lógico que su madre la instara a hacer lo más convencional. Lady Hallim estaba casi al borde de las lágrimas.

—¿Qué ocurre?

—Tienes que ser una esposa como Dios manda para Jay —contestó lady Hallim, rompiendo a llorar.

—¿Por qué?

—Porque vas a tener un hijo.

Lizzie la miró fijamente.

—¿Cómo? Pero ¿qué estás diciendo?

—Estás embarazada —le dijo su madre.

—¿Y tú cómo lo sabes?

Lady Hallim habló entre sollozos.

—Se te han hinchado los pechos y la comida te marea. Llevas dos meses casada, no tiene nada de extraño.

—Oh, Dios mío —dijo Lizzie, estupefacta.

Todo le estaba saliendo al revés. ¡Un hijo! ¿Cómo era posible? Trató de recordar y se dio cuenta de que no había vuelto a tener el período desde el día de la boda. O sea que era cierto. Estaba atrapada en su propio cuerpo. Jay era el padre de su hijo. Y su madre sabía que aquello era lo único que podía hacerla cambiar de parecer.

Miró a su marido y vio en su rostro una mezcla de cólera y súplica.

—¿Por qué me has mentido? —le preguntó.

—No quería hacerlo, pero no tuve más remedio —contestó Jay.

Lizzie se sentía un poco más tranquila. Sabía que su amor hacia él jamás volvería a ser el mismo, pero Jay seguía siendo su marido.

—Muy bien —dijo—. Lo acepto.

—En tal caso, todos estamos de acuerdo —dijo Caspar Gordonson.

A Lizzie le pareció una condena a cadena perpetua.

—¡Silencio! ¡Silencio! ¡Silencio! —gritó el ujier de la sala—. Sus señorías los jueces reales ordenan a todo el mundo guardar silencio bajo pena de cárcel mientras se comunican las sentencias de muerte a los prisioneros.

El juez se puso el birrete negro y se levantó.

Mack se estremeció de odio. Aquel día se habían juzgado diecinueve casos y doce personas habían sido declaradas culpables. El joven se sintió invadido por una oleada de terror. Lizzie había obligado a Jay a suplicar clemencia, lo cual significaba que su condena a la pena de muerte sería suspendida, pero ¿y si el juez rechazara la petición de Jay o simplemente cometiera un error?

Lizzie se encontraba al fondo de la sala. La mirada de Mack se cruzó con la suya. Estaba pálida y trastornada. No había tenido ocasión de hablar con ella. Trató de dirigirle una sonrisa de aliento, pero le salió una mueca de temor.

El juez miró a los doce prisioneros puestos en fila y, tras una breve pausa, tomó la palabra.

—¡La ley os condena a regresar desde aquí al lugar de donde vinisteis y a dirigiros desde allí al lugar de la ejecución, donde seréis colgados del cuello hasta que el cuerpo esté muerto y el Señor se apiade de vuestra alma!

Se produjo un horrible silencio. Presa de su misma angustia, Cora tomó a Mack del brazo y este sintió que sus dedos se hundían en su carne. Los demás prisioneros tenían muy pocas posibilidades de ser indultados. Al oír el veredicto de condena a muerte, algunos empezaron a lanzar improperios, otros se echaron a llorar y otros rezaron en voz alta.

—Peg Knapp es indultada y se recomienda su deportación —dijo solemnemente el juez—. Cora Higging es indultada y se recomienda su deportación. Malachi McAsh es indultado y se recomienda su deportación. Los demás serán ahorcados.

Mack rodeó con sus brazos a Cora y a Peg y los tres permanecieron de pie, fundidos en un abrazo. Les habían perdonado la vida.

Caspar Gordonson se unió al abrazo. Después asió del brazo a Mack y le dijo con el rostro muy serio:

—Tengo que comunicarte una terrible noticia.

El pánico volvió a apoderarse de Mack. ¿Acaso se habían anulado los indultos?

—Se ha derrumbado un techo en uno de los pozos de los Jamisson —añadió Gordonson. A Mack le dio un vuelco el corazón—. Veinte personas han resultado muertas.

—¿Esther...?

—Lo siento muchísimo, Mack. Tu hermana figura entre los muertos.

—¿Muerta?

No podía creerlo. Aquel día la vida y la muerte se habían repartido como cartas. ¿Esther muerta? ¿Cómo era posible que ya no tuviera una hermana gemela? La había tenido siempre, desde el día en que nació.

—Hubiera tenido que permitir que se fuera conmigo —dijo sin poder contener las lágrimas—. ¿Por qué la dejé?

Peg le miró con los ojos enormemente abiertos. Cora le tomó de la mano diciendo:

—Una vida salvada y una vida perdida.

Mack se cubrió el rostro con las manos y rompió en sollozos.

25

El día de la partida llegó con mucha rapidez.

Una mañana sin previo aviso todos los prisioneros que habían sido condenados a la deportación recibieron la orden de recoger sus pertenencias y a continuación fueron conducidos al patio.

Mack poseía muy pocas cosas. Aparte la ropa, solo tenía su *Robinson Crusoe*, el collar roto de hierro que había llevado consigo desde Heugh y la capa de piel que Lizzie Hallim le había dado.

En el patio, un herrero los aherrojó de dos en dos con unos grilletes en los pies. Mack se sentía humillado por las cadenas. La sensación del frío hierro en sus tobillos le producía un profundo sentimiento de vergüenza. Había luchado por su libertad y había perdido la batalla, pues una vez más lo habían encadenado como si fuera un animal. Esperaba que el barco se hundiera y él se ahogara.

Los hombres y las mujeres no se podían encadenar juntos. A Mack lo emparejaron con un viejo y sucio borracho llamado Barney el Loco. Cora le dirigió una insinuante mirada al herrero y consiguió que la emparejaran con Peg.

—Creo que Caspar no debe de saber que nos vamos hoy —dijo Mack con semblante preocupado—. A lo mejor no tienen la obligación de comunicárselo a nadie.

Miró arriba y abajo en la fila de condenados. Calculó que debía de haber más de cien; aproximadamente una cuarta parte de ellos estaba formada por mujeres y unos cuantos niños de nueve años para arriba. Entre los hombres se encontraba Sidney Lennox.

La caída de Lennox había sido motivo de gran regocijo. Nadie confiaba en él desde que declarara en contra de Peg. Los ladrones que vendían los objetos robados en el Sun se fueron a otro sitio. Y, a pesar de que la huelga de los mineros se había roto y casi todos los hombres habían regresado al trabajo, nadie quería trabajar para Lennox por mucho que les pagara. Lennox había tratado de convencer a una mujer llamada Dolly Macaroni de que robara para él, pero ella y dos amigos suyos lo habían denunciado como receptador de objetos robados y por esta causa había sido condenado. Los Jamisson habían intercedido por él y lo habían salvado de la horca, pero no habían podido impedir su deportación.

La gran puerta de madera de la prisión se abrió de par en

par. Una patrulla de ocho guardias esperaba para escoltarlos. Un carcelero propinó un violento empujón a la primera pareja de la fila y, poco a poco, los prisioneros fueron saliendo a la transitada calle.

—No estamos lejos de Fleet Street —dijo Mack—. Puede que Caspar se entere de lo que está ocurriendo.

—¿Y eso qué más da? —replicó Cora.

—Podría sobornar al capitán del barco para que nos diera un trato de favor.

Mack había adquirido ciertos conocimientos sobre la travesía del Atlántico gracias a las preguntas que había hecho a los prisioneros, los carceleros y los visitantes de Newgate. El único hecho cierto que había averiguado era que la travesía mataba a muchas personas. Tanto si los pasajeros eran esclavos como si eran prisioneros o sirvientes contratados, las condiciones en la bodega era mortalmente insalubres. Los armadores actuaban movidos por el afán de ganar dinero y apretujaban en sus bodegas a toda la gente que podían, pero los capitanes también eran venales y cualquier prisionero que tuviera dinero para pagar sobornos podía dormir en un camarote.

Los londinenses interrumpieron sus actividades para contemplar el último y vergonzoso paseo de los condenados por el centro de la ciudad. Algunos les daban el pésame, otros se burlaban de ellos y unos cuantos les arrojaban piedras o basura. Mack le pidió a una mujer de apariencia servicial que le hiciera el favor de transmitirle un recado a Caspar Gordonson, pero la mujer se negó. Lo intentó con otras dos personas con el mismo resultado.

Las cadenas los obligaban a caminar tan despacio que tardaron más de una hora en llegar a la zona del puerto. En el río había muchos barcos, barcazas, transbordadores y balsas, pues las huelgas habían sido aplastadas por el ejército. Era una cálida mañana primaveral en la que el sol se reflejaba en las cenagosas aguas del Támesis. Una barca los estaba esperando para conducirlos al barco anclado en medio de la corriente. Mack leyó su nombre: el *Rosebud*.

—¿Es un barco de los Jamisson? —le preguntó Cora.

—Casi todos los barcos de los deportados lo son.

Mientras abandonaba la cenagosa orilla para subir al barco, Mack comprendió que aquella sería la última vez que pisara suelo británico en muchos años, tal para siempre. Estaba confuso. El temor y la inquietud se mezclaban con una temeraria emoción ante la perspectiva de un nuevo país y una nueva vida.

La tarea de subir a bordo resultó un poco complicada, pues no era fácil subir emparejados por la escalerilla con los pies aherrojados. Peg y Cora lo consiguieron sin demasiada dificultad, pues eran jóvenes y ágiles, pero Mack tenía que llevar a rastras a Barney. Dos hombres cayeron al agua. Ni los guardias ni los marineros hicieron nada por ayudarlos, por lo que se habrían ahogado sin remedio si los demás prisioneros no se hubieran inclinado para agarrarlos y subirlos de nuevo a la barca.

El barco debía de medir unos doce metros de eslora por unos cinco y medio de manga.

—Yo he robado en salones más grandes que eso —comentó Peg en tono despectivo.

En la cubierta había un corral de gallinas, una pequeña pocilga y una cabra atada con una cuerda. Al otro lado del barco, un soberbio caballo blanco estaba siendo izado a bordo con la ayuda de un peñol utilizado a modo de grúa. Un esquelético gato le mostró los colmillos a Mack. Este vio unos cabos enrollados y unas velas recogidas, aspiró un penetrante olor a barniz y sintió bajo sus pies el balanceo del buque. Después los empujaron hasta el borde de una escotilla y los obligaron a bajar por una escalera.

Al parecer, había tres cubiertas inferiores. En la primera, cuatro marineros estaban almorzando sentados en el suelo con las piernas cruzadas, rodeados por sacos y cofres que debían de contener las provisiones para la travesía. En la tercera, al final de la escalera, dos hombres estaban amontonando toneles y colocando entre ellos unas cuñas para que no se movieran durante la travesía. En la cubierta de en medio, destinada a los prisioneros, un marinero ayudó con muy malos modos a Mack y a Barney a bajar por la escalera y los empujó sin contemplaciones hacia una puerta.

Se aspiraba en el aire un olor de alquitrán mezclado con vinagre. Mack miró a su alrededor en medio de la penumbra. El techo estaba a unos tres o cuatro centímetros por encima de su cabeza. Un hombre de elevada estatura hubiera tenido que agacharse. En el techo había dos rejillas a través de las cuales penetraba un poco de luz y de aire, no del exterior sino de la cerrada cubierta de arriba, iluminada a su vez por unas escotillas abiertas. A ambos lados de la bodega había una especie de estantes de madera de algo menos de dos metros de ancho, uno a la altura de la cintura y otro a escasos centímetros del suelo.

Mack comprendió horrorizado que estaban destinados a los prisioneros. Tendrían que pasarse toda la travesía tendidos en aquellos estantes desnudos.

Avanzaron por el estrecho pasillo que separaba los estantes. Las primeras literas ya estaban ocupadas por unos prisioneros todavía encadenados de dos en dos. Todos parecían aturdidos por lo que les estaba ocurriendo. Un marinero obligó a Cora y a Peg a tenderse al lado de Mack y Barney como cuchillos en un cajón. Los cuatro ocuparon sus posiciones y el marinero los empujó para juntarlos un poco más. Peg podía incorporarse, pero los adultos no podían hacerlo, pues no había suficiente espacio. Mack solo podía incorporarse sobre el codo.

Al final de la hilera Mack vio una jarra de barro de unos sesenta centímetros de altura en forma de cono, con una ancha base plana y un borde de unos veinticuatro centímetros de diámetro. Había otras tres iguales en la bodega. Eran el único mobiliario visible y Mack comprendió que se utilizaban como orinales.

—¿Cuánto tardaremos en llegar a Virginia? —preguntó Peg.

—Siete semanas —contestó Mack—. Con un poco de suerte.

Lizzie observó cómo transportaban su baúl a un gran camarote situado en la parte de atrás del *Rosebud*. Ella y Jay disponían de sus propios aposentos, un dormitorio y una salita más espaciosos de lo que esperaba. Todo el mundo hablaba de los horrores de la travesía transatlántica, pero ella estaba decidida a sacarle el mejor partido posible y a intentar disfrutar al máximo de aquella nueva experiencia.

Procurar sacar el mejor partido de las cosas se había convertido en su filosofía de la vida. No podía olvidar la traición de Jay —seguía apretando los puños y mordiéndose el labio cada vez que pensaba en la vacía promesa que él le había hecho el día de su boda—, pero trataba de empujarlo al más oscuro rincón de su mente.

Apenas unas semanas atrás, la idea de la travesía la hubiera entusiasmado. Viajar a América era su gran ambición y era también uno de los motivos por los cuales se había casado con Jay. Se imaginaba su nueva vida en las colonias, una existencia al aire libre más despreocupada y tranquila, sin enaguas ni tarjetas de visita, en la que una mujer se pudiera ensuciar las uñas de tierra y manifestar sus opiniones como un hombre. Sin embargo, el sueño había perdido una parte de su encanto en cuanto descubrió el pacto que Jay había hecho a sus espaldas. La plantación se hubiera tenido que llamar Veinte Sepulcros, pensó con tristeza.

Se esforzaba en creer que Jay la seguía atrayendo tanto como al principio, pero su cuerpo le decía la verdad. Cuando él la tocaba por la noche, ya no reaccionaba como antes. Lo besaba y acariciaba, pero sus dedos no le quemaban la piel y su lengua ya no le llegaba hasta el fondo del alma. Al principio, el solo hecho de mirarle le producía una sensación de humedad entre las piernas. Ahora, en cambio, tenía que untarse en secreto con crema de la cara antes de irse a la cama, pues de otro modo el acto sexual le hubiera resultado doloroso. Él siempre terminaba gimiendo y jadeando de placer mientras derramaba su semilla en el interior de su cuerpo, pero ella ya no alcanzaba aquella culminación y se quedaba con una especie de anhelo insatisfecho. Después, cuando le oía roncar a su lado, se consolaba con los dedos y entonces se le llenaba la cabeza de extrañas imágenes de hombres luchando y de prostitutas con los pechos al aire.

Pero su vida estaba dominada por los pensamientos en torno a su hijo. Su embarazo hacía que las decepciones no le parecieran tan importantes. Lo amaría sin reservas. El fruto de sus entrañas se convertiría en la obra de su vida. Y, cuando creciera, sería un virginiano o una virginiana.

Mientras se quitaba el sombrero, llamaron con los nudillos a la puerta del camarote. Un hombre delgado y nervudo con casaca azul y sombrero de tres picos entró en la estancia e inclinó la cabeza.

—Silas Bone, segundo oficial, a su servicio, señora Jamisson, señor Jamisson —dijo.

—Buenos días, Bone —dijo Jay muy estirado, asumiendo plenamente el papel de hijo del propietario.

—El capitán les envía sus mejores saludos —añadió Bone. Ya habían conocido al capitán Partidge, un ceñudo y altivo personaje natural de Rochester, en el condado de Kent—. Zarparemos cuando suba la marea. —El oficial miró con expresión condescendiente a Lizzie—. No obstante, permaneceremos uno o dos días en el estuario del Támesis. Por consiguiente, señora, no se preocupe por el mal tiempo de momento.

—¿Mis caballos ya están a bordo? —preguntó Jay.

—Sí, señor.

—Vamos a ver cómo están.

—Ciertamente, pero quizá la señora Jamisson querrá quedarse a sacar sus efectos personales de los baúles.

—Iré con ustedes —dijo Lizzie—. Me gustaría echar un vistazo por aquí afuera.

—Será mejor que permanezca usted en su camarote el mayor tiempo posible durante la travesía, señora Jamisson —dijo Bone—. Los marineros son gentes muy rudas y el tiempo lo es todavía más.

Lizzie se erizó.

—No tengo la menor intención de pasarme las próximas siete semanas encerrada en este cuartito —replicó—. Acompáñenos, señor Bone.

—Sí, señora Jamisson.

Salieron del camarote y cruzaron la cubierta hasta llegar a una escotilla abierta. El oficial bajó por una escalera con la agilidad de un simio. Jay bajó detrás de él y Lizzie le siguió. Bajaron hasta la segunda de las cubiertas inferiores. La luz diurna se filtraba a través de una escotilla abierta y se complementaba ligeramente con la de una lámpara colgada de un gancho.

Los caballos preferidos de Jay, los dos tordos y Blizzard, su regalo de cumpleaños, se encontraban en unas pequeñas casillas. Cada uno de ellos llevaba bajo el vientre un cabestrillo atado a una viga del techo para que, si resbalaran a causa de la mala mar, no pudieran caer. Había heno en los pesebres y el suelo estaba cubierto de arena para proteger los cascos. Eran unos animales muy valiosos y su sustitución hubiera sido muy difícil en América. Jay se pasó un buen rato acariciándolos y hablándoles en voz baja para tranquilizarlos.

Lizzie se impacientó y se acercó a una pesada puerta abierta. Bone la siguió.

—Yo que usted no pasearía demasiado, señora Jamisson —le dijo—. Se podría tropezar con ciertas cosas desagradables.

Lizzie no le hizo caso. No era muy remilgada.

—Eso conduce a la bodega de los condenados —le explicó el oficial—. No es lugar apropiado para una dama.

Acababa de pronunciar las palabras mágicas capaces de inducir a Lizzie a persistir en su empeño. Esta se volvió y le miró a los ojos.

—Señor Bone, este barco pertenece a mi suegro y yo iré donde me apetezca. ¿Está claro?

—Sí, señora J.

—Hará usted el favor de llamarme señora Jamisson.

—Sí, señora Jamisson.

Lizzie estaba deseando ver la bodega de los condenados, sabiendo que McAsh podía estar allí. Aquel era el primer barco de deportados que zarpaba después del juicio. Se adelantó dos pasos, agachó la cabeza bajo una viga, empujó una puerta y salió a la bodega principal.

Hacía calor y se percibía un fuerte olor de gente hacinada. Todo estaba tan oscuro que, al principio, no pudo ver nada, aunque oyó el murmullo de muchas voces. El espacio lo ocupaban una especie de estantes para almacenar toneles. Se sobresaltó al oír un rumor de cadenas en el estante que tenía más cerca. Entonces observó horrorizada que lo que se había movido era un pie aherrojado. Vio que alguien estaba tendido en el estante; no, eran dos personas, encadenadas juntas por los tobillos. Mientras sus ojos se iban adaptando poco a poco a la oscuridad, vio otra pareja de seres humanos tendida hombro con hombro al lado de la primera, y otra y otra. Había varias docenas, apretujadas como arenques en la batea de un pescador.

Debía de ser una medida provisional, pensó. Después les proporcionarían por lo menos unas literas normales para la travesía. Inmediatamente comprendió que tal cosa no sería posible. ¿Dónde podrían estar las literas? Aquella era la bodega principal y ocupaba casi todo el espacio que había bajo la cubierta. No había ningún otro sitio donde colocar a todos aquellos desventurados. Se pasarían por lo menos siete semanas tendidos en medio de aquella opresiva y pestilente oscuridad.

—¡Lizzie Jamisson! —gritó una voz.

Lizzie experimentó un repentino sobresalto al reconocer el acento escocés: era Mack. Esperaba verle allí, pues casi todos los deportados cruzaban el océano en barcos de los Jamisson, pero no había imaginado las horribles condiciones en las cuales lo había encontrado.

—Mack... ¿dónde estás?

—Aquí.

Lizzie avanzó por el estrecho pasillo que separaba las dos hileras de estantes. Un brazo espectral se extendió hacia ella en medio de la oscuridad. Estrechó la dura mano de Mack.

—Esto es terrible —dijo—. ¿Qué puedo hacer?

—Ahora nada —contestó Mack.

Lizzie vio a Cora tendida a su lado con la niña Peg. Por lo menos, estaban los tres juntos. Algo en la expresión del rostro de Cora indujo a Lizzie a soltar la mano de Mack.

—A lo mejor podré conseguir que recibáis suficiente agua y comida —dijo.

—Sería muy amable de su parte.

A Lizzie ya no se le ocurría nada más que decir. Permaneció allí en silencio un instante.

—Si puedo, bajaré aquí cada día —dijo al final.

—Gracias.

Dio media vuelta y se alejó a toda prisa.

Volvió sobre sus pasos con una indignada protesta en los labios, pero, al ver la mirada de desprecio de Bone, se tragó las palabras. Los condenados se encontraban a bordo, el barco estaba a punto de zarpar y nada de lo que ella dijera podría modificar la situación. Una protesta solo serviría para confirmar la advertencia de Bone en el sentido de que las mujeres no tenían que bajar a las bodegas.

—Los caballos están muy bien estabulados —dijo Jay, satisfecho.

—¡Están mucho mejor que los seres humanos! —comentó Lizzie sin poder contenerse.

—Ah, eso me recuerda una cosa —dijo Jay—. Bone, hay en la bodega un condenado llamado Sidney Lennox. Sáquele los grilletes e instálelo en un camarote, por favor.

—Sí, señor.

—¿Por qué está Lennox con nosotros? —preguntó Lizzie, estupefacta.

—Lo condenaron por la compra de objetos robados, pero ha prestado un buen servicio a mi familia en el pasado y no podemos abandonarlo.

—¡Oh, Jay! —exclamó Lizzie, consternada—. ¡Es un hombre muy malo!

—Al contrario, es muy útil.

Lizzie apartó el rostro. Se había alegrado de poder dejar a

Lennox a su espalda en Inglaterra y ahora lamentaba que a él también lo hubieran condenado a la deportación. ¿Acaso Jay no podría escapar jamás de su perversa influencia?

—La marea está a punto de subir, señor Jamisson —dijo Bone—. El capitán estará impaciente por levar anclas.

—Felicite al capitán y dígale que se dé prisa.

Todos subieron por la escalera.

Minutos después, mientras Lizzie y Jay permanecían de pie en la proa, el barco empezó a deslizarse río abajo. Una fresca brisa del anochecer azotaba las mejillas de Lizzie. Mientras la cúpula de San Pablo desaparecía bajo la línea del horizonte de los almacenes portuarios, esta le dijo a su marido:

—No sé si alguna vez volveremos a ver Londres.

TERCERA PARTE

Virginia

26

Tendido en la bodega del *Rosebud*, Mack temblaba a causa de la fiebre. Se sentía casi como un animal: sucio, medio desnudo, encadenado e impotente. Apenas podía tenerse en pie, pero su mente estaba completamente lúcida. Juró no volver a permitir jamás que nadie le pusiera grilletes. Lucharía, intentaría escapar y preferiría que lo mataran antes que sufrir de nuevo aquella humillación.

Un grito penetró en la bodega desde la cubierta:

—Sondeos a treinta y cinco brazas, capitán... ¡arena y carrizos!

La tripulación lanzó vítores de entusiasmo.

—¿Qué es una braza? —preguntó Peg.

—Un metro y setecientos centímetros de agua —contestó Mack, lanzando un suspiro de alivio—. Eso significa que nos estamos acercando a tierra.

Varias veces había pensado que no conseguiría sobrevivir. Veinticinco prisioneros habían muerto en el barco. Nadie se había muerto de hambre. Al parecer, Lizzie, que no había vuelto a bajar a la bodega, había cumplido su promesa y se había encargado de que les dieran comida y bebida suficiente. Sin embargo, el agua potable ya se estaba empezando a estropear y la dieta de carne salada y pan resultaba muy monótona e insalubre y todos los condenados habían contraído una dolencia que a veces se llamaba fiebre de hospital y otras veces, fiebre de la cárcel. Barney el Loco había sido el primero en sucumbir a ella, pues los viejos no la resistían.

Sin embargo, las enfermedades no habían sido la única causa de muerte. Cinco personas habían fallecido durante una terrible tormenta, en cuyo transcurso los prisioneros habían sido arrojados de acá para allá en la bodega, hiriéndose a sí mismos y a otros con las cadenas de hierro.

Peg siempre había sido una niña muy delgada, pero ahora parecía un palillo. Cora había envejecido. En la semipenumbra de la bodega, Mack vio que se le estaba cayendo el cabello y tenía las mejillas hundidas. Su cuerpo antaño voluptuoso estaba esquelético y desfigurado por las llagas. Pero él se alegraba de que los tres hubieran conseguido sobrevivir.

Poco después se oyó otra voz:

—Dieciocho brazas y arena blanca.

La siguiente vez fueron trece brazas y caparazones de moluscos; y, finalmente, el esperado grito:

—¡Tierra a la vista!

A pesar de su debilidad, Mack hubiera deseado poder salir a cubierta. «Esto es América —pensaba—. He llegado al otro extremo del mundo y todavía estoy vivo. Ojalá pudiera ver América.»

Aquella noche el *Rosebud* ancló en aguas tranquilas. El marinero que les servía a los prisioneros las raciones de cecina y agua en mal estado era uno de los más amables de la tripulación. Se llamaba Ezekiel Bell. Estaba desfigurado —le faltaba una oreja, era completamente calvo y tenía en el cuello un bocio tan grande como un huevo de gallina— y le llamaban irónicamente el Guapo. Les dijo que se encontraban en aguas del cabo Henry, cerca de la ciudad virginiana de Hampton.

Al día siguiente el barco permaneció anclado. Mack se preguntó enfurecido por qué razón se estaba prolongando la travesía. Alguien se habría acercado a la orilla por provisiones, pues aquella noche les llegó desde la cocina un delicioso aroma de carne asada que fue una tortura para los prisioneros. A Mack se le hizo la boca agua.

—Mack, ¿qué ocurrirá cuando lleguemos a Virginia? —le preguntó Peg.

—Nos venderán y tendremos que trabajar para el que nos haya comprado —contestó Mack.

—¿Nos venderán juntos?

Mack sabía que no era probable, pero no lo dijo.

—A lo mejor —contestó—. Esperemos que sí.

Peg se pasó un rato pensando.

—¿Quién nos comprará? —preguntó en tono atemorizado.

—Granjeros, plantadores, amas de casa..., cualquier persona que necesite trabajadores y los quiera pagar baratos.

—Puede que alguien nos compre a los tres.

¿A quién le podrían interesar un minero de carbón y dos ladronas?, se preguntó Mack.

—Quizá nos comprarán personas que viven muy cerca las unas de las otras.

—¿Y qué clase de trabajo haremos?

—Cualquier cosa que nos manden, supongo: faenas del campo, limpieza, trabajos de construcción...

—Seremos como esclavos.

—Pero solo durante siete años.

—Siete años —dijo la niña, consternada—. ¡Ya seré mayor!

—Y yo tendré casi treinta y un años —dijo Mack, pensando que ya sería prácticamente un viejo.

—¿Nos pegarán?

Mack sabía que la respuesta era afirmativa, pero mintió.

—No lo harán si trabajamos duro y mantenemos la boca cerrada.

—¿Quién cobra el dinero que pagan los compradores?

—Sir George Jamisson. —Debilitado por la fiebre, Mack añadió con impaciencia—: Estoy seguro de que todas estas malditas preguntas ya me las has hecho otras veces.

Peg apartó el rostro, ofendida.

—Está preocupada, Mack —dijo Cora—, por eso no hace más que repetir las mismas preguntas.

«Yo también lo estoy», pensó tristemente Mack.

—Yo no quiero ir a Virginia —dijo Peg—. Quiero que el viaje no termine jamás.

Cora soltó una amarga carcajada.

—¿Te gusta vivir así?

—Es como tener un padre y una madre —contestó Peg.

Cora rodeó a la niña con sus brazos y la abrazó.

Levaron el ancla a la mañana siguiente y Mack sintió que el barco se movía con un fuerte viento favorable. Por la noche les dijeron que ya estaban muy cerca de la desembocadura del río Rapahannock. Después, unos vientos contrarios los obligaron a permanecer dos días anclados antes de poder adentrarse en el río.

A Mack le bajó la fiebre y le quedaron fuerzas para subir a cubierta y realizar uno de los periódicos ejercicios que les permitían hacer. Mientras el barco navegaba río arriba, pudo contemplar por primera vez América.

Densos bosques y campos cultivados bordeaban ambas orillas. De vez en cuando se veía un embarcadero, una franja de orilla desbrozada y una cuesta cubierta de césped, al fondo de la cual se levantaba una soberbia mansión. Alrededor de algunos embarcaderos Mack vio los grandes toneles que se utilizaban para el transporte del tabaco. Los había visto descargar en el puerto de Londres y ahora le pareció muy curioso que hubieran podido sobrevivir a la larga y peligrosa travesía transatlántica para llegar hasta allí. Observó que casi todas las personas que trabajaban en los campos eran negras. Los caballos y los perros eran como los que él conocía, pero los pájaros que se posaban en las bordas le eran desconocidos. Había otros muchos barcos en el río, unos cuantos buques mercantes como el *Rosebud* y muchas embarcaciones de menor tamaño.

Aquellos paisajes fueron lo único que vio Mack en el transcurso de los cuatro días siguientes, pero conservó la imagen en su mente como un preciado recuerdo mientras permanecía tendido en la bodega; la luz del sol, la gente que caminaba al aire libre en medio de una suave brisa, los bosques, los prados y las casas. Su deseo de desembarcar del *Rosebud* y pasear al aire libre era tan fuerte que casi le dolía.

Cuando al final volvieron a echar el ancla, supo que habían llegado a Fredericksburg, su destino. La travesía había durado ocho semanas.

Aquella noche los prisioneros comieron alimentos cocinados: un caldo de carne de cerdo con maíz y patatas, una rebanada de pan recién hecho y una jarra de cerveza. Mack, que ya no estaba acostumbrado a la fuerte cerveza y la sabrosa comida, se mareó y se pasó toda la noche indispuesto.

A la mañana siguiente los subieron a la cubierta de diez en diez y pudieron ver finalmente Fredericksburg.

El barco estaba anclado en un cenagoso río con islas en el centro de la corriente. Había una estrecha y arenosa playa, una franja de orilla boscosa y una corta y breve cuesta que conducía a una ciudad construida alrededor del peñasco. No era mucho más grande que Heugh, la aldea natal de Mack, y no debía de albergar más de doscientos habitantes, pero parecía un lugar alegre y próspero, con casas de madera pintada de verde y blanco. En la otra orilla, un poco más arriba, había otra ciudad llamada Falmouth, según le dijeron a Mack. En el río había otros dos barcos tan grandes como el *Rosebud* y varios barcos de cabotaje, algunas barcazas y un transbordador que unía ambas ciudades. Los hombres se afanaban en la orilla descargando barcos, haciendo rodar toneles e introduciendo y sacando cajas de los almacenes.

A los prisioneros les facilitaron jabón para lavarse y después subió a bordo un barbero para cortar el cabello y afeitar a los hombres. A los que vestían ropa desgarrada hasta el extremo de resultar indecente les facilitaron otras prendas, pero su gratitud se convirtió en consternación al comprender que eran las de los prisioneros fallecidos durante la travesía. A Mack le entregaron la sucia e infestada chaqueta de Barney el Loco. Antes de ponérsela, la extendió sobre una borda y la sacudió con fuerza con un palo hasta que ya no cayeron más piojos.

El capitán elaboró una lista de los prisioneros supervivientes y preguntó a cada uno de ellos a qué actividad se había dedicado hasta su detención. Algunos habían trabajado en distintos oficios y otros como Cora y Peg jamás se habían ganado honradamente la vida. A estos últimos se les animó a exagerar o a inventarse algo. Peg pasó a convertirse en aprendiza de modista y Cora en moza de taberna. Mack comprendió que se trataba de un tardío esfuerzo por hacerlos atractivos a los posibles compradores.

Después los devolvieron a la bodega y por la tarde bajaron dos hombres a inspeccionarlos. Formaban una extraña pareja: uno llevaba una casaca militar inglesa de color rojo y unos sencillos calzones y el otro lucía un anticuado chaleco amarillo y unos pantalones de ante toscamente cosidos. A pesar de sus extraños atuendos, se los veía muy bien alimentados y tenían la nariz colorada propia de los hombres que podían permitirse el lujo de tomar todas las bebidas alcohólicas que quisieran. El Guapo Bell le dijo en voz baja a Mack que eran «conductores de almas» y le explicó el significado de la expresión: compraban grupos de esclavos, deportados y criados contratados y los conducían hacia el interior del país, donde los vendían a granjeros de remotos lugares y abruptas regiones montañosas. A Mack no le gustó su aspecto. Ambos hombres se fueron sin comprar nada. Al día siguiente, les dijo Bell, se celebraría la Jornada de las Carreras, en la que los hacendados acudían de todas partes a la ciudad para asistir a las carreras de caballos. La mayoría de los condenados sería vendida al término de la jornada. Entonces los conductores de almas ofrecerían un precio más bajo por los que quedaran. Mack confiaba en que Cora y Peg no acabaran en sus manos.

Aquella noche también les sirvieron una excelente cena. Mack comió muy despacio y durmió como un tronco. Por la mañana, todo el mundo se encontraba un poco mejor: les brillaban los ojos y podían sonreír. Durante toda la travesía, su única comida había sido la cena, pero aquel día les ofrecieron un desayuno de gachas de avena con melaza y un poco de ron aguado.

Por consiguiente, a pesar de su incierto futuro, el grupo abandonó alegremente la bodega y subió a cubierta todavía con los pies aherrojados. Aquel día en la zona portuaria se registraba una gran actividad. Varias pequeñas embarcaciones se estaban acercando a las orillas, la calle principal estaba llena de carros y numerosos grupos de personas elegantemente vestidas paseaban tranquilamente como si tuvieran el día libre. Un hombre barrigudo tocado con un sombrero de paja subió a bordo en compañía de un negro de elevada estatura y cabello canoso. Ambos echaron un vistazo a los deportados, eligieron a algunos y rechazaron a otros. Mack comprendió que estaban eligiendo a los más jóvenes y fuertes e inevitablemente entró a formar parte de los catorce o quince elegidos. No seleccionaron ni a mujeres ni a niños.

—¿Adónde vamos? —les preguntó Mack.

No se dignaron responderle. Peg se echó a llorar. Mack la abrazó. Sabía lo que iba a ocurrir y se le partía el corazón de pena. Todos los adultos en quienes Peg confiaba le habían sido arrebatados: su madre, muerta a causa de la enfermedad; su padre, ahorcado, y ahora él, vendido y arrancado de su lado. La estrechó con fuerza y ella se aferró con ansia a su cintura.

—¡Llévame contigo! —le dijo entre sollozos.

Mack se apartó de ella.

—Procura que no te separen de Cora, si puedes —le dijo.

Cora lo besó en la boca con desesperada pasión. No podía creer que jamás pudiera volver a verle, acostarse con él, acariciar su cuerpo y gemir de placer. Unas ardientes lágrimas rodaron por sus mejillas y le resbalaron hasta la boca mientras lo besaba.

—Haz todo lo posible por encontrarnos, Mack, por lo que más quieras —le suplicó.

—Lo intentaré...

—¡Prométemelo! —insistió ella.

—Te prometo que te encontraré.

—Vamos, cariñoso —dijo el barrigudo, apartando a Mack de Cora.

Mack miró hacia atrás mientras lo empujaban por la escalerilla hasta el muelle. Abrazadas la una a la otra, Cora y Peg le miraron con lágrimas en los ojos. Mack recordó el momento de su despedida de Esther. «No quiero fallarles a Cora y a Peg como le fallé a Esther», se juró a sí mismo. Después las perdió de vista.

Le parecía extraño pisar de nuevo tierra firme, después de haberse pasado ocho semanas con el incesante movimiento del mar bajo sus pies. Mientras bajaba encadenado por la calle principal sin adoquinar, miró a su alrededor, echando un vistazo a América. En el centro de la ciudad había una iglesia, un mercado, una picota y una horca. A ambos lados de la calle había casas de ladrillo y madera muy separadas las unas de las otras. Las ovejas y las gallinas ocupaban la cenagosa calzada. Algunos edificios parecían viejos, pero muchos eran de reciente construcción.

La ciudad estaba abarrotada de gente, caballos, carros y carruajes, procedentes sin duda de los alrededores. Las mujeres lucían lazos y sombreritos y los hombres calzaban relucientes botas y llevaban guantes impecablemente limpios. Casi todas las prendas parecían de confección casera, aunque las telas eran muy caras. Mack oyó a varias personas haciendo comentarios sobre las carreras y cruzando apuestas. Por lo visto, los virginianos eran muy aficionados al juego.

Los ciudadanos miraban a los deportados con el mismo interés con que hubieran podido contemplar un caballo que bajara por la calle.

La ciudad terminaba a cosa de un kilómetro más allá. Cruzaron el río al llegar a un vado y echaron a andar por un pedregoso camino a través del bosque. Mack se situó al lado del negro de mediana edad.

—Me llamo Malachi McAsh —le dijo—, pero todos me llaman Mack.

El negro mantuvo la mirada fija hacia delante, pero contestó con amabilidad.

—Yo soy Kobe. —Pronunció la palabra como si rimara con Toby—. Kobe Tambala.

—¿El hombre del sombrero de paja es nuestro amo?

—No. Bill Sowerby no es más que el capataz. A él y a mí nos ordenaron subir a bordo del *Rosebud* y elegir a los mejores braceros.

—¿Quién nos ha comprado?

—En realidad, no os han comprado.

—Pues entonces, ¿qué?

—El señor Jamisson ha decidido quedarse con vosotros para que trabajéis en su propiedad de Mockjack Hall.

—¿Jamisson?

—Exactamente.

Mack volvía a ser propiedad de la familia Jamisson. La idea lo enfureció. «Maldita sea, me volveré a escapar —se juró a sí mismo—. Volveré a ser un hombre libre.»

—¿En qué trabajabas antes? —le preguntó Kobe.

—Era minero de carbón.

—¿De carbón? He oído hablar de eso. Una roca que arde como la leña, pero da más calor, ¿verdad?

—Sí. Lo malo es que tienes que descender mucho bajo tierra para encontrarla.

»¿Y tú?

—Mi familia tenía una granja en el campo en África. Mi padre tenía unas grandes extensiones de tierra, mucho más grandes que la del señor Jamisson.

—¿Qué clase de granja?

—Mixta... un poco de trigo, ganado... pero no tabaco. Allí tenemos una raíz que se llama *ñame*. Nunca la he visto por aquí.

—Hablas muy bien el inglés.

—Llevo casi cuarenta años aquí. —Una expresión de amargura se dibujó en su rostro—. Era apenas un niño cuando me robaron.

Mack se acordó de Cora y de Peg.

—En el barco viajaba con dos personas, una mujer y una niña —dijo—. ¿Podré averiguar quién las ha comprado?

—Todos quieren a alguien de quien han sido separados. —Se rio Kobe con tristeza—. La gente pregunta constantemente. Cuando los esclavos se reúnen por los caminos o en el bosque, no hablan de otra cosa.

—La niña se llama Peg —insistió Mack—. Tiene apenas trece años y es huérfana de padre y madre.

—Cuando a uno lo compran, deja de tener padre y madre.

Mack comprendió que Kobe se había dado por vencido. Se había acostumbrado a la esclavitud y la soportaba sumisamente. Estaba amargado, pero había abandonado cualquier esperanza de recuperar la libertad. «Juro que yo jamás lo haré», pensó Mack.

Recorrieron unos quince kilómetros, caminando muy despacio a causa de las cadenas. Algunos iban todavía encadenados de dos en dos. Aquellos cuyos compañeros habían muerto durante la travesía llevaban los tobillos aherrojados para que pudieran caminar, pero no correr. Después de haberse pasado ocho semanas tendidos, estaban tan débiles que, de haberlo intentado, hubieran podido desplomarse al suelo. El capataz, Sowerby, iba a caballo, pero no parecía tener demasiada prisa, pues cabalgaba muy despacio, tomando de vez en cuando un trago de licor de un botellín de bolsillo.

La campiña se parecía más a la inglesa que a la escocesa y no era tan distinta como Mack había imaginado. El camino seguía el curso del rocoso río, el cual serpeaba a través de un lujuriante bosque. Mack hubiera deseado poder tenderse a descansar un rato a la sombra de los gigantescos árboles.

Se preguntó cuánto tardaría en ver a la sorprendente Lizzie. Lamentaba haber pasado nuevamente a manos de un Jamisson, pero la presencia de Lizzie sería para él un consuelo. A diferencia de su suegro, la joven no era cruel, aunque podía ser desconsiderada. Su heterodoxa conducta y su poderosa personalidad atraían enormemente a Mack. Su sentido de la justicia le había salvado la vida en el pasado y puede que volviera a hacerlo en el futuro.

Llegaron a la plantación Jamisson al mediodía. Un camino a través de un prado donde pastaba el ganado conducía a un recinto lleno de barro en el que se levantaban unas doce cabañas. Dos ancianas negras estaban guisando sobre unas fogatas y cuatro o cinco niños desnudos jugaban en el suelo. Las cabañas estaban construidas de cualquier manera con unas toscas tablas de madera. Las ventanas con postigos carecían de cristales.

Sowerby intercambió unas palabras con Kobe y se retiró.

—Esas serán vuestras viviendas —les dijo Kobe a los deportados.

—¿Tendremos que vivir con los negritos? —preguntó alguien.

Mack soltó una carcajada. Después de haberse pasado ocho semanas en el infierno de la bodega del *Rosebud*, era un milagro que pudieran quejarse del alojamiento.

—Los blancos y los negros viven en cabañas separadas —dijo Kobe—. No hay ninguna ley al respecto, pero siempre se ha hecho así. En cada cabaña caben seis personas. Antes de poder descansar, tenemos otra cosa que hacer. Seguidme.

Recorrieron un camino que serpeaba entre los verdes trigales, los altos maizales de las lomas y las aromáticas plantas del tabaco. En todos los campos había hombres y mujeres arrancando las malas hierbas que crecían entre las hileras y eliminando los gorgojos de las hojas de tabaco.

Salieron a un inmenso prado y subieron por una cuesta hasta una destartalada casa de madera con la pintura desprendida y los postigos cerrados. Debía de ser Mockjack Hall. Bordeando la casa, llegaron a un grupo de edificios anexos situados en la parte de atrás. Uno de los edificios era una herrería, en la cual estaba trabajando un negro a quien Kobe se dirigió, llamándole Cass. El herrero empezó a quitarles los grilletes a los deportados.

Mack observó cómo les quitaban las cadenas uno a uno. Experimentó una sensación de liberación, pero enseguida comprendió que su júbilo era falso. Aquellas cadenas se las habían colocado en la prisión de Newgate, en la otra punta del mundo y él las había odiado a lo largo de las humillantes ocho semanas en que las había llevado.

Desde la loma en la que se levantaba la casa podía ver el

brillo del río Rapahannock a cosa de un kilómetro de distancia, serpeando a través del bosque. «Cuando me quiten las cadenas, podría huir río abajo —pensó—, podría arrojarme al agua y nadar en busca de la libertad.»

Tendría que procurar contenerse. Estaba todavía tan débil que probablemente no podría correr ni un kilómetro. Además, había prometido buscar a Peg y a Cora y tendría que encontrarlas antes de escapar, pues quizá más tarde le fuera imposible. Y tenía que planearlo todo con sumo cuidado. No conocía la geografía de aquel país. Tendría que establecer primero adónde quería ir y cómo hacerlo.

Aun así, cuando le cayeron las cadenas de las piernas, tuvo que hacer un esfuerzo para no echar a correr.

Mientras reprimía el impulso, Kobe les dijo:

—Ahora que os han quitado las cadenas, algunos de vosotros ya estaréis pensando hasta dónde podríais llegar al anochecer. Antes de que intentéis huir, hay algo muy importante que debéis saber. Por consiguiente, escuchadme y prestad atención. —Kobe hizo una pausa para que sus palabras surtieran el debido efecto antes de seguir adelante—. Las gentes que se escapan suelen ser atrapadas y castigadas. Primero se las azota, pero eso es lo más fácil. Después tienen que ponerse un collar de hierro que a algunos les parece vergonzoso. Pero lo peor es que el tiempo de privación de libertad se prolonga. Si estáis fuera una semana, tendréis que servir dos semanas de más. Aquí tenemos gente que ha intentado escapar tantas veces que no será libre hasta los cien años. —Kobe miró a su alrededor y sus ojos se cruzaron con los de Mack—. Si estáis dispuestos a correr este riesgo —terminó diciendo—, lo único que os puedo decir es que os deseo mucha suerte.

A la mañana siguiente, las ancianas prepararon un plato de maíz hervido llamado *hominy* que los deportados y los esclavos comieron con los dedos en unas escudillas de madera.

Los peones eran en total unos cuarenta. Aparte la nueva remesa de deportados, casi todos eran esclavos negros. Había también cuatro criados contratados que habían vendido cuatro años de trabajo por adelantado para pagarse el pasaje. Se mantenían apartados de los demás y se consideraban superiores a ellos. Solo había tres empleados asalariados, dos negros libres y una mujer blanca, los tres de cincuenta y tantos años. Algunos negros hablaban un excelente inglés, pero la mayoría de ellos utilizaba su propia lengua africana y se comunicaba con los blancos con una especie de jerigonza infantil. Al principio, Mack los trataba como si fueran niños, pero después comprendió que eran superiores a él, pues hablaban un idioma y medio mientras que él solo hablaba uno.

Recorrieron unos dos o tres kilómetros entre campos de tabaco a punto de ser recolectados. Las plantas del tabaco, que formaban unas pulcras hileras de unos cuatrocientos metros de longitud, estaban separadas entre sí por algo menos de un metro, eran casi tan altas como Mack y tenían unas doce hojas muy anchas de un precioso color verde.

Los braceros recibieron órdenes de Bill Sowerby y de Kobe. Estos los dividieron en tres grupos. A los del primer grupo les proporcionaron unos afilados cuchillos y los pusieron a cortar las plantas maduras. El segundo grupo fue enviado a un campo que había sido segado la víspera. Las plantas estaban en el suelo con sus grandes hojas resecas tras haber permanecido un día secándose al sol. A los recién llegados les enseñaron a secar los tallos de las plantas cortadas y a traspasarlos con unos largos clavos de madera. Mack formaba parte del tercer grupo, encargado de transportar los clavos cargados a través de los campos hasta la casa del tabaco, donde se colgaban del alto techo para que los tallos se secaran al aire.

Fue un largo y caluroso día estival. Los hombres del *Rosebud* no pudieron trabajar tan duro como los demás. A Mack se le adelantaban constantemente las mujeres y los niños. La enfermedad, la desnutrición y la falta de actividad lo habían debilitado. Bill Sowerby llevaba un látigo, pero Mack no le vio utilizarlo en ningún momento.

Al mediodía les sirvieron una comida de rústico pan de maíz que los esclavos llamaban *pone*.

Mientras comían, Mack se desanimó, pero no se sorprendió demasiado al ver la conocida figura de Sidney Lennox, vestido con prendas nuevas, recorriendo la plantación en compañía de Sowerby. Seguramente Jay pensaba que Lennox le había sido útil en el pasado y quizá lo volvería a ser en el futuro.

Al anochecer abandonaron los campos, muertos de cansancio, pero, en lugar de regresar a sus cabañas, los condujeron a la casa del tabaco, iluminada ahora por varias docenas de velas. Tras una cena muy rápida, los pusieron a trabajar en la tarea de arrancar las hojas de las plantas curadas, quitar la gruesa espina central y formar con las hojas unos apretados manojos. A lo largo de la noche, los niños y los más viejos empezaron a quedarse dormidos e inmediatamente se puso en marcha un complicado sistema de avisos, en el cual los más fuertes sustituían a los más débiles y los despertaban cuando Sowerby se acercaba.

Debía de ser bien pasada la medianoche, calculó Mack, cuando finalmente se apagaron las velas y los peones fueron autorizados a regresar a las cabañas y acostarse en sus literas de madera. Mack se quedó inmediatamente dormido.

Le pareció que solo habían transcurrido unos segundos cuando lo despertaron sacudiéndolo por los hombros para que volviera al trabajo. Se levantó con gesto cansado y salió al exterior tambaleándose. Se comió su cuenco de *hominy* apoyado en la pared de la cabaña y, en cuanto se hubo introducido en la boca el último puñado, los obligaron a ponerse nuevamente en marcha.

En el momento en que entraban en el campo bajo la luz del amanecer, Mack vio a Lizzie.

No la había vuelto a ver desde el día en que subiera a bordo del *Rosebud*. Iba montada en un caballo blanco y estaba cruzando el campo al paso. Llevaba un holgado vestido de lino y se tocaba con un gran sombrero. El sol acababa de salir y la atmósfera era clara y diáfana. Lizzie estaba preciosa: descansada y a sus anchas, la señora de la mansión estaba recorriendo a caballo su finca. Mack observó que había engordado un poco mientras él se moría de hambre a bordo del barco. Pero no le guardaba rencor, pues había defendido la justicia y le había salvado la vida más de una vez. Recordó la vez que la había abrazado en el cuarto de tejer de Dermot Riley en Spitalfields. Había estrechado su suave cuerpo contra el suyo y aspirado la fragancia del jabón y del sudor femenino y, durante un breve instante de locura, pensó que Lizzie y no Cora podría ser la mujer más adecuada para él. Pero enseguida recuperó la cordura.

Contemplando su redondeado cuerpo, comprendió que no había engordado sino que estaba embarazada. Tendría un hijo que sería un Jamisson cruel, codicioso y despiadado. Sería propietario de una plantación, compraría seres humanos, los trataría como si fueran cabezas de ganado y sería muy rico.

Lizzie captó su mirada y Mack se avergonzó de haber pensado aquellas cosas de un niño no nacido. Al principio, ella le miró como si no supiera muy bien quién era; después pareció reconocerle de golpe. Tal vez se había sorprendido de lo mucho que había cambiado a causa de las duras condiciones de la travesía.

Mack le sostuvo la mirada un buen rato, confiando en que se acercara a él; pero ella dio media vuelta sin decir nada, lanzó su caballo al trote y, poco después, se perdió en el bosque.

27

Una semana después de su llegada a Mockjack Hall, Jay Jamisson estaba sentado, observando cómo dos esclavas descargaban un baúl lleno de cristalerías. Belle era una gruesa mujer de mediana edad con unos pechos muy grandes y un voluminoso trasero, pero Mildred tenía unos dieciocho años y poseía una tersa piel de color tabaco y unos lánguidos ojos negros. Cuando levantaba los brazos hacia los estantes superiores del baúl, Jay veía el movimiento de sus pechos bajo la rústica camisola que llevaba. Al ver su mirada, ambas mujeres se pusieron muy nerviosas y empezaron a desenvolver las delicadas piezas de cristal con trémulas manos. En caso de que rompieran algo, recibirían un castigo. Jay se preguntó si sería capaz de azotarlas.

La idea le produjo una cierta inquietud, por lo que se levantó y salió de la casa. Mockjack Hall, una gran mansión con un pórtico de columnas, miraba a una herbosa pendiente que bajaba hasta el cenagoso río Rapahannock. En Inglaterra, una casa de aquel tamaño se hubiera construido en piedra y ladrillo. En cambio, aquella era de madera pintada de blanco con postigos de color verde, pero ahora la pintura ya se estaba desprendiendo y los colores habían adquirido un uniforme tono pardusco. En la parte de atrás y a ambos lados del edificio había varias dependencias anexas en las que se ubicaban la cocina, el lavadero y las caballerizas. La casa principal tenía unos grandes salones de recepción, una salita, un comedor e incluso un salón de baile y unos espaciosos dormitorios en el piso de arriba, pero todo el interior necesitaba urgentes reformas. Los muebles importados estaban ligeramente pasados de moda, los cortinajes de seda habían perdido el color y las alfombras estaban raídas. El aire de perdida grandeza de toda la casa era como el desagradable olor de un sumidero.

A pesar de todo, se sintió profundamente satisfecho mientras contemplaba su finca desde el porche. Eran quinientas hectáreas de campos de cultivo, boscosas colinas, claros arroyos y grandes estanques, con cuarenta braceros y tres criados domésticos. Todas aquellas tierras y aquellas personas eran suyas. No de su familia ni de su padre, sino suyas. Al final, se había convertido en un caballero por derecho propio.

Y aquello no sería más que el principio. Quería introducirse en la sociedad de Virginia. No sabía cómo funcionaba el gobierno colonial, pero le habían dicho que había unos dirigentes locales llamados *vestrymen* y una asamblea en Williamsburg formada por los llamados representantes, que eran el equivalente de los parlamentarios británicos. Dada su situación social, pensaba que podría saltarse la fase local y presentarse directamente candidato a las elecciones para la Cámara de Representantes. Quería que todo el mundo se enterara de que Jay Jamisson era un hombre muy importante.

Lizzie cruzó el césped montada en Blizzard. El caballo había sobrevivido a la travesía sin sufrir el menor daño. «Monta muy bien —pensó Jay—, casi como un hombre.» De pronto se dio cuenta de que montaba a horcajadas. Era una vulgaridad que una mujer brincara arriba y abajo con las piernas separadas de aquella manera, pensó. Cuando ella refrenó a la bestia, le dijo sin poder contener su irritación:

—No tendrías que montar así.

Lizzie se acarició con la mano la ancha cintura.

—He cabalgado muy despacio, solo al paso y al trote.

—No estaba pensando en el niño. Espero que nadie te haya visto montar a horcajadas.

Lizzie le miró consternada, pero su respuesta fue desafiante como todas las suyas:

—Por aquí no tengo la menor intención de montar a mujeriegas.

—¿Por aquí? —repitió Jay—. ¿Y qué más da el lugar donde estemos?

—Aquí no puede verme nadie.

—Te puedo ver yo. Y también los criados. Y puede que tengamos visitas. No creo que quisieras pasearte desnuda «por aquí», ¿verdad?

—Montaré a mujeriegas cuando vaya a la iglesia y cuando tengamos compañía, pero no cuando esté sola.

No había manera de discutir con ella.

—De todos modos, muy pronto tendrás que dejar de montar por el bien de la criatura —dijo Jay, mirándola con expresión enfurruñada.

—Pero, de momento, no —dijo Lizzie alegremente. Estaba embarazada de cinco meses y quería dejar de montar cuando estuviera de seis. Decidió cambiar de tema—. He estado echando un vistazo por ahí. Las tierras están en mejores condiciones que la casa. Sowerby es un borracho, pero lleva bien la administración. Deberíamos estarle agradecidos teniendo en cuenta que no cobra el sueldo desde hace casi un año.

—Quizá tendrá que esperar un poco más..., andamos algo escasos de dinero.

—Tu padre dijo que había cincuenta braceros, pero, en realidad, solo hay veinticinco. Menos mal que tenemos quince deportados del *Rosebud*. —Lizzie frunció el ceño—. ¿Está Malachi McAsh entre esos hombres?

—Sí.

—Me ha parecido verle en los campos.

—Le dije a Sowerby que eligiera a los más jóvenes y fuertes.

Jay ignoraba que McAsh viajaba en el barco. Si lo hubiera pensado un poco, lo habría adivinado y le hubiera dicho a Sowerby que no lo eligiera. Pero ahora que ya lo tenía, no estaba dispuesto a prescindir de él. No quería dar la impresión de que se sentía cohibido ante la presencia de un simple deportado.

—Supongo que no hemos pagado por los nuevos —dijo Lizzie.

—Por supuesto que no... ¿por qué tendríamos que pagar una cosa que pertenece a mi familia?

—Tu padre podría enterarse.

Jay se encogió de hombros.

—Seguramente mi padre me enviará una factura que yo pagaré... cuando pueda.

Estaba bastante satisfecho de la marcha de su pequeño negocio. Había conseguido catorce hombres muy fuertes que trabajarían para él durante siete años y no había pagado ni un céntimo.

—¿Cómo se lo tomará tu padre?

—Se pondrá furioso —contestó Jay, esbozando una sonrisa—, pero ¿qué puede hacer desde lejos?

—Espero que no te equivoques —dijo Lizzie en tono dubitativo.

A Jay no le gustaba que su mujer pusiera en duda su actuación.

—Esas cosas es mejor que las resuelvan los hombres.

Como de costumbre, el comentario sacó de quicio a Lizzie y esta decidió proseguir su ataque.

—Lamento ver a Lennox por aquí..., no comprendo tu apego a ese hombre.

Jay experimentaba una mezcla de sentimientos contradictorios a propósito de Lennox. Le podía ser tan útil allí como en Londres... pero su presencia le resultaba molesta. Sin embargo, una vez rescatado de la bodega del *Rosebud*, el hombre había dado por sentado que viviría en la plantación Jamisson y Jay no había tenido el valor de contradecirle.

—Pensé que me sería útil tener a un hombre blanco a mi disposición —contestó con frivolidad.

—Pero ¿a qué se dedicará?

—Sowerby necesita un ayudante.

—Lennox no sabe absolutamente nada sobre el tabaco, aparte el hecho de fumarlo.

—Aprenderá. Además, solo es cuestión de hacer trabajar a los negros.

—Eso lo sabrá hacer muy bien —dijo cáusticamente Lizzie.

Jay no quería seguir hablando del tema de Lennox.

—Puede que aquí entre en la política —dijo—. Me gustaría ser elegido para la Cámara de Representantes. No sé cuándo lo podré conseguir.

—Será mejor que trabes amistad con nuestros vecinos y lo comentes con ellos.

Jay asintió con la cabeza.

—Dentro de un mes, cuando la casa esté preparada, organizaremos una gran fiesta e invitaremos a todos los personajes importantes de los alrededores de Fredericksburg. Eso me dará ocasión de conocer a los hacendados de aquí.

—Una fiesta —dijo Lizzie, no demasiado convencida—. ¿Nos podemos permitir ese lujo?

Una vez más, estaba poniendo en duda sus decisiones, pensó Jay.

—Déjame a mí las cuestiones económicas —le replicó—. Estoy seguro de que me concederán créditos..., la familia lleva diez años haciendo negocios en esta región, mi nombre tiene que valer bastante.

Lizzie insistió con sus preguntas.

—¿No sería mejor que te concentraras en administrar la plantación, por lo menos durante uno o dos años? Entonces tendrías un fundamento sólido y podrías lanzarte a la carrera política.

—No seas estúpida —dijo Jay—. Yo no he venido aquí para ser un agricultor.

El salón de baile no era muy espacioso, pero tenía un buen pavimento y un pequeño estrado para los músicos. Veinte o treinta parejas estaban bailando vestidas con atuendos de raso de vivos colores, los hombres con peluca y las mujeres con sombreritos de encaje. Dos violinistas, un tambor y un corno francés estaban interpretando un minué. Docenas de velas iluminaban las paredes recién pintadas y los adornos florales. En otras estancias de la casa los invitados jugaban a las cartas, fumaban, bebían y se entregaban a los galanteos.

Jay y Lizzie pasaron del salón de baile al comedor, sonriendo y saludando con la cabeza a sus invitados. Jay lucía un traje de seda verde manzana que se había comprado en Londres poco antes de la partida, y Lizzie vestía de morado, su color preferido. Jay pensaba que su atuendo sería más llamativo que el de los invitados, pero, para su asombro, descubrió que los virginianos eran tan elegantes como los londinenses.

Había bebido bastante y se sentía muy a gusto. La cena se había servido temprano, pero ahora había refrescos sobre la mesa: vino, jaleas, pasteles de queso, fruta variada y leche con vino y azúcar. La fiesta había costado una pequeña fortuna, pero había sido un éxito, pues habían asistido a ella los personajes más importantes.

Solo había dado la nota el capataz Sowerby, el cual había elegido precisamente aquel día para pedir que le pagaran los atrasos. Al decirle Jay que no podría pagarle hasta que se vendiera la primera cosecha de tabaco, Sowerby le preguntó con insolencia cómo podía permitirse el lujo de ofrecer una fiesta para cincuenta invitados. En realidad, Jay no se lo hubiera podido permitir, pues todo lo había comprado a crédito, aunque su orgullo le impedía decírselo al capataz. Por consiguiente, se limitó a decirle que se callara la boca. Sowerby parecía decepcionado y preocupado. Jay se preguntó si tendría algún problema concreto de dinero, pero prefirió no hacer indagaciones.

En el comedor, los vecinos más próximos de Jay estaban saboreando sus raciones de pastel, de pie junto a la chimenea. Eran tres parejas: el coronel Thumson y su esposa, Bill Delahaye y su mujer, Suzy, y los hermanos Armstead, ambos solteros. Los Thumson estaban muy pagados de sí mismos, pues el coronel era representante y miembro de las Asamblea General. Tras distinguirse en el ejército británico y en la milicia de Virginia, se había retirado para plantar tabaco y contribuir al gobierno de la colonia. Jay hubiera querido seguir el ejemplo de Thumson.

Estaban hablando de política.

—El gobernador de Virginia murió el pasado mes de marzo y estamos esperando a su sustituto.

Jay se las dio de experto en cuestiones de la corte:

—El rey ha nombrado a Norborne Berkeley, barón de Botetourt.

—¡Menudo nombrecito! —comentó John Armstead, que ya llevaba unas cuantas copas de más.

—Creo que el barón estaba a punto de emprender viaje cuando yo me fui —dijo Jay fríamente.

—El presidente del Consejo actúa como representante suyo en su ausencia.

Deseoso de demostrar que estaba al tanto de los asuntos locales, Jay dijo:

—Supongo que es por eso por lo que los representantes han cometido la imprudencia de apoyar la Carta de Massachusetts.

La carta en cuestión era una protesta contra el pago de aranceles que los legisladores de Massachusetts habían enviado al rey Jorge. Posteriormente, los legisladores de Virginia habían aprobado una resolución en apoyo de la carta. Jay y casi todos los tories de Londres consideraban una deslealtad tanto la carta como la resolución de apoyo de los virginianos.

Thumson no parecía muy de acuerdo.

—Yo no creo que los representantes hayan sido imprudentes —dijo en tono estirado.

—Pues Su Majestad así lo cree, por supuesto —replicó Jay.

No explicó cómo sabía lo que pensaba el rey, pero dio a entender que el propio monarca se lo había dicho personalmente.

—Pues lo lamento mucho —dijo Thumson en un tono de voz que denotaba justo todo lo contrario.

Jay pensó que estaba pisando terreno peligroso, pero quería impresionar a sus invitados con su perspicacia.

—Estoy seguro de que el nuevo gobernador exigirá la retirada de la resolución —añadió.

Lo había averiguado antes de su partida de Londres.

Bill Delahaye, más joven que Thumson, dijo con vehemencia:

—Los representantes se negarán a hacerlo. —Su bella esposa, Suzy, apoyó una mano en su brazo para invitarle a la cautela, pero él siguió adelante sin hacerle caso—. Es un deber decirle al rey la verdad en lugar de frases huecas para complacer a sus aduladores tories.

—Pero no todos los tories son aduladores —terció diplomáticamente Thumson.

—Si los representantes se niegan a retirar la resolución, el gobernador tendrá que disolver la asamblea.

—Es curioso que eso tenga tan poca importancia hoy en día —dijo Roderick Armstead, más sereno que su hermano.

Jay le miró, perplejo.

—¿Qué quiere usted decir?

—Los Parlamentos coloniales se disuelven a cada dos por tres y entonces se reúnen con carácter informal en una taberna o una residencia particular y siguen adelante con sus asuntos.

—¡Pero en tales circunstancias no poseen carácter legal! —protestó Jay.

—Pero cuentan con la aprobación del pueblo al que gobiernan y parece que eso es suficiente —contestó el coronel Thumson.

Jay había oído aquel argumento otras veces de labios de hombres que leían demasiada filosofía. La idea de que la autoridad de los Gobiernos emanaba del consentimiento del pueblo era una peligrosa insensatez, pues con ello se insinuaba que los reyes no tenían ningún derecho a gobernar. Era lo mismo que decía John Wilkes en Inglaterra. Jay empezó a enfadarse con Thumson.

—En Londres, a un hombre lo pueden meter en la cárcel por expresarse en estos términos, mi coronel —dijo.

—Ya —replicó enigmáticamente Thumson.

—¿Ha probado usted la leche con vino y miel, señora Thumson? —preguntó Lizzie.

—Oh, sí —contestó la esposa del coronel con exagerado entusiasmo—. Y es deliciosa, realmente exquisita.

—Me alegro mucho. Es una bebida que no siempre sale bien.

Jay sabía que a Lizzie le importaba un bledo la leche con miel y vino. Lo que ella quería era cambiar de tema y apartar la conversación de la política. Pero él aún no había terminado.

—Debo decir que me sorprenden algunas de sus actitudes, mi coronel —dijo.

—Ah, aquí está el doctor Martin... disculpen, tengo que hablar con él —dijo Thumson, alejándose con su esposa hacia otro grupo.

—Usted acaba de llegar, Jamisson —dijo Billy Delahaye—. Puede que cuando lleve algún tiempo viviendo aquí, vea las cosas desde otra perspectiva.

Hablaba en tono cordial, pero le estaba diciendo a Jay que todavía no sabía lo bastante para tener un punto de vista propio. Jay se ofendió.

—Confío, señor, en que mi lealtad a mi soberano seguirá

tan inquebrantable como ahora, independientemente del lugar donde viva.

Delahaye le miró con expresión sombría.

—No me cabe la menor duda —dijo, acercándose a otro grupo en compañía de su mujer.

—Tengo que probar esta leche con azúcar y vino —dijo Roderick Armstead, volviéndose hacia la mesa y dejando a Jay y a Lizzie con su hermano borracho.

—Política y religión —dijo John Armstead—. Nunca hable de política y religión en una fiesta.

Dicho lo cual, se tambaleó, cerró los ojos, cayó hacia atrás y se quedó tendido en el suelo cuan largo era.

Jay bajó a desayunar al mediodía. Le dolía mucho la cabeza.

No había visto a Lizzie, pues ambos dormían en habitaciones contiguas, un lujo que no habían podido permitirse en Londres. La encontró comiendo jamón asado a la parrilla mientras los esclavos ordenaban la casa después del baile.

Había una carta para él. Se sentó y la abrió, pero, antes de que pudiera leerla, Lizzie le miró enfurecida diciendo:

—¿Por qué demonios iniciaste aquella disputa anoche?

—¿Qué disputa?

—La que tuviste con Thumson y Delahaye, naturalmente.

—No fue una disputa sino una discusión.

—Has ofendido a nuestros vecinos más cercanos.

—Se ofenden fácilmente.

—¡Llamaste prácticamente traidor al coronel Thumson!

—Es que a mí me parece que seguramente es un traidor.

—Es un terrateniente, miembro de la Cámara de Representantes y militar retirado... ¿cómo puede ser un traidor?

—Ya oíste lo que dijo.

—Aquí eso es normal.

—Pues en mi casa jamás será normal.

Sarah la cocinera entró, interrumpiendo la discusión. Jay mandó que le sirviera un té con tostadas.

Como siempre, Lizzie dijo la última palabra.

—Después de haberte gastado tanto dinero para conocer

a nuestros vecinos, lo único que has conseguido es ganarte su antipatía —añadió antes de seguir desayunando.

Jay examinó la carta. Era de un abogado de Williamsburg.

Duke of Gloucester Street
Williasmsburg
29 de agosto de 1768

Su padre, sir George, me ha encargado que le escriba, mi querido señor Jamisson. Le doy la bienvenida a Virginia y espero que muy pronto tendremos el placer de verle aquí, en la capital de la colonia.

Jay se sorprendió. Era una muestra de consideración impropia de su padre. ¿Acaso empezaría a mostrarse amable con él ahora que se encontraba a medio mundo de distancia?

Hasta entonces, le ruego me haga saber si puedo serle útil en algo. Sé que se ha hecho usted cargo de una plantación en dificultades y que quizá decidirá buscar ayuda económica. Permítame ofrecerle mis servicios en caso de que necesite una hipoteca. Estoy seguro de que se podría encontrar un prestador sin ninguna dificultad.

Quedo de usted su más humilde y seguro servidor,

Matthew Murchman

Jay esbozó una sonrisa. Era justo lo que le hacía falta. La reforma y decoración de la casa y la celebración de la fiesta lo habían obligado a endeudarse hasta el cuello con los comerciantes locales y Sowerby no paraba de pedirle suministros: semillas, nuevas herramientas, ropa para los esclavos, cuerdas, pintura... la lista era interminable.

—Bueno, pues, ya no tendrás que preocuparte por el dinero —le dijo a Lizzie, depositando la carta sobre la mesa.

Ella le miró con expresión escéptica.

—Voy a Williamsburg —anunció Jay.

28

Mientras Jay estaba en Williamsburg, Lizzie recibió una carta de su madre. Lo primero que le llamó la atención fue la dirección del remitente:

Rectoría de
John's Church
Aberdeen
15 de agosto de 1768

¿Qué estaba haciendo su madre en una vicaría de Aberdeen?

¡Tengo muchas cosas que contarte, mi querida hija! Pero debo escribirlo paso a paso, tal como ocurrió.

Poco después de mi regreso a High Glen, tu cuñado, Robert Jamisson, se hizo cargo de la administración de la finca. Sir George paga ahora los intereses de las hipotecas y, por consiguiente, no estoy en condiciones de discutir. Robert me pidió que dejara la casa grande y me fuera a vivir al viejo pabellón de caza para ahorrar. Confieso que no me gustó, pero él insistió con unos modales que no fueron precisamente todo lo amables y afectuosos que hubiera cabido esperar de un miembro de la familia.

Una oleada de impotente cólera se apoderó de Lizzie. ¿Cómo se había atrevido Robert a sacar a su madre de su casa? Recordó sus palabras cuando ella le había rechazado para aceptar a Jay: «Aunque yo no pueda tenerla a usted, tendré High Glen». En aquel momento, tal cosa le había parecido imposible, pero ahora se había hecho realidad.

Rechinando los dientes, prosiguió la lectura.

Más tarde, el reverendo York anunció su partida. Ha sido quince años pastor de Heugh y es mi mejor amigo. Pero comprendí que, tras la trágica y prematura muerte de su esposa, sintiera la necesidad de irse a vivir a otro sitio. Ya puedes imaginarte lo mucho que lamenté su marcha justo en el momento en que más necesitaba a los amigos.

Después ocurrió algo muy curioso. ¡¡Me ruborizo al decirte que me pidió en matrimonio!! ¡¡¡Y yo acepté!!!

—Dios mío! —exclamó Lizzie en voz alta.

O sea que ahora estamos casados y nos hemos trasladado a vivir a Aberdeen, desde donde te escribo.

Muchos dirán que me he casado con alguien de clase inferior, pues soy la viuda de lord Hallim, pero yo sé la poca importancia que tiene un título y a John no le importa la opinión de la sociedad. Vivimos tranquilos, todo el mundo me conoce como la señora York y soy más feliz de lo que jamás he sido en mi vida.

Su madre le hablaba también de sus tres hijastros, de los criados de la rectoría, del primer sermón del señor York y de las señoras de la parroquia... pero Lizzie estaba demasiado aturdida para poder asimilarlo.

Nunca hubiera podido imaginar que su madre volviera a casarse. No había ninguna razón para que no lo hiciera, por supuesto, pues tenía apenas cuarenta años. Puede que incluso tuviera otros hijos.

Lo que la molestaba era el hecho de haber sido mantenida al margen. High Glen siempre había sido su casa. Y, aunque ahora su vida estaba en Virginia con su marido y su hijo, pensaba que High Glen House era el lugar al que siempre podría regresar en caso de que necesitara un refugio. Pero ahora la propiedad estaba en manos de Robert.

Ella siempre había sido el centro de la vida de su madre y nunca se le había ocurrido pensar que la situación pudiera cambiar. Sin embargo, ahora su madre era la esposa de un clérigo y vivía en Aberdeen con tres hijastros a los que amar y atender y puede que estuviera esperando un hijo.

Todo aquello significaba que ella no tenía más hogar que la plantación ni más familia que Jay.

Muy bien, pues, estaba firmemente decidida a llevar allí una existencia lo más placentera posible.

Disfrutaba de unos privilegios que muchas mujeres le hubieran envidiado: una gran mansión, una finca de quinientas hectáreas de superficie, un apuesto marido y numerosos esclavos a su servicio. Los esclavos de la casa le habían cobrado cariño. Sarah era la cocinera, la gorda Belle se encargaba de casi todas las tareas de la limpieza, y Mildred era su doncella personal, aunque algunas veces también servía a la mesa. Belle tenía un hijo de doce años llamado Jimmy que trabajaba como mozo de cuadra. Su padre había sido vendido muchos años atrás. Lizzie aún no conocía a la mayoría de los peones del campo, aparte de Mack, pero apreciaba a Kobe, el supervisor, y al herrero, Cass, cuyo taller se encontraba en la parte posterior de la casa.

La casa era muy grande y lujosa, pero estaba un poco deteriorada. Hubiera sido más apropiada para una familia con seis niños pequeños, varias tías y abuelos y un ejército de esclavos para encender chimeneas en todas las habitaciones y servir descomunales cenas. Para Lizzie y Jay era más bien un mausoleo. Pero la plantación era preciosa. Tenía tupidos bosques, laderas con vastos campos de labranza y cien riachuelos.

Sabía que Jay no era el hombre que ella había imaginado, el audaz espíritu libre que había aparentado ser cuando la había acompañado a la mina. Por si fuera poco, sus mentiras a propósito de la explotación minera de High Glen la habían trastornado. A partir de aquel momento, el concepto que tenía de él había cambiado por completo. Ya no retozaban en la cama por las mañanas y se pasaban buena parte de la jornada separados. Almorzaban y cenaban juntos, pero nunca se sentaban delante de la chimenea encendida ni se tomaban de la mano ni hablaban de temas intrascendentes como al principio. Puede que Jay también hubiera sufrido una decepción con ella. A lo mejor pensaba que no era tan perfecta como había imaginado. De nada servían las lamentaciones. Tenían que amarse el uno al otro tal como eran.

Aun así, muchas veces Lizzie experimentaba un poderoso

impulso de echar a correr. Sin embargo, siempre que le ocurría, recordaba al hijo que llevaba en las entrañas. Ya no podía pensar solo en sí misma. Su hijo necesitaría a su padre.

Jay no hablaba demasiado del niño y no parecía tener demasiado interés por él. Pero cambiaría de actitud cuando naciera, sobre todo si fuera un varón.

Lizzie guardó la carta en un cajón.

Tras haber dado las correspondientes órdenes a los esclavos de la casa, se puso el abrigo y salió.

El aire era muy fresco. Estaban a mediados de octubre y ya llevaban dos meses allí. Cruzó el prado y bajó al río. Decidió ir a pie porque ya estaba de seis meses y podía sentir los puntapiés del niño... a veces muy dolorosos, por cierto. Temía causarle daño si montara a caballo.

Seguía recorriendo la finca casi a diario e invertía en ello varias horas. Por regla general, la acompañaban Roy y Rex, los dos galgos que Jay había comprado. Vigilaba detenidamente las tareas de la plantación, pues Jay se desentendía totalmente de ella; controlaba la elaboración del tabaco y llevaba la cuenta de las balas; contemplaba cómo los hombres talaban los árboles y fabricaban barriles; estudiaba las vacas y los caballos en los prados y las gallinas y los gansos en el patio. Aquel día era domingo, la jornada de descanso de los braceros, lo cual le ofrecía la ocasión de curiosear sin la presencia de Sowerby y Lennox. Roy la siguió, pero Rex se quedó perezosamente tendido en el porche.

La cosecha del tabaco ya estaba en marcha, pero quedaba todavía un largo proceso por delante: fermentar, despalillar y prensar las hojas antes de introducirlas en los grandes toneles para su envío a Glasgow o a Londres. En el campo llamado Stream Quarter estaban sembrando trigo de invierno y en Lower Oak se estaba sembrando cebada, centeno y trébol. Sin embargo, ya se encontraban al final del período de mayor actividad, la época del año en que los esclavos trabajaban en los campos desde el amanecer hasta el ocaso y después seguían trabajando a la luz de las velas en los cobertizos del tabaco hasta medianoche.

Los peones hubieran tenido que recibir alguna recompensa por ello. Hasta los esclavos y los deportados necesitaban un poco de estímulo. De repente, se le ocurrió la idea de ofrecer una fiesta en su honor.

Cuanto más lo pensaba, tanto más le gustaba. Puede que Jay no estuviera de acuerdo, pero tardaría varias semanas en volver a casa —Williamsburg se encontraba a tres días de viaje—, y, por consiguiente, todo habría terminado cuando él regresara.

Paseó por la orilla del Rapahannock, dándole vueltas a la idea en su cabeza. En aquel paraje, corriente arriba de Fredericksburg, el río era muy somero y rocoso y marcaba la línea del límite de navegación. Un hombre estaba lavándose con el agua hasta la cintura, de espaldas a ella. Era McAsh.

A Roy se le erizó el pelo hasta que lo reconoció.

Lizzie ya le había visto desnudo en un río en otra ocasión, casi un año atrás. Recordó que le había secado la piel con su enagua. En aquel momento, le había parecido lo más natural del mundo, pero ahora, mirando hacia atrás, la escena era casi como un sueño: la luz de la luna, el agua del río, aquel hombre tan fuerte y tan vulnerable al mismo tiempo, la forma en que ella lo había estrechado contra su cuerpo para darle calor.

Se detuvo y le observó mientras salía del río completamente desnudo como aquella noche.

Recordó otro momento del pasado como si fuera un cuadro. Una tarde en High Glen había sorprendido a un joven venado bebiendo en un arroyo. Al salir de entre los árboles, vio a pocos metros de distancia un ciervo de dos o tres años. El animal levantó la cabeza y se la quedó mirando. La orilla era muy empinada corriente arriba, por lo que el venado no tuvo más remedio que acercarse a ella. En el momento en que salía del arroyo, el agua brilló en sus musculosos flancos. Ella sostenía en la mano el rifle cargado y cebado, pero no pudo disparar: el hecho de estar tan cerca le hizo experimentar una profunda intimidad con la bestia.

Mientras contemplaba la piel mojada de Mack, pensó que, a pesar de todas las penalidades que este había sufrido, seguía conservando toda la poderosa gracia de un joven animal. Mientras se ponía los pantalones, Roy corrió hacia él. Mack levantó la vista y, al ver a Lizzie, se sobresaltó y se quedó paralizado.

—Podría usted volverse de espaldas.

—¡Eso también podrías hacerlo tú!

—Yo estaba aquí primero.

—¡Pero yo soy la dueña de este lugar! —replicó Lizzie.

Mack tenía una habilidad especial para sacarla de quicio. Estaba claro que se creía con tanto derecho como ella a hacer lo que quisiera. Ella era una dama, y él, un peón deportado, lo cual no era óbice para que él lo considerara una circunstancia dictada por una providencia arbitraria, de la cual ni ella podía enorgullecerse ni él avergonzarse. Su audacia era muy desagradable, pero, por lo menos, era honrada. McAsh nunca era marrullero, a diferencia de Jay, cuyo comportamiento tanto la desconcertaba algunas veces. Lizzie no sabía lo que pensaba Mack. Cuando ella le hacía alguna pregunta, este se ponía a la defensiva como si lo acusara de algo.

Mientras se ataba la cuerda que le sostenía los pantalones, la miró con semblante risueño.

—También es la dueña de mi persona —le dijo.

Lizzie contempló su amplio tórax y vio que estaba recuperando los músculos.

—Te he visto desnudo en otra ocasión.

De repente, desapareció la tensión y ambos se echaron a reír como la vez en que se encontraban delante de la iglesia y Esther le había dicho a Mack que cerrara el pico.

—Voy a ofrecer una fiesta en honor de los peones —dijo Lizzie.

Mack se puso la camisa.

—¿Qué clase de fiesta?

Lizzie pensó que ojalá hubiera tardado un poco más en ponérsela: le encantaba contemplar su cuerpo.

—¿Qué clase de fiesta te gustaría?

Mack la miró con aire pensativo.

—Podría hacer una fogata en el patio de atrás. Lo que más

les gustaría a los peones sería una buena comida con mucha carne. Nunca se cansan de comer.

—¿Y qué comida les gusta?

—Mmm. —Mack se humedeció los labios con la lengua—. El aroma del jamón frito que sale de la cocina es tan bueno que se le hace a uno la boca agua. A todos les encantan los boniatos. Y el pan de trigo... los braceros solo comen el tosco pan de maíz que llaman *pone*.

Lizzie se alegró de haberle comunicado a Mack su intención, pues las sugerencias le habían sido muy útiles.

—¿Y qué les gustaría beber?

—El ron les encanta. Pero algunos hombres se vuelven pendencieros cuando beben. Yo que usted les serviría sidra o cerveza.

—Buena idea.

—¿Qué tal un poco de música? A los negros les gusta mucho cantar y bailar.

Lizzie lo estaba pasando muy bien. Era divertido organizar la fiesta con Mack.

—De acuerdo... pero ¿quién tocaría?

—Hay un negro libre llamado Pimienta Jones que actúa en las fondas de Fredericksburg. Lo podría usted contratar. Toca el banjo.

Lizzie jamás había oído hablar de un banjo.

—¿Y eso qué es? —preguntó.

—Creo que es un instrumento africano. No tan dulce como el violín, pero con más ritmo.

—¿Y cómo has conocido a ese hombre? ¿Cuándo has estado en Fredericksburg?

Una sombra cruzó por el rostro de Mack.

—Estuve una vez un domingo.

—¿Para qué?

—Para buscar a Cora.

—¿Y la encontraste?

—No.

—Lo siento.

Mack se encogió de hombros.

—Todo el mundo ha perdido a alguien —dijo con tristeza.

Lizzie hubiera querido rodearlo con sus brazos para consolarlo, pero reprimió su deseo. A pesar de que estaba embarazada, no podía abrazar a nadie más que a su esposo.

—¿Crees que podremos convencer a Pimienta Jones para que venga a actuar aquí? —preguntó jovialmente.

—Estoy seguro de que sí. Le he visto tocar en el recinto de los esclavos de la plantación Thumson.

—¿Y tú qué estabas haciendo allí? —le preguntó Lizzie, intrigada.

—Estaba de visita.

—Nunca pensé que los esclavos se dedicaran a eso.

—Hay que tener algo en la vida, aparte el trabajo.

—¿Y qué haces tú?

—A los chicos les encantan las peleas de gallos... son capaces de recorrer más de quince kilómetros para ir a verlas. A los jóvenes les gustan las jóvenes. Los mayores solo quieren ver a los hijos de sus compañeros y hablar de los hermanos y hermanas que han perdido. Y cantan tristes canciones africanas. Aunque no se entiendan las palabras, la música le eriza a uno los pelos.

—Los mineros del carbón también solían cantar.

—Sí, es cierto —dijo Mack, tras una pausa.

Lizzie comprendió que sus palabras lo habían entristecido.

—¿Crees que volverás alguna vez a High Glen?

—No. ¿Y usted cree que volverá?

Las lágrimas asomaron a los ojos de Lizzie.

—No —contestó la joven—, no creo que ni tú ni yo volvamos jamás allí.

El niño dio un puntapié en su vientre.

—¡Ay!

—¿Qué ocurre? —preguntó Mack.

Lizzie se apoyó una mano en el vientre.

—La criatura está dando puntapiés. No quiere que yo recuerde con nostalgia High Glen. Él será virginiano. ¡Uy! Lo ha vuelto a hacer.

—¿Y eso duele mucho?

—Pues sí... toca.

Lizzie tomó su mano y la apoyó sobre su vientre. Sus dedos eran duros y tenían la piel muy áspera, pero el roce era extremadamente suave. La criatura no se movió.

—¿Cuándo tiene que nacer? —preguntó Mack.

—Dentro de diez semanas.

—¿Y cómo lo llamará?

—Mi marido ha decidido llamarlo Jonathan si es niño y Alicia si es niña.

La criatura se movió.

—¡Menuda fuerza! —comentó Mack, riéndose—. No me extraña que haga usted una mueca —añadió, retirando la mano.

Lizzie pensó que ojalá la hubiera dejado sobre su vientre un poco más. Para disimular sus sentimientos, cambió de tema.

—Hablaré con Bill Sowerby sobre la fiesta.

—¿No se ha enterado?

—¿De qué?

—Pues de que Bill Sowerby se ha ido.

—¿Se ha ido? ¿Qué quieres decir?

—Que ha desaparecido.

—¿Cuándo?

—Hace un par de noches.

Lizzie recordó que llevaba dos días sin ver a Sowerby, pero no se había alarmado porque no le veía necesariamente a diario.

—¿Dijo si volvería?

—No sé si habló con alguien directamente. Pero yo creo que no volverá.

—¿Por qué?

—Le debe dinero a Sidney Lennox, un montón de dinero, y no puede pagárselo.

Lizzie se indignó.

—Y supongo que ahora Lennox actúa de capataz.

—Solo ha transcurrido un día laborable... pero sí, él hace de capataz.

—¡Yo no quiero que esa bestia se haga cargo de la administración de la plantación! —exclamó, enfurecida.

—Estoy de acuerdo —dijo enérgicamente Mack—. Los braceros tampoco lo quieren.

Lizzie frunció recelosamente el ceño. A Sowerby le debían muchos sueldos atrasados. Jay le había dicho que le pagaría cuando se vendiera la primera cosecha de tabaco. ¿Por qué no había esperado? Hubiera podido pagar sus deudas más adelante. Debió de asustarse por algo. Seguro que Lennox lo habría amenazado. Cuanto más lo pensaba, más se enfurecía.

—Creo que Lennox lo ha obligado a marcharse —dijo.

Mack asintió con la cabeza.

—Apenas sé nada, pero yo también lo creo. Me enfrenté con Lennox y mire lo que me ha ocurrido.

Lo dijo sin compadecerse de sí mismo, simplemente con amargura, pero Lizzie se conmovió.

—Tienes que estar orgulloso —dijo Lizzie, rozándole el brazo—. Eres valiente y honrado.

—En cambio, Lennox es cruel y corrupto y, ¿qué es lo que va a pasar? Pues que se convertirá en el capataz de aquí, les robará a ustedes todo lo que pueda de una forma o de otra, abrirá una taberna en Fredericksburg y no tardará en vivir como en Londres.

—Eso no ocurrirá a poco que yo pueda impedirlo —dijo Lizzie con determinación—. Hablaré ahora mismo con él.

—Lennox ocupaba una casita de dos habitaciones junto a los cobertizos del tabaco, cerca de la casa de Sowerby—. Espero que esté en casa.

—Ahora no está. A esta hora del domingo suele estar en la Ferry House, una taberna que hay a unos cinco o seis kilómetros río arriba. Se quedará allí hasta última hora de la noche.

Lizzie no podía esperar hasta el día siguiente. Cuando se le metía algo en la cabeza, no tenía paciencia.

—Iré a la Ferry House. Como no puedo montar... tomaré el coche.

Mack frunció el ceño.

—¿No sería mejor discutir con él aquí, donde usted es la señora de la casa? Es un hombre muy duro.

Lizzie experimentó una punzada de dolor. Mack tenía razón. Lennox era peligroso. Sin embargo, no podía aplazar el enfrentamiento. Mack la protegería.

—¿Querrías acompañarme? —le preguntó—. Me sentiría más segura contigo.

—Por supuesto que sí.

—Tú conducirás el coche.

—Tendrá que enseñarme.

—No es difícil.

Subieron desde el río a la casa. Jimmy, el mozo de cuadra, estaba dando de beber a los caballos. Mack y él sacaron el coche y engancharon la jaca mientras Lizzie entraba en la casa para ponerse el sombrero.

Salieron de la finca por el camino que bordeaba el río y lo siguieron corriente arriba hasta el paso del transbordador. La Ferry House era un edificio de madera no mucho más grande que las casas de dos habitaciones donde vivían Sowerby y Lennox. Mack ayudó a Lizzie a bajar del coche y le sostuvo la puerta de la taberna para que entrara.

Dentro estaba oscuro y lleno de humo. Diez o doce personas permanecían sentadas en bancos y sillas de madera, bebiendo en jarras y tazas de loza. Algunos jugaban a las cartas o a los dados y otros fumaban en pipa. Desde una estancia interior se oía el sonido de las bolas de billar.

No había mujeres ni negros.

Mack la siguió, pero se quedó junto a la puerta, con el rostro envuelto en las sombras.

Un hombre salió de la trastienda secándose las manos con una toalla.

—¿Qué puedo servirle, señor?... ¡Ah! ¡Una dama!

—Nada, gracias —contestó Lizzie en voz alta mientras cesaban todas las conversaciones. Miró a su alrededor y vio a Lennox en un rincón, inclinado sobre un cubilete y un par de dados. En la mesita que tenía delante había varios montoncitos de monedas. La interrupción pareció contrariarle.

Lennox recogió pausadamente las monedas antes de levantarse y quitarse el sombrero.

—¿Qué está usted haciendo aquí, señora Jamisson?

—Es evidente que no he venido a jugar a los dados —contestó Lizzie en tono cortante—. ¿Dónde está el señor Sowerby?

Oyó unos murmullos de aprobación, como si algunos de los presentes también quisieran saber qué había sido de Sowerby. Un hombre de cabello canoso se volvió en su silla para mirarla.

—Por lo visto, se ha escapado —contestó Lennox.

—¿Y por qué no he sido informada?

Lennox se encogió de hombros.

—Porque no puede usted hacer nada.

—Aun así, lo quiero saber todo. No se le ocurra volver a hacerlo. ¿Está claro?

Lennox no contestó.

—¿Por qué se ha ido Sowerby?

—¿Cómo quiere que yo lo sepa?

—Debía dinero —terció el hombre del cabello gris.

Lizzie se volvió a mirarle.

—¿A quién?

El hombre señaló con el pulgar.

—A Lennox, ¿a quién si no?

Lizzie miró a Lennox.

—¿Es eso cierto?

—Sí.

—¿Por qué?

—No sé qué quiere usted decir.

—¿Por qué le pidió dinero?

—Bueno, en realidad, no me pidió dinero. Más bien lo perdió.

—En el juego.

—Sí.

—¿Y usted le amenazó?

El hombre del cabello gris soltó una sarcástica risotada.

—Vaya si lo hizo. Lo juro.

—Me limité a exigir mi dinero —dijo fríamente Lennox.

—Y por eso se fue.

—Le aseguro que no sé por qué se fue.

—Creo que le tenía miedo.

Una siniestra sonrisa se dibujó en el rostro de Lennox.

—Muchas personas me tienen miedo —dijo sin molestarse en disimular el tono de amenaza.

Lizzie estaba furiosa, pero también asustada.

—Vamos a aclarar una cosa —dijo. Le temblaba la voz y tragó saliva para poder controlarla—. Yo soy la dueña de la plantación y usted hará lo que yo diga. Yo asumo la administración de la finca hasta el regreso de mi marido. Entonces él decidirá cómo sustituir al señor Sowerby.

Lennox meneó la cabeza.

—Oh, no —dijo—. Yo soy el ayudante de Sowerby, señora Lennox. El señor Jamisson me dijo bien claro que yo me encargaría de la plantación en caso de que Sowerby se pusiera enfermo o le ocurriera cualquier otra cosa. Además, ¿qué sabe usted sobre el tabaco?

—Casi tanto como un tabernero de Londres por lo menos.

—Bueno, pues, no es eso lo que piensa el señor Jamisson y yo solo recibo órdenes suyas.

Lizzie experimentó el deseo de echarse a gritar de rabia. ¡No podía permitir que aquel hombre mandara en su plantación!

—¡Se lo advierto, Lennox, será mejor que me obedezca!

—¿Y si no lo hago? —Lennox se adelantó sonriendo hacia ella mientras de su cuerpo se escapaba el característico olor a fruta madura. Lizzie se vio obligada a retroceder. Los otros parroquianos de la taberna se quedaron petrificados en sus asientos—. ¿Qué va usted a hacer, señora Jamisson? —preguntó, acercándose—. ¿Derribarme al suelo de un puñetazo?

Inesperadamente, Lennox levantó la mano por encima de su cabeza en un gesto que hubiera podido ser una ilustración de lo que estaba diciendo, pero que igual habría podido ser una amenaza.

Lizzie emitió un grito de terror y saltó hacia atrás. Golpeó una silla con las piernas y cayó ruidosamente en el asiento.

De pronto, apareció Mack y se interpuso entre ambos.

—Le has levantado la mano a una mujer, Lennox —dijo—. Ahora vamos a ver cómo se la levantas a un hombre.

—¿Tú? —dijo Lennox—. No sabía que eras tú el que estaba sentado allí en aquel rincón como un negro de mierda.

—Pues, ahora que ya lo sabes, ¿qué vas a hacer?

—Eres un insensato, McAsh. Siempre te pones del lado de los perdedores.

—Has insultado a la esposa del hombre que es tu propietario... no me parece una actitud muy inteligente.

—No he venido aquí para discutir sino para jugar a los dados —dijo Lennox, dando media vuelta para regresar a su mesa.

Lizzie estaba tan furiosa y disgustada como al llegar.

—Vamos —le dijo a Mack, levantándose con evidente esfuerzo.

Mack abrió la puerta y le cedió el paso al salir.

Cuando consiguió calmarse un poco, Lizzie decidió aprender algo más acerca del cultivo del tabaco. Lennox intentaría asumir el mando de la situación y ella solo podría derrotarle convenciendo a Jay de que era capaz de cumplir la tarea mejor que él. Ya sabía muchas cosas acerca de la administración de una plantación, pero no conocía realmente la planta propiamente dicha.

Al día siguiente, sacó el coche con la jaca y fue a ver de nuevo al coronel Thumson, llevando a Jimmy de cochero.

Durante las semanas transcurridas desde la fiesta, los vecinos se habían mostrado muy fríos con sus anfitriones y especialmente con Jay. Les habían invitado a los grandes acontecimientos sociales como, por ejemplo, un baile o una fastuosa boda, pero nadie les había pedido que asistieran a una pequeña fiesta o una cena íntima. Sin embargo, cuando Jay se fue a Williamsburg, cambiaron de actitud. La señora Thumson visitó a Lizzie y Suzy Delahaye la invitó a tomar el té. Lizzie lamentó que la prefirieran a ella, pero comprendía que Jay los había ofendido a todos con sus opiniones.

Mientras se dirigía a la plantación Thumson, le llamó la atención el próspero aspecto que esta ofrecía. Había hileras de grandes toneles en el embarcadero, los esclavos se encontraban en muy buena forma y trabajaban con energía; los cobertizos estaban perfectamente pintados y los campos aparecían muy bien cuidados. Vio al coronel al otro lado de un prado, hablando con un pequeño grupo de braceros y señalándoles algo con el dedo. Jay nunca iba a los campos para dar instrucciones.

La señora Thumson era una gruesa y afable mujer de cincuenta y tantos años. Los hijos de los Thumson ya eran mayores y vivían en otro sitio. La esposa del coronel le sirvió el té y se interesó por su embarazo. Lizzie le confesó que a veces le dolía la cabeza y que tenía constantes ardores de estómago, pero lanzó un suspiro de alivio al averiguar que a la señora Thumson le había ocurrido exactamente lo mismo en sus embarazos. Añadió que a veces sufría unas pequeñas hemorragias. Al oírlo, la señora Thumson le dijo que eso a ella no le había ocurrido jamás. Aunque no era nada insólito, le aconsejó que intentara descansar un poco más.

Sin embargo, Lizzie no había acudido allí para hablar de su embarazo y se alegró cuando entró el coronel para tomar el té con ellas. El coronel era un hombre de cincuenta y tantos años de elevada estatura y cabello canoso, muy fuerte para su edad. Le estrechó la mano, mirándola con la cara muy seria, pero ella lo ablandó con una sonrisa y un cumplido.

—¿Cómo es posible que su plantación sea la más bonita de por aquí?

—Vaya, le agradezco mucho que me lo diga —replicó el coronel—. Yo diría que el principal factor es mi presencia. Mire, Bill Delahaye se pasa la vida en las carreras de caballos y las peleas de gallos. John Armstead prefiere la bebida al trabajo y su hermano se pasa todas las tardes jugando al billar y a los dados en la Ferry House.

El coronel no hizo ningún comentario sobre Mockjack Hall.

—¿Por qué están tan fuertes sus esclavos?

—Bueno, eso depende de lo que les das de comer. —Estaba claro que al coronel le encantaba comunicar sus conocimientos a una joven atractiva—. Pueden vivir con *hominy* y pan de maíz, pero trabajan mejor si les das pescado salado todos los días y carne una vez a la semana. Sale un poco caro, pero más barato que comprar esclavos nuevos cada pocos años.

—¿Por qué han ido tantas plantaciones a la bancarrota últimamente?

—Tiene usted que comprender lo que es la planta del tabaco. Agota la tierra y, al cabo de cuatro o cinco años, la calidad se deteriora. Entonces hay que cultivar trigo o bien maíz en aquel campo y buscar otras tierras para el tabaco.

—Eso significa que se pasa usted la vida desbrozando el terreno.

—En efecto. Cada invierno talo una parte de bosque y creo nuevos campos de cultivo.

—Es usted muy afortunado... tiene muchas tierras.

—En su propiedad hay mucho bosque. Cuando este se acaba, hay que comprar o arrendar más tierras. Para cultivar tabaco, hay que moverse constantemente.

—¿Y eso lo hace todo el mundo?

—No. Algunos les piden crédito a los mercaderes en la esperanza de que suba el precio del tabaco y los salve. Dick Richards, el anterior propietario de su hacienda, siguió este camino y así fue como su suegro adquirió la propiedad.

Lizzie prefirió no comentar que Jay se había ido a Williamsburg para pedir dinero.

—Podríamos desbrozar Stafford Park a tiempo para la próxima primavera.

Stafford Park eran unas tierras que se encontraban a unos quince kilómetros río arriba de la propiedad principal. Estaban abandonadas a causa de la distancia y, aunque Jay había tratado de venderlas o arrendarlas, no había encontrado a ningún aspirante.

—¿Por qué no empezar por Pond Copse? —preguntó el coronel—. Está cerca de los cobertizos de curación y es un terreno muy apropiado. Lo cual me recuerda que tengo que ir a echar un vistazo a mis cobertizos antes de que oscurezca.

Lizzie se levantó.

—Tengo que volver para hablar con mi capataz.

—No se canse demasiado, señora Jamisson —le aconsejó la señora Thumson—, recuerde al bebé.

—Procuraré descansar todo lo que pueda, se lo prometo —contestó Lizzie con una sonrisa.

El coronel Thumson le dio un beso a su mujer y salió con Lizzie, la ayudó a subir al asiento del coche y la acompañó hasta los cobertizos.

—Si me está permitido hacer un comentario personal, le diré que es usted una joven extraordinaria, señora Jamisson.

—Muchas gracias.

—Espero que tendremos el placer de volver a verla —dijo Thumson, mirándola con una sonrisa en los labios. Después tomó su mano y, mientras se la acercaba a los labios para besarla, le rozó el pecho con el brazo como sin querer—. Por favor, no dude en llamarme siempre que yo pueda ayudarla en cualquier cosa que usted necesite.

Mientras se alejaba, Lizzie pensó: «Creo que acabo de recibir mi primera proposición adúltera. Y yo, que estoy de seis meses. ¡Viejo verde!». Hubiera tenido que sentirse indignada, pero, en realidad, se alegraba. Por supuesto que jamás aceptaría su ofrecimiento. Es más, en adelante haría todo lo posible por evitar al coronel. No obstante, a ella le parecía muy halagador que alguien la encontrara todavía deseable.

—Vamos un poco más rápido, Jimmy —dijo—. Quiero cenar.

A la mañana siguiente mandó llamar a Lennox a su salón. No había vuelto a hablar con él desde el incidente de la Ferry House. Le tenía mucho miedo y, por un instante, pensó en la posibilidad de llamar a Mack para que la protegiera, pero no quiso dar la impresión de que necesitaba un guardaespaldas en su propia casa.

Tomó asiento en un gran sillón labrado que debía de haber sido llevado desde Gran Bretaña a la colonia un siglo atrás y esperó. Lennox se presentó dos horas más tarde con las botas sucias de barro. Lizzie comprendió que el retraso era su manera de demostrarle que no se apresuraba a obedecer cuando ella soltaba un silbido. En caso de que lo hubiera reprendido, estaba segura de que él se habría sacado de la manga una excusa. Por consiguiente, decidió comportarse como si él hubiera respondido a su llamada de inmediato.

—Vamos a desbrozar Pond Copse para poder plantar tabaco la próxima primavera —le dijo—. Quiero que se empiece a hacer hoy mismo.

Por una vez, consiguió pillar a Lennox por sorpresa.

—¿Por qué? —preguntó este.

—Los plantadores de tabaco tienen que desbrozar nuevas tierras todos los inviernos. Es la única manera de obtener buenas cosechas. He estado echando un vistazo por ahí y Pond Copse me parece el lugar más idóneo. El coronel Thumson está de acuerdo conmigo.

—Bill Sowerby nunca lo ha hecho.

—Pero Bill Sowerby nunca ha ganado dinero.

—Los viejos campos no tienen nada de malo.

—El cultivo del tabaco agota la tierra.

—Ya lo sé —dijo Lennox—. Por eso la abonamos.

Lizzie frunció el ceño. Thumson no le había hablado para nada de los abonos.

—No sé...

Su vacilación tuvo fatales consecuencias.

—Esas cosas es mejor dejárselas a los hombres —dijo Lennox.

—No me venga con sermones —replicó Lizzie—. Hábleme de los abonos.

—Por la noche, soltamos el ganado en los campos de tabaco para que dejen el abono. Eso refresca la tierra para la siguiente estación.

—Pero nunca rinde tanto como la nueva —dijo Lizzie sin estar demasiado segura de que fuera cierto.

—Es lo mismo —insistió Lennox—. Pero, si quiere hacerlo, tendrá que hablar con el señor Jamisson.

No soportaba dejarse ganar por Lennox aunque solo fuera con carácter temporal, pero no tendría más remedio que esperar a que regresara Jay.

—Puede retirarse —dijo sin apenas poder disimular su irritación.

Lennox esbozó una sonrisa de triunfo y salió sin decir nada.

Lizzie trató de dedicar el resto de la jornada al descanso, pero a la mañana siguiente efectuó su habitual recorrido por la plantación.

En los cobertizos, los haces de plantas de tabaco se sacaban de los ganchos, donde habían sido puestos a secar para separar las hojas de los tallos y se arrancaban las gruesas fibras. Al día siguiente se volverían a atar y se cubrirían con un lienzo para que «sudaran».

Algunos braceros se encontraban en el bosque talando árboles para hacer toneles, mientras que otros estaban sembrando trigo invernal en Stream Quartet. Lizzie vio a Mack, trabajando al lado de una joven negra. Cruzaban en fila el campo arado esparciendo las semillas que llevaban en unos pesados cestos. Lennox los seguía, espoleando a los más lentos con un puntapié o un latigazo. El látigo era de madera flexible, tenía el mango rígido y medía unos ochenta o noventa centímetros de longitud. Al ver que Lizzie le estaba observando, Lennox empezó a utilizarlo con más liberalidad, como si la desafiara a que intentara impedírselo.

La chica que trabajaba al lado de Mack se acababa de desplomar al suelo. Era Bess, una alta y delgada adolescente de unos quince años. La madre de Lizzie hubiera dicho que su estatura había crecido más que su fuerza.

Lizzie corrió a socorrerla, pero Mack estaba más cerca. El joven dejó el cesto en el suelo, se arrodilló al lado de la muchacha y le tocó la frente y las manos diciendo:

—Creo que simplemente se ha desmayado.

Lennox se acercó y le propinó a la joven un puntapié en las costillas con una de sus pesadas botas.

El cuerpo se estremeció por efecto del impacto, pero los ojos no se abrieron.

—¡Ya basta, no le pegue patadas! —gritó Lizzie.

—Puta negra holgazana, ya le enseñaré yo una lección —dijo Lennox, echando hacia atrás el brazo en el que sostenía el látigo.

—¡No se atreva a hacerlo! —le gritó Lizzie.

Lennox descargó el látigo sobre la espalda de la esclava inconsciente.

Mack se levantó de un salto.

—¡Basta! —gritó Lizzie.

Lennox volvió a levantar el látigo.

Mack se interpuso entre Lennox y Bess.

—Tu ama te ha dicho que basta —le dijo a Lennox.

Lennox se pasó el látigo a la otra mano y azotó el rostro de Mack.

Mack se tambaleó y se acercó una mano al rostro. Una roncha morada apareció inmediatamente en su mejilla y la sangre empezó a bajarle por los labios.

Lennox volvió a levantar el látigo, pero no pudo descargar el latigazo.

Lizzie apenas se dio cuenta de lo que ocurrió, pero, de repente, vio a Lennox tendido boca arriba en el suelo entre gemidos y a Mack con el látigo en la mano. Este lo sostuvo con ambas manos y lo quebró sobre su rodilla antes de arrojárselo despectivamente a Lennox.

Lizzie experimentó una oleada de triunfo. El matón estaba vencido.

Los esclavos se congregaron a su alrededor, contemplándolo en silencio.

—¡Todos al trabajo! —dijo Lizzie.

Los peones dieron media vuelta y reanudaron la tarea de la siembra. Lennox se levantó y miró enfurecido a Mack.

—¿Puedes llevar a Bess a la casa? —le preguntó Lizzie a Mack.

—Pues claro —contestó Mack, tomando a la chica en brazos.

Cruzaron los campos hasta la casa y la llevaron a la cocina situada en un edificio anexo de la parte de atrás. Cuando

Mack la acomodó en una silla, la chica ya había recuperado el conocimiento.

La cocinera, Sarah, era una sudorosa negra de mediana edad. Lizzie le ordenó ir en busca del brandy de Jay. Bess tomó un sorbo y aseguró que ya se encontraba mejor y solo notaba las costillas magulladas. No comprendía por qué razón se había desmayado. Lizzie le dijo que comiera un poco y descansara hasta el día siguiente.

Al salir de la cocina, Lizzie vio a Mack mirándola con la cara muy seria.

—¿Qué te ocurre? —le preguntó.

—Me debo de haber vuelto loco —contestó Mack.

—¿Cómo puedes decir eso? —replicó ella en tono de reproche—. ¡Lennox había desobedecido una orden mía directa!

—Es un hombre vengativo. ¡No hubiera tenido que humillarle!

—¿Cómo puede vengarse de ti?

—Muy fácilmente. Es el capataz.

—No lo consentiré —dijo Lizzie con determinación.

—Usted no me puede vigilar todo el día.

—Por supuesto que sí.

Lizzie no toleraría que Mack sufriera las consecuencias de lo que había hecho.

—Me fugaría si supiera adónde ir. ¿Ha visto usted alguna vez un mapa de Virginia?

—No te fugues. —Lizzie frunció el ceño con expresión pensativa y, de repente, se le ocurrió una idea—. Ya sé lo que vamos a hacer... trabajarás en la casa.

Mack la miró sonriendo.

—Me encantaría, pero puede que no sea un buen mayordomo.

—No, no... no como criado. Podrías ser el encargado de las reparaciones. Me tienen que pintar y arreglar los cuartos de los niños.

Mack la miró con recelo.

—¿Lo dice en serio?

—¡Por supuesto que sí!

—Sería... maravilloso poder alejarme de Lennox.

—Entonces te alejarás.

—No sabe usted lo que eso significa para mí.

—Para mí también... me siento más segura teniéndote cerca. Yo también le tengo miedo a Lennox.

—Y con razón.

—Necesitarás una camisa nueva, un chaleco y calzado de casa.

Disfrutaría vistiéndolo con prendas de calidad.

—Qué lujos —dijo Mack con una sonrisa.

—Ya está todo arreglado —dijo Lizzie con determinación—. Puedes empezar inmediatamente.

Al principio, los esclavos de la casa estaban un poco molestos con la fiesta, pues siempre habían mirado por encima del hombro a los braceros de los campos. Sarah, en particular, no soportaba tener que cocinar para «esa basura que come *hominy* y pan de maíz». Sin embargo, Lizzie se burló de su esnobismo, les gastó bromas y, al final, consiguió que todos captaran la idea y asimilaran el espíritu que la había inspirado.

El sábado al ponerse el sol el personal de la cocina ya estaba preparando el banquete. Pimienta Jones, el intérprete de banjo, se había presentado borracho como una cuba al mediodía. McAsh lo obligó a beber litros de té, lo puso a dormir en un retrete y consiguió que se serenara. Su instrumento tenía cuatro cuerdas de catgut tensadas sobre una calabaza y el sonido era una mezcla de piano y tambor.

Mientras recorría el patio supervisando los preparativos, Lizzie se emocionó. Estaba deseando celebrar aquella fiesta, a pesar de que ella no participaría en el jolgorio: tenía que interpretar el papel de la Señora Generosa, serena y altiva. Pero disfrutaría viendo desmelenarse a otras personas.

Cuando cayó la noche, todo estaba preparado. Se había espitado un nuevo barril de sidra y varios jamones con abundancia de grasa se estaban asando sobre el fuego; cientos de boniatos se estaban cociendo en grandes calderas de agua hirviendo y unas largas barras de pan blanco de dos kilos de peso aguardaban el momento de ser cortadas en rebanadas.

Lizzie aguardaba con impaciencia la llegada de los esclavos desde los campos y esperaba que cantaran las rítmicas y nostálgicas melodías que solían entonar en el trabajo, pero que siempre interrumpían cuando se acercaba el amo.

Cuando salió la luna, las viejas, con los niños agarrados a sus faldas, abandonaron el recinto de los esclavos, sosteniendo a los bebés sobre sus caderas. No sabían dónde estaban los braceros; les daban la comida por la mañana y ya no los volvían a ver hasta que terminaba la jornada.

Los braceros sabían que aquella noche tenían que subir a la casa. Lizzie le había dicho a Kobe que se encargara de decírselo a todo el mundo y Kobe era muy de fiar. Ella había estado muy ocupada y no había podido salir a los campos, pero los hombres habrían estado trabajando en los confines más alejados de la plantación y seguramente tardarían un buen rato en regresar. Confiaba en que los boniatos no se ablandaran demasiado y se convirtieran en papilla.

Pasó el tiempo y no apareció nadie. Cuando ya había transcurrido más de una hora desde el anochecer, Lizzie comprendió que algo había sucedido. Reprimiendo a duras penas su cólera, mandó llamar a McAsh y le dijo:

—Busca a Lennox y dile que suba.

Pasó casi una hora, pero al final McAsh regresó con Lennox, el cual ya había empezado la noche bebiendo. Lizzie estaba furiosa.

—¿Dónde están los braceros de los campos? —le preguntó—. ¡Ya tendrían que estar aquí!

—Ah, sí —dijo Lennox, hablando con deliberada lentitud—. Hoy no ha sido posible.

Su insolencia le hizo comprender a Lizzie que habría buscado algún medio infalible de dar al traste con sus planes.

—Han estado talando árboles para construir barriles en Stafford Park. —Stafford Park se encontraba a unos quince kilómetros de distancia río arriba—. Como tendrán que trabajar allí unos cuantos días, hemos montado un campamento. Los braceros se quedarán allí con Kobe hasta que terminemos.

—Hoy no hubieran tenido que talar árboles.

—No podemos perder el tiempo.

Lo había hecho para desafiarla. Lizzie sintió el impulso de echarse a gritar, pero, hasta que Jay regresara a casa, no podría hacer nada.

Lennox contempló la comida dispuesta en las mesas de tijera.

—Es una pena y créame que lo siento —dijo sin apenas poder reprimir su regocijo.

Alargó una sucia mano y arrancó un trozo de jamón.

Sin pensar, Lizzie tomó un largo tenedor de trinchar y le pinchó el dorso de la mano diciendo:

—¡Suelte eso inmediatamente!

Lennox lanzó un aullido de dolor y soltó el trozo de carne.

Lizzie extrajo las púas del tenedor.

—¡Vaca enloquecida! —rugió Lennox.

—Largo de aquí y quítese de mi vista hasta que vuelva mi marido —le dijo Lizzie.

Lennox se pasó un buen rato mirándola enfurecido como si estuviera a punto de atacarla. Después se comprimió la mano ensangrentada bajo la axila del otro brazo y se retiró a toda prisa.

Lizzie sintió que las lágrimas asomaban a sus ojos. Como no quería que la servidumbre la viera llorar, dio media vuelta y entró corriendo en la casa. En cuanto se quedó sola en el salón, rompió en sollozos de rabia. Se sentía profundamente sola y desdichada.

Al cabo de un minuto, oyó abrirse la puerta.

—Lo siento —dijo la voz de Mack.

Su comprensión hizo que las lágrimas asomaran a sus ojos. Poco después, sintió que sus brazos la rodeaban amorosamente. Entonces apoyó la cabeza sobre su hombro y dio rienda suelta a sus lágrimas. Mack le acarició el cabello y le besó las lágrimas. Poco a poco, sus sollozos se fueron suavizando y su dolor se calmó. Pensó que ojalá él la estrechara en sus brazos toda la noche.

De repente, se dio cuenta de lo que estaba haciendo y se apartó horrorizada. Era una mujer casada y embarazada de seis meses, ¡y había permitido que un criado la besara!

—Pero ¿en qué estoy pensando? —dijo en tono de incredulidad.

—No está pensando —dijo Mack.

—Ahora sí —dijo Lizzie—. ¡Vete!

Mack dio media vuelta y salió con la cara muy triste.

29

El día de la fallida fiesta de Lizzie, Mack tuvo noticias de Cora.

Era domingo y se dirigió a Fredericksburg, luciendo su ropa nueva. Necesitaba quitarse de la cabeza a Lizzie Jamisson, su ondulado cabello negro, sus suaves mejillas y sus lágrimas saladas. Pimienta Jones, que se había pasado la noche en el recinto de los esclavos, le acompañó con su banjo.

Pimienta era un hombre delgado y vigoroso de unos cincuenta años. Su fluido inglés demostraba que llevaba muchos años en América. Mack le preguntó:

—¿Cómo conseguiste la libertad?

—Nací libre —contestó Pimienta—. Mi madre era blanca, pero no se notaba. Mi padre se había fugado y lo volvieron a capturar antes de que yo naciera..., jamás le vi.

Cada vez que se le ofrecía la ocasión, Mack le hacía preguntas sobre las fugas.

—¿Es verdad lo que dice Kobe de que todos los que se fugan son atrapados?

Pimienta soltó una carcajada.

—No, hombre. A la mayoría los pillan, pero es que casi todos son tontos... por eso los atrapan.

—O sea que si no eres tonto...

Pimienta se encogió de hombros.

—No es fácil. Cuando alguien se escapa, el amo pone un anuncio en el periódico, dando la descripción y la ropa que lleva el fugitivo.

Las prendas de vestir costaban tanto dinero que a los fugitivos les hubiera resultado muy caro cambiarlas.

—Pero uno puede evitar que le vean.

—Muy cierto, pero también tiene que comer. Lo cual significa que necesita un trabajo si no abandona los confines de las colonias. Lo más probable es que cualquiera que le ofrezca un empleo haya leído algo acerca de él en los periódicos.

—Se ve que los plantadores lo tienen todo muy bien organizado.

—No te extrañe. En las plantaciones trabajan esclavos, presos deportados y criados contratados. Si no tuvieran un sistema para atrapar a los fugitivos, los plantadores ya se hubieran muerto de hambre hace tiempo.

Mack reflexionó.

—Pero tú has dicho «si no abandona los confines de las colonias». ¿Qué quieres decir con eso?

—Al oeste de aquí hay unas montañas y, al otro lado de las montañas, se extiende el desierto —contestó Pimienta—. Allí no hay periódicos ni plantaciones. No hay sheriffs, ni jueces ni verdugos.

—¿Qué extensión tiene ese territorio?

—No lo sé. Algunos dicen que hay que recorrer miles de kilómetros para poder volver a ver el mar, pero yo jamás he conocido a nadie que haya estado allí.

Mack había hablado del desierto con muchas personas, pero Pimienta era la primera de quien se fiaba. Mucha gente le contaba historias que seguramente no eran ciertas. Pimienta, en cambio, había tenido la honradez de confesar que no lo sabía todo. Pero a Mack le entusiasmaba hablar de aquel tema.

—¡Seguro que un hombre podría desaparecer al otro lado de las montañas sin que jamás lo encontraran!

—Por supuesto que sí. Pero los indios también le podrían arrancar el cuero cabelludo y los pumas lo podrían devorar. Sin embargo, lo más probable es que se muriera de hambre.

—¿Y tú cómo lo sabes?

—He conocido a pioneros que han regresado. Se rompen el espinazo unos cuantos años convirtiendo un terreno en un trozo de barro absolutamente inútil y, al final, se dan por vencidos.

—Pero ¿algunos consiguen su propósito?

—Supongo que sí, de lo contrario, no existiría eso que llaman América.

—O sea que eso está al oeste de aquí —dijo Mack en tono pensativo—. ¿A qué distancia se encuentran las montañas?

—Dicen que a unos ciento cincuenta kilómetros.

—¡Qué cerca!

—Más lejos de lo que te imaginas.

Uno de los esclavos del coronel Thumson que conducía un carro a la ciudad se ofreció a llevarlos. Los esclavos y los presos deportados siempre se ofrecían mutuamente viajes los unos a los otros por los caminos de Virginia.

En la ciudad reinaba un gran ajetreo. El domingo era el día en que los braceros de las plantaciones de la zona acudían a la iglesia o se emborrachaban o hacían ambas cosas a la vez. Muchos presos deportados miraban a los esclavos por encima del hombro, pero Mack consideraba que no tenía ningún motivo para sentirse superior. Debido a ello, había hecho muchas amistades y la gente le saludaba dondequiera que fuera.

Se dirigieron a la taberna de Whitey Jones. Whitey, así llamado a causa de la mezcla de matices blancos y negros de su tez, les vendía bebidas alcohólicas a los negros a pesar de ser ilegal. Conversaba con tanta soltura en la lengua franca de la mayoría de los esclavos como en el dialecto virginiano de los americanos nativos. Su taberna era una estancia de techo muy bajo cuya atmósfera olía a humo de leña y en la cual se reunían los negros y los blancos pobres para beber y jugar a las cartas. Mack no tenía dinero, pero Pimienta Jones había cobrado de Lizzie y le invitó a una jarra de cerveza.

A Mack le encantaba la cerveza, una insólita exquisitez para él en aquellos momentos. Mientras ambos bebían, Pimienta le preguntó al tabernero:

—Oye, Whitey, ¿tú te has tropezado alguna vez con alguien que haya cruzado las montañas?

—Pues claro —contestó Whitey—. Aquí hubo una vez un trampero que solía comentar la cantidad de caza que había por aquellos parajes. Al parecer, hay muchos que se largan allí todos los años y regresan cargados de pieles.

—¿Te dijo qué camino seguía? —preguntó Mack.

—Creo que hay un paso que se llama el Cumberland Gap.

—El Cumberland Gap —repitió Mack.

—Oye, Mack —dijo Whitey—, ¿tú no habías preguntado por una chica blanca que se llamaba Cora?

A Mack le dio un vuelco el corazón en el pecho.

—Sí... ¿has oído hablar de ella?

—La he visto... y, por consiguiente, ahora ya sé por qué estás tan loco por ella —contestó Whitey, poniendo los ojos en blanco.

—¿Es una chica bonita, Mack? —preguntó Pimienta en tono burlón.

—Mucho más que tú, Pimienta. Vamos, Whitey, ¿dónde has visto a Cora?

—Abajo en el río. Vestía una chaqueta verde y llevaba una canasta muy grande. Estaba subiendo al transbordador de Falmouth.

Mack esbozó una sonrisa. El hecho de que vistiera una chaqueta y tomara el transbordador en lugar de vadear el río demostraba que había vuelto a tener suerte. Debía de haber sido vendida a una buena persona.

—¿Cómo supiste quién era?

—El hombre del transbordador la llamó por su nombre.

—Seguramente vive en la otra orilla del río donde está Falmouth... por eso nadie me pudo dar ninguna información cuando pregunté por ella en Fredericksburg.

—Bueno, ahora ya sabes algo.

Mack apuró el resto de la cerveza.

—Y voy a encontrarla. Eres un buen amigo, Whitey. Gracias por la cerveza, Pimienta.

—¡Buena suerte!

Mack salió de la ciudad. Fredericksburg había sido construida justo por debajo de la línea que marcaba el límite de navegación del río Rapahannock. Los barcos transoceánicos podían llegar hasta allí, pero un kilómetro y medio más allá el río se volvía pedregoso y solo podían navegar por él las barcazas. Mack se acercó al punto en el que el agua era lo bastante somera para poder vadear la corriente.

Estaba profundamente emocionado. ¿Quién habría comprado a Cora? ¿Cómo debía de vivir? ¿Sabría lo que había sido de Peg? Si pudiera localizarlas a las dos y cumplir su promesa, podría empezar a pensar en serio los planes de la fuga. Se había pasado los últimos tres meses reprimiendo sus ansias de libertad mientras trataba de averiguar el paradero de Cora y de Peg, pero los comentarios de Pimienta acerca del desierto que se extendía al otro lado de las montañas las habían vuelto a despertar y ahora sentía un irrefrenable impulso de escapar. Soñaba con abandonar la plantación al anochecer y con dirigirse al oeste para no tener que volver a trabajar nunca más a las órdenes de un capataz armado con un látigo.

Estaba deseando ver a Cora. Probablemente no trabajaba y quizá podría escapar con él. Tal vez consiguieran huir a algún lugar apartado. Experimentó una punzada de remordimiento al recordar sus besos. Aquella mañana se había despertado, soñando con besar a Lizzie Jamisson y ahora estaba pensando lo mismo con respecto a Cora. Pero no tenía que sentirse culpable por Lizzie: era la esposa de otro hombre y él no tenía ningún futuro con ella. Aun así, su emoción se mezclaba con una cierta inquietud.

Falmouth era una versión reducida de Fredericksburg y tenía el mismo tipo de muelles, almacenes, tabernas y casas de madera pintada. Seguramente le hubieran bastado un par de horas para visitar todas las casas. Pero quizá Cora vivía en las afueras.

Entró en la primera taberna que encontró y habló con el dueño.

—Busco a una chica llamada Cora Higgings.

—¿Cora? Vive en la casa blanca de la esquina más próxima, seguramente verás a tres gatos durmiendo en el porche.

Mack estaba de suerte.

—¡Muchas gracias!

El hombre se sacó un reloj del bolsillo y lo consultó.

—Pero ahora no estará allí sino en la iglesia.

—Ya he visto la iglesia. Voy para allá.

Por lo que él sabía, Cora nunca había sido muy aficionada a ir a la iglesia, pero quizá su amo la obligaba a asistir a los oficios, pensó Mack al salir. Cruzó la calle y recorrió dos manzanas hasta llegar a la iglesita de madera.

El oficio había terminado y los endomingados fieles empezaron a salir, estrechando manos y charlando animadamente entre sí.

Mack vio inmediatamente a Cora.

Sonrió complacido. No cabía duda de que su amiga había tenido suerte. No se parecía para nada a la andrajosa y sucia mujer medio muerta de hambre que había dejado en el *Rosebud.* Cora volvía a ser la misma de antes: su piel estaba tersa y sonrosada, el cabello le brillaba como la seda y su figura se había redondeado. Iba tan bien vestida como siempre, con una chaqueta marrón oscuro y una falda de lana, y calzaba unas botas de excelente calidad. De repente, Mack se alegró de llevar la camisa nueva y el chaleco que Lizzie le había dado.

Cora estaba charlando con una anciana que caminaba con un bastón. Al verle acercarse, interrumpió la conversación.

—¡Mack! —exclamó, rebosante de alegría—. ¡Qué milagro tan grande!

Mack extendió los brazos para estrecharla contra su pecho, pero ella le tendió la mano. Entonces él comprendió que la joven no quería dar un espectáculo delante de la iglesia. Tomó su mano entre las suyas y le dijo:

—Estás preciosa.

Además, olía muy bien, no al perfume con esencias de especias y madera que solía utilizar en Londres, sino a un delicado aroma floral más apropiado para una dama.

—¿Qué ha sido de ti? —le preguntó—. ¿Quién te ha comprado?

—Estoy en la plantación de los Jamisson... y Lennox es el capataz.

—¿Te ha golpeado en la cara?

Mack se pasó la mano por la dolorida zona del rostro que Lennox le había azotado con el látigo.

—Sí, pero yo le arrebaté el látigo y lo partí por la mitad.

Cora sonrió.

—Así es Mack... siempre metido en dificultades.

—Pues sí. ¿Sabes algo de Peg?

—Se la llevaron los conductores de almas Bates y Makepiece.

Mack se desanimó.

—Maldita sea. Será muy difícil localizarla.

—Siempre pregunto por ella, pero hasta ahora no he conseguido averiguar nada.

—¿Y a ti quién te ha comprado? ¡Una buena persona sin duda a juzgar por tu aspecto!

Mientras hablaba, se acercó a ellos un elegante y orondo caballero de unos cincuenta y tantos años.

—Aquí lo tienes —dijo Cora—: Alexander Rowley, el comerciante de tabaco.

—¡Está claro que te trata muy bien! —murmuró Mack.

Rowley estrechó la mano a la anciana, intercambió unas palabras con ella y después se volvió hacia Mack.

—Es Malachi McAsh, un antiguo amigo mío de Londres —le explicó Cora—. Mack, te presento al señor Rowley..., mi esposo.

Mack la miró, petrificado por el asombro.

Rowley rodeó con su brazo los hombros de Cora mientras le estrechaba la mano a Mack.

—Encantado de conocerle, señor McAsh —dijo y, sin añadir nada más, se alejó en compañía de Cora.

¿Por qué no?, pensó Mack mientras regresaba cabizbajo a la plantación de los Jamisson. Cora no sabía si volvería a verle. Estaba claro que Rowley la había comprado y ella lo había seducido. El hecho de que un comerciante se casara con una deportada debía de haber sido motivo de escándalo, incluso en una pequeña ciudad colonial como Falmouth. Sin embargo, la atracción de los sentidos era en definitiva mucho más fuerte que las convenciones sociales y no tenía nada de extraño que Rowley hubiera sucumbido a la tentación. Habría sido difícil convencer a las personas como la anciana del bastón de que aceptaran a Cora como una respetable esposa, pero la chica era capaz de eso y de mucho más y era del todo evidente que había conseguido su propósito. Mejor para ella. Probablemente le daría robustos hijos a ese Rowley.

Mack buscaba toda clase de excusas y justificaciones, pero, en el fondo, había sufrido una decepción. En un momento de angustia, Cora le había hecho prometer que la buscaría, pero se había olvidado de él a la primera ocasión que se le había presentado de mejorar su suerte en la vida.

Qué curioso: había tenido dos amantes, Annie y Cora, y ambas se habían casado con otro. Cora se acostaba todas las noches con un obeso comerciante de tabaco que le doblaba la edad, y Annie estaba embarazada de un hijo de Jimmy Lee. Se preguntó si alguna vez podría disfrutar de una vida familiar normal con una esposa y unos hijos.

De repente, experimentó una sacudida. Hubiera podido tener una esposa de haber querido, pero se había negado a sentar la cabeza y aceptar lo que el mundo le ofrecía.

Él quería algo más.

Aspiraba a ser libre.

30

Jay se trasladó a Williamsburg rebosante de esperanza.

Las inclinaciones políticas de sus vecinos le habían causado una honda consternación: todos eran whigs liberales y no había entre ellos ningún tory conservador... sin embargo, estaba seguro de que en la capital colonial encontraría hombres leales al rey que lo recibirían como a un valioso aliado y respaldarían su carrera política.

Williamsburg era una pequeña, pero elegante ciudad, cuya calle principal, la Duke of Gloucester Street, tenía más de un kilómetro y medio de longitud y treinta metros de anchura. El Parlamento se encontraba en uno de sus extremos y, en el otro, se levantaba el *college* William and Mary, dos impresionantes edificaciones de ladrillo cuyo británico estilo arquitectónico infundió a Jay una tranquilizadora sensación del poder de la monarquía. Había un teatro y varias tiendas con artesanos que hacían candelabros de plata y mesas de comedor de madera de caoba. En la imprenta Purding & Dixon Jay compró la *Virginia Gazette*, un periódico lleno de anuncios de esclavos fugitivos.

Los acaudalados plantadores que constituían la élite gobernante de la colonia vivían en sus fincas, pero se trasladaban a Williamsburg cuando se celebraban las sesiones de la legislatura en el edificio del Parlamento y, por consiguiente, la ciudad estaba llena de posadas que alquilaban habitaciones. Jay se instaló en la Raleigh Tavern, un achaparrado edificio de madera pintada de blanco con dormitorios en la buhardilla.

Dejó su tarjeta y una nota en el palacio, pero tuvo que esperar tres días para que le recibiera el nuevo gobernador, el barón de Botetourt. Cuando al final recibió una invitación, no fue para una audiencia personal tal como esperaba sino para una recepción con otros cincuenta invitados. Estaba claro que el gobernador aún no había comprendido que Jay era un importante aliado en un ambiente hostil.

El palacio se encontraba al final de una larga calzada que discurría en dirección norte desde el punto central de la Duke of Gloucester Street. Se trataba de otro edificio de ladrillo de estilo inglés con altas chimeneas y tejado de ventanas de gablete como las que solía haber en las casas de campo. El impresionante vestíbulo estaba decorado con cuchillos, pistolas y mosquetes dispuestos en complicados dibujos como para subrayar el poderío militar del rey.

Por desgracia, Botetourt era justo lo contrario de lo que Jay esperaba. Virginia necesitaba un duro y austero gobernador capaz de meter en cintura a los rebeldes habitantes de la colonia, pero Botetourt era un orondo y afable individuo con toda la pinta de un próspero comerciante de vinos que hubiera reunido a sus amistades para una cata.

Jay le observó mientras recibía a sus invitados en el alargado salón de baile. Aquel hombre no tenía ni idea de las subversivas conspiraciones que se albergaban en la mente de los plantadores.

Bill Delahaye se acercó a saludarle.

—¿Qué le parece nuestro nuevo gobernador?

—Creo que no se da cuenta de lo que le espera —contestó Jay.

—A lo mejor es más listo de lo que parece —dijo Delahaye.

—Así lo espero.

—Se ha organizado una gran partida de cartas para mañana por la noche, Jamisson... ¿le gustaría que yo le presentara?

Jay no había disfrutado del juego desde su partida de Londres.

—Ciertamente que sí.

En el comedor que había al fondo del salón de baile se sirvió vino con dulces. Delahaye presentó a Jay a varios hombres. Un fornido individuo de unos cincuenta años y próspero aspecto le preguntó con cierta hostilidad:

—¿Jamisson? ¿De los Jamisson de Edimburgo?

Su rostro le resultaba a Jay vagamente conocido, pese a constarle que jamás le había visto anteriormente.

—La residencia de mi familia es el castillo de Jamisson de Fife —contestó Jay.

—¿El castillo que antes pertenecía a William McClyde?

—En efecto.

Jay se dio cuenta de que el hombre le recordaba a Robert: tenía los mismos ojos claros y la misma mueca de determinación en la boca.

—Creo que no he oído su nombre...

—Soy Hamish Drome. El castillo hubiera tenido que ser mío.

Jay experimentó un sobresalto. Drome era el apellido de Olive, la madre de Robert.

—¡O sea que es usted el pariente perdido que se fue a Virginia!

—Y usted debe de ser el hijo de George y Olive.

—No, ese es mi hermanastro, Robert. Olive murió y mi padre se volvió a casar. Yo soy el hijo menor.

—Ah. Y su hermano le ha expulsado a usted del nido, tal como hizo su madre conmigo.

Los comentarios de Drome contenían un velado tono de insolencia, pero Jay sentía curiosidad por las insinuaciones de aquel hombre. Recordó las revelaciones que le había hecho Peter McKay en la boda.

—He oído decir que Olive falsificó el testamento.

—Sí... y, por si fuera poco, asesinó también a tío William.

—¿Cómo dice?

—Está clarísimo. William no estaba enfermo. Era un hipocondríaco y simplemente le encantaba considerarse un enfermo. Hubiera vivido muchos años, pero, a las seis semanas de la llegada de Olive, cambió el testamento y murió. Una mujer malvada.

—Ya. —Jay experimentó una secreta satisfacción en su fuero interno. La santa Olive cuyo retrato colgaba en el lugar de honor de la sala del castillo de Jamisson era una asesina merecedora de la horca. Siempre le había molestado el tono reverente con que se hablaba de ella y ahora se alegraba de saber que, en realidad, había sido una mujer perversa—. ¿Y usted no heredó nada? —le preguntó a Drome.

—Ni media hectárea de terreno. Me vine aquí con seis docenas de pares de calcetines de lana Shetland, y ahora soy el propietario del mayor establecimiento de artículos de vestir de caballero de toda Virginia. Nunca escribí a casa. Temí que Olive también se las agenciara para arrebatármelo.

—¿Cómo hubiera podido hacer tal cosa?

—No lo sé. Simple superstición tal vez. Me alegro de que

haya muerto. Pero, por lo visto, el hijo se parece mucho a ella.

—Siempre creí que se parecía a mi padre. No sé de quién lo ha heredado, pero es codicioso e insaciable.

—Yo que usted no le daría mi dirección.

—Él va a heredar todas las empresas de mi padre... no creo que, encima, quiera apoderarse de mi pequeña plantación.

—No esté tan seguro —dijo Drome, pero Jay pensó que exageraba.

Jay no consiguió hablar a solas con el gobernador Botetourt hasta el final de la fiesta, cuando los invitados ya se estaban retirando por la entrada del jardín. Entonces tiró al gobernador de la manga y le dijo en voz baja:

—Quiero que sepa que soy completamente leal a usted y a la Corona.

—Espléndido, espléndido —dijo Botetourt en voz alta—. Me alegro mucho de que me lo diga.

—He llegado hace poco y me han escandalizado las actitudes de los más destacados representantes de la colonia. Cuando usted decida acabar con la traición y aplastar la oposición desleal, yo estaré a su lado.

Botetourt le miró con dureza, tomándole finalmente en serio y entonces Jay comprendió que, por detrás de la afable fachada, se ocultaba un hábil político.

—Muy amable de su parte... pero esperemos que no sea necesario acabar con nada ni aplastar demasiadas cosas. Considero que la persuasión y la negociación son mucho mejores... y que sus efectos son más duraderos, ¿no lo cree usted así? ¡Adiós, comandante Wilkinson! Señora Wilkinson... ha sido usted muy amable al venir.

La persuasión y la negociación, pensó Jay, saliendo al jardín. Botetourt había caído en un nido de víboras y quería conferenciar con ellas.

—Me pregunto cuánto tardará en comprender las realidades de aquí —le dijo a Delahaye.

—Creo que ya las ha comprendido —contestó Delahaye—. Pero no quiere enseñar los dientes hasta el momento en que decida morder.

Al día siguiente, el flamante gobernador disolvió la Asamblea General.

Matthew Murchman vivía en una casa de madera pintada de verde al lado de la librería de la Duke of Gloucester Street. Trabajaba en el salón de la parte anterior de la casa, rodeado de textos jurídicos y documentos. Era un hombre menudo y nervioso como una ardilla que iba de un lado para otro de la estancia, sacando un documento de un montón para colocarlo en otro.

Jay firmó los documentos de hipoteca de la plantación y se decepcionó al ver la cantidad del préstamo: solo cuatrocientas libras esterlinas.

—He tenido suerte de conseguir esta suma —gorjeó Murchman—. Con lo mal que está el tabaco, no estoy muy seguro de que se pudiera vender la finca por este precio.

—¿Quién es el prestador?

—Un grupo, capitán Jamisson. Así se hacen estas cosas hoy en día. ¿Tiene usted alguna deuda para saldar?

Jay llevaba consigo un montón de facturas de todas las deudas que había contraído desde su llegada a Virginia casi tres meses atrás. Se las entregó a Matthew Murchman y este les echó un rápido vistazo diciendo:

—Unas cien libras. Le facilitaré crédito para pagar todo eso antes de que deje la ciudad. Y, si compra algo durante su estancia, dígamelo.

—Probablemente lo haré —dijo Jay—. Un tal señor Smythe vende un carruaje con una preciosa pareja de caballos tordos. Y necesito dos o tres esclavos.

—Haré saber que yo le avalo.

A Jay no le gustaba demasiado la idea de pedir tanto dinero prestado y dejarlo todo en manos del abogado.

—Facilíteme cien libras de oro —dijo—. Esta noche hay una partida de cartas en Raleigh.

—Faltaría más, capitán Jamisson. ¡El dinero es suyo!

Apenas quedaba nada de las cuatrocientas libras cuando

Jay regresó a la plantación con sus nuevas adquisiciones. Había perdido en el juego, había comprado cuatro esclavas y no había conseguido que el señor Smythe bajara el precio del coche y los caballos.

Pero había saldado todas sus deudas. Les pediría crédito a los comerciantes locales tal como ya había hecho otras veces. Su primera cosecha de tabaco estaría lista para la venta poco antes de Navidad y con las ganancias podría pagar todas las facturas.

Temía que Lizzie lo regañara por la compra del vehículo, pero, para su alivio, esta no hizo apenas el menor comentario. Seguramente le quería decir algo.

Cuando estaba contenta, le brillaban los ojos y se le arrebolaba la piel. Sin embargo, Jay ya no se encendía de deseo cuando la miraba. Desde que ella quedara embarazada, temía que el acto sexual pudiera dañar al niño, aunque esa no era en realidad la verdadera razón. El hecho de que Lizzie se convirtiera en madre le producía una cierta repulsión. No le gustaba que las madres tuvieran deseos sexuales y, además, la cosa le resultaba cada vez más difícil, pues el vientre de Lizzie crecía por momentos.

Tras saludarle con un beso, ella le dijo:

—Bill Sowerby se ha ido.

—¿De veras? —preguntó Jay, sorprendido, sabiendo que Bill no había cobrado los sueldos atrasados—. Menos mal que Lennox se podrá hacer cargo de todo.

—Creo que Lennox lo obligó a marcharse. Al parecer, Sowerby había perdido un montón de dinero jugando con él a las cartas.

Era lógico.

—Lennox es un excelente jugador.

—Lennox quiere convertirse en el capataz de aquí.

Mientras ambos conversaban en el pórtico de la entrada, apareció Lennox rodeando el muro lateral de la casa. Con su habitual falta de cortesía, no le dio la bienvenida a su amo sino que se limitó a decirle:

—Acaba de recibirse un envío de barriles de bacalao salado.

—Lo pedí yo —explicó Lizzie—. Es para los braceros.

Jay la miró irritado.

—¿Y por qué quieres darles pescado?

—El coronel Thumson dice que así trabajan mejor. Él les da a sus esclavos pescado salado todos los días y carne una vez a la semana.

—El coronel Thumson es más rico que yo. Devuelve el envío, Lennox.

—Este invierno tendrán que trabajar más duro, Jay —protestó Lizzie—. Tenemos que desbrozar el terreno de Pond Copse para poder plantar tabaco la próxima primavera.

Lennox se apresuró a intervenir.

—Eso no es necesario. Los campos tienen mucha vida con un buen abono.

—No se pueden abonar indefinidamente —replicó Lizzie—. El coronel Thumson desbroza terreno todos los inviernos.

Jay se dio cuenta de que Lizzie y Lennox habían discutido anteriormente acerca de aquel asunto.

—No disponemos de suficientes braceros —dijo Lennox—. Incluso con los hombres del *Rosebud*, solo podemos cultivar los campos que ya tenemos. El coronel Thumson tiene más esclavos que nosotros.

—Eso es porque gana más dinero... gracias a los métodos que utiliza —dijo Lizzie con aire triunfal.

—Las mujeres no entienden de estas cosas —replicó despectivamente Lennox.

—Retírese ahora mismo, señor Lennox —dijo Lizzie.

Lennox la miró enfurecido, pero se retiró.

—Tenemos que librarnos de él, Jay —dijo Lizzie.

—No veo por qué razón...

—Es un hombre brutal y solo sabe asustar a la gente. No tiene ni idea acerca de cultivos y del tabaco... y lo peor de todo es que no le interesa aprender.

—Sabe cómo hacer trabajar a los braceros.

—¡De nada sirve obligarlos a trabajar duro si el trabajo que hacen no es el más adecuado!

—Veo que te has convertido de repente en una experta en tabaco.

—Jay, he crecido en una finca y he visto su mina... no por culpa de la holgazanería de los campesinos sino porque mi padre murió y mi madre no supo administrar las tierras. Ahora tú estás cometiendo los mismos errores... te ausentas constantemente, confundes la dureza con la disciplina y dejas las decisiones importantes en manos de terceros. ¡De esta manera creo que no dirigirías ni un regimiento!

—Tú no sabes nada de regimientos.

—¡Y tú no sabes nada acerca de la administración de una finca!

Jay estaba perdiendo la paciencia, pero se contuvo.

—¿Qué quieres que haga?

—Que despidas a Lennox.

—Pero ¿quién lo va a sustituir?

—Lo podríamos hacer los dos juntos.

—¡Yo no quiero ser un granjero!

—Pues entonces deja que lo sea yo.

—Ya me lo figuraba —dijo Jay.

—¿Qué quieres decir?

—Tú lo que quieres es asumir el mando de todo, ¿verdad?

Jay temía que Lizzie se enfadara con él, pero, en su lugar, esta se limitó a preguntarle:

—¿Es eso lo que tú crees realmente?

—Más bien sí.

—Estoy intentando salvarte. Vas de cabeza hacia el desastre. Lucho por evitarlo y tú crees que soy una mandona. Si eso es lo que piensas de mí, ¿por qué te casaste conmigo?

A Jay no le gustaba que empleara aquel lenguaje tan duro, pues le parecía demasiado masculino.

—Porque entonces eras muy guapa —contestó.

Lizzie le miró enfurecida, pero no dijo nada. Dio media vuelta y entró en la casa.

Jay lanzó un suspiro de alivio. Casi nunca conseguía decir la última palabra.

Tras una pausa, la siguió. Al entrar, se sorprendió de ver a

McAsh en el vestíbulo, vestido con chaleco y calzado con zapatos de casa, colocando un cristal nuevo en la ventana. ¿Qué demonios estaba haciendo en la casa?

—¡Lizzie! —gritó. La buscó y la encontró en el salón—. Lizzie, acabo de ver a McAsh en el vestíbulo.

—Lo he nombrado encargado del mantenimiento de la casa. Ya ha pintado los cuartos infantiles.

—No quiero ver a este hombre en la casa.

La reacción de Lizzie lo pilló por sorpresa.

—¡Pues te tendrás que aguantar!

—Bueno, es que...

—No quiero quedarme sola mientras Lennox esté en la finca. Me niego terminantemente, ¿te has enterado?

—Muy bien...

—¡Si se va él, yo también! —añadió Lizzie, abandonando la estancia.

—¡De acuerdo! —dijo Jay mientras la puerta se cerraba de golpe.

No pensaba enzarzarse en una batalla por un maldito deportado. Si ella quería que McAsh pintara los cuartos de los niños, que así fuera.

Vio en la alacena una carta para él. Reconoció la letra de su madre, se sentó junto a la ventana y la abrió.

Grosvenor Square
Londres
15 de septiembre de 1768

Mi querido hijo:
El nuevo pozo de carbón de High Glen se ha reparado después del accidente y ya se ha reanudado el trabajo en la mina.

Jay esbozó una sonrisa. Su madre sabía ir directamente al grano cuando quería.

Robert ha pasado varias semanas aquí, consolidando las dos fincas y disponiéndolo todo de tal forma que ambas se puedan administrar como una sola propiedad.

Le dije a tu padre que te corresponden unos derechos sobre el carbón, pues las tierras son tuyas. Me contestó que está pagando los intereses de las hipotecas. Sin embargo, mucho me temo que el factor decisivo haya sido el hecho de que tú te llevaras a los mejores deportados del *Rosebud*. Tu padre se puso furioso y Robert también.

Jay lamentó haber sido tan necio y haber pensado que podría llevarse impunemente a aquellos hombres. No hubiera tenido que subestimar a su padre.

Seguiré insistiendo ante tu padre. A su debido tiempo, estoy segura de que dará su brazo a torcer.

—Dios te bendiga, madre —musitó Jay.

Estaba tan lejos que probablemente jamás volvería a verla, pero ella seguía defendiendo denodadamente sus intereses tal como siempre había hecho.

Tras haber comentado los asuntos más importantes, Alicia le hablaba de sus cosas, de los parientes y amigos y de la vida social de Londres. Al final, volvía a referirse a los negocios.

Ahora Robert se ha ido a Barbados, pero no sé muy bien por qué. El instinto me dice que está conspirando contra ti. No acierto a imaginar de qué forma te podría perjudicar, pero, tiene muchos recursos y es despiadado. Procura estar siempre en guardia, hijo mío.

Tu madre que te quiere,

ALICIA JAMISSON

Jay guardó la carta con expresión pensativa. Respetaba profundamente la intuición de su madre, pero, aun así, pensaba que sus temores eran infundados. Barbados estaba muy lejos. Y, aunque Robert se trasladara a Virginia, no hubiera podido causarle ningún daño... ¿o tal vez sí?

31

En la vieja ala de los cuartos infantiles, Mack encontró un mapa.

Había decorado dos de las tres habitaciones e iniciado la restauración del aula de clase. Ya estaba atardeciendo y pensaba ponerse a trabajar en serio a la mañana siguiente. Vio un arcón lleno de mohosos libros y tinteros vacíos. Empezó a examinar su contenido, preguntándose qué objetos merecería la pena conservar. El mapa estaba cuidadosamente doblado en el interior de un estuche de cuero. Lo abrió y lo estudió.

Era un mapa de Virginia.

Al principio, sintió el impulso de saltar de alegría, pero su júbilo se disipó en cuanto se dio cuenta de que no entendía nada. Los nombres lo dejaron perplejo hasta que se dio cuenta de que estaban escritos en un idioma extranjero... adivinó que era francés. Virginia se escribía «Virginie», el territorio situado al nordeste se llamaba «Partie de New Jersey» y todo lo que había al oeste de las montañas se llamaba «Louisiane», pero todo el resto de aquella parte del mapa estaba en blanco.

Poco a poco, empezó a comprenderlo mejor. Las líneas eran los ríos, las más anchas eran los confines entre las colonias y las muy gruesas correspondían a las cordilleras montañosas. Lo estudió todo con profunda emoción: aquel era su pasaporte a la libertad.

Descubrió que el Rapahannock era uno de los muchos ríos que atravesaban Virginia desde las montañas del oeste a la bahía de Chesapeake en el este y localizó Fredericksburg en la orilla sur del Rapahannock. No comprendía las distancias. Si el mapa no mentía, había la misma distancia hasta el otro lado de la cordillera. Pero no se indicaba ninguna ruta para cruzarla.

Experimentó una mezcla de júbilo y decepción. Al final, sabía dónde estaba, pero en el mapa no veía ninguna posible ruta de huida.

La cordillera montañosa se estrechaba hacia el sur. Mack estudió la zona, siguiendo el curso de los ríos hasta su fuente en busca de alguna salida. Vio hacia el sur una especie de paso cerca de la fuente del río Cumberland.

Recordó que Whitney le había hablado del Cumberland Gap. Debía de ser aquel: por allí se podría salir.

Era un viaje muy largo. Calculó que debía de ser de unos seiscientos kilómetros, tanto como de Edimburgo a Londres. Aquel viaje duraba dos semanas en coche y más tiempo a caballo. Y sería mucho más largo a través de los ásperos caminos y senderos de caza de Virginia.

Sin embargo, al otro lado de aquellas montañas, un hombre podía ser libre.

Dobló cuidadosamente el mapa, lo volvió a guardar en su estuche y reanudó su trabajo. Lo volvería a examinar en otra ocasión.

Si pudiera encontrar a Peg, pensó mientras barría la estancia. Antes de escapar, tenía que asegurarse de que estaba bien. Si la niña fuera feliz donde estaba, la dejaría, pero, si tuviera un amo cruel, no tendría más remedio que llevarla consigo.

Estaba oscureciendo y ya no podía trabajar.

Dejó los cuartos infantiles y bajó. Descolgó su vieja capa de pieles de un gancho que había junto a la puerta de atrás y se la echó sobre los hombros. Fuera hacía frío. Al salir, un grupo de esclavos se acercó a él. En medio de ellos estaba Kobe, llevando en brazos a una mujer. Tras una pausa de duda, Mack reconoció a Bess, la joven esclava que se había desmayado en los campos unas semanas atrás. Mantenía los ojos cerrados y su vestido estaba ensangrentado. La chica era muy propensa a sufrir accidentes.

Mack sostuvo la puerta para que entraran y siguió a Kobe al interior de la casa. Los Jamisson debían de estar en el comedor, terminando de cenar.

—Déjala en el salón mientras yo voy en busca de la señora Jamisson —dijo.

—¿En el salón? —preguntó Kobe en tono dubitativo.

Era la única estancia de la casa donde la chimenea estaba encendida, aparte el comedor.

—Confía en mí... es lo que preferiría la señora Jamisson —dijo Mack.

Kobe asintió con la cabeza.

Mack llamó con los nudillos a la puerta del comedor antes de entrar.

Lizzie y Jay estaban sentados alrededor de una mesita redonda, con los rostros iluminados por un candelabro colocado en el centro. Lizzie lucía un escotado vestido que revelaba la curva de sus pechos y se extendía como una tienda de campaña sobre su abultado vientre. Estaba comiendo unos granos de uva mientras Jay cascaba unas nueces y Mildred, una esbelta doncella de piel color tabaco, llenaba la copa de vino de Jay. El fuego ardía en la chimenea y la serena escena doméstica le hizo olvidar a Mack por un instante que ambos eran marido y mujer.

Volvió a mirar y observó que Jay mantenía el rostro apartado, contemplando a través de la ventana las sombras del anochecer sobre el río. Por su parte, Lizzie miraba hacia el otro lado mientras Mildred llenaba las copas. Ninguno de los dos sonreía. Hubieran podido ser unos desconocidos en una taberna, obligados a compartir una mesa, pero sin el menor interés el uno por el otro.

—¿Qué demonios quieres? —preguntó Jay al ver a Mack.

Mack se dirigió a Lizzie.

—Bess ha sufrido un accidente... Kobe la ha llevado al salón.

—Voy enseguida —dijo Lizzie, empujando su silla hacia atrás.

—¡Que no vaya a manchar de sangre la tapicería de seda amarilla! —gritó Jay.

Mack sostuvo la puerta y siguió a Lizzie.

Kobe había encendido unas velas. Lizzie se inclinó sobre la joven accidentada. La oscura piel de la muchacha estaba muy pálida y sus labios aparecían exangües. Mantenía los ojos cerrados y su respiración era muy superficial.

—¿Qué ha ocurrido? —preguntó Lizzie.

—Se ha cortado —contestó Kobe, jadeando todavía a causa del esfuerzo de haberla llevado en brazos—. Estaba cortando una cuerda con un machete, la hoja ha resbalado y le ha producido una herida en el vientre.

Mack hizo una mueca. Observó cómo Lizzie abría el desgarrón de la falda de la joven y examinaba la herida, la cual ofrecía muy mal aspecto, pues sangraba profusamente y parecía muy profunda.

—Que uno de vosotros vaya a la cocina por unos lienzos limpios y un cuenco de agua caliente.

Mack admiró su decisión.

—Voy yo —dijo.

Corrió a la dependencia exterior donde estaba la cocina. Sarah y Mildred estaban fregando los platos de la cena.

—¿Cómo está? —preguntó la siempre sudorosa Sarah.

—No lo sé. La señora Jamisson ha pedido lienzos limpios y agua caliente.

Sarah le entregó un cuenco.

—Toma, saca un poco de agua del fuego. Ahora te doy unos lienzos.

Mack regresó inmediatamente al salón.

Lizzie había cortado la falda de Bess alrededor de la herida. Sumergió un lienzo en el agua caliente y lavó la piel. Una vez limpia, la herida parecía mucho más grave. Mack temió que hubiera dañado a los órganos internos.

Lizzie compartía sus temores.

—Yo no puedo hacer nada más —dijo—. Necesita un médico.

Jay entró en la estancia, echó un vistazo y se puso muy pálido.

—Tendré que mandar llamar al doctor Finch —le dijo Lizzie.

—Haz lo que quieras —le contestó él—. Yo me voy al Ferry House... hay una pelea de gallos —añadió, abandonando el salón.

«Vete con viento fresco», pensó despectivamente Mack.

Lizzie miró a Kobe y a Mack.

—Uno de vosotros tendrá que ir a caballo a Fredericksburg en medio de la oscuridad.

—Mack no es muy buen jinete. Yo iré —dijo Kobe.

—Tiene razón —reconoció Mack—. Yo podría ir con el coche, pero es más lento.

—Asunto resuelto —dijo Lizzie—. No cometas imprudencias, Kobe, pero date prisa... esta chica puede morir.

Fredericksburg se encontraba a quince kilómetros de distancia, pero Kobe conocía el camino y regresó dos horas más tarde.

Entró en el salón con expresión enfurecida. Mack jamás le había visto tan enojado.

—¿Dónde está el doctor? —le preguntó Lizzie.

—El doctor Finch no quiere venir a esta hora de la noche por una negra —contestó Kobe con trémula voz.

—Maldita sea su estampa —exclamó Lizzie.

Todos contemplaron a Bess. Su piel estaba empapada en sudor y su respiración era muy irregular. De vez en cuando Bess emitía un gemido muy quedo, pero no abría los ojos. La seda amarilla del sofá estaba completamente empapada de sangre.

—No podemos quedamos aquí cruzados de brazos sin hacer nada —dijo Lizzie—. ¡Se podría salvar!

—No creo que le quede mucha vida —dijo Kobe.

—Si el médico no viene, se la tendremos que llevar nosotros —decretó Lizzie—. La colocaremos en el coche.

—No conviene que la movamos —terció Mack.

—¡Si no lo hacemos, morirá de todos modos! —gritó Lizzie.

—Bueno, bueno. Voy a sacar el coche.

—Kobe, toma el colchón de mi cama y colócalo en la parte de atrás para que podamos tenderla. Y trae también unas mantas.

Mack corrió a las cuadras. Los mozos se habían ido todos a las cabañas de los esclavos, pero Mack colocó rápidamente a la jaca Stripe en los tirantes. Utilizando una tea encendida con el fuego de la cocina, encendió las linternas del coche. Cuando se detuvo delante de la entrada de la casa, Kobe ya estaba esperando.

Mientras este colocaba el colchón en el vehículo, Mack entró en la casa y vio a Lizzie, poniéndose la chaqueta.

—¿Va usted a venir? —le preguntó.

—Sí.

—¿Lo considera prudente en su estado?

—Me temo que el maldito médico se negará a atenderla si no voy yo con ella.

Mack se abstuvo de discutir con Lizzie. Tomó cuidadosamente a Bess en sus brazos, la sacó al exterior y la depositó sobre el colchón. Kobe la cubrió con las mantas mientras Lizzie subía y se sentaba al lado de la chica, acunando su cabeza entre sus brazos.

Mack se sentó delante y tomó las riendas. Tres personas eran demasiado para la jaca, por lo que Kobe tuvo que dar un empujón al coche para ponerlo en marcha. Mack bajó por el camino y giró hacia Fredericksburg.

No había luna, pero la luz de las estrellas le permitía ver por dónde iba. El camino era pedregoso y estaba lleno de baches. Mack temía que los brincos del vehículo perjudicaran a Bess, pero Lizzie no cesaba de decirle:

—¡Date prisa! ¡Date prisa!

El camino seguía el curso del río, atravesando el bosque y bordeando varias plantaciones semejantes a la de los Jamisson. No se cruzaron con nadie, pues la gente evitaba viajar de noche siempre que podía.

Siguiendo las órdenes de Lizzie, Mack cubrió la distancia a gran velocidad y llegaron a Fredericksburg hacia la hora de la cena. Había gente en la calle y las ventanas de las casas estaban iluminadas. Mack detuvo el vehículo delante de la casa del doctor Finch. Lizzie se acercó a la puerta mientras Mack envolvía a Bess con las mantas y la tomaba cuidadosamente en brazos. La chica había perdido el conocimiento, pero estaba viva.

Abrió la puerta la señora Finch, una tímida mujer de cuarenta y tantos años, la cual acompañó a Lizzie al salón. Mack las siguió llevando a Bess en brazos. El médico, un hombre de complexión robusta y modales altaneros, se turbó visiblemente al darse cuenta de que había obligado a una mujer embarazada a recorrer los caminos en mitad de la noche para llevarle a una paciente. Disimuló la vergüenza que sentía, yendo de acá para allá y dándole a su mujer unas bruscas instrucciones.

Tras haber examinado la herida, le pidió a Lizzie que se pusiera cómoda en la estancia de al lado. Mack acompañó a Lizzie y la señora Finch se quedó para ayudar a su marido.

En la mesa estaban todavía los restos de la cena. Lizzie se sentó cuidadosamente en una silla.

—¿Qué ocurre? —le preguntó Mack.

—El viaje me ha provocado un dolor de espalda espantoso. ¿Crees que Bess se salvará?

—No lo sé. No es una chica muy fuerte.

Entró una sirvienta y le ofreció a Lizzie una taza de té y un trozo de pastel. Lizzie aceptó gustosamente el ofrecimiento. La sirvienta miró a Mack de arriba abajo, le identificó como un criado y le dijo:

—Si te apetece un poco de té, puedes venir a la cocina.

—Primero tengo que atender a la jaca —dijo Mack.

Salió y acompañó a la jaca al establo del doctor Finch, donde le dio agua y un poco de forraje. Después esperó en la cocina. La casa era pequeña y se podían oír con toda claridad los comentarios del médico y su mujer mientras trabajaban. La criada, una negra de mediana edad, quitó la mesa y le sirvió el té a Lizzie. A Mack le pareció una estupidez que él estuviera sentado en la cocina y Lizzie en el comedor, por lo que se reunió con ella a pesar de la mirada de reproche de la criada. Vio que Lizzie estaba muy pálida y decidió llevarla a casa cuanto antes. Al final, entró el doctor Finch, secándose las manos.

—Es una herida muy fea, pero creo que he hecho todo lo que se podía hacer —dijo—. He detenido la hemorragia, he cosido el corte y le he dado de beber. Es joven y se restablecerá.

—Gracias a Dios —dijo Lizzie.

El médico asintió con la cabeza.

—Debe de ser una esclava muy valiosa. No conviene que viaje hasta muy lejos esta noche. Puede quedarse a dormir aquí en el cuarto de mi criada y usted puede enviar por ella mañana o pasado. Cuando se cierre la herida, le quitaré los puntos... no deberá hacer trabajos pesados hasta entonces.

—Por supuesto que no.

—¿Ya ha cenado usted, señora Jamisson? ¿Puedo ofrecerle algo?

—No, gracias. Solo quiero regresar a casa e irme a dormir.

—Voy a acercar el coche a la puerta —dijo Mack.

Poco después, emprendieron el camino de regreso. Lizzie se sentó delante mientras cruzaban la ciudad, pero, en cuanto dejaron atrás la última casa, se tendió en el colchón.

Mack conducía despacio, pero esta vez no oyó ningún comentario de impaciencia a su espalda.

—¿Está usted dormida? —preguntó cuando ya llevaban aproximadamente media hora de camino. No hubo respuesta y dedujo que sí.

De vez en cuando, volvía la cabeza. Lizzie no paraba de moverse y de murmurar en sueños.

Estaban recorriendo un tramo desierto situado a unos tres o cuatro kilómetros de la plantación cuando un grito desgarró el silencio de la noche.

Era Lizzie.

—¿Qué le ocurre? —preguntó Mack, tirando frenéticamente de las riendas. Antes de que la jaca se detuviera, pasó a la parte de atrás del coche.

—¡Oh, Mack, me duele muchísimo! —gritó Lizzie.

Mack le rodeó los hombros con su brazo y le levantó un poco la cabeza.

—¿Qué es? ¿Dónde le duele?

—Dios mío, creo que el niño está a punto de nacer.

—Pero si faltan todavía...

—Dos meses.

Mack apenas sabía nada de todo aquello, pero deducía que el parto se había precipitado a causa de la tensión de la urgencia médica o quizá de los brincos del vehículo sobre los baches del camino..., o de ambas cosas a la vez.

—¿Cuánto tiempo nos queda?

Lizzie lanzó un gemido antes de contestar.

—No mucho.

—Yo creía que eso duraba varias horas.

—No lo sé. Creo que las molestias en la espalda ya eran los dolores del parto. A lo mejor el niño está a punto de nacer.

—¿Sigo adelante? Tardaremos un cuarto de hora.

—Demasiado. Quédate donde estás y sujétame fuerte.

Mack observó que el colchón estaba algo húmedo y pegajoso.

—¿Por qué está mojado el colchón?

—Creo que he roto aguas. Ojalá mi madre estuviera aquí.

A Mack le pareció que aquello era sangre, pero no dijo nada. No quería asustarla.

Lizzie lanzó otro gemido. Cuando pasó el dolor, se puso a temblar. Mack la cubrió con la capa de piel.

—Puede quedarse de nuevo con su capa —le dijo.

Ella esbozó una leve sonrisa antes de experimentar un nuevo espasmo.

Cuando consiguió hablar, le dijo:

—Tienes que tomar al niño en cuanto salga.

—De acuerdo —dijo Mack sin comprender muy bien lo que Lizzie le estaba diciendo.

—Arrodíllate entre mis piernas —le ordenó Lizzie.

Mack se arrodilló a sus pies y le levantó la falda. Los calzones estaban empapados. Mack solo había desnudado a dos mujeres, Annie y Cora, y ninguna de las dos usaba calzones, por lo que no estaba muy seguro de cómo se ajustaban, pero, aun así, consiguió quitárselos. Lizzie levantó las piernas y apoyó los pies en sus hombros para hacer fuerza.

Mack contempló el espeso vello negro de su entrepierna y se asustó. ¿Cómo era posible que un niño saliera por allí? No tenía ni idea de todo aquello. Trató de tranquilizarse, pensando que era algo que ocurría mil veces al día en todo el mundo.

No tenía ninguna necesidad de comprenderlo. El niño saldría sin su ayuda.

—Tengo miedo —dijo Lizzie durante una breve tregua.

—Yo la cuidaré —contestó Mack, acariciándole las piernas, la única parte de su cuerpo que podía alcanzar.

El niño salió con gran rapidez.

Mack apenas podía ver nada a la luz de las estrellas, pero, mientras Lizzie emitía un poderoso gemido, algo empezó a emerger de su interior. Mack extendió las trémulas manos y sintió que un cálido y resbaladizo objeto se abría camino hacia fuera. Poco después, sostuvo en sus manos la cabeza de la criatura. Lizzie descansó un momento antes de volver a empujar. Mack sostuvo la cabeza de la criatura con una mano y colocó la otra debajo de los diminutos hombros mientras estos hacían su entrada en el mundo. El resto del cuerpo se deslizó hacia fuera sin dificultad.

Mack sostuvo la criatura con sus manos y contempló los ojos cerrados, el oscuro cabello de la cabeza y las diminutas extremidades.

—Es una niña —dijo.

—¡Tiene que llorar! —le dijo Lizzie en tono apremiante.

Mack había oído decir que era necesario propinar un cachete a los recién nacidos para que respiraran. Le parecía una crueldad, pero no tenía más remedio que hacerlo. Dio la vuelta a la niña entre sus manos y le propinó un golpe seco en las nalgas.

No ocurrió nada.

Mientras el pequeño tórax descansaba sobre la palma de su manaza, se dio cuenta de que algo horrible había ocurrido. No percibía los latidos del corazón.

Lizzie trató de incorporarse.

—¡Dámela! —le dijo.

Mack le entregó a la niña.

Lizzie contempló su rostro. Después, acercó los labios a los suyos como si la besara y le insufló aire al interior de la boca.

Mack deseó con toda su alma que el aire penetrara en los

pulmones de la criatura y esta rompiera a llorar, pero no ocurrió nada.

—Está muerta —dijo Lizzie, estrechando a la niña contra su pecho mientras la envolvía con la capa—. Mi niña está muerta —añadió entre sollozos.

Mack las rodeó a las dos con su brazo mientras Lizzie lloraba con desconsuelo.

32

Tras el nacimiento de su niña muerta, Lizzie se hundió en un mundo de tonos grises, seres silenciosos, niebla y lluvia. Permitía que la servidumbre hiciera lo que quisiera hasta que, al cabo de algún tiempo, se dio cuenta de que Mack había asumido el mando de la situación. Ya no recorría diariamente la plantación y dejaba la administración de los campos en manos de Lennox. A veces, visitaba a la señora Thumson o a Suzy Delahaye, pues ambas la dejaban desahogarse y hablar de la niña todo lo que quisiera, pero no asistía a fiestas ni a bailes. Todos los domingos acudía a la iglesia de Fredericksburg y, al salir, se pasaba una o dos horas en el cementerio, contemplando la pequeña lápida y pensando en lo que hubiera podido ser y no fue.

Estaba segura de que la culpa había sido suya. Había montado a caballo hasta los cuatro o cinco meses de embarazo, no había descansado tal como todo el mundo le aconsejaba y, la noche en que su niña nació muerta, había recorrido varios kilómetros en coche, instando a Mack a que se diera prisa.

Estaba enojada con Jay por no haber estado en casa aquella noche; con el doctor Finch por haberse negado a salir para atender a una negra; y con Mack por haber cumplido sus órdenes de ir más rápido. Pero, por encima de todo, estaba enojada consigo misma. Se aborrecía y despreciaba con toda su alma por haber sido una mala futura madre y por su carácter impulsivo, su impaciencia y su negativa a seguir los consejos que le habían dado. «De no haber sido por todo eso —pensaba—, si yo hubiera sido una persona normal, sensata, razonable y prudente, ahora tendría una niña.»

No podía desahogarse con Jay. Al principio, este se había puesto furioso. Había reprendido a Lizzie y había jurado pegarle un tiro al doctor Finch y azotar a Mack, pero toda su cólera se desvaneció al enterarse de que la criatura era una niña. Ahora trataba a Lizzie como si jamás hubiera estado embarazada.

Durante algún tiempo, se consoló hablando con Mack. El parto los había unido enormemente. Mack la había envuelto en la capa, le había sujetado las rodillas y había sostenido tiernamente a la pobre criatura en sus manos. Al principio, el hecho de hablar con Mack fue un gran alivio para ella, pero, a medida que pasaban las semanas, Lizzie intuyó que él se estaba empezando a impacientar. La niña no era su hija, pensó, y Mack no podía compartir realmente su dolor. Nadie lo podía compartir. Fue entonces cuando empezó a encerrarse en sí misma.

Un día, cuando ya habían transcurrido tres meses del parto, se fue a los recién pintados cuartos infantiles y se quedó un buen rato allí, meditando en silencio. Se imaginó a la niña en la cuna, gorgoteando de placer o llorando para que le dieran el pecho, con su vestidito blanco y sus botitas de punto, mamando o chapoteando en el agua del baño. La visión fue tan viva que las lágrimas asomaron a sus ojos y rodaron profusamente por sus mejillas.

De pronto, entró Mack para arreglar la chimenea, donde se habían desprendido unos cascotes durante una tormenta. Se arrodilló delante de la chimenea y empezó a retirar los cascotes sin hacer ningún comentario sobre el llanto de Lizzie.

—Me siento muy desgraciada —le dijo Lizzie.

—Eso no le va a hacer ningún bien —contestó Mack sin interrumpir su tarea.

—Esperaba un poco más de comprensión por tu parte —añadió tristemente Lizzie.

—No puede pasarse la vida llorando en los cuartos infantiles. Todo el mundo se muere más tarde o más temprano. Los demás tienen que seguir viviendo.

—Yo no lo deseo, pues no tengo nada por lo que vivir.

—No se ponga tan trágica, Lizzie... eso no es propio de usted.

Lizzie le miró, escandalizada. Nadie la había tratado con semejante dureza desde que sufriera la desgracia. ¿Qué derecho tenía Mack a hacerla todavía más desdichada?

—No me tendrías que decir estas cosas.

Mack se acercó inesperadamente a ella, soltó la escoba, la asió por ambos brazos y la levantó de su asiento.

—No me diga cuáles son mis obligaciones —le dijo.

Le vio tan furioso que temió que le pegara.

—¡Déjame en paz! —gritó.

—Demasiadas personas la están dejando en paz —dijo Mack, depositándola de nuevo en la silla.

—¿Qué tengo que hacer?

—Lo que quiera. Tome un barco y váyase a vivir con su madre en Aberdeen. Hágase amante del coronel Thumson. Huya a la frontera con el primer inútil que se le cruce por delante. —Mack la miró severamente—. O... decida ser la esposa de Jay y tenga otro hijo con él.

Lizzie lo miró asombrada.

—Yo creía que...

—¿Qué es lo que creía?

—Nada. —Lizzie sabía desde hacía algún tiempo que Mack estaba medio enamorado de ella. Después del fracaso de la fiesta de los braceros, este la había acariciado con una ternura que solo podía ser fruto del amor. Había besado las ardientes lágrimas de sus mejillas y en su abrazo había habido algo más que simple compasión.

Y su propia reacción se había debido a algo más que una mera necesidad de comprensión. Se había apretado contra su vigoroso cuerpo y había saboreado el roce de sus labios sobre su piel por algo más que un simple sentimiento de desamparo.

Sin embargo, todo aquello se había desvanecido desde el

nacimiento de la niña muerta. Se sentía el corazón vacío y no tenía pasiones sino tan solo remordimientos.

Sus deseos la turbaban y avergonzaban. La esposa casquivana que trataba de seducir al joven y apuesto criado era un personaje típico de las novelas de humor.

Pero Mack no era simplemente un apuesto criado. Lizzie había comprendido poco a poco que era el hombre más extraordinario que jamás hubiera conocido. Sabía que también podía ser arrogante y testarudo y que se metía en problemas porque tenía una idea ridículamente exagerada de su propia importancia. Pero ella no podía por menos que admirar el valor con el cual se había enfrentado a la tiránica autoridad desde las minas de carbón escocesas hasta las plantaciones de Virginia. Por otra parte, muchas veces se metía en problemas por defender a los demás.

En cambio, Jay era un joven débil e insensato que, por si fuera poco, le había mentido, pero ella se había casado con él y tenía que serle fiel.

Mack la estaba mirando. Lizzie se preguntó qué estaría pensando. Dedujo que se había referido a sí mismo al decirle «Huya a la frontera con el primer inútil que se le cruce por delante».

Mack alargó tímidamente la mano y le acarició suavemente la mejilla. Lizzie cerró los ojos. Si su madre lo hubiera visto, habría sabido exactamente qué decirle. «Te casaste con Jay y prometiste serle fiel. ¿Eres una mujer o una niña? Una mujer cumple su palabra incluso cuando le cuesta y no solamente cuando es fácil. En eso consisten las promesas.»

Pero ella estaba permitiendo que otro hombre le acariciara la mejilla. Abrió los ojos y miró fijamente a Mack. La expresión anhelante de sus ojos verdes le endureció el corazón. Un súbito impulso se apoderó de ella, induciéndola a propinarle un fuerte bofetón.

Fue como golpear una roca. Mack no se movió, pero su expresión experimentó un cambio. No le había lastimado el rostro sino el corazón. Estaba tan sorprendido y consternado que Lizzie sintió una apremiante necesidad de pedirle disculpas y estrecharlo en sus brazos. Trató de resistir y le dijo con trémula voz:

—¡No te atrevas a tocarme!

Mack la miró horrorizado y dolido. Lizzie no podía seguir contemplando la afligida expresión de sus ojos, por lo que se levantó y abandonó la estancia en silencio.

«Decida ser la esposa de Jay y tenga otro hijo con él», le había dicho Mack. Lo estuvo pensando un día entero. La idea de acostarse con Jay le resultaba desagradable, pero era su deber de esposa. Si se negara a cumplirlo, no merecería tener un marido.

Aquella tarde tomó un baño. Era un procedimiento muy complicado que consistía en la colocación de una bañera de estaño en el dormitorio y en el esfuerzo de cinco o seis chicas que subían y bajaban sin cesar desde la cocina con jarras de agua caliente. Cuando terminó, se puso ropa limpia y bajó para la cena.

Era una fría noche de enero y la chimenea estaba encendida. Bebió un poco de vino y trató de conversar animadamente con Jay tal como solía hacer antes de casarse. Él no le contestó, pero Lizzie no se extrañó demasiado, pues ya estaba acostumbrada.

Al terminar la cena, le dijo:

—Han transcurrido tres meses desde el parto. Ahora ya estoy bien.

—¿Qué quieres decir?

—Que mi cuerpo ha recuperado la normalidad. —No quería entrar en detalles. Sus pechos habían dejado de rezumar leche unos cuantos días después del parto y las pequeñas hemorragias le habían durado un poco más, pero ahora también habían terminado—. Quiero decir que mi vientre nunca volverá a ser tan liso como antes, pero... por lo demás, ya estoy restablecida.

Jay la miró sin comprender.

—¿Por qué me lo dices?

Procurando reprimir su irritación, Lizzie le contestó:

—Te estoy diciendo que podemos volver a hacer el amor.

Jay soltó un gruñido y encendió la pipa.

No era la reacción que una mujer hubiera podido esperar.

—¿Irás esta noche a mi habitación? —le preguntó Lizzie.

Jay la miró con hastío.

—Es el hombre el que hace estas sugerencias —le dijo en tono irritado.

—Quería simplemente que supieras que ya estoy preparada —dijo Lizzie, levantándose para regresar a su dormitorio.

Mildred subió para ayudarla a desnudarse. Mientras se quitaba las enaguas, preguntó con la mayor indiferencia que pudo:

—¿Ya se ha ido a la cama el señor Jamisson?

—No, no creo.

—¿Está todavía abajo?

—Me parece que ha salido.

Lizzie contempló el bello rostro de la joven y observó que su expresión era un poco enigmática.

—¿Me ocultas algo, Mildred?

La muchacha tenía solo dieciocho años y no sabía disimular.

—No, señora Jamisson —contestó, apartando los ojos.

Lizzie comprendió que mentía, pero ¿por qué?

Mildred se puso a cepillarle el cabello. Lizzie se preguntó adónde habría ido Jay. Salía a menudo después de cenar. A veces decía que iba a jugar a las cartas o a ver una pelea de gallos, pero otras veces no decía nada. Lizzie dedujo que debía de ir a tomar unas copas de ron a alguna taberna en compañía de otros hombres. Pero, en tal caso, Mildred se lo hubiera dicho. De repente, se le ocurrió otra posibilidad.

¿Tendría su marido otra mujer?

Transcurrió más de una semana sin que Jay acudiera a su habitación.

Lizzie empezó a obsesionarse con la idea de que Jay tuviera una aventura. La única persona que se le ocurría era Suzy Delahaye. Era joven y bonita y su marido la dejaba sola muy a menudo, pues, como todos los virginianos, era aficionado a las carreras de caballos y a veces emprendía viajes de hasta dos días para ver alguna. ¿Saldría Jay después de la cena para irse a casa de los Delahaye y meterse en la cama con Suzy?

Pensó que todo eran figuraciones suyas, pero no podía quitarse la idea de la cabeza.

A la séptima noche, miró por la ventana del dormitorio y vio el parpadeo de la llama de una linterna cruzando el césped del jardín.

Decidió seguirlo.

Hacía frío y estaba oscuro, pero no perdió el tiempo en vestirse. Se cubrió los hombros con un chal y bajó corriendo la escalera.

Salió sigilosamente de la casa. Los dos perros de caza que dormían en el porche la miraron con curiosidad.

—¡Vamos, Roy, vamos, Rex! —les dijo.

Cruzó corriendo el jardín en pos de la linterna, seguida de cerca por los perros. Muy pronto la luz se perdió en la espesura del bosque, pero, para entonces, ella ya estaba lo bastante cerca para ver que Jay —era él— había tomado el camino de los cobertizos del tabaco y la casa del capataz.

Tal vez Lennox tenía un caballo ensillado para que Jay pudiera trasladarse a casa de los Delahaye. Lizzie intuía que Lennox estaba metido en el asunto. Aquel hombre siempre tenía algo que ver con las fechorías de Jay.

No volvió a ver la luz de la linterna, pero localizó enseguida las dos casas. Una la ocupaba Lennox y la otra la había ocupado Sowerby, pero ahora estaba vacía.

Sin embargo, dentro había alguien.

Las ventanas estaban cerradas porque hacía mucho frío, pero la luz se filtraba a través de las rendijas.

Lizzie se detuvo para que se le calmaran un poco los latidos del corazón, pero era el temor y no el esfuerzo el que le había acelerado las pulsaciones. Tenía miedo de lo que estaba a punto de descubrir. La idea de que Jay tomara a Suzy en sus brazos tal como la había tomado a ella y la besara en los labios como a ella la volvía loca de furia. Pensó incluso en la posibilidad de dar media vuelta. Pero la ignorancia hubiera sido mucho peor.

Probó a abrir la puerta. No estaba cerrada con llave. La empujó con determinación y entró.

La casa tenía dos estancias. En la cocina de la parte anterior no había nadie, pero se oía una voz procedente del dormitorio del fondo. ¿Ya estarían en la cama? Se acercó de puntillas a la puerta, asió el tirador, respiró hondo y la abrió de golpe. Suzy Delahaye no se encontraba en la estancia.

Pero Jay sí, tendido en la cama descalzo y en mangas de camisa.

Una esclava permanecía de pie junto a la cama.

Lizzie no conocía su nombre: era una de las cuatro que Jay había comprado en Williamsburg, una hermosa y esbelta joven de aproximadamente su misma edad, con unos suaves ojos castaños. Estaba completamente desnuda y Lizzie pudo ver sus orgullosos pechos oscuros y el rizado vello negro de su ingle.

Mientras la miraba, la muchacha la estudió con una expresión que ella jamás en su vida podría olvidar: arrogante, despectiva y triunfal. Tú serás la dueña de la casa, decía la mirada, pero él viene a mi cama todas las noches, no a la tuya.

La voz de Jay le llegó como desde muy lejos:

—¡Lizzie, oh, Dios mío!

Ella se volvió a mirarle y vio una mueca de horror en su rostro. Su desconcierto no le produjo la menor satisfacción, pues sabía desde hacía mucho tiempo que era un cobarde.

—¡Vete al infierno, Jay! —le dijo con voz pausada antes de dar media vuelta y abandonar la estancia.

Regresó a su dormitorio, sacó unas llaves de un cajón y bajó a la sala de armas.

Sus rifles Griffin estaban al lado de las armas de Jay, pero ella eligió dos pistolas con su correspondiente estuche de cuero. Examinó el contenido del estuche y encontró un cuerno lleno de pólvora, unos tacos de lino y algunos pedernales de repuesto, pero ninguna bala. Buscó en toda la sala, pero no había nada, solo un montoncito de lingotes de plomo. Tomó

un lingote y un molde de bala (un pequeño instrumento semejante a unas pinzas), salió de la estancia y cerró la puerta.

En la cocina, Sarah y Mildred la miraron con grandes ojos
asustados al verla con una funda de pistola bajo el brazo. Sin
decir nada, Lizzie se acercó a una alacena y sacó un cuchillo
de gran tamaño y una pequeña y pesada cacerola de hierro
con pico. Después subió a su dormitorio y cerró la puerta.

Atizó el fuego de la chimenea hasta que no pudo acercarse a él más que durante unos segundos y puso el lingote en la
cazuela y la cazuela sobre el fuego.

Recordó a Jay regresando a casa de Williamsburg con cuatro jóvenes esclavas. Ella le preguntó por qué no había comprado hombres y él le contestó que las chicas eran más baratas
y más obedientes. En aquel momento no le dio demasiada importancia y se preocupó más bien por la extravagante compra
del nuevo coche. Ahora lo comprendía todo amargamente.

Llamaron a la puerta y se oyó la voz de Jay:

—¿Lizzie? —Jay giró el tirador y, al comprobar que la
puerta estaba cerrada, repitió—: Lizzie... ¿me dejas entrar?

Ella no le contestó. Jay estaba acobardado y se sentía culpable. Más tarde encontraría la manera de convencerse a sí
mismo de que no había hecho nada malo y entonces se enfurecería. Pero, de momento, era inofensivo.

Se pasó más de un minuto llamando hasta que, al final, se
dio por vencido y se retiró.

Cuando el plomo se fundió, Lizzie sacó la cazuela del fuego. Actuando con rapidez, vertió un poco de plomo en el
molde a través del pico del recipiente. En el interior de la cabeza del instrumento había una cavidad esférica que se llenó
de plomo fundido. Inmediatamente introdujo el molde en un
cuenco de agua de su lavamanos para que el plomo se enfriara
y endureciera. Cuando juntó los extremos de la pinza, la cabeza se abrió y cayó una bala impecablemente redonda. Lizzie
la tomó. Era perfecta, exceptuando una minúscula cola formada por el plomo que había quedado en la boquilla. Cortó la
cola con el cuchillo de cocina.

Siguió fabricando balas hasta agotar todo el plomo. Después cargó las dos pistolas, las depositó al lado de la cama y comprobó que la puerta estuviera bien cerrada.

Después se fue a dormir.

33

Mack no le perdonaba a Lizzie la bofetada. Cada vez que lo pensaba, se ponía furioso. Ella le daba falsas esperanzas y, cuando él respondía, lo castigaba. No era más que una despiadada bruja de la clase alta que se divertía jugando con sus sentimientos, pensó.

Pero en el fondo sabía que no era cierto y, al cabo de algún tiempo, cambió de opinión y comprendió que Lizzie se debatía en un mar de dudas. Se sentía atraída por él, pero estaba casada con otro. Tenía un sentido del deber muy bien desarrollado, pero comprendía que sus convicciones se estaban empezando a tambalear. Para intentar acabar con el dilema, se peleaba con él.

Hubiera deseado decirle que su lealtad a Jay estaba fuera de lugar. Todos los esclavos sabían desde hacía muchos meses que el amo pasaba las noches en una casita con Felia, la hermosa y complaciente muchacha del Senegal. Pero estaba seguro de que Lizzie lo averiguaría por sí misma más tarde o más temprano, tal como efectivamente había ocurrido dos noches atrás. La reacción de Lizzie había sido tan exagerada como de costumbre: cerró bajo llave la puerta de su dormitorio y se armó con dos pistolas.

¿Cuánto tiempo aguantaría en aquella situación? ¿Cómo terminaría el conflicto? «Huya a la frontera con el primer inútil que se le cruce por delante», le había dicho él, pensando en sí mismo, pero ella no había seguido el consejo. Por supuesto que jamás se le hubiera ocurrido pasar la vida con Mack. No cabía duda de que él le gustaba. Había sido algo más que un criado: la había ayudado en el parto y a ella le había encantado que la abrazara. Pero no tenía la menor intención de dejar a su marido y fugarse con él.

Mack estaba removiéndose intranquilo en su cama poco antes del amanecer cuando, de pronto, oyó el suave relincho de un caballo en el exterior.

¿Quién podía ser a aquella hora? Frunciendo el ceño, se levantó del catre y se acercó a la puerta de la cabaña vestido con camisa y calzones.

El aire era muy frío y Mack se estremeció al abrir la puerta. Era una mañana brumosa y estaba lloviznando, pero, bajo la plateada luz del amanecer, vio a dos mujeres entrando en el recinto de las cabañas. Una de ellas conducía una jaca por la brida.

Tardó un momento en reconocer a Cora. ¿Por qué razón habría cabalgado a través de la noche para trasladarse allí? Le habría ocurrido algo grave.

Después reconoció a la otra.

—¡Peg! —la llamó alegremente.

La niña le vio y se acercó corriendo. Mack observó que había crecido; había aumentado de estatura y sus formas eran distintas. Pero su rostro era el mismo de siempre.

—¡Mack! —gritó Peg, arrojándose en sus brazos—. ¡Oh, Mack, si supieras cuánto miedo he pasado!

—Pensé que jamás volvería a verte —dijo Mack, emocionado—. ¿Qué ha ocurrido?

Cora contestó a la pregunta.

—Está en dificultades. La compró un granjero de la montaña llamado Burgo Marler. La quiso violar y ella lo apuñaló con un cuchillo de cocina.

—Pobre Peg —dijo Mack, abrazándola—. ¿El hombre ha muerto?

Peg asintió con la cabeza.

—El suceso se ha publicado en el *Virginia Gazette* y ahora todos los sheriffs de la colonia la están buscando —explicó Cora.

Mack la miró horrorizado. Si la atraparan, Peg sería ahorcada.

El rumor de la conversación despertó a los otros esclavos. Algunos de los deportados salieron y, al ver a Peg y a Cora, las saludaron efusivamente.

—¿Cómo llegaste a Fredericksburg? —le preguntó Mack a Peg.

—A pie —contestó la niña con un toque de su antigua personalidad desafiante—. Sabía que tenía que ir hacia el este y encontrar el río Rapahannock. Anduve en la oscuridad y pregunté el camino a personas que viven de noche... esclavos, fugitivos, desertores del ejército e indios.

—La he ocultado unos días en mi casa..., mi marido está en Williamsburg por asuntos de negocios. Después me enteré de que el sheriff estaba a punto de interrogar a todos los que estaban en el *Rosebud* —dijo Cora.

—¡Pero eso significa que va a venir aquí! —dijo Mack.

—Sí... ya no puede estar muy lejos.

—¿Cómo?

—Estoy casi segura de que ya se ha puesto en camino... estaba reuniendo a una patrulla de búsqueda cuando dejé la ciudad.

—¿Pues por qué la has traído aquí? —preguntó Mack.

Cora le miró con dureza.

—Porque es tu problema. ¡Yo tengo un marido rico y mi propio banco en la iglesia y no quiero que el sheriff descubra a una asesina en el maldito henil de mis cuadras!

Los otros deportados emitieron unos murmullos de reproche. Mack miró a Cora consternado. En otros tiempos había soñado con compartir su vida con aquella mujer.

—Tienes un corazón de piedra —le dijo.

—La he salvado, ¿no? —protestó Cora en tono indignado—. ¡Ahora me tengo que salvar yo!

Kobe había estado escuchando la conversación en silencio. Mack se volvió automáticamente hacia él para discutir la cuestión.

—La podríamos esconder en la propiedad de Thumson —dijo.

—Estaría muy bien, siempre y cuando al sheriff no se le ocurra buscar también allí —dijo Kobe.

—Maldita sea, no lo había pensado —exclamó Mack, preguntándose dónde la podría ocultar—. Buscarán en las cabañas de los esclavos, las cuadras, los cobertizos del tabaco...

—¿Ya te has tirado a Lizzie Jamisson? —le preguntó Cora.

Mack se sorprendió de que le hiciera semejante pregunta.

—¿Qué quieres decir con eso de «ya»? Por supuesto que no.

—No te hagas el tonto. Apuesto a que le gustas.

A Mack le molestaba la prosaica actitud de Cora, pero no podía hacerse el ingenuo.

—¿Y qué si le gustara?

—¿Crees que escondería a Peg... por ti?

Mack tenía sus dudas. ¿Cómo podría tan siquiera preguntárselo?, pensó. No podría amar a una mujer que se negara a proteger a una niña en semejante situación. Y, sin embargo, no sabía si Lizzie accedería a hacerlo y, por una extraña razón, estaba furioso.

—Quizá lo haría por simple bondad —contestó con intención.

—Tal vez. Pero el egoísmo del placer es más de fiar.

Mack oyó ladrar unos perros. Le pareció que eran los perros de caza de la casa grande. ¿Qué los habría inquietado? Después se oyó un ladrido de respuesta desde algún lugar situado río abajo.

—Hay perros desconocidos en las cercanías —dijo Kobe—. Por eso se han alterado Roy y Rex.

—¿Será la patrulla de búsqueda? —dijo Mack, presa de un creciente temor.

—Yo creo que sí —contestó Kobe.

—¡Necesitaríamos un poco de tiempo para elaborar un plan!

Cora dio media vuelta y montó en su jaca.

—Me voy de aquí antes de que me vean —dijo, alejándose—. Buena suerte —añadió en un susurro, desapareciendo entre la bruma del bosque como un mensajero espectral.

Mack se volvió hacia Peg.

—Se nos está acabando el tiempo. Ven conmigo a la casa. Es nuestra mejor oportunidad.

La niña le miró con semblante asustado.

—Haré lo que tú digas.

—Iré a ver quiénes son los visitantes —dijo Kobe—. Si son los de la patrulla de búsqueda, procuraré entretenerlos.

Mack tomó a Peg de la mano y cruzó corriendo los húmedos campos en medio de la grisácea luz del amanecer. Los perros bajaron saltando los peldaños del porche para salirles al encuentro. Roy lamió la mano de Mack y Rex olfateó con curiosidad a Peg, pero ninguno de los dos ladró. En la casa nunca se cerraban las puertas, por lo que Mack entró con Peg por la puerta de atrás y ambos subieron sigilosamente al piso de arriba. Mack miró por la ventana del descansillo y vio, bajo la colores blanquinegros del amanecer, a unos cinco o seis hombres que, acompañados por unos perros, estaban subiendo desde el río. El grupo se dividió: dos hombres se encaminaron hacia la casa y los demás se dirigieron hacia las cabañas de los esclavos con los perros.

Mack se acercó a la puerta del dormitorio de Lizzie. «No me dejes en la estacada», le suplicó en silencio. Probó a abrir la puerta.

Estaba cerrada bajo llave. Llamó suavemente con los nudillos, temiendo despertar a Jay, que dormía en la habitación de al lado.

Nada.

Llamó un poco más fuerte. Oyó unas ligeras pisadas y después la voz de Lizzie atravesó claramente la puerta:

—¿Quién es?

—¡Ssss! ¡Soy Mack! —contestó él en voz baja.

—¿Qué demonios quieres?

—No es lo que usted piensa... ¡abra la puerta!

La llave giró en la cerradura y la puerta se abrió. En la semipenumbra, Mack apenas podía ver nada. Lizzie se volvió hacia el interior de la estancia y Mack entró arrastrando a Peg. La habitación estaba a oscuras.

Lizzie cruzó la habitación y levantó una persiana. Bajo la pálida luz de la aurora, Mack la vio envuelta en una especie de camisón con el cabello deliciosamente alborotado.

—Explícate rápidamente —dijo Lizzie—. Y procura tener una buena razón. —Al ver a Peg, cambió repentinamente de actitud—. No vienes solo —dijo.

—Peg Knapp —dijo Mack.

—La recuerdo —dijo Lizzie—. ¿Cómo estás, Peggy?

—Estoy otra vez en dificultades —contestó Peg.

—La vendieron a un granjero de la montaña que ha intentado violarla —explicó Mack.

—Oh, Dios mío.

—Lo ha matado.

—Pobre niña —dijo Lizzie, rodeando con sus brazos a Peg—. Pobrecita niña.

—El sheriff la está buscando. Ahora ya está aquí afuera, registrando las cabañas de los esclavos. —Mack contempló el enjuto rostro de Peg y se imaginó la horca de Fredericksburg—. ¡Tenemos que esconderla! —añadió.

—Tú deja al sheriff de mi cuenta —dijo Lizzie.

—¿Qué quiere decir? —preguntó Mack. Se ponía nervioso cada vez que ella intentaba hacerse cargo de alguna situación.

—Yo le explicaré que Peg actuó en defensa propia porque la iban a violar.

Cuando Lizzie estaba segura de algo, creía que nadie podía discrepar de ella. Era un rasgo muy molesto de su personalidad. Mack meneó impacientemente la cabeza.

—Eso no servirá de nada, Lizzie. El sheriff dirá que no es usted sino un tribunal quien tiene que decidir si es culpable o no.

—Pues entonces, Peg se quedará aquí en la casa hasta que se celebre el juicio.

Sus ideas eran tan exasperantemente absurdas que Mack tuvo que hacer un esfuerzo para conservar la calma y la serenidad.

—Usted no puede impedir que un sheriff detenga a una persona acusada de asesinato, independientemente de cuáles sean sus opiniones al respecto.

—A lo mejor convendría que se sometiera al juicio. Si es inocente, no la podrán condenar...

—¡Lizzie, sea realista, se lo ruego! —dijo Mack, desesperado—. ¿Qué tribunal virginiano absolvería a un deportado que mata a su amo? Todos viven aterrorizados por la posibilidad de que los ataquen sus esclavos. Aunque se crean lo que ella diga, la ahorcarán para que sirva de ejemplo a los demás.

Lizzie se puso furiosa y estaba a punto de replicar cuando Peg rompió a llorar. Lizzie vaciló y se mordió el labio diciendo:

—¿Qué crees tú que deberíamos hacer?

Uno de los perros empezó a gruñir y Mack oyó la voz de un hombre tratando de tranquilizarlo.

—Quiero que esconda a Peg mientras ellos registran la casa —contestó—. Si dice usted que no, significa que me he enamorado de la mujer que no debía.

—Por supuesto que lo haré —dijo Lizzie—. ¿Por quién me tomas?

Mack esbozó una sonrisa y lanzó un suspiro de alivio. La amaba tanto que tuvo que reprimir las lágrimas que pugnaban por asomar a sus ojos. Tragando saliva, le dijo en un susurro:

—Creo que es usted maravillosa.

Aunque hablaban en voz baja, de pronto se oyó un sonido procedente del dormitorio de Jay. Mack tenía otras muchas cosas que hacer antes de que Peg estuviera a salvo.

—Tengo que salir de aquí —dijo con la voz ronca a causa de la emoción—. ¡Buena suerte! —añadió antes de retirarse.

Cruzó el descansillo y bajó corriendo la escalera. Al llegar al vestíbulo, creyó oír abrirse la puerta del dormitorio de Jay, pero no volvió la cabeza.

Se detuvo y respiró hondo. «Soy un criado de la casa y no tengo ni idea de lo que quiere el sheriff», se dijo. Con una cortés sonrisa en los labios, abrió inocentemente la puerta.

Había dos hombres en el porche. Vestían el atuendo típico de los virginianos acomodados: botas de montar, largos chalecos y sombreros de tres picos. Ambos olían a ron y llevaban pistolas en fundas de cuero y correas en los hombros.

Se habían preparado a conciencia para resistir el frío aire nocturno.

Mack se plantó en la puerta para disuadirlos de entrar en la casa.

—Buenos días, caballeros —les dijo, percibiendo los fuertes latidos de su corazón. Trató de hablar en tono sereno y reposado—. Esto parece una patrulla de búsqueda.

El más alto de los dos hombres dijo:

—Soy el sheriff del condado de Spotsylvania y estoy buscando a una chica llamada Peggy Knapp.

—Ya he visto a los perros. ¿Los ha enviado usted a las cabañas de los esclavos?

—Sí.

—Ha hecho muy bien, sheriff. De esta manera, sorprenderá a los negros dormidos y ellos no podrán esconder a la fugitiva.

—Me alegro de que lo apruebes —dijo el sheriff con una punta de sarcasmo—. Vamos a entrar en la casa.

Un deportado no tenía más remedio que obedecer cuando un hombre libre le daba una orden. Mack se apartó a un lado y les franqueó la entrada. Confiaba en que no consideraran necesario registrar la casa.

—¿Por qué estás levantado? —le preguntó el sheriff con cierto recelo—. Pensábamos que todo el mundo estaría durmiendo.

—Yo me levanto siempre muy temprano.

El hombre soltó un gruñido.

—¿Está tu amo en casa?

—Sí.

—Acompáñanos hasta él.

Mack no quería que subieran al piso de arriba y se acercaran peligrosamente a Peg.

—Creo que ya he oído al señor Jamisson levantado —dijo—. ¿Quieren que le diga que baje?

—No... no quiero que se tome la molestia de vestirse.

Mack soltó una maldición por lo bajo. Estaba claro que el sheriff quería pillar a todo el mundo por sorpresa y él no podía poner reparos a su decisión.

—Por aquí, si son tan amables —dijo acompañándolos al piso de arriba.

Llamó a la puerta del dormitorio de Jay. Un momento después Jay la abrió. Iba en camisa de dormir y se había echado una bata sobre la camisa.

—Pero ¿qué demonios es esto? —preguntó en tono irritado.

—Soy el sheriff Abraham Barton, señor Jamisson. Le pido disculpas por molestarle, pero estamos buscando a la asesina de Burgo Marler. ¿Significa algo para usted el nombre de Peggy Knapp?

Jay miró severamente a Mack.

—Por supuesto que sí. La chica fue siempre una ladrona y no me sorprende que se haya convertido en asesina. ¿Le ha preguntado usted a McAsh aquí presente si él sabe dónde está?

Barton miró a Mack asombrado.

—¡O sea que tú eres McAsh! No me lo habías dicho.

—Porque usted no me lo ha preguntado —replicó Mack.

Barton no se dio por satisfecho.

—¿Sabías que yo iba a venir aquí esta mañana?

—No.

—Pues entonces, ¿por qué estabas levantado tan temprano? —preguntó recelosamente Jay.

—Cuando trabajaba en la mina de carbón de su padre solía levantarme a las dos de la madrugada. Por eso ahora siempre me despierto muy pronto.

—No me había dado cuenta.

—Porque usted nunca se levanta a esta hora.

—Cuidado con tu maldita insolencia.

—¿Cuándo viste por última vez a Peggy Knapp? —le preguntó Barton a Mack.

—Cuando desembarqué del *Rosebud* hace seis meses.

—Los negros podrían tenerla escondida —dijo el sheriff volviéndose hacia Jay—. Hemos traído a los perros.

Jay hizo un generoso gesto con la mano.

—Adelante, haga lo que considere necesario.

—También tendríamos que registrar la casa.

Mack contuvo la respiración. Confiaba en que no lo consideraran necesario. Jay frunció el ceño.

—No es probable que la niña esté aquí dentro.

—Aun así, para hacer bien las cosas...

Al ver dudar a Jay, Mack confió en que este perdiera la paciencia y le dijera al sheriff que se fuera al infierno. Pero, tras una pausa, Jay se encogió de hombros diciendo:

—Faltaría más.

Mack se desanimó.

—En la casa solo estamos mi mujer y yo. Todo lo demás está vacío. Pero registre si quiere. Lo dejo todo en sus manos —añadió, cerrando la puerta.

—¿Dónde está la habitación de la señora Jamisson? —le preguntó Barton a Mack.

Mack tragó saliva.

—Aquí al lado. —Se adelantó unos pasos, llamó suavemente a la puerta y dijo con el corazón en un puño—: ¿Señora Jamisson? ¿Está usted despierta?

Tras una pausa, Lizzie abrió la puerta. Fingiendo estar medio dormida, preguntó:

—¿Qué demonios quieres a esta hora?

—El sheriff está buscando a una fugitiva.

Lizzie abrió la puerta de par en par.

—Bueno, pues yo aquí no tengo ninguna.

Mack echó un vistazo a la estancia y se preguntó dónde estaría escondida Peg.

—¿Puedo entrar un momento? —dijo Barton.

En los ojos de Lizzie se encendió un destello casi imperceptible de temor. Mack temió que Barton se hubiera dado cuenta. Lizzie se encogió de hombros con fingida indiferencia.

—Como quiera —dijo.

Ambos hombres entraron en la habitación un poco cohibidos. Lizzie dejó que se le abriera un poco la bata como por casualidad y Mack no pudo por menos que observar cómo el camisón le moldeaba los redondos pechos. Los dos hombres reaccionaron de la misma manera. Lizzie clavó los ojos en los del sheriff y este apartó la mirada, turbado. Lizzie les estaba haciendo sentirse deliberadamente incómodos para que se dieran prisa.

El sheriff se agachó al suelo para mirar debajo de la cama mientras su ayudante abría un armario. Lizzie se sentó en la cama. Con un apresurado gesto de la mano, tomó una esquina de la colcha y tiró de ella. Durante una décima de segundo, Mack vio un sucio y pequeño pie antes de que la colcha volviera a cubrirlo.

Peg estaba en la cama.

Estaba tan delgada que apenas se veía el bulto bajo las revueltas sábanas.

El sheriff abrió un arcón y el otro hombre miró detrás de un biombo. No había muchos lugares donde registrar. ¿Apartarían la ropa de la cama?

La misma pregunta se le debió de ocurrir a Lizzie, pues esta le dijo al sheriff mientras se acostaba de nuevo en la cama:

—Bueno, pues, si ya han terminado, yo me vuelvo a dormir.

Barton estudió a Lizzie con el ceño fruncido. ¿Tendría la osadía de pedirle a Lizzie que se volviera a levantar? En realidad, no creía que el señor y la señora de la casa ocultaran a una asesina... estaba efectuando el registro simplemente para asegurarse. Tras vacilar un instante, el sheriff dijo:

—Muchas gracias, señora Jamisson. Siento haber turbado su descanso. Ahora iremos a registrar las cabañas de los esclavos.

Mack experimentó una flojera de alivio y les abrió la puerta, procurando disimular su emoción.

—Buena suerte —les dijo Lizzie—. Ah, sheriff... cuando hayan terminado su trabajo, ¡traiga a sus hombres aquí a la casa para desayunar!

34

Lizzie se quedó en su dormitorio mientras los hombres y los perros registraban la plantación. Hablando en un susurro, Peg le contó la historia de su vida. Lizzie la escuchó horrorizada y conmovida. Peg era solo una preciosa niña descarada. Su criatura muerta también era una niña.

Ambas se intercambiaron sus sueños y esperanzas. Lizzie le comentó a Peg su deseo de vivir al aire libre, vestir como un hombre y pasarse todo el día a caballo con un arma de fuego al hombro. Peg se sacó del interior de la camisa una doblada y gastada hoja de papel. Era un dibujo a colores de un padre, una madre y una niña, de pie delante de la fachada de una bonita casa de campo.

—Siempre quise ser la niña del dibujo —dijo—. Pero ahora quiero ser la madre algunas veces.

A la hora de costumbre, Sarah, la cocinera, subió a la habitación de Lizzie con la bandeja del desayuno. Al oír llamar a la puerta, Peg se ocultó debajo de la ropa de la cama, pero la mujer le dijo a Lizzie al entrar:

—Sé lo de Peggy, no se preocupe.

Peg volvió a salir y Lizzie le preguntó a la cocinera, mirándola con asombro:

—¿Quién no lo sabe?

—El señor Jamisson y el señor Lennox.

Lizzie compartió su desayuno con Peg. La niña se zampó el jamón y los huevos revueltos como si llevara un mes sin comer.

La patrulla de búsqueda se marchó cuando Peg ya estaba terminando de desayunar. Lizzie y Peg se acercaron a la ventana y vieron a los hombres cruzar el césped del jardín para bajar al río. Caminaban cabizbajos y con los hombros encorvados, seguidos por los obedientes y silenciosos perros.

Cuando los perdieron de vista, Lizzie lanzó un suspiro de alivio diciendo:

—Ya estás a salvo.

Ambas se abrazaron con emoción. Peg estaba muy delgada y Lizzie se compadeció maternalmente de ella.

—Siempre me he sentido a salvo con Mack —dijo Peg.

—Tendrás que quedarte en esta habitación hasta que estemos seguras de que Jay y Lennox no nos van a molestar.

—¿No teme que entre alguna vez el señor Jamisson? —preguntó Peg.

—No, él nunca viene aquí.

Peg la miró extrañada, pero no hizo más preguntas. En su lugar, dijo:

—Cuando sea mayor, me casaré con Mack.

Lizzie tuvo la extraña sensación de que era una advertencia.

Sentado en uno de los cuartos infantiles donde sabía que nadie le molestaría, Mack revisó su equipo de supervivencia: tenía un ovillo de hilo y seis anzuelos que le había hecho el herrero Cass para que pudiera pescar, una taza y un plato de hojalata como los que solían utilizar los esclavos, un yesquero para encender fuego y una sartén de hierro para cocinar la comida. Disponía también de un hacha y una navaja de gran tamaño que había robado mientras los esclavos talaban árboles y fabricaban toneles.

Al fondo de la bolsa, envuelta en un trozo de lienzo de lino, guardaba la llave de la sala de armas. Su último acto antes de marcharse sería robar un rifle y municiones.

En la bolsa de lona guardaba también un ejemplar del *Robinson Crusoe* y el collar de hierro que se había llevado de Escocia. Tomó el collar, recordando cómo lo había roto en la herrería la noche en que se había fugado de Heugh. Recordó que había bailado una giga de libertad a la luz de la luna. Había transcurrido más de un año desde entonces y todavía no era libre. Pero no perdía la esperanza.

El regreso de Peg había eliminado el último obstáculo que le impedía huir de Mocjkack Hall. La niña se había instalado en el recinto de los esclavos y dormía en una cabaña de chicas solteras. Todas guardarían su secreto y la protegerían. No era la primera vez que ocultaban a un fugitivo; cualquier esclavo que se hubiera fugado podía contar con un cuenco de *hominy* y un catre para pasar la noche en todas las plantaciones de Virginia.

Durante el día, Peg vagaba por el bosque y permanecía oculta en la espesura hasta que caía la noche. Entonces regresaba al recinto de los esclavos para comer con ellos. Mack sabía que aquella situación no se podría prolongar demasiado. Muy pronto el aburrimiento induciría a Peg a ser menos precavida y entonces la atraparían. Pero ya faltaban pocos días para que todo cambiara.

Mack experimentaba un hormigueo de emoción en la piel. Cora estaba casada, Peg se había salvado y el mapa le había mostrado hacia dónde tenía que dirigirse. La libertad era el mayor deseo de su corazón. El día que quisieran, él y Peg podrían abandonar sin más la plantación al término de la jornada laboral. Al amanecer ya estarían a casi cincuenta kilómetros de distancia. Se esconderían de día y caminarían de noche. Como todos los fugitivos, todas las mañanas y todas las noches pedirían comida en los recintos de los esclavos de la plantación que tuvieran más cerca.

A diferencia de la mayoría de los fugitivos, Mack no intentaría buscarse un trabajo en cuanto estuviera a ciento cincuenta kilómetros de distancia. Así era como los atrapaban a todos. Él iría más lejos. Su destino era el desierto que se extendía al otro lado de las montañas. Allí sería libre.

Pero Peg ya llevaba una semana allí y él se encontraba todavía en Mockjack Hall.

Estudió el mapa, los anzuelos y el yesquero. Se encontraba a un paso de la libertad, pero aún no podía darlo.

Se había enamorado de Lizzie y no podía soportar la idea de dejarla.

Lizzie, completamente desnuda, se estaba mirando en un espejo a toda altura de su dormitorio.

Le había dicho a Jay que ya se había restablecido del embarazo, pero la verdad era que jamás volvería a ser la misma. Sus pechos tenían el mismo tamaño de antes, pero no eran tan firmes y estaban ligeramente colgantes. Su vientre nunca sería completamente liso: el ligero abultamiento y la flojedad de la piel jamás desaparecerían y, por si fuera poco, tenía unas líneas plateadas en los puntos donde la piel se había tensado. Se habían atenuado un poco, pero ella sabía que nunca se borrarían del todo. Abajo, el lugar por donde había salido la niña también era distinto. Antes estaba tan apretado que apenas se podía introducir un dedo. Ahora era mucho más ancho.

Se preguntó si sería por eso por lo que Jay ya no la quería. Él no le había visto el cuerpo después del parto, pero a lo mejor, ya sabía o adivinaba lo que había ocurrido y le parecía repulsivo. En cambio, la esclava Felia jamás había parido y tenía un cuerpo perfecto. Jay la dejaría embarazada más tarde o más temprano y entonces quizá la abandonaría tal como la había abandonado a ella y se buscaría a otra. ¿Así quería vivir Jay? ¿Así eran todos los hombres? Lizzie hubiera deseado poder preguntárselo a su madre.

Jay la trataba como si fuera un objeto usado que ya no servía para nada, como unos zapatos viejos o un plato desportillado. Y ella estaba furiosa. La criatura que había crecido en su interior y le había abultado el vientre y ensanchado la vagina era hija de Jay y él no tenía ningún derecho a rechazarla por eso. Lanzó un suspiro. Hubiera sido inútil enojarse con él. Había sido una insensata al elegirle.

Se preguntó si alguien volvería a sentirse atraído por su cuerpo alguna vez. Echaba de menos la sensación de las manos de un hombre acariciando ávidamente su piel. Quería que alguien la besara con ternura y le comprimiera los pechos y le introdujera los dedos. No podía soportar la idea de no poder volver a disfrutar jamás de todas aquellas sensaciones.

Respiró hondo, contrajo los músculos del estómago y echó el pecho hacia fuera. Así era casi como antes del embarazo. Se acarició los pechos, se rozó el vello del pubis y jugueteó con el botón del deseo.

De repente, se abrió la puerta.

Mack tenía que arreglar un azulejo roto de la chimenea del dormitorio de Lizzie.

—¿Ya se ha levantado la señora Jamisson? —le había preguntado a Mildred.

—Acaba de irse a las cuadras —le había contestado Mildred.

La doncella no le habría entendido bien y habría pensado que le preguntaba por el señor Jamisson.

Todo eso Mack lo pensó en una décima de segundo. Después todos sus pensamientos se concentraron en Lizzie.

Era una mujer muy hermosa. Mientras ella permanecía de pie delante del espejo, Mack pudo ver su cuerpo por delante y por detrás. Sus manos hubieran deseado acariciar la curva de sus caderas. Podía ver en el espejo el montículo de sus redondos pechos y los suaves y rosados pezones. El vello del pubis hacía juego con los oscuros bucles de su cabeza.

Se quedó sin habla, sabiendo que hubiera tenido que musitar unas palabras de disculpa y retirarse de inmediato, pero se notaba los pies clavados en el suelo.

Lizzie se volvió hacia él con expresión turbada y Mack se preguntó por qué. Desnuda, parecía más vulnerable y casi asustada.

Al final, Mack consiguió articular unas palabras.

—Oh, qué guapa es usted —musitó.

El rostro de Lizzie experimentó un cambio, como si alguien hubiera respondido a una pregunta.

—Cierra la puerta —dijo Lizzie.

Mack cerró la puerta a su espalda y cruzó la estancia en tres zancadas. Ella se arrojó inmediatamente en sus brazos y él estrechó su cuerpo contra el suyo, sintiendo la suavidad de sus senos contra su pecho. Le besó los labios y ella abrió la boca para que su lengua buscara la suya y disfrutara de la humedad y el ansia de su beso. Cuando notó su erección, Lizzie empezó a restregar las caderas contra él.

Mack se apartó entre jadeos, temiendo experimentar un orgasmo. Lizzie tiró de su chaleco y su camisa, tratando de acariciarle la piel. Él arrojó el chaleco al suelo y se quitó la camisa por la cabeza. Inclinándose hacia delante, Lizzie acercó la boca a su tetilla, apretó los labios, se la lamió con la punta de la lengua y finalmente se la mordió suavemente con los dientes frontales. El dolor fue tan delicioso que Mack emitió un gemido de placer.

—Ahora házmelo tú a mí —le dijo Lizzie, arqueando la espalda y ofreciendo el pecho a su boca. Mack sostuvo uno de sus pechos con una mano y le besó el erecto pezón, saboreando intensamente el momento.

—No tan suave —dijo Lizzie en un susurro.

Mack empezó a succionar con fuerza y después le mordió el pezón tal como ella le había mordido a él. La oyó respirar afanosamente y temió haberla lastimado, pero ella le dijo:

—Más fuerte, quiero que me hagas daño.

Entonces él la mordió.

—Así —dijo Lizzie, estrechando su cabeza contra sus pechos.

Mack se detuvo, temiendo hacerle sangre. Cuando enderezó la espalda, Lizzie se inclinó hacia su cintura, tiró del cordel que le sujetaba los pantalones y se los bajó. El pene quedó en libertad. Ella lo sostuvo con las dos manos, lo restregó contra sus aterciopeladas mejillas y lo besó. El placer fue tan intenso que Mack se apartó una vez más por temor a terminar demasiado pronto.

Sus ojos se desviaron hacia la cama.

—Allí no —dijo Lizzie—. Aquí —añadió, tendiéndose boca arriba sobre la alfombra delante del espejo.

Mack se arrodilló entre sus piernas sin quitarle los ojos de encima.

—Ahora, date prisa —lo instó ella.

Mack se situó encima suyo, descansando el peso del cuerpo en los codos, y ella lo guio hacia su interior. Tenía las mejillas arreboladas y la boca entreabierta. Los húmedos labios mostraban unos dientes pequeños e inmaculadamente blancos. Mientras él se movía sobre su cuerpo, sus grandes ojos le miraron amorosamente.

—Mack —gimió—. Oh, Mack.

Su cuerpo se movía al compás del suyo y sus dedos se hundían con fuerza en los duros músculos de su espalda.

Mack la besó sin dejar de moverse, pero ella quería más. Le apresó el labio inferior con los dientes y se lo mordió. Mack percibió el sabor de la sangre.

—¡Date prisa! —le gritó ella. Su desesperación lo indujo a empujar casi con brutalidad—. ¡Así!

Cerró los ojos entregándose por entero a la sensación hasta que un grito se escapó de su garganta. Mack le cubrió la boca con la mano y ella le mordió el dedo mientras comprimía las caderas contra las suyas y se agitaba debajo de su cuerpo, subiendo y bajando una y otra vez hasta que, al final, se detuvo y se aflojó, totalmente exhausta.

Mack le besó los ojos, la nariz y la barbilla moviéndose todavía en su interior. Cuando su respiración se normalizó y sus ojos volvieron a abrirse, Lizzie le dijo:

—Mira el espejo.

Mack levantó la vista y vio a otro Mack encima de otra Lizzie con los cuerpos unidos a la altura de las caderas mientras el pene entraba y salía sin cesar.

—Es bonito —dijo ella en un susurro.

Mack contempló sus grandes ojos negros.

—¿Me quieres? —le preguntó.

—Oh, Mack, ¿cómo puedes preguntarlo? —Las lágrimas asomaron a los ojos de Lizzie—. Pues claro que te quiero. Te quiero, te quiero.

Fue entonces cuando finalmente Mack experimentó el orgasmo.

Cuando la primera cosecha de tabaco ya estuvo lista para la venta, Lennox transportó cuatro toneles a Fredericksburg en una barcaza. Jay esperó con impaciencia su regreso. Estaba deseando saber a qué precio vendería el tabaco.

No le pagarían en efectivo, pues el mercado operaba de otra manera. Lennox llevaría el tabaco a un almacén público donde un inspector oficial emitiría un certificado de «comercializable». Dichos certificados, conocidos como pagarés de tabaco, se utilizaban en toda Virginia como dinero. A su debido tiempo, el último propietario del pagaré lo compensaría, entregándoselo al capitán de un barco a cambio de dinero o, más probablemente, de mercancías importadas de Gran Bretaña. Entonces el capitán se dirigiría con el pagaré a un almacén público y lo cambiaría por tabaco.

Entre tanto, Jay utilizaría los pagarés para saldar sus deudas más urgentes. Los herreros llevaban un mes sin hacer nada porque no tenían hierro para fabricar herramientas ni herraduras de caballo.

Por suerte, Lizzie no se había dado cuenta de que estaban en la ruina. Después del parto, se había pasado tres meses viviendo entre nubes. Tras haber sorprendido a Jay con Felia, se había sumido en un furibundo silencio.

Pero ahora había vuelto a cambiar. Se la veía más contenta y estaba casi amable.

—¿Qué noticias tenemos? —le preguntó a Jay a la hora de cenar.

—Hay dificultades en Massachusetts —contestó Jay—. Ha surgido un grupo de exaltados que se hacen llamar los Hijos de la Libertad... han tenido incluso la osadía de enviar dinero para el muy sinvergüenza de John Wilkes en Londres.

—Me sorprende que sepan quién es.

—Creen que es el símbolo de la libertad. Entre tanto, los comisarios de Aduanas tienen miedo de poner los pies en Boston. Se han refugiado a bordo del *Romney*.

—Parece que los habitantes de las colonias se quieren rebelar.

Jay meneó la cabeza.

—Necesitan simplemente una dosis de la medicina que nosotros les administramos a los descargadores de carbón... saborear los disparos de los rifles y unos cuantos ahorcamientos.

Lizzie se estremeció de angustia y no hizo más preguntas.

Terminaron la cena en silencio y, mientras Jay encendía la pipa, entró Lennox.

Jay se dio cuenta de que, aparte los negocios, el capataz había estado bebiendo en Fredericksburg.

—¿Todo bien, Lennox?

—No exactamente —contestó Lennox con su habitual insolencia.

Lizzie se impacientó.

—¿Qué ha ocurrido?

—Han quemado nuestro tabaco, eso es lo que ha ocurrido.

—¿Que lo han quemado? —dijo Jay.

—¿Cómo? —preguntó Lizzie.

—Por orden del inspector. Lo han quemado como si fuera basura. No lo han considerado comercializable.

Jay experimentó una sensación de mareo en la boca del estómago y tragó saliva diciendo:

—No sabía que tuvieran derecho a hacer eso.

—¿Qué tenía de malo? —preguntó Lizzie.

Lennox pareció turbarse y, por un instante, no dijo nada.

—Vamos, suéltelo de una vez —le dijo Lizzie, enojada.

—Dicen que es mierda de vaca —contestó Lennox al final.

—¡Lo sabía! —exclamó Lizzie.

Jay no tenía ni idea de lo que estaban diciendo.

—¿Qué quiere decir «mierda de vaca»? ¿Qué significa?

—Significa —contestó fríamente Lizzie— que se ha soltado ganado en las tierras donde crecían las plantas. Cuando la tierra se abona en exceso, el tabaco adquiere un fuerte y desagradable aroma.

—¿Quiénes son esos inspectores que tienen derecho a quemar mi cosecha?

—Los nombra la Cámara de Representantes —le contestó Lizzie,

—¡Es indignante!

—Tienen que mantener la calidad del tabaco de Virginia.

—Presentaré una querella.

—Jay —dijo Lizzie—, en lugar de presentar una querella, ¿por qué no administras debidamente tu plantación? Aquí se puede cultivar un tabaco excelente si te tomas la molestia de hacerlo.

—¡No necesito que una mujer me diga cómo tengo que llevar mis asuntos! —gritó Jay.

—Tampoco necesitas que lo haga un insensato —replicó Lizzie, mirando a Lennox.

A Jay se le acababa de ocurrir una posibilidad tremenda.

—¿Qué parte de nuestra cosecha se cultivó de esta manera?

Lennox no contestó.

—¿Y bien? —insistió Jay.

—Toda —contestó Lizzie.

Entonces Jay comprendió que se había arruinado.

La plantación estaba hipotecada, él se encontraba hundido hasta el cuello en las deudas y su cosecha de tabaco no valía nada.

De repente, notó que le faltaba la respiración y sintió que se le encogía la garganta. Abrió la boca como un pez, pero no pudo respirar.

Al final, aspiró una bocanada de aire como un hombre que se estuviera ahogando y emergiera a la superficie por última vez.

—Que Dios se apiade de mí —dijo, cubriéndose el rostro con las manos.

Aquella noche llamó a la puerta del dormitorio de Lizzie.

Ella se encontraba sentada junto al fuego en camisón, pensando en Mack. Se sentía rebosante de felicidad. Lo amaba y él la amaba a ella. Pero ¿qué iban a hacer? Contempló las llamas de la chimenea. Trató de ser práctica, pero no podía dejar de pensar en lo que ambos habían hecho sobre la alfombra, delante del espejo a toda altura. Estaba deseando volverlo a hacer.

La llamada a la puerta la sobresaltó. Se levantó de un salto y contempló la puerta cerrada.

El tirador chirrió, pero ella cerraba la puerta con llave todas las noches desde que sorprendiera a Jay con Felia.

—Lizzie... ¡abre la puerta! —dijo la voz de Jay.

Ella no contestó.

—Me voy a Williamsburg mañana a primera hora para intentar conseguir otro préstamo —añadió Jay—. Quiero verte antes de irme.

Lizzie permaneció en silencio.

—Sé que estás ahí dentro, ¡abre!

Parecía ligeramente bebido.

Poco después se oyó un sordo rumor, como si Jay hubiera golpeado la puerta con el hombro. Lizzie sabía que no conseguiría derribar la puerta: los goznes eran de latón y la cerradura era muy resistente.

Lizzie oyó alejarse unas pisadas, pero pensó que Jay no se había dado por vencido y no se equivocó. Tres o cuatro minutos después su marido regresó diciendo:

—Si no abres la puerta, la echaré abajo.

Se oyó un fuerte golpe como si algo se hubiera estrellado contra la puerta. Lizzie adivinó que había ido a buscar un hacha. Otro golpe atravesó la madera y Lizzie vio la hoja asomando por el otro lado.

La joven se asustó. Pensó que ojalá Mack estuviera a su lado, pero este se encontraba en el recinto de los esclavos, durmiendo en un duro catre. Tendría que enfrentarse ella sola con la situación.

Temblando de miedo, se acercó a la mesita de noche y tomó las pistolas.

Jay seguía golpeando la puerta con el hacha, la madera se empezó a astillar y las paredes de la casa se estremecieron por efecto de los golpes. Lizzie comprobó la carga de las pistolas. Con trémula mano, echó un poco de pólvora en la cazoleta de cada una de ellas, soltó los seguros y las amartilló.

«Ahora ya todo me da igual —pensó, dominada por el fatalismo—. Que sea lo que Dios quiera.»

Se abrió la puerta y entró Jay jadeando y con el rostro desencajado. Sosteniendo el hacha en la mano, se acercó a ella. Lizzie extendió el brazo y efectuó un disparo por encima de su cabeza.

En el confinado espacio de la estancia, la detonación sonó como un cañonazo. Jay se quedó paralizado y, presa del pánico, levantó las manos en gesto defensivo.

—Tú ya sabes la puntería que tengo —le dijo Lizzie—, lo malo es que solo me queda una bala, lo cual significa que la siguiente tendrá que ir directamente a tu corazón.

Mientras hablaba, le pareció increíble que pudiera dirigir unas palabras tan violentas al hombre cuyo cuerpo había amado. Hubiera querido echarse a llorar, pero apretó los dientes y le miró sin parpadear.

—Perra cruel y asquerosa —dijo Jay.

El comentario dio en el clavo. Ella misma se acababa de acusar de ser cruel. Lentamente, bajó la pistola. Por supuesto que no dispararía contra él.

—¿Qué quieres? —le preguntó.

Jay soltó el hacha.

—Acostarme contigo antes de irme —contestó.

Lizzie experimentó una invencible repulsión. Evocó la imagen de Mack. Solo él podía hacerle ahora el amor. La idea de hacerlo con Jay la horrorizaba.

Jay tomó las pistolas por las culatas y ella se lo permitió. Después, Jay desmontó la que ella no había disparado y arrojó ambas pistolas al suelo.

Lizzie le miró, horrorizada. No podía creer lo que estaba a punto de ocurrir.

Jay se acercó y le propinó un puñetazo en el estómago.

Lizzie emitió un grito de dolor y se dobló por la cintura.

—¡A mí no vuelvas a apuntarme nunca más con un arma! —le gritó Jay.

Después descargó un puñetazo contra su rostro y la derribó al suelo, donde empezó a darle puntapiés en la cabeza hasta que ella se desmayó.

35

Al día siguiente, Lizzie se pasó toda la mañana en la cama con un dolor de cabeza tan espantoso que apenas podía hablar.

Sarah entró con el desayuno y, al verla, se llevó un susto. Lizzie tomó unos cuantos sorbos de té y volvió a cerrar los ojos.

Cuando regresó la cocinera para retirar la bandeja, Lizzie le preguntó:

—¿Se ha ido el señor Jamisson?

—Sí, señora. Se fue a Williamsburg al amanecer. El señor Lennox se ha ido con él.

Lizzie se sintió un poco mejor.

Minutos después Mack irrumpió en la estancia, se acercó a la cama y la miró, temblando de rabia. Alargó la mano y le acarició las mejillas con trémulos dedos. A pesar de que las magulladuras estaban en carne viva, su caricia fue tan suave que no le causó el menor daño y más bien fue un alivio. Lizzie tomó su mano y le besó la palma. Después ambos permanecieron sentados un buen rato en silencio. El dolor de Lizzie empezó a suavizarse y, al cabo de un rato, esta se quedó dormida. Cuando se despertó, Mack ya no estaba.

Por la tarde entró Mildred y abrió las persianas. Lizzie se incorporó para que Mildred le cepillara el cabello y poco después entró Mack con el doctor Finch.

—Yo no le he mandado llamar —dijo Lizzie.

—Yo le he ido a buscar —explicó Mack.

Por una extraña razón, Lizzie se avergonzó de lo que le había ocurrido y pensó que ojalá Mack no hubiera ido a buscar al médico.

—¿Qué te induce a pensar que estoy enferma?

—Se ha pasado usted toda la mañana en la cama.

—A lo mejor es que soy perezosa.

—Y a lo mejor yo soy el gobernador de Virginia.

Lizzie se dio por vencida y esbozó una sonrisa. Se sentía halagada por el hecho de que Mack se preocupara por ella.

—Te lo agradezco —le dijo.

—Me han dicho que le duele la cabeza —dijo el médico.

—Pero no estoy enferma —contestó Lizzie. Qué demonios, pensó, ¿por qué no decir la verdad?—. Me duele la cabeza porque mi marido me propinó una tanda de puntapiés.

—Mmm... —Finch la miró con expresión turbada—. ¿Tiene visión... borrosa?

—No.

El médico apoyó las manos en sus sienes y tanteó suavemente con los dedos.

—¿Se siente confusa?

—El amor y el matrimonio me confunden, pero no es por eso por lo que me duele la cabeza. ¡Uy!

—¿Es ahí donde recibió el golpe?

—Sí.

—Menos mal que esta mata de cabello ha amortiguado el impacto. ¿Siente náuseas?

—Solo cuando pienso en mi marido. —Lizzie se dio cuenta de que estaba hablando con un descaro excesivo—. Pero eso no es asunto suyo, doctor.

—Le recetaré un medicamento para aliviar el dolor. Pero no abuse de él porque produce hábito. Llámeme si tuviera alguna molestia en la vista.

Cuando el médico se retiró, Mack se sentó en el borde de la cama y tomó la mano de Lizzie. Al cabo de un rato, le dijo:

—Si no quieres que te propine puntapiés en la cabeza, será mejor que le dejes.

Lizzie trató de buscar alguna justificación para quedarse. Su marido no la amaba. No tenían hijos y probablemente jamás los tendrían. Su hogar estaba prácticamente deshecho. No había nada que la retuviera allí.

—No sabría adónde ir —dijo.

—Yo sí —dijo Mack, presa de una profunda emoción—. Pienso escaparme.

A Lizzie le dio un vuelco el corazón. No podía soportar la idea de perderle.

—Peg irá conmigo —añadió Mack.

Lizzie le miró sin decir nada.

—Ven con nosotros —dijo Mack.

Ya estaba... lo había dicho. Se lo había insinuado en otra ocasión —«huya con el primer inútil que se le cruce por delante»—, pero ahora se lo había dicho con toda claridad.

«¡Sí, sí, hoy mismo, ahora!», hubiera querido contestar Lizzie. Pero no dijo nada. Tenía miedo.

—¿Adónde irás? —preguntó.

Mack se sacó del bolsillo un estuche de cuero y desdobló el mapa.

—A unos ciento cincuenta kilómetros de aquí hay una

cadena montañosa. Empieza arriba en Pensilvania y baja hacia el sur cualquiera sabe hasta dónde. Además, es muy alta, pero dicen que aquí abajo hay un paso llamado el Cumberland Gap, donde nace el río Cumberland. Al otro lado de las montañas hay un desierto. Dicen que ni siquiera hay indios, pues los sioux y los cherokees llevan muchas generaciones luchando por él y ningún bando ha conseguido imponerse al otro el tiempo suficiente para establecerse en aquel lugar.

Lizzie empezó a entusiasmarse.

—¿Y cómo te trasladarías hasta allí?

—Peg y yo iríamos a pie. Desde aquí me dirigiría al oeste hacia las estribaciones de las montañas. Pimienta Jones dice que hay un sendero que discurre por el sudoeste, más o menos paralelo a la cadena montañosa. Lo seguiría hasta el río Holston, este que se indica aquí en el mapa. Después, empezaría a subir a las montañas.

—¿Y... si no viajaras solo?

—Si tú me acompañaras, podríamos tomar un carro y llenarlo de provisiones, herramientas, semillas y comida. En tal caso, yo no sería un fugitivo sino un criado que viajaba con su ama y la doncella. Entonces bajaría al sur hasta Richmond y después me dirigiría al oeste hacia Staunton. El camino es más largo, pero Pimienta dice que es mejor. Puede que Pimienta esté equivocado, pero es la única información que tengo.

Lizzie experimentaba una mezcla de emoción y temor.

—¿Y una vez llegáramos a la montaña?

Mack la miró sonriendo.

—Buscaríamos un valle con un río lleno de peces y grandes bosques con venados y quizá un par de águilas anidando en los árboles más altos, y allí construiríamos una casa.

Lizzie empezó a reunir mantas, calcetines de lana, tijeras, hilo y agujas, pasando del júbilo al temor. Se alegraba de huir con Mack y ya se imaginaba recorriendo los bosques con él y durmiendo a su lado sobre una manta bajo los árboles. Pero pensaba también en los peligros. Tendrían que cazar cada día para comer, construir una casa, cultivar maíz, cuidar de sus caballos. Y puede que los indios les fueran hostiles. Tal vez se tropezarían con malhechores por los caminos. ¿Y si tuvieran que detenerse a causa de una nevada? ¡Se podrían morir de hambre!

Mirando por la ventana de su dormitorio, vio el coche de la taberna MacLaine de Fredericksburg. En la parte de atrás había unos baúles de equipaje y el asiento del pasajero lo ocupaba una sola persona. Estaba claro que el cochero, un viejo borracho llamado Simmins, se había equivocado de plantación. Bajó para decírselo.

Al salir al porche, reconoció al pasajero.

Era Alicia, la madre de Jay.

Vestía de luto.

—¡Lady Jamisson! —exclamó horrorizada—. ¡Tendría usted que estar en Londres!

—Hola, Lizzie —le dijo su suegra—. Sir George ha muerto.

»Un ataque al corazón —explicó unos minutos más tarde, sentada en el salón con una taza de té—. Se desplomó en el suelo sin sentido en el almacén. Lo llevaron a Grosvenor Square, pero murió por el camino.

No se le quebró la voz y las lágrimas no asomaron a sus ojos mientras comentaba la muerte de su marido.

Lizzie recordaba a Alicia como una mujer agraciada más que hermosa, pero ahora vio que había perdido casi por entero su juvenil donaire. Era solo una mujer de mediana edad que había llegado al final de un matrimonio insatisfactorio. Lizzie la compadeció. «Yo nunca seré como ella», se juró a sí misma.

—¿Le echa de menos? —le preguntó en tono vacilante.

Alicia la miró con la cara muy seria.

—Me casé con la riqueza y la buena posición —contestó— y eso es lo que tuve. Olive fue la única mujer de su vida y él jamás permitió que yo lo olvidara. ¡No pido comprensión! La culpa fue solo mía y lo he aguantado durante veinticuatro años. Pero no me pidas que lo llore. Solo experimento una sensación de liberación.

—Es terrible —murmuró Lizzie.

Era el mismo destino que le esperaba a ella, pensó con un estremecimiento de inquietud. No pensaba aceptarlo. Se escaparía con Mack, pero tendría que cuidar de Alicia.

—¿Dónde está Jay? —preguntó lady Jamisson.

—Se ha ido a pedir un préstamo a Williamsburg.

—Eso quiere decir que la plantación no marcha muy bien.

—Nuestra cosecha de tabaco se ha perdido.

Una sombra de tristeza empañó el semblante de Alicia. Lizzie comprendió que Jay había decepcionado a su madre, tal como la había decepcionado a ella... pero Alicia jamás lo reconocería.

—Te estarás preguntando qué dice el testamento de sir George —dijo Alicia.

Lizzie ni siquiera había pensado en el testamento.

—¿Tenía muchas cosas que legar? Pensé que sus negocios estaban pasando por un mal momento.

—Se salvaron gracias al carbón de High Glen. Ha muerto muy rico.

Lizzie se preguntó si le habría dejado algo a Alicia. En caso de que no, quizá esta esperara vivir con su hijo y su nuera.

—¿Le ha hecho sir George una buena parte?

—Sí, debo decir que mi parte se estipuló antes de nuestra boda.

—¿Y Robert ha heredado todo lo demás?

—Eso es lo que todos suponíamos. Pero mi marido ha dejado una cuarta parte de sus bienes para que se reparta un año después de su muerte entre sus nietos legítimos vivos. Por consiguiente, vuestro hijo es muy rico. ¿Cuándo lo veré? ¿O acaso es una niña?

Estaba claro que Alicia había salido de Londres antes de recibir la carta de Jay.

—Una niña —dijo Lizzie.

—Cuánto me alegro. Será una mujer acaudalada.

—Nació muerta.

Alicia no mostró la menor compasión.

—Maldita sea —exclamó—. Tenéis que tener otro enseguida.

Mack había cargado el carro con semillas, herramientas, cuerdas, clavos, harina de maíz y sal. Había abierto la sala de armas utilizando la llave de Lizzie y había tomado todos los rifles y municiones. Y había cargado también una reja de arado. Cuando llegaran a su destino, convertiría el carro en arado.

Decidió poner cuatro yeguas en los tirantes y tomar, además, dos sementales para destinarlos a la cría. Jay Jamisson se enfurecería por el robo de sus preciosos caballos y Mack estaba seguro de que lo lamentaría mucho más que la pérdida de Lizzie.

Mientras ataba el equipaje, Lizzie salió de la casa.

—¿Quién es la visita? —le preguntó.

—Alicia, la madre de Jay.

—¡Santo cielo! No sabía que iba a venir.

—Ni yo.

Mack frunció el ceño. Alicia no constituía ninguna amenaza para sus planes, pero su esposo puede que sí.

—¿Vendrá también sir George?

—Ha muerto.

Mack lanzó un suspiro de alivio.

—Menos mal. El mundo se ha librado de él.

—¿Crees que podremos marcharnos?

—No veo por qué no. Alicia no nos lo puede impedir.

—¿Y si acude al sheriff y dice que hemos robado todo esto y nos hemos escapado? —dijo Lizzie, señalando el carro.

—Recuerda lo que tenemos que decir. Vas a visitar a un primo que acaba de instalarse como granjero en Carolina del Norte. Y le llevas unos regalos.

—A pesar de que estamos en la ruina.

—Los virginianos son famosos por su generosidad incluso cuando están sin un céntimo.

Lizzie asintió con la cabeza.

—Me encargaré de que el coronel Thumson y Suzy Delahaye se enteren de mis planes.

—Diles que tu suegra no lo aprueba y que intentará ponerte trabas.

—Buena idea. El sheriff no querrá entrometerse en una disputa familiar. —Lizzie dudó un instante y Mack temió que se echara atrás—. ¿Cuándo... cuándo nos iremos? —preguntó con trémula voz.

—Antes de que amanezca —contestó Mack, sonriendo—. Esta noche llevaré el carro al recinto de los esclavos para que no hagamos mucho ruido al salir. Cuando Alicia se despierte, ya estaremos lejos.

Lizzie comprimió con fuerza su brazo y regresó a toda prisa a la casa.

Aquella noche Mack visitó la cama de Lizzie.

Cuando entró en silencio en el dormitorio, la encontró despierta, pensando en la emocionante aventura que emprenderían a la mañana siguiente. Mack le dio un beso en la boca, se desnudó y se acostó a su lado.

Hicieron el amor, hablaron en susurros de sus proyectos y volvieron a hacer el amor. Poco antes del amanecer, Mack se adormiló ligeramente. Lizzie, en cambio, permaneció despierta, contemplando las facciones de su rostro a la luz del fuego de la chimenea mientras pensaba en el viaje de espacio y tiempo que los había conducido desde High Glen hasta aquella cama.

Mack no tardó en despertarse. Volvieron a besarse apasionadamente y se levantaron.

Mack se dirigió a las cuadras mientras Lizzie se vestía con pantalones, botas de montar, camisa y chaleco, se recogía el cabello hacia arriba y tomaba un vestido para poder ponérselo rápidamente en caso de que tuviera que interpretar el papel de una acaudalada dama. Estaba preocupada por el viaje, pero no abrigaba la menor duda con respecto a Mack. Se sentía tan unida a él que le confiaría su vida sin ningún temor.

Cuando él acudió a recogerla, estaba sentada junto a la ventana con una casaca y un sombrero de tres picos. Mack sonrió al verla con su atuendo preferido. La tomó de la mano y ambos bajaron de puntillas la escalera y salieron de la casa.

El carro aguardaba al final del camino, lejos de la vista. Peg ya estaba acomodada en el asiento, envuelta en una manta. Jimmy, el mozo de cuadra, había enganchado cuatro caballos y había atado otros dos con unas cuerdas a la parte de atrás. Todos los esclavos habían salido de sus cabañas para despedirlos. Lizzie besó a Mildred y a Sarah y Mack estrechó la mano de Kobe y de Cass. Bess, la chica que había resultado herida la noche en que Lizzie perdió a su hija, le arrojó a su ama los brazos al cuello entre sollozos. Todos permanecieron en silencio bajo la luz de las estrellas mientras Mack y Lizzie subían al carro.

Mack tiró de las riendas diciendo:

—¡Arre! ¡En marcha!

Los caballos obedecieron la orden y el carro empezó a moverse.

Una vez fuera de la plantación, Mack tomó el camino de Fredericksburg. Lizzie volvió la vista hacia atrás y vio a los braceros saludándolos en silencio con la mano.

Poco después, se perdieron de vista.

Lizzie miró firmemente hacia delante. En la distancia, ya estaba amaneciendo.

36

Matthew Murchman no estaba en la ciudad cuando Jay y Lennox llegaron a Williamsburg. Puede que regresara al día siguiente, les dijo el criado. Jay le dejó una nota, diciendo que necesitaba más dinero y quería verle a la mayor brevedad posible. Después abandonó la casa hecho una furia. Sus asuntos estaban atravesando por un momento muy grave y él necesitaba resolver cuanto antes la situación.

Al día siguiente, obligado a pasar el rato, se dirigió al edificio de ladrillos rojos y grises del Parlamento. La asamblea, disuelta el año anterior por el gobernador, se había vuelto a reunir después de las elecciones. La Cámara de Representantes era una modesta y oscura sala con hileras de bancos a ambos lados y una especie de garita de centinela en el centro para el presidente. Junto con un puñado de otros espectadores, Jay se situó al fondo, detrás de una barandilla.

Inmediatamente se dio cuenta de que la política de la colonia estaba muy agitada. Virginia, la colonia inglesa más antigua del continente, parecía dispuesta a desafiar a su legítimo soberano.

Los representantes estaban discutiendo la más reciente amenaza de Westminster: el Parlamento británico afirmaba que cualquier persona acusada de traición podía ser obligada a regresar a Londres y ser juzgada según un decreto que se remontaba a Enrique VIII.

Los ánimos en la sala estaban muy encrespados. Jay observó con profunda repugnancia cómo los respetables terratenientes se iban levantando uno detrás de otro para atacar al rey. Al final, aprobaron una resolución, según la cual el decreto de traición era contrario al derecho que tenían todos los súbditos británicos a ser sometidos a juicio por un jurado integrado por conciudadanos.

Después se enzarzaron en otras discusiones a propósito del pago de impuestos a pesar de que ellos no tenían voz ni voto en el Parlamento de Westminster. «Ningún tributo sin representación», coreaban como loros. Esta vez, sin embargo, llegaron más lejos que de costumbre al reivindicar su derecho a colaborar con otras asambleas coloniales en oposición a las exigencias de la Corona.

Jay estaba seguro de que el gobernador no lo consentiría y no se equivocó. Poco antes de la cena, cuando los representantes estaban analizando una cuestión local sin importancia, un oficial de orden interrumpió las deliberaciones diciendo:

—Señor presidente, un mensaje del gobernador.

Le entregó la hoja de papel al escribano, el cual lo leyó y anunció en voz alta:

—Señor presidente, el gobernador ordena la inmediata presencia de esta asamblea en la Cámara del Consejo.

«Ahora les van a arreglar las cuentas», pensó Jay con mal disimulada satisfacción.

Siguió a los representantes mientras estos subían los peldaños de la escalera y bajaban por un pasillo. Los espectadores se quedaron en la antesala de la Cámara del Consejo, cuyas puertas estaban abiertas de par en par. El gobernador Botetourt, viva imagen de un puño de hierro en guante de terciopelo, se encontraba sentado a la cabecera de una mesa ovalada.

—He sido informado de sus resoluciones —dijo con voz pausada—. Me veo en la obligación de disolver la asamblea.

Todos le escucharon en sobrecogido silencio.

—Eso es todo —añadió impacientemente el gobernador.

Jay disimuló su regocijo mientras los representantes abandonaban cabizbajos la Cámara. Una vez en la planta baja del edificio, los representantes recogieron sus documentos y salieron al patio.

Jay se dirigió a la taberna Raleigh y se sentó junto a la barra. Pidió que le sirvieran el almuerzo y galanteó a una moza que se estaba enamorando de él. Mientras esperaba, se sorprendió de ver que muchos representantes se dirigían a una de las salas que había en la parte de atrás del local. Se preguntó si estarían tramando otra traición.

Al terminar de comer, fue a investigar.

Tal como había imaginado, los representantes estaban celebrando un debate sin disimular su rebelión. Estaban ciegamente convencidos de la justicia de su causa y ello les infundía una imprudente sensación de seguridad. ¿Acaso no comprenden, se preguntó Jay, que están incurriendo en la cólera de una de las más grandes monarquías del mundo? ¿No se dan cuenta de que el poderío del ejército británico acabará con ellos más tarde o más temprano?

Era evidente que no. Su arrogancia era tan inmensa que ninguno de ellos protestó cuando Jay tomó asiento al fondo de la sala, a pesar de constarles su inquebrantable lealtad a la Corona.

Uno de los más exaltados era un tal George Washington,

un antiguo oficial del ejército que había ganado un montón de dinero especulando con la venta de tierras. No era un gran orador, pero la acerada determinación de sus palabras llamó poderosamente la atención de Jay.

Washington había forjado un plan. En las colonias del norte, dijo, se habían formado unas asociaciones cuyos miembros se habían comprometido a no importar mercancías británicas. Si los virginianos querían presionar realmente al Gobierno de Londres, tenían que hacer lo mismo.

Era el discurso más traidor que Jay hubiera oído en su vida.

Las empresas de su padre se verían gravemente perjudicadas en caso de que Washington se saliera con la suya. Aparte los deportados, sir George transportaba cargamentos de té, muebles, cuerdas, maquinaria y toda una serie de lujos y productos que los habitantes de las colonias no estaban en condiciones de fabricar por sí mismos. Sus relaciones comerciales con el norte se habían reducido a la mínima expresión... y ese era precisamente el motivo de que sus negocios hubieran pasado por una grave crisis el año anterior.

Pero no todo el mundo estaba de acuerdo con Washington. Algunos representantes señalaron que las colonias del norte tenían más industrias que ellos y se podían fabricar los productos esenciales, mientras que el sur dependía más de las importaciones. ¿Qué vamos a hacer, se preguntaban, sin hilo de coser ni tejidos?

Washington contestó que se podrían hacer algunas excepciones y entonces los reunidos empezaron a discutir los detalles. Alguien propuso prohibir el sacrificio de corderos para incrementar la producción de lana. Washington sugirió la creación de un pequeño comité para el estudio de las cuestiones de carácter técnico. Se aprobó la proposición y se eligieron los miembros del comité.

Jay abandonó la sala asqueado. Al salir, Lennox se le acercó y le entregó un mensaje. Era de Murchman. Había regresado a la ciudad, había leído la nota del señor Jamisson y tendría el honor de recibirle a las nueve de la mañana del día siguiente.

La crisis política había distraído momentáneamente a Jay de su apurada situación, pero ahora sus problemas personales volvieron a acosarle con toda su fuerza y lo mantuvieron despierto toda la noche. Le echaba la culpa a su padre por haberle entregado una plantación que no reportaba beneficios y maldecía a Lennox por haber abonado en exceso los campos en lugar de desbrozar otras tierras. Se preguntó si su cosecha de tabaco habría sido quemada por los inspectores, no por su mala calidad sino simplemente para castigarle por su lealtad al rey inglés. Mientras daba incesantes vueltas en la cama, llegó a pensar que Lizzie habría dado a luz a propósito a una niña muerta para fastidiarle.

Se presentó muy temprano en la casa de Murchman. Era la única oportunidad que le quedaba. Cualquiera que fuera el motivo, no había logrado mejorar la rentabilidad de la plantación. Si no consiguiera otro préstamo, los acreedores ejecutarían la hipoteca y él se quedaría sin casa y sin un céntimo.

Murchman parecía muy nervioso.

—He conseguido que su acreedor venga a reunirse aquí con usted —le dijo.

—¿Mi acreedor? Usted me dijo que eran varios.

—Sí, en efecto... fue un pequeño engaño y le pido perdón. El hombre quería conservar el anonimato.

—¿Y ahora por qué ha decidido salir a la luz?

—Eso... no lo sé.

—Bueno, supongo que debe de estar dispuesto a prestarme el dinero que necesito..., de lo contrario, ¿por qué molestarse en hablar conmigo?

—Creo que tiene usted razón..., aunque él no me ha dicho nada.

Llamaron a la puerta principal de la casa y Jay oyó unos ahogados murmullos.

—Por cierto, ¿quién es?

—Será mejor que él mismo se presente.

Se abrió la puerta de la estancia y entró Robert, el hermanastro de Jay.

Jay se levantó de un salto.

—¡Tú! —exclamó—. ¿Cuándo has llegado?

—Hace unos días —contestó Robert.

Jay le tendió la mano y Robert se la estrechó brevemente. Llevaban casi un año sin verse y Robert se parecía cada vez más a su padre: había engordado y sus modales eran tan bruscos y despectivos como los de su padre.

—¿O sea que eres tú quien me prestó el dinero?

—Fue nuestro padre —contestó Robert.

—¡Menos mal! Temía no poder pedirle otro préstamo a un desconocido.

—Pero nuestro padre ya no es tu acreedor —dijo Robert—. Ha muerto.

—¿Muerto? —Jay volvió a sentarse, profundamente consternado por la noticia—. Nuestro padre aún no había cumplido los sesenta. ¿Cómo...?

—Un ataque al corazón.

Jay comprendió que acababa de perder un respaldo. Su padre le había tratado muy mal, pero él siempre había creído que podría recurrir a él y confiar en su fortaleza y su aparente indestructibilidad. De pronto, el mundo se había convertido para él en un lugar más inhóspito. Aunque ya estaba sentado, Jay sintió el deseo de apoyarse en algo.

Miró de nuevo a su hermano y vio en su rostro una expresión de vengativo triunfo. ¿Por qué estaba tan contento?

—Tiene que haber otra cosa —dijo Jay—. ¿Por qué estás tan cochinamente satisfecho?

—Ahora soy tu acreedor —contestó Robert.

Jay comprendió lo que se le venía encima y tuvo la sensación de haber recibido un puñetazo en el estómago.

—Eres un cerdo —dijo en un susurro.

Robert asintió con la cabeza.

—Voy a ejecutar tu hipoteca. La plantación de tabaco es mía. Lo mismo he hecho con High Glen: he comprado las hipotecas y las he ejecutado. Ahora eso también me pertenece.

Jay apenas podía hablar.

—Lo debisteis de tener todo planeado —dijo, haciendo un gran esfuerzo.

Robert asintió con la cabeza.

Jay trató de reprimir las lágrimas.

—Tú y nuestro padre...

—Sí.

—Mi propia familia me ha arruinado.

—Te has arruinado tú mismo porque eres indolente, débil e insensato.

Jay no prestó atención a los insultos. Solo sabía que su propio padre había planeado su ruina. Recordó haber recibido una carta de Murchman pocos días después de su llegada a Virginia. Su padre debió de escribir por adelantado, ordenándole al abogado que le ofreciera una hipoteca. Había previsto que la plantación tropezaría con dificultades y lo había organizado todo de tal manera que pudiera volver a arrebatársela. Su padre había muerto, pero le había enviado un mensaje de desprecio desde el más allá.

Jay se levantó haciendo un doloroso esfuerzo como si fuera un anciano. Robert permaneció en silencio, mirándole con altivo desdén. Murchman tuvo la delicadeza de mostrarse avergonzado. Con expresión cohibida, corrió a la puerta y la abrió. Entonces Jay salió al vestíbulo y a la cenagosa calle.

A la hora de cenar, Jay ya estaba borracho.

Lo estaba tanto que hasta la moza Mandy, la que se había enamorado de él, dejó de interesarse por su persona. Pasó la noche en la taberna Raleigh y Lennox le debió de acompañar a la cama, pues, a la mañana siguiente, se despertó en su habitación.

Sentía deseos de matarse. No tenía nada por lo que vivir: ni hogar, ni futuro ni hijos. Jamás conseguiría hacer nada de provecho en Virginia ahora que estaba arruinado, y no soportaba la idea de regresar a Gran Bretaña. Su mujer lo odiaba y hasta Felia pertenecía a su hermano. La única pregunta era si descerrajarse un tiro en la cabeza o emborracharse hasta caer muerto.

Estaba tomando una copa de brandy a las once de la mañana cuando su madre entró en la taberna.

Al verla, creyó haberse vuelto loco y se levantó de su asiento sin poder dar crédito a sus ojos.

Leyendo como de costumbre sus pensamientos, ella le dijo:

—No, no soy un fantasma.

Después le dio un beso y se sentó a su lado.

—¿Cómo me has encontrado? —preguntó Jay, tras recuperarse de la sorpresa.

—Fui a Fredericksburg y me dijeron dónde estabas. Prepárate para una mala noticia. Tu padre ha muerto.

—Ya lo sé.

Alicia se sorprendió.

—¿Cómo?

Jay le contó la historia y le explicó que Robert era el propietario de la plantación y de High Glen.

—Temía que entre los dos planearan algo por el estilo —dijo amargamente Alicia.

—Estoy arruinado —añadió Jay—. Quería matarme.

Alicia abrió enormemente los ojos.

—Entonces Robert no te ha dicho lo que ha dispuesto tu padre en el testamento.

De repente, Jay vio un destello de esperanza.

—¿Me ha dejado algo?

—A ti no. A tu hijo.

Jay volvió a hundirse en el desánimo.

—La niña nació muerta.

—Una cuarta parte de la herencia irá a parar a cualquier nieto de tu padre que esté vivo antes de que se cumpla un año de su muerte. Si no hay ningún nieto de un año, Robert lo heredará todo.

—¿Una cuarta parte de la herencia? ¡Eso es una fortuna!

—Lo único que tienes que hacer es dejar nuevamente embarazada a Lizzie.

—Bueno, por lo menos, eso sí sabré hacerlo —dijo Jay sonriendo.

—No estés tan seguro. Se ha fugado con aquel minero.

—¿Cómo?

—Se ha ido con McAsh.

—¡Dios mío! ¿Me ha dejado y se ha ido con un deporta-do? —La humillación era demasiado grande. Jay apartó la mirada—. Eso no lo voy a resistir.

—Se han llevado un carro, seis de tus caballos y suminis-tros suficientes para poner en marcha seis granjas.

—¡Malditos ladrones! —gritó Jay con indignada impo-tencia—. ¿Y tú no lo has podido impedir?

—Acudí a ver al sheriff... pero Lizzie ha sido muy lista. Divulgó una historia según la cual le llevaba unos regalos a un primo de Carolina del Norte. Los vecinos le dijeron al sheriff que yo no era más que una suegra regañona que quería armar alboroto.

—Todos me odian por mi lealtad al rey. —El paso de la esperanza a la desesperación fue demasiado duro y Jay cayó en una especie de letargo—. Ya todo me da igual —dijo—. El destino está en mi contra.

—¡No te des todavía por vencido!

Mandy, la moza de la taberna, interrumpió su conversa-ción para preguntarle a Alicia qué iba a tomar. Alicia pidió un té. Mandy miró con una seductora sonrisa a Jay.

—Podría tener un hijo con otra mujer —dijo Jay cuando Mandy se retiró.

Alicia miró con desprecio el contoneo del trasero de la moza.

—No vale —dijo—. El nieto tiene que ser legítimo.

—¿Me podría divorciar de Lizzie?

—No. Hace falta un decreto del Parlamento y se necesita una fortuna y, además, no tenemos tiempo. Mientras viva Liz-zie, tiene que ser con ella.

—No sé adónde ha ido.

—Yo sí.

Jay miró fijamente a su madre. Su inteligencia no cesaba de asombrarle.

—¿Cómo lo sabes?

—Los he seguido.

Jay meneó la cabeza con incrédula admiración.

—¿Cómo lo hiciste?

—No fue difícil. Pregunté por ahí si habían visto un carro de cuatro caballos con un hombre, una mujer y una niña. No hay tanto tráfico como para que la gente se olvide.

—¿Y adónde han ido?

—Se dirigieron al sur hacia Richmond. Allí siguieron un sendero llamado Three Notch Trail y se dirigieron hacia las montañas del oeste. Entonces giré hacia el este y vine aquí. Si sales esta misma mañana, solo estarás a tres días de viaje de ellos.

Jay lo pensó. Aborrecía la idea de perseguir a una esposa fugitiva porque le hacía sentirse ridículo. Pero era su única posibilidad de heredar. Una cuarta parte de la herencia de su padre era una fortuna inmensa.

¿Qué haría cuando le diera alcance?

—¿Y si Lizzie no quiere regresar? —dijo.

Su madre le miró con expresión decidida.

—Hay otra posibilidad, por supuesto. —Alicia estudió fríamente a Mandy y volvió a mirar a su hijo—. Podrías dejar embarazada a otra mujer, casarte con ella y heredar... si Lizzie muriera de repente.

Jay miró a su madre en silencio.

—Se dirigen hacia el desierto —prosiguió diciendo Alicia—, un lugar sin ley donde puede ocurrir cualquier cosa, pues no hay sheriffs ni forenses. Las muertes repentinas son normales y nadie hace preguntas.

Jay tragó saliva y alargó la mano hacia la copa. Su madre le cubrió la mano para impedir que siguiera bebiendo.

—Ya basta —le dijo—. Tienes que ponerte en camino.

Jay retiró la mano a regañadientes.

—Llévate a Lennox —le aconsejó Alicia—. Si ocurriera lo peor y tú no lograras convencer a Lizzie de que regresara contigo... él sabrá cómo resolver la situación.

—Muy bien —dijo Jay, asintiendo con la cabeza—. Lo haré.

37

El antiguo sendero de caza de búfalos llamado Three Notch Trail se dirigía hacia el oeste kilómetro tras kilómetro, atravesando el ondulado paisaje de Virginia. Por lo que Lizzie podía ver en el mapa de Mack, discurría paralelo al río James. El camino cruzaba una interminable serie de lomas y valles formados por centenares de arroyos que desembocaban en el James. Al principio, pasaron por fincas tan grandes como las que había en los alrededores de Fredericksburg, pero, a medida que se alejaban hacia el oeste, las casas y los campos eran cada vez más pequeños y los parajes boscosos eran cada vez más vastos.

Lizzie estaba contenta. Tenía miedo y se sentía culpable, pero no podía evitar una sonrisa. Cabalgaba al aire libre al lado del hombre al que amaba y estaba iniciando una emocionante aventura. Temía en su fuero interno lo que pudiera ocurrir, pero el corazón le brincaba de alegría en el pecho.

Estaban forzando mucho a los caballos porque temían que los siguieran, pues Alicia Jamisson no se quedaría tranquilamente sentada en casa, aguardando el regreso de Jay. Enviaría mensajes a Fredericksburg o se trasladaría allí personalmente para comunicarle a su hijo lo ocurrido. De no haber sido por la noticia de Alicia acerca del testamento de sir George, tal vez Jay se hubiera encogido de hombros y habría permitido que se fueran. Pero ahora él necesitaba una esposa para que le diera el necesario hijo. Y seguramente saldría de inmediato en su persecución.

Le llevaban varios días de adelanto, pero él viajaría más rápido porque no necesitaba una carretada de provisiones y suministros. ¿Cómo les pisaría los talones a los fugitivos? Tendría que preguntar en las casas y las tabernas del camino, confiando en que la gente recordara quién había pasado por allí. El camino no era muy transitado y un carro podía llamar la atención.

Al tercer día, la campiña empezó a ceder el lugar al terreno montañoso. Los campos cultivados fueron sustituidos por los pastizales y una azulada cordillera montañosa apareció en el lejano horizonte. Los caballos estaban tremendamente cansados, tropezaban por el camino e iban cada vez más despacio. En las cuestas, Mack, Lizzie y Peg bajaban del carro y caminaban a pie para aligerar la carga, pero no era suficiente. Las bestias inclinaban la cabeza, avanzaban lentamente y no reaccionaban al látigo.

—¿Qué les pasa? —preguntó Mack con inquietud.

—Les tenemos que alimentar mejor —contestó Lizzie—. Solo viven de lo que rozan de noche. Para un esfuerzo como este en el que tienen que tirar de un carro todo el día, los caballos necesitan avena.

—Hubiera tenido que llevar un poco —dijo tristemente Mack—. No se me ocurrió... porque yo no entiendo mucho de caballos.

Aquella tarde llegaron a Charlottesville, un nuevo caserío situado en el punto donde el Three Notch Trail se cruzaba con el antiguo sendero de los indios semínolas que discurría de norte a sur. La localidad tenía unas calles paralelas que ascendían por la cuesta de la colina desde el camino, pero la mayoría de los campos no estaban cultivados y solo había una docena de casas. Lizzie vio el edificio del juzgado con un poste de flagelación en el exterior y una taberna identificada por un rótulo en el que figuraba el tosco dibujo de un cisne.

—Podríamos comprar avena aquí —sugirió Lizzie.

—Será mejor que no nos detengamos —dijo Mack—. No quiero que la gente se fije en nosotros y nos recuerde.

Lizzie lo comprendía. Las encrucijadas supondrían un problema para Jay. Tendría que averiguar si los fugitivos habían girado al sur o habían proseguido su camino hacia el oeste. Si ellos llamaran la atención de la gente deteniéndose en la taberna para adquirir provisiones, le facilitarían la tarea. Los caballos no tendrían más remedio que aguantar un poco más.

Unos kilómetros más allá de Charlottesville se detuvieron en un punto donde una senda casi invisible se cruzaba con el camino. Mack encendió una fogata y Peg preparó *hominy*. Debía de haber peces en los arroyos y en los bosques debían de abundar los venados, pero los fugitivos no podían entretenerse en cazar y pescar y se conformaban con comer gachas de maíz. Lizzie descubrió que eran totalmente insípidas y que la pegajosa textura resultaba repulsiva. Trató de comer unas cuantas cucharadas, pero sintió náuseas y tiró el resto. Se avergonzaba de que los esclavos hubieran comido diariamente aquella porquería.

Mientras Mack lavaba los cuencos en el agua de un arroyo, Lizzie ató los caballos con unas cuerdas muy largas para que pudieran rozar por la noche y no se escaparan y después, los tres se envolvieron en unas mantas y se tendieron debajo del carro el uno al lado del otro. Lizzie hizo una mueca.

—¿Qué te pasa? —le preguntó Mack.

—Me duele la espalda —contestó ella.

—Estás acostumbrada a una cama de plumas.

—Prefiero acostarme contigo en el frío suelo que dormir sola en una cama de plumas.

No hicieron el amor porque Peg estaba con ellos, pero, cuando pensaban que la niña ya se había dormido, conversaban en voz baja acerca de todas las penalidades que habían pasado juntos.

—Cuando te saqué de aquel río y te sequé con mi enagua —dijo Lizzie—. ¿Te acuerdas?

—Pues claro. ¿Cómo podría olvidarlo?

—Te sequé la espalda y, cuando te diste la vuelta... —Lizzie hizo una pausa, repentinamente avergonzada—. Te habías... excitado.

—Es cierto. Estaba tan agotado que apenas podía tenerme en pie, pero, a pesar de todo, deseaba hacer el amor contigo.

—Yo jamás había visto a un hombre de aquella manera. Me pareció tan emocionante que después lo soñé. Me avergüenza recordar lo mucho que me gustó.

—Has cambiado mucho. Antes eras muy arrogante.

Lizzie se rio por lo bajo.

—¡Yo opino lo mismo de ti!

—¿Yo era arrogante?

—¡Pues claro! ¡Mira que levantarte en la iglesia y leerle aquella carta al amo!

—Creo que fui un poco descarado.

—Quizá hemos cambiado los dos.

—Y yo me alegro. —Mack acarició la mejilla de Lizzie—. Ocurrió cuando me enamoré de ti..., la vez que me pegaste una bronca..., delante de la iglesia.

—Te amaba desde hacía mucho tiempo sin saberlo. Recuerdo el combate de boxeo. Cada golpe que recibías me hacía daño. No soportaba que lastimaran tu precioso cuerpo. Después, cuando estabas todavía inconsciente, te acaricié y te toqué el pecho. Creo que ya te deseaba antes de casarme, pero no quería reconocerlo.

—Te voy a confesar cuándo me enamoré yo de ti. Abajo en el pozo, cuando caíste en mis brazos y yo te rocé accidentalmente el busto y me di cuenta de quién eras.

Lizzie se rio por lo bajo.

—¿Me sostuviste un poco más de lo estrictamente necesario?

—No —contestó Mack, contemplando tímidamente la fogata—. Pero después me arrepentí de no haberlo hecho.

—Ahora puedes hacerlo todo lo que quieras.

—Sí.

Mack la rodeó con sus brazos y la atrajo hacia sí.

Ambos permanecieron abrazados un buen rato en silencio y, al final, se quedaron dormidos en aquella posición.

Al día siguiente cruzaron la cordillera montañosa a través de un paso y bajaron a la llanura del otro lado. Lizzie y Peg bajaron en el carro mientras Mack se adelantaba montado en uno de los caballos de reserva. Lizzie estaba empezando a echar en falta una buena comida y tenía todo el cuerpo dolorido de tanto dormir en el suelo. Pero tendría que acostumbrarse, pues les faltaba todavía mucho camino por recorrer. Apretó los dientes y pensó en el futuro.

Sabía que a Peg le rondaba algo por la cabeza. Apreciaba

mucho a la niña y, siempre que la miraba, se acordaba de su criatura muerta. Peg también había sido una criaturita amada por su madre. En nombre de aquella madre, Lizzie la amaría y la cuidaría.

—¿En qué estás pensando? —le preguntó Lizzie a la niña.

—Estas granjas de la montaña me recuerdan la de Burgo Marler.

Debía de ser horrible haber matado a una persona, pero Lizzie adivinó que tenía que haber algo más. Peg no tardó en soltarlo.

—¿Por qué decidiste huir con nosotros? —le preguntó.

Era difícil responder con una sencilla respuesta a aquella pregunta. Lizzie lo pensó un poco y, al final, contestó.

—Principalmente porque mi marido ya no me quiere, supongo. —Algo en la expresión de Peg la indujo a añadir—: Me parece que preferirías que me hubiera quedado en casa.

—Bueno, es que tú no puedes comer nuestra comida y no te gusta dormir en el suelo. Si tú no hubieras venido, no tendríamos el carro y podríamos viajar más rápido.

—Ya me acostumbraré a la situación. Los suministros que llevamos en el carro nos ayudarán a establecemos en estos yermos.

Peggy la miró con el ceño fruncido y Lizzie comprendió que aún no había terminado. Tras una pausa, Peg le preguntó:

—Tú estás enamorada de Mack, ¿verdad?

—¡Pues claro!

—Pero si acabas de librarte de tu marido... ¿no te parece un poco pronto?

Lizzie hizo una mueca. En momentos de duda, ella pensaba lo mismo, pero le molestaba que una niña la criticara.

—Mi marido lleva seis meses sin tocarme... ¿cuánto tiempo crees tú que debería esperar?

—Mack me quiere.

La cosa se estaba complicando.

—Creo que nos quiere a las dos —dijo Lizzie—, pero de manera distinta.

Peg meneó la cabeza.

—Me quiere, lo sé.

—Ha sido como un padre para ti. Y yo intentaré ser una madre si tú me lo permites.

—¡No! —replicó Peg, enfurecida—. ¡Eso no puede ser!

Lizzie no sabía qué decirle. Vio un río a lo lejos y un achaparrado edificio de madera junto a la orilla. Estaba claro que el camino cruzaba el río por un vado y el edificio era una taberna frecuentada por los viajeros. Mack estaba atando su caballo a un árbol al lado del edificio.

Lizzie se acercó con el carro. Un corpulento sujeto sin camisa y con calzones de ante y un viejo sombrero de tres picos salió a recibirlos.

—Necesitamos comprar avena para nuestros caballos —le dijo Mack.

El hombre contestó con una pregunta.

—¿Van a dejar descansar los caballos y a tomar un trago?

De repente, Lizzie pensó que una jarra de cerveza era lo más deseable del mundo. Se había llevado un poco de dinero de Mockjack Hall... no mucho, pero lo suficiente para las compras esenciales del viaje.

—Sí —contestó con determinación, bajando del carro.

—Soy Barney Tobold, pero me llaman Baz —dijo el tabernero, mirando inquisitivamente a Lizzie.

Iba vestida de hombre, pero no había completado el disfraz y su rostro era claramente femenino. El hombre no hizo ningún comentario y los acompañó al interior.

Cuando sus ojos se acostumbraron a la penumbra, Lizzie observó que la taberna no era más que una estancia con suelo de tierra, dos bancos, un mostrador y unas cuantas jarras de madera en un estante. Baz alargó la mano hacia un barril de ron, pero Lizzie se lo impidió diciendo:

—Ron no... solo cerveza, por favor.

—Yo tomaré un poco de ron —dijo ansiosamente Peg.

—Pago yo y no lo vas a tomar —replicó Lizzie—. Cerveza también para ella, Baz.

El hombre llenó dos jarras de madera con cerveza de un barril. Mack entró con el mapa en la mano y le preguntó:

—¿Qué río es ese?

—Lo llamamos el South River.

—¿Y adónde conduce el camino al otro lado?

—A una ciudad llamada Staunton, situada a unos treinta kilómetros de distancia. Más allá, apenas hay nada: unos cuantos senderos, algunos fuertes fronterizos y unas montañas muy altas que nadie ha cruzado jamás. ¿Adónde se dirigen ustedes?

Mack vaciló un instante y Lizzie contestó:

—Voy a visitar a un primo mío.

—¿En Staunton?

—Mmm... cerca de allí.

—Ah, ¿sí? ¿Cómo se llama?

Lizzie dijo el primer nombre que se le ocurrió.

—Angus... Angus James.

Baz frunció el ceño.

—Qué curioso. Creía conocer a todos los habitantes de Staunton, pero no recuerdo este nombre.

Lizzie improvisó sobre la marcha.

—A lo mejor su granja está un poco apartada de la ciudad... yo nunca he estado allí.

Se oyó el rumor de los cascos de unos caballos. Lizzie pensó en Jay. ¿Sería capaz de haberles dado alcance tan pronto?

—Si queremos llegar a Staunton al anochecer... —dijo, poniéndose repentinamente nerviosa.

—Pero si apenas se han mojado el gaznate —dijo Baz—. Tomen otra jarra.

—No —dijo enérgicamente Lizzie, sacando el dinero—. Cobre, por favor.

De pronto, entraron dos hombres y parpadearon en la semioscuridad. Al parecer, eran unos lugareños. Ambos llevaban pantalones de ante y botas de fabricación casera. Lizzie vio por el rabillo del ojo que Peg se sobresaltaba y se volvía de espaldas a los recién llegados, como si no quisiera que le vieran la cara.

—¡Salud, forasteros! —dijo alegremente uno de ellos. Era un sujeto muy feo con la nariz rota y un ojo cerrado—. Soy

Chris Dobbs, llamado Ojo Muerto Dobbs. Encantado de conocerlos. ¿Qué nuevas traen del este? ¿Los representantes siguen gastando el dinero de nuestros impuestos en nuevos palacios y banquetes de gala? Permítanme que los invite a un trago. Ron para todos, Baz.

—Ya nos íbamos —dijo Lizzie—, pero gracias de todos modos.

Dobbs la estudió con más detenimiento y exclamó:

—¡Una mujer con calzones de ante!

—Adiós, Baz —dijo Lizzie sin prestar atención al comentario—, y gracias por la información.

Mack salió de la taberna, adelantándose a Lizzie y a Peg. Dobbs miró a Peg con asombro.

—Yo a ti te conozco —le dijo—. Te he visto con Burgo Marler, que en paz descanse.

—Jamás he oído hablar de él —contestó descaradamente Peg, pasando por su lado sin detenerse.

En cuestión de un segundo, el hombre llegó a la conclusión más lógica.

—¡Dios misericordioso, tú tienes que ser la pequeñaja que lo mató!

—Un momento —dijo Lizzie, pensando que ojalá Mack no hubiera abandonado la taberna con tanta rapidez—. No sé qué extraña idea se le ha metido en la cabeza, señor Dobbs, pero Jenny es una criada de mi familia desde que tenía diez años y nunca ha conocido a nadie llamado Burgo Marler y tanto menos lo ha matado.

El hombre no se dio por vencido.

—Su nombre no es Jenny, pero se parece un poco: Betty, Milly o Peggy. Eso es... se llama Peggy Knapp.

Lizzie se moría de miedo.

Dobbs se volvió hacia su compañero en demanda de confirmación.

—Es ella, ¿a que sí?

El otro se encogió de hombros.

—Yo solo vi a la deportada de Burgo una o dos veces y las niñas son todas iguales —dijo en tono dubitativo.

—De todos modos —terció Baz—, encaja con la descripción que dio la *Virginia Gazette*.

Se inclinó bajo el mostrador y sacó un mosquete.

El temor de Lizzie dio paso a la furia.

—Supongo que no estará usted pensando en amenazarme, Barney Tobold —le dijo, sorprendiéndose ella misma de su audacia.

—Será mejor que se queden aquí un ratito mientras le enviamos un recado al sheriff de Staunton. Está muy molesto por no haber conseguido atrapar a la asesina de Burgo y sé que querrá efectuar algunas comprobaciones.

—No tengo la menor intención de esperar a que usted descubra su error.

El tabernero la apuntó con su arma.

—Creo que no tendrá más remedio que hacerlo.

—Permítame decirle una cosa. Voy a salir de aquí con esta niña y solo hay una cosa que debe usted saber: si dispara contra la esposa de un acaudalado caballero virginiano, ninguna excusa del mundo lo salvará de la horca.

Después apoyó las manos sobre los hombros de Peg, se interpuso entre la niña y el mosquete y la empujó hacia delante.

Baz amartilló el pedreñal con un clic ensordecedor. Peg se estremeció bajo las manos de Lizzie y esta le comprimió los hombros, intuyendo que estaba a punto de echar a correr.

Solo tres metros las separaban de la puerta, pero les pareció que tardaban una hora en alcanzarla.

No sonó ningún disparo.

Lizzie sintió el calor de los rayos del sol en su rostro y ya no pudo contenerse por más tiempo. Empujó a Peg hacia delante y corrió hacia el carro.

Mack ya había montado en su caballo. Peg saltó al asiento del carro y Lizzie la siguió.

—¿Qué os pasa? —les preguntó Mack—. Cualquiera diría que habéis visto un fantasma.

—¡Vámonos enseguida de aquí! —dijo Lizzie, dando un tirón a las riendas—. ¡El tuerto ha reconocido a Peg! —añadió, girando hacia el este. Si se hubieran dirigido a Staunton, habrían tenido que cruzar primero el río, lo cual les hubiera hecho perder demasiado tiempo y los habría llevado directamente al sheriff. Tenían que desandar el camino.

Volvió la cabeza y vio a los tres hombres en la puerta de la taberna. Baz sostenía todavía el mosquete en la mano. Lizzie lanzó los caballos al trote.

Baz no disparó.

En pocos segundos se situaron fuera del alcance de los disparos.

—Dios mío —exclamó Lizzie con alivio—. Qué peligro hemos pasado.

El camino se adentraba en el bosque y enseguida perdieron de vista la taberna. Al cabo de un rato, Lizzie aminoró el paso de los caballos. Mack se acercó con su montura.

—Nos hemos olvidado de comprar la avena —dijo.

Mack se alegraba de haber escapado, pero lamentaba que Lizzie hubiera decidido regresar. Hubieran tenido que vadear el río y seguir adelante. La granja de Burgo Marler debía de estar en Staunton, pero hubieran podido encontrar un sendero secundario que rodeara la localidad o pasar por allí de noche. Sin embargo, no podía hacerle a Lizzie ningún reproche, pues sabía que no había tenido más remedio que tomar una decisión precipitada.

Se detuvieron en el mismo lugar donde habían acampado la víspera, justo en el punto en el que un sendero secundario cruzaba el Three Notch Trail. Apartaron el carro del camino principal y lo ocultaron en el bosque: ahora eran unos prófugos de la justicia.

Mack estudió el mapa y llegó a la conclusión de que tendrían que regresar a Charlottesville y tomar el sendero semínola que se dirigía al sur. Uno o dos días después podrían girar de nuevo hacia el oeste sin acercarse a menos de ochenta kilómetros de Staunton.

A la mañana siguiente, sin embargo, Mack pensó que quizá Dobbs se dirigiría a Charlottesville. Podía haber pasado durante la noche cerca de su campamento y haber llegado a la ciudad antes que ellos. Le comentó su preocupación a Lizzie y decidió trasladarse él solo a Charlottesville para comprobar que todo estuviera tranquilo. Lizzie se mostró de acuerdo.

Cabalgó a toda velocidad y llegó a la ciudad antes del amanecer. Aminoró el paso de su caballo al acercarse a la primera casa. Todo estaba en silencio: el único movimiento era el de un viejo perro, rascándose en medio de la calle. La puerta de la taberna Swan estaba abierta y salía humo de la chimenea. Mack desmontó, ató su caballo a un arbusto y se acercó cautelosamente a la taberna.

Dentro no había nadie.

A lo mejor Dobbs y su compinche habían tomado la dirección contraria hacia Staunton.

Unos deliciosos aromas se escapaban de alguna parte. Se dirigió a la parte de atrás de la taberna y vio a una mujer de mediana edad, friendo tocino.

—Necesito comprar avena —le dijo.

Sin levantar la vista de su tarea, la mujer le contestó:

—Hay una tienda delante del juzgado.

—Gracias. ¿Ha visto usted por casualidad a Ojo Muerto Dobbs?

—¿Quién demonios es ese?

—No importa.

—¿Desea desayunar antes de irse?

—No, gracias... no tengo tiempo.

Dejando el caballo, subió por la cuesta de la colina hasta el edificio de madera del juzgado. Al otro lado de la plaza había otro edificio más pequeño con un tosco rótulo escrito a mano que decía VENTA DE SEMILLAS. Estaba cerrado, pero en un cobertizo de la parte de atrás Mack encontró a un hombre semidesnudo, afeitándose.

—Necesito avena —le dijo.

—Y yo necesito afeitarme.

—No pienso esperar. Véndame ahora mismo dos sacos de avena o los compro en el vado del South River.

Rezongando, el hombre se secó la cara y acompañó a Mack a la tienda.

—¿Algún forastero en la ciudad? —preguntó Mack.

—Usted —contestó el hombre.

Al parecer, Dobbs no había pasado por allí la víspera.

Mack pagó con el dinero de Lizzie y se echó los dos pesados sacos a la espalda. Al salir, oyó los cascos de unos caballos y vio a tres jinetes, acercándose a toda prisa por el este.

El corazón le dio un vuelco en el pecho.

—¿Amigos suyos? —preguntó el comerciante.

—No.

Bajó rápidamente la pendiente de la colina. Los jinetes se detuvieron delante del Swan. Mack aminoró el paso y se caló el sombrero sobre los ojos. Mientras los jinetes desmontaban, estudió sus rostros.

Uno de ellos era Jay Jamisson.

Soltó una maldición por lo bajo. Jay les había dado alcance por culpa del contratiempo que ellos habían tenido la víspera en el South River.

Por suerte, Mack había sido precavido y ya estaba preparado.

Ahora lo único que tenía que hacer era montar en su caballo y alejarse sin que le vieran.

De repente, se dio cuenta de que «su» caballo se lo había robado a Jay y lo había dejado atado a un arbusto a menos de tres metros del lugar donde Jay se encontraba en aquellos momentos.

Jay quería mucho a sus caballos. Si le echara un vistazo al animal, lo reconocería y comprendería inmediatamente que los fugitivos no estaban lejos.

Mack saltó por encima de una valla rota y miró desde detrás de una pantalla de arbustos. Jay iba acompañado por Lennox y otro hombre a quien Mack no conocía. Lennox ató su cabalgadura al lado de la de Mack, ocultando parcialmente de la vista de Jay el caballo robado. Lennox no apreciaba a los animales y no reconocería a la bestia. Jay ató su montura al lado de la de Lennox. «¡A ver si entráis de una puñetera vez en la taberna!», les gritó mentalmente Mack, pero Jay se volvió para decirle algo a Lennox mientras el tercer hombre soltaba una risotada. Una gota de sudor bajó por la frente de Mack hasta uno de sus ojos. Mack parpadeó para eliminarla. Cuando se le aclaró la vista, vio que los tres estaban entrando en el Swan.

Lanzó un suspiro de alivio, pero el peligro no había pasado.

Salió de detrás de los arbustos, todavía encorvado bajo el peso de los dos sacos de avena, y cruzó a toda prisa el camino que conducía a la taberna. Mientras cargaba los sacos sobre el caballo, oyó a alguien a su espalda.

No se atrevió a volver la cabeza. Cuando acababa de colocar el pie en el estribo, una voz le gritó:

—¡Oye, tú!

Lentamente, Mack se volvió. Era el desconocido. Respiró hondo y contestó:

—¿Qué hay?

—Queremos desayunar.

—Díselo a la mujer de la parte de atrás —contestó Mack, montando en su cabalgadura.

—Oye...

—¿Qué quieres ahora?

—¿Has visto pasar por aquí un carro de cuatro caballos con un hombre, una mujer y una niña?

Mack simuló pensar.

—No últimamente —contestó.

Después espoleó su caballo y se alejó.

No se atrevió a mirar hacia atrás.

Al cabo de un minuto, ya había dejado la ciudad a su espalda.

Estaba deseando reunirse con Lizzie y Peg, pero tenía que ir muy despacio por culpa de los sacos de avena. Cuando llegó al cruce, el sol ya empezaba a calentar. Se apartó del camino y bajó por el sendero secundario hasta llegar al campamento secreto.

—Jay está en Charlottesville —le dijo a Lizzie.

—¿Tan cerca? —preguntó Lizzie, palideciendo.

—Probablemente más tarde seguirá el Three Notch Trail

y cruzará las montañas. Pero, cuando llegue al vado del South River, descubrirá que hemos dado media vuelta. ¡Tendremos que abandonar el carro!

—¿Con todos los suministros y provisiones?

—Con casi todos. Tenemos tres caballos de repuesto. Podemos llevarnos todo lo que puedan transportar. —Mack contempló el angosto sendero que conducía al sur—. En lugar de ir a Charlottesville, podríamos dirigirnos al sur, siguiendo este sendero. Probablemente hace un ángulo y corta el sendero semínola a unos cuantos kilómetros de la ciudad. Creo que es accesible a los caballos.

Lizzie no era aficionada a las lamentaciones.

—Muy bien —dijo, apretando con firmeza los labios—. Vamos a empezar a descargar.

Tuvieron que dejar la reja del arado, un baúl lleno de ropa interior de abrigo de Lizzie y un poco de harina de maíz, pero consiguieron conservar las armas de fuego, las herramientas y las semillas. Ataron juntas las acémilas y montaron.

A media mañana ya se habían puesto en camino.

38

Durante tres días siguieron el primitivo sendero semínola que conducía al sudoeste, cruzando toda una serie de majestuosos valles y desfiladeros que serpeaban entre montañas cubiertas de lujuriante vegetación. Pasaron por delante de algunas granjas aisladas, pero se cruzaron con muy pocas personas y no atravesaron ninguna ciudad. Cabalgaban en una línea de tres, seguidos de las acémilas en fila. A pesar de las llagas causadas por la fricción de la silla de montar, Mack no cabía en sí de gozo. Las montañas eran soberbias, el sol lo iluminaba con sus resplandecientes rayos y él se sentía libre.

Al llegar la mañana del cuarto día, subieron laboriosamente por la empinada ladera de una colina y vieron en el valle de abajo un ancho río de pardas aguas con toda una serie de islas en medio de la corriente. En la otra orilla había un grupo de edificaciones de madera y un gran transbordador de fondo plano amarrado a un embarcadero.

Mack se detuvo.

—Creo que este es el río James y que el pueblo se llama Lynch's Ferry.

Lizzie adivinó lo que estaba pensando.

—Quieres volver a girar al oeste.

Mack asintió con la cabeza.

—Llevamos tres días sin ver prácticamente a nadie... Jay tendrá dificultades para seguir nuestro rastro. En cambio, si tomamos el transbordador, conoceremos al propietario y quizá no podremos evitar que nos vea el tabernero, el dueño de la tienda y todos los chismosos del pueblo.

—Tienes razón —dijo Lizzie—. Si nos desviamos aquí, él no podrá saber qué camino hemos seguido.

Mack volvió a estudiar el mapa.

—El valle sube hacia el noroeste y conduce a un paso montañoso. Al otro lado del paso, tendríamos que encontrar el sendero que lleva al sudoeste desde Staunton.

—Muy bien.

Mack miró con una sonrisa a Peg, la cual le estaba escuchando en indiferente silencio.

—¿Estás de acuerdo? —le preguntó, tratando de hacerla participar en la decisión.

—Lo que tú quieras —contestó la niña.

Parecía muy triste y Mack pensó que debía de temer que la atraparan. También debía de estar muerta de cansancio. A veces, Mack olvidaba que era solo una chiquilla.

—¡Alegra esta cara! —le dijo—. ¡Lo vamos a conseguir!

Peg apartó el rostro y Mack intercambió una mirada y un gesto de impotencia con Lizzie.

Se apartaron del sendero al llegar a una esquina y bajaron por una herbosa pendiente hacia el río, a cosa de un kilómetro corriente arriba del pueblo. Mack confió en que nadie los hubiera visto.

Una senda llana discurría en dirección oeste siguiendo el curso del río durante varios kilómetros. Después se apartaba del río y empezaba a bordear una cadena de colinas. La marcha era muy difícil y tenían que desmontar a menudo para conducir a los caballos por las pedregosas cuestas, pero Mack no perdió en ningún momento la embriagadora sensación de libertad.

Terminaron su jornada junto a la orilla de una rápida corriente de montaña. Lizzie abatió un pequeño venado que se había acercado a beber al arroyo. Mack lo descuartizó e hizo un espetón para asar un cuarto trasero. Mientras Peg vigilaba el asado, él bajó a la orilla del río para lavarse las ensangrentadas manos. Bajó a la corriente y se dirigió a una parte donde una pequeña cascada formaba una profunda poza. Se arrodilló en un rocoso saliente y se lavó las manos en el agua de la cascada. Inesperadamente decidió bañarse y se quitó los calzones, mirando a Lizzie.

—Cada vez que me quito la ropa y me meto en un río...

—¡Descubres que yo te estoy mirando!

Ambos se echaron a reír.

—Baja a bañarte conmigo —dijo Mack.

Sintió que se le aceleraban los latidos del corazón y contempló amorosamente su cuerpo. Lizzie permaneció desnuda delante de él con una expresión de ¿por qué no, qué demonios? Después ambos se empezaron a abrazar y besar.

Cuando se detuvieron para recuperar el resuello, a Mack se le ocurrió una idea. Contempló la poza situada unos tres metros más abajo y dijo:

—Vamos a saltar.

—¡No! —gritó Lizzie. Pero después lo pensó mejor—. ¡Vamos allá!

Se tomaron de la mano, se acercaron al borde del saliente y saltaron riéndose como unos chiquillos. Cayeron a la poza tomados todavía de la mano. Mack buceó bajo el agua y soltó a Lizzie. Cuando emergió de nuevo a la superficie, la vio a unos dos metros de distancia, chapoteando, resoplando y riéndose alegremente. Juntos nadaron hacia la orilla hasta que rozaron el lecho del río con los pies. Entonces se detuvieron para descansar.

Mack la atrajo hacia sí y sintió el roce de sus muslos desnudos contra los suyos. No quería besarla en aquellos momentos sino tan solo contemplar su rostro. Le acarició las caderas mientras ella apresaba entre sus manos su miembro en erección y le miraba a los ojos sonriendo. Mack estaba a punto de estallar.

Lizzie le rodeó el cuello con sus brazos y levantó las piernas para rodearle la cintura con sus muslos mientras él plantaba firmemente los pies en el lecho del río y le levantaba ligeramente el cuerpo. Ella se pegó a su vientre mientras la penetraba sin la menor dificultad, como si llevara muchos años practicando aquella posición. Comparada con la frialdad del agua, la carne de Lizzie era como aceite caliente sobre su piel. De pronto, todo le pareció un sueño. Estaba haciendo el amor con la hija de lady Hallim bajo una cascada de agua de Virginia. ¿Cómo podía ser cierta semejante dicha?

Lizzie le introdujo la lengua en la boca y él se la succionó. Después Lizzie se rio como una niña, pero enseguida se volvió a poner seria y le miró frunciendo el ceño mientras él contemplaba su rostro como hipnotizado y ella se colgaba de su cuello y dejaba que su cuerpo subiera y bajara, gimiendo contra su garganta con los ojos entornados.

Por el rabillo del ojo Mack captó un movimiento en la orilla. Volvió la cabeza y vislumbró un fugaz destello de color. Alguien los había estado observando. ¿Los habría visto Peggy accidentalmente o acaso habría sido un desconocido? Sabía que hubiera tenido que preocuparse, pero los gemidos de placer de Lizzie borraron las inquietudes de su mente. Lizzie lo estrechó entre sus muslos siguiendo un ritmo cada vez más rápido. Después se comprimió contra su cuerpo y Mack la estrechó con fuerza, estremeciéndose de pasión hasta quedar totalmente exhausto.

Cuando regresaron al lugar donde estaban acampados, Peg había desaparecido. Mack tuvo un mal presentimiento.

—Me ha parecido ver a alguien junto a la poza cuando

estábamos haciendo el amor. Ha sido un momento y ni siquiera he podido ver si era un hombre, una mujer o un niño.

—Estoy segura de que era Peg —dijo Lizzie—. Y creo que se ha escapado.

—¿Por qué estás tan segura? —preguntó Mack, entornando los párpados.

—Está celosa de mí porque tú me amas.

—¿Qué estás diciendo?

—Te quiere, Mack. Me dijo que se iba a casar contigo. Eso no es más que una fantasía infantil naturalmente, pero ella no lo sabe. Llevaba muchos días muy triste y creo que nos ha visto hacer el amor y se ha escapado.

Mack tuvo la terrible sensación de que era cierto. Trató de imaginarse los sentimientos de Peg y la idea le resultó insoportable. Ahora la pobre niña estaría vagando sola de noche por la montaña.

—Oh, Dios mío, ¿qué vamos a hacer? —dijo.

—Buscarla.

—Claro. —Mack procuró serenarse—. Menos mal que no se ha llevado un caballo. No puede estar muy lejos. La buscaremos juntos. Vamos a hacer unas antorchas. Probablemente ha regresado por donde hemos venido. Apuesto a que la encontraremos dormida bajo unos arbustos.

Se pasaron toda la noche buscándola.

Recorrieron durante varias horas el sendero, iluminando el bosque con sus antorchas a ambos lados del tortuoso sendero. Después regresaron al campamento, hicieron otras antorchas y siguieron el curso del río montaña arriba, trepando por las rocas. No encontraron ni rastro de ella.

Al amanecer, comieron un poco de carne de venado, cargaron sus pertrechos en los caballos y reanudaron el camino.

Mack pensó que a lo mejor se había dirigido hacia el oeste, pero anduvieron toda la mañana sin encontrarla.

Al mediodía llegaron a otro sendero. No era más que un caminito de tierra, pero su anchura era mayor que la de un carro y se veían huellas de cascos de caballo en el barro. El caminito discurría desde el nordeste hacia el sudoeste y en la distancia se podía ver una majestuosa cordillera de montañas, elevándose hacia el azul del cielo.

Era el camino que andaban buscando, el que conducía al Cumberland Gap.

Con el corazón transido de pena, giraron hacia el sudoeste y siguieron cabalgando.

39

A la mañana del día siguiente, Jay Jamisson condujo su caballo por la pendiente de la colina hacia el río James y vio en la otra orilla el pueblo llamado Lynch's Ferry.

Estaba agotado, dolorido y desanimado. Aborrecía con toda su alma a Binns, el rufián que Lennox había contratado en Williamsburg. Estaba harto de la mala comida, la ropa sucia, los largos recorridos diurnos a caballo y las cortas noches en el duro suelo. En el transcurso de los últimos días, sus esperanzas habían subido y bajado como los interminables senderos de montaña por los que cabalgaba sin descanso.

Se había animado mucho al llegar al vado del South River y enterarse de que Lizzie y sus compañeros de fechorías se habían visto obligados a retroceder. Pero no comprendía cómo era posible que no se hubiera cruzado con ellos por el camino.

—Se habrán desviado del camino en algún sitio —le había dicho Ojo Muerto Dobbs en la taberna de la orilla del río.

La víspera, Dobbs había visto a los tres fugitivos y había reconocido a Peg Knapp, la deportada que había matado a Burgo Marler.

—Pero ¿habrán ido hacia el norte o hacia el sur? —le preguntó Jay con semblante preocupado.

—Cuando uno huye de la ley, el sur es la mejor dirección..., lejos de los sheriffs, los tribunales y los magistrados.

Jay no estaba tan seguro. Podía haber en las trece colonias muchos lugares en los que un grupo familiar aparentemente respetable —marido, esposa y criada— pudiera establecerse tranquilamente y desaparecer con discreción. Sin embargo, le parecían más probables las conjeturas de Dobbs.

Le dijo a Dobbs, como les había dicho a muchos otros, que pagaría una recompensa de cincuenta libras inglesas a cualquier persona que localizara a los fugitivos. El dinero —suficiente para comprar una pequeña granja— se lo había dado su madre. Cuando se despidió de él, Dobbs cruzó el vado para dirigirse al oeste hacia Staunton, donde Jay esperaba que corriera la voz sobre la recompensa. Si él no lograra atrapar a los fugitivos, puede que otros lo consiguieran.

Jay regresó a Charlottesville, confiando en que Lizzie hubiera pasado por la ciudad en su camino hacia el sur. Sin embargo, allí nadie había vuelto a ver el carro. Entonces pensó que tal vez habían dado un rodeo y encontrado otro camino para llegar al sendero semínola que bajaba hacia el sur. Basándose en aquella suposición, se adentraron por el sendero, pero la campiña era cada vez más solitaria y no se tropezaron con nadie que recordara haber visto a un hombre, una mujer y una niña por el camino.

Pese a todo, esperaba conseguir alguna información en Lynch's Ferry.

Llegaron a la orilla de la rápida corriente y empezaron a dar voces. Una figura emergió de un edificio de la otra orilla y saltó a una embarcación. Tendió una cuerda entre ambas orillas y la ató ingeniosamente al transbordador de tal manera que la presión de la corriente del río la empujara hacia la otra orilla. Jay y sus acompañantes subieron con sus cabalgaduras a la embarcación. El hombre ajustó las cuerdas y empezaron a cruzar el río.

El hombre vestía de negro y tenía los sobrios modales propios de un cuáquero. Jay le pagó el servicio y empezó a conversar con él mientras cruzaban el río.

—Estamos buscando a un grupo de tres personas: una joven, un escocés de aproximadamente la misma edad y una niña de unos catorce años. ¿Los ha visto usted por aquí?

El hombre negó con la cabeza.

Jay se desanimó y se preguntó si no estaría siguiendo una pista equivocada.

—¿Cree usted que alguien podría haber pasado por aquí sin que nadie lo viera?

El hombre tardó un poco en contestar.

—Tendría que ser muy buen nadador.

—¿Y si hubieran cruzado el río por otro sitio?

Tras otra pausa, el hombre contestó:

—Por aquí no han pasado.

Pinky soltó una risita y Lennox lo acalló con una severa mirada. Jay contempló el río y soltó una maldición por lo bajo. Nadie había visto a Lizzie desde hacía seis días. La había perdido y podía estar en cualquier sitio. Podía estar en Pensilvania o podía haber regresado al este y encontrarse a bordo de un barco rumbo a Londres. Le había ganado la partida y le había dejado sin herencia. «Si alguna vez la vuelvo a ver, por Dios que le pego un tiro en la cabeza», pensó.

Pero, en realidad, no sabía lo que haría si la atrapara. No podía quitársela de la cabeza mientras recorría los pedregosos senderos. Sabía que ella no regresaría voluntariamente y que la tendría que llevar a casa atada de pies y manos. Cabía la posibilidad de que no quisiera acostarse con él y tuviera que violarla. La idea le producía una extraña excitación. Por el camino, los recuerdos lascivos turbaban constantemente sus pensamientos: ellos dos acariciándose en la buhardilla de la casa vacía de Chapel Street con el riesgo de que sus madres entraran inesperadamente en la estancia; Lizzie brincando desvergonzadamente desnuda en la cama; Lizzie tendida sobre su cuerpo entre gemidos de placer. Cuando la dejara embarazada, ¿qué haría para impedir que se escapara? ¿La tendría que mantener encerrada bajo llave hasta que diera a luz?

Todo sería mucho más sencillo si ella muriera. No era una posibilidad descabellada: ella y McAsh opondrían resistencia. Él no hubiera sido capaz de matar a su mujer a sangre fría, pero a lo mejor Lizzie moriría en la refriega. Entonces se podría casar con una saludable moza de taberna, dejarla embarazada y regresar en barco a Londres para reclamar su herencia.

Pero todo aquello no era más que un sueño irrealizable. La realidad era que, cuando finalmente la encontrara, tendría que tomar una decisión. O se la llevaba a casa viva con el riesgo de que ella diera al traste con sus planes o la mataba.

¿Cómo la liquidaría? Jamás había matado a nadie y solo una vez había utilizado la espada contra sus semejantes... durante los disturbios del almacén de carbón, en cuyo transcurso había detenido a McAsh. Por mucho que odiara a Lizzie, no hubiera sido capaz de hundir la espada en aquel cuerpo que tanto había amado. En cierta ocasión había apuntado contra su hermano con un rifle y había apretado el gatillo. En caso de que tuviera que matar a Lizzie, lo mejor sería dispararle desde lejos como si fuera un venado. Pero tampoco estaba muy seguro de que tuviera el valor de hacerlo.

El transbordador llegó a la otra orilla. Delante del embarcadero se levantaba un sólido edificio de madera de planta, primer piso y buhardilla. Otras casas muy bien construidas se alineaban en la empinada cuesta que subía desde la orilla del río. El pueblo parecía una próspera comunidad dedicada al comercio.

Mientras desembarcaban, el hombre les dijo como el que no quiere la cosa:

—En la taberna hay alguien esperándolos.

—¿Esperándonos? —preguntó Jay con asombro—. ¿Y cómo se ha enterado de que íbamos a venir?

El hombre contestó a otra pregunta.

—Un individuo de muy mala catadura con un ojo cerrado.

—¡Dobbs! ¿Cómo ha conseguido adelantarnos?

—¿Y por qué? —preguntó Lennox.

—Pregúntenselo a él —contestó el hombre.

Jay se animó de repente y decidió resolver el enigma sin dilación.

—Vosotros quedaos aquí con los caballos —les ordenó a sus hombres—. Yo voy a ver a Dobbs.

La taberna era el edificio de planta y primer piso que había delante del embarcadero del transbordador. Al entrar, Jay vio a Dobbs sentado a una mesa, comiendo estofado.

—Dobbs, ¿qué demonios haces aquí?

Dobbs levantó el ojo sano y habló con la boca llena.

—He venido para cobrar la recompensa, capitán Jamisson.

—¿De qué estás hablando?

—Mire —dijo Dobbs, señalando con la cabeza hacia un rincón.

Atada a una silla estaba Peg Knapp.

«¡Qué suerte tan inesperada!», pensó Jay al ver a la niña.

—¿De dónde demonios venía?

—La encontré en el camino que hay al sur de Staunton.

Jay frunció el ceño.

—¿Y adónde iba?

—Se dirigía al norte, hacia la ciudad. Yo bajaba hacia Miller's Mili.

—No sé cómo se las arregló para llegar hasta allí.

—Se lo he preguntado, pero no quiere hablar.

Jay miró de nuevo a la niña y vio unas magulladuras en su rostro. Dobbs no había sido muy amable con ella.

—Le voy a decir lo que pienso —dijo Dobbs—. Debieron de llegar casi hasta aquí, pero no cruzaron el río. Se desviaron hacia el oeste y debieron de dejar el carro abandonado en alguna parte. Después debieron de subir a caballo el valle del río hasta llegar al camino de Staunton.

—Pero Peg estaba sola cuando tú la encontraste.

—Sí.

—Y entonces la recogiste.

—No fue tan fácil —protestó Dobbs—. Corría como el viento y, cada vez que yo la atrapaba, se me escapaba de los dedos. Pero yo iba a caballo y ella no y, al final, se cansó.

Salió una cuáquera y le preguntó a Jay si deseaba comer algo. Jay la despidió con un impaciente gesto de la mano. Estaba deseando interrogar a Dobbs.

—Pero ¿cómo has conseguido adelantarnos hasta aquí? —le preguntó.

—Bajé por el río en una balsa —contestó Dobbs, sonriendo.

—Eso significa que se habrán peleado —dijo Jay, presa de una gran excitación—. Esta pequeña bruja asesina ha dejado a los demás y ha girado hacia el norte. Lo cual quiere decir que los otros se dirigen al sur. ¿Adónde piensan ir? —preguntó, frunciendo el ceño.

—El camino conduce a Fort Chiswell. Más allá apenas hay asentamientos. Más al sur hay un lugar llamado Wolf Hills y después se extiende el territorio cherokee. Como no creo que tengan intención de convertirse en cherokees, supongo que girarán hacia el oeste al llegar a Wolf Hills y desde allí se dirigirán a las colinas. Los cazadores hablan de un paso llamado Cumberland Gap que atraviesa las montañas, pero yo nunca he estado allí.

—¿Qué hay al otro lado?

—El desierto, dicen. Buena caza. Una especie de tierra de nadie entre los cherokees y los sioux. Lo llaman el país de la hierba azul.

De pronto, Jay lo comprendió todo. Lizzie quería iniciar una nueva vida en un país desconocido. Pero no lo conseguiría, pensó. Él la atraparía y la llevaría de nuevo a casa..., viva o muerta.

—La niña no vale gran cosa en sí misma —le dijo a Dobbs—. Tienes que ayudarnos a atrapar a los otros dos, si quieres cobrar las cincuenta libras.

—¿Quiere que sea su guía?

—Sí.

—Ahora ya nos llevan dos días de adelanto y pueden viajar muy rápidamente sin el carro. Tardará usted una semana o más en darles alcance.

—Cobrarás las cincuenta libras si lo conseguimos.

—Espero que podamos recuperar el tiempo perdido antes de que ellos dejen el sendero y se adentren en el desierto.

—Amén —dijo Jay.

40

Tres días después de la huida de Peg, Mack y Lizzie cruzaron una inmensa llanura y llegaron al caudaloso río Holston.

Mack se llenó de emoción. Habían cruzado numerosos arroyos y corrientes, pero estaba seguro de que aquel era el que ellos andaban buscando. Era considerablemente más ancho que los demás y tenía una isla en medio de la corriente.

—Es este —le dijo a Lizzie—. Este es el límite de la civilización.

Durante varios días se habían sentido casi completamente aislados en el mundo. La víspera solo habían visto a un trampero blanco y a tres indios en una lejana colina; aquel día no habían visto a ningún blanco, pero se habían cruzado con varios grupos de indios que guardaban las distancias y no se mostraban ni hostiles ni amistosos.

Mack y Lizzie llevaban mucho tiempo sin ver campos de labranza, pero, a medida que disminuían las granjas, aumentaba la caza: bisontes, venados, conejos y millones de aves comestibles... pavos, patos, gallinetas y codornices. Lizzie los abatía en mayor número del que podían comer.

El tiempo había sido muy amable con ellos. Llovió una vez y se pasaron todo el día caminado entre el barro. Al llegar la noche, estaban empapados de agua y temblando de frío, pero, a la mañana siguiente, el sol los secó. Les habían salido llagas de tanto cabalgar y estaban muertos de cansancio, pero los caballos seguían resistiendo gracias a la lujuriante hierba que había por todas partes y a la avena que Mack les había comprado en Charlottesville.

No habían descubierto ni rastro de Jay, pero no podían confiarse. Tenían que dar por sentado que los estaba siguiendo.

Abrevaron a los caballos en el Holston y se sentaron a descansar en la rocosa orilla. El sendero se había borrado en la llanura y, al otro lado del río, no había el menor indicio de camino. Hacia el norte, el terreno se elevaba progresivamente y, a lo lejos, a unos quince kilómetros de distancia, se levantaba la impresionante mole de una montaña. Allí era a donde se dirigían.

—Tiene que haber un paso —dijo Mack.

—Yo no lo veo —dijo Lizzie.

—Yo tampoco.

—Y si no lo hubiera...

—Buscaremos otro —contestó Mack sin vacilar.

Hablaba muy seguro de sí mismo, pero, en su fuero interno, tenía miedo. Se dirigían a un territorio que ni siquiera figuraba en los mapas. Podían ser víctima de los ataques de los pumas o los jabalíes. Los indios podían volverse agresivos y, aunque de momento había alimento suficiente para cualquiera que tuviera un rifle, ¿qué ocurriría en invierno?

Sacó el mapa a pesar de constarle que no era muy de fiar.

—Ojalá hubiéramos encontrado a alguien que conociera el camino —dijo Lizzie, preocupada.

—Encontramos a varios que lo conocían.

—Y cada uno de ellos nos dijo una cosa distinta.

—Pero todos nos pintaron una imagen parecida —dijo Mack—. Los valles del río discurren del nordeste al sudoeste, tal como se indica en el mapa, y nosotros tenemos que ir hacia el noroeste en ángulos rectos con respecto a los ríos, cruzando toda una serie de altas montañas.

—Lo difícil será encontrar los pasos que cruzan las cordilleras montañosas.

—Tendremos que avanzar en zigzag. Dondequiera que veamos un paso que nos pueda conducir al norte, lo seguiremos. Cuando lleguemos a una montaña que nos parezca infranqueable, giraremos al oeste y seguiremos el valle, buscando la siguiente oportunidad de girar al norte. Es posible que los pasos no estén en los lugares que se indican en el mapa, pero en algún sitio tienen que estar.

—Bueno, pues, ahora lo que tenemos que hacer es ir probando —dijo Lizzie.

—Si tropezamos con alguna dificultad, desandaremos el camino y seguiremos otro.

—Prefiero hacer eso que visitar a las amistades en Berkeley Square —dijo Lizzie sonriendo.

Mack le devolvió la sonrisa. Siempre estaba dispuesta a todo. Era uno de los rasgos que más le gustaban de ella.

—Es mejor que trabajar de minero.

Lizzie volvió a ponerse muy seria.

—Ojalá Peg estuviera con nosotros.

Mack también lo pensaba. No habían encontrado ni rastro de ella después de la fuga. Habían abrigado la esperanza de darle alcance aquel mismo día, pero no fue así.

Lizzie se había pasado toda la noche llorando. Era como si hubiera perdido dos hijas: la criatura nacida muerta y Peg. No sabían dónde podía estar y ni siquiera si estaba viva. La habían buscado por todas partes y habían hecho todo lo posible por encontrarla, pero eso no era un consuelo. Después de todas las penalidades que habían pasado juntos, no podían soportar la idea de haberla perdido y Mack no podía reprimir las lágrimas cada vez que pensaba en ella.

Pero ahora él y Lizzie podían hacer el amor todas las noches bajo las estrellas. Estaban en primavera, la temperatura era muy agradable y, por suerte, no había llovido. Muy pronto construirían su casa y harían el amor dentro. Tendrían que almacenar carne salada y pescado ahumado para el invierno. Entre tanto, Mack desbrozaría el terreno y plantaría semillas...

De repente, Mack se levantó.

—Ha sido un descanso muy corto —dijo Lizzie, levantándose.

—Estaré más tranquilo cuando dejemos atrás este río —dijo Mack—. Puede que Jay haya adivinado el camino que hemos seguido hasta ahora... pero aquí es donde nos lo sacudiremos de encima definitivamente.

Ambos volvieron la cabeza con expresión pensativa. No se veía a nadie. Pero Mack estaba seguro de que Jay habría seguido aquel camino.

De pronto se dio cuenta de que los estaban observando.

Le había parecido ver un movimiento por el rabillo del ojo. Contrajo los músculos y volvió lentamente la cabeza.

Dos indios se habían acercado y ahora estaban a escasos metros de ellos.

Se encontraban en la frontera norte del territorio cherokee y ya llevaban tres días viendo a los indios desde lejos, aunque ninguno se había acercado a ellos.

Eran dos muchachos de unos diecisiete años con el lacio cabello negro y la rojiza tez típica de los nativos americanos. Ambos vestían la túnica y los pantalones de piel de venado que posteriormente habían copiado los colonos

El más alto de los dos sostenía en sus manos un pez de gran tamaño parecido al salmón.

—Quiero un cuchillo —dijo.

Mack adivinó que habrían estado pescando en el río.

—¿Quieres hacer un intercambio? —le preguntó Mack.

—Quiero un cuchillo —contestó el chico sonriendo.

—No necesitamos un pescado, pero nos vendría bien un guía —dijo Lizzie—. Apuesto a que él sabe dónde está el paso.

Buena idea. Sería un alivio saber adónde iban.

—¿Querrás hacernos de guía? —le preguntó ansiosamente Mack.

El muchacho sonrió sin comprender. Su compañero contemplaba la escena sin decir nada.

Mack lo intentó de nuevo.

—¿Quieres ser nuestro guía?

El muchacho empezó a ponerse nervioso.

—Hoy no intercambio —dijo en tono vacilante.

Mack lanzó un suspiro de exasperación y le dijo a Lizzie:

—Es un chico muy listo que ha aprendido unas cuantas frases en inglés, pero no sabe hablar el idioma.

Sería una pena que se perdieran en aquellos parajes por el simple hecho de no poder comunicarse con los habitantes de la región.

—Déjame probar a mí —dijo Lizzie.

Se acercó a una de las acémilas, abrió un estuche de cuero y sacó un cuchillo de larga hoja. Lo habían fabricado en la fragua de la plantación y llevaba la letra «J» de Jamisson marcada a fuego en el mango de madera. El cuchillo era muy tosco y no se hubiera podido comparar con los que se vendían en Londres, pero debía de ser muy superior a cualquier cosa que pudieran hacer los cherokees. Se lo mostró al muchacho y este sonrió de oreja a oreja y alargó la mano diciendo:

—Lo compro.

Lizzie lo retiró.

El chico le ofreció el pez y Lizzie lo rechazó.

El muchacho volvió a ponerse nervioso.

—Mira —le dijo Lizzie, inclinándose sobre una piedra plana de gran tamaño. Utilizando la punta del cuchillo, empezó a dibujar una línea quebrada. Señaló las altas montañas y después señaló la línea—. Eso es una cordillera —explicó.

Mack no estuvo muy seguro de que el chico lo hubiera comprendido.

Al pie de la cordillera, Lizzie dibujó dos figuras esquemáticas y se señaló a sí misma y a Mack.

—Esos somos nosotros —dijo—. Ahora fíjate bien. —Dibujó una segunda cordillera y una «V» muy profunda entre las dos—. Esto es el paso. —Finalmente, dibujó una figurita en la «V»—. Tenemos que encontrar el paso —añadió, mirando con rostro expectante al muchacho.

Mack contuvo la respiración.

—Lo compro —dijo el chico, ofreciéndole el pez a Lizzie.

Mack soltó un gruñido.

—No pierdas la esperanza —le dijo Lizzie. Volvió a dirigirse al indio—. Eso es una cordillera. Y esos somos nosotros. Aquí está el paso. Tenemos que encontrar el paso. —Apuntándole con el dedo, le dijo—: Tú nos acompañas al paso... y yo te doy el cuchillo.

El indio contempló las montañas, estudió el dibujo y miró a Lizzie.

—El paso —dijo.

Lizzie le señaló las montañas.

El chico trazó una «V» en el aire y la atravesó con el dedo.

—El paso —repitió.

—Lo compro —dijo Lizzie.

El chico esbozó una ancha sonrisa y asintió enérgicamente con la cabeza.

—¿Crees que ha comprendido el mensaje? —le preguntó Mack a Lizzie.

—No lo sé —contestó Lizzie en tono dubitativo. Después tomó al caballo por la brida y echó a andar—. ¿Vamos? —le preguntó al chico, haciendo un gesto de invitación con la mano.

El joven se situó a su lado.

—¡Aleluya! —gritó Mack.

El otro indio se acercó a ellos.

Caminaban por la orilla del río y los caballos avanzaban con el mismo ritmo regular con el que habían recorrido ochocientos kilómetros en veintidós días. Poco a poco el lejano monte se fue acercando, pero Mack no veía ningún paso.

El terreno se elevaba sin piedad, pero era menos accidentado y los caballos caminaban más rápido. Mack comprendió que los chicos estaban siguiendo un camino que solo ellos podían ver. Dejándose guiar por los indios, siguieron avanzando en línea recta hacia el monte.

Al llegar al pie de la montaña, los chicos giraron bruscamente al este y entonces Mack vio finalmente el paso y lanzó un suspiro de alivio.

—¡Bien hecho, Chico del Pez! —dijo alegremente.

Vadearon un río, rodearon la montaña y salieron al otro lado. Cuando el sol ya se estaba poniendo, llegaron a un angosto valle por el que discurría una rápida corriente de unos siete metros de anchura en dirección nordeste. Delante de ellos se levantaba otro monte.

—Vamos a acampar aquí —dijo Mack—. Mañana subiremos por el valle y buscaremos otro paso.

Mack estaba contento. No habían recorrido el camino más lógico y el paso no se veía desde la orilla del río. Jay no los podría seguir hasta allí. Por primera vez estaba empezando a creer que habían conseguido escapar.

Lizzie le entregó el cuchillo al más alto de los indios.

—Gracias, Chico del Pez —le dijo.

Mack confiaba en que los indios se quedaran con ellos. Les hubieran regalado todos los cuchillos que hubieran querido a cambio de que los guiaran a través de las montañas. Pero los muchachos dieron media vuelta y regresaron por el mismo camino, el más alto de ellos todavía con el pez en la mano.

Momentos después, los jóvenes desaparecieron en medio de la oscuridad del crepúsculo.

41

Jay estaba convencido de que aquel día atraparía a Lizzie. Avanzaba a muy buen ritmo, forzando mucho a los caballos.

—No pueden estar muy lejos —decía.

Sin embargo, no habían visto ni rastro de los fugitivos cuando llegaron al río Holston al anochecer. Jay estaba furioso.

—No podemos viajar de noche —dijo mientras sus hombres abrevaban a los caballos—. Yo pensaba que a esta hora ya les habríamos dado alcance.

—Ya no estamos muy lejos, cálmese —le dijo Lennox en tono ligeramente irritado.

A medida que se alejaban de la civilización, su comportamiento era cada vez más insolente.

—Pero no podemos saber qué camino han seguido a partir de aquí —dijo Dobbs—. No hay ningún sendero a través de las montañas... Si algún necio quiere seguir adelante, lo tiene que hacer guiándose por su propio instinto.

Ataron los caballos con unas cuerdas muy largas para que pudieran rozar y ataron a Peg a un árbol mientras Lennox preparaba un poco de *hominy* para cenar. Llevaban cuatro días sin ver una taberna y Jay ya se estaba cansando de comer la bazofia que él les daba a sus esclavos, pero ya había anochecido y no podían cazar nada.

Estaban completamente llagados y agotados. Binns los había dejado en Fort Chiswell y ahora Dobbs ya empezaba a desanimarse.

—Tendría que regresar y dejarlo correr —dijo—. No vale la pena perderse y morir en la montaña por cincuenta libras.

Jay no quería que se fuera, pues era el único que conocía aquella región.

—Todavía no hemos encontrado a mi mujer —dijo Jay.

—A mí me importa un bledo su mujer.

—Espera un día más. Todos dicen que el camino para cruzar las montañas se encuentra al norte de aquí. Vamos a ver si podemos encontrar ese paso. A lo mejor la atrapamos mañana.

—Y a lo mejor perdemos lastimosamente el tiempo.

Lennox echó las gachas de maíz en los cuencos. Dobbs le desató las manos a Peg para que pudiera comer y después la volvió a atar y la cubrió con una manta. Nadie se preocupaba demasiado por su bienestar, pero Dobbs tenía especial empeño en entregarla al sheriff de Staunton, pues creía que todo el mundo lo admiraría como un héroe por haberla capturado.

Después, Lennox sacó una botella de ron y los tres se envolvieron en unas mantas y se pasaron un rato bebiendo y haciendo comentarios intrascendentes. Transcurrieron las horas y salió la luna. Jay tuvo un sueño muy agitado. En determinado momento de la noche, abrió los ojos y vio un rostro desconocido, iluminado por la luz de la fogata.

Se llevó tal susto que se quedó sin habla. Era un rostro muy extraño, joven, pero distinto. Comprendió que era un indio.

El rostro sonreía, pero no a Jay. Este siguió la dirección de sus ojos y vio que estaba mirando a Peg. La niña le estaba haciendo muecas y Jay comprendió que le estaba pidiendo que la desatara.

Jay contempló la escena en silencio.

Vio a dos indios, ambos muy jóvenes.

Uno de ellos se adelantó hacia el círculo de luz de la fogata. Sostenía un pez de gran tamaño en la mano. Lo depositó cuidadosamente en el suelo, sacó un cuchillo y se inclinó sobre Peg.

Lennox fue tan rápido que Jay casi no pudo ver lo que

ocurrió. De un solo movimiento, Lennox inmovilizó al chico con una llave y el cuchillo cayó al suelo. Peg lanzó un grito de decepción.

El segundo indio desapareció.

—¿Qué es eso? —preguntó Jay, levantándose.

Dobbs se frotó los ojos.

—Un indio que pretendía robarnos. Tendríamos que ahorcarle para que les sirviera de lección a los demás.

—Todavía no —dijo Lennox—. A lo mejor ha visto a las personas a las que estamos buscando.

Jay empezó a animarse y se acercó al joven.

—A ver qué dices, salvaje.

Lennox retorció con más fuerza el brazo del indio. El chico gritó y protestó en su propia lengua.

—Habla en inglés —le ladró Lennox.

—Presta atención —dijo Jay, levantando la voz—. ¿Has visto por este camino a dos personas, un hombre y una mujer?

—Hoy no intercambio —dijo el chico.

—¡Habla inglés! —exclamó Dobbs.

—Pero no creo que nos pueda decir nada —dijo Jay, abatido.

—Vaya si podrá —dijo Lennox—. Sujétalo bien, Dobbs.

Dobbs sujetó al chico y Lennox tomó el cuchillo que el indio había soltado.

—Mire, es uno de los nuestros... tiene la letra «J» marcada a fuego en el mango.

Jay examinó el cuchillo. Era cierto. El cuchillo pertenecía a la plantación.

—¡Eso quiere decir que ha visto a Lizzie!

—Exactamente —dijo Lennox.

Jay volvió a animarse.

Lennox sostuvo el cuchillo delante de los ojos del indio y le preguntó:

—¿Hacia dónde han ido, chico?

El muchacho forcejeó, pero Dobbs lo sujetaba muy fuerte.

—Hoy no intercambio —dijo con voz aterrorizada.

Lennox tomó su mano izquierda e introdujo la punta del cuchillo bajo la uña de su dedo índice.

—¿Por dónde se han ido? —preguntó, arrancándole la uña.

El chico y Peg gritaron al unísono.

—¡Ya basta! —gritó Peg—. ¡Déjele en paz!

Lennox tomó la otra mano del chico y le arrancó otra uña. El indio rompió a llorar.

—¿Por qué camino se llega al paso? —le preguntó Lennox.

—El paso —dijo el chico, señalando el norte con la mano ensangrentada.

Jay lanzó un suspiro de satisfacción.

—Tú nos llevarás hasta allí —dijo.

42

Mack soñó que vadeaba el río y llegaba a un lugar llamado Libertad. El agua estaba fría, el fondo del río era irregular y la corriente era muy fuerte. Seguía avanzando, pero no conseguía acercarse a la orilla. A cada paso que daba, el río era más hondo. Aun así sabía que, si pudiera seguir caminando, al final alcanzaría la orilla. Sin embargo, el agua era cada vez más profunda y llegó un momento en que le cubrió la cabeza.

Jadeando y sin resuello, se despertó.

Oyó relinchar a uno de los caballos.

—Algo los ha inquietado —dijo.

No hubo respuesta. Volvió la cabeza y vio que Lizzie no estaba a su lado.

A lo mejor había tenido que satisfacer una necesidad natural detrás de algún arbusto, pero, por una extraña razón, Mack tuvo un mal presentimiento. Salió rápidamente de debajo de la manta y se levantó.

Bajo la grisácea luz de la aurora vio las cuatro yeguas y los dos sementales completamente inmóviles, como si hubieran oído el rumor de otros caballos en la distancia. Alguien se estaba acercando.

—¡Lizzie! —llamó.

De pronto, Jay salió de detrás de un árbol y le apuntó al corazón con un rifle.

Mack se quedó petrificado.

Poco después apareció Sidney Lennox con una pistola en cada mano.

Mack no podía hacer nada. La desesperación lo envolvió como el río de su sueño. Al final, no había conseguido escapar: ellos lo habían atrapado.

Pero ¿dónde estaba Lizzie?

Ojo Muerto Dobbs, el tuerto del vado del South River, se acercó a lomos de un caballo, armado también con un rifle. Peg cabalgaba a su lado en otro caballo, con los pies y las manos atados bajo el vientre del animal para que no pudiera saltar. No parecía que la hubieran maltratado, pero su rostro estaba muy triste y Mack sabía que se echaba a sí misma la culpa de lo ocurrido. El Chico del Pez caminaba al lado del caballo de Dobbs, atado con una cuerda a la silla de montar del tuerto. Él los habría conducido hasta allí.

Tenía las manos ensangrentadas. Por un instante, Mack se desconcertó: antes no se había percatado de que el muchacho estuviera herido. Entonces comprendió que lo habrían torturado y miró enfurecido a Jay y a Lennox.

Jay contempló las mantas extendidas sobre el suelo. Estaba claro que Mack y Lizzie dormían juntos.

—Cerdo asqueroso —dijo mientras su rostro se contraía en una mueca de repugnancia—. ¿Dónde está mi mujer? —Invirtió la posición del rifle y apuntó con la culata a la cabeza de Mack, golpeándole con fuerza la parte lateral del rostro. Mack se tambaleó y cayó al suelo—. ¿Dónde está, minero de mierda, dónde está mi mujer?

Mack percibió el sabor de la sangre en su boca.

—No lo sé.

—¡Si no lo sabes, quizá tenga la satisfacción de pegarte un tiro en la cabeza!

Mack comprendió que Jay hablaba en serio y empezó a sudar. Experimentó el impulso de pedir clemencia, pero lo reprimió, apretando los dientes.

—¡No... no dispare, por favor! —gritó Peg.

Jay apuntó el rifle contra la cabeza de Mack.

—¡Eso es por todas las veces que me has desafiado! —gritó histéricamente.

Mack le miró a la cara y vio la furia asesina de sus ojos.

Tendida sobre la hierba detrás de una roca, Lizzie esperaba con el rifle en la mano.

Había elegido aquel lugar la víspera, tras haber examinado la orilla y haber descubierto huellas y deyecciones de venado. Mientras el cielo se iba aclarando progresivamente, permaneció inmóvil esperando a que los animales se acercaran a beber.

Pensó que, gracias a su habilidad con el rifle, conseguirían sobrevivir. Mack construiría una casa, desbrozaría los campos y sembraría semillas, pero tendría que transcurrir por lo menos un año antes de que la cosecha les permitiera pasar el invierno. Por suerte, tenían tres grandes sacos de sal entre sus provisiones. Sentada en la cocina de High Glen House, había observado a menudo a Jennie, la cocinera, salando jamones y trozos de carne de venado en grandes toneles. Por la forma en que ambos se estaban comportando, habría tres bocas que alimentar antes de que pasara un año y, por consiguiente, necesitarían mucha sal, pensó, esbozando una sonrisa de felicidad.

Vio un movimiento entre los árboles. Poco después, un joven venado emergió del bosque y se acercó cautelosamente a la orilla. Inclinando la cabeza, sacó la lengua y empezó a beber.

Lizzie amartilló el rifle en silencio. Antes de que pudiera apuntar, apareció otro venado y, en cuestión de unos momentos, se juntaron unos doce o quince animales. «¡Como en todos estos parajes ocurra lo mismo, nos pondremos las botas!», pensó.

No quería cobrar un ciervo muy grande. Los caballos ya iban muy cargados y no podían transportar más peso y, además, los animales jóvenes tenían la carne más tierna. Eligió el blanco y apuntó con el rifle contra el hombro del animal, justo por encima del corazón. Después respiró hondo para tranquilizarse, tal como había aprendido a hacer en Escocia.

Como siempre, experimentó una punzada de tristeza por el hermoso animal cuya vida estaba a punto de destruir.

Acto seguido, apretó el gatillo. El disparó sonó a doscientos o trescientos metros de distancia, en la ladera del valle.

Jay se quedó paralizado, sin dejar de apuntar a Mack con su rifle.

Los caballos se sobresaltaron, pero el disparo había sido demasiado lejano para asustarlos.

Dobbs consiguió dominar su montura.

—Si usted dispara ahora, Jamisson —dijo, arrastrando las palabras—, la pondrá sobre aviso y se nos podría escapar.

Jay vaciló e inclinó lentamente el rifle.

Mack lanzó un suspiro de alivio.

—Voy tras ella —dijo Jay—. Vosotros quedaos aquí.

Mack comprendió que, si pudiera encontrar algún medio de avisarla, quizá Lizzie conseguiría escapar. Estuvo casi a punto de lamentar que Jay no le hubiera pegado un tiro para, de este modo, salvar a Lizzie.

Jay abandonó el claro y echó a andar corriente arriba con el rifle a punto.

«Tengo que conseguir que uno de ellos efectúe un disparo», pensó Mack.

Tenía un medio muy fácil a su alcance: la fuga.

«Pero ¿y si me pegan un tiro?»

«No me importa, prefiero morir antes que me capturen.»

Para evitar que las dudas le debilitaran, echó a correr.

Hubo un momento de sobrecogido silencio antes de que los demás se dieran cuenta de lo que estaba ocurriendo.

De pronto, Peg se puso a gritar.

Mack corrió hacia los árboles, esperando la bala que de un momento a otro le traspasaría la espalda.

Sonó un disparo, seguido de otro.

No sintió nada. Las balas no lo habían alcanzado.

Lo había hecho. Le había enviado un aviso a Lizzie.

Se volvió muy despacio con las manos en alto. «Ahora de ti depende, Lizzie —pensó—. Buena suerte, amor mío.»

Jay se detuvo al oír el disparo. Había sonado a su espalda y, por consiguiente, no era Lizzie la que había disparado sino alguien que se encontraba en el claro. Esperó, pero ya no oyó nada más.

¿Qué significaba todo aquello? No era posible que McAsh se hubiera apoderado de un arma y la hubiera cargado. Era un minero de carbón y no sabía nada de armas. Adivinó que Lennox o Dobbs habrían abierto fuego contra McAsh.

Cualquier cosa que hubiera ocurrido, lo más importante era atrapar a Lizzie.

Por desgracia, los disparos la habían puesto sobre aviso.

Conocía a su mujer. ¿Qué iba a hacer ahora?

La paciencia y la precaución no tenían cabida en su mente. Raras veces dudaba. Reaccionaba con rapidez y decisión. Pero ahora echaría a correr hacia el lugar donde él se encontraba y regresaría al claro sin detenerse a pensar ni a elaborar un plan.

Encontró un lugar desde el que se podía ver con toda claridad la orilla del río hasta treinta o cuarenta metros de distancia. Después se ocultó entre los arbustos y amartilló el rifle.

La duda lo azotó como un repentino dolor. ¿Qué haría cuando ella apareciera? Si le pegara un tiro, todos sus problemas habrían terminado. Simularía que estaba cazando venados y apuntaría contra su corazón justo por debajo del hombro para acabar limpiamente con ella. De repente, apareció Lizzie.

Caminaba y corría, tropezando con las piedras de la orilla. Vestía de hombre como de costumbre, llevaba dos rifles bajo el brazo y su busto se movía bajo la camisa.

Apuntó contra su corazón, pero, recordándola desnuda

en la cama de su casa de Chapel Street con los pechos estremeciéndose mientras hacía el amor, no pudo disparar.

Cuando Lizzie se encontraba a unos diez metros de él, Jay salió de detrás de los arbustos.

Lizzie se detuvo en seco y lanzó un grito de terror.

—Hola, cariño —le dijo Jay.

—¿Por qué no dejas que me vaya? —replicó ella, mirándole con odio reconcentrado—. ¡Tú no me quieres!

—No, pero necesito un nieto para mi padre.

—Antes preferiría morir —dijo despectivamente Lizzie.

—Es una alternativa.

Se produjo un momento de desconcierto tras los disparos de Lennox contra Mack.

Las detonaciones habían asustado a los caballos. El de Peg se alejó al galope. La niña consiguió mantener el equilibrio sobre su lomo y, a pesar de tener las manos atadas, logró sujetar las riendas y tirar de ellas, pero no pudo refrenar al animal y este se perdió entre los árboles. El de Dobbs se encabritó mientras Lennox trataba de volver a cargar rápidamente sus pistolas.

Fue el momento elegido por el Chico del Pez para entrar en acción.

El indio corrió hacia el caballo de Dobbs, le saltó encima por detrás y derribó al tuerto de la silla.

Presa de una profunda emoción, Mack comprendió que aún no estaba vencido.

Lennox soltó las pistolas y corrió en auxilio de Dobbs.

Mack extendió un pie y lo hizo tropezar.

Dobbs cayó del caballo, pero se le quedó un tobillo enganchado en la cuerda con la cual el Chico del Pez estaba atado a la silla. El aterrorizado caballo se desbocó y entonces el Chico del Pez se agarró fuertemente a su cuello mientras el animal se perdía de vista, arrastrando a Dobbs por el suelo.

Impulsado por un ímpetu salvaje, Mack se volvió hacia Lennox. Solo estaban ellos dos en el claro. Al final, tendrían que enfrentarse a puñetazos. «Lo voy a matar», pensó Mack.

Lennox se volvió de espaldas y giró sobre sí mismo. Al volverse nuevamente de cara, sostenía una navaja en la mano. Rápidamente se abalanzó sobre Mack. Este lo esquivó, le propinó un puntapié en la rótula y se retiró, danzando.

Renqueando, Lennox se arrojó de nuevo contra él. Esta vez, amagó con la navaja y lo engañó. Mack sintió un agudo dolor en el costado izquierdo y, con el puño derecho, golpeó la parte lateral de la cabeza de Lennox, el cual parpadeó sin soltar la navaja que sostenía en la mano.

Mack retrocedió. Era más joven y fuerte que Lennox, pero este era seguramente mucho más experto que él en las peleas a navaja. Presa de un repentino temor, Mack comprendió que una lucha cuerpo a cuerpo no sería la mejor manera de vencer a un hombre armado con una navaja. Tenía que cambiar de táctica.

Corrió unos cuantos metros, buscando cualquier arma. Vio una piedra aproximadamente del mismo tamaño que su puño. Se agachó para recogerla y, mientras se volvía, Lennox se abalanzó contra él.

Le arrojó la piedra, le dio justo en el centro de la frente y lanzó un grito de júbilo. Lennox se tambaleó medio aturdido y Mack decidió aprovechar la ocasión. Era el momento de desarmar a Lennox. Le propinó un puntapié en el codo derecho y Lennox soltó la navaja.

Ya lo tenía en sus manos. Le dio un puñetazo tan fuerte en la barbilla que se lastimó la mano, pero no le importó. Lennox retrocedió atemorizado, pero él se le echó encima y le golpeó el vientre y ambos lados de la cabeza. Muerto de miedo, Lennox se tambaleó. Estaba perdido, pero Mack aún no había terminado. Quería matarlo. Lo agarró por el cabello, le empujó la cabeza hacia abajo y le pegó un rodillazo en el rostro. Lennox lanzó un grito de dolor y le empezó a salir sangre de la nariz. Después cayó de rodillas, tosió y vomitó. Mack estaba a punto de volver a golpearle cuando oyó la voz de Jay:

—Déjalo o la mato.

Lizzie entró en el claro con la cabeza encañonada por el rifle de Jay.

Mack la miró paralizado de espanto. El rifle estaba amartillado. Si Jay tropezara, el arma le saltaría a Lizzie la tapa de los sesos. Se apartó de Lennox y se acercó a Jay, dominado por una furia asesina.

—Solo le queda un disparo —le dijo—. Si le pega un tiro a Lizzie, yo lo mataré a usted.

—En tal caso, sería mejor que te pegara el tiro a ti —dijo Jay.

—Sí. —Mack se acercó temerariamente a él—. Pégueme un tiro.

Jay desplazó el rifle y Mack lanzó un suspiro de alivio. El arma ya no apuntaba a Lizzie. Siguió avanzando hacia Jay.

Jay apuntó con cuidado contra él. De repente, se oyó un extraño ruido y Mack vio asomar un estrecho cilindro de madera por la mejilla de Jay.

Jay lanzó un grito de dolor y soltó el rifle. El arma se disparó y la bala pasó silbando junto a la cabeza de Mack.

A Jay le habían disparado una flecha en el rostro.

Mack se notó una extraña debilidad en las rodillas.

Se oyó otra vez el mismo ruido y una segunda flecha traspasó el cuello de Jay.

Jay se desplomó al suelo.

El Chico del Pez entró en el claro con su amigo y con Peg en compañía de cinco o seis indios, todos armados con arcos.

Mack se estremeció de emoción. Adivinó que, en el momento en que Jay había capturado al Chico del Pez, el otro indio habría ido en busca de ayuda. El grupo de rescate se habría tropezado con los caballos fugitivos. No sabía qué habría sido de Dobbs, pero observó que uno de los indios calzaba sus botas.

Lizzie se acercó a Jay y se cubrió la boca con la mano. Mack la rodeó con sus brazos. La sangre se escapaba a borbotones de la boca de Jay. La flecha le había seccionado una vena del cuello.

—Se está muriendo —dijo Lizzie en voz baja.

Mack asintió en silencio.

El Chico del Pez señaló a Lennox, todavía arrodillado en

el suelo. Los otros indios lo agarraron y lo arrojaron al suelo. El Chico del Pez intercambió unas palabras con el indio de más edad al tiempo que le mostraba los dedos. Mack comprendió que Lennox lo había torturado, arrancándole las uñas.

El indio se sacó un hacha del cinto y, con un rápido movimiento, cortó limpiamente la mano y la muñeca derecha de Lennox.

—Jesús misericordioso —exclamó Mack.

La sangre empezó a manar del muñón y Lennox se desmayó.

El indio recogió la mano cortada y se la ofreció ceremoniosamente al Chico del Pez.

Este la tomó con la cara muy seria, dio una vuelta y la arrojó lejos de sí. La mano voló por el aire por encima de los árboles y debió de caer en algún lugar del bosque.

Se oyó un murmullo de aprobación entre los indios.

—Mano por mano —dijo Mack en voz baja.

—Que Dios los perdone —dijo Lizzie.

Pero aún no habían terminado. Recogieron al ensangrentado Lennox y lo colocaron debajo de un árbol, le ataron una cuerda a un tobillo, pasaron el otro extremo de la cuerda por encima de una rama y lo levantaron hasta dejarlo colgando boca abajo. La sangre del muñón formó un charco en el suelo. Los indios lo rodearon. Al parecer, querían ver morir a Lennox. La escena le hizo recordar a Mack la multitud que se congregaba alrededor de la horca de Londres.

Peg se acercó a ellos diciendo:

—Tenemos que hacer algo por los dedos del indio.

Lizzie apartó los ojos de su marido moribundo.

—¿Tienes algo para vendarle la mano?

Lizzie asintió con la cabeza.

—Tengo un ungüento y un pañuelo que podemos utilizar como venda. Yo lo curaré.

—No —dijo Peggy con firmeza—. Lo haré yo.

—Como quieras.

Lizzie fue en busca del ungüento y el pañuelo de seda.

Peg apartó al Chico del Pez del grupo que rodeaba el árbol. Aunque no hablaba su lengua, se comunicaba muy bien con él. Lo acompañó al río y empezó a lavarle las heridas.

—Mack —dijo Lizzie.

Mack se volvió y vio que estaba llorando.

—Jay ha muerto.

Mack lo miró. Estaba pálido como la cera. La hemorragia había cesado. Se inclinó para tomarle el pulso. No se lo encontró.

—Le quise en otros tiempos —dijo Lizzie.

—Lo sé.

—Quiero enterrarlo.

Mack sacó un azadón de sus pertrechos y, mientras los indios contemplaban desangrarse a Lennox, cavó una tumba no muy honda. Lizzie se inclinó y arrancó las flechas del cadáver. Mack echó unas paletadas de tierra sobre el cuerpo y Lizzie cubrió la sepultura con piedras.

De repente, Mack experimentó el deseo de escapar de aquel lugar.

Reunió los caballos. Ahora eran diez: los seis de la plantación más los cuatro de Jay y sus acompañantes. De repente, se sintió muy rico. Tenía nada menos que diez caballos, pensó mientras los cargaba con los pertrechos y las provisiones.

Los indios empezaron a dispersarse. Al parecer, Lennox ya había expirado. Se apartaron del árbol y se acercaron al lugar donde Mack estaba cargando los caballos. El de más edad se dirigió a Mack. Este no comprendió ni una sola palabra, pero intuyó que le estaba diciendo que se había hecho justicia.

Ahora ya se podían ir.

Peg y el Chico del Pez subieron juntos de la orilla del río. Mack contempló la mano del muchacho y vio que Peg había hecho un buen trabajo.

El Chico del Pez dijo algo y se produjo un violento intercambio de palabras entre los indios. Al final, los indios se retiraron a excepción del Chico del Pez.

—¿Él se queda? —le preguntó Mack a Peg.

Peg se encogió de hombros.

Los demás indios se alejaron hacia el este, siguiendo el valle del río en dirección al sol poniente. Muy pronto desaparecieron en la espesura del bosque.

Mack montó en su caballo. El Chico del Pez desató uno de los caballos, lo montó y se adelantó. Peg cabalgaba a su lado. Mack y Lizzie los siguieron.

—¿Tú crees que el Chico del Pez nos guiará? —preguntó Mack.

—Eso parece.

—Pero no nos ha pedido ningún precio.

—No.

—Me pregunto qué es lo que quiere.

Lizzie contempló a los dos jóvenes que cabalgaban delante de ellos.

—¿Acaso no lo has adivinado?

—Ah —dijo Mack—. ¿Crees que se ha enamorado de ella?

—Creo que desea pasar un poco más de tiempo a su lado.

—Vaya, vaya —dijo Mack en tono pensativo.

Mientras cabalgaban hacia el oeste siguiendo el valle del río, el sol se levantó a su espalda arrojando sus sombras sobre la tierra por delante de ellos.

Era un valle muy ancho situado al otro lado de la cordillera montañosa, pero todavía en sus estribaciones. Por el fondo del valle discurría un río de frías y cristalinas aguas lleno de peces. En las boscosas laderas abundaba la caza y, en la cumbre más alta, una pareja de águilas doradas iba y venía, llevando comida al nido donde estaban sus crías.

—Me recuerda mi casa —dijo Lizzie.

—Pues entonces lo llamaremos High Glen —replicó Mack.

Descargaron los caballos en la parte más llana del fondo del valle, el lugar donde construirían una casa y desbrozarían el terreno. Después acamparon sobre la hierba bajo las ramas de un frondoso árbol.

Mientras Peg y el Chico del Pez buscaban un hacha en un saco, Peg encontró el collar roto de hierro. Lo sacó y lo estudió con expresión inquisitiva, contemplando las letras sin comprender su significado, pues no sabía leer.

—¿Por qué lo has traído? —le preguntó a Mack.

Mack se intercambió una mirada con Lizzie. Ambos recordaron la escena junto al río de la vieja High Glen de Escocia en que Lizzie le había hecho a Mack la misma pregunta.

Ahora Mack le dio a Peggy la misma respuesta, pero esta vez en su voz no había amargura sino tan solo esperanza.

—Para no olvidar jamás —contestó sonriendo—. Jamás.